高林照　著

黄河万古流

河南文艺出版社
·郑州·

图书在版编目（CIP）数据

黄河万古流/高林照著. --郑州:河南文艺出版社，
2022.10

ISBN 978-7-5559-1364-1

Ⅰ.①黄…　Ⅱ.①高…　Ⅲ.①长篇小说-中国-当代
Ⅳ.①I247.5

中国版本图书馆 CIP 数据核字（2022）第 104917 号

策　　划　　杨　莉　穆安庆
责任编辑　　穆安庆
责任校对　　殷现堂
装帧设计　　张　萌

出版发行	河南文艺出版社	印　张	29
社　　址	郑州市郑东新区祥盛街 27 号 C 座 5 楼	字　数	503 000
承印单位	郑州印之星印务有限公司	版　次	2022 年 10 月第 1 版
经销单位	新华书店	印　次	2022 年 10 月第 1 次印刷
纸张规格	700 毫米×1000 毫米　1/16	定　价	68.00 元

作者简介

　　高林照，笔名玉米，1968年生。郑州大学哲学系毕业，现从事机关工作。出版长篇小说《事管局长》《锦瑟华年》《黄河向东流》，理论专著《航空经济与现代航空都市》《理想之城：21世纪中国乡村城市化的困惑与构建》《乡村振兴战略背景下的县域发展研究》，在《莽原》发表长篇小说《廉官》《遇见》。曾获河南省社会科学研究成果奖、《莽原》文学奖等多种奖项。

目　录

只有心存侥幸、听天由命了。

第四章　祸不单行

父亲和爷爷相继去世,千斤重担突然间压在了郑英魁稚嫩的肩膀上,年轻的郑英魁一下子感到像天塌了一样,茫然失措,无所适从。

第五章　开封赈灾

郑英魁刚想摸口袋掏银两接济这些可怜的小孩子,王文镜止住郑英魁说:"英魁,不可,刚才你不是看到了吗?你要是给这些孩子钱,更多的要饭的都会闻风跑过来,咱今儿个就走不成了。咱是要办事、办大事的,咱把钱给官府,让他们给灾民发放吧。"

第六章　东拓齐鲁

郑家在沂州府开了新的货栈,有了面向大海的出货口,后来,在怀庆府,郑英魁也开设了新的货栈。

第七章　逆流而上

172~197

　　一切准备停当,郑英魁告别了赵夫人和王妮儿,跟他大舅赵家义、保镖张铁锤、船长逮广汉一起,逆流而上,向陕西泾阳出发了。

第八章　棉花大战

198~246

　　风借火势,越烧越大,越烧越旺,浓烟滚滚,火光冲天,熊熊燃烧的大火映得泾河水面耀眼通红。没多久,一船棉花竟被烧得一干二净,连太平船也烧成灰炭。

第九章　洛水牡丹

247~271

　　洛河上漂来一只瓜皮船,船上坐着一个女人,身边还拉扯着一个六七岁小女孩儿。看见郑英魁,女人喊起来:"大哥,大哥,救命啊!"

第十章　策马中原

"不试试咋能知道？富贵险中求,生意在路上,只有不停地走,不停地干,干了再说,才能做成生意……"

第十一章　大河封船

凿船那天,郑英魁哪儿也没有去,他把这些事情交给了别人去做,他不想、不敢也不愿看到郑家太平船被凿沉的场面。

第十二章　英魁教子

经商结交务存吃亏心,酬酢务存退让心,日用务存节俭心,操持务存感恩心。愿使人鄙我疾,勿使人防我诈也。前人之愚,断非后人之智所可及,忠厚留有余。

第十三章　焚债买义

郑英魁朗声说道:"各位老少爷儿们,我准备今天当着大家伙儿的面,把你们所有欠郑家的借据一把火烧光,自此以后,所有的人都不欠郑家的钱。守俭,烧掉,烧! 都给我烧掉!"

第十四章　迎驾慈禧

"一统河山"上的夜明珠,在烛光下熠熠生辉,她更是爱不释手。听大总管李莲英说,这件礼物是河洛县乡绅郑英魁进献的,而且郑英魁家族是中原巨富,她顿时来了兴致。

第十五章　梦断河洛

郑留余又组织了一批棉花往青岛运送,可是,让他没有料到的是,他的这批棉花又被日军劫持了。郑留余闻听此讯,再也承受不了打击,一阵剧烈的咳嗽后,口中喷出一股鲜血,身子一歪便倒在了床上。

第一章

邙山遇险

1

起麒麟，

扛大刀，

您的队伍叫俺挑。

挑谁？

挑英魁。

英魁不在家，

俺就挑您仨。

…………

清道光二十年（1840）夏月，英国远征军抵达广东珠江口外并封锁出海口，鸦片战争爆发。南方黑云压城、战事吃紧，但在北方黄河岸边的河洛县郑家村，却是一片静谧祥和的气氛。

这天夜晚，明晃晃的月光下，凉风习习，郑家村村东头的打麦场上，忙了一天的人们聚在一起，席地而坐，谈天说地，享受难得的农家清闲时光。

郑家村南边是青青的洛河水，北边是苍苍的邙山岭，邙山脚下就是波涛滚滚的九曲黄河。黄河千年流，万古流，昼夜不息，奔腾喧嚣，浇灌着两岸平展的原野，滋润着一代又一代华夏儿女。依山傍水，河洛交汇，郑家村绝对是一个风水宝地。

来自黄河深处的凉风带着阵阵鱼腥味扑面而来，郑氏家族的大掌柜郑振昌和儿子郑云祥与郑家村的老少爷们儿惬意地坐在一起聊天说闲话。郑氏家族靠在河洛岸边开客栈起家，后又在黄河、洛河上行船做生意，经过九代人的努力，郑振昌已是郑家村的首富，方圆十几里也是赫赫有名。可是，郑家虽是大财主，却心存善念、与人为善，深谙财靠人聚、散财聚人的道理，谨记远亲不如近邻、近邻不如对门的古训，因此与街坊邻居相处得很好。

大人们在聊天，郑振昌九岁的孙子郑英魁则与小伙伴们一起玩游戏，他们玩的游戏叫"起麒麟"。只见小伙伴们分成两队，相向而站，一边三个，共同唱歌谣。唱完之后，这边站的小伙伴向对方喊话，问"挑谁"，对方站的小伙伴答一声"挑我"。喊答完毕，先喊的那支队伍跑向对方的队伍去抢人，对方的人就开始跑，抱住跑不了的算是抢到了人。有人专门查人数算时间，到时间就停，抢到多少人就算多少人。下一轮，由另外一方先喊，接着抢人，到最后计算，每轮谁抢到的人多谁取胜。

小孩子们玩游戏时喊的英魁，打小聪明伶俐，读书过目不忘，《三字经》《百家姓》《弟子规》背得滚瓜烂熟，甚至还会倒着背，这让郑振昌欣喜异常。郑振昌的儿子郑云祥生性懦弱，遇事没有主见，不堪大任，想不到孙子郑英魁很像爷爷郑振昌的脾性，像是个干大事的人，因此，郑家大掌柜郑振昌对孙子郑英魁寄予厚望。更何况，郑家三代单传，郑英魁是郑氏家族的唯一接班人，郑振昌怎不厚爱有加？

郑家三代单传。要说郑家那么有钱，多娶几房媳妇多生几个孩子不是难事，怎么会三代单传呢？这主要是因为郑家的家规。郑家为了家业永存、基业长青，对后代要求很严，定下了家训家规：要理学治家、勤俭持家、耕读传家、孝义立家，勿赌博、勿嫖娼、永勿纳妾，以免家事纷争、祸起萧墙。这叫传家二字耕与读、守家二字勤与俭、倾家二字嫖与赌、防家二字盗与奸。还有，郑家娶媳妇特别在意，常言说，娶错一代亲，祸害三代人。所以郑家挑媳妇一定要上查三代、遍访四邻，还要找算命先生看看相，是否旺夫旺家，以免娶个有病的、短命的、无德的媳妇，影响下代儿孙。郑家的家训家规大都合情合理，唯独这勿纳妾，村里人都觉得是有利也有弊。不纳妾会避免祸起萧墙，避免子孙后代因为争家产而不和，但只娶一个媳妇，毕竟人丁不旺，郑家时时面临绝后的危险。郑振昌是独子，郑云祥是独子，到了孙子辈郑英魁，郑家还是一个男丁。郑振昌的老伴也去世多年了，街坊邻居、亲朋好友都劝郑振昌再娶一房，而郑振昌也有心把勿纳妾这条祖上传下的老规矩给改了，再找一个，但是，他是一个孝子，深知祖命难违的道理，加之他也担心再娶一房小的，将来生儿育女，难免与儿子郑云祥闹纷争，子孙不和，说不定还会酿出大祸，所以也就断了这个念想，只一门心思放在照看孙子郑英魁身上，对郑英魁特别亲。冬天天冷，郑英魁身边离不了火盆；夏天天热，他亲自替小孙子打扇，哪儿有凉荫，郑振昌就把他抱到哪儿玩。

郑英魁生在福窝里，从小娇生惯养，这养成了他贪玩的脾性。郑英魁虽说人很聪明，记性也好，却不爱读书，这让郑振昌很是头疼。郑振昌为郑英魁请的私塾先生王文镜，是方圆几十里有名的饱学之士，是一名老秀才，在县衙里当过几年师爷，因不满官场黑暗，辞职回乡，专事教书育人。可是，郑英魁经常逃学，王文镜也无可奈何。

打是亲骂是爱，不打不骂是祸害，郑振昌不是不懂这个道理，可是，每每他想严厉管教郑英魁的时候，就是狠不下心、下不去手。郑振昌经营田产家业做事果断，可对自家孙子的管教却无可奈何。有时候，他愁闷起来，就想起"树大自然直"的道理，也许，孙子长大了会变过来吧。于是，他该说说该劝劝，但从不打骂郑英魁，让郑英魁尽情玩耍，释放天性。

人说三岁看大，郑英魁打小就是个当头儿的人。在跟村里孩子们玩游戏时，他总是"孩子王"，大小孩子都跟在他屁股后滴溜溜转，听他指挥。即使玩游戏，也把他的名字编排进游戏内容里。

白天，郑英魁领着同伴们到郑家村北边的邙山上用弹弓打飞鸟，用长矛捉小动物。有道是"生在苏杭，死葬北邙"，郑英魁和小伙伴们玩耍的邙山也叫北邙山，在黄河南岸，本是秦岭余脉、崤山支脉，是一座只有三十丈高的土山。其山虽不高，但东西绵延八十里、南北最长处三十里，并因地处中央之山嵩岳之下，古称中土，控御四方，是风水学上能结穴的龙脉所在。自东汉以来，这里先后埋葬了二十多位皇帝，是中国埋葬帝王最多、最集中的地方。如果算上皇族大臣、达官显贵的陵墓，邙山总共有古代陵墓上千座。因此，邙山被人称为帝王之山。明代诗人薛瑄在《北邙行》里写道："北邙山上朔风生，新冢累累旧冢平。富贵至今何处是？断碑零碎野人耕。"

邙山上紫气环绕，植被繁茂，银杏树、青檀树、桑树、侧柏、白杨树、泡桐树伸向云天，野菊、艾蒿、紫藤、荆条、酸枣、连翘、蒺藜、苍耳、鬼针草竞相缠绕，难以下脚。这里还是动物的天堂，斑鸠、鹌鹑、灰喜鹊、金翅雀、大山雀、棕头鸦雀在枝头栖息，画眉、黄鹂、杜鹃、百灵在树丛中鸣唱，野兔、石鸡、山斑鸡、岩松鼠、黄鼬、猪獾、狐狸在比人高的杂草荆棘中悄悄穿行。当然，邙山深处也有狼、熊等凶猛动物，可郑英魁他们很聪明，从不去深山沟，只在邙山近处玩，一玩就是一整天。

乡村的夜晚，圆月当空，倦鸟归巢，这是小孩子们的美好时光。郑英魁把几个小伙伴召集到一起玩游戏。他们除了玩"起麒麟"之外，还玩"卖鞭杆"。

十几个小孩子手拉手，围成圆圈，郑英魁起头喊道："卖鞭杆哟！"站在他旁边的一个小孩跟着喊："打灯郎啊！"郑英魁接着喊："灯郎高哟！切菜刀啊！"旁边的小孩接着喊："菜刀快哟！切英菜啊！"郑英魁喊："英菜英哟！切棵葱啊！"旁边的小孩喊："葱又辣哟！切苦瓜啊！"郑英魁喊："苦瓜苦哟！抓把盐啊！"旁边的小孩喊："盐又咸哟！扑通扑通二十五啊！"郑英魁喊："气蛤蟆，挂樱桃，从您寨门过一遭，别叫挂住小杷角。"喊毕，郑英魁和旁边的小孩扯着手，高举成月亮门的形状，其他的小孩子依次从下边弯腰钻过，如果有一个人身上的衣服被挂住，没有顺利通过，就再开始第二轮游戏。

玩了一会儿卖鞭杆游戏，玩烦了，再换个游戏，郑英魁他们又玩起了筛麦糠。两个小孩面对面站着，拉起双手，摇着手臂，说："筛、筛、筛麦糠，伶俐鬼儿，打冰糖，你卖胭脂我卖粉，咱俩打个琉璃滚。"说完，两人的手不分开，却高高举起，俩人同时从手臂下钻过去，背对背，继续摇手臂、唱歌谣。

筛麦糠的游戏玩够了，郑英魁又和小伙伴们玩捉迷藏。大树背后、草丛里边、街坊拐角，都是藏人的地方，都是充满惊喜和快乐的所在。一个叫狗剩的小伙伴藏起来了，郑英魁和小伙伴四散开在村里村外寻找狗剩，在墙角屋后、麦秸垛旁找来找去，哪儿也找不到。找了很长时间，郑英魁已经找到村头的洛河边了，这时，月光下的洛河泛着银光，流水潺潺，白雾也起来了，河岸上的柳树朦朦胧胧，地里的秋庄稼罩上了一层乳白色的轻纱，一切都神秘而温馨。郑英魁跑累了，索性站在村头洛河边一棵大柳树下喊了起来："狗剩，狗剩，你藏哪儿了？快出来！"

清脆的童音在夜色里回荡，突然，两条黑影不知从哪儿冒了出来，其中一条黑影向郑英魁扑了过来，郑英魁吓得刚要大喊救命，他的小嘴就被一双大手捂住了，接着，黑影把郑英魁拎起来，往胳膊弯一夹，不顾郑英魁两条小腿乱踢腾，飞一样往远处邙山上跑去，另一个黑影手里掂着锃明瓦亮的大刀，在后边紧紧跟随。

2

两个黑影挟着郑英魁鬼鬼祟祟地来到邙山深处，原来他们是附近邙山上的贼寇。那年头，人们缺吃少穿，很多穷苦人上山落草，靠打家劫舍过活，有成群结队的，有三两结伙的，有长期以此为生的，也有干几票就金盆洗手的，还有白天下地干活儿晚上当贼寇的。反正邙山上草深林密、沟壑纵横，成了贼寇落草的天然所在。

郑英魁被俩毛贼挟持到一个破窑洞里。一个贼看管郑英魁，另一个贼趁着夜色下山，天亮前偷偷在郑家大门上贴了条子，言明第二天天黑前送一百两纹银到邙山脚那棵百年老皂角树下，然后就放郑英魁回家，否则就撕票。

爷爷郑振昌和父亲郑云祥本想着郑英魁跟小伙伴们在村里闹着玩呢，可是，到了半夜，却不见郑英魁的踪影，问别的小孩，都说没见郑英魁。郑振昌和郑云祥着急了，急忙召唤全家老小打着灯笼举着火把在村里村外找郑英魁。街坊邻居闻听郑英魁不见了，也帮着到处找人。一时间，郑家村到处是喊叫郑英魁的声音，灯笼火把点亮了村里村外。可是，找了一夜也没见郑英魁的踪影。

天刚蒙蒙亮，郑家的一个家丁突然发现大门上贴了张纸，近前一看，原来是绑匪索要银两的条子，如若不送或报官，等着收尸。家丁急忙禀报给管家刘富贵，刘管家急忙找到郑振昌和郑云祥。郑振昌和郑云祥为找郑英魁一夜未眠，担惊受怕，当看到刘管家递来的条子时，郑振昌一颗悬着的心落了地，他拄着拐杖捣了捣地，长出一口气说："谢天谢地，英魁总算没事了。"

郑云祥说："爹，您老何出此言呢？分明是英魁被绑匪绑票了，是死是活，还未知呢，您这是啥意思啊？"

郑振昌说："儿啊，邙山上的贼寇多是穷苦人，都是被逼无奈才走这条道的，他们落草为寇图的是钱而不是命，何况绑的是咱郑家的独苗苗英魁，咱郑家在这一带谁人不知谁人不晓？谁敢动咱郑家一根毫毛？唉，我也后悔得很，实在是大意了，总想着咱家大业大没人敢惹；再则说，咱从祖上始就积德行善，十里八村的谁家有难处了，找咱借十两八两银子，从没要过账，为的是啥？就是不得罪人，混个好人缘，图个家业平安。这么多年也真的没人找咱的事，那些贼寇在邙山上盘踞，闹得再凶，从不惹咱郑家，可这次是咋回事？这绑匪是吃了熊心豹子胆吗？跟咱郑家过不去，他们这不是找死吗？我估计这绑匪要么是穷疯了，要么是初入道不懂规矩，看他们要钱的数目，就知道他们是生手，对咱郑家只要一百两银子，可见他们要价不高，不懂行情，所以，只要把钱送到，英魁肯定没事。"

郑云祥说："爹，人家常说，不怕会打架的，就怕不会打架的。会打架的人打起架来有分寸，知道哪儿是要命的地方，哪儿是光打不伤的地方，可是，不会打架的人，乱打一气，反而会打出大事来。照您老说，这绑匪有可能是刚上路，怕就怕这刚上路的，不懂江湖规矩，我觉得，越是这，越是可怕。"

郑云祥说得也有道理，大家纷纷议论起来。

郑振昌嘿嘿一笑，说："没事，这小毛贼既然刚出道，冲的就是钱，咱马上就送钱。我觉得咱只要把钱送到，英魁就会平安归来。要是这毛贼不懂规矩，敢动英魁一根毫毛，我叫他全家老少一个不留，通通人头落地。"

郑振昌说了这番话，接着说："刘管家，咱眼时下就准备钱，找人按指定的地方送去。走，事不宜迟，拿钱去。"

待众人散去，郑振昌单独把儿子郑云祥和刘管家叫到一旁，说："外边人多嘴杂，保不准这里边就有贼寇的眼线，我说那番话就是给那些人听的。说实话，我心里跟你们一样，也毛得很。这小毛贼估计是刚出道，越是这样的人越可怕，他们不知轻重不知好歹，初生牛犊不怕虎啊，所以，我心里跟你们一样，七上八下的。不过，咱的心思可不能让外人知道啊。人到了事上就知道了，啥人都有，真帮忙的，看笑话的，落井下石的，故意使坏的，咱不能不防啊。所以，眼下就咱爷儿们，咱好好合计合计吧。"

郑云祥由衷地佩服："爹，您老就是比我技高一筹啊，想得比我深比我远，我自愧不如啊。"

刘管家也说："大掌柜办事就是周全。"

"我再能，还不是把英魁给弄丢了？唉，谨小慎微活了一辈子，到老了老了出了这么大的事，真是该死。"

刘管家说："大掌柜的，您别自责了，这事主要怨我。我当管家的没把家事料理好，没有把英魁照看好，怨我怨我，英魁要是没事便罢，要是真有啥闪失，您咋处理我都中。"

郑云祥说："爹，钱都好说，对咱郑家来说，钱不算啥。不过，报官不报官？"

刘管家说："我觉得不能报。一报官，万一传了出去，那绑匪孤注一掷，动了杀机，英魁就没命了。再则说，一报官，那官府趁火打劫，故意把事情闹大，到时候，咱钱没少出，英魁还危险。"

郑云祥说："嗯，刘管家说得有道理，那就抓紧让账房先生拿钱去吧。"

郑振昌沉吟了一下，意味深长地说："你们先别慌，让我想想。遇事不能急，这是大事，要三思而后行，不能仓促行事。要说咱郑家出个一百两纹银，也是九牛一毛，别说这点钱了，即使是两三千两，咱也拿得出，即使咱暂时拿不出，砸锅卖铁也能凑。钱是人挣的，没钱还能挣，可是，人没了，要钱有啥用？不过，我觉得，关键是这头一开，咱顺顺当当、老老实实把钱送去了，以后别的强盗都打起咱郑家的主意，都觉得咱郑家的钱好挣，那咋办？"

郑云祥眉头一皱，说："爹，您老既然这么想，那干脆，打得一拳开，免得百拳来，咱这次就跟这帮贼人较较劲儿，咱家家丁也不少，养兵千日，用兵一时，咱收拾他个小毛贼还是没问题的，等咱捉住了小毛贼，再报官，大张旗鼓地整整他们，杀杀他们的嚣张气焰，看他们谁还敢打咱郑家的主意！"

郑振昌连连摆手说："儿啊，我老了，我是越活越胆小，你说的不是没有道理，但是英魁在他们手上，稍有差错，咱英魁可就危险了。咱能不能想个法子，既给这毛贼银钱，又杀杀他们的嚣张气焰呢？"

老爷子这话一说，郑云祥犯了难，两全其美的事，不好筹划啊。

郑振昌捻了捻花白胡须，自言自语地说："这贼估计是刚出道，刚出道的肯定经验不足、考虑不周，这样，钱我们如数奉上，不过要找个有眼色的人送钱，送钱时记好路线，等钱送到，英魁一回来，咱紧跟着就派人去收拾他们。"

郑云祥说："对，咱把他们抓起来，把咱的钱要回来，再把毛贼送到官府，打入大牢，游街示众，杀一儆百，看他们以后谁还敢找咱郑家的事。"

郑振昌说："嗯，咱郑家从来都是不惹事不怕事，既然有人找咱的事，咱就不能轻而易举地搁那儿，不然的话，咱郑家家大业大面子大，以后咋活人？"

郑云祥说："对，听爹的，就这样办。"

刘管家也点头称是。

郑振昌、郑云祥父子俩和刘管家合计了一阵，刚准备派人去给邙山里的贼寇送银子，没承想，郑英魁回来了。

郑英魁还是自个儿敲门回来的。

3

这时，天已大亮，沉寂了一个晚上的郑家村沸腾起来了，阳光穿过淡淡的晨雾洒下道道金光，鸡鸣狗叫声此起彼伏，老牛对着晴朗的天空发出"哞哞"的叫声，街当中的几匹马正欢快地转圈圈，脖子上的铃铛"叮当叮当"响个不停。男女老少都准备下地干活儿了，新的一天在不安和期望中到来了。

当家丁们听到"梆梆梆"的敲门声，还以为是邙山里的土匪贼寇来要钱呢，吓得不敢开门，急忙向刘管家禀报。刘管家招呼来一群家丁，摆好架势，悄悄地把黑漆大门拉开了个缝，往外一瞅，没有见什么土匪贼寇，也没有见什么刀光剑影，倒是少爷郑英魁一个人孤零零地站在门外。众人吓了一跳，这是咋回事？莫非少爷后边还跟着土匪贼寇，要寻机闯进郑家大院？仔细瞅瞅周围，什么人影也没有。

看到门开了条缝，郑英魁就往里挤。刘管家紧张地问："少爷，你是人还是鬼？"

"快让我进来，我是英魁，啥鬼不鬼的？"郑英魁脆生生的一句话，让众人放了心，肯定不是鬼，是鬼咋会说人话呢？

郑英魁回来了，这个消息很快传遍郑家上下，郑家的人都围了过来。郑英魁他娘赵采莲赵夫人一夜未睡，在房子里哭了一夜，眼睛都哭肿了，听说郑英魁回来了，也顾不得擦一擦脸上的泪痕，急忙跑了出来……众人把郑英魁围在中间，上下左右打量了一番，见郑英魁身上一点伤都没有，这才放了心。

赵夫人见了郑英魁就哭，把郑英魁紧紧抱在怀里，生怕他飞了跑了，说："儿啊，你去哪儿了呀？可把娘吓死了啊。"

郑英魁昂着头眉毛一挑显摆地说："娘，我没事。"

"啥没事啊？不中，我得给魁叫叫魂儿。"赵夫人一手拉扯着郑英魁的衣角，弯下腰去，另一只手先拍拍地，然后做了个扒拉东西的动作，接着，扒拉到郑英魁的身上，拍拍郑英魁说："魁，回来吧！跟娘回来吧！魁，回来吧！跟娘回来哟！"

这时，郑振昌和郑云祥也来到了前院里，郑振昌拉着郑英魁的手说："魁，你咋自个儿回来了？还没吃饭吧，走，到爷爷房里吃饭去。"

刘管家安排饭去了。众人簇拥着郑英魁到了老太爷郑振昌的房间，众人落座后，郑振昌说："魁，渴了吧？"

郑英魁点点头。

早有丫鬟为郑英魁倒了一碗温温的红糖水递过来，郑英魁一饮而尽。

郑振昌说："魁，再来一碗？"

郑英魁又点点头。丫鬟又递来一碗红糖水，郑英魁接过后又喝了个干干净净。

郑振昌叹了口气："唉，魁受大罪了，打小哪儿恁渴过啊。魁，饿了吧？"

郑英魁点点头。郑振昌吩咐快上饭。不一会儿，丫鬟端来了一碗热腾腾的荷包蛋，足有五六个，还有一碟芥菜丝，小磨油的香味登时飘满了房间。

郑英魁端起碗三下五除二就把荷包蛋吃了个精光，吃完后，还吸溜了两口汤汁，用舌头舔了舔碗沿，把碗转来转去舔了舔，这才把碗递给丫鬟，揉搓揉搓肚子，满意地长出一口气。

赵夫人见此情景，眼泪流了出来："可怜的儿啊，看看饿成啥啦，受大罪了啊。"

郑云祥说："魁，给你爷爷说说你咋回来的，这一天一夜都去哪儿了？"

郑英魁这才把事情的经过一五一十地说了一遍。

4

原来，郑英魁是被一高一矮两个瘦得麻秆似的土匪绑走的。这俩土匪其实也是河洛县当地人，都是光棍汉，穷得叮当响，吃了上顿没下顿，俩人一合计，与其饿死，还不如冒一回险抢点儿东西吃，即使被人刀砍斧劈，混个肚圆去见阎王，也落个舒坦。不过，俩人手无缚鸡之力，想抢想劫也干不过人家，于是，俩人一合计，还是绑票来得稳当，绑个小孩子最省事。两人掰着指头数了半天，河洛县有钱人不算多，郑振昌算一个，要是能把郑振昌家的独苗郑英魁给绑走，也不向郑家要太多的钱，弄个一百两银子，对郑家来说不过是九牛一毛，可对他俩来说，就已经不少了。不过，他俩也知道，郑家防范很严，家丁也不少，想绑郑家的票也不是恁容易。他俩围着郑家转了俩月，终于发现，别看郑家防范很严，其实，也不是无懈可击，郑英魁好玩儿，疯得到处跑，他家人也不管他，任由他满大街乱窜，尤其是晚上，郑英魁还常跟小伙伴儿们一起捉迷藏，哪儿黑往哪儿钻，这不是天赐良机吗？于是，俩土匪不费吹灰之力就把郑英魁绑走了。

俩土匪把郑英魁带到一个破窑洞后，不给他吃不给他喝，其实，这俩土匪也没吃没喝的。俩土匪又合计了一下，高个儿土匪找郑家送信要钱，矮个儿土匪负责看管郑英魁。

高个儿土匪下山送信要钱的时候，矮个儿土匪闲来无事，找了半截砖当枕头，拾了些干草铺在地上，往上边一躺，跷着腿一晃一晃，逗郑英魁玩儿。可是，问郑英魁什么话，郑英魁就是不搭腔。矮个儿土匪恼了，就骂郑英魁，还吓唬他，说要弄死他。可是，郑英魁跟没事人似的，一点儿不害怕。矮个儿土匪奇了怪了，想想也是，从绑走这小兔崽子之后，这小兔崽子的嘴巴就没有张开过，既不哭也不叫，就跟个哑巴似的，真能沉得住气。

矮个儿土匪说啥，郑英魁都不吱声，这让矮个儿土匪很是生气，自尊心很受伤，他忍无可忍，对郑英魁拳打脚踢。可是，任凭他怎么打，郑英魁都不哭也不吭，比哑巴还哑巴。哑巴最起码会"噢噢"叫，可郑英魁就是闭嘴不吭。

矮个儿土匪泄气了，害怕了，这是啥人哪？这么小的孩子，遇到事这么沉得住气，而且俩眼珠子滴溜溜转，那眼睛像刀子一样会杀人。矮个儿土匪外表很张狂，内心倒先怯了。叫狗不咬，人狠话少，这小孩儿不是人哪，他是神，是鬼，惹不起，长大后不定是个啥东西咧。他还是郑家的独苗苗，要是得罪了他，郑家会善罢甘休吗？等这小兔崽子长大了，他会不记仇吗？

想到此，矮个儿土匪叹了口气，看这阵势，郑家真不是好对付的，连一个小孩都这么霸气，这事很可能是吃不了兜着走。想到此，看守郑英魁的矮个儿土匪不敢怠慢，把郑英魁用黑布蒙了眼，用绳子绑紧郑英魁的双手，然后牵着郑英魁下山。他要找到在山下的高个儿土匪，把郑英魁给放了。

高个儿土匪见矮个儿土匪牵着郑英魁跌跌撞撞地来了，大吃一惊："老弟，咋回事？我没给你吱声，你下山弄啥？"

矮个儿土匪说："哥，咱刚起事儿干这么一大票，我心里慌。"

高个儿土匪说："看你那熊样，慌啥慌？饿死也是死，打死也是死，反正都是个死，闯一闯说不定还死不了呢，干一票就是死了最起码还落个肚圆，填饱肚子再死总比饿死强。"

矮个儿土匪说："哥，我害怕。"

高个儿土匪说："看你这婆婆妈妈的，就不像那弄事的人。"

矮个儿土匪说："可不是咧，我算是知道了，孬人学好难，好人学孬也难着咧，咱就不是那干孬事的人。"

"那你想咋办？"

"咱这回起票起错了。"

"咋错了？眼下说这有啥用？开弓没有回头箭，吐到地上的唾沫还能自个儿舔起来？"

"哥，该舔还真得舔啊。老郑家有钱有势，谁敢惹？老郑家还处处行好，方圆十几里落得名声不赖，起票的人都不起老郑家的，咱俩刚上路就起老郑家的票，咱不该啊！"

"咱就是刚起事才拿老郑家下手咧，要不咋打出名声？咋招兵买马？"

"算了吧哥，咱不是那块料，咱还是当个老实庄稼人吧，实在不中，咱要饭去！"

"看你那胆儿，咱惹不起老郑家不也把他家的独苗苗绑过来了吗？兄弟，等着发财吧，咱干这一回，够咱回家吃几年了。往后咱金盆洗手，再也不蹚这浑水了。"

"哥，不中啊，那老郑家会饶了咱吗？说不定眼下正组织人马收拾咱咧。"矮个儿土匪往身旁一棵小槐树上踹了一脚，小槐树"咔嚓"断了，"哥，我后悔了。"

"后悔啥？咱把老郑家的独苗苗一绑，就没有回头路了，只有往前走，是悬崖也得往下跳，是火坑也得往里钻。"

"干脆把老郑家这个小兔崽子给放了。"

"放了？你饿晕了吧？咱踩点儿忙活恁多天是图啥咧？"

"瞎忙呗！没事干，权当练练手，玩儿咧。"

"玩这？这不是拿脑袋瓢开玩笑？咱不是说好了吗，你咋又变卦了？"

"不是我变卦，是我害怕。"

"看你那胆量，跟老鼠一样，就这还想上山当绿林好汉咧！"

"不是，哥，你看老郑家那小子，太吓人啦。"

"一个小毛孩儿，有啥吓人的？"

"咱从弄住他到现在，他一句话也不说，一声也不哭，这不是人哪，我看见他就害怕。"

"真咧？"

"可不是真咧！"

"我试试。"高个儿土匪看看郑英魁，郑英魁被黑布蒙着眼，反绑着双手，绳子上挽了个结，绳的另一头被矮个儿土匪系在手腕上。他不卑不亢地站着，还是一声不吭。

高个儿土匪来到郑英魁跟前，说："你是个哑巴？"

郑英魁不吭声，高个儿土匪对着郑英魁就是一巴掌，把郑英魁打倒在地，高个儿土匪紧接着上去又是一脚，把郑英魁踢得在地上打了两个滚，牵绳子的矮个儿土匪也不由得跟着往前蹿了两步。可是，郑英魁还是一声不吭。

"真咧，真不吭声啊，是个哑巴。"

矮个儿土匪说："哥，他不是哑巴，哑巴会哭啊，他连哭也不会。"

高个儿土匪说："贵人语少，贫子话多。我今儿算真长见识了，这小孩真是奇人，跟别的小孩真不一样。兄弟，过来，我跟你说。"

高个儿土匪拉着矮个儿土匪到了远处，俩人一嘀咕，也不管郑英魁了，悄悄溜了。

郑英魁听不到土匪说话了，等了半天也没人吭声，郑英魁心里一喜，莫不是俩土匪跑了？

这时，只听远处山风在呼啸，夹杂着饿狼的"嗷嗷"叫声，还有猫头鹰的"呜哇"声，夜凉如水，树影森森，几只山雀匆忙飞到山林深处，那"嘎嘎"的叫声在寂静的山野上更显清脆。

郑英魁躺在冰凉的地上，又冷又饿，浑身疼痛，他下意识地挪了挪身子，却碰到一块儿又尖又硬的石头，硌得他伤口更疼了，可是他顾不得疼，顾不得冷，顾不得饿，还是保命要紧。他把反绑双手的绳子在尖石头上磨，磨呀磨，也不知磨了多长时间，终于把绳子磨断了。郑英魁甩了甩僵硬的手，还能动，扯掉了蒙在眼上的黑布，看看四周，俩土匪没了踪影。他见势赶快爬起来，也不知路在何方，只有顺着山坡往下跑，一直跑啊走啊，深一脚浅一脚的，也不敢停留。

沉静而柔和的月亮在天上缓缓移动，陪伴着匆匆而行的少年郑英魁。苍茫的群山披上了乳白色的面纱，山路两边的树木婆娑斑驳，就像一头头怪兽。这时，一群小鸟突然从树上惊起，身后一阵"窸窣"的响声，夜风吹动脚下的野草，传出阵阵土腥味，郑英魁浑身打了个冷战，不由自主地止住了脚步。回头一看，两只狼不知什么时候跟在他身后，眼睛发出幽幽的绿光，在月光下分外瘆人。

郑英魁刚要喊叫，突然间，他想到了爷爷郑振昌曾给他讲过的对付山间野狼的绝招，爷爷曾对他说："魁，遇到野狼，别叫，别慌，站那儿别动，把衣服解开，看着它，和它对着瞧。"

郑英魁迅速解开上衣扣子，把衣服伸开，突然间身躯像是变大了，就这样看着狼，狼也站在了原地，看着小小的郑英魁。

月光明亮，山野静寂，郑英魁和狼对峙了约莫半个时辰，两只狼还是一动不动，这时，郑英魁又好像听见爷爷在说："魁，山路上都是石头，弯腰捡几块儿石头，狼看见你弯腰摸石头，说不定就吓跑了。狼要是不跑，就脱下上衣把石头包上，围着脖子缠一圈，狼咬人，先咬脖子，咬脖子最要命，先护好脖子再说，手里再拿块儿石头，要是狼扑过来，就砸它的眼睛和嘴。"

想到这里，郑英魁慢慢地弯下腰，眼睛却盯着狼，一点儿不敢分心，他从地上随手摸了几块儿小石头，脱下上衣，把石头放到上衣里包好，然后把上衣缠在脖子上。接着，又慢慢弯腰，从山路上摸到一块大石头，拿在手中，轻轻站了起来。

没想到，在郑英魁弯腰摸石头的过程中，两只狼掉头跑掉了。

郑英魁长出了一口气，再摸摸衣服，浑身都湿透了……郑英魁加快了下山的脚步。

到了天快亮的时候，终于下了山，碰到一个早起打猪草的老大爷，问了路，郑英魁这才摸回了家。

5

听完郑英魁的讲述，赵夫人吓哭了，她急忙脱掉郑英魁身上的脏衣服，只见郑英魁身上青一块紫一块，赵夫人号啕大哭起来："那千刀万剐的贼子，看把我儿打成啥啦？我非捉住撕碎他们不可？魁儿，疼吗？"

郑英魁摇摇头。

郑振昌走上前，仔细瞧了瞧伤，又敲了敲郑英魁身上的骨头，问郑英魁疼不疼，郑英魁又摇摇头。郑振昌说："不碍事，只要不伤筋动骨，只伤点皮肉，用草药敷几天就好了。"

众人都散了，郑振昌让郑英魁躺他屋里床上歇息一会儿。不一会儿，郑英魁就呼呼进入梦乡。

郑振昌招呼郑云祥来到客厅，郑振昌说："魁回来了，你说这事咋办？"

郑云祥说："爹，虽说魁儿回来了，可是，那俩小毛贼咱可不能饶了他，咱郑家哪受过这窝囊气？不收拾他们，我这心里难受。再则说，要是不收拾他们，以后还有别的毛贼找咱的事，开这个坏头，咱以后可没有安生日子过了。"

郑振昌沉吟了片刻，拄着拐杖说："云祥，市面上的事儿，都有好的一面，也有坏的一面。魁遭此大难，是个坏事，但也有好的一面，咱要把这坏事变成好事。"

郑云祥一脸茫然："爹，变成好事？咋变？"

"这事呢，虽说魁有难，可我高兴，魁这么小就有胆有谋，长大后定然是个大弄家，咱郑家后继有人了。我敢说，等魁长大了，魁的本事只在你我之上，不在你我之下，说不定，到了魁手里，咱郑家会成为最兴盛的一代，所以说，我高兴，高兴。"

"爹，魁儿有恁大本事？"

"有哇，每逢大事必静气，你看魁，遇到恁大的事，一点不慌，这是干大事的人的样子啊。一个小孩，硬是把小毛贼吓跑了，你说，这魁是人吗？不是人哪，那是神鬼托生的人哪。魁是生在咱郑家，要是生在帝王家，那恐怕是一代明君，不比秦皇汉武，也比得上宋太祖明太祖了。"

郑云祥听到这里，小心地看看门外，低声说："爹，您是老糊涂了吧？您咋敢说这大逆不道的话？这可是杀头的罪啊。"

"哈哈哈哈，云祥，我说话是放肆了些，可这都是实话。不过，只咱爷儿俩在这儿瞎说，出了门那是不敢胡言乱语的。"

"是咧，爹，因言获罪的事儿多了去了。"

"我说要把坏事变成好事，一则是以后更要在魁身上花些时间和精力，把他培养好；二则是咱郑家以后要加强防范。今天的事，是不幸中的万幸，不过倒也提醒了咱，看来咱郑家还是范防不够，还是有漏洞。咱要赶紧在村口和田间地头都搭个庵子，日夜派人防守，再把通往郑家村的大路挖个深沟，搭上跳板，有行人经过，必须经过防守的人同意，放下跳板才能过，这样，咱郑家防范更加严密了，你说这不是坏事变成好事了吗？"

"爹说得很对。塞翁失马，焉知非福？啥事都是有一利必有一弊。不过，那俩小毛贼咋弄？"

"不管他们了。"

"不管他们，那也忒便宜他们了吧？"

"云祥，得饶人处且饶人。我说过，这俩小毛贼不像孬人，其实也是穷苦人。常言说，礼义生于富足，盗贼出于贫穷，穷极生孬法儿。这俩小毛贼若非缺衣少食、为生活所迫，绝不会干这种起票的事情。可到底他们还不是真孬，这不，他们折腾了半天，还把咱魁给放了。咱要是穷追不舍，非要报官把他俩捉住倒也不难，只是于心不忍哪。更何况，要是官府把他俩给砍了，以后咱再遇到起票的，人家恐怕说啥也不会放咱的人了，既然是死路一条，他们何必跟咱客气咧？"

"这俩毛贼也真是的，要是真的没吃没喝的了，到咱郑家门上，哭哭穷，给他们几两银子不得了，咱郑家给穷人的钱还少吗？这俩毛贼，你说你们这是图啥咧，没打着狐狸反落一身骚。"

"云祥，人上一百，形形色色，世界之大，无奇不有，稀罕事多了去了。"

"爹，这事想想也可气。俺郑家多少辈儿勤俭创业，有今天也不容易，凭啥你们穷就得抢我们？还要绑我们的票，真是天理不容。"

郑振昌说："云祥，你恁大个人了，咋还没活明白咧？你就是整天死读书把脑子读死了，你翻翻历史书看看，哪朝哪代穷人造反不是先拿大户开刀的？不都是杀大户分田地的吗？打着均贫富的旗号，把富户的钱分了，才有军粮；把大户家的地分了，才有人跟着他造反。这俩小毛贼只是个小弄家，大小弄家的想法其实都是一样的。有钱就招灾，为啥我一直交代咱郑家老老少少对穷人要好些呢？"

郑云祥说："爹说的有道理，我懂了。反正这俩毛贼也没把魁儿怎么样，无非魁儿受些惊吓，受些皮肉之苦，不过，小孩子家经历些事也不是啥坏事，吃一堑长一智，对以后有好处。既然爹是这个意思，这事就到此为止吧。"

"对。忠厚传家世，子贤福禄长啊。"郑振昌说。

6

郑英魁生在锦衣玉食之家，祖先的荣光照亮了他的前程，他只需恪守本分，不嫖不赌不铺张，自可度过衣食无忧的一生，所以他调皮捣蛋，贪玩好耍，胸无大志。经过邙山遭匪这件事之后，郑英魁发生了很大变化。他变得话少了，鬼点子好像也没有了。

一天，午后的阳光正烈，郑英魁手持蒲扇遮着头，走在从家到郑记客栈的路上，见路边一棵老槐树下有两个木匠在拉大锯。拉上锯的站在圆木上弯腰弓背，拉下锯的站在地上昂首挺胸，锋利的锯齿顺着一道笔直的墨线"刺啦刺啦"游走，雪白的木屑纷纷飘落。两个木匠边拉锯边说话，正说他郑英魁呢。郑英魁听到俩木匠说他的名字，便躲到老槐树后，支棱着耳朵听这俩木匠在说他啥。两个木匠拉大锯的"刺啦"声很响，他们没有觉察到郑英魁就在身旁。只听一个木匠说："兄弟，老郑家的小少爷郑英魁被土匪绑票这事你知道吧？"

另一个木匠说："这事谁不知道？老郑家就这一棵独苗苗，金贵着咧，那是老郑家将来的大掌柜咧，老郑家家业咋样可全看他了，他要是有个万一，老郑家就完了。""嗨！这小子我看哪，长大后不是人才，就是匪才。不是主贵，就是主贱。""老哥你可说对了，老郑家小少爷是个材料，爹娘都是有大本事的人，生个孩子会差吗？你看他遇到土匪不急不慌，硬是把土匪给吓走，那可不简单。不过，他家可是太有钱了，有钱也不一定是啥好事，弄不好，老郑家金山银山反而会害了他，招灾啊。""兄弟，老郑家厉害恁多代了，富裕好几代了吧？""那是，从他祖上在黄河边开客栈发财算起，富裕九代了。""老郑家是富不少代了。老辈人都说富不过三代，谁人做得千年主？转眼流传八百家，可他家已经富九代了，够厉害了，不过，到郑英魁这一代，可真说不准。""是啊，真说不准了，还是老哥你说得对，郑英魁长大后哇，不是个人才就是个匪才，不是主贵就是主贱。"

郑英魁听了俩木匠的这番话，愣在了原地，好长时间才回过神来，自此他才明白，他郑英魁在郑家的地位如此重要，责任如此重大，他才明白街坊邻居都在看着他呢，他的一举一动时刻牵动着大家伙儿的神经。他清醒了，不，确切地说，他是警醒了，他终于迷瞪过来了。他也不去客栈了，蹑手蹑脚地掉转头，等离开俩木匠有一段距离了，撒开腿向私塾跑去。

从此，每天天不亮，郑英魁就伴着满大街的鸡鸣狗叫声到私塾读书习字，他还让老师王文镜把私塾门从外反锁上，除了吃饭睡觉上茅厕，他绝不出门。他还在郑家私塾门口手书一副对联："双手捧起千江水，难洗今日满面羞。"私塾中堂则挂着一幅孔子行教图，两边的对联写的是："观古知今思进退，读书养志识春秋。"

以前，郑英魁看着孔子的画像，总觉得这个长胡子老头，穿着那么肥大的衣服，还两手抱拳，做出一副乐呵呵的样子，挺可笑的。他想，读个破书有啥用呢？经过劫难之后，郑英魁看到孔子画像，再也不敢有轻薄之态了。人常说，小孩无病不成人，不经事长不大，说的可能就是这个道理吧。

郑英魁的小心思发生了重大变化，他懂得了创业难守业更难的道理，他也知道，不能躺在祖宗的功劳簿上度此一生。他必须延续先祖的荣光，用超出先祖的毅力和智慧，壮大郑家基业。

眼看着郑英魁懂事不少，开始专心读书了，郑振昌和郑云祥看在眼里喜在眉梢。为了支持郑英魁读书，他们想了不少办法，甚至出资把郑家的茅坑也改造了一番，即使如厕也不耽误读书，真正做到了古人说的"枕上、马上、厕上"的读书三境界。

第二章
宦海沉浮

1

士农工商，商是四民之末，做生意的地位最低下。因此，郑家除了拿钱贿赂官府并与土匪交好之外，一直想自家出个当官的人，一则是为了撑起郑家门面，二则是为了保护郑家资财不受侵犯。特别是经过郑英魁被邙山上俩小毛贼绑票一事，更让郑家大掌柜郑振昌下了狠心，无论如何家里要出个当官的。怎奈郑家做生意是天才，读书考功名却都屡试不第。不过，到了鸦片战争后，大清朝接连割地赔款，清廷财政吃紧，卖官鬻爵盛行。加之郑英魁被邙山上俩小毛贼绑票之后，突然开悟，开始用心读书了，郑振昌仿佛从中看到了郑家入仕当官、改换门庭的希望。道光二十八年，郑振昌瞅准时机，用钱开路，为年仅十七岁的郑英魁买了个官——洧川县驿丞。那个官虽不入品，但毕竟是郑家第一个当官的人，郑家的祖坟总算冒出青烟了，郑家上下自是荣耀。

清朝的官制分为九品十八级，驿丞、典史不在九品之内。驿丞是负责邮传迎送的小官，提供舟车夫马、粮草食宿。那时候，全国共有二百个左右的水马驿站，有的州县设这个驿丞，有的就没有，有的驿站人多，有的人少，全由当地水陆交通情况而定。河洛县也有一个陆路马驿，叫洛口驿，属河南府，而洧川驿站也是陆路马驿，属开封府，于明朝成化十一年设置，留用至今。洛口驿与洧川驿中间隔了两个驿站：郭店驿和广武驿。

郑英魁赴任之前，先到祖坟烧纸敬香，又来到郑氏祠堂祭拜祖先。

这时的郑家村，除了郑振昌、郑云祥、郑英魁这一支脉，加上从其他地方迁移来的姓郑的，郑氏家族已经有几百人了，郑氏在郑家村成了最大的姓，而且集资修建了郑氏宗祠，逢年过节，大事小事，焚香祷告，敬若神明。

郑英魁在爷爷郑振昌和父亲郑云祥的陪同下，来到郑氏宗祠。这时的郑氏宗祠规模并不大，只是一进院落，三间瓦房。

郑英魁洗手敬香，跪在郑家先人牌位前，喃喃祷告："列位祖宗，我郑英魁承蒙先祖恩泽，到洧川赴任驿丞，请祖宗放宽心，我一定不忘先祖重托，待到我加官晋爵、功成名就，届时再祷告列祖列宗，告慰先祖在天之灵！"

祭祠完毕，郑振昌说："云祥、英魁，来，坐这儿歇会儿吧，咱爷儿仨唠唠嗑。我跟你爷儿俩说啊，我是老了，没事就爱到祠堂来，坐到祖先的牌位前，跟祖宗掏心窝子说说话，叫祖宗听听。我只要跟祖宗说说话，心再乱再烦，就都静下来了，我这心里舒坦着咧。今儿个啊，列祖列宗在上，我得在这儿说说心里话。"

爷儿仨各自找椅子坐下了。

这正是一年中冰雪融化、惠风和畅的初春季节，南燕北归，几只春燕来到郑家祠堂，在祠堂屋檐下飞来飞去，衔着泥巴和树枝，搭建温暖的小窝。郑英魁跑到院里折了一根树枝要把燕子轰走，郑云祥止住了他，说："魁，燕子来咱祠堂里垒窝，是吉兆啊。再说了，做人要'扫地恐伤蝼蚁命、爱惜飞蛾纱罩灯'，咱郑家能有今天，虽不算发达显贵，倒也衣食无忧，你还捐了个小官做，官虽不大，不过好赖也是吃皇粮的人，在郑家村，最起码没人敢再欺负咱。咱应当感恩戴德，对一草一木、一个小动物，都不可轻易伤害，那也是生命，要心存善念，方得长远。"

郑振昌点点头，说："魁，你爹说的有道理。人都说，无商不奸，做生意是为啥？做生意就是为了挣钱，挣钱天经地义，不过，咱郑家做生意，是以诚信为本，只有心诚，生意才能像长流水，源源不断。心要诚，就要当好人、发善心、走正道。"

郑英魁似懂非懂地说："爷，爹，我记住你们说的话了。不过，俺觉着，人要是心太好了，光受人欺负，要是不会打架，就挨人打。"

郑云祥说："魁，好人一生受气，可一生平安，'天之道，损有余而补不足'，啥事都是公平的。"

郑振昌说："魁，当个人，对不如咱的人，咱同情他，可怜他；对于那些欺负咱的人，咱就跟他拼到底，不会饶了他。说白了，就是对好人要好，对坏人要坏。"

郑英魁说："还是爷说得有道理，不能光当老绵羊。"

郑振昌说："我是老了，能忍则忍，胆子小多了，到老了才悟出俩字。"

郑英魁问："爷，哪俩字？"

郑振昌一字一句地说："小心。"

郑英魁说："爷真是老了，小心啥呀？"

郑云祥说："魁，咋能跟爷爷这么说话？没规矩，给你爷爷磕头赔不是。"

郑振昌说："不必了，魁还小，还不太懂事。不经一事不长一智，初生牛犊不怕虎，成人全靠事上磨。你这次出远门做官当差，很多事自然就明白了：刚做官的人，都有在乡里自夸的心念，也有徇私枉法的意图，尤其要时时小心，日慎一日，居安思危，重戒深切，若己不胜，若己不终。就像古人说的，懔乎若朽索之驭六马，栗栗危惧，若将陨于深渊。"

郑云祥说："爹说的是啊。"

郑振昌叹了一口气："我是窝囊了一辈儿，也没有干出个啥名堂，咱郑家的希望就在你爷儿俩身上了。"

接着，郑振昌对郑英魁说："英魁，你要当官了，这是咱郑家头一回当官，是咱祖坟冒青烟了。我老了，话多，虽说不知道官场的礼数，可是，不管你爱听不爱听，不管中用不中用，趁这机会，在列祖列宗面前，我还想啰唆几句。"

郑英魁说："爷，不听老人言，吃亏在眼前，您老说吧，您说的有用，我听着咧。"

"你到了洧川县，人生地不熟的，啥事多长个心眼，自己照顾好自己。"

"爷，您放心吧，我已经长大了，我会注意的。"

"你人是长大了，个子也长成了，比您爹和我的个头还高，不过，你的心还没有长大，还不成熟老练。你要记住，在人家的地面上当官，可不许胡来，要当好官，当清官，为朝廷分忧，为苍生谋利，好让祖宗放心，让咱郑家青史留名。"

"爷，我只是个驿丞，不是什么大官，办不了什么大事。"

"英魁啊，别管官大官小，在啥位置都要好好干。虽说咱这官是拿钱捐的，不是走的正途，可越是这样，咱越不能让人家看不起咱，咱越要干出个样子让人家看看。"

"爷，您说得有道理，我也是这样想的。不过，当个驿丞，那是伺候人的活儿，只要眼里有活儿就行了，也不需要多大的学问，我只要眼勤腿勤手勤，我会干好，请爷放心。"

"那不对，再小的官也是官，肚里也得装墨水，到那儿有空就读读圣贤书，不光长学问，还长见识，学学为人处世。"

"是咧，爷，我小时候虽说好玩不好读书，不过，我如今已经开始读书了，不光读有字之书，我还要读无字之书，毕竟人情世故的书更有用。"

"是咧，你这一去，道阻且远，辛苦漫长，爷爷我实在是不放心。不过，你只要记住四个字，就能一帆风顺，不会有大的灾难。"

"爷，哪四个字？"

"这四个字嘛，就是勤、俭、谦、和。"

"勤、俭、谦、和。"郑英魁一字一顿地说。

"是咧。勤，一勤天下无难事，勤能补拙是良训，笨鸟先飞，天道酬勤……如此多的名言，都说明一个道理：勤奋是成事的不二法宝。要黎明即起，洒扫庭除，披星戴月，朝朝暮暮，只要日积月累地勤奋读书和支差，即使不能有大的成就，但一定能顺风顺水、无灾无难。俭，成由勤俭败由奢，古人总结的教训太好了。俭能养德，也就是说，节俭能使一个人的品行高尚，成为一个大家尊重的人。如今咱家不缺钱花，可也绝不能成为奢侈浪费的理由。即使家里再有钱，如果节俭过日子，也能使家业长盛不衰。到了洧川，当个驿丞，见的达官富豪多，不要与人比吃比喝比穿比用，只比谁踏实肯干，只比谁肯吃苦。不过，节俭并非抠门，挣钱就是用来花的，但是，要知道哪些钱该花，哪些钱不该花，花钱要花在正当处。在该花钱的时候毫不吝啬，在不必花钱的时候则能不花就不花，能省则省。挣钱不易，花钱也不易，也是一门学问。"

"爷，哪些钱该花，哪些钱不该花？"

"哪些钱不该花我刚说给你听了。哪些钱该花呢？请客送礼不要可惜钱，要大方些。跟人一块儿吃饭，咱结账，不让人家掏钱。谁家有难处了，花钱帮帮人家。把钱花在交朋友结人缘铺世路上，这钱就值，这钱就不要可惜。"

郑英魁点点头说："爷，你说得真好。那么，谦字是咋说呢？"

"人在没有成事的时候，往往是很谦虚的，能够虚心向别人学习，也能够听得进别人的不同意见。三人行必有我师，三个臭皮匠顶一个诸葛亮。学学这个人的这个优点，再学学那个人的那个优点，学别人的优点多了，你就比你学过的所有人都强。要与人交往，就要放开心胸，利用一切机会虚心向别人学习。可是，可怕的就是功成名就的时候，特别是一直顺风顺水的时候，这时候最容易骄傲自满、目空一切、张牙舞爪、不可一世，最可能听不得别人的不同意见。到了这个时候，其实就是最危险的时候，很快就会大难临头，那些想不到的灾难就会从天而降。天狂必有雨，人狂必有祸，而说起来，根源还是在自身，归结起来就是一个原因，就是忘了这个'谦'字，忘记了人外有人、山外有山的道理，忘记了一山更比一山高、一浪更比一浪强的道理，忘记了人无千日好、花无百日红的道理。你记住，小心驶得万年船，越是有成就的时候，越是一帆风顺的时候，就越要脑子清醒，越要谦虚谨慎，越要如临深渊，万分小心。"

郑云祥也在一边说："魁，你爷给你交代的话，都是他一生的经验啊，出门在外，你可要记好。"

"爹，我会记住的。"

郑振昌继续说："特别是这个'和'字，是为人处世的根本，也是避灾免祸的法宝。天地之气，暖则生，寒则杀。故性情清冷者，受享也凉薄。唯和气热心之人，福厚而泽长。为人要和气，做事要争先恐后，做人要你推我让，做事要志存高远，做人要学低学矮。两人见面，先热情地打招呼，两人走个碰头，抱拳请人先行。平时见人一面笑，说话总说好好好、中中中、行行行、不错不错不错。人都爱听好听的，你说他好，他心里高兴，事情就好办。即使是遇到纠纷和争执，也要以和为贵、和气生财。常言说，抬手不打笑脸人。即使遇到的人说孬话、说狠话、说风凉话，咱大人大度，就对他笑脸相迎，看他能咋着？他也就没脾气了，灾难就化解了。即使是人家一而再，再而三地欺负咱，咱跟他斗，也要适可而止，得饶人处且饶人，得放手时且放手，斗不是目的，天天斗来斗去，两败俱伤，没有赢家，啥事也办不成，好斗逞勇是祸不是福。斗是手段，和才是目的，和睦相处，和和气气，才是人生正理。魁，'勤、俭、谦、和'，只要你记住这四字经，就会顺风顺水、平平安安，很有可能会成就一番大事业。即便因为各种缘由，没有大的成就，也能保住咱家的好日子，没有大的灾难。所以，把这四字经时时挂在嘴边、记在心上、刻在案头，非常要紧。"

"爷，您就放宽心吧。不过，我有一事不明白。你说两人见面，我要先热情地打招呼，我为啥要敬他？两个人走个碰头，我要抱拳让他先走，我凭啥让他？我凭啥怕他？他算老几？"

郑振昌说："魁，你问得好。这里边可有大讲究啊。人出门在外，啥事都会碰到，啥人都会遇到。不想招灾惹祸，就要学会不管人。"

"不管人？"

"对喽。人都好管人，可不管人才是避灾免祸、平平安安的根本。啥是不管人？就是说别管人家咋样，你别管。不要总瞅别人的不是，或者见不得别人的好，人上一百，形形色色，小鸟吃米鸡吃谷，各人自有各人福，各人自有各人的修行，各人自有各人的因果，各人自有各人的祸福，各人自有各人的宿命，跟你有啥关系？你管好自己就中了。人家过得好，咱不眼红，说不定人家前世积了大德了；人家过得不好，咱也不看不起人家。咱不能拿咱的眼光去要求人家，人家有人家的活法，有人家的想法。咱又不是他爷他爹，咱管不了人家，咱也没必要管人家。只要不管人，就少生很多闲气。对于你说的为啥要敬人、为啥要让人，其实还是个不管人。因为你不知道对面来的是啥人，如果是个好人，那就罢了，如果是个孬人，你对他不理不睬的，你跟他较起劲儿来，不是灾祸一场吗？关键是人活一世不容易，有很多事要干，特别是你，还有大事要做，在这些小事上劳神费脑不值得。人要有舍有得，那些烂人和芝麻绿豆大的小事，就不要管他。记住，小处不争大处争，大事不让小事让，小不忍则乱大谋，只有不在这些小事上费劲，你才有时间和精力去干大事。人活一辈子难哪，不管哪个活下去的人都了不起，都是个人物。人的一生会遇到很多意想不到的灾难，只有处处小心，学会不管人，学会多让人，才能忍一时风平浪静，退一步海阔天空，让走的是灾祸，躲掉的是麻烦，得到的是舒心和平安。啥事让啥事不让，啥人让啥人不让，这都是大智慧呀，需要用心去揣摩。"

郑英魁连连点头，"爷，你说得太好了，您老真是个大聪明人。不过我有一点儿不明白。爷，你说不管人，可是，当个官咋弄？别说当大官了，就我这小小的驿丞，恐怕也得管人吧？还有，像咱家这么大的家业，那么多的长工短工，不管理能中吗？做生意当个掌柜，手下那么多人，不管能行吗？"

郑振昌听到这里，微微点点头，笑着说："魁呀，我没看走眼，你想得很深哪。你问得好，问得有道理。我说的不管人，是对大多数跟咱没啥关系的人来说的。要是当官、当掌柜、当一家之长，那可得管人，不管会中？管理管理，你不管他，他不理你。不过，管人就是生气的活儿，管人就像掂棍喊狗，越喊越远。会管人的人轻松愉悦，不会管人的人焦头烂额，管人有很大的学问，我以后慢慢讲给你听吧。"

郑云祥也说："魁，你爷活了一辈子，走过的路比你走过的桥都多，吃的饭比你掉的馍花儿都多。不听老人言，吃亏在眼前，你可要记住你爷说的话，这都是书上没有的做人之道，这都是金玉良言。"

"爹，我全都记下了。"

"魁，别嫌我人老了啰唆，我还有些话要交代给你。好孙子，出门在外，嘴要甜。常言说，良言一句三冬暖，恶语伤人六月寒。说好话也是积德行善，反正说好话也不花钱，给人家说两句好话你还有啥舍不得的呢？记住，跟人说话，你就只拣那好听的话说，咋好听咋说。千万别说气头话、风凉话、带口头语的骂人话，更别背后议论人的是非。"

"爷，光说好听的话不是在撒谎吗？不是不能说谎话吗？"

"魁呀，也不是都不能撒谎，要看你是想弄啥咧，你要是为了害人而撒谎，那就不对了，可你要是为了保护自己不受伤害而撒谎，那是善意的谎言，是说话的技巧，是智慧，没啥不可。"

"爷，我懂了。"

"你还要磨磨自己的性子，遇事别急躁，急也是灾难的根源。着急则暴躁，暴躁则发火，发火则生气，生气则吵闹，吵闹则灾凶。语迟终富贵，步紧必贫穷。你看那些干大事的人，都是不紧不慢、语迟行缓，不着急，慢慢来的。毛毛糙糙、咋咋呼呼不中。不管遇到啥事，不要着急发火，越是事急越不能急，越急越出错。即便有些事出乎自己的意料很糟糕，也要先静一静再说，静下来，有难事就想法儿去办，这个办法不行想别的办法，想不出办法就等等再说，办法总是会有的。遇事先找找原因，是自己的原因还是人家的原因，是故意的还是无意的，想清楚想明白了再说。生气就更没必要，有啥气可生？有人说，我也知道生气不好，可就是做不到不生气。其实啊，还是那句话，只要不管人，就能做到不生气。生气一般都是因为别人，没有必要，气他干啥？他又不是我，我又不是他爹他爷，我管他干啥？如果遇到惹不起的恶人、小人，惹不起咱躲得起，打一回交道知道他是啥人了，以后少来往、少说话，免灾躲祸。气自己无能，埋怨自己没用，也没必要，人不可能十全十美，谁都有缺陷、找着自己的不是，以后操心改了就是了。唉，还是明代四大高僧之一的憨山德清大师写的《醒世歌》好啊，'红尘白浪两茫茫，忍辱柔和是妙方。到处随缘延岁月，终身安分度时光。休将自己心田昧，莫把他人过失扬。谨慎应酬无懊恼，耐烦做事好商量。从来硬弩弦先断，每见钢刀口易伤。惹祸只因闲口舌，招愆多为狠心肠。是非不必争人我，彼此何须论短长。世事由来多缺陷，幻躯焉得免无常。吃些亏处原无碍，退让三分也不妨。春日才看杨柳绿，秋风又见菊花黄。荣华终是三更梦，富贵还同九月霜……'"

"爷，您说得太对了，我明白了，您的话我一定谨记在心。"郑英魁使劲儿点头。

郑振昌听了哈哈大笑："魁呀，真是个聪明的孙子啊。我刚教你见人要学说好听的话，你这嘴呀像抹了蜂蜜一样，便开始夸您爷我了，开始哄我开心啦，你这是现学现卖呀。"

郑云祥和郑英魁听了，也哈哈笑起来。

2

郑英魁走马赴任之前，在家大摆宴席。热闹几天后，选了个黄道吉日，准备启程。临走前，郑振昌又送给郑英魁一套《二程全书》，这是宋代思想家程颢和程颐兄弟俩的合集。程颢和程颐受学于理学创始人周敦颐，后来独创了"天理"学说，也称之为洛学，因为程颢和程颐的老家在洛阳伊川县，而伊川县与河洛县地边搭界，所以河洛县当地人深受理学的影响，郑家自然是理学的忠实信徒。

郑振昌说："魁啊，到了洧川，公务不忙了，你多读读《二程全书》。"

郑英魁说："爷，我天天读《二程全书》。我有一套《二程全书》了，你不用再给我了。"

郑振昌说："你有是你的，爷再送你一套，你那套读烂了，再读我这套。"

郑英魁说："爷，《二程全书》我已烂熟于心。"

郑振昌说："你烂熟于心，那你说说，《二程全书》说的都是啥意思？"

"啥意思？不就是讲理的吗？理学以'理'为主，认为'理'先于万物，而人欲蒙蔽了本心，便会损害天理，要通过'涵养须用敬、进学在致知'，达到'存天理、去人欲'的目的。"

"你再说说啥是存天理？啥是去人欲？"

"比如说吃饭，人吃饱饭叫天理，因为不吃饭就要饿死，这是天理；而吃好饭就叫人欲，吃美味佳肴，那就是欲；比如穿衣服，穿得暖和叫天理，要是不暖和人就要挨冻，甚至要冻死，而穿好衣服就是人欲，没必要穿锦衣华袍；再比如成亲，找妻子是天理，没有妻子怎么传宗接代？而纳妾就是人欲，就是不该有的欲望。"

"嗯，说得对。"

"爷，我读《二程全书》，一直有个问题，想问问您老，我要出远门了，到了他乡当官难免会有各种吃喝玩乐的应酬，我想问问，我还存天理、去人欲吗？"

郑振昌义正词严地说："那是自然。"

郑英魁说："爷，人要是没有了欲望，活得那么苦，还有啥意思？天天愁眉苦脸，还能活下来吗？对自己那么狠，何必呢？"

"魁啊，你这话我小时候也不懂，可后来，我经事多了，才知道，人就像一棵树，要是枝杈乱长，不进行修剪，分散了养分，那还能往上长成大树吗？人生下来，会有这样那样的想法，这也正常，不过，要是想干啥就干啥，那还能长成人吗？这人世间不就乱套了吗？干啥都要有规矩，不能随心所欲。乐不可极，乐极生哀；欲不可纵，纵欲成灾。欲多伤身，财多累心。要去掉那些俗欲的恶习，吃尽苦中苦，才能成为人上人，才能明事理成伟业、光宗耀祖。再则说了，吃喝玩乐一次两次可以，如果天天过着那样的日子，也很没意思，也很无聊空虚。就像吃大鱼大肉一样，吃一次两次怪好，天天吃你不也腻了吗？人要克制自己的欲望，修身养性，追求更大的作为，成就更大的欲望，这叫作舍小欲成大欲。只有对自己狠一些，管得住自己，才能战胜别人，才能成就大作为。想克制自己的欲望是怪难的，但是，习惯成自然，慢慢就会感到其中的快乐。就像读书一样，刚开始你可能不喜欢读书，不过，你要是强制自己一天读一个时辰的书，只要强制自己读上半年几个月的，你就上瘾了，到那时候，读书就成为你活着要做的一件事了，你就离不开它了，你一天不读书就会觉得缺点啥东西，你就很难受，要是十天半个月不让你读书，你就难受得要死。所以说，苦中也有乐，苦中有真趣，要先苦后甜，这是干大事的快乐，舍小欲得大欲，舍人欲成天欲，岂是吃喝玩乐这种俗欲所能比的？"

郑英魁说："爷，天理就是最高的法规、规矩，人有七情六欲，可人要遵从规矩，不能乱来，不能随心所欲，不然这天下就大乱了。我这样理解对吗？"

郑振昌说："就是这个理。只有理学，才能治国兴家，才是人间正道啊。如果一个人连自己的小欲俗欲都战胜不了，咋能战胜别人呢？咋能成就大事呢？欲成大事者必自律，不自律必自毁啊。"

这时，郑振昌转身从里屋又拿出一套《杜工部集》，说："魁啊，公务之余，再读读诗圣杜甫的诗，杜甫是巩县（今巩义市）笔架山下南瑶湾村的人，离咱这儿不远，他的坟墓就在咱北邙山上。"

"爷，这我能不知道？我去杜甫老家和他的陵园里转过多少回了。"

"嗯，杜甫一生，命运不济，可他始终心系苍生黎民，你到了洧川，也要为老百姓着想，当个好官、清官，为咱郑家祖宗脸上争光。"

郑英魁说："爷，我知道了，'穷年忧黎元，叹息肠内热'。我听您的话，您放心吧。"

　　郑英魁的娘赵夫人给郑英魁煮了一竹篮鸡蛋，说吃鸡蛋滚滚运气。郑英魁说："娘，我哪会吃恁多鸡蛋啊。到了洧川，我又不是去要饭的，能没吃的吗？"赵夫人说："儿啊，你有吃的，是人家的，这鸡蛋是娘给你煮的，你一天吃俩，天天想着娘。"

　　赵夫人还给郑英魁做了十双新鞋，有单的，有棉的，一年四季穿不完，赵夫人还说踩踩新鞋会踩掉霉运。

　　为怕路上有什么闪失，临行时，郑振昌给孙子郑英魁找了一个本家后生郑英奇随同前往。郑英奇比郑英魁小几个月，都是同辈人，人很机灵，又可靠。

　　启程这一天，天下着蒙蒙细雨，周围升起一片模糊的水雾，湿湿的，凉凉的。郑英魁起了个大早，一家人也都起了大早，千叮咛万嘱咐，就像生离死别一样，把郑英魁送到村头。这时，风也"窸窸窣窣"地吹起来了，斜风细雨，郑英魁心里很不好受，洒下了几滴热泪。他头戴斗笠，身披蓑衣，给爷爷和爹娘磕了头，这才在郑英奇的陪伴下，翻身跃上红色高头大马，扬鞭飞奔而去……

3

　　洧川，因处于洧水下游平川地带而得名，这个千年古县物华天宝，人杰地灵。一条洧河十几丈宽，绿水荡漾，波光粼粼，从洧川县城北边绕城而过，也有水旱码头，商贾云集，百业俱兴，给这个古老且偏远的县城平添了无限生机和人气。

　　"溱与洧，方涣涣兮。士与女，方秉蕳兮。女曰观乎？士曰既且。且往观乎？洧之外，洵讶且乐。维士与女，伊其相谑，赠之以芍药……"郑英魁在洧川公干，闲暇无事，夕阳西下，总是坐在洧水边沉思。天边的云霞被落日洇染成一片酡红，碧绿的河水在余晖的映照下泛起层层红晕，即将归巢的鸟雀沐浴着绚丽的霞光在河面上留恋翻飞，道道炊烟从谁家茅草屋袅袅升起，岸边的垂柳枝条则轻轻依附着古老的洧水不肯离开。这里就是《诗经》中《溱洧》诗篇描述的地方，郑英魁想象着遥远的周王朝，想象着那时的人们自由自在的生活，青年男女在田野里、小河边约会，春光普照，嫩草萌动，男女相聚，对唱情歌，顺天应人，纯朴自然，那是多么美好的生活啊！

　　可是，郑英魁向往归向往，即使他一个人独居在外，在男女关系上也依然严格要求自己，没有半点过分的行为。爷爷郑振昌送给他的那套《二程全书》，他摆在案头，每每看到《二程全书》，他就想到爷爷的教诲，要像程颢和程颐说的那样"存天理去人欲"，要修身养性，管住自己，近追圣贤，远望天理。

他羡慕古人的自由开放、随性不羁、嬉戏欢乐，但是，他渐渐悟出芸芸众生没有规矩不成方圆的道理，明白了不明天理、不去小欲难得大欲的道理。

他虽只是一介驿丞，但他听说，前明大儒王阳明也曾做过驿丞。王阳明在贵州龙场做驿丞的时候，也是他一生最失意的时候，在面对大宦官刘瑾百般欺凌、多番打压的日子里，他宗师儒释道，潜心研攻理学，追求内心强大、心外无物，以内圣致外王，终于有一天龙场悟道，提出了"求理于吾心"的知行合一学说。他的心学帮助他在艰难困苦的日子里找到了生的快乐和活的坚强，摆脱了内心的郁闷与伤痛。关键是，王阳明作为读书人，文能出仕，武能带兵，当正德十四年宁王朱宸濠发动叛乱时，王阳明带兵一举平叛，震动朝野，成为历代文人的楷模，改变了书生的腐儒形象。

郑英魁也是一介驿丞，在孤独寂寞空虚难耐的日子里，他也想像王阳明一样，以理学为基，以心学为本，成就更大的作为，青史留名。但是他知道，他与王阳明相比，差得很远，人家父亲就是状元出身，王阳明本人又天资聪颖、家学深厚，还是进士出身，这岂是他郑英魁所能相提并论的。

不过，尺有所短、寸有所长，郑英魁有郑英魁的优点，他出身于经商世家，又遗传了河洛人善做生意、善于交际的特点，在洧川驿丞这个位置上，他如鱼得水，干得风生水起。

那时节，以京城为中心，水陆交通都有驿路，通过干线、支线、间道、便道等驿路，将全国连成网，而在边腹郡邑和村镇要会处设置水马驿，用于接待官员、传递书信、运输官府物资。在重要的车马驿站，有马匹八十、六十、三十不等，在重要的水陆驿，有船二十、十五、十只不等。马夫、水夫不但有工钱，杂役还全免。清初，官府采取严厉措施，禁止私人使用驿递，虽开国功臣和皇亲国戚也不例外，可是到了清朝中叶以后，违例用驿者越来越多，到了郑英魁当驿丞时期，违例用驿已见怪不怪，法当入驿者，十无二三，法不当入驿者，十有七八，自京官而及司道州县官，无不借助勘合，夫役无不讨要火牌，而且私牌私票，横行不绝。天地之间，到处都是驰驿之人。而那些达官显贵每到驿站，要这要那，索取无厌。马匹动辄索要六七十匹，役夫动辄索要二三百名。在这种情况下，驿丞只有谋取不义之财，由于驿路平坦且近直，驿站的运输又快又安全，靠山吃山，靠水吃水，那些驿丞便与商人联系，帮商人夹带货物，从中谋利。

郑英魁就处在这样一个时期，他善于经商，公私兼顾，把个洧川驿站经营得红红火火。郑英魁会来事儿，驿站又有钱，所以，来个客人，特别是过路官员，包括官员的家眷路过，他都不惜重金，把人家伺候得舒舒服服，谁走了都说他的好。

4

是金子总会发光，终于有一天，郑英魁正指挥着郑英奇和几个差役给马喂草，洧川知县派人来了，说河南巡抚钟化民这几天要到洧川来，就住在驿站，要他做好支应。

郑英魁得到了这个消息，知道他的运气来了，激动得几天没有睡好觉。郑英奇问他："哥，有啥事儿啊？看你心神不定的。"

郑英魁喜滋滋地说："兄弟，咱的运气来了。"

"啥运气？"

"啥运气？到时候你就知道了。"

说归说，不过，郑英魁又喜又忧。他遵从爷爷郑振昌的教诲，闲来没事就读书，尤其爱读前朝重臣所著的回忆录、自传之类的书，从这些书里，他学到了很多为人处世的道理，他更懂得伴君如伴虎的道理。老虎会吃人，常在老虎身边，一不小心，就会被吃掉。但是，如果把他们伺候好了，飞黄腾达、光宗耀祖也是指日可待的。而侍候钟化民这么大的官，也是这个道理，有利有弊，是福也可能是祸。侍候好了是福，而侍候不好，哪点有了闪失，钟化民大人一句话，轻则断送他的前途，重则要了他的命。

富贵险中求，平时要小心再小心，但是，有的时候，如果是事关命运前途的关键时候，还是要冒冒险的。郑英魁年轻气盛，他不能错过这个接触巡抚大人的机会。

于是，郑英魁天天思忖如何支应巡抚钟化民。他打听到这位巡抚大人很和气，官架子不大，不过，对送礼的事儿他还是来者不拒。既然巡抚大人有这个爱好，那就好办多了，抓住他的软肋就能牵着他的鼻子走。

郑英魁先是准备住的，把驿舍的房子重新整治了一遍，用的物品睡的铺盖都重新置买，院落打扫得干干净净，还置办些花花草草，即使是轿夫的住室和喂马的马厩也拾掇得焕然一新，连门口的拴马石也换作新的。驿站门口还挂上了大红灯笼，到了晚上，张灯结彩，照耀得如同白昼。

住的要准备好，吃这方面更不能含糊。郑英魁专门到巡抚衙门找那些差役打听了一番，那些跟差的说，巡抚大人是从京城下派来的，见过大世面，天上飞的，地上跑的，水里游的，啥都吃过，到了地方，巡抚大人最爱吃地方风味。郑英魁一听来劲了，这好办啊，洧川这地方，别的不说，还是有几样地方名吃的，像洧川豆腐、十八层锅盔，还有羊肉烩豆腐，这都是特色啊。尤其那洧川豆腐，跟别地方的豆腐就是不一样，洧川豆腐薄，面上黑黄色，里边细白嫩，豆腐筋道，手拿斤把豆腐往地上扔，不出水、不毛边、不变形，还能用秤钩挂，还能用麻绳穿提，放到锅里炖不变形、煮不化，越炖越筋道，味儿还特别香。洧川锅盔就更绝了，上下十八层，正面松软，背面焦酥，放几个月都不变味。

为了让巡抚大人开心，他专门找洧川街爱吹爱侃的老人去聊，了解了很多洧川的趣闻逸事和乡间见闻，装了满满一肚子，等遇到机会，可以讲给巡抚大人听个热闹。

巡抚大人喜欢收礼，郑英魁写信给爷爷郑振昌，让家里准备一千两银子，伺机送给巡抚大人。

这天，河南巡抚钟化民在鼓乐伴奏下坐着八抬大轿带着一干人马浩浩荡荡地来了，郑英魁跟随知县跑前跑后，格外殷勤。巡抚大人在驿站住了几天，这给郑英魁一个天赐良机，因为知县也不可能一刻不停地跟着巡抚大人，他郑英魁见机行事，对巡抚大人极尽逢迎之能事，真是累了递把椅子，瞌睡了递个枕头，要啥有啥，不，是想啥有啥。郑英魁嘴上功夫了得，因为他功课做得足，肚里装了一肚子话，不说便罢，只要一开口，嘴上就像抹了蜂蜜，让人听了特别舒服，巡抚大人钟化民听得直点头，直夸郑英魁精明能干，是个得力人才。

到了晚上，等知县大人回县衙休息的时候，郑英魁趁机给巡抚大人送上银子一千两，巡抚大人客气一番也就收下了。巡抚大人问郑英魁有啥事没有，郑英魁说，大人，我在这驿站也有两年了，看能不能提携提携换个差使好报效国家。巡抚大人说，咱大清有规矩，只要拔擢，就得交流，不能在原地提任。郑英魁说这个好办，我本就不是洧川人，大丈夫四海为家，到哪里都是为国尽忠，只要能提携一步，在下感恩不尽。巡抚大人点点头，不再言语。

果不其然，巡抚钟化民走后没多长时间，就向吏部保荐郑英魁到山东省东昌府当盐运大使去了。

5

驿丞这个官职不入流，可盐运大使的官职是从九品，郑英魁总算提升入了流，而且盐运大使是个肥差。自古盐业国家专营，不许贩卖私盐，而盐又是生活必需品，老百姓需求量大，所以，国家财政一半收入靠的是盐业。至于盐运大使，那是管盐商盐务的，自然是好差使。特别是东昌府这个地方，比洧川还繁华，东昌府在黄河和京杭大运河交汇处，是南来北往和东西交通的中枢，被称为"漕挽之咽喉、天都之肘腋、江北一都会"。自从明成祖永乐九年官府征集十五万民众疏浚会通河后，载重千石左右的运粮船也能够顺利通航，东昌府便成为沿运河九大商埠之一。

郑英魁要从河南洧川县到山东东昌府任职，离河洛县老家越来越远，这一点郑英魁有些不舍。毕竟在洧川的时候，离家百十里地，起个大早，赶个黄昏，骑马一天还能跑个来回，还能不时地回老家看望爷爷和父母，可如今从山东东昌府到河洛县，路上马不停蹄十天半月能跑个来回就不错了。更何况，他已深深地喜欢上了洧川这个地方。他常去的洧水边，有大片大片的芦苇，比人还高，层层叠叠，郁郁葱葱。瓦蓝的天空飘浮着悠悠的云朵，阳光从苇叶上划过，密密的芦苇丛闪耀着星星点点的光亮，南风微微吹来，柔韧轻盈的芦苇不住地摇曳，传出阵阵动听的瑟瑟声。芦苇丛总有水鸟在栖息，郑英魁放慢脚步，站在河边，透过芦苇的缝隙，看到一只彩色的鸟停在芦苇枝头，好奇地看着他，于是，他也看着这只鸟，与之对望，一动不动。倏地，小鸟飞走了，只留下一道美丽的剪影。郑英魁好像来到了《诗经》里，这分明是远古的画卷啊，古风古韵，梦幻仙境。郑英魁如痴如醉，流连忘返。

郑英魁在去东昌府上任之前，专门回了一趟河洛县老家，给爷爷和爹娘辞行，这次，他是升官回的郑家村，也算荣归故里。

在老家，郑英魁又大摆宴席，宴请郑氏族人和七大姑八大姨，热闹了几天，才到东昌府赴任。

临走前，郑英魁给爷爷和爹娘磕头，说："爷，爹，娘，我这一去，路途遥远，恐怕不能及时尽孝了。"

爷爷郑振昌说："魁啊，忠孝不能两全，忠字第一，孝字第二，为国尽忠就是最大的孝。官差不自由，到了那里，好好干差使，给郑家祖宗争光，我和你爹娘就高兴了。不过，官差再忙，我送你的《二程全书》《杜工部集》，你可不能忘了看。"

郑英魁说："爷，我一直看着咧。"

郑振昌又说："山东是孔圣人的故里，那里的人仁义、好汉多，到了那里，也要讲仁义，做个好官，光宗耀祖，青史留名。"

郑英魁说："爷，您老就放宽心吧。"

"原来你在洧川干差使，是伺候人的，只要心眼儿活泛就中，你到了东昌府，当啥盐使，你可得干好，要对得起皇上的圣恩，别给咱郑家老祖宗丢人，要跟人家上上下下处好，别让人家捣着脊梁骂咱。"

"爷，您放心吧，我为了当好盐运大使，专门做了功课，跟东昌府的前任盐运大使通了书信，还跟我在驿站上结识的一些盐运官员通了书信，了解了情况，我还找了本《盐铁论》，读了几遍，干好这个差使，我心里还是有底的。"

"嗯，那就中。处处留心皆学问，要多看多学多问多想。"

郑英魁给爷爷郑振昌和爹娘磕了头，这才两步一回头地离开了郑家村。

从河洛县到东昌府有水旱两路，水路坐船慢，但相对安全；旱路骑马快，但山高路险。郑英魁上任心切，选择了骑马走旱路，依然是他本家兄弟郑英奇陪同前往山东赴任。

三伏天是一年中最为炎热的季节，郑英魁和郑英奇骑着马一路向东，烈日酷暑，风餐露宿，前后走了半个月光景，这才到了山东东昌府地界。

太阳快要落山了，天边出现道道霞光，片片流云披上橘红色的盛装，变幻着多种形状，色彩斑斓，瑰丽无比。暑气未消，空气中没有一丝凉风，郑英魁和郑英奇早已汗湿衣衫。郑英魁兴致很高，不由放马唱起河南梆子《审诰命》选段：

> 锣鼓喧天齐把道喊，
> 青纱轿坐着我七品官。
> …………

郑英奇听了哈哈大笑，说："哥，看你美成啥啦。"

"英奇啊，咱快到东昌府啦，没承想咱这土包子，竟也能到山东当官，想想就美，美得很哪。"

"哥，咱人生地不熟的，这官恐怕不好当，有咱作难的时候。"

"英奇啊，要说作难，干啥容易？干啥都不容易，不容易也得干。像那七品芝麻官唐成，他审诰命，容易吗？不容易，正因为不容易他才名垂青史咧。咱到了东昌府啊，也要向唐成学学，当个好官清官。当官不为民做主，不如回家卖红薯，这可是唐成说的话，咱可要记清楚。"

"好咧，哥，但愿你能当个唐成一样的清官好官。"

郑英魁一扬马鞭，随着一声"驾"，郑英魁的马好像懂了主人的心思，仰头嘶鸣，"哒哒哒哒"向前飞奔起来。

郑英奇也不甘落后，在后边喊道："哥，等等我。"一扬马鞭，马也飞奔向前。郑英魁和郑英奇你前我后一路赛起马来。

很快，两人就到了东昌府城门外，这时，早有东昌府的驿丞带了几位随从在路旁撑了一把伞，摆了个四方桌，坐在凳子上迎候，旁边还站着一群围观的老百姓。

这位驿丞个子不高，人瘦，长得尖嘴猴腮，小老鼠眼一眨一眨，透出一股子精明样。郑英魁见这位驿丞的模样，心里很反感，就引起了警觉。这位驿丞见了郑英魁，躬身相迎，抱拳行礼，操一口浓重的山东口音，尖着嗓子问道："敢问您是郑英魁郑大使吗？"

郑英魁应声说："我是郑英魁，请问您是哪位？"

闻听此言，这小猴子满脸赔笑自我介绍说："郑大使，下官叫侯升，是这里的驿丞，东昌府知府金大人早有吩咐，俺在此迎候您多时了。"

啊？姓侯？叫侯升？郑英魁心里暗嘀咕，瞧这姓，姓侯，长得还像猴子，真是绝配啊，不过，就这还想高升，再升也是猴子。郑英魁心里暗笑，脸上却没显露出来，他赶忙翻身下马施礼："啊，侯驿丞，久仰之至，有劳侯驿丞了，这么大热的天，让您久等了。"

"应该的，应该的。"侯升边说边吩咐随从，"去，快给郑大使倒碗水喝。"

路边一张小方桌上摆放着一个小黑坛和一摞碗，小黑坛里边盛着绿豆水，随从取碗盛了满满一碗绿豆水，递给郑英魁，说："郑大使，这是俺侯驿丞专门找附近老百姓熬的绿豆水，您一路劳顿，渴坏了吧？喝碗绿豆水解解渴。"

郑英魁着实渴得喉咙冒烟，接过这碗绿豆水，张嘴就"咕咚咕咚"地喝，喝得顺嘴顺脖子流，喝了个底朝天，直觉浑身透心凉，不由大声说："好，好，得劲！多谢侯驿丞费心。"

侯升笑了，又吩咐随从递给郑英魁一条粗蓝布毛巾，说："郑大使，天热得很，您再擦擦汗。"

郑英魁说："侯驿丞，不碍事，喝了这碗绿豆水，啥都有了，天快黑了，咱抓紧赶路吧。"

侯升说："郑大使，不急不急，这里离东昌府骑马也就两个时辰，一会儿就到驿站了。"

郑英魁接过随从递来的毛巾，把脸上身上的汗擦了个净，然后，拧干毛巾，递还随从，长出了一口气。

侯升给随从使了个眼色，随从也端给郑英奇一碗绿豆水，递了一条毛巾。然后，提了两桶水分别给郑英魁和郑英奇的马喂水。

侯升说："郑大使，您的马恐也累坏了，把您马背上的行李物品搬到俺的马背上吧。"

郑英魁说："这多不得劲哪。"

侯升说："郑大使，不碍事。"

侯升刚说完，随从立刻上前，三两下就把郑英魁和郑英奇马背上的行李搬到了他们的马背上。

行李物品搬完，郑英魁和侯升骑马并排在前，郑英奇和侯升的随从在后，一行数人打马奔向东昌府。

6

一路上，侯升的嘴像吐莲花一样说个不停，跟郑英魁不住地套近乎："郑大使，听说您以前在河南淯川县也干过这份差使，俺干的是您干掉下的活儿，您是老师，还望您多指教。"

郑英魁心想，人话多，不是主贵就是主贱，看这人的面相，以后与他打交道，可要多加小心。郑英魁想到这里，随口说道："侯驿丞过奖了，我干那活儿也是赶鸭子上架，干得不好，才被人撵到这山东地界了，背井离乡的，我实在不想来。"

"郑大使过谦了，您来这里是高升的，在东昌府地界当个盐运大使，那可是肥差啊，肥得流油啊，东昌府富商巨贾多啊，谁个不巴结你？"说到这里，侯升侧身凑近郑英魁说，"郑大使，您这差使，比知府大人都有油水啊。"

郑英魁摆摆手说："侯驿丞，虽说千里做官是为了吃穿，当官不发财，请我都不来，可我郑英魁不是这号人。我家里有生意，不缺钱，当官就是上报朝廷、下安百姓，为的是尽忠报国、光宗耀祖，啥油水不油水的，跟我没关系，我干好我的差使就行了。"

侯升一听，立刻改口说："啊，郑大使说得对，自古官商两条道，当官不发财，发财不当官，郑大使实在让人敬佩得很哪。"

郑英魁摆摆手说："侯驿丞，咱不说这个了。请问我住在哪里啊？"

"您就住在俺驿站后院二楼吧，那里清静宽敞。过两天，给您物色个好看的姑娘早晚服侍着您，在这儿比在家舒坦多了。"

郑英魁正色道："侯驿丞，可不敢这样说，你是不知道，我老家河洛县离洛阳伊川很近，伊川的二程您听说过吧？"

"二程？啥二程？二十里的路程？"

郑英魁笑了："侯驿丞，你不知不为怪，因为你是山东人，你可能熟读孔孟之道，不会知道二程的。"

"二程是啥东西？"

"二程不是二十里路程，也不是啥东西，二程是两个人，是程朱理学的程颢和程颐两兄弟。"

"啊，程朱理学，我好像听说过。"侯升故作高深地说。

郑英魁一本正经地说："程朱理学讲求存天理、去人欲，我郑家信奉的就是理学，以理学治家，我身边一直带着《二程全书》，我爷爷和我父亲一直教导我要存天理、去人欲，所以我不会乱来的，你说的什么姑娘可万万使不得。"

侯升嘿嘿一笑："郑大使，话是这样说，您孤身一人，独在异乡，时间短倒还可以，时间长了，长夜漫漫，您能耐得了寂寞吗？这东昌府虽不比京城繁华，可也是三教九流，百业兴盛，尤其那花街柳巷夜夜笙歌，南来北往的姑娘个个花容月貌，您住久了就动心了。"

"贪爱沉溺即苦海，利欲炽燃是火坑啊。"郑英魁说。

"啊，对对对，郑大使说得对。"侯升觉得无趣，便不再提这事了。

眼看暮色苍茫、群雁翻飞，两人不再言语，只顾打马赶路。不多时，一行人便到了巍峨的东昌府城下。这时，侯升的嘴又闲不住了，说："郑大使，前边就是东昌府。"

"噢，东昌府，越往东越昌盛，这个名字好啊，看来我来这个地方是吉兆哇。"

"是啊，郑大使，东昌府又叫凤凰城。"

"凤凰城？凤凰是吉祥鸟，不过，此话怎讲啊？"

侯升说："东昌府城墙高三丈，外墙用石垒砌，内墙用三合土夯筑，城有四门，东为寅宾，南为南薰，西为纳日，北为锁钥，建有楼橹二十五座，城门上筑门楼，外置瓮城。东、西两城门扭头向南，南门扭头向东，恰似俯卧待飞的凤凰，所以，东昌城又称凤凰城。"

郑英魁附和着说："好地方，好地方。"

说话间，几人进得城来，直接去了驿站。把郑英魁安置在驿站里，一切行李摆放停当，侯升请郑英魁吃过饭，郑英魁早早安歇了。

第二天一大早，郑英魁吃过早饭，在侯升引导下，到东昌府拜会知府大人金道正。

东昌府衙是典型的北方双四合院明三暗五的建筑样式，气势恢宏，庄重威严，错落有致。郑英魁来到衙门口，首先映入眼帘的是门口的两副对联，上联是"从来清白无遗漏"，下联是"自古贪争有后殃"，衙门里中轴线两侧有两个莲花池，通过甬道下边的三孔石券桥洞，两池的水连在一起。侯升介绍说，"莲池"意思是廉耻。郑英魁不由称妙。

过了甬道，来到仪门前，侯升说："郑大使，见了仪门，新官要磕头下跪。"

郑英魁点点头，缓缓跪下，重重磕了三个头。起身后，随侯升过仪门，来到大堂。

大堂是单檐硬山式砖木建筑，面阔三间，前边还多出一个卷棚建筑，大堂内的正面屏风上彩绘有海水朝日图，大堂顶棚中心彩绘有太极八卦图，一群仙鹤向八卦图的中间翩翩飞去，制作之精美令人称羡。

郑英魁对侯升说："侯驿丞，我在洧川县见过县衙，还从未见过府衙，今日得见，真应了那句话啊。"

"哪句话？"侯升问。

"官大一级压死人，一级跟一级就是不一样。"

"郑大使，您说得对，要不大家都想往上爬呢，那就是不一样。"

侯升领着郑英魁穿过大堂，越过二堂，到了三堂，三堂是五间面阔回廊式建筑，三堂门口也有一副对联，上联是"情系东昌四面云山归眼底"，下联是"心念皇恩万民忧乐在心头"。三堂的东边两间，是知府的会客室，金道正金大人就在这里接见新官上任的郑英魁。

金道正金大人是标准的山东大汉，身材魁伟，四方大脸，仪表堂堂，两道浓浓的剑眉下瞪着一双豹子眼，鼻直口阔，面色红润，不怒自威。

郑英魁来东昌府之前，打听过金道正的过往，知道他是进士出身，当过一任知县，听断详明，颇有官声，他曾亲自撰写并颁布援邪归正文书，告知全县黎民百姓禁赌禁娼，文书写道：

　　　　严禁娼赌以靖地方事。照将赌为盗贼之薮，娼乃倾家之源，二者倘有一于此，无识子弟被诱入局，失时废业，无所不为，实为民害。是以律有明条，不容稍宽。时无忙闲，即正月及起会日，亦不许赌，赌无大小，见钱即是，违者罚戏三天。开场头家，除与赌友共罚戏外，更罚钱三千文，不受罚者，俱送官究处。有送赌信者，与钱一千文，能挝赌具者，与钱两千文。每年乡约轮流经管，如行私纵赌，送官革除。集社一道乡约作社首，约于每年十月十五日会社。赌外，并禁毁麦苗、砍伐树木，违者按规定罚。自此示之后，各宜恪守本分，切勿仍蹈前辙。邻里乡党，互相劝勉，父兄严戒子弟，一乡大小均归正业，倘敢违犯，一经查出或被告发，定行究办，决不宽贷。凛之慎之，勿违此示。

正因为金道正金大人政绩赫然，所以才一路高升，坐到知府的位置。

郑英魁通过这些传闻，得知他是个豪爽之人、清正之官，于是，郑英魁见到金道正，心里感到很亲切，毫无怯意。他恭敬地叩首并介绍自己。金道正则离座弯腰将郑英魁搀起，并赏郑英魁就座，吩咐差役倒上一杯红茶，很是客气。

金道正轻轻抿了口茶，一开口说话便声若洪钟，他操一口浓重的山东口音，听起来别有韵味。

"郑大使，缘分哪，以后跟老哥俺共事你就知道了，俺是很好相处的，从不与下属为难，咱共同把事情办好，让万岁爷放心，让上差放心，这就妥了。"

郑英魁受宠若惊地说："承蒙金大人抬举，下官无德无能，有幸在金大人手下做事，如有不当之处，还恳求金大人多加指点，下官定当遵命行事，不敢丝毫有误。"

"身在公门好修行，半夜敲门心不惊。善恶到头终有报，举头三尺有神明。在公门中有权有势，如果正直行善，那远比在寺庙中修行要好得多，做善事则能使更多的人得到实惠，真正普度众生。你掌管着俺东昌府地面上的盐运大权，盐是江山社稷，盐也是天下基石，事关重大，以后还望老弟多加费心喽！"

"我还不是给金大人当差吗？一切以金大人意思行事。敬请放心！"

"你这当盐运大使的，读过《盐铁论》吗？"

"读过。"郑英魁心里一惊，幸亏他赴任之前已经读过了这本书，要不然就丢人现眼了，看来，宽备窄用，有备而来，啥时候都不会错。

"金大人，为了这份来之不易的盐运大使差使，我赴任之前做足了功课，不仅对盐运大使的职责学通弄懂了，还读了相关的书籍，只是跟金大人的要求相比，还相差甚远，还望金大人多多指教。"

金道正微微一笑，"郑大使，官无论大小，都要尽职尽责，首先要精通业务，看来你这盐运大使还是合格的。不过，我来考考你，你说当今圣上为啥要实行盐铁专营？"

"金大人，据桓宽著的《盐铁论》所述，汉朝初年，太祖高皇帝崇尚黄老思想，无为而治，不与民争利，天下休养生息，百姓各得其所。到了汉武帝时期，独尊儒术，罢黜百家，实行思想控制。他穷兵黩武，好大喜功，国库日渐空虚，于是，汉武帝不仅号召官员募捐，还推行告缗令，鼓励百姓告发瞒税的商人，凡告发者可分得被告者一半家产，造成告密成风，商人大多破产。同时，汉武帝又将山林池泽进行管制，不许民间自行开发，连盐铁等百姓之必需品也实行官营，采矿、冶炼、制作、销售等制铁业由官府垄断，盐也由官府收购、运输、销售，民怨很大，民不聊生。到了汉昭帝时期，由大将军霍光操纵，丞相田千秋主持，召集各郡国推举的贤良文学之士，作为自由经济派，与以辅政大臣、御史大夫桑弘羊等为首的官府管制派，对于官府干预不干预盐铁等经营，对于王道与霸道的取舍以及礼治与法治的高下，进行了面对面唇枪舌剑的大辩论。虽然这次辩论后，朝廷暂停了三年盐铁专卖，但后来还是恢复了，并沿用至今。"

郑英魁有备而来，侃侃而谈，金道正点头称是，不过，金道正还是不太满意，又问道："郑大使此言极为精彩，不过，本府问的是，你怎么看待当今皇上要实行盐铁专营。"

这个问题刁钻，不好回答。从内心讲，郑英魁不赞成盐铁专营，他郑家就是商贾之家，做生意讲求的就是经世济用、货畅其流，可是官府横插一杠，把最赚钱的盐铁生意给垄断了，不让民间经营，那民间商人还有啥路可走？况且，官府直接经营盐铁，效率低下，质量粗鄙，供应减少，价格抬升，又导致官员以权谋私、中饱私囊，官风带民风，民风带世风，整个社会乱象丛生。可是，他郑英魁还不敢说不中，他本不想就此事表明态度，但金道正金大人好像看穿了他的心思，不依不饶，非要他就此事表个态。唉，当官的，看来表态很重要啊。于是，郑英魁说道："盐铁专营好得很，增加了国库收入，还避免了巨商大贾的兴起，有利于重本抑末、重农抑商，圣上英明，这是利国利民的好法子。不过，此事推行日久，难免有小的弊病，还需要在不违犯大的法度的前提下，进行必要的修复才更有利于政策的推行。"

"噢？说说看。"

"这个，金大人，任何一项生意，都要有本钱，眼下外寇入侵，边防吃紧，国库日渐空虚，官府垄断盐铁生意面临本钱不足、难以维持的境况啊。再者说，盐铁生意事关千家万户，官府的力量难以面面俱到。我看不如在官府经营的同时，也适当地允许民间商人进行经营，以解决朝廷的资金不足，同时弥补官府经营之不足，以官为主，以民为辅，二者结合，或为更好。"

金道正听了此言，连连叫好，双手抱拳向北方作揖，说："皇上圣明，选任的官员个个都是精干之才，你郑大使也是干练之人，有你在东昌府掌管盐运，我金某人一颗心放肚里了。"

郑英魁听金道正这么一说，这才如释重负，这场考试总算过关了。

"多谢金大人的夸奖，在下一定按照金大人的吩咐，把东昌府的盐运经营好，不负圣上重托，不负金大人栽培。"

"好好好，不必客气，以后咱都是好兄弟了，咱心往一处用、劲往一处使，把差使办好，报答皇上的圣恩。"

"一切按金大人所言办事。"

"嗯。"金道正转换了话题，问道，"郑大使，你初来乍到，吃住都安顿好了吗？"

"安顿好了，这都要感谢金大人的关照。"

"应该的。你一个人孤身在外，不容易，把你的生活照顾好，也是本府分内的事。你值公差就在前边不远衙署的户房内，吃住就在驿站，生活上你尽可放心。至于办差上有啥难题，可以直接跟俺说，俺是本地人，在这儿当差时间长，人都熟络，你也尽可放心。"

"多谢金大人！"

郑英魁告别了金道正，心里格外轻松，遇到一个好的上司，那是运气。

郑英魁回到驿站休息，刚进房间，侯升就领着一个白白胖胖、身材低矮的中年男子推门进来了。

"郑大使，给您介绍一下，这位是东昌府最有名的四海货栈的大掌柜王四海，安徽人，著名的徽商，听说您来上任了，特意来拜访您。"侯升笑嘻嘻地说。

"郑大使，久闻大名，不才今天冒昧打扰，请多包涵。"这位叫王四海的人满脸堆笑地说着，却并没有点头哈腰过分谄媚的举动，一看就是个久在江湖混的精明之人。

"不敢当！"郑英魁不紧不慢地说。

侯升说："郑大使，王四海的名字起得好啊，生意兴隆通四海，财源滚滚达三江，谁跟王四海做朋友，谁的财运就旺。"

王四海得意地说："不仅如此，四海为家任去留，也无春夏也无秋。以四海为容则胸怀四海，以天下为业则业经天下。"

"是吗？"郑英魁还是不冷不热地说。

这时，王四海瞅了侯升一眼，侯升看透了王四海的心思，于是主动说："郑大使，俺还有点儿事，您和四海老兄先聊着。"说完，侯升掀起门帘离开了。

房子里只剩郑英魁和王四海两人了。郑英魁初来乍到，人生地不熟，谁的底细都不清楚，而且侯升还介绍说，这个叫王四海的商人还是东昌府最有名的四海货栈的大掌柜，想必在东昌府地界也是有名望的人，不敢怠慢，于是郑英魁主动打圆场说："四海老兄名字果然起得好，看来老兄家学深厚啊。"

王四海说："郑大使过奖了，名字拜父母所赐，也是父母的期望而已，只是在下不才不孝，没有实现父母的愿望。"

"呃，说哪里话，刚才侯升还说王老兄是东昌府最有名的货栈四海货栈的掌柜呢，事业有成，怎么能说不才不孝呢？"

"唉，不瞒郑大使，我这生意也是名声在外，空有其名，其实仅顾住一家老小温饱而已。"

"不会吧？我老家是开客栈的，虽说客栈和货栈不太一样，可生意都是相通的，我也对货栈生意略知一二，据我所知，做货栈生意的可都是大生意人哪。"

见郑英魁这样说，王四海也不好再客气了："郑大使，一看您就是爽快人，家常得很，我也实不相瞒，我是什么挣钱就干什么，把北方的麦子、玉米运往南方，把南方的丝绸、茶叶运往北方，把海边的海盐运往内地，把内地的土特产运往海上。"

"运往海上？莫非老兄还做海上生意吗？"郑英魁吃惊地问。郑英魁当过洧川驿丞，经常接待南来北往的各路官员，对官场上的事听闻不少，他知道当下盐运生意是一本万利，而比盐运还赚钱的生意则是海运。但是，正因为海运生意赚钱，这也成了海盗们劫掠的目标，做海运生意风险也很大。同时，还有官府的刁难和盘剥，这钱挣得也不轻松。

王四海说："郑大使，无利不起早，富贵险中求，我这生意人不就是啥赚钱干啥吗？"

郑英魁说："老兄，你这生意可是提着脑袋干的啊。"

王四海说："是咧。郑大使，眼下这光景，做啥营生都不易。做海上生意，不就是赌一把吗？跟赌博一样样的，赚就吃一生，赔就一条命。"说完他从怀里掏出一张银票，放在桌子上，"郑大使，初次见面，不成敬意，这是一千两银票，是在下的一点儿心意，敬请笑纳。"说完转身就要走。

郑英魁马上反应过来了，这个叫王四海的徽商是个危险人物，收了他的银两，上了他的船，咬了他的鱼饵，就被他拉下水了，就被他牵着鼻子走了，今后别想有好果子吃。他急忙双手捡起银票，硬塞到王四海的手上，说："承蒙王老兄的厚爱，只是在下无功不受禄，从不接受朋友的大笔馈赠，你做生意也不易，用钱的地方很多，你还是先收留着，待以后老弟我有了难处，再找你相借，你看如何？"

王四海接过银票，重又放到面前的桌子上，拉下脸说："郑大使，莫非你是嫌这银两少吗？"

说完，王四海又从怀里摸出一张银票，往桌子上一放，说："郑大使，这是一千两银子，够不够？若不够，我再去取。"

郑英魁不高兴了，说："王老兄，我家有生意，不缺钱，再者说，我孤身一人在此，住的是驿站，闲杂人等来来往往，你把钱放我这儿，我很是不便。我的意思是，你先拿回去，等我有难处需要钱的话，再找你借。"

郑英魁说完，把两张银票拿起来，硬塞到王四海的怀里。

见郑英魁执意不要，王四海只得收了银票，悻悻离去。

王四海前脚刚走，驿丞侯升后脚就掀门帘进来了："郑大使，俺看王四海很不高兴啊，你俩拉呱啥啦？"

郑英魁叹了口气："唉，做人难，做官难，做清官更难哪。"

侯升自然明白其中的缘由，他也常收王四海的礼，王四海来拜见郑英魁，也是他侯升引见的，王四海送礼的事儿他门儿清得很。侯升说："郑大使，这有啥难的？入乡随俗，人家咋着咱咋着不就成了？山东是礼仪之邦，人情味儿浓着呢，你来我往，礼物馈赠，家常便饭，这跟做官清廉与否关系不大。"

"侯老弟，这关系可大了，我自小受理学影响，对自己严格要求，品行操守还是要讲的。"

见郑英魁软硬不吃，侯升意味深长地说："郑大使，你孤身一人到东昌府，有些事还是不要太认真的好。"

侯升把"孤身一人"四个字加重了说。郑英魁很不以为然，反问道："侯老弟，此话怎讲啊？"

"郑大使，东昌府可是商业兴旺之地，各路神仙来往不绝，人不可貌相，海水不可斗量，你知道这王四海是什么样的人吗？"

"不知道。我干好我的差使，上对得起万岁爷，下对得起老百姓，就够了，我管谁是谁呢。"

"郑大使，你俺都是当过驿丞的人，都见过官场上大小官员，难道你不懂得一个篱笆三个桩、一个好汉三个帮的道理？这王四海，俺不是吓你呢，别看他只是一个商人，他在东昌府，可是说一不二的人物，别说得罪不起，就是有人想巴结恐怕还巴结不上呢，就是把一张热脸硬往冷屁股上贴还贴不成呢，他今天登门拜访你，已经给了你大面子了，他送你财物你不该不收。郑大使啊郑大使，念及你俺都是驿丞出身，俺给你说句掏心窝的话，要是这样下去，恐怕你的差使不好干啊。"

"是吗？有这么严重吗？我不信。"

"郑大使，你可知道咱大清朝最厉害的商帮是哪个？"

"大清朝有三大商帮，秦商、晋商和徽商，最厉害的就是徽商。"

"那你说为啥徽商最厉害？"

"徽州中家以下皆无田可业，因此多商贾，经商成了徽州人的第一等生业。男人一到十六岁就要出门学做生意，前世不修，生在徽州，十三四岁，往外一丢，新婚离别，习以为常。在外经商，徽商最忌讳的就是'茴香萝卜干'，谐音就是'回乡落魄'的意思，所以，他们常常三年一归，回家待几天就又走了，有的则几十年不归家。正所谓：健妇持家身作客，黑头直作白头回。儿子长大不相识，反问老翁何处来。像这种拼了命做生意，置之死地而后生，谁能做过他？反过来说，我们河南人都不中，恋家，出门没几天就想回去，就这一条就走不远，生意做不大。"

"郑大使说得有道理，不过，郑大使只知其一不知其二。"

"此话怎讲？"

"徽商不只玩命做生意，他们还很聚窝，形成了商帮。商帮商帮，无商不帮。他们聚族而居，举族经商，以众帮众。千人同力，则得千人之力；万人异心，则无一人之用。他们还贾而好儒，四处经商，必带书籍，白天经商，晚上读书，十户之村，不废诵读，挟书而弄舟，张贾以获利，张儒以求名，商而士，士而商，终成大商帮。徽商的商训就是：不以见利为利，以诚为利；不以富贵为贵，以和为贵；不以压价为价，以衡为价；不以赚赢为赢，以信为赢；不以奇货为货，以需为货；不以敛财为财，以均为财；不以应答为答，以真为答。郑大使，你说徽商厉害不？"

"厉害厉害。"

"他们更厉害的是输金捐银，重资结纳，擢高第，登仕籍，振家声，光门楣，助商机，成为一代官商啊，官商官商，无官不商，无商不官，以权谋利，以利谋权，权钱结合，所向无敌。"

"徽商确实令人佩服至极！"

"是啊郑大使，那王四海就是徽商啊。"

"噢，王四海就是徽商？"郑英魁似有所悟，"那他王四海又怎样？据我所知，王四海倒不怎么读书啊，好像肚子里墨水也不多啊，他不像徽商啊。再者说了，即使是徽商再玩命再聚窝再儒雅再官商又怎样？我坐得直行得正，人又能将我怎么样？我既然能从洧川驿丞提升到繁华的东昌府当盐运大使，一不靠功名，二不靠读书，想你老弟也应清楚，我也不是吃素的。"

侯升微微一笑："郑大使，一座山头一只虎，强龙难压地头蛇，何况是巨商富贾？他们这些人，虽然身不在朝堂，但是左右着朝堂的气象，不可小瞧他们的能量。俺就只有给郑大使说这么多了，请郑大使细思量吧。"

郑英魁心里五味杂陈，他深深地体味到当官如同火上烤的滋味，啥饭都不好吃，啥活儿都不好干，别看当官的风风光光，可都有一本难念的经，都作难，只是作的难不一样而已。

7

第二天，郑英魁正在盐运差房里当值，东昌府知府大人金道正差人给他捎信，说晚上在光岳楼备下酒宴，给他接风洗尘。

郑英魁听后很是激动，知府大人亲自给自己接风洗尘，这是多大的荣光啊。自家只是生意人，而且朝廷历来重农抑商，经商的就是贱民，郑英魁看到那些骑马坐轿的达官贵人，感觉他们可望而不可即，自惭形秽，曾经无数次地向往那种人上人的生活。没想到他郑英魁也有今天，东昌府的知府大人亲自宴请自己，这是多大的面子啊！

郑英魁整个白天都恍恍惚惚的，他一直在想见了知府大人该说什么得体的话，如果知府大人问话，该怎么应答才最妥帖。他还设想了很多种可能，比如，知府大人命自己喝酒咋办，知府大人非要与自己猜拳行令，是赢好还是输好，是先赢后输，还是先输后赢，还是边输边赢最终还是让知府大人赢了。尤其让郑英魁担心的是，知府大人是进士出身，饱读诗书，而他郑英魁当初只是靠祖上经商多年积攒下的钱勉强捐了个官位，他的来路和出身不是很光彩，肚里墨水并不多，假如知府大人一时兴起，吟诗作赋起来，该咋办？假如闹出大笑话，被知府看不起，耽误了功名和仕途才是麻烦。

郑英魁就这样翻来覆去地想，想得头有些晕乎乎的。天闷热得很，郑英魁拿把折扇用劲儿扇也无济于事，浑身汗流不止，郑英魁在盐运大使的差房坐不下去了，索性外出走走，透透风，于是，他一个人信步来到了东昌府的崇武驿运河大码头。

这里木船来往不绝，三五成帮终年不断，运河河道两旁停泊的船只更是首尾相接，中间载重可达三万斤的大船也可交错行驶。那些船家，有的在慢悠悠地等待货主光临，有的在急着整修加锚准备远行，有的在装货卸货忙忙碌碌。而到了晚上，两岸货船上的灯笼犹如火龙，一片通明，当有的船需要装卸货物时，有人站在岸边手持纸筒大声喊道："王家船上杠啦！李家船上杠啦！"听到喊声，装卸工就会直奔货船而去……

码头上，各种店铺应有尽有，一个挨着一个。最热闹的上百家小吃摊，经营着咸驴肉、烧牛肉、牛肉丸、炒凉粉、水饺、包子、水煎包、烧饼等，当然，也有十多家大的饭庄酒楼，也有经营绸缎、布匹、杂货、金银首饰的商号。

这是大暑节令，是一年中最热的天气，恰又是未时时光，是一天中最热的时辰。天上没有一丝云彩，毒辣的太阳晒得人头皮发麻，晒得青石板直冒烟，光脚走在上边，会烫掉一层皮。地里的庄稼蔫着垂下头，枝叶卷起来了，一副垂死挣扎的样子。热浪滚滚，连知了都躲在树上可着嗓子"吱吱"叫，人们都躲到店铺里纳凉了，平素热闹的码头此时也萧条多了。

郑英魁顶着烈日满身是汗地站在略显空旷的码头上，如同站在火笼里。他放眼望去，东昌府崇武驿这座官用码头呈"巨"字形状，台阶的青石上一个个系船缆用的圆形穿孔此刻都闲置着，运河里的帆船也都昏昏欲睡，懒洋洋地在水面上来回漂移。

郑英魁快步穿过码头，来到运河边一棵大柳树下，这里稍稍凉快些，他脱掉方口布鞋，垫在屁股底下，盘腿向西望去，那里有他的故乡，他的思绪飘到了遥远的郑家村。

8

他生在邙山脚下，长在洛河岸边，出门不远就是滚滚黄河水。河出图，洛出书，河洛之地是华夏先祖炎帝、黄帝生存之地。黄河黄，洛水清，两河交汇处在邙山下激荡，清浊分明，大自然赋予了人们太极的灵象。伏羲氏继天而王，受河图，演八卦，八卦成为《连山易》《归藏易》《周易》的源头，由此开启了中华文明的活水源流。据《竹书纪年》记载，黄帝、尧、舜、禹、商汤、周武王都把河洛作为祭天圣地，天人合一，君权神授，河洛自古帝王家！

运河汤汤，碧波荡漾，他靠自己的本事从洧川来到东昌府，在这繁华的山东地面，他的前途命运又该如何呢？

见机行事吧，对，很多事情猜不透由来，就只能见机行事，以不变应万变。据闻山东人能喝酒，很豪爽，如果金道正金大人要喝酒，那自己豁出命来也要陪着喝，喝酒见感情，喝酒显人心，自己的酒量自己清楚，他郑英魁喝二斤还是没问题的。如果金道正要与自己猜拳行令，那肯定要输给他，绝对不能赢他。至于吟诗作对，自己也不懂这一章，那就干脆胡诌吧，反正他郑英魁脑子反应快，到时候，自己就编顺口溜，充傻子装愣子，让金大人乐得合不拢嘴，这样，金大人也猜不出自己到底是会作诗还是故意搞笑，摆上个迷魂阵，应付过关吧。

郑英魁就这样静静地坐着，胡思乱想，一直坐到了日落西山、晚霞满天，光岳楼报时的钟声悠悠飘过来了，放牛娃高高地扬起鞭子赶牛回家，"哞哞"的老牛叫声在运河两岸回荡。

是该走了，金大人请客吃饭，还是要早些去为好，只能自己等金大人，而不能去晚了让金大人等他郑英魁。他恋恋不舍地起身，拍打拍打屁股上的尘土，揉揉僵硬的小腿，伸伸懒腰，摇摇折扇，心想，要是一个人天天静静地坐在这里该多好啊，与大自然为伴，无忧无虑，任思绪飞扬。可是，是个人就要回到滚滚红尘中去，与那些高的低的胖的瘦的坏的好的各色人等打交道，这就是人的命。念及此，他叹了一声气，打起精神向光岳楼走去。

9

东昌府的光岳楼始建于明洪武七年，合九丈九尺，是极阳之数，分五层而建，暗对河洛之数。

郑英魁来到光岳楼，因有河洛之隐意，而河洛之地是他的故乡，所以，他对光岳楼颇有亲近之感。

在光岳楼第五层的豪华雅间里，早有几位同僚在座。见郑英魁掀门帘进来，几人急忙起身相迎。几人说着寒暄恭维的话，边喝茶边等金大人。

没多长时间，只见一个青衣小厮挑起门帘，一个高大的身影出现在雅间，人还未跨过门槛，洪钟一般的声音就传进雅间："郑大使来了吧？"

"来了，都来了。"小厮忙不迭地应承说。

金道正金大人来到雅间，他身后还跟着一个人，那人白白胖胖、身材低矮、一脸笑意，大家都认得，这是王四海。大家都站起来，纷纷抱拳致敬。

郑英魁见此情景，大吃一惊，金道正怎么把王四海带来了呢？看二人这关系，并不生分，不，确切地说是相当熟，看来这王四海果然神通广大，不可小觑啊，这金道正金大人也不像传说中那般清正廉洁，真是人心难测、宦海不平啊，身在官场，真的需要处处小心，时时提防，不可须臾掉以轻心。

小厮从腰间扯下抹布，在桌子主位和八仙椅上反复擦了个干净，搀扶金道正坐下，又从怀里掏出一把折扇，打开来用劲儿扇风。这时，又一个小厮上得楼来，提了个陶瓷热水壶给金大人和王四海沏了杯茶水。

王四海站在桌子的下首处，并不落座，只是点头哈腰地对每个人笑，不住地抱拳寒暄。金道正指指王四海说："诸位弟兄，这是王四海，四海货栈的大掌柜，大家都熟悉吧？"

众人一齐说："熟悉，熟悉，老熟人了。"

金道正说："四海兄弟，你站那儿干啥哩？来来来，你坐俺旁边，坐得近了说话方便，不用客气，啊，不用客气。"

小厮见状，忙拉开金道正旁边的座位，王四海毫不谦让地坐下了。

"来来来，郑大使，你坐俺这边。"金道正指着郑英魁说。

"不敢当。金大人在上，列位兄弟在此，我怎敢造次？咋能坐在金大人身旁呢？"郑英魁连连摆手回绝。

金道正脸一沉，说："咋的，俺是老虎？"

郑英魁又连连摆手，说："不不不，金大人，不是那个意思，我初来乍到，还望金大人及诸位兄弟关照，我哪敢坐在金大人身旁呢？"

"你今天是主角，请的就是你，叫你坐，你就坐，听俺的就是了。"金道正又指了指他身边的座位。

郑英魁不能再谦让了，只得向一桌的人抱拳致意，坐在了金道正身边。

不多时，八个凉菜上齐，小厮在每人面前放了两根剥皮洗净的大葱，金道正这才端起一杯酒，说："诸位弟兄，今儿个咱聚在一起，主要是为郑英魁郑大使接风洗尘。郑大使是河南人，做过洧川驿丞，来到咱山东地界当差，公堂上咱公事公办，下堂来咱亲如一家，来来来，共同喝一杯，欢迎郑大使。"

说完，金道正一饮而尽，众人也跟着喝了个精光。

喝完酒，金道正说："郑大使，吃菜。"

"中，金大人，您也叨菜。"郑英魁说。

"好，郑大使，先咬口大葱。"金道正边说边拿起桌上的一根大葱，"咔嚓"咬了一口，然后夹了一块儿牛肉，"吧唧吧唧"地嚼起来。

郑英魁不爱吃大葱，可他知道山东人都爱吃大葱，入乡随俗，见一桌人都是一口大葱一口菜，不得已也咬了口大葱，却辣得直咧嘴，呛得眼泪流了出来。

金道正见此情景，哈哈大笑，声音震得满桌的酒杯菜碟都想蹦起来。郑英魁也不好意思地跟着"嘿嘿"笑了笑。

金道正说："郑老弟，俺山东人最爱吃的菜就是煎饼卷大葱，俺小时候家里穷，煎饼卷大葱也吃不上，就吃野菜团，那野菜团难吃得很哪，不过，只要就上一根大葱，那野菜团就好吃多了，所以说，大葱真是个好东西啊，啥饭再没味儿，一吃大葱就稀罕啦，就好吃多了。郑大使，你也吃大葱，在山东不吃大葱可是混不下去。"

"嗯，金大人，大葱好吃，好吃。"郑英魁又使劲儿咬了一口大葱，强忍满眼的泪，对着金道正点头笑了笑，一桌子人也都跟着哈哈笑起来。

这时，金道正又发话了："弟兄们，一杯酒不成敬意，第二杯也要喝起，俩好，俩好，喝！"金道正带头喝起，其他人争先恐后地喝了个精光。

接着是喝第三杯酒。三杯酒喝完之后，金道正吩咐上热菜。上的热菜都是当地的特色菜，方肉、条肉、四喜丸子、闷子、醋熘白菜、烧排骨、红烧鸡块、糖醋鱼，等等。郑英魁吃着菜，心想，这些菜真好吃，要是引进到自家开的郑记客栈，那该多好啊。

这时，金道正又说了："弟兄们，三杯酒喝完，俺要表示心意了。首先，俺要与郑大使连干三杯，大家说咋样啊？"

大家都吆喝着说好。

郑英魁急忙端起一杯酒站起来，说："金大人专门为我举行欢迎晚宴，在下不胜感激，我郑英魁从河南来到山东地界，人生地不熟，形单影只，但是，金大人此番盛情，使我很受感动，再也没有独在异乡为异客的烦恼了，以后，我就以东昌府为家，尽职尽责，恪守本分，上为朝廷分忧，中为金大人解愁，下为东昌百姓着想，敬请金大人及诸位放心，啥都不说了，此三杯酒我先喝为敬。"

说完，郑英魁自斟自饮地喝了三杯酒，金道正却说："郑大使，俺还没有跟你碰杯咧，你咋就喝完了呢？"

郑英魁一听，金大人咋这样说话？自个儿先喝完了，他又说不算，郑英魁心里有点儿不高兴，但是脸上却一点儿也没露出不愉快的表情，只是说："不消大人喝，大人身体要紧，酒您随意喝就成。"

金道正说："你这就不对了，你喝起了，俺要是不喝，好像俺不够意思，那不行，俺肯定要喝。你刚来，不了解俺的为人，俺与弟兄们同甘共苦，不为难弟兄们，更不让弟兄们跟着俺吃亏，俺刚才是说着玩儿的，是跟你开玩笑的，你可别当真。"

大家都附和着说："金大人德高望重，是性情中人，还很顾人，跟着金大人干，心情舒畅，前程光明。金大人英明！"

郑英魁这才松了口气，心想，这金大人真会逗人玩儿。这时，金道正端起酒要喝，郑英魁心想，我刚来此地，我在揣摩人家是啥人，人家其实也在揣摩我是啥样的人，不如借此喝酒的机会，好好表现表现，大不了喝多了，喝多了也不要紧，喝多了才显得为人实在，以后才好为人，于是，郑英魁说："金大人，难得跟你喝一次酒，我刚才喝的不算，我再喝三杯，陪金大人共同饮下。"

说完，郑英魁在众人惊奇的目光中，又连喝了三杯。

金道正的酒也喝完了，拍着郑英魁的肩膀说："老弟，实在人哪，俺就喜欢这样的实在人，好！好！够哥儿们，不，像是个二哥。"

"二哥？"郑英魁吃了一惊。

金道正又哈哈笑起来，说："郑大使，你初来乍到山东地面，有很多风土人情你还不知，俺跟你说吧，二哥这意思在山东是好听的说法，《水浒传》你知道吧？"

"知道！知道！"郑英魁连忙说。

"那《水浒传》里的武二郎武松可是个打虎英雄，俺们山东人都佩服他，所以，称呼英雄好汉都叫二哥。"

"噢，原来如此，我真是孤陋寡闻，浅薄得很哪，以后还要跟金大人多学着点。"

"你从河南来到俺们山东，人生地不熟，以后有啥事儿，说一声，俺山东人就是讲义气，圣人故里，人忠义得很，在座的都是亲弟兄，都是二哥，都会帮衬你的。"

"承蒙金大人关照，承蒙各位二哥关照，以后还请多指教。这样吧，我再喝两杯，表示敬意吧。"

金道正听郑英魁如此说，倒不以为然，说："呃——郑大使不必客气，你不必喝酒，按规矩来，我敬这一圈酒还没有进行完呢，哪能只让你喝？"

"中，那中，一切听金大人吩咐！"

接着，金道正又跟在座的每人喝了三杯酒，过了一圈，大家两坛酒已下肚，他却面不改色心不跳。金道正拍拍身边王四海的肩膀说："诸位，这是俺的兄弟王四海，四海货栈的大掌柜，你们以后都要抬举他，有啥事儿不要为难他，啊？让四海给诸位兄弟每人喝三杯。"

王四海闻声站起来，环顾众人，抱拳施礼，说："承蒙各位抬举，不才王四海有礼了，我给各位每人喝上三杯，向各位表示感谢。我王四海走南闯北，生意也算过得去，凭的啥呢？"

"凭啥呢?"有人跟着问。

"就凭一个'义'字。义行天下,对朋友仗义,对弟兄侠义,对客商仁义,所以,我的朋友遍天下,我的生意通四海。好了,不说了,我的生意就是大家的生意,有钱大家挣,有利大家分,一碗饭,大家吃,花花轿子人抬人,要同喝酒,同吃肉,就像那梁山好汉一样,爽快!"王四海口无遮拦地说着,金道正止住了他:"四海,你喝多了吧?你胡扯什么?啥梁山不梁山的,梁山上那都是贼寇,咱这一桌可都是朝廷命官,大小也是官,你可不能胡扯,罚你三杯。"

"啊,对对对,看我这乌鸦嘴,一高兴啥都忘了,呸呸呸!"王四海自个儿打了自个儿三个耳光,然后,又自个儿斟上三杯酒,"咕嘟咕嘟"都喝下了,这才开始敬酒。

他首先给郑英魁端了一杯酒,郑英魁站起来,说:"王掌柜,错了,错了。"

"咋错了?我的眼光还是可以的,我不会看错人,就先敬你一杯。其实,我已经敬过你了,可是,你不够意思,不给面子,这次,这杯酒一定要补上,而且咱俩还要多喝两杯,把上次的给补上。"王四海瞪着眼意味深长地说。

"王掌柜,我是说你敬酒应先敬金知府金大人。"郑英魁也明白上次没有接受王四海的贿赂,王四海肯定心里有怨气,借这次喝酒的机会指桑骂槐说出来了,但是,郑英魁故作不知,说了这句言不由衷的话。

王四海撇撇嘴,凑到郑英魁的耳边压低声音说:"金大人?我今天放到最后再敬金大人,我就先从你开始,咋样?"

金道正正把一个鸡腿往嘴里塞,听闻二人说话,用毛巾擦擦油乎乎的嘴巴说:"你们俩在嘀咕啥?有酒就喝呗,咋跟娘儿们一样,磨磨叨叨的?"

王四海听了这话,半埋怨半无奈地说:"金哥,郑大使不给我面子,不跟我喝酒。"

"金哥?"这话一出,郑英魁大吃一惊,把金道正称为金哥,看来金道正和王四海的关系岂止是非同一般,那简直是情同手足,看来,人与人的关系,太复杂了。这世道,谁也惹不起啊。于是,郑英魁快速转换语气,亲热地说:"海哥,可不能这样说,咱弟兄一见如故,情投意合,关系亲得很,你让我喝我岂敢不喝,你说吧,你让老弟我喝几杯?"

郑英魁看着王四海,王四海心想,这郑大使看来也是个能人,是条十足的变色龙,心眼儿活泛得很,刚才还王掌柜王掌柜地叫个不停,听起来生分得很,一眨眼就开始称兄道弟，也不跟我论一论年庚大小，上去就叫哥，也罢，从北京到南京，叫哥是官称，他爱这么叫就这么叫吧。

王四海正思忖间，金道正金大人发话了，他打了个饱嗝，拍拍圆滚滚的肚皮说："郑老弟，都是自家兄弟，喝杯酒能难为死吗？你就听四海的，喝！"

王四海得意地仰仰头，说："咋样，郑大使，我的酒你还不喝吗？"

王四海并不跟他郑英魁称兄道弟，郑英魁知道王四海是在奚落自己，可也没有办法，谁让王四海跟金道正的关系那么铁呢，谁让自己不长眼看不透人，看来，在外边混，看透人才是第一等功夫啊。

郑英魁说："喝喝喝，马上就喝。"说罢，端起酒一饮而尽，接着，又自个儿倒上一杯酒，说："海哥，别说了，咱弟兄不打不相识，你为人做生意讲究一个'义'字，我为人做官讲究一个'仁'字，咱俩有缘分，路遥知马力，日久见人心，以后在东昌府地界，有用得着我的地方，尽管说。一切都好说，好说。"

说罢，郑英魁又喝了一杯酒。

敬酒这个回合走完了，金道正金大人说："这样吧，咱玩个游戏，助助酒兴。"郑英魁一听，心想，金大人要猜拳行令了，这咋办？是赢他好还是输给他好呢？

正在犹豫的时候，不承想，金道正大人说："今儿个呢，咱玩这个游戏并非猜拳行令，那太土了。"

不是猜拳行令，那是什么？一圈人都看着金道正金大人，不知他葫芦里卖的什么药。这时，金大人不紧不慢地从怀里摸出一本书来，得意地笑笑说："最近，我看到一本书，这可是本奇书，名字叫《酒鬼》。"

"《酒鬼》？"王四海好奇地扭头问道。

"是啊，《酒鬼》，你们没见过吧？"

"没见过。金哥饱读诗书，一肚子的墨水，我们这些人孤陋寡闻，啥都不知道。"

"不瞒大家说，这是一个朋友送给我的。这本《酒鬼》其实就是行酒令助酒兴的。你们看——"金道正伸出右手食指，在嘴里蘸了下口水，然后把书翻开，随便翻到其中一页，停了下来，然后他把书举起来，让大家看，"你们都看到了吧？"

大家都伸出头往前看，一个个像鸭子一样，只见金大人翻到的这一页书上，画了一个小脚女人，两个肩膀上各挑了两大桶水正往前走路，两大桶水压得这个小脚女人蹙眉咧嘴，一副痛苦不堪的样子。而这幅画的旁边，写着一行字：翻到此页者，左右宾客各饮一大杯。

众人看完，面面相觑，接着，大家恍然大悟，笑成一团。"噢，原来如此，那么，金大人两旁的二位，郑大使和王掌柜，每人喝一大杯，喝！喝！"

"好，喝喝喝！这个有意思，这酒喝起来心服口服。"王四海说。

"这个办法好，很文雅，还是金大人水平高。"郑英魁说。

在众人的起哄声中，郑英魁和王四海俩人碰了一杯。

接着，金道正又翻了一页，只见上边又是一幅画，是两个人在交头接耳、窃窃私语，旁边还写有一行字，写的是：交头接耳者饮！

金大人这时发话说："你们都看到了吧？交头接耳者饮，啊，你们谁在交头接耳说悄悄话啊？谁在说啊？谁说谁饮酒。"

金大人说完，席间却没人说话了，冷场了。金大人又说："刚才谁交头接耳说话了？喝一杯。"

可是，还是没人应声。

郑英魁一看这场面，金大人要下不了台，面子上过不去，于是，他主动说："刚才我和海哥俺俩喝酒的时候交头接耳说话了，我和海哥喝酒。海哥，你说是吧？"

王四海也反应过来了，顺势说："对头，我和郑大使俺俩交头接耳说话了，俺俩喝。"

金大人听了很高兴，拍拍肚皮说："喝酒不在乎谁喝谁不喝，喝酒喝的是感情，喝的是缘分。郑大使是个会来事的人，既然郑大使这样说了，那就让郑大使和四海喝，不过呢，刚才咱们大家都交头接耳说话了，咱们都陪郑大使和四海喝，好吧？"

金大人这样说了，谁还能说不行，于是，大家都站了起来，共同举杯，一饮而尽。

喝到高兴处，王四海提议说："各位兄弟，想不想让金大人唱一段山东琴书呢？"

郑英魁一听，惊奇地问道："金大人还有这雅兴。"

金道正拍拍肚皮，自豪地说："我嘛，只是个爱好，算不上雅兴，没事儿了吼两句，也怪舒坦的。"

"请金大人唱一段,我们洗耳恭听。"郑英魁恭维地说道。

"好,我就不客气了,唱一段山东琴书《林冲夜奔》,没有伴奏,我就清唱了。"

王四海说:"我们击掌为金大人伴奏。"众人一齐叫好。

金大人把椅子搬开,站在那里,摆开架势,唱了起来——

数尽更筹,听残银漏,逃秦寇,好叫俺有国难投,那搭儿相求救。欲送登高千里目,愁云低锁衡阳路。鱼书不至雁无凭,几番欲作悲秋赋。回首西山日又斜,天涯孤客真难度。丈夫有泪不轻弹,只因未到伤心处……

众人热闹了半夜,都喝得晕晕乎乎的,各自回去休息。郑英魁告别众人独个儿回驿站时,王四海又悄悄把没有送出去的两千两银票塞给了郑英魁,这次,郑英魁假意推让一番后,收下了,他不敢不收啊。

吃人嘴软,拿人手短,天下没有免费的午餐,尤其是生意人的银两,都不是白给的,都是要回报的,而且回报小了还不行。果然,没过多长时间,王四海就给郑英魁出了一个大大的难题,让郑英魁左右为难。

第三章
魁记货栈

1

郑英魁深知这门差使来之不易，所以他一直记着离家前爷爷交代他的那些话，勤俭谦和又小心，《二程全书》不离手，《杜工部集》也不时地翻看，干起公差来也格外用心。这些天，他天天带着差役在码头上、大街上转悠，一家一家地检查，他要弄清整个东昌府有多少商户，每家商户的交易情况，是否有违禁私盐的行为，是否足额交了税赋。

这天，郑英魁又带着差役在码头上查验，一艘三桅货船开过来了，几个水工使劲摇着船橹，等这艘货船靠在了码头，郑英魁对随行的差役说："走，上船看看。"

刚到船边，一个身材魁伟、嘴巴却露出两个大黄门牙的大汉拦住了去路："干啥咧？干啥咧？"一说话，就喷出一片唾沫星。

郑英魁随行的一个差役冲上前大声喊道："干啥咧？这是我们东昌府盐运大使郑大人，奉命上船查禁私盐。"

那大汉"呸"的一声，向地上使劲吐了口痰，不屑地说："郑大人？东昌府地界啥时候冒出来个郑大人？"

"你小子，妨碍公务，辱骂朝廷命官，走，跟我们到衙门里去。"说完，郑英魁带的几个差役就要上前捉拿那个大汉。

"且慢。"郑英魁拦住了几个差役，郑英魁知道，人不可貌相，海水不可斗量，人与人的关系错综复杂，不定谁跟谁有牵连呢。眼前的这个大汉，见官不怕官，见官还骂官，看来他也大有来头。想毕，郑英魁走上前，双手抱拳，"敢问好汉尊姓大名，家住哪里，做何生意，请一一道来。"

"俺叫黄大牙，俺这船是王四海王掌柜的，你们郑大人还要查吗？"

郑英魁一听是王四海的，脑子里立马浮现出金道正金大人的身影，郑英魁浑身打了个激灵。王四海的货船，查还是不查呢？郑英魁作了大难。如果查，金道正金大人会怎么想，谁知道金大人和王四海之间有什么不可告人的交易，而且，郑英魁还收了人家王四海两千两银子，短处在人家手里呢，把柄被人家握着呢。可是，不查呢，这帮差役跟着，一听说是王四海的货船就不查，那其他人的货船还查不查？再者说，一提王四海就不查了，那岂不太长王四海的威风、灭自家的志气了？这盐运使的官威以后还怎么撑得起来？还有，如果这船只是一般的货船，而没有私盐，王四海得理不让人，可咋办？

这时，随行的差役在一旁催问："郑大人，咋办？"

不容郑英魁多想了，郑英魁心一横，说："我们是秉公办事，别管谁的船，咱照查不误，先查了再说。"郑英魁说完，带头跳上船。

有了郑英魁这句话，随行的几个差役跟着跳上了船。这时，只见货船船舱内跳出几个壮汉，都掂刀拿棍，郑英魁随行的差役也抽出刀剑，一时剑拔弩张，双方对峙起来。

郑英魁见此情景，哈哈大笑，对为首的黄大牙说："黄老弟，身正不怕影子歪，我们是奉公查禁私盐的，如果船上没有私盐，你们怕什么？我们也是例行公事，转一圈儿就走，你们犯得着这样吗？"

黄大牙喷着一口唾沫星子说："想查，可以，顺着船沿儿走一圈儿就行，船舱里的货都是打包好的珍贵瓷器，你们就不必进船舱里看了，打碎了一件，你们吃不了兜着走。"

"好好好，我们就顺着船沿儿走一圈儿。"郑英魁说完，领着几个差役顺船边慢腾腾地走，顺势低头瞅了瞅船舱，只见里边大包大包、鼓鼓囊囊地堆着货物，船舱地板上还有一些散碎的白花花的盐粒儿，这分明是贩卖私盐的一条货船，郑英魁心里有了数。

黄大牙一直跟在郑英魁身后，警惕地看着郑英魁，郑英魁绕船转了一圈，对黄大牙说："黄老弟，你说这货船是王四海王掌柜的，可有凭证？"

"凭证？要啥凭证？我说是王掌柜的就是王掌柜的，我的话就是凭证。"黄大牙拍拍胸脯说。

"那不行，你要是不能证明这船是王四海王掌柜的，这船我们要认真搜查。"

"你敢？"

"我有啥不敢？王四海王掌柜做的是正经生意，谁人不知谁人不晓，你却冒充王四海王掌柜贩卖私盐，辱没王四海王掌柜的名声，来呀，把这黄大牙先行拿下，再把货船扣留，替王四海王掌柜正正英名。"郑英魁义正词严地说。

"嘿！你这个盐运使，有意思，以前的盐运使，只要听说我们王掌柜的大名，早跑得无影无踪，你倒好，还敢到俺王掌柜的船上溜一圈儿，这已经给你天大的面子了，你还不依不饶的，你还说这不是王掌柜的货船，大睁俩眼说瞎话，你真是吃饱了撑的，不想干了吧？别看你是个盐运大使，俺王掌柜一句话，你明天就得卷铺盖滚蛋。"

郑英魁一听这话，怒火中烧："黄大牙，话不可说绝了，我这盐运大使也不是白捡的。我要是没有金刚钻，就揽不了这瓷器活儿，你既然把话说到这份儿上了，我今天就非查不可，今天非把你送到衙门里不中，我不管他什么天王老子，我还真就较上劲儿了。"

郑英魁说完，对随行的几个差役说："你们还愣着干什么？把这黄大牙给我绑了。"

差役正要动手，只听岸边码头上有人喊道："郑老弟！郑老弟！"

郑英魁抬头一望，却见王四海在岸上向他招手，郑英魁心想，这家伙消息恁灵通啊，这才多大一会儿啊，他可来到了现场。郑英魁不敢怠慢，赶忙下得船来，向王四海走去。

王四海说："郑老弟，大热的天，不在衙署户房里纳凉，到这运河上干啥咧？走，跟老弟我去茶馆，咱吃茶去。"

郑英魁一本正经地说："王掌柜，我奉命来查私盐，正好查到你的船上，等我查验完毕再说。"

"查啥呀查？在东昌府谁不知道我王四海是个正经生意人，我走的是正道，挣的是良心钱，你刚来东昌，不了解情况，你身后几个兄弟能不知道吗？我的船从来可都是免检的，连知府大人金道正都不查我的船。"

"是吗？那我这次真要查一查了。"郑英魁说。

"查啥查呀？我的船已经开走了。"王四海指了指运河方向。郑英魁扭头一看，可不呢，他跟王四海说话的当口，王四海的货船驶离了码头。

郑英魁如释重负，他心里一块儿石头落了地，这货船终于开走了，要不开走，他郑英魁还真没法儿处理呢，唉，走了好，一了百了。不过，郑英魁表面上还装着很生气的样子指指远去的货船说："王掌柜，你这是唱的哪出戏啊？你怎么让你的货船开走了呢？"

"笑话，我在这儿站着没动，我怎么让货船开走了呢？这货船来来往往，不是很正常的事吗？算了，啥也别说了，走，跟老弟我喝茶去。"

"喝茶就免了，我回去还有些事，不奉陪了。"说完，郑英魁带着几个差役离开了运河码头。

"不送了，走好啊！"王四海满面笑容地说。

2

到了晚上，天气异常闷热，热得人头昏脑涨，郑英魁却趁着烛光捧着《二程全书》在驿站内潜心攻读。他一手拿书，一手拿把大蒲扇，穿了身白色丝绸单衣，浑身早已湿透。他肩上搭了一条湿毛巾，不时地擦一擦流到眼角滚到鼻尖滴到下巴的汗珠，两只脚则放在一桶凉水里，用以缓解暑气。

"仁者，天下之正理，失正理则无序而不和……"郑英魁正摇头晃脑地读着《二程全书》，这时，从河洛老家一路跟来的郑英奇来到郑英魁房间，见此情景，对郑英魁说："英魁哥，这么热的天，你还穿戴恁整齐，别读书了，去外边凉快凉快吧。"

"没事，这算什么？孟子曰：'天将降大任于是人也，必先苦其心志，劳其筋骨，饿其体肤……'佛经又云：不受魔不成佛，不吃苦不开悟。我也正好借此机会锻炼锻炼意志，磨炼磨炼心性，存天理，去人欲。严格要求自己，就要从这些日常小事做起。"

"唉，哥，你忙了一天，这么累，天又这么热，你还在读书、锻炼意志啊？别太辛苦了，对自己恁狠干啥？你要注意自个儿的身子啊。"

"英奇，古语云：待有余而济人，终无济人之日；待有闲而读书，终无读书之时。我没事儿，年纪轻轻，不吃点儿苦，啥时候吃苦？你没听人说吗，年轻时多流汗，年老了才会少流泪。年轻时吃苦不算苦，老了吃苦才真苦。要想老了不吃苦，就得年轻时多吃苦。对自己狠，是为了别人不对自己狠，现在不对自己狠，将来才会对自己更狠，别人也会对自己更狠。"

"哥，你说得有道理，不过，一般人可是做不出来，像我都不中，我就吃不了这个苦，所以说我也当不了你这官儿，干不成啥大事。"

"管不住自己，咋能管住别人？要想管住别人，必先管住自己，我越读《二程全书》，越觉得理学的厉害，治国兴家靠理学，正理啊。"说到这里，郑英魁又说，"英奇，你别光站这儿了，去给我倒碗凉开水。"

郑英奇端来一大碗凉开水递给郑英魁，郑英魁接过后"咕咚咕咚"喝了个精光，"得劲，真得劲。啥是快乐？这就是快乐，瞌睡了递来个枕头，渴了喝碗凉白开，比啥都得劲。"说完这句话，郑英魁突然想起什么，问道，"英奇，你不睡觉，来我这儿是不是有啥事儿？"

"嗯，我想问你个事儿。哥，你今儿个是不是去查王四海的船了？"

郑英魁一愣："你咋知道？"

"哥啊，你是不知道，我跟你来这儿之后，没事就跟人喷空儿，就是想了解些东昌府的事情，我怕你不明底细办差吃亏，我听说王四海可不是一般人哪，所以，你今天办这事儿，很快就传开了，不只是我知道，东昌府很多人都知道。"

"是吗？"郑英魁心里七上八下，这东昌府的水真深哪。

"哥，不过，听说你没有查成，咱今天不查王四海的船就对了。在东昌府，谁敢惹王四海王掌柜呀！"

"此话怎讲？王四海不就是一个商人吗？有啥了不起？"郑英魁故作不知。

"哥，你的前任是咋走的，你知道吗？"

"我不知道。咱来的时候，前任盐运大使就走了，咱跟他没照上面儿，没说成话，不知道他为啥高升，也没顾上打听。"

"还高升呢？削官为民了。要说你前任那位大使跟你差不多，也是有点儿直，不信邪，非要跟王四海王掌柜过不去，结果，没整治住人家王掌柜，倒把自己的饭碗搞砸了。"

"王四海不是本地人，他是徽商，咋恁厉害？"

郑英奇压低声音说："哥，你不知道，王四海跟东昌府知府金道正金大人关系好着呢。这事儿全东昌府的人都知道，恐怕就咱俩不知道。听说，王四海的生意有金大人的份儿，王四海在明处，金大人在暗处，俩人合穿一条裤子。"

"噢——"郑英魁若有所思，心里波涛汹涌、感慨万千，原来金大人跟王四海还有这种关系，真是人不可貌相、海水不可斗量啊。

"哥，你不知道，这王四海还有更厉害的关系呢。"

"谁？"郑英魁知道王四海跟金道正关系铁，可是，王四海还有什么关系，郑英魁倒不知道，不过，郑英魁也能预感到王四海不只有金道正这一个关系，像他们做大生意的，走南闯北，上下都打点得到，说不定京城里也有后台，至于是谁，郑英魁倒不知道。

"王四海还有个关系，叫王强，他跟王强是一个村的，是本家兄弟。"

"王强是谁？"郑英魁不解地问。

"你不知道，其实我原来也不知道，咱中原地区的人可能都不知道，可这海边的人，没有不知道王强的。"

"是吗？那他是干啥的？"

"干啥的？王强他可是大弄家，是大海盗，是朝廷通缉的重犯要犯。"

郑英魁闻听此言，更加吃惊，蒲扇也不摇了，也顾不上擦脸上的汗了，急忙问道："照你这么说，那王四海也该是通缉的要犯喽？那王四海咋还恁厉害呢？那金道正金大人咋还跟他王四海打得火热呢？"

郑英魁越听越觉得这个王四海可怕，看来，王四海是个祸根，还是敬而远之、离他越远越好。"兄弟，照你这么说，王四海是个通匪的商人了？"

郑英奇说："哥，是咧，想做海上生意，没有海盗的保护，没有官府的照顾，能做成吗？王四海能做那么大的生意，就是跟王强有关系才这样的。你想想，王四海挣的银子会都装到自家腰包里吗？他落三分之一，再给王强三分之一，另外三分之一不都打点各位官家了？"

"这些官员就不怕将来万一有一天皇上翻脸了，开始收拾王强了，那不就倒霉了吗？"

"哥，人都是管头不管屁股，都是只顾眼前，谁想恁远的事儿？车到山前必有路，到时候再说。"

"嗯，兄弟，没有白带你来，你还真帮我大忙了。以后你没啥事儿，就找那闲杂人等多聊聊，多了解些情况，咱在东昌府就会少走很多弯路。"

"放心吧，哥，你把我带到东昌府来，东昌府人不少，可就咱俩亲，我不跟你一条心，谁会跟你一条心？"

"嗯，多长点儿心眼。你也看到了，咱到这儿，人生地不熟的，这地方又是繁盛之地，更是龙潭虎穴，不好混。混不好，就像你说的，也许跟我那前任一样，就被人赶跑了。赶跑是小，说不定啊，还招大祸呢！"

这时，郑英魁想起王四海到驿站给自己送银两的事，有点儿后怕，下意识地说："这王四海的银两可不敢沾啊。"

郑英奇闻听此言，诧异地问："哥，你说啥？"

郑英魁自知说漏了嘴，急忙打圆场说："啊，没啥，没啥，我是说老家生意上的事儿呢。"

郑英奇叹了口气说："哥，咱一转眼离开老家俩多月了，也不知老家咋样了，山高路远，也没个消息，我有点儿想家了。"

"英奇啊，当个人，忠君报国，处处是家，公私不能兼顾，忠孝不能两全，既然走了当官这条道，就要做好舍家的准备。人人都说当官好，世人谁知吃饭难？你想家了，其实我也想家了，这样吧，你替我回老家一趟，看看家里有啥事没有。"

郑英奇点点头说中。

3

第二天，郑英魁从驿站挑了匹快马交给郑英奇，又在街上买了些东昌府的土特产，还送给郑英奇一些盘缠，郑英奇简单收拾了行装，回河洛县郑家村探亲了。

半个月后，郑英奇回来了，郑英魁急忙问郑英奇老家咋样，家人的身体咋样，郑英奇说："好，都好，就是家里生意有点儿紧张，钱上周转有些困难，俺云祥大伯的身体不太好。"

郑英奇说得轻描淡写，郑英魁闻听此言却坐立不安，他拉着郑英奇的手说："兄弟，跟哥说实话，我爹身体到底咋样？"

"哥，没啥事，人年纪大了，都会有这病那病的，没啥事。"

"你跟我说实话，你要是不说实话，你就不要再跟我了。"

郑英奇叹了口气，说："哥，俺振昌爷一再交代我，不要跟你提家里的难处，光说好的，可我的嘴不把风，有些话还是说漏了。"

郑英魁一听，更坐不住了，着急地问，"兄弟，到底咋了？家里到底出啥事了？"

郑英奇嗫嚅着说："也没啥，就是俺大伯走山路不小心摔倒，脚崴住了，躺床上不会动了。"

郑英魁着急了，说："兄弟啊，这是小事吗？这么大的事你咋不跟我说呢？人年纪大了最怕崴住脚摔着腿躺床上不会动了，人往床上一躺，整天不动，啥病都出来了，这可不是小事，不行，我得赶快回去一趟。"

事不宜迟，郑英魁向金道正金大人请了假，简单收拾下行装，在郑英奇的陪同下，骑快马日夜兼程回到了河洛县郑家村。

临回老家的时候，郑英魁看着王四海送的那两千两银票，犹豫不决，带回老家还是不带回老家呢？他郑英魁上任时间不长，也没有多少俸禄，如果说回家不带些钱也说不过去，可是，如果带走这两千两银票，就等于上了王四海的套，等于被王四海系上了一根绳，从此，王四海让他郑英魁往东他不能往西，叫往南他不敢往北。

犹豫了半天，郑英魁还是决定把这两千两银票拿回家，眼下，老家生意不好，父亲又有病，不拿回去些钱，咋办？至于将来咋样，将来再说吧。

郑英魁把这两千两银票装进包裹，没有跟郑英奇说这事，回家后才发现，父亲的病情真的不轻。

父亲郑云祥跟郑英魁不一样，他活这大半辈子，对做生意不感兴趣，却喜好读书，读书时间长了，也想考取个功名，好光宗耀祖。怎奈他命运不济，屡考屡败，总是名落孙山。万般无奈，通过纳粟捐了个监生的虚职，但他总觉得不满足，总是咽不下这口气，因为监生这个职位，在当时已经江河日下，流品以杂，那些洁身自好的饱学之士对监生一职早已嗤之以鼻，打心眼儿里看不起。因此，郑云祥并不以此监生为荣，反以监生为耻，他一直想通过正途取得功名，在读书人面前抬起头来。

在郑英魁纳捐到洧川县任职又提拔到山东东昌府之后，郑云祥对做官仍念念不忘，他无心做生意，生意上的事儿由年迈的父亲郑振昌打理，他则铆足了劲儿到开封府参加乡试。

这天，他在仆人的陪同下，走在开封的大街上，但见石子铺道的大街两旁，摊贩林立，人声嘈杂，让人眼花缭乱。郑云祥虽是富家子弟，但毕竟长在山沟沟里，没见过大世面，今日到了开封府，真是大开眼界。

郑云祥边走边四处张望，见路边围了一群人，郑云祥和仆人互相对望了一眼，两人好奇地凑了上去，踮起脚往人群中间瞅，人群里，原来是一个剃头的。郑云祥正要离开，仆人说："老爷，别慌，你看那剃头的可是不一样。"只见那剃头的师傅拿了两把剃头刀，左手一把刀在一个半躺着的老先生的头上刚刮了一刀，扬一扬手中的这把剃头刀，刀子甩到了半空，接着，右手另一把刀在老先生的头上又刮了一下，刮了之后又扔到半空中，等第一把刀快落下来时，这剃头的师傅接过后又在老先生的头上刮了一下，就这样，一上一下，轮番在老先生的头上刮来刮去。老先生半闭着眼，一副很享受的样子，而老先生的头上边，刀光闪闪，两把刀像银燕飞舞，周围的人看得心惊胆战、眼花缭乱，心都提到嗓子眼了。

郑云祥和仆人眼都看直了，正在发愣发呆的时候，只见剃头的师傅倏然收起两把刀，装进剃头架上的蓝布袋里，又从蓝布袋里拿出另一把更小点的刀给老先生刮脸、修眉毛。一切停当，老先生睁开眼，伸伸懒腰，满意地说："真得劲！"围观的人群响起"啪啪"的掌声。

郑云祥感叹道："真是天外有天，人外有人。看来不能死读书，要多出去走走才能长见识。"

仆人说："是啊，老爷，您不能天天关在屋里读书，您就是出去太少了，咱中国地方大着咧，上有天堂，下有苏杭，好多好地方您都不去，太亏了。"

郑云祥说："嗯，咱小山沟沟里的人，就是眼界小，到了大地方，才算开眼界，你说得对，我以后有机会要多出去走走转转，见见世面。"

郑云祥带着仆人继续往前溜达，见有一家店铺前围了很多人，郑云祥和仆人也凑了上去。只见这家店铺在售卖一种洋玩意儿，旁边有个招牌写着"洋火"俩字。店掌柜手拿着这个长约一寸的洋火，一擦就起火，人人见了都很惊奇。有胆大的人问价，竟然十两一盒。很多人都是只看只问，摇摇头伸伸舌头嫌贵就走了。郑云祥是个孝子，他给父亲郑振昌买了一盒。看到这家店铺里还有卖小圆镜的，又给妻子郑赵氏买了一个小圆镜。想想也该给儿子郑英魁买个礼物，向前溜达了一圈，只见一家卖小孩儿玩具的，店铺里有面具鬼脸、木刀木枪、空竹、小泥人头、小鸟笼，郑云祥想给在东昌府做官的儿子郑英魁捎个什么玩意儿，再一想，郑英魁已经十八岁了，是个小大人了，不是小孩子了，还怎么当他是小孩子呢？想到了这里，他自嘲地摇头笑了笑，罢了这个念想。再走走瞅瞅，见到一些流动书贩，背着小布包，向路人兜售《百家姓》《三字经》《千家诗》等书，大都是木版的，也有麻纸的、竹纸的，也兼卖些小羊毫、乌龙水毛笔，还有太华秋、龙门等墨锭。郑云祥想给郑英魁带些书和笔墨纸砚，可这些小摊贩沿路兜售的是劣质品，郑云祥看不上眼。郑云祥来到一家较大的书铺里，买了些寄售的古籍珍本，如《东京梦华录》《洛阳伽蓝记》，他让仆人收好带回去，等有机会郑英魁回家了给郑英魁看。

郑云祥住在徐府街的山陕会馆里。晋商和秦商出了名的会做生意，所以，山陕会馆是开封城所有会馆里规模最大的。大门正对着的影壁青砖砌就，下以石条为基，基上用砖砌成双层须弥座，分别雕有仰莲、云气等花纹，顶是歇山顶，檐下方椽。影壁后是山门兼戏楼，南为山门，北为戏楼，上为单檐歇山顶，覆以孔雀蓝琉璃瓦。戏楼两侧，各有一方形角楼，是会馆庙堂的钟鼓楼，钟楼悬匾"舞鲸"，鼓楼悬匾"泣鹤"。再往里，是一个宽敞的大院，东西配殿各有面阔五间、进深两间的廊庑，大院中间先有拜殿，也是面阔五间、进深两间，单檐歇山卷棚顶，上覆孔雀蓝琉璃瓦，雕花脊，檐下无斗拱，平板枋上是高浮雕牡丹图，各间大额枋分别浮雕着"商旅入城""高士贤隐""骆驼商旅""商旅歇马"等商帮故事和透雕人物、鸟兽。拜殿后是大殿，中间是勾连搭，面阔五间、进深两间，单檐悬山顶，前后出廊，殿顶覆盖孔雀蓝琉璃瓦，两山用琉璃搏风，檐下施五踩双下昂斗拱，前后檐各有柱头铺作六朵，补间铺作六朵。平板枋上高浮雕龙、山鹰及山水花草，殿内梁起七架，前出后单步梁，中柱减出一列，显得殿内非常宽阔。殿内供奉着关羽坐像，因为关羽是山西人，所以山陕会馆敬关羽，其他会馆则不敬。

　　戏楼经常有戏，院子里摆上方桌，桌子四围摆上长条凳，每条凳子上可坐两人。院子里卖零食的扛着竹篮、托着木盘，到处穿梭，向看客售卖瓜子、成串削皮的荸荠、萝卜片、生红薯片、糖蘸山里红等，卖水烟的则拿着足有二尺长的铜管水烟袋往看戏人嘴边一戳，看戏人眼也不瞧，含着烟管"呼呼噜噜"抽几口，随手扔给卖水烟的几个铜钱。也有送手巾的，掂着个簸箕，里边放着几十条热毛巾，走到看客前边，有的看客顺手拿起一条热毛巾擦擦油津津的脸，然后扔几个铜钱在里边。有的看客大老远就招呼要热毛巾，送毛巾的就把热毛巾卷在一起，隔着人群直接扔过去。

　　戏楼前热闹闹、乱哄哄，但只有大老爷儿们，女座设在旁边角落里，即使是夫妻也不能坐在一起。

　　秦腔高亢，唱的是《玉堂春》。郑云祥忍不住想到前院看戏，但是，他用手掐掐自个儿的大腿，压制住了自己的想法，两耳不闻窗外事，一心只读圣贤书，读书求功名是大事。郑云祥闭门谢客，大门不出，二门不迈，刻苦备考了十几天，终于等到了开考的日子。

　　头天晚上，郑云祥激动得躺在床上翻来覆去睡不着，也可能是紧张过度，一直到鸡叫三遍，他才昏昏沉沉地睡去。天刚蒙蒙亮，仆人就来叫他起床，催他早点儿去考场。

　　郑云祥晕乎乎地和那些从全省各地赶来的莘莘学子坐在一个一个像鸽子笼一样的小房子里，奋笔疾书，等写完卷子交卷时才发现，他的卷子越幅了，也就是没有按规定写，名字写在了装帧线外。郑云祥急得大哭，向监考官求情，被监考官训斥了一顿。郑云祥当时就双腿一软,瘫坐在了地上。

这次考试,郑云祥当然名落孙山。

回家后,郑云祥心里难受,这天到邙山上散心,可是,人该倒霉了喝口凉水都塞牙。他心情不好,脑子晕晕乎乎的,结果,在下山时,一不小心一脚踩空,崴住了脚,摔倒在地。郎中一看,骨折了,需要卧床治病半年。

郑云祥卧病在床,郑振昌年纪大了还要照顾生意,力不从心,累得面容憔悴,而郑家生意也因为照顾不周,经营困难。

郑英魁从东昌府返家后,把王四海送的那两千两银票拿出来了,说:"爹,我这趟回来带了两千两银子,家里先用着吧。"

郑云祥见了银票,问道:"儿啊,你去东昌府上任没有多长时间,你从哪儿弄恁多银两啊?"

郑英魁说:"爹,我听说您有病,家里生意又不好,我从朋友那里借了些钱。"

郑云祥说:"你刚去东昌府时间不长,哪有那么有钱的朋友!"

"这个,爹,你就不用管了,我的朋友多,没事。"

"啥叫没事?你跟我说,是啥样的朋友?"

"做生意的。"

郑云祥听罢脸色凝重,说:"儿啊,你干这差使虽说官儿不大,可是权不小,管盐运,那是肥差啊,我虽说没有跟着你去东昌府,可我也知道,巴结你的盐商不会少,求你的人多得很,你可要洁身自好,管好自己,可不能收人家的银两、占人家的便宜。谁的钱都不好挣,谁给你钱都不会白给你的,都是要回报的,回报小了还不行。"

"嗯,爹,这个我知道,我天天读《二程全书》,存天理、去人欲,要理学治家,我管着自己呢。"

"你既然管着自己,那为啥还要借人家两千两银子,这可不是小数目啊。"

"这不是家里有难了吗?"

"家里有难,也不能要那不敢要的钱,你不说我也知道,你去东昌府时间不长,不会有深交,你这钱来路不正,人家不会平白无故借给你这么多钱,这钱你还拿回去,家里再难也不能要这钱,这钱不是钱,是陷阱,是火坑。"

"爹,您老先拿住,等我俸禄发下来了,我再还人家。"

"算了吧,你以为我不知道?知府大人一年的俸禄才六十两银子,知县一年的俸禄才四十五两银子，你这盐运使一年的俸禄才三十两银子，你拿什么还人家两千两银子啊？不要说了，把钱拿走。"

"爹，我不能看着爷爷、您和俺娘在家受罪啊，那样的话，我怎安心在外当官呢，要不我辞官回家吧？"

郑云祥闻听此言，抬手就要打郑英魁，可是举了半天，又无力地放下了，说："儿啊，咱祖宗几代都想出个当官的，我不就是一心想当官却没当上才出事的吗？你好不容易有点儿出息了，你又撂挑不干了，你这不是想气死我吗？你咋到祠堂跟祖先交代啊？"

郑英魁低着头说："爹，我不能做那不孝之人哪。"

"自古忠孝不能两全，既然当了官，就是朝廷的人，就别想家里的事，有我在，家倒不了，你就放心走吧，今儿个收拾收拾，明天就回山东去，不能耽误了公家的大事。"

"爹，当官也老难哪，可不是好干的，俸禄又低，看看咱家成啥啦？您看病都没钱，我还真不如在家做生意呢，好赖也比当那芝麻小官强。"

"要是好干谁都当官了，就是因为不好干，咱才要干，才要显显咱郑家的能耐。再说了，要当官就不能想发财，要发财就不要去当官，咱既走当官这条道，就别想挣钱的事儿。"

"爹，咱总要生活吧，你看我这次回来，也没有带啥钱，借人家的钱您又不要，您病成这样了，我这心里，能不难受吗？"

"不用难受，明儿个一大早你就走。我没有当成官，我就全靠你了。"郑云祥把话硬邦邦地撂在那儿了，不容反驳。

郑英魁说："爹，您有病，我眼下不能走，我不放心。"

"走吧，我的病不要紧，也就是崴住脚了，伤筋动骨也就一百天，歇歇就过来了。忠孝不能两全，你该走就走吧，别耽误了公差，你干好公差就是孝顺，你爹才高兴，病才会好。记着把钱带走还给人家。"

郑英魁点点头，收好银票，第二天，依依不舍地离开了老家。

4

回一趟老家，郑英魁心里有了新的想法，他明白，只靠做官挣的俸禄，别说养家，连自个儿生活都困难。千里做官，为了吃穿，如果连吃穿的问题都解决不了，怎能安心做官？其实，郑英魁想挣钱倒容易得很，只要他歪歪嘴，就有那贩卖私盐的盐商排着队给他送礼，银子就会大把大把地进腰包，就像王四海给他送礼一样，一出手就是两千两银子，一次所得就是他郑英魁一辈子的俸禄，当官想挣钱真是太快了，真要把做官当营生，那是最大的营生，啥生意也没有这来钱快。不过，那可是违法的事啊，君子爱财，取之有道，爹说了，不该要的钱不能要，不该收的礼不能收。再说，大清朝查贪腐查得紧，到处明察暗访，弄得草木皆兵，贪污受贿，那可是饮鸩止渴的事情啊。

郑英魁一筹莫展、犹豫不决，常常在驿站里紧锁双眉，走来转去，躺在床上翻来覆去睡不着觉。郑英奇看在眼里急在心上，他瞅了个机会悄悄跟郑英魁说："哥，我给你说个事，我看你整天愁，我知道你因为啥愁。"

"因为啥？"

"因为钱。"

"你咋知道？"

"我天天跟着你，我能不知道吗？"

"你还怪能咧。"

"我不能。我要是能，你就不愁了。"

"这不怪你，要怪就怪咱命不好，命中只有八斗米，走遍天下不满升，没法儿。"

"啥命不命的，虽说人的命天注定，可三分靠运气七分靠打拼，命也是可以改变的。"

"别贫嘴了，说吧，你有啥好法子没有？"

"哥，活人不能让尿憋死。你管着那些盐商呢，食盐是眼下最赚钱的买卖，官府垄断了盐业生意，而那些有门路的奸商走私食盐，他们做生意挣恁多钱，你就不会也做盐业生意挣些钱？你做生意比他们差吗？你的脑子比他们笨吗？"

郑英魁叹了口气："兄弟，做官经商两条道，不能搅到一块儿，搅到一块儿就乱了。"

"哥，看你说的，现如今当官的谁不经商？不经商，恁少的俸禄，早就饿死了。知府大人金道正五品官，一年的俸银才六十两，您这盐运大使是从九品，一年也才三十两，这不是逼着让经商的吗？"

"人家经商都是在官场站住脚的有根基的人，尤其是走私食盐，那不是一般人能干的。人家有势力，有后台，出个啥事有人保有人救，可是咱不中啊，咱上边没人，不敢出事，否则的话，咱一下子就玩完了。"

"哥，要我说，有时候该赌一把就得赌一把，只管经商做生意，钱挣得差不多了，一看势头不对，大不了辞官回老家去，人活着弄啥？不就是挣钱吗？当官不也是为了挣钱吗？只要有钱，还当那官干啥？"

"英奇，你说得不对，我郑家做官可不是为了挣钱。"

"那是为了干啥？"

"是为了不受别人的气。"

"哥，当了官，有了权，平头老百姓不敢惹咱，地痞无赖不敢惹咱，可是，大官欺负小官，不还是有人惹吗？您见了金道正金大人不也得低三下四吗？"

一语点醒梦中人，是啊，干啥没人欺负？大鱼吃小鱼，小鱼吃虾米，世上没有桃花源，哪儿都是人善人欺、马善人骑，只要有钱，活得轻松自在就行，人活在世上，不就是图个填饱肚子有吃喝就行吗？当个平头百姓，还想啥咧。至于做官，如果实在做不成，那就不当也罢，那不是谁的祖宗事业，铁打的营盘流水的兵，早晚还得离开，早晚也有不当官的那一天。

郑英奇的一番话让郑英魁想明白了，他开始琢磨经商的事儿了。

郑英魁苦思冥想了一段时间后，把郑英奇叫了来，说："兄弟，我想好了，想在东昌府开个货栈，经营食盐。"

"那是好事啊。"

"不过我想让你招呼货栈生意，咋样？"

"我来经营？"郑英奇指着自己的鼻子说，"哥，别开玩笑了，我从未做过生意，当掌柜，我更没那本事。"

郑英魁微微一笑，说："英奇哪，你只需支撑门面，我当背后的掌柜，行吧？"

郑英奇挠挠头说："那也不行，我可是没做过生意啊，赔了咋弄？"

"做生意，就是一买一卖，贱买贵卖，赚个差价。只要咱公平经营，不缺斤少两，薄利多销，只要信息灵通，只要没人找事儿，生意有啥做不得？况且，咱这生意，经营食盐，没人查没人管，这生意就是傻子也会赚钱。再说了，你聪明伶俐，是做生意的那块儿料。"

郑英奇嗫嚅着说："哥，你说行就行，我听你的，不过，我丑话说头里，我要是赔了，你可别怨我。"

"放心吧，哥相信你，你有这两把刷子，肯定会干好的，就是赔了，我也不怨你。"

"不过，哥，做生意得有本钱，咱哪有本钱哪？"

"这不需你费心，本钱我已筹好了，你看，这是两千两银票。"说完，郑英魁从柜子里拿出两千两银票。这还是王四海送给他的，他准备做生意赚了钱，再把这两千两银子还给王四海。

"哥，你从哪儿弄这么多钱？"

"找朋友借的。"

5

经过一番紧锣密鼓的筹备，郑英魁在东昌府开了个魁记货栈，主要经营食盐，由郑英奇坐店支撑门面经营，郑英魁在背后坐镇指挥。

魁是第一、居首的意思，常言说，店有雅号，客人自到，为了取好这个店名，郑英魁从《吕氏春秋》中找到一句话："不疾学而能为魁士名人者，未之尝有也。"于是，就起了魁记这个响亮的名字，表示了郑英魁做生意的雄心壮志，同时也是取他名字里的一个"魁"字。

魁记货栈开业，没有举行隆重的开业仪式，郑英魁不想也不敢张扬招摇，因为他知道，招摇就是招灾，张狂是自取灭亡，他只让人放了几挂鞭炮，去除邪气，便开始进货做起生意来。

有郑英魁做后台，别看魁记货栈不吭不哈，但生意好得很，闷声发大财，埋头干大事，一般人不会在意魁记货栈的经营状况。可同行是冤家，魁记货栈很快引起了王四海的注意。

东昌府的市场就这么大，做生意的人就这么多，有头有脸的人更是屈指可数，如今，冒出个魁记货栈，而且货船昼夜运送货物不停，能不引起王四海的注意？

王四海没怎么打听，就知道魁记货栈的掌柜叫郑英奇。郑英奇，不用问，那是盐运大使郑英魁从老家河洛县带来的，这魁记货栈的背后老板就是郑英魁无疑。

于是，王四海又登门来找郑英魁了，不过，这次王四海来，可不是低三下四，而是很有一副知府大人金道正的派头。他穿一身滑凉的丝绸长衫，脚蹬方口布鞋，摇着一把折扇，在驿丞侯升的陪同下，挺着肚子，笑容满面大摇大摆地来找郑英魁了。

郑英魁刚吃过晚饭，正在驿站的房舍里高声诵读《杜工部集》里《兵车行》中的诗句："车辚辚，马萧萧，行人弓箭各在腰。耶娘妻子走相送，尘埃不见咸阳桥……"

驿丞侯升咳嗽了两声，"梆梆梆"敲窗户，问："郑大使睡了吗？"

郑英魁听出是侯升的声音，故意问道："谁呀？"

"我，侯升。"

"噢，是侯老弟啊，来了！"说完，郑英魁打开门。

侯升领着王四海进来了。郑英魁一见王四海，吃了一惊，心想，这个灾星，他这么晚来干什么？准没什么好事，可是，他不敢怠慢，急忙抱拳施礼："哎哟，是王掌柜来了，也不早点儿说一声，有失远迎，失敬！失敬！"

侯升替自己辩解道："就是，王掌柜来也不提前打个招呼，直接就到我这小驿站了，我也是冒昧得很。这不，王掌柜说来找郑大使，我就领他上来了。"

王四海抱拳回礼，说："郑大使平时很忙，料想你不一定在驿站里，我也没提前跟你打招呼，我是吃过晚饭没啥事，溜达着就走到驿站了，顺便到这里来看一看，要是你在的话，咱就聊一会儿，要是不在，我就继续逛弯儿。"

"难得一见，请坐，请坐！"郑英魁热情招呼着。

侯升识时务地抱拳倒退着出去了，只剩下郑英魁和王四海。王四海问："郑大使在忙什么呢？"

郑英魁说："没啥事，看看书，解个闷儿。"

"敢问读的什么好书呢？"

"《杜工部集》。"

"杜工部是谁？"

"杜工部就是杜甫啊，河南巩县人，我的近老乡。"

"做啥生意的？眼时下在哪儿？"

郑英魁听罢哈哈大笑，笑得前仰后合，笑得差点儿岔了气。自从来到东昌府，他还从来没有这么开心过。

王四海不高兴了，沉着脸问："郑大使，有这么好笑吗？"

郑英魁也觉得有点失礼了，强忍着笑说："啊，不好意思，不好意思，这杜甫嘛，不是做生意的，是唐朝著名诗人，号称诗圣，与李白齐名，合称'李杜'……"

"得得得，郑大使别说了，反正我也听不懂，不就是一读书人嘛，一介书生，穷秀才，百无一用是书生哪！"王四海冷冷地说。

"书生怎么了？文能治国，武能安邦，书生也是国之栋梁啊。"

"郑大使说书生那么金贵，不过，我听说郑大使也不是正途出身，好像肚里喝的墨水也不多吧？"王四海一句话把郑英魁说脸红了。常言说，打人不打脸，骂人不揭短，这王四海真是哪儿疼往哪儿戳。

郑英魁回敬说："正因为我读书不多，所以我如今没事儿才要好好读书呢，最起码我知道杜甫是谁。"

"拉倒吧，知道杜甫是谁有啥用？是当吃还是当喝？"接着，王四海缓和了语气说，"不过，一看郑大使就是有志向的人，佩服佩服。"

"王掌柜过奖了，我一个盐运大使，不入流的官职，有什么志向啊，也就是混碗饭吃吧。"

"郑大使这碗饭可吃得够香呢。郑大使，我听说东昌府有家魁记货栈，可是你的掌柜？"

"这个？啊，不，是我的一个本家兄弟叫郑英奇开的，他跟我到东昌府来，闲着没事干，就做点小生意。"

"小生意？据我所知，那魁记货栈的生意可不小哇！"

"噢，生意上的事儿我不太知晓，都是我兄弟在那儿瞎倒腾。"

"郑大使，我这人是个直性子，不会拐弯抹角，不像那读书人花花肠子多，实话实说吧，那魁记货栈坐店的是郑英奇，而背后的掌柜就是你郑大使。"

"啊？嗨！这个嘛——"郑英魁有些语塞了。

王四海见此情景，伸头凑到郑英魁跟前说："郑大使，在我王四海跟前，你就不要这个那个的了，我也是生意人，咱俩眼下是同行，常言说，同行是冤家，不过，我不这样认为，我做生意向来是有钱同赚、有利共享，我这人走江湖之所以顺风顺水，就是靠这，我是一个仁义之人，朋友多，财路广。"

郑英魁见已无法隐瞒，只好说："王掌柜，实不相瞒，这魁记货栈确实是我和我那本家兄弟郑英奇一块儿开的，我老家河洛县有个客栈，也有一些河运生意，不过都不景气，父亲又卧病在床，家里日子艰难，可眼下俸禄又低，万般无奈，才出此下策，唉——"

王四海拍拍郑英魁的肩头："郑大使，要不我说你呢，家里这么困难，我给你钱你还推三阻四的。这不，一分钱难倒英雄汉，你不也开始想门路了吗？不也开始做生意了吗？你可知道，皇上是不允许官员经商的，你这是犯的死罪一条，我要是告发了你，你可是吃不了要兜着走的啊兄弟。"

闻听此言，郑英魁倒吸了一口凉气，不过，他也不是胆小怕事之人，他脑子一转，很快就反应过来了："海哥，是不允许官员做生意，可那是太祖定的规矩，这么多年来，早就没人按这规矩办了，满朝文武，谁不经商做生意？我这点小生意，算个啥？"

"算个啥？你也是在世面上混的，你也是当官的，你不懂得这个道理吗？说你行你就行，不行也行；说你不行你就不行，行也不行。不找你的事，你再大的事也不是个事；想找你的事，你没事也给你整出个事，是吧？"

"是啊，是这个理。不过，我初来乍到东昌府，没有跟谁闹别扭，没有跟谁结冤仇，谁犯得着跟我过不去呢？"

"没有谁跟你过不去，不过，在东昌府这地面上，要是不识抬举、不够朋友，那就有人跟你过不去。"

"过不去又如何？过得去又如何？谁都有短处，我也不会怕谁。"

郑英魁一番话义正词严，王四海听了倒吸了一口凉气，这小子看来不好对付啊，是个人精啊。于是，王四海缓了口气，笑着说："是啊，郑大使说得对，谁都有短处，谁也不会怕谁，不过，我送郑大使那两千两银子用着可好？"

郑英魁一听这话，彻底服软了，王四海送的那两千两银子作为本钱投到货栈里了。郑英魁嗫嚅着说："这，海哥，那两千两银子我家里有困难，有些急用，就先用上了，不过，海哥，等过段时间，我有了钱，马上还给你。"

王四海语气陡然一转，说："郑大使，我对你有点儿生气。"

郑英魁吃惊地问："此话怎讲？请海哥明示。"

"郑大使，既然家里恁困难，我送你钱是让你还的吗？我这人重义气、讲朋友交情，你是看不起我，还是嫌我的钱脏？动不动就说还钱，你这是打我耳光，你是看不起我，知道不？"

郑英魁急忙解释："海哥，你资助我两千两银子，我非常感激，不过，我这人脸皮儿薄，不愿意接受别人的施舍，不想欠人的人情，不想麻烦人。"

"郑大使，这就是你的不是了，我是外人吗？"

郑英魁连连摆手："不不不，没那个意思，海哥误会了。"

"误会了？说我误会也可以，那样吧，郑大使，这是两千两银子，你且收下，你不用再误会了。"王四海说完，从怀里摸出两张一千两的银票，放到了面前的桌子上。

郑英魁站起来，把银票推给王四海："海哥，我已经拿你两千两银子了，无功不受禄，这银两我断断不能再接受了。"

"郑大使，你说无功不受禄，我可是我你有事呢，让你办个事咋样？你就不觉得不好意思了吧？"

"海哥，有事只管讲，我能办的一定全力办，况且，你也知道，我来当大使这段时间，你的船，你的货，我从来是睁一只眼闭一只眼，尽量通融的。"

"对啊，郑大使，你说无功不受禄，你对我这么关照，你说，我感谢你不应该吗？"

"这个……"郑英魁一时语塞了。

"郑大使，当官不发财，请我也不来。你说，你千里迢迢、孤身一人到东昌府，为的啥？家里穷成那样，老父亲生病都没钱医治，你还不要钱，你是既傻又不孝。"王四海站了起来。

郑英魁说："海哥，大清朝对官员要求严，不能贪污受贿，那是要剥皮掉脑袋的。"

"郑大使，咱这东昌府，山高皇帝远的，皇上咋能知道咱这儿的事儿？别说你了，知府金大人也跟我是好朋友，府衙上下都是我的好朋友，咋着？不都没事儿吗？天塌了砸大家，你是小心过度了。"

"海哥，我没有背景没有靠山，赚得起赔不起啊。"

"那样吧，郑大使，这钱呢，不是我给你送的礼，是我给你的本钱，想让你与我合伙做生意的本钱，这可以吧？"

"做生意？这咋说呢？"

"咋说？郑大使，我打小就做生意，是个生意场的老油条了，实话告诉你吧，你开货栈，只做盐的生意，不咋赚钱，想赚大钱，还得做海外生意。"

"海外生意？"

"是啊，郑大使，实话告诉你，我本家哥叫王强。"

"王强？王强是谁？"郑英魁佯装不知。

王四海"嘿嘿"一笑："郑大使连王强是谁都不知道吗？"

"我初来东昌府，孤陋寡闻，请海哥指教。"

"王强哥手下有五六千人、大小船只几百艘，专发海上财，就像一个海上国王，日子过得逍遥得很。"

"厉害啊！"郑英魁敷衍着说。

王四海继续说："万般皆下品，唯有读书高，只有熟读四书五经才能致仕，从而光宗耀祖、青史留名，可是，我本家哥王强打小就对读书做官不感兴趣，跟我一样，喜欢倒腾事儿，觉得这种日子才充实，过得才有意义，而且王强哥还喜欢做大生意，倒腾大买卖，是个大弄家。"

"海哥，我倒听说这个王强不是做生意的，是专门收拾做生意的啊。"

郑英魁探头望望窗外，漆黑一片，但听几声狗叫在静寂的夜空回响，郑英魁压低声音紧张地说："海哥，你跟王强来往可是要坐大牢、掉脑袋的。"

王四海哈哈大笑，笑声在夜空传得更远："郑大使，我是一介商人，地位不高，跟那戏子、婊子差不多，但我有钱，有钱能使鬼推磨，我啥都不怕，实话告诉你吧，王强后台硬着呢，况且我跟我本家哥王强联手干大生意呢。"

"是吗？"郑英魁故作吃惊地站了起来，"海哥，这可开不得玩笑。"

"开啥玩笑？我跟王强哥联手做海上生意，这事儿东昌府官场、商界无人不知、无人不晓，不仅如此，上自知府大人，下至办事差役，都和我联手做海上生意。"

"海哥，你说的可是真的？"

"我这人以诚信为本，我说的是真是假，你可以打听打听，我没必要瞒你。"

郑英魁点点头，话锋一转，说："海哥，明人不说暗话，你今天来找我，所为何事，请明示。"

"啥明示不明示的，我不会说那文绉绉的酸词，我就是来告诉你，你开有魁记货栈，咱俩联手经营海上生意，你也加入我这一伙，以后你帮我组织本地的货源，我负责往海外运，海外的稀罕货，运到你的货栈里，你帮我卖。"

郑英魁一听，直摇头，说："使不得，使不得，海哥，官员是不能经商做生意的，特别是不便跟你联手做海外生意，这些事我是不干的。"

王四海一听此言，恼了："郑大使，我刚才跟你说了，东昌府大小官员都是我的生意伙伴，就凭你们当官的挣那俩钱，连塞牙缝都不够，你不要担心，万岁爷如今对此事是睁一只眼闭一只眼，这几年来大家都是这样做的，没事儿，真有事儿的话，我早不在此地了。"

郑英魁还想推辞，王四海正色道："郑大使，你身为盐运大使，收受贿赂，徇私舞弊，中饱私囊，还开设货栈，以权谋私，金道正大人若是知道了，恐怕不会饶了你吧?"

郑英魁听罢此言,不吭声了,他知道自从收了王四海那两千两银子,他就像一条鱼一样咬住王四海这个钓鱼者的鱼钩了,他再想挣脱开,已经不可能了,他只有跟着王四海的鱼竿在水里游动,王四海随时可以把他钓上岸,把他当作一道美味佳肴。

吃人的嘴短,拿人的手软,别人送你一两银子,是想捞回十两银子,捞不回来,那不就赔了吗?与商人打交道,怎能算计得过他呢?郑英魁想到这里,头都蒙了。这时,只听王四海笑着说:"实话告诉你,想在东昌府这个地盘站住脚,就得跟我做朋友,不然的话——"王四海脸一拉,眼一瞪,"哼哼"两声,恶狠狠地说,"从哪儿来到哪儿去,趁早滚得远远的。"

说完,王四海把银票撂给郑英魁:"这两千两银子你收下,以后跟我搁伙计,你就等着财源滚滚来吧。"

郑英魁还想把银票还给王四海,王四海已反背着双手大摇大摆地离去了。

6

上贼船容易下贼船难。郑英魁万般无奈之下半推半就地接受了王四海的银两,第二天,王四海就派人去了魁记货栈,商议跟魁记货栈合作的事宜了。

郑英奇急急来找郑英魁,问:"哥,王四海想跟咱合作做生意,你看该咋办?"

郑英魁长叹一声:"兄弟,人在屋檐下,不得不低头,咱在东昌府人生地不熟,想站住脚,难哪!王四海是这儿的一霸,咱做生意抢了他的饭碗,他肯定不乐意,他明着是跟咱合伙做生意,其实是想挖咱的墙脚、压咱的气势、争咱的生意呢。"

"哥,那咋办?"

"咋办?强龙难压地头蛇,何况咱也不是啥强龙。人家看得起咱,不把咱的货栈给砸了,就已经够意思了,想合作就合作吧,大不了人家得大头,咱得小头。只要能挣钱,只要比当官的俸禄高就中。"

"哥,王四海的人说了,他们不是只做盐的生意,他们要做海外生意,那可是掉脑袋的事啊。"

"唉,兄弟,你别说了,人家让做咱就做吧,有啥法儿咧?"说完,郑英魁抱着头痛苦地流下了两行热泪。

"哥，你别难过了，要不咱把货栈关了吧，要是早知道这样，咱也不起这念头了，安安生生当盐运大使，风风光光地查那些盐商，大家看见你都是点头哈腰的，那多得劲，可是一做起这货栈生意，就有这么多麻缠事，怪不得大家都想当官，不想经商，经商就是没有当官好。"

"算了，别说了，开弓没有回头箭，覆水难收，眼下只有晕着头干吧，好歹先挣点儿钱再说，一切听天由命。真的有啥事儿，咱大不了辞职回家，只要手里攒俩钱，咱回河洛县老家经营郑记客栈去。"

自从与王四海联手做起生意来，郑英魁的魁记货栈生意兴隆，白花花的银子仿佛从天而降，郑英魁从未想过挣钱有这么容易，这跟捡钱一样。

有了钱，郑英魁每月都派人往家送钱，父亲郑云祥回信说："我的病好了，家里生意也好转了，一切都好，不要再寄钱了。"郑英魁回信说："我在东昌府开了个魁记货栈，这是咱郑家在东昌府开的魁记货栈挣的钱，我在这儿也不是长久之计，挣钱放这里也不放心，最好是您老拿这钱把家里客栈的生意扩大些规模，再买些地，置办些家业。"

有了钱，郑英魁不忘孝敬知府大人金道正，还经常请同僚们吃吃喝喝，关系十分融洽，也算在东昌府站稳了脚跟。同时，郑英魁扩大投入，魁记货栈的货物周转量越来越大。

不过，越是有钱，郑英魁心里越是不踏实，总感觉心咚咚跳，他知道这些钱挣得来路不明，不定什么时候就会出事，他只有心存侥幸、听天由命了。

7

又是一年盛夏时节，东昌府经常狂风大作、电闪雷鸣、暴雨骤至，且数日不歇，造成洪水泛滥，运河水漫到了大堤外，街道上积水淹没了脚脖子。东昌府地处黄河岸边，黄河有"七下八上"之说，也就是每年七月下旬、八月上旬是汛期，黄河水量特别大，随时有决堤的危险，这些，更增加了郑英魁的担忧，他的心情也像"七下八上"的黄河水，波涛汹涌，起伏不定。

这天，郑英魁独坐在衙署户房内，外边乌云翻滚，天空顿时阴暗了下来。狂风吹动树木左右摇摆，不时有风透过门缝钻进屋内，滂沱大雨砸在青砖铺就的地面上，发出"噼里啪啦"的声音，不久地面就成了一片汪洋。雷声轰鸣，忽远忽近，突然，一阵"咔嚓嚓"声响，一道灰白的闪电晃过窗棂，郑英魁不由激灵灵打了个冷战，顿时陷入恐慌之中。他再也坐不住了，索性站起来在屋子里来回踱步。他心里奇怪，自己本不是一个喜怒形于色的人，而且平时也算沉稳，为什么最近老是心神不宁呢？难道是得什么病了不成？可是，身上不疼也不痒，没有什么不适啊。

郑英魁没事儿就拿起《二程全书》看，可是，看不进去，他又拿起《杜工部集》，还是看不进去，于是，他又开始练字，但是，也写不下去。他像一只困兽，在屋里转来转去，急得很。

好不容易到了晚上，他匆匆吃了晚饭，却觉得胸口有些疼痛，喝了一杯热茶，吐出两口热气，方觉好一些，但心中依然闷得慌，他没有洗漱，索性和衣倒头便睡，睡到半夜，做了一个奇怪的梦，他梦见父亲浑身湿漉漉地站在他的床前，脸色苍白，一声不吭，只是看着他。他惊问道："爹，您老咋来了？"父亲仍是不吭，脸上却流下了眼泪。郑英魁伸手去擦拭父亲脸上的泪痕，父亲却转眼不见了……

郑英魁一下子从梦中惊醒，借着窗外刺眼的闪电，他摸到枕边的火镰，打着火，点燃了蜡烛，屋内顿时亮堂起来。郑英魁抬眼四望，屋内什么也没有，他定了定神，觉得这个梦非常奇怪，莫非父亲在老家有什么事了？莫非他的病情加重了？他再也无法入眠了。

风在刮，雨在下，雷声隆隆响，一直闹腾到天亮，才稍稍停歇。郑英魁再也坐不住了，他总觉得家里可能有什么事，他要回家，于是，他来到衙署，跟金道正大人告假。金道正大人揉了揉红肿的眼睛，他昨晚跟人喝酒喝到半夜，早上头还晕乎乎的。

郑英魁说了他想要告假还家的意思，金道正大人还没有迷瞪过来："什么？要回家？"

"是啊，金大人，我家里有点事，想告假三个月。"

"啥事？"

"老家捎信了，父亲病情加重了。"

"啊，百善孝为先，既然老父亲病重了，理当回去。行，准假。啥时候起程？"

"今天就走。"

"老弟，下恁大的雨，急啥急？"

"父亲有病，我心里不净，坐不住。"

"那就回吧，把公差安排好，收拾回吧。"

"谢过金大人。"

郑英魁告别了金道正金大人，雇了匹快马，回老家河洛县了。临走前，郑英魁把郑英奇留在了东昌府，继续经营魁记货栈。他收拾了行李物品，向驿丞侯升以及相处的同僚辞行，更不忘与王四海告别，王四海说："郑大使，咱生意还得继续做，你在老家再开个货栈，到时候我给你送货去。"郑英魁敷衍着说中，互相作揖告别。

可是，还没等到王四海去郑英魁老家送货，王四海就出事了。

第四章

祸不单行

1

郑英魁回家不久，父亲郑云祥就因病去世了。

郑云祥卧病在床，身体越躺越虚弱，特别是他考场失意心情不好，不仅骨伤没有治好，又受凉开始咳嗽了，有时咳得喘不过来气，有时还咳出几口带黑丝的血。特别是夜深人静的时候，郑云祥咳声格外响，咳得郑家上下胆战心惊。郑云祥自知来日无多，难过这道鬼门关，临死前，他把郑英魁叫到病床前，接着又把教私塾的王文镜叫到病床前。

郑英魁外出做官这两年时间，王文镜一直赋闲在家。如今，郑云祥喊他来，他也不知道怎么回事。

郑云祥说："魁儿，你给王先生跪下。"

郑英魁愣了一下，然后顺从地跪在了王先生的面前。

王先生也吃了一惊，他急忙把郑英魁搀起，说："掌柜的，你这是咋的？咋能让英魁说跪就跪呢？"

郑云祥躺在床上，眼睛看着窑洞顶上的柏木棚板，咳了几声说："王先生，我恐怕快不中了。"

"掌柜的，你的病很快就会好的，不碍事。"

郑云祥叹了口气，说："王先生，你不用宽我的心了，我的病我最清楚。我打小身体就不好，父亲为了让我强身健体，练过太极拳，学过少林功，可都不管用，我这身体不争气，胎里带的。我这一生自视清高，无意染指商业，以读书为本，总想考个功名，好光宗耀祖，怎奈福薄命浅，没有那个机缘。去开封参加乡试，我提了老大的劲儿，下了老大的功夫，谁知道临考试了，反而睡不好觉，脑子昏昏沉沉的，竟然写字写越幅了，一切都前功尽弃，这就是命啊。"

郑云祥说完，又是一声长叹。

王文镜将了几下花白胡子，说："掌柜的，太极拳外柔内刚、运行无常，讲究一个静字；少林功夫动身不动心，禅武合一，练的是功夫，讲究的是禅修，明心见性、见性成佛，最高境界也是一个静字。静能制动，宁静致远。人能得清静，天地悉皆归。你虽练过太极拳和少林功夫，可你的心静不下来，所以才不管用。不过，你也不必太难过了，眼下奸臣当道，好人难做官，坏人青云直上，仕途艰险，当那个官有什么好？不当官倒落个清静。皇粮不好吃，谁家的饭都不好吃，还是靠自己挣来的钱花着舒坦，当不当官又如何呢？你不用为这事儿太揪心了。"

郑云祥断断续续地说："王先生，你也是饱读诗书之人，你不知道现如今再有钱也不如做官吗？当官的一声令下，让你捐钱就得捐，不捐就整治你，就会把你整得倾家荡产。我们郑家是有钱，可那些钱财转眼之间就可能烟消云散，做官也是护身符哇，有个官位，才能保我郑家长盛不衰啊。"

王文镜摇摇头说："掌柜的，恕我直言，做生意有个规矩，就是近官不做官。近官则兴，做官则败。官商不同道，可近不可同啊。"

王文镜说得语重心长，郑云祥听了后半天不语，一时间静得令人惊惧。郑云祥叹口气说："王先生，当事者迷，旁观者清。你说得有道理，只是我迷上当官了，心扭不过来了。"

"唉——"王文镜抬头望望窗外，"掌柜的，我是一介读书人，跟你一样，也想读书求功名，可是，我心已死，不想功名的事了，心反而活了，读书也更有趣味了，正像大明朝曾担任过山西、河南两省巡抚的于谦于少保写的那首《观书》诗所言：'书卷多情似故人，晨昏忧乐每相亲。眼前直下三千字，胸次全无一点尘。活水源流随处满，东风花柳逐时新。金鞍玉勒寻芳客，未信我庐别有春。'"

郑云祥听罢，感叹道："王先生，惭愧呀惭愧，我是读书读死了。读书害我，读书无用啊。"

王文镜一本正经地说："掌柜的，不能说读书无用。读书要是无用，千百年来为啥怎多人乐此不疲地读书呢？常言说，读书不信书，信书等于无，关键是看你会不会读书。人读书要读两本书：一本是有字之书，一本是无字之书。只读有字之书，不读无字之书，读书读死，成了书呆子，不谙世事，生计艰难，那读书就没用，甚至有害；而只读无字之书，不读有字之书，也成不了大气候，难有大作为。读书要先看写书人，如果写书人就是个书呆子，属于像我这样的落魄文人，读这样的人写的书就是误入歧途。再者说，即使是那些达官贵人写的书，虽有价值，但真正的升官之道、生意诀窍，他也不会轻易写进书里，要么愧于示人，要么秘而不宣，所以，你很难从书里学到真经，读的所谓至理名言也只是皮毛而已。要真正读通弄懂人情世故，还得自个儿多经事儿。经事儿多了，栽跟头多了，再动动脑筋想一想，对照书本比一比，自然就成了高人。'古人学问无遗力，少壮工夫老始成。纸上得来终觉浅，绝知此事要躬行。'南宋诗人陆游陆放翁说到点子上了。"

"嗯，王先生，你说得有道理。我去开封府考试的时候，在开封大街上转了一圈，就受启发很大，感到天地真大，只读有字之书，是体味不到人世间的真味的，那时我就想要走千里路，到各地转转，还想多干些事，不只读死书。可惜我的身子不中了，到外地转不成了。"

郑云祥又开始咳嗽了，王文镜帮郑云祥拍拍胸口说："掌柜的，你会好起来的，不用想那么多了，你只要去掉功名心，像佛教讲的去掉'贪、嗔、痴'，你的身子就没事儿了。"

"不中了，醒悟得太晚了。"

"不晚，掌柜的，不晚。"

"王先生，你不用宽我的心了，我的身子我知道。"郑云祥说完，指指郑英魁说，"王先生，这么多年来，你教英魁读书做人，我看着英魁一天天地长大，打心眼儿里高兴。不过，英魁还小哇，经事少，不懂事。英魁只读了有字之书，无字之书还经得少。常言说，一日为师，终身为父。你的人品我知道，要是我有个三长两短，英魁就交给你了，你替我管教好他，有了啥事儿多给他指点指点，该打就打，该骂就骂，不用客气，不用顾虑，我就把他交给你了。"说完，郑云祥挣扎着想下床，想给王先生行跪拜之礼，被王先生一把拦住了。

郑云祥对郑英魁说："英魁，我说的话你都听到了吧？"

郑英魁说："爹，您说的话我谨记在心。"

"嗯，一日为师，终身为父。我要是有个三长两短，你就听王先生的，王先生是个靠得住的人。王先生说的话就是我说的话，不能跟王先生抬杠。记住了吗？"

"爹，孩儿记住了。"

郑云祥想了想说："英魁，你再给王先生磕仨头，从今往后哇，你见了王先生叫恩师。记住了吗？"

郑英魁听了一愣，他是个心里有数的人，父亲的一番话，使他泪流满面，他顺从地趴在地上，"咚咚咚"给王先生磕了仨头，说："恩师在上，英魁给您磕头了。"

王文镜急忙把郑英魁扶起，摇摇头对郑云祥说："掌柜的，我是个落第秀才，读书一场未能致仕，未能上致君下泽民，却流落教学一途。此前为他人师，受东家气，被弟子恶，百无一用是书生，真有愧读书人之谓也。承蒙郑家厚爱，对我敬重有加，让我教英魁读书识字，也好让我养家糊口，我已经感激不尽了，咋能让英魁称我恩师呢？这个'恩'字我可承担不起啊。"

"王先生，您别客气了，您就是英魁的恩师，以后就让他这样尊称您。"

王文镜老泪纵横，说："师者，传道授业解惑也。你放心，英魁聪明伶俐，一教就会，是个可塑之才，我一定倾我全身力气，教英魁走正路、办大事、成大业，振兴郑家，不负你的厚望，回报郑家的恩德。"

郑云祥听了这话，眼里放出光来，满意地点了点头。然后，郑云祥哆嗦着双手在枕头下摸呀摸，王文镜上去帮忙，说："掌柜的，你找啥呢？让我给你搭把儿手。"

王文镜伸手往枕头下一摸，竟然摸出两本书来，仔细看来，一本是《二程全书》，一本是《杜工部集》。

王文镜问郑云祥："掌柜的，你是找这个吗？"

郑云祥点点头，说："英魁，我送你两本书，咱郑家老一辈人给下一辈人送礼物，都是送这两本书。这两本书我看了一辈子，咱郑家能有今天，靠的就是这两本书，靠的是理学治家，靠的是忧国忧民，眼下我送给你这两本书，留个念想。"

郑英魁走到近前从父亲手里接过书，喊了一声："爹——"

郑云祥说："二程是伊洛学派的创始人，是北宋著名理学家，他教人存天理、去人欲，遵规守矩，管住自己，成为有用之人。杜工部杜甫就是离咱郑家村不远的人，他忧国忧民、心系苍生，你要好好向这几位圣贤学学。"

郑英魁说："爹，你说的我知道，这两本书我读过。"

王文镜说："是啊，掌柜的，英魁读过这两本书，而且天天带着，理解得很透，背得很熟。"

郑云祥说："儿啊，你读是读过，我送你这两本书，是我读过的书，我想让你放在身边，时时提醒着你，以后还得继续读，读一辈子。"

郑英魁点点头。

郑云祥又说："要存天理，去人欲，严格要求自己，不要吃喝嫖赌。有那多余的财富，为国家为乡亲捐助一些，像杜甫说的，安得广厦千万间，大庇天下寒士俱欢颜，记住多办好事善事，把家业传下去，再留个好名声，你也就不负咱列祖列宗了，我也就放心了。"

"爹，您放心吧，您说的话我都记住了。"

"记住就好，尔曹身与名俱灭，不废江河万古流啊！"郑云祥长叹一声，两颗浊泪顺脸而流。

2

郑云祥走了，带着无尽的遗憾，带着绵绵的牵挂，走完了他这庸常的一生。刚办完郑云祥的丧事，郑英魁的爷爷郑振昌受不了这打击，也身染重病，撒手人寰了。

郑振昌临走之时，把老管家刘富贵辞退了，毕竟孙子郑英魁要当郑家的大掌柜了，郑家相中了郑英魁的老师王文镜，要让他当管家，让他辅佐郑英魁支撑郑家的家业。为了给郑英魁铺好路，就必须让老管家离开，而刘富贵是跟郑振昌当了一辈子管家的人，郑振昌也没有亏待他，给他分了十亩田地，又给了他两千两银子，让他离开郑家安度晚年了。

父亲和爷爷相继去世，千斤重担突然间压在了郑英魁稚嫩的肩膀上，年轻的郑英魁一下子感到像天塌了一样，茫然失措，无所适从。多亏有王文镜先生出谋划策，郑英魁前后给爹送终，又给爷爷排排场场办了丧事。两场丧事办下来，郑英魁身心俱疲，他满腹忧愁地独自来到洛河边。

洛河源出陕西省洛南县，东经河南卢氏、永宁、宜阳、洛阳、偃师，至黑石滩渡口入河洛县界，又东入黄河。洛河河底均为沙质，便于通航，上可通陕西，下可通黄河达山东，甚至海口、江淮一带。洛河是交通要道，洛河上商船总有七八百艘，沿岸码头也成了各种生意的繁华所在。

洛河边，郑记客栈在林立的商铺中间是大名号。

夕阳西下，郑英魁搬个方凳坐在郑记客栈的门口，他遥望纯净的天空，一片一片的火烧云散发出奇异的光亮，而且不断地变幻着瑰丽的形姿，为连绵逶迤的邙山岭涂抹上了橘红色的余晖。洛河水，则波光粼粼、色彩斑斓。天地一色，山水相依，帆樯林立，往来如织。远处的小象鼻船，每船载重五六千斤，船上有粮、棉、煤、杂货等，正忙忙碌碌地赶往家的方向。

此刻，郑英魁想起了爷爷郑振昌、父亲郑云祥，他们仿佛在说："英魁呀，郑家就交给你了，你要争口气呀，洛河上也要有咱家的船，咱也靠洛河发财呀。"

郑英魁潸然泪下。

很快，太阳从圆形变成半圆形，越来越小，最终缓缓地滑落进西边的群山，只留下一丝光亮。天色暗下来了，袅袅的炊烟在岸边升起来了，女人扯着嗓门呼唤孩子回家吃饭的声音此起彼伏，看家狗也不甘寂寞地"汪汪"狂吠起来。洛河上的船工一声盖过一声地吼唱着无调的船歌，急急地撑船掉头上岸。只有成群的鸟儿贴着河面翻飞，好像忘记了归巢。

郑英魁孤独地坐着，痴痴地发呆，太阳落山了，郑家还有明天吗？他尚显稚嫩的身子能撑得起郑家庞大家业吗？

以前有爷爷和父亲顶着，他无忧无虑地读书、学习、做官，可眼下，他突然成了郑家的顶梁柱，成了郑家的希望和明天，他感到恐惧和茫然。

夜色深沉，眼前的洛河水黑乎乎一片，"哗哗"的水流声在朦胧的夜色里更加喧嚣。远处的邙山像巨大的怪兽，凶猛地压了过来。深秋的山风寒凉阵阵，郑英魁不由得瑟瑟发抖。

郑记客栈里的伙计不知什么时候来到了身后，轻轻地说："掌柜的，天黑了，外边冷，回客栈吧？"

郑英魁并不应声。如果能就这样平静地坐下去，他真的想一直坐下去，他真的不想回客栈，不想回家，不想挑起这副重担，不想料理这纷杂的生意。

"掌柜的，回去吧，老夫人让我来催您呢。"伙计又轻轻说道。

是啊，不能不回去啊，人生在世，总不能活在幻想里，更不能待在深山老林里。一切的困难总要面对，一切的不情愿都得接受，躲是躲不掉的，逃也逃不了。

郑英魁站起来，随伙计回了客栈。

3

郑云祥去世了，郑振昌也去世了，不到一年时间，郑家两个顶梁柱都折断了。郑英魁再也无心做官了，他给东昌府金大人写了一封辞职信，不去当官了。

这年冬天，大雪一场接一场地下，大多是早上开始下，傍晚才停歇。雪落无声，邙山脚下、洛河之上、黄河岸边，都覆盖上了皑皑白雪，北风吹过，扬起碎玉般的白雾，一片苍茫迷离的皓色。天特别冷，人们都躲在炕上、被窝里不愿出来，大街上空无一人，只有流浪狗和野猫四处觅食，偶有一只狗停下来跷起后腿撒泡热腾腾的尿，把雪地浇出一个黑窟窿，接着又急匆匆地跑开。

刚过完年，山里人家门口的红灯笼还高高地挂着，窑洞窗户上的窗花吉祥喜庆，鞭炮声还在七零八落地闷响，雪地上到处是红色鞭炮的碎屑。男人们还在喝酒、下棋、聊天，女人们则围着炭火东家长西家短地说个不停，小孩子们穿着新衣服争相捡拾雪地上尚未炸响的鞭炮，皲裂的小脸冻得黑紫透红。

郑记客栈贴上了蓝底白字对联，因为这年家里长辈去世了，办了丧事，是不能贴红对联的。郑英魁扣上了客栈的门板。晚上，却有个人顶风冒雪、风尘仆仆地来到了郑家。此人翻身下马，敲开了郑英魁家的大门，郑英魁一看，原来是郑英奇。郑英魁大为惊讶，他帮郑英奇扑打扑打身上的雪花，郑英奇跺跺冻僵的双脚，两手在嘴边哈哈气，然后搓了搓红肿的耳朵，"咯吱咯吱"踩着积雪随郑英魁进了窑洞。

郑英魁问："英奇，你不是来信说今年过年不回来了吗？下这么大的雪，天寒地冻的，咋又回来了？"

"哥，出事儿了。魁记货栈的生意没法儿做了。"郑英奇尚未坐下，就着急地说。

"咋了？别慌，先烤烤火，喝碗黑糖水，坐下说。"

郑英魁给郑英奇沏了一碗温热的黑糖水，郑英奇接过来，喝了一口，长出一口气，挨着火炉坐下，稳住神说："哥，大海盗王强被砍头了，王四海也因为通匪被砍头了。你听说了吧？"

"王强、王四海被砍头了？"郑英魁有些害怕了。

"你不知道吗？"

"咱这山沟沟里消息闭塞，你要是不说，我哪会知道这事呢？"

"生意没法做了。"郑英奇摇摇头说。

郑英魁闻听此言，心里五味杂陈，不知道该喜还是该忧。世上的事，真是颠三倒四，好事变坏事，坏事变好事。本来爷爷、父亲去世，这是人生一大悲，可是，因为回家办理丧事，竟躲过了一劫。可是，这一劫暂时躲过去了，眼看东昌府的生意又做不下去了，以后何去何从，真是一片茫然。

郑英魁不由向窑洞外边望去，只见大雪纷飞，狂风呼号，不由得一阵寒意从脚底蹿到头顶，生生打了个冷战。此时，火盆里柴火却烧得正旺，火星发出"噼里啪啦"的爆裂声，郑英魁半个身子都映得通红。

"英奇，东昌府跟王四海有生意往来的店铺不在少数，他们眼下都咋样了？"

"都关门闭户，回乡下老家躲避了。"

"唉，我本来也不想跟王四海搅到一块儿，可是，人在官场，身不由己啊，不知不觉就上了贼船。"

"哥，谁也没长前后眼，连知府大人都跟王四海勾肩搭背的，谁知道下一步知府大人会被咋处理呢？"

"唉，郑家祖上几代人都想出个当官的，盼星星盼月亮，好不容易到了我这里，大小弄了个官帽戴戴。不当官光想着当官好，可是，一入官场才知道干啥都不易，当官风险大得很哪，说掉脑袋就掉脑袋，说摘掉乌纱帽就摘掉，过的是提心吊胆、朝不保夕的日子，这官不当也罢。我这一世不当官了，子子孙孙都不当官了。"

"哥，甭说恁远，眼下咱咋办？"

郑英魁思忖了一会儿说："生意还是要做的，你还在那儿支撑着吧，反正跟王四海做生意的人多的是，天塌砸大家，法不责众，你就谨小慎微、低调做人，先关门观察一段时间再说，不过，这也是好事儿，以后不跟王四海合伙做生意了，也不用担惊受怕了，咱就正经干，做正经生意。记住，一定要沉住气，耐着性子，等待时机，啥事儿都是磨出来的，山不转水转，只要不泄气，就会等到雨过天晴的那一天。"

"会这样吗？"

"应当会。"

郑英奇点点头："哥，你有眼光，我听你的，过几天，我就回去。"

"嗯，在那儿人生地不熟的，做人低调点儿，出门三分矮嘛。有事儿及时给我写信，实在处理不了的问题我会亲自过去，帮你解决，你在那儿看好摊就行。"

"好的，哥，我会尽心尽力的。"

"嗯，还没吃饭吧？"

一说起吃饭，郑英奇拍拍肚子："哥，不麻烦您，我还是回家吃吧。"

"客气啥？就在这儿吃，先吃点儿饭再回家。既然回来了，也别急着回去，反正魁记货栈那儿这段时间也做不成生意，你过几天再回东昌府，好好在家陪陪父母。"

"哥，你看咱这一年的账是不是盘点盘点？还赚了不少钱呢。"

"这个不急，等我不忙的时候再找你，咱找时间再说这事儿。"

正如郑英魁所言，王强、王四海死后，因为海盗事件牵涉人众多，官府并没有深究，连知府金大人也只是免职了事。到了两年头上，郑英魁在东昌府的魁记货栈磨过了最困难的时期。郑英魁虽已脱身官场，但由于有先见之明，又有海外经营的经验，加之郑英魁在东昌府官场的人脉，生意越做越大。货栈有临街两层十八间房，底层经商，二层是与贵客谈生意和店小二住的地方，再往后，占地四十亩，建有十排各二十间无隔墙的库房，可存盐四千担，每排库房中间还有长六十多尺、宽三十多尺的晒盐场。整个货栈有骡马一百匹、双轮平板车五十辆，一次可运五十多担食盐。货栈还有一座专用码头，一次可靠岸五艘各载一百担重量的货船。魁记货栈成了东昌府最大的盐业专卖店，一年进出海盐一百万担，利润有五十多万两。

郑英魁采取大事聪明小事糊涂的经营策略，让郑英奇放开手经营，同时，他专门雇了几个传信人，不断地来往于山东与河南之间，及时传递书信，了解市场行情，掌握经营状况，发号指令，根据情况，有时亲往山东处理货栈事务，把货栈牢牢掌握在自己手中。

4

郑英魁的母亲赵夫人先是丧夫，接着公公去世，她伤心不已，悲伤之余，她有些坐不住了。女本柔弱，为母则刚。赵夫人擦干眼泪，强打精神，操心起家里事务。这天，她把郑英魁、王文镜叫到一起，说："王先生，魁儿，咱郑家这段时间接连倒霉，是不是找个算命的看一看，看咱家是犯啥地命了？"

郑英魁说："娘，算啥算，啥都没有，我啥都不信，神鬼都是假的。要说有鬼神，谁见过？"

"一命二运三风水。有时候，遇到灾难，找算命的算算也中。"王文镜先生说。

赵夫人说："主要是找对算命先生。有的本事大，有的本事小，有的是骗子，有的是真神。"

郑英魁说："既然娘和恩师都说找人算算好，那咱就找人算算吧。找谁呢？"

王文镜说："我们老家洛阳有个看地先生叫邵潜，是北宋数理学家邵雍的后人，看得很准。"

郑英魁说："原来是邵雍的后人。邵雍我知道，就是那个住在伊川县安乐窝的大儒，我记得他写过《皇极经世》《伊川击壤集》《观物内外篇》，还有《渔樵问对》。"

王文镜说："是啊，自从伏羲画八卦、文王演周易，之后就数得上邵雍了，他于书无所不读，始为学，寒不炉，暑不扇，夜不就席数年，编著了《先天图说》，是北宋易学中先天象数学的鼻祖。他还是著名的理学家，与周敦颐、程颢、程颐、张载并称'北宋五子'，名气大着咧。邵潜就是邵雍的后人，精通术数，请他算命的人很多，一般人还请不动他，要是赵夫人允许，我这就回老家一趟，看能不能请动他。"

郑英魁说："不过我听说善易者无后，算命的人测天测地测人事，泄露了天机，为上天所不容，算命的大多下场不好，更不会有后人。那这邵潜真的是邵雍的后人吗？"

王文镜说："真的是邵雍的后人。"

王文镜接着说："高手在民间，天底下有本事的人多着咧，不服不行啊。"

赵夫人说："王先生，既然如此，你就快回去一趟吧，这段时间，郑家净是霉气事儿，也没少劳你操心，有劳你去请请邵先生，顺便也回家看看。"

王文镜说："好，我这就收拾一下动身去。"

赵夫人说："一会儿我给账房先生交代下，你带足银子。"

王文镜说："嗯，夫人，你考虑得真周到。"

说完，王文镜就离开郑家回老家了。没过几天，他果真陪着一位仙风道骨模样的白胡子老头儿来到了郑家。

王文镜把这位老者领到赵夫人面前说："赵夫人，这就是大名鼎鼎的堪舆大家邵潜邵老先生。"

赵夫人喜出望外，看到邵先生就像看到了大救星，她急忙吩咐管家给邵先生安排吃住，并让人把郑英魁叫来见过邵先生。

随后的几天里，王文镜和郑英魁陪同邵先生围着郑家宅院走来转去，再看看郑家祠堂、郑家坟地，又看看周围的山川地貌。

这几天里，邵先生看得非常仔细，登高爬低，不辞劳苦，可是，他只看不说，王文镜先生和郑英魁问他啥，他也只是说："看完再说，看完再说。"

邵潜只看不说，郑英魁心里直打鼓，心想：这邵先生到底咋样啊？我得拿话试试他的本事。于是，这天转了回来，吃过晚饭，郑英魁送邵潜先生到郑记客栈住下，陪邵潜喝茶，王文镜也在座，郑英魁问邵潜先生："邵先生，您是算命世家，我想冒昧问问您，您精通易经术数，可为啥不给自家选个富贵之处呢？"

邵潜抿了一口茶，说："郑掌柜，自古算命的人都没有好下场，看破天机，泄露天机，妄改因果，必受天道惩罚，对自家的命数是一大劫。一声如雷，一败如灰，命理师和风水师的钱不好赚，所以，我邵家才难以发达，我也因此不轻易给人算命，尤其那命苦命坏的人，我更不给他们算命，不是不愿，是不敢啊，要是我给他们指点一二，改变了他们的运势，我是会遭天谴的。"

郑英魁一听，乐了："邵先生，照您这么说来，我郑家倒是红运当头了？"

"掌柜的，是这样的，你们家运势正隆，只要阳宅稍加改变，就可锦上添花、如日中天，不过，我只是给你调理风水，关键是掌柜的你要持孝行善、以德配位、厚德载物，才可修成福报。不然的话，即使福贵双至，你也压不住、享不了，难长久，而且德不配位，还有余殃。老子曰：上士闻道，勤而行之；中士闻道，若存若亡；下士闻道，大笑之，不笑不足以为道。你若不信我言，有可能反为灾祸加害于你。"

"邵先生，我知道了，天道酬善，地道酬勤，人道酬诚，商道酬信，业道酬精，以善为根纳百福，心存善念，天必佑之。先生是世外高人，我信先生所言。"

"嗯，掌柜的果然是聪慧之人哪。"

"邵先生，那依你所见，下一步我该如何做呢？"

邵潜微微一笑："莫慌，等我仔细看完再说，看完再说。"

郑英魁沉吟了一会儿，说："邵先生，您既然如此说，那我就暂且不问了，咱不说这个话题了。我恩师王先生说您饱读诗书，是世外高人，我一直有个疑问，不知您能否明示一二？"

"掌柜的过奖了。掌柜的天资聪颖，虽为商贾，听说也嗜书如命，是一个儒商，您有何见教，但请说来无妨。"

　　王文镜这时也插话说："邵先生是大学问家，英魁是文曲星，你们两个遇到一起，也是缘分，谈古论今，不妨放开一叙，可谓快事。"

　　郑英魁说："恩师才是大学问家咧，是文曲星呢，我在二位先生面前，只是无知的学生，我三生有幸，可以借此机会，向二位老师求教。"

　　邵潜说："掌柜的，不用客气了，有啥说吧。"

　　话已至此，郑英魁说："邵先生，那好，我心里一直有个问题不得解，我就想问问您，您说为啥历朝历代都重农抑商、重本抑末呢？"

　　邵潜说："掌柜的，您问的这个问题好，我也是想了大半辈子才想明白。导民以德则民归厚，示民以利则民俗薄。末修则民淫，本修则民悫啊。"

　　郑英魁一听，紧接着又问："工不出，则农用乏；商不出，则宝货绝。农用乏，则谷不殖，宝货绝，则财用匮，如何？"

　　邵潜说："诸侯好利而大夫鄙，大夫鄙则士贪，士贪则庶人盗。"

　　郑英魁说："《管子》有云，'国有沃野之饶而民不足于食者，器械不备也；有山海之货而不足于财者，商工不备也'。《管子》又云，'不饰宫室，则材木不可胜用，不充庖厨，则禽兽不损其寿；无末利，则本业无所出，无黼黻，则女工不施'。重本抑末，岂是以民为本乎？"

　　两人越说越激烈，越说越玄乎，王文镜在一旁不住地叫好，邵潜扭头看了看王文镜，说："王先生，对此事，你有何高见呢？"

　　王文镜说："你们二位说得都有道理，以农为本，重农抑商，堵塞逐利的门路，才可以使民风淳朴，然而，不兴办工商业，不能互通有无，就不能便民之用，更不能增加国库收入，最终将损害农耕农民。"

　　"恩师，那咋办？"郑英魁问道。

　　"咋办？各取所长，各避所短，无农不稳，无工不富，无商不活，不过，为避免工商逐利所导致的民风败坏，既要导之以德，更要严之以法度，靠教化引导百姓，靠国法约束商人，才能取长补短，相得益彰。"

　　"中，王先生不愧是私塾先生，有高见。"邵潜先生由衷地说。

　　"哪里，哪里，邵先生家学深厚，才是真正的世外高人哪。"王文镜先生说。

　　郑英魁说："二位老师都是人中龙凤，只是散落民间、隐居山林，屈才了啊。"

　　邵潜说："郑掌柜，啥叫屈才不屈才，我原以为商贾之间无学问，没承想，与郑掌柜一见，方知鱼盐之中有大隐，货殖之内有高贤，郑掌柜才是大才呢。不过，依我看来，人生一世，草木一春，人各有志，管他什么功名利禄，只要活得逍遥自在，处处皆是桃花源啊。"

郑英魁点点头说："邵先生说得在理，人各有志，只要活得逍遥自在，处处皆是桃花源，这话我记下了。"

5

接下来的三四天，邵潜还是到处转，郑英魁和王文镜都转累了，这天，邵潜终于说话了："中了，看完了，不看了。"

王文镜和郑英魁长出一口气，王文镜先生问："邵先生，咋样啊？该说句话了。"

邵先生却说："见了赵夫人再说吧。"便再不言语。

王文镜先生和郑英魁只得领着邵先生去面见赵夫人。赵夫人吩咐为邵先生摆酒设宴，以感谢这几天邵先生劳碌之苦。

菜上齐，酒摆上，邵先生抿了一口郑家自产的老白干酒，吃了一口郑记客栈的拿手好菜——红烧黄河大鲤鱼，慢悠悠地说："赵夫人，我看了几天了，看出门道来了，您是想听实话还是想听好听话呢？"

"当然想听实话了。"赵夫人说。

邵先生摇摇头，说："夫人，实话难听啊。"

王文镜说："邵先生，咱俩年纪差不多，咱俩碰一杯，你就实话实说，良药苦口利于病，忠言逆耳利于行，有啥你就说吧，反正都是为了主家好，咱就别把话憋到肚子里了。"

王文镜和邵潜先生碰了杯酒，邵先生放下酒杯，说："夫人，王先生，少爷，那我可说了。"

"魁儿，快，给邵先生端杯酒。"赵夫人对郑英魁说。

郑英魁从下首座位上站起来，来到邵先生跟前，恭恭敬敬地给邵潜端了杯酒，说："邵先生，这几天您辛苦了，我敬您一杯。"

邵潜站起来接过酒，说："掌柜的，可是不敢端酒啊，你眼下是郑家的掌柜，我这一介草民可承受不起啊。您请坐，您不坐我可不敢喝这杯酒。"

郑英魁说："邵先生，财钱乃身外浮云，随时可来，随时可去，生不带来，死不带去。别说我是郑家的掌柜，就是再大的富户，那也是个人，是人都得按人的礼节来，您是长辈，我理应敬您一杯。"

"好！"邵潜跷起大拇指说，"夫人，王先生，您二位听听，听听，这话说得有水平，郑家大有希望啊。"

赵夫人说："邵先生，您就别夸他了，英魁不懂事。俺郑家眼下遇到难处了，也不知道该咋办，就是想请您指点指点，有啥您就给俺说说吧。"

邵先生听了这话，把杯里的酒一饮而尽，脸一沉，说："夫人，王先生，掌柜的，实不相瞒，这几天我白天看地形，晚上找人打听郑家的事儿，油灯下再翻看相书，半夜里不停地琢磨，我发现，郑家这些年运气一直都不中啊！郑家是财旺人不旺。"

是啊，郑家财旺人不旺，郑家祖孙三代皆单传，郑家随时有断子绝孙的危险。

邵先生说："郑家财旺人不旺，财随人走，没有了人，再多的财有啥用？那不还等于没有吗？"

赵夫人使劲儿点点头，"这倒是有道理，邵先生，俺郑家啥都不缺，就缺人，缺人可是大事，常言说，有子之人贫不久，无儿无女富不长。邵先生，是不是俺郑家命薄福浅，压不住福贵气？"

邵先生说："要说压不住吧，也确实压不住。不过，我看您家附近的地形了，在您家后山邙山坡上有个地方叫龙卧沟，您知道吗？"

赵夫人说："是有那个地方，不过那地方不中啊，俺这儿都没人往那儿住，倒是有几家从禹县来的姓叶的在那儿住着，那几家值事儿的人叫叶老二。"

邵先生说："夫人，龙卧沟这个地方不是不中，是没遇到识货的人，我看这地方中，你听这地名，龙卧沟，龙在那儿卧着呢，多好啊！只要能弄到这块儿地方，就能把龙气聚过来，您家就能压得住邪气，就能财旺人旺。"

"先生说的是真的？"

"夫人，放心吧，我不哄您。"

"先生能说详细一些吗？"

"夫人，您能把龙卧沟那地方弄到手，就可解郑家之危呀。"

邵潜说得神乎其神，赵夫人听得目瞪口呆，说："邵先生，真有像你说的这么好吗？"

邵先生继续说："这里是河洛交汇处，河出图，洛出书，河洛自古帝王洲，到哪里能找这样的好地方呢？我看了，龙卧沟这个地方隐隐冒青烟，有大富大贵之象，龙卧沟像个莲花的花心，前边的山形有些像老鳖，尖嘴向下，正对着洛河，这种地形，相书上说，叫金龟探水、莲花金龟，艮方、巽方两翼如虹，是难得的奇地、宝地，你们郑家抓紧把龙卧沟这个地方给买过来，你们郑家必会发达，而且会后继有人，再不用发愁有钱没人的事儿了，这好光景很可能就应验在你家掌柜英魁的身上呢。"

赵夫人问："有恁神？"

邵先生说："夫人，信不信由您，我只把话说到这里了。"说完，他再不言语。

6

送走了邵先生，赵夫人和王文镜、郑英魁一起坐下来合计这事儿该怎么办。

王文镜说："夫人，英魁，嘴是两张皮，咋说咋有理，算卦这事儿呢，有时候也是运气。如果遇到水平不高的，只会误导人，让人错上加错。不过，据我所知，这位邵先生还是不错的，他是算命世家，算得很灵验，他说的话有些道理。其实，我记得老太爷振昌活着的时候，就琢磨着扩大宅基地，就相中了叶家住的那个龙卧沟，只是当时叶家不同意，要价很高，老太爷就没有再坚持。不过眼下，我看还是要试试的，不能再等了。"

赵夫人说："叶家会同意吗？"

王文镜没有答话，却问道："姓叶的这几户都啥来历？"

赵夫人说："这姓叶的搬到龙卧沟住也就两三代人，龙卧沟那地方净是沟，土薄地贫，存不住雨水，不长庄稼，虽说临着洛河，可地势高，也用不成水，就是吃水还得跑很远往洛河里挑，一般人不往那儿住。这姓叶的一家人听说是上辈子才从咱河洛县南边的禹县迁过来的，别地方都有主，他们就迁到了没人愿住的龙卧沟。听说这家人会烧钧瓷，只是犯啥事儿了，才躲到这儿的。眼下叶家有弟兄五个，叶老大早先儿就不中了，女人也跑没影了，留下个儿子跟着叶老二过。叶老二倒是聪明能干，还会烧钧瓷，听说他老家禹县的事儿眼下消停了，他带着他的俩儿子和叶老大的儿子一块儿去禹县烧窑了。叶老三小时候爬树掉下来摔住头了，长大后就成了傻子，娶了个媳妇又聋又哑，生的小的也是又聋又哑。老四打光棍没成家，去黄河滩给人家船上拉纤了。老五没成家，看着也是打光棍的料儿，也跟着老二去禹县烧窑了。"

王文镜先生说："这么说，叶家是叶老二在值事咧？"

"是咧。"

"那只要把叶老二说通就中了？"

"想着是这样，谁知道叶老二答应不答应咧。"

"要说他们是禹县人，弟兄几个过得也不咋着，龙卧沟这地方种庄稼又不中，不如多给他叶家几个钱，让他们换个地方置买些土地，盖个房，种上地，过上好日子，不会有啥难的。"

这时，郑英魁站起来说："娘，恩师，这事儿我试试，爷爷、父亲上辈人没有完成的心愿我来完成。"

郑英魁的举动把赵夫人和王文镜先生吓了一跳，王文镜先生愣了一会儿，随即说："好哇，有志气，这话听着得劲。"

赵夫人沉着脸说："拉倒吧你，真是初生牛犊不怕虎，你是那半生不熟的青杏，你知道市面儿上的事有多难吗？"

王文镜先生截住赵夫人的话头，说："夫人，年轻人就应该放开胆子闯荡闯荡，年轻时候闯一闯，即使失败了，也积攒些经验，大不了从头再来嘛，反正年轻，有的是改过的机会。如果年轻时不大着胆子闯一闯，像到了我这把年纪，牵挂太多，身子也不中了，啥心劲儿也没有了，越活越胆小，走一步看两步，那啥事儿能办成呢？我看这事儿就让英魁来办吧，一年办不成两年，两年办不成三年，反正英魁还小着呢，只要坚持不懈地去磨，终有成功的那一天。买龙卧沟这事儿我看不是难事，就让英魁试试吧，这是他支撑郑家门户办的第一件事儿，就让他试试。"

赵夫人将信将疑地说："试试？叫他试试？"

王文镜说："夫人，试试，就让他试试。"

赵夫人听了，不放心地点点头说："那中啊，魁儿，你说说，你想咋弄哩？"

"咋弄？我也不知道咋弄。不过，兵书上说，知己知彼，百战不殆。我要办成这事儿，啥也不说，先得弄清情况再说。"

"魁儿，让你读圣贤书，你咋还读兵书了？"

"娘，圣贤书是教人学好的，是教人咋做人的，《二程全书》是教人自己管自己的，《杜工部集》是教人忧国忧民的，兵书却是教人跟人对阵打仗的。别管当官还是做生意，其实都要跟人打交道，光学咋做人不中，还得学咋跟人打交道，所以，啥都得学，光学一样不中，私底下我还偷偷看兵书，像《孙子兵法》和《三十六计》，还有排兵布阵的，我就好看这种书。"

"唉，魁儿啊，你爷、你爹都不在了，咱郑家有啥事儿就靠你了。"

"娘，放心吧，路是人走出来的，主意是人想出来的，谁都不是天生都会干这干那。别管当官经商，做事先做人，做人先修德，修德兼修智，德智行天下。我还年轻，我不怕吃苦受累，权当是磨砺意志了。"

"中，魁儿，听了你这话，娘心里还好受点儿，你只要看中的事儿，就放开手去办吧。"

"娘只要答应我放手干就中，别的您就甭管了，我会干个样子的。"

"嗯，魁儿，你记住，干啥都别可惜钱。有钱能说话，无钱话不灵，能用钱办成的事儿就用钱办，别太作难。反正钱都是人挣的，花完了再挣呗，只要是办正事儿，钱该花咱就花。那龙卧沟的叶老二，买人家的地盘儿，也别可惜钱，人家小门小户的，活着也不易，咱别亏着人家了。俗话说，千贯买田，万贯结邻。千万别让街坊邻居说闲话，说咱财大气粗欺负人。"

"娘，远亲不如近邻这个理儿我懂。跟谁处不好关系也得跟街坊邻居处好关系，要不然，抬头不见低头见，一见就心里堵得慌，那该多难受啊！活着多累呀！娘，你放心吧，我心里有数。"

"心里有数就中，反正你娘我是别的大事儿也管不了，眼下你爷、你爹也都不在了，别的事我不发愁，我就愁着你也该成个家了。"

"娘，我不想成亲那么早，我还想闯荡一番呢，先立业再成家吧。"

"魁儿，这可由不得你，婚姻大事都是上一辈儿人说了算。虽说咱郑家也是大户人家，给咱提亲的都踏破门槛了，可咱高不成低不就，总也没遇到合适的，可能是缘分没到吧。你老大不小了，我得赶紧给你找个媳妇，这就等于给你找了个拴马桩，你的心就不野了，过两年再生个大胖小子，我抱上孙子，心里就不空了。"

"好吧，娘，您说啥都是对的，我听您的。"

"魁儿，眼下世道这么乱，你以后走南闯北的，没人跟着你保护你不中，这些天我让王先生给你物色了个保镖，有人天天跟着你、护着你，我就放心了。"

"王先生，啥人呢？"郑英魁转脸问王文镜先生。

王文镜先生说："过两天你见了就知道了。"

7

为了弄到龙卧沟那块儿地，郑英魁单刀赴会、开门见山地直接到禹县找叶老二去了。

龙卧沟的叶老二迫于生计，从去年始就带着俩儿子、大侄子和五弟跑到河洛县南边的禹县神垕镇烧窑制瓷了。

禹县自唐宋以来就以钧瓷闻名，尤其是神垕镇，南有大龙山，北有乾鸣山，西有凤阳山，东有凤翅山，四山合拢，龙凤呈祥，周边冈峦沟壑、林木苍翠，煤、瓷土、釉土非常丰富。一方水土养一方人，神垕人世代靠烧瓷为生，烧制的钧釉开陶瓷铜红釉的先河，更有"入窑一色、出窑万彩"之窑变特色。钧瓷神在窑变，奇在开片，妙在天人合一，看起来有裂纹，摸起来很光滑，那开片裂纹之声夜里尤其清脆，"咔啪"作响，一两个月之内，出窑的钧瓷还有开片之声，正因为钧瓷色彩多变、造型各异、文化寓意丰厚，才有"家有万贯、不抵钧瓷一片"的说法。

钧瓷给神垕镇带来了无尽财富，时人称"进入神垕山，七里长街欢；处处是钧窑，烟火遮住天；客商遍地走，日入斗金钱"。

不过，人分三六九等，物也有高下之分，神垕镇以钧瓷出名，但那只是官窑出产的物品。官窑器纯，前宽六尺，后如前少五寸，高有六尺。官窑里，前用空匣挡火，做胎上釉后，装入聋盔烧制。官窑烧制复杂讲究，出品专供官家使用。与官窑相对的是民窑，民窑烧的大多是杯盘碟碗和酒杯等日常用品，质料皆土，学之极易，作之极速，价值至廉，销路却广。民窑长而阔，每座窑容纳千余件器皿，第九行前一行用粗器障火，三行间有好器间杂火中，前四中五后四都是好器皿，后三后二都是粗器。总体上，民窑器物很杂，所以，神垕镇有几千人烧制这些物品，神垕镇长街二三里大多卖的也是这些物品。

烧窑可是个火里取财的营生，特别是烧钧瓷，想挣那个钱没恁容易，既要靠体力、靠技术，很多时候还要靠运气，常言说"十窑九不成"。每次点火前，都要拜拜伯灵翁，传说这是钧瓷的祖师爷。烧窑的时候，溜火前一日，窑匠要细心再细心。紧火之后，日夜加柴，柴烧成炭后才能入炉加热，不能一会儿热一会儿凉，不能冷热不均，否则的话，就容易烧坏烧裂了器物。溜火需要七天，夜溜火像滴水，徐徐不绝，让水气收、土气和，然后才可以扬其华。接着用小火烧两天两夜，看着缸匣颜色变红接着转白，前后一致才可以。接着，止火封门。又过十天，才可以出窑。

叶家是钧瓷世家，祖上就是烧制钧瓷的好手，不过，就是因为家里烧钧瓷有名，总是受到当地恶霸和土匪的侵扰，才惹了一些事端。到了叶老二他爹那一辈儿，给官府烧坏了一窑钧瓷，官府要找他家的事儿，叶老二一家吓得不敢在禹县待了，才跑到河洛县垦荒。不过，他们住的龙卧沟那地方也不好种粮食，一家人还是吃了上顿没下顿，到了叶老二这一代，自打叶老二父母都去世后，叶老二看着弟兄几个死的死、疯的疯、傻的傻、打光棍的打光棍，叶老二一想，父亲惹的事儿过去恁多年了，恐早已风平浪静，没人记起了，反正在龙卧沟活着也不易，横竖也是个饿死，还不如重操旧业，烧窑制瓷，好赖比种地强。

叶老大早先去世，叶家弟兄的老爹把手艺传给了叶老二，叶老二比较精明，他不再像他祖上那样烧官窑了，烧官窑十窑九不成，风险太大。常言说：要想穷，烧窑红，十年九不成。于是，他就改烧民窑，也就是馒头窑、鸡窝窑，他在禹县找了一家四面漏风的荒废的茅草屋，用泥巴填了填，就在屋里建了座民窑，烧制些碗碟等日用器具。不过，就是这，也得有一定技术，叶老二把他的小窑建在屋里，白天不烧，只在深夜烧，怕别人偷学他的手艺。他拉风箱烧窑的时候，只准俩儿子在跟前看，连他的五弟和大侄子都不准近前，他的五弟和大侄子只能帮助拉土、手拉坯，干些不沾边的活儿。即使是配釉，他也用不带秤星只按自己做了记号的秤杆来称重，只有他自个儿明白记号的意思。

叶老二中等个，身材微胖，一双小眼睛总是眯缝着，好像总也睡不醒，其实，他活得也真累。

这天，太阳挂在了杨树梢，晨雾还没消散，忙了一夜的叶老二正躺在窑前的柴草上睡觉，一瘦高老头儿来到了他的面前。

老头儿斜挎着一个蓝色粗布布袋，里边装着《渊海子平》《卜筮正宗》《星平会海》《玉匣记》等算命书，还有卦串、六十四卦贴等摇卦用品，右手拿了用一长一短两块竹板做成的鞭顺子。他左打量叶老二，右打量叶老二，看了一会儿，打起竹板唱道："竹板一打闯九州，本是盘古圣人留。算尽人间吉凶事，逢凶化吉解忧愁。"

叶老二太累了，还在"呼呼"大睡。老头儿把竹板儿打得更响亮了，加重语气唱道："抽灵贴，算灵卦，渊海子平传天下；男算求财望大吉，女算月令论高低；抽得灵，算得妙，有钱难买早知道；老算寿禄少算喜，中年算你的儿和女。"

这下，叶老二醒了，他睁开眼，阳光透过树叶洒到他的脸上，晃得他一时看不清任何东西，只见一个瘦削的身影站在面前，他使劲揉了揉眼睛，猛地坐了起来，这才看清是一个算卦的老头儿，恼怒地问道："呃，老先生，你吵啥咧吵？你啥时候跑俺院里了？咋也不打个招呼？"

老头儿说："你家院子没有门，大开着，兄弟，看你昨天晚上干活了吧？咋恁瞌睡咧？"

叶老二听老头儿这么说话，老大不高兴，没好气地说："你这不是狗拿耗子——多管闲事吗？你是哪儿钻出来的？我睡不睡觉关你啥事？"

老头儿不紧不慢地说："兄弟，给你开玩笑了，我看你是个高人，还是个有福之人哪。"

叶老二坐起来，迷瞪着脸说："你少给我灌迷魂汤，啥高人啥有福人？你笑话我干啥？不是看你是位老先生，我一脚就踹翻你了。"

"兄弟，烧窑最重要的是掌握火候，该大就大，该小要小，火气太大不好哇。"

"你还教训我咧？我走南闯北大半辈子了，我啥不懂？你是哪儿的？来这儿干啥咧？"叶老二翻了翻眼皮儿说。

"兄弟，我是算卦的，路过你这里，看你一脸福相，就想跟你多说两句话。"

"一边凉快去，俺不算卦，俺这小民一不当官，二不求富贵，挣个小钱能活命都中了，算啥卦呀。净骗人咧。"

老头儿摆摆手说："兄弟，可不能这样说，世上的事儿说不清，不信你吃亏。"

"中啦，去一边吧，吃亏不吃亏又能咋着？我反正就这一堆了，我不信你这套。"

"兄弟，看你外表忠厚，内心精明，看你迷糊着个眼睡不醒，其实，你才是个高人咧。"老头儿说完，找了一块儿砖立起来，只管坐在叶老二身边。

"兄弟，这个世界很多事，清楚不了糊涂了，一年四季都眯瞪，那才是高人咧。"

叶老二听了这话，觉得有意思。其实，他就是这样一个人，他不信命，不信神不信鬼，遇到难事儿了，咋弄？睡觉，他就爱睡觉，睡一觉一了百了，等睡醒了该咋着就咋着。别说，今儿个奇了，这瘦老头真瞅准他的脉搏了，他说这话叶老二爱听。

叶老二有了兴致，反正这会儿他也没啥事儿，就跟这位瘦老头喷起空儿来。"老先生，你是算卦的，你别算那虚头巴脑的，你就跟我说点儿管用的，你算算我这一窑钧瓷咋样呀？"

老头儿说："兄弟，我只算人的命运，不算烧窑好赖呀。"

"看看，一听你就是骗人的，你既是算命的，应当是上知天文，下知地理，人鬼神啥路都通，前看五百年，后看五百年，你连这烧窑都算不了，你走吧，别算了，净耽误我干活儿。"叶老二终于逮住机会讽刺这瘦老头一番了。

不承想，瘦老头儿微微一笑，说："兄弟，莫急，我是跟你开玩笑的，你让我给你算算这窑的成色，我想问问你，你是想听实话还是想听瞎话？"

叶老二头一歪，脖子上青筋突突直跳，说："这还用说，我一辈儿都是实诚人，就不好听那瞎话。"

老头儿站起来围着这孔窑转了一圈儿，又看了看叶老二的面相，说："兄弟，实不相瞒，成色不好哇。"

叶老二听罢，猛地站起来，脱掉一只鞋就要打这位瘦老头，眼看鞋子就要落在瘦老头的头顶上，只听瘦老头说："兄弟，你不是让我说实话的吗？你咋说话不算数了？"

瘦老头的一番话，让叶老二冷静了下来，把举到半空中的鞋子扔到地上。这时，瘦老头继续说："兄弟，你不只这窑成色不好，这一年来你烧的窑成色就没有好过。"

叶老二一听惊呆了，的确，这一年来，不知咋回事儿，他的运气真的不好，烧的窑成色就没好过，虽说烧窑是"十窑九不成"，可那是烧高档钧瓷，他烧的可是老百姓平常家用的瓷器，可是，就这他也烧不成，要么炸裂，要么品相不中。这些天来，他就想，是不是眼下运气不中，或者是他就不该吃这碗饭，要是这窑钧瓷还不中，他就不干了，就回河洛县安心种那几分薄地了。谁知，这瘦老头竟一言中的，说到了他的心窝里，他没了脾气。可他还是不甘心，说："老先生，你敢说我这一窑瓷器还不中？"

老头儿没言语，起身绕着这座鸡窝窑又转了一圈儿，说："兄弟，你准备啥时候开窑？"

"明儿个我就开窑，明天就能看出来中不中。要是不中，我就信你的，要是中，你就是骗我的。"

老头儿说："兄弟，你这窑瓷是想中还是不想中？"

叶老二说："老先生，你说话咋不照路呢？刚才你说我这窑瓷器不中，眼下你又问我是想中还是不想中，你说话咋颠三倒四的？"

"兄弟，这窑瓷也中也不中，要是让你烧，按你说的，明儿个开窑，这窑瓷就不中，不过，你要是听我的，这窑瓷就会中。"

"咦，净瞎说，我家祖传都是烧钧瓷的，我啥不懂？隔行如隔山，你一个算命的还懂烧窑？"

"兄弟，刚才你不是还说吗，算命的要上知天文，下知地理，人鬼神各路都通，你别说了，你这窑瓷我说中就中，我说不中就不中。"

"呸呸呸！净瞎扯！"

"兄弟，咱不多说，当下就见分晓。"

"真咧？"

"真咧，你听我的话，你这窑瓷别等到明天开窑。要是明天开窑，保准不中，你这窑瓷眼下就开窑，你要是眼下就开窑的话，这窑瓷准中。"

"老先生，要是不中咋弄？"

"兄弟，要是不中，我赔你一窑瓷。"

"说话可算数？"

"君子一言，驷马难追。"

"中中中，今儿个我还真想开开眼长长见识。"叶老二说完，扭头找他的家人，"老五，孩子们，都过来，开窑！"

叶老二的五弟、大侄子还有他的俩儿子都横七竖八地躺在草铺上睡觉，听到叶老二的喊声，打着哈欠围了过来。

"开窑！"叶老二喊道。

"啥？开窑？"叶老二的五弟惊讶地问，"不是说好明天才能开窑的吗？"

"开窑，眼下就开。"叶老二不容置疑地说。

叶家几个人一齐围到窑前，熄了火，待窑温稍降，打开了炉盖，接着打开了盛瓷器的匣体，叶老二伸头一看，天青色的瓷器品相端正，没有一丝裂痕。叶老二嘴里喃喃地说道："奇了，人们都说'钧瓷非常业，窑变靠神力'，烧窑都靠听天由命，这算命的老头儿掐算得还真准。"于是，他不由得对这位瘦削的老者刮目相看了。

　　叶老二乐呵呵地说："先生，看来你还真有两手，你咋算出我这窑瓷器中咧？"

　　老头说："兄弟，没有两手我能走江湖吗？"

　　"敢问先生贵姓？"

　　"免贵姓杨。"

　　"客从何来？"

　　"黄河北温县人。"

　　"先生既然神机妙算，那就给我算上一卦，看我这两年运气如何？"

　　"兄弟你把生辰八字报上。"

　　叶老二把生辰八字说与这位自称姓杨的算命先生。杨先生掐指算了半天，然后又仔细端详了叶老二的面相，还让叶老二伸出左手看了看手相，这才慢悠悠地说："兄弟，你这几年运气不中啊。"

　　叶老二一听，心里"咯噔"一下，是啊，叶老二家这些年过得真不咋着，家里毫无生气，日子相当艰难。叶老二听到此处，低下了头。这些，丝毫没有瞒过杨先生的眼睛，杨先生接着说道："兄弟，你不是此处人哪，怎会在此烧窑？"

　　叶老二一听，更感神奇，这杨先生怎会知道他不是这儿的人呢，于是，他说道："先生说对了，我真的是外乡人。"

　　"敢问兄弟是哪里人氏？"

　　"先生，我是河洛县河洛交汇处、邙山坡上龙卧沟的人。"

　　"龙卧沟？"杨先生自言自语地说，"再问一下兄弟贵姓？"

　　"免贵姓叶。"

　　"噢——"杨先生恍然大悟般地说，"叶老弟，你得赶快搬家啊。"

　　"这话从哪儿说起呢？"叶老二越听越糊涂了。

　　杨先生摇摇头说："兄弟，实不相瞒，你家住那地方不中啊。"

　　"咋个不中？"

　　"咋不中？龙卧沟，那是大富大贵之人才能压得住镇得了的地方，我算了你的八字，看了你的面相和手相，你福薄命浅，住那地方，反受其害。再者说，邙山之上，风大风急，风吹树叶，你这姓叶的住在高高的山上，不聚气，命能好吗？"

　　杨先生这番话打动了叶老二，是啊，叶老二想想杨先生说的话有道理，于是问道："先生，你说我搬到哪儿合适咧？"

"搬哪儿？这得看看附近的地形再说，反正你是不能在龙卧沟那儿住了，在那儿住的时间越长，必然家破人亡。"杨先生神秘兮兮地说。

叶老二听了这话，心里腻歪得很，可不能不信，也不敢不信。想想这些年来，叶家过得确实不像个人样，再加上杨先生给他指点的这窑瓷得以烧成，他对杨先生确信不疑了。

叶老二转身到了土坯房里，找了半天，找了二两碎银子，说："杨先生，我虽说是烧窑的，可生意不中，没挣住钱，眼下屋里就剩这么多了，你别嫌少，先拿去用吧。等我搬了家，时运转过来了，发了财，挣了大钱，我再专程找你感谢！"

杨先生没有接叶老二的钱，说："我孑然一身，无牵无挂，云游四方，只需一餐饭一碗水即可，要那银两做什么。此生指点迷津，造化众生，积德行善，足矣！"

说罢，杨先生飘然而去。

叶老二愣了半天，等回过神来，杨先生早已不见踪影，叶老二刚想问这位杨先生是哪里人，到哪里去找他，将来还得让他看看搬家搬到哪里去，不承想，没来得及问，这位杨先生就没影了。

8

杨先生走后，叶老二一夜没睡，躺在床上翻来覆去地想。毕竟搬家是大事啊，龙卧沟这个地方好歹也住了恁多年，舍弃了还怪舍不得咧，可是，不舍又有啥办法？可不住龙卧沟住哪儿呢？搬个家是容易的吗？那得银子说话啊，可这钱从哪儿来呢？

这一夜，叶老二没有装坯烧窑，停工了，他心里不净。昏昏沉沉、不知不觉间，天亮了，叶老二浑身没劲，也没起床，赖在床上继续胡思乱想。

这时，一个年轻后生带着一个膀大腰圆的跟班来找他了。

"叶二爷在家吗？"年轻后生和跟班的来到叶老二的土坯屋前。叶老二的五弟迎了上来，问："你是哪儿的？"

后生说："我是河洛县郑家村的郑英魁，我爷爷名讳振昌，家父名讳云祥。"

　　郑家的大名谁人不知谁人不晓，叶老五很识相："哟，是郑掌柜来了，快坐！快坐！我这就喊俺二哥去。"

　　叶老五瞅了一圈，也没找到个坐的凳子，只好找了几块儿土坯，说："郑掌柜，你看俺这寒碜的，没地方坐，您就将就些吧。"

　　郑英魁说："不要紧，不用管我们，你喊你二哥吧。"

　　叶老五闪身进屋，其实，叶老二在床上也听到了外边的说话声，他心里直纳闷，郑家是大财主，郑家少东家来这儿干吗？

　　还没有容他想清楚如何应对，叶老五来喊他了："二哥，郑家掌柜来了，快迎接吧。"

　　叶老二不敢怠慢，赶紧下床，趿拉着一双露着脚指头的破布鞋就出来了。

　　叶老二打眼一看，但见眼前的这位郑家掌柜身材颀长，五官清秀端正，皮肤白净，一条油黑的辫子拖到脑后，身穿黑色粗布衫，手拿一把折扇，虽然穿着倒也朴素，但风度翩翩、气宇轩昂，那排场、那气度，一看就是大户人家的少爷。

　　他身后笔直站着的那个人像是跟班，四方大脸，剑眉倒竖，豹眼圆睁，高鼻梁，方阔嘴，膀大腰圆，往那儿一站，虎虎生风，一看就不是个好惹的主儿，只见这人挑着一个担子，两头是两个半人高的柳条篓。

　　叶老二刚出屋门，郑英魁就躬身施礼道："敢问是叶二爷吗？"

　　"啊，我是叶老二，你是？"

　　"二爷，您不认识我了吗？我是郑家村的郑英魁呀。"

　　"郑英魁，郑家少爷，哎哟，几年没见你可长这么高了？我是老眼昏花，不中用了，你看我这眼力，唉，真是老喽！你爷、你爹、你娘都好吗？"

　　叶老二一问这话，郑英魁低下了头，红着眼说："二爷，您在外有所不知，我爷和我爹今年都走了。"

　　"走了？"叶老二一听，吃了一惊，老郑家的老掌柜、大掌柜都死了，眼下只剩下这位小掌柜，看来，这年纪轻轻的郑英魁就是郑家的当家人了，哎呀，这可更不敢怠慢。只是这位郑掌柜找上门来，是福还是祸呢？无事不登三宝殿，他叶老二是个穷光蛋，而郑家是个大财主，两家素无来往，他郑英魁来此何为？

　　郑英魁看出了叶老二的心思，主动说："二爷，我听说您在这儿烧窑，我来看您了。"

　　郑英魁说完，对后边那个跟班说："铁锤，你把东西拿出来。"

　　这个叫张铁锤的跟班并不吭声，默默地把担子放地上，抽出扁担，然后，一手提一个柳条篓放在叶老二跟前，把篓上盖着的花布揭掉，只见一个篓里放的是水果，有西瓜、甜瓜、松瓜、桃、杏，另一个篓里是吃食，有炸的麻花、麻叶和油馍头。

　　叶老二一看，连连摆手说："郑掌柜，掌柜的，您这是干啥咧？我可受用不起呀。"

　　郑英魁说："二爷，我来看您，总不能空着手吧，一点儿小意思，不成敬意。"

　　叶老二急得直搓手，说："哎呀，你看，来就来吧，还带啥东西？都是乡里乡亲的，这多不好意思。"

　　"没啥，都是老邻居了，我才要来看您呢。"

　　"好好好，那就坐吧！"叶老二说完，扭头转了一圈儿，还是没找到让郑英魁坐的地方，他住的那个小土坯茅草屋，太寒碜人了，又暗又潮又脏，根本就没法儿让郑英魁进去。可是，眼下，周围真的没有啥可坐的东西，连个小板凳也没有，平时他累了都是坐到土堆埂上，或者坐到泥坯上，这咋能让人家郑掌柜坐呢？

　　郑英魁看出了叶老二的尴尬，说："二爷，你不用忙了，我还有事儿，就几句话，跟您说完就走。"

　　叶老二摸摸自个儿的粗脖子，搓了几下，一层黑灰便掉了下来。叶老二"嘿嘿"笑着说："那多不好意思，郑掌柜，您有啥说吧。"

　　"二爷，我爷和我爹都不在了，眼下是我值事儿，我想置办置办家业，再盖些房子，可是我家那地方小，施展不开，我想到邝山坡上盖房，可能会影响到您的家业，我想把您叶家的宅子和田地买下。不过呢，您不要着急，钱都好说，不让您作难，您是长辈，我听您的。"

　　郑英魁说完这番话，叶老二那总也睡不醒的小眼睛却亮堂了，叶老二虽是个庄稼汉，却不是死种地的人，他脑子活络着呢，要不，他能背井离乡到禹县烧窑？

　　他的小眼睛咕噜咕噜转了几下，心里就豁然开朗了：昨天，一个自称姓杨的算卦先生来了一趟，劝他叶老二搬家，说什么风吹树叶家业衰，姓杨的前脚刚走，今天郑家就来人了，就来谈置买他家地产的事，莫非这个姓杨的是郑家买通的？莫非这是郑家施的计谋？不行，他们是不是串通一气，眼下还看不太清楚，俺就来个缓兵之计，先等一等，他郑英魁会自露马脚。

想到这里，叶老二点点头说："郑掌柜，您是大户人家，哪儿地方不能置办家业呢？我这小门小户的，祖上就留下那么点儿薄地，我搬走咋对得起老祖宗呢？百年之后我咋有脸面见他们呢？"

郑英魁一听这事儿要黄，刚要继续说下去，只听叶老二说："郑掌柜，实不相瞒，我在这儿烧窑，也挣了一些钱，正准备秋后回去盖房咧，我那老宅子还有大用场，对不住了。要不，咱有啥以后再说吧。"

话说到这份儿上，郑英魁没法儿了，只好说："那好吧，二爷，生意不成仁义在，您啥时候有啥难处了，我郑英魁一定会尽全力相助。"

叶老二摆摆手说："行，郑掌柜，那以后的事儿就以后再说吧。"

郑英魁带着张铁锤快快离开了，把那一篓水果和一篓油炸的吃食都留下了。叶老二可不客气，不吃白不吃，吃了也白吃，谁让他郑家财大气粗呢，不占他家的便宜占谁家的便宜？

9

郑英魁毕竟是年轻，经验不足，办事有些急躁，他经历市面上的事儿还少着呢。本来这事儿已经八九不离十了，他的私塾老师王文镜给他出了这么个主意，王先生亲自出面，托人到禹县找了个烧钧瓷的杨先生，假称是算命的，还说是温县的，以算命的名义劝说叶老二把他家龙卧沟那片地方转让出去。这位禹县的杨先生虽算命不通路，可烧钧瓷在行，郑家使了重金，杨先生才来找叶老二。叶老二并不认识这位杨先生，叶老二毕竟是外地人，可杨先生上去就找到了叶老二，而且还打听到叶老二来禹县烧钧瓷并不成功，杨先生还打听到叶老二不成功的原因是烧钧瓷的火候掌握不好。烧钧瓷全靠玩火了，掌握不住火候那是白搭。杨先生围着叶老二的鸡窝窑转了一圈，发现叶老二的窑有条缝，透过这条缝就能看到窑里的火候，他看到叶老二鸡窝窑里的火光已经出现炽白色，这是该住火的时候了，可叶老二虽说是钧瓷世家，可到了他这一代，不咋烧了，他的技术就差那么一点点。杨先生胸有成竹地说叶老二这窑瓷能成，他杨先生是有把握的，可叶老二没把握，所以，杨先生靠当天开窑这着棋让叶老二对他深信不疑，再加上他编的那套"风吹树叶落"之类的说辞，还有叶老二家过得确实不如意，叶老二才真的动了搬家的念想。如果杨先生走后郑英魁晚几天再找叶老二，或者按兵不动等一等，等叶老二主动找人卖他的龙卧沟那片儿地，可能就不会引起叶老二的怀疑。可如今，郑英魁赶得太紧了，欲速则不达，心急吃不了热豆腐，弄巧成拙了，让叶老二看出了破绽。看来，有些事儿，真的像烧窑一样，得掌握好火候，火候不到，千万不能开窑，火候过了，开窑也不中，这个火候的把握真是门儿技巧，不是熟手还真不中。眼下，郑英魁在处理世事上，就是个生瓜蛋，经事儿还是少哇！

郑英魁气得捶胸顿足，大骂自己无用。王文镜劝他说："英魁，不用着急，慢慢来，只要功夫深，铁杵磨成针，只要不放弃，就一定会办成这事儿的。"

事已至此，郑英魁也没办法了，只有等到合适的机会，或者想出什么高招来再说了。

王文镜说："英魁，我给你找的那个保镖张铁锤咋样啊？"

郑英魁想起张铁锤来，随口说："不赖。"

王文镜说："嗯，人中不中，让他跟着出一趟远门，就了解个八九不离十了。"

郑英魁说："张铁锤当保镖不赖，会武功，有本事，有眼力，人也实诚。恩师，您找的人我放心。"

王文镜说："这个张铁锤是我的远房亲戚，打小父母双亡，家里穷，跑到少林寺里习武多年，学得一身好武艺，他为了练一身真功，光是站马桩、蹲马步就练了三年，经常练得手拿不起筷子、腿爬不上炕。光着两只脚在沙袋上踢，踢得裂出一道道血口子。他力气大得很，有六百斤力气，寺院里晒麦子，他肩上扛一袋，俩胳膊弯儿再各夹一袋，厉害着呢。他还有好眼力，有一回，寺院里的和尚正在晒谷子，一群小麻雀落在谷场里找食吃，褐色的小爪子机警地试探着，见没有动静，就大胆地向前觅食，轰走又飞来。张铁锤拿起一把弹弓，装了个小石块儿，拉开弹弓瞄准，一次射中一个，一会儿就射翻了好几个，那些麻雀再也不敢过来了。还有一回，嵩山山谷里跑来一只豹子，村民们都吓得不敢去种地了，张铁锤顺手抄了根铁棍就跑到山谷里，大喊大叫，声如惊雷，把那只豹子吓得从山洞里跑出来，夺路而逃。"

郑英魁听后吃惊地说："是吗？恩师，有您在，给我出主意，如果再有张铁锤帮忙，一文一武，我还有啥可担心的呢？我就可以放开手脚干一番事业了。"

王文镜说："你娘托我给你找个保镖，找人这事儿我可下了劲儿了，找个不可靠的没本事的人反而不好。眼下世路不太平，你们有钱人惹人眼红，找个会武艺又可靠的人跟着你，对你有好处，是个好帮手，你娘在家也放心，我也对得起郑家了。"

郑英魁跪到王先生面前，重重地磕了三个响头："恩师，您对我恩重如山哪。"

10

自打郑英魁的父亲郑云祥和爷爷郑振昌去世后，赵夫人就操心着一件事——要给郑英魁寻个合适的媳妇，只有郑英魁成了家，她才觉得郑家像个家。家是啥？其实，女人才是家，没有女人，家就没有根，那就是随风飘散的芦花，那就是顺水漂流的浮萍。同时，郑家接连办丧事，有些霉气，赵夫人想通过为郑英魁办喜事，冲冲霉运。

其实，郑英魁十岁时，他的父亲郑云祥就给他定了门亲事，是附近沟底村一大户人家的姑娘。只是这家女儿体弱多病，虽多方寻郎中医治，怎奈此女命薄福浅，尚未成年竟一命归西。

赵夫人打听来打听去，离郑家村不远的沟沿王村有个闺女，名叫王妮儿，据媒婆讲，王妮儿人长得漂亮，皮肤白净细嫩，眉目含笑，一看就是那种大福大贵之人。关键是王妮儿胯大屁股大，一看就是那种能生养的人，郑家代代人丁不旺，就需要这样的儿媳妇。王妮儿家里还有一二百亩地，也算是富户了，门当户对。赵夫人听媒人这么一介绍，很满意。

媒婆还说："鼠羊相逢一旦休，兔子见龙难长久，不叫白马见青牛，猛虎见蛇如刀断，金鸡不与狗相见，金猴见猪泪交流。二人门当户对，属相八字也合，是个好媒茬。"赵夫人听了，乐得合不拢嘴。不过，赵夫人也是个有主见的女人，给郑英魁找女人，她可不能草率，这关系着郑家的百年大计，找个什么样的媳妇，关系着将来生个什么样的儿子，决定着将来郑家是否基业长青，这是大事，不能像那小户人家找不起媳妇，只要是个女的都中，随随便便能找个就不错了。郑家不同，郑家有的是本钱去挑三拣四，找的都是各方面最好的人。

赵夫人虽说是女人，可也是郑家千挑万选才娶回家的才貌双全、贤德端庄的女人。如今，她为了郑英魁的婚事，想了几百遍，就是无论如何也要找个和她一样才貌双全、贤德端庄的女人。

媒婆的话她不全信，因为媒婆都是光找好话说，赵夫人只有亲自去看看才放心。于是，赵夫人让丫鬟陪同，装作过路的，几次到沟沿王村暗地里观察，她怕王妮儿家人知道了，就坐在街头，跟街头那些老头老婆说说话，打听打听王家的为人、王妮儿人咋样。

就这样去了几次，赵夫人听到的都是好话，这才放了心。没承想，把这事儿跟郑英魁一说，郑英魁还是不太乐意。他不想早早成家，他想干一番事业再说。婚姻大事，虽说是父母之命、媒妁之言，但赵夫人爱儿子，她不想让儿子受委屈，她尊重儿子的意见，她知道这是儿子的终身大事，急不得，这得老婆儿纺花——慢慢上劲儿，啥时候儿子想开了再说吧。

11

这是伏天炎热的夜晚，深邃的夜空布满亮晶晶的星星，远处蛙鸣阵阵，几只知了还在茂密的树丛里不停地鸣叫，郑英魁拿把蒲扇坐在院子里的竹摇椅上乘凉。山里杂草多，蚊子也多，郑英魁摇着扇子驱赶蚊子，仰望着浩瀚的星空，想着自己振兴家业的雄伟大事。

这时，他似乎听到从娘的房里传出哼哼唧唧的声音，他好奇地来到娘的房前，隔着门缝看到娘正在纺棉花。娘盘腿坐在圆圆的棉垫上，昏黄的豆油灯下，娘满头白发闪着银光，娘一手摇纺车，一手捏花捻抽线，纺车"嗡嗡"，抽线细密，郑英魁心里一阵难过：自打爷和爹去世后，娘一夜白头，明显苍老了。郑英魁以前并不明白人为啥会一夜白头，可是，家里经历了这场变故，他才明白了事理。他仔细听，娘边纺花还边唱着歌谣，这是郑英魁小时候经常听娘唱的歌——

拐棍一，拐棍一，万贯家产我织哩；

拐棍两，拐棍两，我比谁人都要强；

拐棍三，拐棍三，惹得一家不待见；

拐棍四，拐棍四，我是媳妇眼里一根刺；

拐棍五，拐棍五，一身围着半截土；

拐棍六，拐棍六，浑身骨头没有肉；

拐棍七，拐棍七，丢下拐棍受不哩；

拐棍八，拐棍八，万贯家产都撇下；

拐棍九，拐棍九，我与儿子分了手；

拐棍十，拐棍十，一头插到地里去。

听到这里，郑英魁的眼圈儿红了，娘唱的歌里满含悲戚，是啊，娘多么不易呀。郑家是富商之家，一个妇道人家，以前啥心都不用操，啥事儿不愁，如今公公去世了，男人去世了，带着一个儿子，担子突然压下来，她怎能承受得了呢？娘既愁家业，还要愁儿子的婚事，他郑英魁太不理解娘了，自己心里有苦可以向娘倾诉，可是，娘心里有苦向谁诉说呢？娘以前是不纺棉花的呀，家里不愁穿戴，还有那么多的仆人，哪需要娘亲自纺棉花呢？可是，自从爷爷和爹去世之后，娘天天纺棉花织布。郑英魁知道，娘只有这样才会解脱心里的苦。除此之外，娘还迷上了烧香拜佛，每逢初一、十五，她都到附近的石佛寺拜佛上香。娘说，信佛好啊，不信佛的时候，心里空落落的，还天天心慌，总觉着活得不踏实，眼下，俺信了佛，心里有了佛祖、菩萨，心里就踏实了，就不怕作难了。要是心里难受，胸口憋得慌，没地方去说，就去寺庙里在佛祖、菩萨面前哭一哭，把心里的委屈说出来，就没事儿了。

郑家村离石佛寺只有十几里路，石佛寺是北魏孝文皇帝下令建造的，北魏孝文皇帝信佛，在定都大同的时候，建造了云冈石窟，在定都洛阳的时候，建造了龙门石窟，后来觉得不够虔诚，又在白虎山上建造了石佛寺。

虽然郑英魁不信佛，可他支持娘去石佛寺烧香拜佛，因为娘每次去了那里，念念经，祷告一番，回得家来，虽然很疲惫，心情却很好。不管怎么着，不管什么办法，只要娘高兴，郑英魁就觉得好。

娘每逢初一、十五到石佛寺烧香，其他的日子，每天早晚还在家里敬香礼佛。

娘天天用一块洁白的丝绸手绢将佛祖像擦上一遍又一遍，摆上水果、糕点等供品，再点上一炷香，跪下磕仨头。

这时，郑英魁将思绪拽回到现实中来，他蹑手蹑脚地来到门前，轻轻敲敲娘的房门，只见娘停止了纺线，问道："谁啊？是魁儿吗？"郑英魁说："娘，是我，我是英魁，您咋还没睡呢？"

门开了，微弱的烛光下郑英魁分明看到娘眼里满是泪水。

郑英魁的眼泪也"唰"地流出来了，郑英魁来到娘的面前，二话不说，"扑通"一声，倒头跪倒在娘面前说："娘，您别愁了，儿答应您说的婚事，您早点儿把王妮儿给我娶回家吧。"

赵夫人一愣，问："魁儿，为啥呀？"

"娘，不为啥，我也二十岁了，年纪不小了，该成家了。"

"魁儿你真是这么想的？"

"娘，我就是这么想的，早些娶媳妇，生个大胖小子，您老也能抱抱孙子，咱郑家就又有希望了。"

"魁儿，你可别觉得受委屈。"

"娘，我不委屈，我想通了，成家和立业不矛盾，成了家，我没有了后顾之忧，在外闯荡就更有劲儿了。"

"魁儿，我给你找的是沟沿王村的大户王家的女儿，我去打听儿回了，我还找人看过你俩的八字了，这王妮儿比你大三岁，人长得俊得很，可富态了，心灵手巧，还很孝顺、很懂事，心可好，我看你俩很般配。"

"娘，我一切都听娘的，您经历事儿多，您看人比我看得准，您只要觉得好，那就好，我遵命就是。"

"魁儿，你要是没啥意见，咱找人看个好，早点儿把王妮儿娶回家吧？"

"娘，我听您的。"

"阿弥陀佛！佛祖保佑！菩萨保佑！"娘笑了，在烛光的照耀下，娘的脸上露出好看的笑容，眼里闪出明亮的光彩。

郑英魁说："娘，我娶媳妇的事一切听您安排，不过，最近我想干件大事。"

"啥大事？"

"我准备造大船，扩大咱家的河运生意。"

"中，你只要有这个想法，只要有志气，就放心干吧，娘不拖你的后腿。"

郑英魁叹了口气说："就是龙卧沟那地方没说成，叶老二还是不答应给咱，啥时候他答应了，我想扩建庄园，把龙卧沟那地方都盖成房子，除了住之外，还建些作坊，酿酒、磨豆腐、磨面、做小磨油、加工木器。我想，咱郑家除了利用黄河、洛河跑河运做生意外，还得开很多作坊，有了钱，还得继续置买田地，等咱老郑家成了大清巨富，到那时，再弄个大官儿做做……"

"魁儿，别说了。"赵夫人打断了郑英魁的话，"儿啊，有恁大志气是好事，可是，路要一步一步走，事儿要一件一件地去干，你先把王妮儿娶到家再说吧。在外人跟前，这话可不敢乱说。"

郑英魁脸红了，说："娘，在您面前，我啥都敢说，在外人面前我啥都不会说的。言多必有失，吃亏都吃到嘴上，我在外边的原则就是，尽量当哑巴，能不说话就不说话，实在不行才说两句，我的话金贵着咧。"

"魁儿啊，这就对了，嘴上不说，心里有数，没过河不湿脚，这才是稳当老成人办的事儿。"

"娘，等我成了亲，我合计着坐船出趟远门。"

"魁儿，出远门干啥？"

"娘，虽说爷不在了，爹也不在了，只剩您老自己在家，儿不应远游，可是，为了郑家大业，我得出远门瞅瞅，看看外面的世界。常言说，生意在路上，哪儿人多哪儿就有生意，要是不出门儿，只闷在家里，啥事儿也弄不成啊。"

"魁儿，你去吧，娘的身子还好着咧，家里上上下下有恁多人伺候着我，你就放心去吧。不过，你想去哪儿啊？"

"娘，我想先到山东一趟，山东是我曾经当差的地方，我对那里熟，开设的有魁记货栈，我想去看看，再顺便看看还能瞅个啥生意做做。"

"那里的货栈都咋管咧？"

"娘，咱郑家实行掌柜制，咱是货栈的总掌柜，是东家，用魁记的名号。伸头招呼的郑英奇，叫大掌柜，大掌柜下边有二掌柜、三掌柜，二掌柜管的是店内经营，三掌柜管的是店外的业务往来，跑腿打杂的叫伙计，还招的有学徒。因为货栈远，咱也管不过来，咱东家投钱投物，就放手让他们掌柜来经营，我就当个甩手掌柜。本三人七，大头他们落，咱落小头，靠利益拴住他们的心，让他们提劲儿干。咱的货栈还有东家股和店员股，东家股就是以咱郑家的本钱入股，店员按照进店的年限和干的好坏，每年也分给他们一些股金，把他们跟咱老郑家的货栈拴在一起，他们就贴心干了。到了年底，让大掌柜把一年的账册整理完毕，押送一年来挣的银两，腊月二十前来报一次账，说一说当年的经营情况，只要给咱郑家交一定的银两，至于经营好坏，全由大掌柜负责，赚多了是他们的，每年还能按股分红。要是赔了钱，那大掌柜就得往里倒贴了。"

"他们的账册你有法儿审吗？"

"娘，我不审账册。"

"你不审，那能中？"

"娘，我让大掌柜郑英奇在咱郑家祠堂牌位前烧香磕头、赌咒发誓诚信无欺，这就中啦，我把账册当众烧毁，把银两存到咱的钱庄，这一年的账就了结了。”

　　“也中。人不讲信用，佛祖都饶不了他。”接着，赵夫人又说道，“这么多年，咱郑家生意在走下坡路，我一个妇道人家，生意上的事儿不懂，也插不上言，咱郑家就全靠你了。不过，你还年轻，有事儿你多与王文镜先生合计合计，虽说他没做过生意，可他饱读诗书，肚里墨水多，有办法，靠得住。”

　　“是，娘，我听您的。”

第五章

开封赈灾

1

在赵夫人的铺排下，媒婆到沟沿王村王妮儿家提亲，送去了庚帖，郑家的帖上写着不揣固陋、妄攀名门、承蒙金诺、昌盛雀跃等字样。收到庚帖后，王家很快回了帖子，上写着：敬接冰语、联姻高门、幸蒙俯允、昌盛忻舞。双方互换庚帖后，男方执龙帖，女方执凤帖，并交换了定亲礼。

郑家准备的丰厚的彩礼是：金条六根、金砖十块、五十两的银票一张，金银首饰一盒，绫罗彩缎五十匹。

沟沿王村王妮儿家虽是小财主，可在嫁女儿这事儿上一点儿不小气，毕竟是与有名的老郑家结亲，不能丢了王家的人，不能委屈了自家女儿，于是，王家准备了丰厚的嫁妆：穿的衣服一律绫罗绸缎，分一年四季单、夹、皮、棉都是成双成对；盖的被子都是闪缎料，苏杭绣花；戴的首饰从头到脚有二十种，像翠玉手镯、金银镯子各一对，还有金质头花、金帽练；吃的用具像白银筷子、银制调匙各两双，汉白玉碗、小珠砂碗各两只，茶盘四个，带盖带盘茶杯八个，还有赤铜边、红手把的油壶、茶壶；家具用品像用楠木做的立柜两个、方桌一个、灯桌一个，核桃木椅子三对、条桌一个、长凳两个、小方椅一对、梳洗台桌一个、长书桌一个、小书桌一个、笔杆椅两个，以及端砚、羊脂玉压纸鉴、名贵书画，等等。

郑英魁和王妮儿排排场场地定了亲，又去洛阳找邵潜先生看了个好日子，紧锣密鼓地做准备，只等着良辰吉日办喜事。

办完这头事儿，郑英魁就想着造大船的事情了。

这天晚上，郑英魁睡不着觉，想了一夜，头昏昏沉沉的，既然睡不着，干脆早点儿起床去洛河边转转。

天刚蒙蒙亮，街上空无一人，只有几条流浪狗在乱窜，鸡叫声此起彼伏，好像在催促正在熟睡的人们早点儿下地干活儿。郑英魁背了一个箩头，扛着一个粪叉，这是他最近想出的办法。以前，不当家不知柴米贵，有爷和爹在，他不操那么多心，饭来张口，衣来伸手，只要读好书就行了，可眼下不中了，啥事儿都要自己拿主意，他觉得他一夜间长大了。虽说家里有吃有喝有钱花，可他深知，富贵如浮云，世事无常，转眼之间就可能倾家荡产，特别是眼下，郑家正处于青黄不接的时候，还是要勤俭持家，不只是为了省那点儿钱，关键是要提醒自己不能当败家子。

所以，这段时间，他只要出门，只要不办正事儿，都是一个箩头一个粪叉，走到哪儿，见粪就拾，见到自家的田地了，就把粪倒到自己家的地里。

有时候，村里的人看见他会笑话他。这时候，郑英魁就会说："没有臭哪有香？你看我眼下臭，明儿个你就会说我香。"

郑英魁刚背着箩头和粪叉出了家门，就见自家门口那棵大槐树下横七竖八躺着几个人，仔细一瞅，原来是一大家子逃荒要饭的，夫妻俩领着一双儿女，都面黄肌瘦、蓬头垢面，穿得破衣烂衫，身旁的一副担子，挑着些臭烘烘的破碗烂盆。

郑英魁天性善良，见了这一家子，就问道："喂，您这是干啥的？"

夫妻两个坐了起来，看看郑英魁，没有言语，倒是他家的小女孩儿捂着肚子说话了："大伯，行行好吧，俺快饿死了。"

郑英魁听后二话没说，转身回家，从厨房端了一筐白面馍出来了。

这家子人看到白面馍，眼里泛着绿光，咂巴着嘴，流出了口水。

郑英魁把白面馍放在这家子面前，说："吃吧，吃个饱。"

正在这时，两条流浪狗不知从哪儿蹿了出来，"汪汪"叫着扑向馍筐。

那个男的急忙从身后拿出一条棍，向狗打去，狗身上挨了一棍，可仍然上前叼了一个白面馍跑了，另一只狗头上被敲了一下，也没有退缩，愤怒地仰起头大叫两声，张开大嘴衔了个馍跑远了。

那个男的想去追，郑英魁说："这位兄弟，算了吧，狗也是饿急了，你们一家子吃吧，要是不够吃，我再给你们端。"

那个男的不再说话了，招呼他媳妇和一双儿女吃馍。

这家子真是饿急了，三下五除二，一会儿就把这筐馍吃了半筐，接着，那女的把剩下的馍藏进一个破包袱里，这才抬起头感激地望着郑英魁。

那个男的带头跪在郑英魁跟前，那个女的也领着一双儿女跪在郑英魁跟前，说："恩人哪，您的大恩大德俺一辈子忘不了。"

郑英魁急忙把这家子人一个个搀起，问道："您是哪儿的人？"

那个男的说道："恩人哪，俺是豫东开封府祥符县（今开封市祥符区）人，俺是唱戏的，俺那儿黄河决了口，发了大水，通许、仪封还有俺祥符的人都出去要饭了，俺寻思着去陕西讨荒要饭咧，俺一路唱戏一路要饭，可这几天没有要到东西，饿晕了，就停在您家门口了。"

郑英魁说："您到了俺家门口，咋不拍门要点儿吃的呢？俺郑家只要碰到要饭的，都不让空着手走。"

那女的说："恩人哪，您郑家是大户人家，俺不敢惊动您呀，俺这一路要饭，碰到好多大户人家，不是放狗出来咬俺，就是拿棍子赶俺，俺穷人家要饭难着咧！"

"那您咋想到来俺家门口呢？"

"俺也是没法儿了，来碰碰运气，可又不敢打搅您，就睡到您家门口了。"

"大户人家不见得都是坏人，您打听打听，河洛县郑家村郑家人咋样？"

那男的一听，连忙说："好人，好人哪，郑家是大善人哪！"

郑英魁又问："您那儿灾情咋样啊？"

那男的说："恩人哪，别提了，俺住在黄河边儿，今年夏天黄河水大得很，河决口了，到处都是水呀，房倒屋塌，河面上漂的都是死人，活着的都拖家带口出去要饭了，俺会唱戏，听说陕西那地界河南人多，爱听梆子戏，俺想到那儿去找口饭吃。"

郑英魁随手从口袋里掏出十几两银子，说："你们拿这些银子作盘缠去陕西吧。"

"哎呀，恩人哪，您的恩情俺咋报答呀？"夫妻两个又双双跪下了

郑英魁说："救人一命，胜造七级浮屠，您不用谢了，郑家就是好行善，好行好。听您这一说，俺改日还准备去你们开封赈灾呢。"

"那太好了。恩人哪，我叫唐玉楼，是唱花旦的，艺名唐玉仙，还有人叫我二百贯，只要我登台唱戏，就值二百贯钱。不过，俺那儿受灾了，谁还有心听戏呀？"

"只要会一手，到哪儿都饿不着，您到了陕西，一定会唱出名堂的。"

这一家子人又趴在地上千恩万谢。这时候，天已大亮了，郑英魁这才看清了这一家人的面目。看样子，这对夫妻跟自己年纪差不多，也只有二十多岁，男的长得眉清目秀，女的长得花容月貌，一双儿女也都出落得百里挑一，郑英魁一看就心生喜欢，说："您到了陕西，要是混不下去，还可以回来找我，我叫

郑英魁，我也爱看戏，你们就回来给我郑家唱戏得了。"

"恩人，俺一家子唱戏的，没啥本事，也帮不了您啥忙，您既然爱看戏，那我就给您唱一段吧？"

"算了吧，看你们饿成这，哪有力气唱戏？还是活命要紧。你们走吧。"

"那中，那俺就天天祷告祝愿郑家好人有好报吧。"

"嗯，没啥，这事儿您不用挂在心上，俺郑家做这种善事多了，行善求报不算善，那只是福德、阳善，真正的善是不图名、不图利、不图回报，那叫积阴德、积功德，阴德天报之，阳善享世名。就这，您一家子人多保重吧。"

唐玉楼一家人走了，郑英魁却不想再去洛河边转悠了，他有了新的主意，他要回家跟赵夫人和私塾王文镜先生商量一件大事。

<h1 style="text-align:center">2</h1>

赵夫人起床了，她梳洗打扮后不吃早饭就开始纺棉花了，她要纺一会儿棉花再吃早饭，这是她的习惯。

郑英魁来到赵夫人的屋门口，"娘！"郑英魁轻轻叫道。

赵夫人停住了纺车，盘腿坐在棉垫上。"娘，我想跟您商量个事儿。"郑英魁边说边拉了个棉垫盘腿坐在赵夫人的身边。

"啥事儿你跟王先生商量就中了，我一个妇道人家，啥也不懂。"

郑英魁说："娘，我得先跟你商量商量再说。我想去开封一趟。"

"你不是说要去山东的吗？去开封干啥？"

郑英魁说："娘，开封那儿的黄河发了大水，我想去开封赈灾。"

"去开封赈灾？你还不会挣钱咧，花钱咋恁得门儿呢？做生意也不是这种做法，人家做生意都是咋想着俭省攒钱，你刚一值事儿就想着花钱，我咋看这都不像话。"赵夫人一脸不悦。

郑英魁起身上前给赵夫人轻轻捏肩捶起背来，边揉边说："娘，咱家门上挂的楹联有一副写着'处世无他莫若为善、传家有道还是读书'，咱家世代经商，虽说咱家有钱，可我也知道，做生意是贱民哪，咱只有多挣钱多做善事，才能抬起头，才能让人高看咱一眼，才能让穷人不眼红咱，才能保咱郑家世世平安。再说了，要想挣钱，必须有个好名声，名声一大，别人才会跟你做生意，生意才会热闹。我还年轻，刚出门儿，在市面儿上还没有站住脚，我眼下必须干一件响亮的事儿，让大家伙都知道我，都知道郑家有个年轻掌柜叫郑英魁，还是个靠得住的大善人，以后我撑起郑家的门面才有分量。就像人家说的，欲把名声充宇内，先将膏泽布人间。"

赵夫人听了这话，觉得有道理，轻轻点了点头，然后又唉声叹气地说："那得花多少钱呢？咱郑家这些年生意也不好，挣的钱也不多，这要是大把大把地撒钱，俺心疼啊。"

"娘，这两年我在山东挣了不少钱，钱的事儿您老就不用操心了，关键是咱在开封还没有货栈，开封府恁好个地方咱咋能在那儿没货栈呢？所以，我才合计着在开封赈灾，等打出了咱郑家的名号后，咱在开封开个货栈，生意准会好，这也是咱郑家发家的一个机会呀。"

"魁儿，可能人老都胆小，我想提醒你，你爷活着的时候，经常说，人不能露富，出头的椽子先烂。做慈善是好事，可是做不好还变成坏事咧，别光想着行好就有好报，行好也得瞪大眼，看看是咋行好，看看是对谁行好，行好行不对了也不中。听说明朝的时候江南有个沈万三，是全国首富，因为帮洪武爷修南京城墙，还替官府慰劳三军，后来洪武爷觉得沈万三抢了他皇上的风头，扰乱军心，反过来治沈万三的罪，把他的家产充公，人发配到了云南，有这事儿吧？咱虽说是大户，可不定哪天就会招来贼，就会惹来杀身之祸，我这天天提心吊胆的，没有过过一天舒心日子，咱不能太招摇了。"

郑英魁说："娘，是福不是祸，是祸躲不过，人的命，天注定。咱郑家有俩钱，可咱平时为啥吃喝穿戴不讲究呢，咱也知道穿好的吃好的怪排场，怪有面子，可是，世事艰难，露富就会招贼，露富也会招灾，我明白这个理儿。您说的沈万三这事儿我知道，不过，我办这事儿跟沈万三那事儿不一样，沈万三是替皇上办事儿，是慰劳三军，引起了皇上的猜忌，关键是元朝末年沈万三跟张士诚走得近，曾资助张士诚，引起朱元璋对他的不满，再加上朱元璋是要饭出身，天生仇恨富人，因此，朱元璋必欲除之而后快。听说当时流传一首朱元璋作的诗，'百僚未起朕先起，百僚已睡朕未睡。不如江南富足翁，日高丈五犹拥被'。沈万三的二哥沈万二听闻这首诗，劝沈万三，说如今我家风头已出，需赶快跑掉，不然的话，大祸就要临头。沈万三不听劝告，沈万二却把家产托付给了仆人，带着妻子儿女远走他乡。沈万三的弟弟沈万四也劝沈万三说，'锦衣玉食非为福，檀板金樽可罢休。何事子孙长久计？瓦盆盛酒木棉裘'。沈万三也不听老四的劝告，沈万四却很快归隐而去，不知所终。沈万三丝毫没有引起警觉，没有多长时间，朱元璋便找了个借口，把沈万三的家产充公，把沈万三发配到边远的云南吃苦受罪去了。西晋还有石崇和王恺比阔斗富的事儿，晋武帝是王恺的外甥，常常帮助王恺，王恺很富，他把一棵二尺高的珊瑚树拿给石崇看，石崇看后，拿铁如意把珊瑚树打碎了。王恺很生气。石崇马上叫手下人把家里的珊瑚树全都拿出来，仅三四尺高的珊瑚树就有六七棵，让王恺随便挑随便选。石崇骄奢淫逸到啥程度，据传连他蹲茅坑都铺红地毯，有十几个美女在旁伺候。他富而不知藏，临死前还说这帮害他的人是想吞他的家产。而押送他的人说，既然你知道家产会害了你，你为啥不早点散财呢？娘，这些人都不能算真正成功的人，发得快，败得也快，连一代都没有保住，哪能算中咧？从他们身上，我算看出来了，有钱不能独吞，不然人家会眼红，特别是穷人家快饿死的时候，富人更不敢当铁公鸡——一毛不拔，不然的话，那会招灾啊。所以，我得去赈灾，这是替老百姓办事儿，是赈灾，也是那里的官府求之不得的事。再者说，我知道啥事儿该高调，啥事儿该低调，像这赈济灾民的事儿，咱就要高调，咱是行善，不是慰劳三军，他皇上和官府猜忌不了咱。我也想了，除了到开封去捐钱赈灾，我还想在咱家门口支两口大锅，设个饭场，那些从开封来讨荒要饭的，路过咱家门口，咱管他饭，高粱馍、玉米面馍随便吃，小米稀饭、玉米稀饭随便喝，吃饱喝足还能带走一两顿的。咱家有骡马，喂饱了拴门口，街坊邻居、乡里乡亲想啥时候用就啥时候用，说一声就中。"

"儿啊，你可得把握好，咱郑家的家业来之不易，经不起你折腾。你说造大船我同意，花再多的钱，那也是为了再挣钱。可是，你现在要大把大把地扔钱，我想不通。"赵夫人着急地说。

郑英魁却笑了，"娘，想挣钱，一靠名利，二靠权力，三靠势利。有名有权有势，才能有利。要有好名声，还要学会造热闹的场面，这样的话，才会有好人缘，有人气才会有商机。而要有名有权有势，不花钱不中啊。不扎本，难求利，想挣钱就得先花钱，有舍才有得，吃亏就是占便宜。我这样做，也是为了做一番大事业，也是为了郑家的百年大计。太平时挣钱，遭灾时散钱。如果一个人满脑子都是钱，那一辈子都赚不到钱。积德行善，因果不虚。孔子曰：仁者爱人。其实，爱别人就是爱自己，帮别人就是帮自己，为大家就是为自家，有些人就是想不明白这个理，只一心想着为自个儿。"

赵夫人又叹了口气说："唉，你长大了，我也管不了你了，生意上的事儿我也不懂，你看着办吧。我一心想的是你成亲的事儿，等将来你成亲的时候，你可得给我办得排排场场的，这钱可不能省，该花就得花。"

"娘，恕儿不孝，等将来我成亲的时候，办婚事儿的排场就小点儿，不高调，少花钱。"

"什么？你成亲的仪式不搞排场了？你不想排场，人家王妮儿会愿意吗？"赵夫人生气地看着郑英魁。

"娘，鞋合不合脚只有自己知道。成亲这事儿，不在于仪式排场不排场，过日子比树叶还稠，只要以后过得好、不生气都中。"

赵夫人说："造大船的事儿，去开封赈灾的事儿，还有在家门口设饭场的事儿，娘都答应你，不过，你成亲这事儿，可由不得你，娘做主。"

"中，娘做主。"郑英魁无奈地说。

赵夫人又说："嘴上没毛，办事不牢，你去禹县找叶老二商量买龙卧沟那块儿地的事儿就是因为你太毛糙了，没弄成。造大船的事儿，这回你去开封办的事儿，还有在咱家门口设饭场舍粥的事儿，一点儿不比买龙卧沟那块儿地的事儿小，这些事儿多少人都眼瞅着咧，你可不能办砸了，你得跟你的恩师王文镜先生多合计合计，啥事儿都叫上你的恩师跟你一块儿去，我才放心。"

"中，娘，我这就去找恩师。"

"还有，出门在外，别管到了哪里，先到寺庙里烧香磕头，求佛祖保佑。"

"娘，我记着咧！"

3

郑英魁见了王文镜，把他的想法说了说，王文镜深表赞同，两人又合计了半天，然后，租了个船带上一船粮食，又带了些银两，和保镖张铁锤一起到开封赈灾了。

郑英魁去开封赈灾乘坐的是租来的大船，船老大叫石头，二十岁出头，是河南孟津县人，祖上就是玩船的好舵公。石头从小风里来雨里去，吃住在船上，见惯了惊涛骇浪，熟悉黄河、洛河的水性，是一个浪里白条，外号"水老鹳"。

在石头的引领下，郑英魁等人上了船，船舱里放有桌椅板凳，郑英魁和王文镜先生坐在罗圈椅上，保镖张铁锤坐在船舱口的板凳上。石头指挥着七八个撑船人，解开了绑在河边大石头上的缆绳，船出发了。

汹涌的河水载着大船顺流而下，不时有水鸟在大船前后飞来飞去。黄河两岸，浑浊苍茫，看不到一点儿绿意。由于是顺水，撑船人都坐在船板上歇息，只有"水老鹳"石头一个人在掌舵。这时，船进入一道河湾，船身开始摇晃起来，石头大声喊道："快撑船，右边有个旋涡，要是船掉进旋涡里，那就麻烦了。"船工们一听，都从船板上爬起来，一起撑船，这才避开了那个大旋涡。

过了大半天的工夫，郑英魁一行人到了开封，这时，黄河决口已经堵上了，但河水过处，庄稼、树木、房屋都淹没在泥沙之中。有些大树，树身在水中，只留下树梢在风中摇摆，人一抬脚就能上到树杈上。有的房屋的屋脊在泥沙中露出头，有的房屋淹了半截，门窗上边露出一尺多高的缝隙。河水过处，那些挡水的高台上，留下一片片的盐碱地，偶尔可看到有人拿着扫帚在扫盐花花。

郑英魁看着汪洋一片、波光粼粼的黄河水和灾后的场景，心里无比凄凉。黄河，多灾多难的河呀，三年两决口，大灾连小灾，住在黄河边上的人真不容易，郑英魁脱口改编了杜甫《兵车行》里的名句，叹着气说道："君不见，黄河头，眼前白骨无人收。新鬼烦冤旧鬼哭，天阴雨湿声啾啾！"

王文镜随声附和道："是啊，这真像曹操在《蒿里行》一诗中写的，'白骨露于野，千里无鸡鸣。生民百遗一，念之断人肠'。"

郑英魁看到岸边有一间茅草庵，说："要不咱上岸瞅瞅吧？"

王文镜说："嗯，上岸看看。"

于是，郑英魁吩咐石头和船工将船靠了岸，他和王文镜、保镖张铁锤一起下船上了岸。

刚走上河岸，郑英魁就闻到一股臭味，奇臭无比，越往前走，臭味越大，郑英魁掏出毛巾捂住了口鼻，却挡不住那刺鼻的臭味儿。张铁锤在身后骂道："娘的，啥鳖孙味儿，呛死人了。"王文镜说："铁锤，这是死人味儿，忍着点儿。"

果然，三人没走多远，就看到地上躺着一个死去的男子，尸体被水泡得鼓鼓胀胀的，已经腐烂变质，苍蝇趴满身子，见有人过来，苍蝇"哄"的一声飞了起来。

王文镜先生说："咱赶快离开这儿吧，这里容易有瘟疫。大灾之后必有大疫，此处不是久留之地啊。"

回到船上，郑英魁说："恩师，咱们直接找开封知府大人。"王文镜说好。石头撑起了船，向开封府的方向划去。

天快黑了，郑英魁他们到了开封码头，他们没有上岸找客栈住宿，就睡在船舱里，因为船上有一船粮食，这要是让人知道了，还不得出大事？

第二天，郑英魁、王文镜和张铁锤一起直接上门拜访开封知府王书堂大人。

张铁锤说："掌柜的，咱是老百姓，他知府大人恁大个官儿，会见咱吗？"

郑英魁说："咱是给他送钱咧，咱是赈灾咧，是帮他解难咧，他咋会不见咱呢？他见的不是咱老百姓，他见的是白花花的银子。"

王文镜说："英魁说得对，咱有钱就底气足，咱给谁钱，他还不给咱个笑脸啊？"

三人边说边走，到得开封城里，但见衣衫褴褛、面黄肌瘦要饭的人成群结队，赶也赶不走。有十几个瞎子左手端碗，右手搭在前边那人的肩膀上，排成队要饭。还有个要饭的，光着上身，腰里缠着乱麻，一手拿把小刀，刀刃对着眉头，另一只手拿个高粱秆做的刷子把，看见穿戴好的有钱人就拦住要饭，要是不给，拿起刷子把就往刀背上打，眉头上立即有鲜血渗出，脸上、脖子里、腰里的乱麻上都是点点血滴。

见此情景，郑英魁大步流星地走到那人面前，送给他几两银子，然后继续往前走。

不承想，郑英魁一掏钱，那些要饭的看见了，都争抢着围了过来，都伸出手找郑英魁要钱。张铁锤一见，冲上前去，把那些要饭的左推右拽，从人墙中开出一条路，张铁锤说："掌柜的，快走，我给你挡住这些要饭的。"

郑英魁却并没有走，他从衣服里掏出一把碎银子，往空中一撒，明晃晃亮晶晶的银子散落在地上，那些要饭的急忙去抢地上的银子，这时，郑英魁趁机脱开了身。

离那些要饭的很远很远了，张铁锤才说："掌柜的，做好事惹麻烦，以后咱在外边还是少招摇点儿吧，你看那些要饭的都啥东西。"

郑英魁却说："铁锤，可别这样说，人不是逼急了，谁会去要饭？要饭的还是好人呢，要是心不善，他就不去要饭了，他就拦路抢劫当土匪了。可不要看不起要饭的，说实话，咱啥时候要是学会要饭的那种不怕受冻挨饿不怕脏不怕累的劲头，练就即使被打骂污辱还乐呵呵地活着的心性，咱就成打不败斗不倒的活金刚了。"

王文镜说:"英魁说得有道理。佛经上讲,当年佛祖释迦牟尼没有成佛之前,放弃王子的身份,不恋王宫的荣华富贵,专门去要饭,磨炼自己的心性。如今的佛门从佛祖那里传下来的规矩,刚当和尚的时候都要托钵去化缘,都要先学咋受冻挨饿、咋忍辱受气,练就一颗宠辱不惊、六尘不染的平常心、清静心、慈悲心,然后才有资格出家,所以,这些要饭的都了不起。可有些人宁可饿死也不去要饭,就是打死也张不开嘴说句软话,就是难死也放不下身子舍不了脸皮去求人,刚强是刚强,可也刚过度了,过犹不及啊。那都是腐儒,读书读傻了。人活着才有一切,先活下去再说,要不然,人都没了,还说啥?"

郑英魁说:"老师说得太对了,就是这个理儿。不过,老师,咋能不成腐儒呢?"

"不想成腐儒,就不能只读儒家一门书,诸子百家的书都要读,包括佛家、道家的书也要读。只有博览群书,才会眼界开阔,才不会耽于一家之言,才会不痴不迷。"

"老师,您说的话我赞成,我一直就是这样想的这样做的,以后除了读儒家和理学的书,我抽空还要读读诸子百家的书,法家、兵家、阴阳家的书都读,佛家、道家的书也读。"

"对着咧。人都是吃五谷杂粮长大的,不能挑食偏食,不能只吃一种。读书也是这样的,不管是哪一家,只要能称作经的书,都是经过多少年多少代人传下来的,既然能流传上千年,读这些书准错不了。特别是儒、释、道,那是老祖宗留下的好东西,都是教人学好走正路的。儒家讲仁爱,佛家讲慈悲,道家讲道德,都是一致的。不过,这三家也有不一样的,南宋孝宗赵昚就曾说,以儒治世、以佛治心、以道治身,要崇儒、礼佛、尊道。可以说,儒家使人求功名,佛家使人调心情,道家使人练身形。白天要习儒发奋进取,晚上要学佛放松睡觉,平时要修道锻炼身体,或者说,顺境时要习儒,逆境时要学佛,平境时要修道,再或者说,年轻时要习儒,中年时要修道,晚年时要学佛。可有些人,只知习儒而不知修佛道,只知进而不知退,只知忙而不知闲,只知逞强而不知示弱,活得太累太苦,身心一直绷得紧紧的,早晚不长久;还有些人,只知修佛道而不习儒,只知退而不知进,只知闲而不知忙,只知示弱而不知逞强,那样的话,吃什么喝什么用什么?也难以长久。所以说,儒、释、道就是天地之道、阴阳之道、文武之道、张弛之道、攻防之道、进退之道、苦乐之道、身心之道,要三家兼修、缺一不可,专攻一门是不行的。宋明以来的程朱理学外逐于理，陆王心学内求于心，其实都是援佛道入儒，三教合流、殊途同归，就像咱家门前的黄河、洛河水，河洛汇流，二龙交汇，滋润着一代又一代炎黄子孙的心田，这是咱华夏几千年的文脉和灵魂，要因习以崇之、赓续以终之，生生不息，绵延不绝。至于后世，只读一门学问怎能行？那是要害人的呀。"

"是的，老师，您说得太好了。看来，咱不能只当个儒商，还要当个佛商、当个道商，三教合一才能成大事。不过，咋能把书读活呢？"

"要把书读活，就不能盲信和迷信。任何一门学说都有好的一面，也有不好的一面，不会一无是处，也不可能十全十美，所以，不能盲目相信、人云亦云、随波逐流，也不能痴迷其中、陷得太深、难以自拔。不可不信但也不能全信，要能钻进去但还要能跳出来，要学会智信、正信，懂得取舍，明白利弊才能纵横捭阖、融会贯通、浑然一体。最重要的是要学以致用，经世济民才是读书的目的，王阳明先生不就说要知行合一嘛。只读书，不食人间烟火，不接触三教九流、五欲六尘，不在人海中磨炼，不经历千奇百怪、纷纭复杂的世事，不经历愁事、作难事，那书就把人读死了，就成书呆子了。"

"老师说得太对了。"

…………

一路上，郑英魁、王文镜、张铁锤边走边说闲话，突然见一群赤身裸体的小孩儿，一身泥土，吆喝着追赶另一个在前边飞跑的小男孩儿，仔细一看，原来是前边那个小男孩儿手里举着一块儿馍，追着跑的小孩子们也想分一口，这是抢吃的呢。只见前边那个小男孩儿眼看要被追上了，边跑边"呸呸呸"往馍上吐吐沫。即使这样，后边追来的小孩子们仍然抢了过来，也不嫌脏，你一块儿他一块地往嘴里塞。

郑英魁刚想摸口袋掏银两接济这些可怜的小孩子，王文镜止住郑英魁说："英魁，不可，刚才你不是看到了吗？你要是给这些孩子钱，更多的要饭的都会闻风跑过来，咱今儿个就走不成了。咱是要办事、办大事的，咱把钱给官府，让他们给灾民发放吧。"

郑英魁摇摇头，他心善，他看着这些要饭的小孩儿可怜人，要是不管他们他郑英魁心里难受。于是，他又从口袋里掏出来一把碎银子扔到空中，这些小孩子见状，欢呼起来："银子！银子！快抢！快抢！"说时迟，那时快，这群小孩儿都飞奔过来争抢起来，这时，郑英魁一行三人加快脚步离开了此地。

4

这段时间，开封知府王书堂大人愁眉不展，黄河大堤祥符段决了口，口子有几里地长，老百姓缺吃少穿，能用来填肚子的东西都吃干吃净了，像米糠、麸子、榆叶、柳条、槐叶、杨树叶、柿树叶以及树皮都吃光了，还有吃观音土的，吃了后拉不下屎，用指头抠，用树棍捣，用线柱儿捅，都无济于事，肚子死沉死沉，最后活活憋死。人吃人的事也常有发生。王书堂大人把灾情往上报，并作《灾民图》一首一并上报，《灾民图》写道：

> 阴风惨惨雷声恻，道途行人多菜色。
>
> 黄水汤汤雨如注，几人不作沟中骨。
>
> 匍匐求食走千里，新冢掘尸市中鬻。
>
> 爷娘忍食亲子肉，仰天长叹空悲由。
>
> 老稚丛瘗幽壑里，壮者出门无握粟。
>
> 乡村处处走贩夫，买尽娥眉东南趋。
>
> 水行有舟陆无车，鞭棰直作牛羊叱。
>
> 怀中小儿弃路隅，旋见双目啄鸢去。
>
> 道上无有完尸躯，野狗争衔新头颅。
>
> 悲噫哉！天地苍茫不可呼，谁者有辜谁无辜？
>
> 自古造物无不仁，直疑今与古相殊。
>
> 未雨绸缪犹恐晚，亡羊补牢嗟何挽。
>
> 百万残黎恃而不死？只闻皇恩浩荡千秋呼！

好不容易批文下来了，赈灾银也拨下来了，可是层层盘剥，银子出京城少了一半，到了河南总督那里又少了一半。银子太少，无奈之下，他就向遭灾地区的老百姓摊派劳工去打河堤，壮劳力死的死，逃荒的逃荒，剩下的老头老太太、十几岁的孩子也要上河工，还向没有被水淹的尉氏、中牟等地摊派劳力以及树木、麻绳等物资。

王书堂大人亲自监工，劳工们从远处拉土堵河堤决口，日夜赶工，不能休息，监工拿棍子和皮鞭在后边催赶着，稍有息慢，就给一家伙。别管咋说，紧赶慢赶，河堤决口终于堵住了，黄河水归了故道，河堤外所剩之水也从贾鲁河慢慢流走了，但是，老百姓缺吃少穿，这可咋办？

王书堂大人有心赈灾，可无力赈灾，发动商户富户募捐，可应者寥寥，他整天长吁短叹，甚至想挂官印一走了之。

他正在作难的时候，听差役禀报说豫西河洛县有个富户郑英魁求见，他心头一喜，正瞌睡呢遇到了枕头，人家河洛县的财神都来赈灾了，可得借着这个机会好好宣扬一番，让那些一毛不拔的富户看看，跟人家好好学学，都捐出些真金白银来。这真是天无绝人之路，这次说啥也得让那些富户出点儿血，搭救祥符的灾民。

王书堂大人头戴白色水晶顶戴，身穿八蟒五爪袍，胸前是白鹇补服。他端坐正堂，等到郑英魁等人进来，他急忙起身相迎，吩咐差役倒茶伺候，热情得不得了。

一见面，王书堂大人就说："久闻老郑家大名，只是无缘拜会，不想今日得见，幸会，幸会呀！"

郑英魁寒暄道："王大人为官清廉，一心为民，我们郑家也早想拜访，只是生意缠身，无缘得识。今日冒昧求见，多有得罪，请原谅，请原谅呀！"

王书堂说："郑掌柜年纪轻轻，不到二十岁吧？"

郑英魁说："王大人好眼力，晚生今年正好二十岁。"

王书堂说："哎呀，不简单啊，自古英雄出少年，这么年轻就出来闯荡，将来前程不可限量啊。"

两人说了一会儿闲话，切入正题。郑英魁主动说："王大人，实不相瞒，我听说祥符遭灾，受家母委托，我是来赈灾的。我带了一船粮食，还有二十万两银子，这肯定不够，有需要的话，我再派人运送，虽不能保证所有的灾民衣食无忧，但能为灾民尽绵薄之力，也是我们郑家应做的事。"

王书堂闻听此言，说："少掌柜真是好气度哇。常言说，黄河决口，当官的吓走。说实话，我这个官不好当啊。老天爷降下了灾，可要赈灾，朝廷给的钱杯水车薪、无济于事。要募捐，天下义举，人人皆可为，而富家尤易，可这开封地界不少有钱的主儿，一听说赈灾，惜财过甚，就像割他们的肉一样，个个成了缩头乌龟，吓得躲得远远的，纷纷举家外逃，真是为富不仁。眼看着治下的百姓性命不保，可我无可奈何、一筹莫展。我一听说老百姓吃粗糠、野菜、树叶、树皮、红薯秧、苞谷芯，有的还吃观音土、老鼠，我心里就难受得吃不下饭。更可怜的是，这年头不少人家孩子多，养活不了，就卖儿卖女，有的甚至白送别人。我有心挂冠离去，可是，当官就是做功德，我这个官就是要为百姓谋福利，我离开了，再换个当官的，说不定不拿百姓的生命当回事，还借机中饱私囊、鱼肉百姓，也未可知。所以，我是想辞职又舍不了受苦受难的百姓，纠结得很哪。唉，不说了，不说了。"

郑英魁听了王大人的话，深受感动，说："王大人，难得的父母官啊，就凭您这一席话，我郑英魁就得跟您同甘苦共患难，帮您赈灾。您说的这些事我都知道，在来见您之前，我们已经到灾区看了一遍，了解了实情，说实话，下边的灾情有的比您说的还严重，天上无云不下雨，地上无粮人难存，开封府地界简直像人间地狱，惨不忍睹呀。郑家不带头出这个钱，说不过去，良心难安。"

王书堂说："郑掌柜大仁大义，真是当朝的及时雨，我替全城百姓先谢谢你了。"

郑英魁又说："王大人，处世无他莫若为善，传家有道还是读书。皇上坐京城，以理统天下；郑家做生意，以理领全家。存天理，去人欲，挣钱再多也不乱花，取之于民，用之于世，如今百姓有难，匹夫有责，救人一命胜造七级浮屠，郑家有这个信念，有这个能力，俺怎能袖手旁观?"

王书堂大人拍拍桌案，激动地说："佩服！佩服！郑掌柜年纪虽轻，可看透了经商之道和人情冷暖，格局高远，胸怀风云，要是经商做生意的都像你郑家这样，那何来仇富之说？既然郑掌柜这样说了，我不会对不住你们郑家，我要向皇上申请给你们嘉奖，给你个官儿做。让那些有钱人看看，啥叫有钱人的气度。对了，你们郑家在开封城有生意没有?"

郑英魁说："还没有。"

王书堂说："好，你郑家可以在开封开家货栈，以后郑家在开封做生意，官府的所有用度和物资往来都让郑家经办，你生意上的事，需要我帮忙的，尽管说，我一定支持你们这样的大户人家。你们发达了，是官府之幸，老百姓也跟着沾光。"

郑英魁听王书堂这么一说，心里也高兴极了，说："多谢王大人。"

接着，王书堂叹了口气说："天底下的有钱人要是都像你郑家那样，我们这官儿就当得轻松自在了。"

郑英魁有感而发："王大人，天底下的官员要是都像您这样爱民如子，心地良善，那才是百姓之福，也是我们商人之幸啊。"

　　王书堂又叹了一口气说："郑老弟呀，你还年轻，你实有不知，当官只为老百姓着想是不中的，我们的官帽子是朝廷发的，对上要忠于朝廷，对下要对得起百姓，那是老鼠钻风箱——两头受气啊。"

　　郑英魁说："当官如同火上烤。郑家不做官，只经商，通天下之物，利百姓之便宜，挣的是干净钱、仁义钱，于理不欠，良心不亏。"

　　两人越说越投机，简直成了忘年交。

　　王书堂说："郑掌柜，只是不知你们赈灾是怎么个赈法，是在大街上支锅施粥，还是……"

　　郑英魁虽说面相纯厚，内心聪明着呢，他很快就明白王大人的意思了，说："王大人放心，这赈灾的粮食和银两我们全部交给王大人，由您支配使用，您说怎么发放就怎么发放，我们郑家都愿意。"

　　王书堂听了这话，放了心，赞叹道："郑掌柜真是高瞻远瞩，年纪轻轻就如此通世路、懂人情，长大了可不得了。"

　　郑英魁说："王大人过奖了，还多请王大人指教。"

　　有了郑英魁的资助，王书堂大人在灾区设了十几处施粥棚，免费为灾民提供饭。说是粥棚，其实算不得粥饭，一口大锅里，熬的是稀汤，只有下面沉淀有少量的面疙瘩。即使是这样，开饭的时候，仍有上千人围在大锅旁，挤成一团，碰得碗筷叮当响。掌勺的舀起一瓢汤，像蜻蜓点水一样，轮一圈一二三四五大碗就过去了，有时候洒到要饭人的手上，灾民即使手被烫伤了也顾不得喊疼。碗里盛了半碗稀汤后，人人都嫌喝得慢，恨不得一口灌到肚子里，"哧溜"喝完后还不想丢碗，再用舌头舔舔，舔得精光。

　　有的人喝得不过瘾，嘟嘟囔囔有怨言，掌勺的就骂："他娘的，这饿死人的年头，官府王大人可怜大家，给大家喝碗稀汤就算不错了，嫌赖的找高门头去，去陕西逃荒要饭，那里能管你们吃饱。"

　　王书堂对郑英魁的善举大肆宣扬，在郑英魁的带动下，不少富户在家门口支上大锅，用玉米和谷子碾碎后做成粥，煮一锅粥可供二三百人吃，不论本村外村、本姓外姓，每人一马勺，一律同样对待。前来领取救济粥的人，排成长龙。有的为了等着舍饭，还专门在施粥点住下来，有的灾民掂着瓦罐，领取粥饭后，到家里作为一家人的餐饭。

　　郑英魁协助开封知府王书堂大人赈灾，王大人落了个青天大人的好名声。王大人也真够人物，果真是个好官，他说到做到，把郑英魁赈灾的功绩上报朝廷，不久，道光皇帝下旨，封郑英魁为七品官。同时，在王大人的支持下，郑英魁在开封开设了魁记货栈，专门经营管理赈灾物资，替官府打理日常用度，这独门儿生意一开，郑家又多了一条生财之路。

第六章
东拓齐鲁

1

郑英魁因为赈灾一下子出了名，被封了七品官，又有了替官府经营日常用度的独门生意。一些有钱的大户，在赈灾的时候，像缩头乌龟一样，躲得远远的，这下后悔得肠子都青了。常言说，吃亏就是占便宜，有舍才有得，看来此言真的不虚啊。要是早知道赈灾还能赚大钱，那些有钱的大户咋会不赈灾呢？不过，这事儿已经晚了，天下没有后悔药。

人们都说郑英魁是个能人，很会经营生意，是个做生意的天才，这从他大笔赈灾就可看出他的心胸和本事。能挣钱是一个人的本事，可是，会花钱更是一个人的本事。不过，郑英魁心里跟明镜一样，他赈灾虽说有博好名声的想法，但也纯粹是良心使然，他不会想到会大名远扬，且会封官发财。

郑英魁一举成名，受此鼓舞，他趁热打铁，开始谋划造船的事了。做生意走陆路，推个独轮车，赶个太平车，用个驴马骆驼，运量都太小，而走河道如果只是租借别人的船，一则费用高，二则没保证。要做大生意，必须组建郑家船帮，必须有自己的船队。没想到，他把这想法再次跟赵夫人说，赵夫人倒不赞成了，赵夫人说："魁，你有这种大志向怪好，可是咱祖上为啥不造大船呢？"

郑英魁说："娘，以前咱祖上没有造大船，没有组建船队，是没钱。这几年，我在东昌府挣了些钱，我不正好用来造船组建船队吗？"

赵夫人说："在河里行船，风高浪急，造船不如租船，租船风险小。要是自己造大船组建船队，不只雇人、管人麻烦得很，要是一不小心用人用错了，一个船老大都会把你整个船队给弄没了。"

郑英魁说："娘，想做大生意，租人家的船毕竟不方便，人家有空儿没空儿的，净耽误事，哪有自己的船使着得劲，想走就走，想来就来。再者说了，租人家的船，雇船如小买，估梁头，算仓口，看灰缝干湿，观工具齐整，今儿个这个价，明天那个价，净搅缠到嘴上了。还有，用人家的船，还是不安全啊，我听人家说，十个船家九个偷，有些人奸诈得很，开船前，他们把尖头利器、锤子藏到箱柜、坛桶里，等船行半路，就开始偷盗粮食和货物了，剔开船缝偷粮食，拿针扎破木桶偷油，用竹管插到米包里让米流出偷米，还有偷酒偷棉花的，法儿多得很。"

"那船家就不怕人家客商发现吗？"

"娘，蛇有蛇路，鼠有鼠道。比如他们偷粮食，他们就说粮食泄漏了；他们偷油，偷之后就用猪鬃塞上，点火烧一头，就封闭如初；他们偷酒，用布包住泥封头，把酒坛倒过来，封泥会湿，这时候一转即可去掉封泥，开坛偷几壶酒后，再加水充数，再将泥土按上，土一干就不露痕迹了，真是千货千弊、防不胜防啊。不过，要是真的露了马脚，不够原装货物之数，被客商发现了，这些人就软磨死缠，以家里穷为由，赌咒发誓，耍赖不讲理，即使是送至官府，当官的不知内情，也经常怜悯他们贫穷而从轻发落，或者免于处罚，最后不了了之。"

"唉，出门在外真是不容易。"

"是啊，娘，要是小打小闹做生意，划不着自个儿造船，但要是想做大事，必须有自己的船队，而且是黄河上最大的船队。"

赵夫人叹了口气说："魁，走不完的路，挣不完的钱，咱老郑家几辈子省吃俭用、起早贪黑，挣的钱够咱吃喝了，我从来都没有望子成龙、望女成凤的想法，祸莫大于不知足，只要人活得好好的，把这家业守好，都中了，我都可知足。"

"娘，我是个闲不住的人，我心大着咧，我不想天天在家吃喝玩乐，那比死都难受。"

"魁，娘了解你，可是，娘也心疼你，你还年轻，不想让你在外边吃恁多苦受恁多罪啊。"

"娘，人的命天注定，我就是个劳碌命，你就让我闯闯吧。"

赵夫人说："你记住，进山问樵夫，过河拜艄公。你还年轻，经事儿少，遇到啥事儿多问问人家，你会少走弯路，少栽跟头，也会少吃苦受罪。"

"娘，我记住了。"

2

邙山上有一片树林，长着几百年的楸树等用材林，那些树木枝叶繁茂、树干挺直。郑英魁下了狠心，不惜重金要造船经营河运生意。他出资把这片树林全买下了，然后砍树堆集到洛河边，就这，木材还不够用，又从嵩县、栾川购买木材。洛河边建起了木材厂，解成板，造大船。船体用上等桐油油漆，金灿灿，起明发亮。船有三根桅杆，帆篷是蓝边白芯，桅杆上插杆红色绣花三角旗。船上配置两只大锚，舱壁上挂着河大王的画像，画像前摆放着油漆得能照见人影的长条几和八仙桌，桌两边摆放着太师椅，郑英魁给此船起名叫太平船。

太平船不是一般人能造的，这是郑英魁专门跑到京师请了当时有名的造船能手周大栋监制的。郑英魁下了血本请周大栋坐镇，一口气造了十条这样的太平船，每条船可装粮食二十万斤，放锚时需要三个壮汉，一人找投放点，两人转轮车，非常气派。

十条太平船快要造好了，郑英魁还觉得船太少，要组建郑家船帮，十条船还不够，郑英魁吩咐下来，请周大栋帮助再造十条太平船，他要组建黄河上首屈一指的大船队。

船全部快要造好的时候，郑英魁来跟赵夫人商议，想提前租个船到山东去一趟，摸摸市场行情，看看有没有扩大山东生意的可能。毕竟山东是郑英魁的发迹之处，因为在东昌府当盐运大使，在东昌府开设魁记货栈，郑英魁才有了做生意的底气，所以，郑英魁认为山东是他的福地，出门向东，紫气东来，往东去是没错的。因此，他把出门的第一站选在了山东，他要为郑家船帮组建后继续到山东做生意做准备。

郑英魁把这想法跟赵夫人一说，赵夫人说："魁儿，鸟儿总有出去飞的那一天，你早晚也得出外做生意，我即使再不舍，再不放心，可也得让你走。儿行千里母担忧，你在外多保重就是了。"

郑英魁说："娘，您放心吧，我会照顾好自己的，况且，我身边还有王文镜先生，有保镖张铁锤，有船工石头，您就放宽心吧。只是，我这一去山东，恐怕一个多月回不来，您在家要多保重。"

赵夫人说："魁儿，你成亲的日子是七月二十，要不你等到成亲之后再出远门吧。"

郑英魁想了想说："娘，我答应您。我成了亲，娶了媳妇，有人照顾您，我出门在外，也放心了。"

赵夫人笑了，说："魁儿真孝顺。"

3

郑英魁成亲的日子是咸丰二年七月二十。到了七月十九，郑家准备了食盒给王家送去，食盒里装了四干、四湿，四干是果子点心，四湿是四种新鲜的青菜，还有一坛酒、一只公鸡、一只母鸡，公鸡留给王家，不能吃，卖了换成盐双方吃，母鸡带回来。

七月十九这天晚上，郑家洞房已经布置好了，找本家儿女双全的女人来做新被褥，被褥里套进去红枣、核桃、火棍，还有砖头。套被褥的女人边做工边笑着说：红枣生贵子，火棍引举人，套个砖引个官。套个核桃滚滚斗，过年小孩儿就会走；套个核桃滚滚升，过年小孩儿就会吭。

等到七月二十这天，天晴得格外好。虽然时令已经立秋，但酷热的天气还是那样热气腾腾、热浪四溢。一大早，花喜鹊跳上枝头不住地鸣叫，十里八村的人们都放下手里的农活拥到沟沿王村王家看热闹。新媳妇王妮儿在几个本家大娘和婶婶的帮助下，精心梳妆打扮。王妮儿又黑又亮的大辫子在头后绾成了圆饼的样子，戴上发网，插上金簪，再用纳鞋底的线绳系在两鬓处，一根一根地拔汗毛和绒发，等清除干净了，又从抽屉里拿出一个红包，一层一层揭开红布，却是一个精致的唐代小银盒，盒上描着花鸟虫草。王妮儿用纤细嫩白的手指轻轻启开盒子，一股清香顿时散开来，原来这里边装的是上好的胭脂膏。王妮儿用手抹了一点胭脂膏，涂在脸上，揉了揉脸，脸更白更好看了。王妮儿打扮得香喷喷、花枝招展，这才扭着三寸金莲如杨柳摇摆般出门上了轿。

"嗵嗵嗵"三声炮响，炮手左手拿火钳夹一块烧红的犁铧，右手端一碗醋，边走边往犁铧上倒醋，那犁铧便"呲呲"地冒白烟，后边有人则举一捆麻秸"火把"，围着花轿正三圈倒三圈地走，边走边喊："犁铧本是金，称它为老君，烧红'妖魔'不敢侵；犁铧本是铁，烧红用手不敢捏；花轿到门前，请我打醋丹，我说我不会，主家有意见，无法往下推，只好围轿转；大门前新人到，又放火鞭又放炮，街坊邻居都知道，众人都来看热闹，亲戚朋友都欢笑；醋丹火把转两圈，妖魔恶鬼不沾边。"

　　郑家准备了盛大的迎亲队伍，接上新娘后，前头的唢呐队演奏着《抬花轿》《入洞房》《挂红灯》等吉庆乐曲，后边是大轿二十顶、小轿二十顶、轿车二十辆，轿子都蒙上红色的绫罗绸缎，并绣有丹凤朝阳、富贵牡丹、百子图等吉祥图案，轿夫和车夫都身着黑衣套紫红马褂，车夫还手执红缨短鞭，驱赶着高低相等、头扎红缨、同一色的大青骡子。轿子和轿车后边跟着数十人，抬着王家的陪嫁物品。放鞭炮的年轻后生从前跑到后不停地鸣放，声声震耳，烟雾升腾。

　　十里八村看热闹的人挤拥不动，郑家人沿路抛撒白面馍还有散碎银子，看热闹的人有的跳起来去接，有的勾着头在地上寻找，个个争先恐后、喧闹不止。

　　等到迎亲队伍到了老郑家，等到新媳妇下轿时，早有那阴阳人双手捧个斗，撒了谷草和杂粮，边撒边唱："一把草，一把料，喂得骡马咴咴叫。"新媳妇下轿有四名迎亲女人架着入了宅，新媳妇不能踩到土上，只能踩到布袋上，意思是"代代相传"。新媳妇到了门前，迈大步，高抬腿，一步跨过门槛。这时候，阴阳人又往新媳妇身上撒谷草、麸皮、杂粮和红头绳。

　　新媳妇王妮儿被搀扶到天地桌前，与郑英魁举行拜堂仪式。只见天地桌上放着一斗小麦，斗用红纸封口，斗上贴着"金玉满斗"四个大红字，斗里插一杆秤，秤上挂着九颗枣、九粒花生，意思是"早生贵子、九九快升官"。

　　天地桌上的两根红蜡烛点起来了，一把香也燃起来了，九张黄表纸也冒起了火苗，执礼人开始慢悠悠地唱起来了："女站东，男站西，二人一同拜天地；夫妇跪在地，二人发言誓，你恩我爱成婚配，同甘共苦过日子；拜天堂，拜地堂，然后再拜你老娘。"

　　郑英魁的父亲去世了，执礼人不能再提他爹了，只得说拜拜他老娘了。

　　拜完天地，大宴宾客，郑家足足摆了一百桌，不管认识不认识的、熟络不熟络的，只要坐在桌前，郑家就管饭。众人喜笑颜开、吆五喝六，热闹非凡。

　　到了夜晚，郑英魁喝得醉醺醺地来到了洞房。他的新媳妇儿王妮儿正盖着红盖头坐在床沿上等他呢，郑英魁从没见过王妮儿长什么样，只是听娘说，王妮儿人长得俊，方圆几十里也找不着。

　　赵夫人眼里的俊，其实就是田子脸、下巴满、眉形柳叶、耳珠厚大、肉包颧骨、人中深长，这些都是旺夫相，而且身子骨大屁股大，按照老辈人的说法，这样的女人能生孩子能干活，多子多福，子孙满堂。

　　郑英魁揭开了王妮儿的红盖头，见到了王妮儿，心里不是太乐意，虽说王妮儿长得很白，而且很端庄，说话不紧不慢很柔和，是娘喜欢的样子，也是大多数山里庄稼人认可的俊模样，可他郑英魁打心眼儿里喜欢的是清秀型的女子，顺眉顺眼，小鼻子瘦脸的，但母命难违，如果说女人是嫁鸡随鸡、嫁狗随狗、嫁个棒槌抱着走，而且还有种说辞叫作"好马不配双鞍帐，好女不嫁二夫男，马配双鞍难行路，女嫁二夫落不贤"。可是男人呢？男人娶亲何尝不是娶鸡是鸡、娶狗是狗呢？父母之命，媒妁之言，靠的是八字，撞的是隔布袋买猫的大运，命中注定，前世修为，天经地义，不可违抗。

郑英魁和王妮儿喝了交杯酒，喝酒的时候还有规矩，要念念有词，郑英魁说："新娘你是客，上首你来坐。"王妮儿说："新郎对不起，上首还是你。"郑英魁端起酒说："这杯酒敬给你，让你生儿又育女。"王妮儿说："这杯酒敬给你，让你挡风又挡雨。"

接着，王妮儿羞答答地说："咱以后都成一家人了，俺要是哪一点儿做得不好，你该打就打该骂就骂，俺不怨你。"

郑英魁拍拍胸脯昂着头说："王妮儿，我不打老婆。堂堂男子汉大丈夫，有本事在外边厉害，那些窝里横的，在家里打老婆的算啥本事？好男不跟女斗，打老婆欺负娘儿们家算啥东西？放心吧，在俺家，我不会动你一手指头。"

王妮儿娇嗔地低下头，俩手互相揉搓抠着指甲盖说："男怕选错行，女怕嫁错郎。女儿家寻婆家就像二次投胎，投个好人家可是不易咧。一听你说这话，俺就放心了，俺投胎算是投对了。"

"放心吧，王妮儿，来到俺郑家，你算是掉福窝里了，以后只等着享福吧。"

4

成了亲，郑英魁满足了娘的心愿，他就开始筹备去山东的事宜了，他把自己的想法跟王妮儿一说，王妮儿不高兴了，说："咱俩成亲才几天哪？你可想出远门呢，你是嫌弃俺吗？"

郑英魁说："王妮儿，不是我嫌弃你，男人不能只守着媳妇，郑家这么大个家业交给了我，我要是不好好干，对不起祖宗啊。"

王妮儿点点头，说："俺答应你，你去跟娘说吧。"

"我跟娘说过这事儿了，娘答应。"

"你啥时候跟娘说的呀？"

"咱俩成亲之前。"

"那你可得再跟娘打个招呼。"

"中，我赶紧给娘说说，就说你同意了，你一同意，这事儿就算定住了。"

"就你会说。"王妮儿轻轻推了一下郑英魁说。

郑英魁又去跟赵夫人说，赵夫人说："只要王妮儿答应，你就去吧，你这一回出门，有些事我要交代交代你，你爷、你爹都不在了，我不给你说没人给你说了。"

"娘，您说吧，我记着咧！"

"老辈儿人都说，在家千日好，出门一时难，货离乡贵，人离乡贱，出门在外矮三分。在外边人地两生，啥事儿都会遇到，能忍就忍，不可逞强。"

"娘，您说得对。"

赵夫人又说："晚上走路，要是听到有人叫你的名字，头三声不能答应，也不能回头，要不然妖魔鬼怪会跟着你走。走路时，不要走乱葬坟、荒草野地，遇到送葬的，要是躲不及，把帽子和上衣脱下来，拍打几下，破解破解。要是听见老鸹叫，就骂一声'破嘴老鸹挨一棍'，把它撵走。咕咕喵是阎王爷的狗，它在哪里叫，哪里会死人，你要是半夜听见它叫，就骂它轰赶它。"

"娘，这些您以前都跟我说过。"

"说过我还得跟你说，俗话不俗，多听听没坏处。还有呢，在外吃饭，不要打破了碗，不要把筷子掉地上，那会应照'丢了饭碗'；住店时候，关好门窗，起床后，不要坐人家门槛上，那都不好。"

"娘，你放心吧，这些我都知道。"

"你这一去，恐怕一两个月，娘在家里坐不住，我想去石佛寺上上香，以后娘初一、十五都去石佛寺上香，别的日子，娘早晚在家给菩萨上香磕头，求菩萨保佑你平平安安。"

郑英魁看着娘，一阵心疼，一阵心酸。

5

到了要出发的日子，郑英魁准备了一应东西。银子自然是要封存带好，平常日用的衣服、被褥、毡毯、棕席、鞋帽也必不可少，算盘、戥子、账本、书籍、笔、砚等零星物品也收拾整理好，装在两个木篾编箱里。另外还准备了一个伙食箱，装的有瓷器、木器、锡器等炊事和饮食用具。至于雨伞、灯笼、锁蓬、铁钩、便壶、便桶等物，也一一开列清单，搬运安置到船上。郑英魁告别了娘之后，又与王妮儿道别。王妮儿给郑英魁梳了梳长头发，盘好辫子，见郑英魁还穿着粗布衣，就娇嗔地说："你看你，在家穿得恁寒碜就算了，出远门儿，一出去就是一两个月，你也不置办身好行头？你就不怕丢咱郑家的人？"

郑英魁确实俭朴惯了，要是吃好的穿好的，他还真不适应。也不是家里吃不起穿不起，可他就这个脾气。郑英魁说："王妮儿，常言说得好，要吃还是家常饭，要穿还是粗布衣，糟糠之妻不下堂，贫贱之交不能忘，我穿上粗布衣裳就想起你了，你说，我能换新衣裳吗？"

王妮儿"扑哧"一声笑了，轻轻在郑英魁背上捶了几下，说："就你会说，那你就穿吧。不过，你衣服上有个扣子快掉了，你把衣服脱下来，俺帮你缝缝吧。"

郑英魁说："我穿着衣服缝呗，还脱下衣服，有恁麻烦？"

王妮儿端出针线筐说："不能衣服穿在身上缝扣子，不然的话，别人做贼会攀扯你。"

"咦！你真是俺郑家的好媳妇哇，你说话咋跟娘一样咧，恁多讲究？中，我听你的。"

郑英魁把上衣脱掉，王妮儿熟练地穿针引线，给郑英魁缝扣子，边缝边念叨着说："就身连，就身缝，谁家做贼敢攀俺，叫他吐血又流脓。"

郑英魁笑了，说："王妮儿，你说这话跟咱娘说的一样。"

"那是啊，谁让俺是郑家的儿媳妇咧。"王妮儿抬眼看看郑英魁说，"不过，俺跟你说，你出门在外，可别胡来呀。"

郑英魁笑了，说："放心吧，咱家有家训，男人勿嫖勿赌勿纳妾，你嫁到郑家，算掉福窝里了，不会生那种闲气。"

王妮儿说："你眼下是刚成亲，还黏糊着呢，时间长了，你会不烦俺吗？你会不在外打野食吗？"

郑英魁说："不会。我随身带着《二程全书》，天天看，时时想，存天理，去人欲，要管得住别人必先管得住自己，要成大事必去掉声色犬马之杂欲，不自律必自毁，克己方能成己，我自信我这人能管得住自己。"

王妮儿"扑哧"一笑说："我不信。"

"你不信？我眼下没法儿说，等咱老了你再看吧。"

"俺是个女人，女人都不想把自己的男人让给别人。不过，俺也不是那小肚鸡肠的人，俺想得开，俺要是有病了，要是将来年纪大了伺候不了你了，你一个身强力壮的大男人，你咋办哪？你看看人家有钱人，谁家不是三妻四妾的，就是小户人家，男人也纳个小的伺候着呀，再者说了，您郑家家训勿纳妾，那万一俺生的都是女娃子咋办？就是生个男孩儿，说句不中听的话，万一有个三长两短咋办？"

听了这话，郑英魁深为感动，女人都爱吃醋，想不到王妮儿竟然这么深明大义，一个弱女子有此肚量实在难得。郑英魁说："王妮儿，你刚才问得好，这话我也曾问过咱爷咱爹，咱爷咱爹是这样说的，郑家也不是说完全不纳妾，要是遇到你说的那种情况，是允许纳妾的，郑家不能没有香火啊。"

"我就说咧，您郑家做生意怎精，这事儿会怎死板？不过呀，俺刚才可是跟你说着玩儿咧，你青春年少，在外边想干啥就干啥吧，眼下这世道也时兴这，兴啥啥不丑，俺不怪您。"

这时，郑英魁一本正经地说："王妮儿，不是一家人，不进一家门，既然咱俩成了亲，那咱俩前世就有缘，你刚才说的那些话，我很感动，我对你更亲了，你一个女人家，能有这样的肚量，不得了哇，这才配得上做我们郑家的媳妇。不过呢，古语云，坐商不赌，行商不嫖，这是有道理的。再者说了，郑家祖上有规矩，理学治家，存天理，去人欲，一代一代郑家子孙都这样过来了，我咋能坏这规矩呢？我也想了，祖上定的勿嫖勿赌勿纳妾的老规矩，一般的男人真的难以做到，但是，咱是大户人家，咱一定要做到。别人看咱有福得很，可是，咱有钱人有咱有钱人的难处啊，支撑这么大个家业，事在人为。老祖宗定的规矩，对子孙后代要求严一些，就是为了传承家业，让郑家百年不衰、富过三代，其中难处谁人能懂、谁能做到啊。"

听到这里，王妮儿叹气道："唉，家家有本难念的经，做郑家的男人真不容易。"

6

一切准备停当，又选了个良辰吉日，郑英魁要去山东了。头天晚上，郑英魁向赵夫人告别，豆油灯昏黄的光映照着赵夫人苍老的面容，赵夫人拉着郑英魁的手，舍不得松开，眼泪不由得流了下来。

郑英魁说："娘，我又不是头一回出远门，你哭啥咧？"

赵夫人说："儿啊，儿行千里母担忧，虽说你不是头一回出远门，可如今你爷、你爹都去世了，咱郑家就剩咱娘俩了，我不放心哪。"

"娘，好男儿志在四方，天天窝在家里哪能中？要干大事业，就得走出去，生意在路上啊。"

"儿啊，你出远门，娘还有几句话要跟你说。"

"娘，你说吧，我听着咧。"

"儿啊，出门低三分，啥事儿都要忍着点儿，小心才是。天不黑就赶紧住店，太阳老高了再出门，见了老头叫大爷，见了老婆婆叫大娘，叔叔婶子嘴边挂，称兄道弟要记清，人都好听好话，嘴甜好办事。你年轻气盛，出门在外千万不可与人争高低，少管闲事别逞能，别醉酒，别招惹大姑娘小媳妇，再俊的女人也不要迷，常言说，贪恋家花生贵子，贪恋野花灾难生。一个人不要进寺庙，见人问路要看分明，遇到了长相凶的人离远点，跟那面相忠厚和善的人多交往。少吃生瓜李枣多吃饭，有病早点儿找郎中。"

"娘，孩儿我记下了，您都说几遍了。"

"说几遍我也得说，我老了，别嫌我老婆嘴啰唆，我是放心不下你啊。"

郑英魁眼泪流了下来，说："娘，父母在，不远游，可是，我长大了，不能不出门，而且一时半会儿回不来，是孩儿不孝啊，万望您保重身体，有啥事儿等我回来再说。"

告别了赵夫人，郑英魁回到卧室，刚进屋，就闻到一股酒香味儿，原来王妮儿早准备了一桌酒菜等着他呢。郑英魁一看，有他爱吃的郑家祖传名吃——红烧黄河大鲤鱼，还有油炸花生米、猪肝拌萝卜、凉拌莲菜，还有郑家自酿的一壶高粱酒。郑英魁一见，又惊又喜，说："王妮儿，今儿个是咋了？老夫老妻的，你咋还恁讲究？"

王妮儿娇羞地说："你要出远门了，俺跟你喝杯酒送行咧。还说啥老夫老妻的，俺过门儿才几天？是嫌弃俺了吗？"

郑英魁边脱外衣边说："还嫌弃咧？恨不得贴你身上，恨不得跟你绑在一起。人家说，一日不见如隔三秋，我可是知道这思念的滋味了，真的想你想死了。"

王妮儿接过郑英魁的外衣，说："别贫嘴了，时间长了都嫌弃俺了。你到了外边，看看花花世界，俊妮子多着咧，你别变心都中。"

"外边的俊妮子再好也没有俺王妮儿好，时间再长也不会嫌弃你。"

"都说你不喜欢说话，看来你的嘴也怪溜咧，就跟抹了蜂蜜一样。"

"我是看客下菜，谁要是对我的心思了，我跟他有说不完的话；我要是不待见谁，我才懒得理他咧。"

"这倒是，你说这话我心里可舒服。"

"王妮儿，我正想喝两杯酒解解乏咧，来，把酒倒上。"

王妮儿倒了杯酒递给郑英魁，自个儿也斟了一杯酒，二人落座后，王妮儿说："来，魁，咱俩喝一杯，祝你此去一帆风顺！万事顺利！"

两人喝了一杯酒。郑英魁又给王妮儿倒了一杯酒，双手递给王妮儿，王妮儿急忙接过，只听郑英魁说："王妮儿，我这一去，山高路远，需要很多时日，家里全靠你多操心了，你要替我照顾好娘亲大人。来，我敬你一杯，表示感谢！"

王妮儿说："放心吧，咱俩成了亲，就是一家人，我会照顾好家，我会伺候好娘的，你就放心去吧。"

说罢，两人又共同喝了一杯酒。二人边喝边说，酒助人兴，说不尽的悄悄话，诉不尽的离别意，一夜缠绵，深情缱绻。

7

第二天一大早，郑英魁依依不舍、一步三回头地告别了赵夫人、王妮儿，与王文镜、保镖张铁锤一道，又雇请了几个武功高强的保镖，乘坐石头等船工开的大船，一路向东，向山东方向进发。

船过清清的洛河，不久就来到邙山下的河洛交汇处。

洛水清，黄河黄，在洛河和黄河交汇的地方，形成了若干个旋涡。这是八月，秋分已过，黄河水相对平稳，若是早一个月，黄河水激流汹涌，河洛交汇处，清浊碰撞，纠缠纷扰，大旋涡套小旋涡，远旋涡套近旋涡，颇为壮观。上古时候的伏羲氏，见此瑰丽的自然景色，又见龙马负图出河，顿然醒悟，作《周易》，演八卦，河洛一带成为历代圣人祭天敬地的天造之所。

出洛河，入黄河，就离开家乡河洛县了。郑英魁有点儿舍不了家乡，他站在船头举目四望，但见天高云低、苍鹰翱翔、洛河滔滔、黄河滚滚，郑英魁想起一首诗《出河洛县》，于是大声吟咏起来："北邙落日烟雾昏，篝火度谷行业根。投鞭委辔涉数村，瘴出河洛城东门。向来宫阙不可见，但有河水流浑浑。"吟咏完毕，心情好受多了。

这时，只听身后有人和一首诗："人来人去市朝变，山后山前烟雾凝。萦带二川河洛水，寂寥千古帝王陵。"

郑英魁回过头来，王文镜不知什么时候来到身旁，郑英魁连忙说："恩师，您到船舱歇息吧，我们这才刚开始开船，一路颠簸劳顿，将会很劳累，恩师您年纪大了，还是要注意身体的。"

王文镜摸摸他的那缕花白胡须，笑着说："英魁呀，我是老了，可要是不趁着眼下身子骨还能动弹四处走走，以后恐怕就没机会出远门了。古人不是说吗？读万卷书，行千里路。读书是为了行路，行路也是读书，出趟远门，我能长不少见识，能了解很多书本上学不到的知识，这比闷在屋里读死书强多了，出这趟远门我乐意。"

郑英魁说："恩师说得有理，只是您要注意身体。"

"放心，我的身子我心里有数。只是你还年轻，听你刚才吟咏的那首《出河洛县》诗，心境有些凄凉啊。"

"是啊，恩师，常言说，牛恋老槽马恋圈，蛟龙恋水虎恋山，咱这次出远门，前路未卜，留恋家乡，难免心里不是个滋味。知我莫若您，我心里有啥想法儿，总逃不过您的眼睛，恩师您太厉害了。"

"呃，我也只是比你多吃一些馍花，多糟蹋了几年粮食而已。要说呢，人出远门，心里想家也是自然的。世事变化无常，但河洛常流，青山依旧。作为一个人，尤其是年轻人，就要志存高远，虽身居山野、位卑言轻，但也要心忧天下、造福苍生。年轻有年轻的好处，那就是来日方长，所以尽可以放开膀子闯天下，即使失败了，大不了从头再来。跌倒了不叫失败，跌倒站不起来了才叫失败。经不起风吹雨打，算不得英雄好汉。如果年轻时候不干一番事业，到了年老体衰，心有余而力不足，想干也干不成了。再者说，到了垂暮之年，拖家带口，只能胜不能败，输不起啊。所以说，你就放开手脚干吧，什么年龄就干什么样的事，这样的年龄就要大干一番事业。"

"恩师，你也知道，郑家眼下是在走背运，爹去世，爷去世，两个顶梁柱都倒了，我又年轻不经事，虽说有心干一番事业，可到底翅膀还不硬啊。"

这时，只听王文镜先生转换了话题说："英魁，趁这机会没啥事儿，咱俩唠唠嗑儿。你说这是啥地方？"

"恩师，这是河洛汇流处。"

"是呀，这里是河洛汇流处，你知道邙山、黄河、洛河的来历吗？"

"恩师，您说。"

"魁，传说古时候四方有四海，西海有一个修炼千年的巨蟒，梦想成仙。有一天，巨蟒听说玉皇大帝下界巡视，就找到玉皇大帝讨封。玉皇大帝认为巨蟒还没有修行到家，没有应允。巨蟒讨封不成，恼羞成怒，不修行了，跑到中原大地兴风作浪。禹奉舜之命前来中原治水。禹招来黄帝手下大将应龙，又请来风、雷二神，与巨蟒交战七天七夜，禹挥剑斩杀了巨蟒。蟒血流进大河，河水成了黄色，是为黄河，蟒身化形成山岭，是为蟒岭，后人又叫邙山。"

"恩师，我小时候也听到一个传说。"

"你说说看。"

"传说古时候有兄妹二人，哥哥叫邙岭，妹妹叫洛水。有一天，母亲吩咐兄妹二人到东海去看姥姥。兄妹俩走到眼前这个地方，都累得走不动了。这时，一条黄龙来到面前，说可以驮着兄妹二人到东海去。兄妹二人很高兴，妹妹洛水先跨上黄龙的脊背，哥哥邙岭正待骑上黄龙，没承想，黄龙突然间驮着妹妹洛水飞走了，不知所终。哥哥邙岭再也见不到妹妹洛水了，伤心而亡，就化身一座山等着妹妹归来，这就是如今的邙山。而妹妹洛水被黄龙驮走后，一直哭着找哥哥。黄龙早已喜欢上了洛水，不忍洛水伤心难过，就又驮着洛水回来找邙岭。当妹妹洛水看到哥哥邙岭已经死去，便从黄龙背上翻身跳下，变成了一条河，永远守护在哥哥身边，这就是洛河。而黄龙眼见心爱的洛水死去，毫不犹豫地一头撞在邙山上，死后也变成了一条大河，与洛河连在一起守护邙岭，这便是黄河。"

"是啊，魁，河出图、洛出书，伏羲演八卦，女娲抟土造人，黄帝修坛沉壁，尧舜依礼而禅让……各种美丽的传说都说明河洛汇流处是咱华夏民族的福地啊。你对此有何感受啊？"

"恩师，我每每来到河洛汇流处，就想起两个词。"

"哪两个词？"

"和光同尘，有容乃大。"

"噢？说说看。"

"恩师，水至清则无鱼，人至察则无徒。黄河正是不择细流、泥沙俱下、包容万物，才成为一条千年不息的大河。做人不也是这样吗？各种人都要能处得来，心胸开阔而不自封，吸取各人优点方成其伟，广交朋友才能财源滚滚。要有大气象、大肚量、大风范，才能在世上立得住、站得稳、走得远啊。"

"有道理。不过，魁，来到河洛汇流处，我倒想起一个字。"

"哪个字？"

"变。"

"变？"

"是啊，变。子曰：'逝者如斯夫，不舍昼夜。'此黄河非彼黄河，此处黄河水转瞬即逝，刹那即空，了无踪影。想当年人文始祖伏羲来到这里，日思夜想，也是悟出了一个'变'字，才得以演八卦，后又有《周易》，即《易经》。其实，易就是变化，八卦就是阴阳交替。易学的易，咱们老祖先在造字的时候仿照的是蜥蜴的形状，这种小虫它能变色，在绿草棵里，它的身体是草绿色的，到了红花丛里，转眼之间它的体色又变成了红色，到了黄泥土中，一眨眼工夫，它的体色又变成了黄色。所以，易经就是变化之学。天地在变，日月在变，世间万物无时无刻不在变，变是大道。佛道讲无常也是讲的变，无所留住，因变成空。《金刚经》上说：'一切有为法，如梦幻泡影，如露亦如电，应作如是观。'所以，一切都在变，好事变坏事，坏事变好事；好事里有坏事，坏事里也有好事；眼下看是好事，过一段时间看就是坏事；眼下看是坏事，过一段时间看就是好事。所谓塞翁失马，焉知非福，就是这个道理。沧海桑田，斗转星移，世道在变，人事也在变。比如眼下，你爹去世，你爷去世，您家俩顶梁柱都倒了，你又年轻，郑家青黄不接，正处于危难之时，其实，也不尽然。"

"恩师，此话怎讲？"

"假如说你爷和你爹还健在，能轮到你执掌家业吗？"

"恩师，我不想执掌家业，我没那本事，我也不想操那份心。"

"英魁，孟子曰：'故天将降大任于是人也，必先苦其心志，劳其筋骨，饿其体肤，空乏其身，行拂乱其所为，所以动心忍性，曾益其所不能。'"

郑英魁点点头，眉头也舒展开来了，说："恩师，我懂了，什么事只要听您一点拨，我就如醍醐灌顶，豁然开朗，遇到您，真是上天对我的恩赐啊。"

"说哪里话，咱师徒俩有缘啊。不过，英魁呀，你爷、你爹送给你的两本书《二程全书》和《杜工部集》，你可要时时看，牢记其中的道理呀。出门在外，不比在家里边，在家里边有长辈管着你，有街坊邻居看着你，到了外边，没人管你了，外边的诱惑很多，你可要自重啊。郑家以理学治家，存天理，去人欲，对男人要求很严，一定要经得起考验啊。"

"放心，恩师，我会严格要求自己的。"

"嗯，相信你。不过，我还想让你记住一点。明清以来，朝廷以理学治国，而郑家以理学治家，这是对的，不过，在做生意上，还是要以易学营生。"

"易学营生？"

"是啊，咱这是河洛汇流处，是易经诞生地，说明咱这儿的人跟易经有缘，咱要把易学应用到做生意上。"

"咋应用？"

"易讲究变。做生意，商机更是瞬息万变，面对千变万化的事物，要以不变应万变。就像这千年流淌的黄河水，河水在变，可黄河本身没有变，变与不变，这里边的讲究多着呢。"

"恩师，如何以不变应万变？"

"市有盛衰，价无定例，需识迟中有快，推详好处藏低。贵者量有贱之时，衰者度有兴之日。买必随时，卖须当令。如逢货贵，置处不可慌张；若遇行迟，脱处切宜宁耐。"

"中，恩师说得中。"郑英魁不由赞叹道。

"切慢，还有咧。"王文镜接着说，"道虽微末，理最幽深；虽曰天命，亦可人为。贵莫贵于顺天，大莫大于得地，重莫重于知人，神莫神于识物，巧莫巧于投机，妙莫妙于遇时。气宜清健，性要图灵。求财虽赖于万物，妙用全杖乎一人。有眼力者，识人识物；有口才者，辩是辩非；有心智者，知成知败。为人身之至宝，实贸易之真宗。"

说到这里，王文镜反问道："英魁，这是古商书《士商类要》里的名言。你明白了吗？"

"恩师，我明白了，不过，你啥时候也读起古商书来了？你可是从来视金钱如粪土的啊。"

"魁呀，还不是因为你吗？不过，以后你也要读一些古商书，在商言商，不学不中啊。"

听到这里，郑英魁眼圈儿红了："恩师，一日为师，终身为父，你比我父亲还操心我啊。"

"说哪里话，我只是一介腐儒，幸得郑家抬举，才混碗饭吃。与你师生一场，我三生有幸，敢不舍命陪君子？"

"多谢恩师。"

王文镜转过话头说："英魁，咱去东昌府，恐怕要走十天半月水路吧？"

"是咧，恩师。"

"山东地界，好汉多，响马也多，一会儿我嘱咐铁锤多加小心。"

"恩师，您考虑得很周全。"

"英魁，市面上的事儿都是牵一发而动全身，都是相互牵连着呢，干啥事儿都要多方考虑，尽量周全，不能就事论事。要是就事论事，就会按下葫芦浮起瓢，治聋子反治成个哑巴，而且事情也办不圆满。"

"恩师，您说的话我记下了。"

8

东昌府依河而建，黄河在东昌境内蜿蜒百余里，东昌府还有徒骇河、马颊河等河流，尤其是京杭大运河从城区穿过，东昌府成了运河沿线九大商埠之一，被誉为"漕挽之咽喉、天都之肘腋、江北一都会"。

郑英魁等人到了东昌府，嘱咐几个保镖和石头等船工守在船上看好船，然后，他就和王文镜、张铁锤上了岸，下榻在山陕会馆。

郑英魁在东昌府开的魁记货栈，大掌柜还是郑英奇。郑英魁来东昌府之前，并没有提前写信给郑英奇，郑英魁主要是想搞个突然袭击，看看郑英奇的经营状况究竟咋样。

郑英魁对东昌府并不陌生，他在这里当了两年盐运大使，这里的一草一木他都很熟悉，很有感情。如今，故地重游，他与王文镜先生，还有张铁锤等人，先到玉皇阁烧香磕头、捐献香火钱，然后，在东昌府转来转去，了解市场行情，同时，更重要的是要问问当地人对魁记货栈名号的看法，问了一圈，坊间对魁记货栈的反响还不错，郑英魁这下放了心。

东昌府是南来北往各种货物的集散地，舟船如林，商铺拥挤，各色人等行色匆忙，一片繁忙景象。郑英魁万分感慨，真是一方水土养一方人啊。同时，郑英魁也暗自庆幸，自己在东昌府当盐运大使的时候，靠着慧眼和心劲儿，在东昌府建起了魁记货栈，赚取了他经商道路上的第一桶金，为郑家带来了滚滚财源。

　　东昌府境内名胜古迹也很多。东昌湖也叫胭脂湖，是与杭州西子湖、南京莫愁湖并称的"三大美人湖"，东昌府的光岳楼，是与岳阳楼和黄鹤楼并称的中华三大名楼。不过，郑英魁无心逛风景，只是走东家商铺，逛西家货栈，这样瞎转了好几天，他对东昌府的市场情况和魁记货栈的经营情况已了解得八九不离十。郑英魁心里有了底气，这才大摇大摆地走进了自家的魁记货栈。

　　魁记大掌柜郑英奇精明能干，他为郑家经营魁记货栈的生意已有两三年，不骗不哄不欺人，每年过年前后向郑家上缴利润，深得郑英魁的信任。

　　这天下午，魁记货栈的郑英奇穿一身黑色棉绸衣服，坐在魁记货栈门前的摇椅上，看着运河上来来往往的船只和行色匆匆的行人，嘴里哼着山东琴书，正悠然自得呢，只见打南边走来三个人，前边那人是俊秀的年轻小伙子，后边跟着一个瘦高个儿老头，再后边跟着一个黑塔一样的壮汉。

　　这三人穿着打扮倒很普通，但相貌堂堂，气宇不凡。郑英奇又仔细打量了一下为首的那个年轻小伙子，当时就一愣，这不是他本家哥郑英魁吗？他也没有提前写信来，怎么突然就出现在眼前呢？郑英奇再揉揉眼，使劲儿睁大眼睛看，哎呀，果然是郑英魁，他急忙站起，说："英魁哥，这不是英魁哥吗？"

　　郑英魁笑着说："是我，英奇，好长时间没见面了，你还好吗？"

　　"哎呀，哥大驾光临，这咋跟做梦一样呢？失敬失敬，我这里给你赔礼了。"

　　"哪里哪里，我也没有提前告诉你我要来，你赔啥礼？"

　　"哥，咋不提前说一声呢？我也好做准备。"

　　"提前写信也快不了几天，再者说了，都是自家兄弟，还提前准备啥？"

　　"那是，那是。"郑英奇边说边吩咐货栈里的伙计，"快，咱郑家大掌柜来了，快上茶伺候。"

　　郑英奇手忙脚乱地吩咐货栈里的店小二准备茶水，他则擦桌子抹凳子，请郑英魁等一行就座。

　　郑英魁说："英奇，你在这里替郑家经营货栈，辛苦了。"

　　"说哪儿去了，全靠你铺排，才有我的一碗饭吃，你是我的恩人啊。"

　　郑英魁说："英奇，我给你介绍一下，这是王文镜先生，是我的恩师，后边的这位黑大个儿是我的保镖，叫张铁锤。"

　　郑英奇听郑英魁介绍，一一抱拳施礼，"王先生我认得，铁锤兄弟我是第一次谋面，久仰！久仰！"

等郑英魁介绍完，郑英奇说："哥，你们是刚到此地吧？我给你们找个吃住的地方吧？是住咱自家店里，还是住山陕会馆？"

郑英魁说："谢谢英奇美意了，我们怕打扰你，已提前住在山陕会馆了。"

"哎呀，这多不好意思，这多不好意思。"郑英奇说。

郑英魁说："英奇，咱郑家以生意为重，不在乎那些繁文缛节，更不讲究吃喝排场。一碗饭，一间房，一条船或者一辆马车，足矣。你还是快说说这边生意上的事儿吧。"

郑英魁既然这样说了，郑英奇也不再提那些生活上的事了，于是他一五一十地说起来："哥，魁记货栈在东昌府的生意还是不赖的，已经扎下了根，站住了脚，这全是你的功劳呀。"

"魁记眼下主要经营什么？有多少人？咋经营的？"郑英魁问道。

"魁记货栈以前主要是把山东的海盐运到咱河南，再把河南的粮食运到山东，这些年，货栈扩大了业务，借助京杭大运河把南方的大米、丝绸、瓷器运到山东和河南，还把咱河南老家的荥阳柿饼、禹县中药材、新郑焦枣等土特产运过来贩卖，生意还不错。货栈有十几号人，有我这大掌柜，还有二掌柜、三掌柜，分得很清楚，每一级都有保底的薪水，年底经营好了，还有分红，这分红的钱一部分可以拿回家，一部分可以留下来入股，干的时间越长，股份越多，分红就越多。"

"这我知道，这是老郑家的规矩。不过，扩大生意需要不断地进新人，对新人你是咋管的？"郑英魁问道。

郑英奇说："新来的人先从学徒做起，新来的徒弟，也叫跑堂的，一般要有保家，保家要过硬。新徒弟还要长相好，能识文断字，来了后要写契约，契约上写明'学徒三年，管吃不管穿，三年内若有病故或者走失，概与东家无责'。"

郑英魁打断郑英奇的话，问道："这样做是不是有点儿苛刻得不近人情？"

"哥，这是有道理的。你想啊，要是学徒暴病亡故，不是无故增加货栈的负担吗？再者说，要是年轻人受不了规矩和约束，私自跑了，家里人借此来讹诈，那咋办？不过，契约上是这样写，但我对学徒还是讲人情的，比如到了年关该放假的时候，我就会对账房先生说，下我的账，给哪个学徒几两银子作赏钱。二掌柜、三掌柜、店员伙计要是犯了啥错，我不打不骂，最多说一句'你弄啥咧'这算完事了。要是学徒家里有事儿，像父母生了病或者亡故了，请假皆准，没有时日限制，但要是超过十几天不回，我就派人带礼物前往，帮助处理他的家事，他们家人都感激不尽，这样他们才能真正做到以店为家呀。"

郑英魁听后，微微点点头。

郑英奇继续说："不过，我对新进学徒的考验是很严格的，这关系到以后魁记的用人大计呀。学徒来了之后，像咱魁记生意大，地上常有散落的银两，要是学徒捡起后，不声不响放到桌子上，说明这个学徒可以重用。要是私自装腰包，这样的学徒我也不理他，但是到年底聚会的时候，我就会给他多发赏金，再夸几句，然后说今年生意不好，你明年就不要来了，等生意好的时候再去请你。这就是不要你了。也有的学徒捡到钱后回家交给父母，父母有明事理的，训斥孩子一番，领着孩子亲自赔礼道歉，并把银子上交柜上，这样的孩子我也用，因为家教有方啊。还有些学徒捡到散落的银两后，当面告诉我或者二掌柜，说他捡到钱了，并上交，对这样的学徒，我觉得是好做面子活儿的人，也不可大用。"

郑英魁听后赞许地说："想不到英奇还是个生意精啊，以前我咋没看出来呢，你用人有方啊。"

"哥，要说用人有方，这还是跟人家做生意的学的。咱干啥学啥，我没做过生意，就跟做生意的学，东昌府这地方做生意的多，我没事儿就跟他们喝酒闲聊，聊天的过程也是学习的过程，学习做生意的窍门，了解市场行情，长进还真不小呢。你像人家东昌府有的做生意的，那才用人有方呢，人家定下了很多规矩，很管用，像我刚才说的'物有定处、用后归位'，还有一条规矩，就是赠股。"

"赠股?"郑英魁有些不解了。

郑英奇继续说："是啊，别管你是大掌柜，还是二掌柜、三掌柜，只要干得好，年底赚了钱，除了发酬劳，还会赠股。做生意不同于做慈善，只有一颗善心是不够的，不然的话，是做不好生意挣不到钱的。挣了钱，有了多余的，可以接济一些穷人，但是，不能把要饭的可怜的都安排到店里来做工，都那样生意还咋做? 做生意还是要找些有能耐的人，再立好规矩，让大家都有钱赚，都有干头儿，都提劲儿，这样生意才能越做越红火。"

郑英魁使劲儿点点头。郑英奇接着说："年底领赏钱之后，要是用不上，可以作'批儿'入股货栈的生意，作为资本年底分红，干得好的话，三年一赠股，所以，大家都和货栈连在了一起，有钱了都有赚，赔钱了一块儿赔。更何况，干得好的话，能从学徒升为伙计，再从伙计升为三掌柜、二掌柜，再从三掌柜、二掌柜升为大掌柜，各级的酬劳不一样，分红也不同，所以，大家都格外卖力。"

"好啊，好啊。"郑英魁由衷地感叹道。

郑英奇看郑英魁很感兴趣，继续说："哥，魁记货栈对外童叟无欺、公平经营，对内管理严着呢。不怕你笑话，我们入茅厕擦屁股用的河里的圆石头都是用完后放到水缸里淘洗下继续用，后来大家伙儿都笑我们魁记'抠门儿'，后来才不用了。"

郑英奇说完，大家都笑了。郑英奇又说："在咱魁记干活不能伸懒腰打哈欠，那是闲散人所为。吃饭大家伙儿一块儿吃，不分等级，每餐都没有剩饭剩菜，连菜汤也泡馍吃了，就是馍渣儿掉到地上，也要捡起来吹吹吃了。早饭一人一碗，不能多喝水，怕尿多误活儿；中午，随便吃；晚饭鼓励多喝汤，就是想让大家伙儿晚上多起来撒尿，正好看看安全情况。说实话，货栈不怕贼，就怕火，贼偷偷不完，火烧连锅端啊。"

"嗯，英奇言之有理呀。"郑英魁深表赞许。

"哥，不是我言之有理，像我这当大掌柜的就得负起责，你对我们这么好，这么信任，我也得对得住郑家不是？说实话，这两年，你虽然从来不管我，但我一心向着你，我每天都要比别人睡得晚、起得早，夜里要起来几回，围着货栈转几圈，就是操心啊。"

"多谢英奇！多谢英奇！"郑英魁由衷地说。

不知不觉，天快黑了，东昌府钟鼓楼上的钟鼓声响起来了。

郑英奇说："哥，你们几位大老远来了，咱今天晚上要聚一聚，你们既然住在山陕会馆，晚上咱就在那里喝酒，为您接风洗尘。"

"好好好！除了值班忙活着的，把咱魁记的二掌柜、三掌柜、伙计、学徒都叫上，咱在一块儿聚聚。"郑英魁说。

9

在山陕会馆，郑英奇包了一桌饭。等凉菜上齐，酒也斟上，郑英奇端起一杯酒说："哥，你也知道，这山东地界，人很豪爽，大碗喝酒，大块吃肉，讲究的是个义气，你们大老远来到山东，我无以为敬，咱们今天入乡随俗，一醉方休，来，我先喝一杯！"

说完，郑英奇一饮而尽。

郑英魁见郑英奇喝干了，说："英奇，你闯荡山东，背井离乡，都是为了郑家，我万分感谢，无以为报，一切尽在酒中，来，我也喝一杯！"

郑英魁也一饮而尽。

头三杯喝起后，先是郑英奇敬酒，敬三碰三，跟每人喝六杯酒。接着，是魁记货栈的二掌柜、三掌柜、伙计、学徒们敬酒。最后，郑英魁、王文镜回敬大家，也是这规矩，敬三碰三，跟每人喝六杯酒。这么敬来敬去，众人已喝得兴奋起来，但是保镖张铁锤却并未喝酒，他是保镖，他的本职工作是保护郑英魁等人的安全。

郑英奇说："哥，咱猜个拳热闹热闹吧？"

郑英魁说："好，咱俩切磋切磋。"

于是，俩人吆五喝六，猜起拳来。

喝了酒之后，郑英魁感到口干舌燥。这时，郑英奇凑上来问："哥，咋了？身体不舒坦？"

郑英魁说："没啥，有点儿上火。"

郑英奇俩眼一转，似有所悟，悄悄问郑英魁："哥，你来东昌府一趟不容易，东昌府生意人多，晚上热闹处也多，一会儿咱喝罢酒，您是想看戏，还是找个姑娘乐和乐和？"

郑英魁没应声。

郑英奇以为郑英魁没理解他的意思，又急忙趴在郑英魁耳边说："哥，你出门在外，要不，我给你介绍个姑娘？"

郑英魁扭头反过来问郑英奇："英奇，你白天做生意，晚上都弄啥呢？"

这一问，郑英奇倒愣住了，不过，他反应很快，说："哥，你是不知道，俺白天做生意，晚上盘账、看货，防盗防火，还要练打算盘，忙着咧。"

"是吗？等一会儿吃完饭，我到货栈里看看去，看看值班儿的兄弟们，咱搞个打算盘比赛。"

"好。不过，你今儿晚先找个地方败败火，咱明天晚上再比赛打算盘，好不好？"郑英奇说。

这时，郑英魁站起来大声说："今天呢，各位都在场，我也说说我的规矩吧。郑家以理学治家，存天理，去人欲，勿嫖勿赌勿纳妾，修身克己，丝毫不敢懈怠。有人说，这也不让，那也不让，那挣钱干啥咧？那活着还有啥意思咧？各位，我是这样想的，人挣钱首要是活着，只要能活下去，只要有吃有喝就中了，至于挣恁多钱干啥咧，钱财乃身外之物，取之于民，还之于民，用这些钱积德行善办好事，这样才能心里舒坦，这样才能保住家业。积善之家必有余庆，不善之家必有余殃。嫖赌都是人的欢欲，可也是火坑，只要沾上了那种恶习，十有八九是败家子。宋朝和尚佛印写过一首诗：'酒色财气四堵墙，人人都在里边藏。谁能跳出圈外头，不活百岁寿也长。'大家伙儿都听说过吧？"

"听说过。"众人说。

郑英魁又说："佛印和尚写了这首诗后，引起人们议论纷纷，像宋神宗就和诗一首，'酒助礼乐社稷康，色育生灵重纲常。财足粮丰家国盛，气凝太极定阴阳'。王安石也和了一首诗，'世上无酒不成礼，人间无色路人稀。民为财富才发奋，国有朝气方生机'。其实，宋神宗、王安石说得都对，不过，我想，啥事儿都不能过分，过犹不及，还是苏东坡和的一首诗最好，'饮酒不醉为最高，见色不迷是英豪。世财不义切莫取，和气忍让气自消'。"

众人纷纷点头称是。

郑英魁接着说："人活着要有大志向，要有大修为，要想鼎立于世、所向无敌，就得知其可为不可为，就得管住自己，管不住自己，一切白搭。成大事者必须律己要严，万望各位谨记在心。"

郑英魁慷慨激昂地说完，大伙儿一起鼓起掌来，郑英奇的脸红了。不过，他的脑子转得快，急忙站起来大声说："哥，啥是差距，这就是差距，人跟人就是没法儿比。你说的这些话，我们都会谨记在心，一点儿都不敢忘。以后俺还要好好跟着哥干，要弄大事咧。"

郑英魁说："好，咱大家好好干，有福同享，有难同当，来，大家共同喝一杯。"

"好！"众人都站起来共同喝酒。

郑英奇知道领会错了郑英魁上火的缘由了，于是改口问郑英魁："掌柜的，我认识一个老中医，让他给您开一服草药，去去火吧？"

郑英魁说："没事儿，我的身体还可以，弄碗汤喝喝就中了，这么多天没喝过汤了。"

郑英奇说："好，好，这好办，小二，过来！"

店小二闻听来到跟前："爷，您有何吩咐？"

郑英奇摆摆手说："去，给你们大师傅说，做一盆汤端上来。"

"汤？啥汤？"店小二一脸茫然。

"啥汤？给你们师傅说，他知道。"郑英奇不耐烦地说。

店小二下去了，不一会儿，端上来一盆红糖水，说："各位爷，糖来了。"

众人一看，笑了，郑英奇站起来说："我让你们做汤咧，你们这弄的是啥？"

店小二说："您不是要糖吗？"

"不是糖，是汤，是鸡蛋面汤，先把面在清水里搅匀，再倒到开水锅里煮，等面汤滚了，再打几个鸡蛋搅碎就成了。"郑英奇说。

郑英魁在一旁说："英奇，别跟他说了，山东这地方的人不会做汤，你在这儿时间长了，能不知道？"

"我咋会不知道呢，这饭店我来多了，咋做汤我还专门教过他们大师傅呢，他们这是故意装迷瞪。"

"别难为他们了，也就咱河南人会做汤，他们做不成。"

"别管了，哥，你在这儿等一会儿，我亲自下厨给你做碗鸡蛋面汤。"

说完，郑英奇随店小二去厨房了，不一会儿工夫，端过来一盆热气腾腾的鸡蛋面汤。店小二给每人盛了一碗，郑英魁端起碗来，吹了吹热气，抿了口面汤，说："还是家乡饭好吃啊。"

郑英奇说："可不，人别管走到哪儿，之所以忘不了家乡，主要是忘不了家乡的饭菜，吃习惯了，一辈子都改不了。"

郑英魁说："唉，像你背井离乡，也怪不容易的。"

郑英奇说："为了讨生活，走到哪儿哪儿就是家，在一个地方住时间长了，就把这里当家了。只是哥以后多来看看我就好。"

"那是自然。"郑英魁说。

吃完饭，郑英魁一行人来到魁记货栈。晚饭后，正是魁记货栈伙计们的自由时间，除了值班的外，其他人要么洗衣服，要么在柜面上或账房内打算盘，一人念多人打，只念一遍不停顿，算盘以打得快准而又不响为合格，只是快准而声音响的说明功夫不到家。

郑英魁坐在太师椅上，边喝茶边看伙计们比赛打算盘。听着清脆的算盘珠子拨拉声，郑英魁就像听到梆子戏一样心情舒畅。打完算盘之后，郑英魁赏了他们每人二两银子，说："各位辛苦了，郑家生意全靠大家帮忙了，进了郑家门，就是郑家人，你们的事就是郑家的事，你们今后有什么需要郑家帮忙的，尽管说，郑家一定尽力。另外呢，郑家最近造了二十条大船，每条船能装二十万斤，是黄河上顶呱呱的大船，以前咱们魁记货栈运货还要租别人的船，跟别人说好话，看别人的脸色，以后咱就用自己的船，运啥货随叫随到，方便得很。"

一席话说得大家伙儿心里激动，纷纷站起来鼓掌。

郑英魁又说："东昌府的魁记货栈经营有方、管理有序，以后郑家要到处开货栈，都要向魁记学。"

大家伙又鼓起掌来。

跟大家伙热闹了一阵后，郑英魁把郑英奇喊到身边，说："英奇，找个房间咱俩说会儿话。"

"中。"郑英奇一听就明白了，郑英魁这是要找他说正事了，其他的都是开场锣鼓，真正的好戏就要上演了。

郑英奇不敢怠慢，急忙领着郑英魁来到他的会客室，这个会客室不大，但收拾得很干净，也很雅致。会客室正中墙上，奉着关公像，两边的对联写着："门迎福路有洪福，店有财神发大财"。

郑英魁和郑英奇二人分坐关公像下边的两个罗圈椅上，郑英奇为郑英魁倒上茶水，郑英魁说："坐吧，英奇，不用客气了。"

郑英奇说："好。"

等郑英奇坐下，郑英魁这才说："英奇，我此次来山东地界，一则是看看你，二则是想在山东再开个货栈，你看咋样？"

郑英奇端起茶杯啜了一口，想了想说："哥，说实话，开货栈这事儿我赞成。当个皇帝，要开疆拓土，当个生意人，就要扩大生意，这是对的。不过，干啥事儿都要稳当着来，盲目地扩大生意，一旦管理跟不上，钱财断了线，也是很危险的事儿，闹不好会前功尽弃。"

"你说得对，稳扎稳打是有道理的。不过，有条件的话，能尝试尝试也未尝不可。富贵险中求嘛，不冒风险的生意人人会做，何时能够出头？生意场上的胜败就在于你敢与不敢，有时候该闯还得闯，只是要稳一点儿地闯而已。不仅要走一步看两步，甚至要走一步看三步看四步，只有未雨绸缪才不用东山再起，只有早扎篱笆才不需亡羊补牢。"

"是咧，哥，你说得太好了。"

"我想听听你的意见。"

"要我说，哥，在山东开货栈，东昌府是不能再开了，有我在就中了，东昌府的生意我都包揽了。"

郑英魁点点头，说："这我知道。"

郑英奇接着说："要开货栈，山东沂州府是个好地方。"

"沂州府？"

"是啊。"郑英奇说，"沂州府古称琅琊郡，不仅是水陆码头，而且这里人杰地灵，出了不少文人墨客，像书圣王羲之，他的故居就在洗砚池街，这是王羲之小时候生活的地方。还有智圣诸葛亮，也是沂州府人，算圣刘洪，算盘的发明人，也是沂州府人，还有宗圣曾子、孝圣王祥，以及大书法家颜真卿等，都是沂州府人。"

"确实是个好地方。"郑英魁听后眼睛发光，不住地赞叹。

"这还不是关键。"

"这还不是关键？"

"是啊，哥，关键是沂州府临着大海，咱要做生意，得有出海口啊。"

"出海口，有道理。如今的确跟以前不一样了，以前不让做海外生意，如今洋人逼着咱大清朝跟他们做生意，跟洋人做生意，离开海运是不行的。想弄大事，想做大生意，的确需要出海口。咱从中原河洛出发，沿黄河一路向东，直达大海，通向海外，这个想法有气魄，好得很。只是咱在沂州府人生地不熟，怎么在那里站住脚呢？"

"哥，我在山东时间长了，也跟咱河南老乡经常联络。别看晋商、秦商、徽商他们抱团抱得紧，咱河南在外做生意的也抱团，平时彼此也经常互通消息，有事儿也互相帮衬。哥，你知道咱河南的怀庆商人吧？"

"我咋不知道？怀庆府就在咱黄河的河对岸。怀庆府有山药、地黄、菊花、牛膝四大怀药，怀庆商帮就是靠经营怀药出名的，有个老字号'杜茂盛'很有名。不过，兄弟，咱正说沂州府咧，你咋扯到怀庆府呢？"

郑英奇得意地"嘿嘿"笑了笑，摸了摸光脑门儿，说："哥，你有所不知啊。怀庆府的老字号'杜茂盛'在沂州府就有个货栈，掌柜的叫杜兴隆，不过，眼下他们遇到大难题了，他们准备撤走不干了，想转让货栈咧。哥，咱要是想办法把这个大难题给解决了，咱把这个货栈接过来，变成咱郑家货栈，咱也经营四大怀药，还让杜兴隆当掌柜，这样的话，既扩大了咱的地盘，又扩大了咱的生意，还很快能开张营业，这不是三全其美的事吗？"

听闻此言，郑英魁面色沉重起来："兄弟，你说的倒也不错，只是人家'杜茂盛'还解决不了的难题，咱能弄成吗？"

"哥，事在人为嘛。"

"说说看。"

"哥，'杜茂盛'货栈在沂州府的生意曾经十分红火，经营的四大怀药非常畅销，不过，生意一好，麻烦也来了。为啥说好事就是坏事、坏事就是好事，可能就是这个道理。'杜茂盛'的生意一好，有人就眼红，树大招风啊。沂州府地面出了个赖货、地头蛇，叫马怀仁，他看中了'杜茂盛'的货栈，觉得这个位置好，他想占了，就想办法挤兑'杜茂盛'，后来，还真把'杜茂盛'挤到一边儿了，还经常找'杜茂盛'的碴儿，眼下，'杜茂盛'的生意不中了，不想干了，想转让咧。哥，咱要是跟马怀仁斗一斗，要是把马怀仁斗败了，咱把这个货栈接手过来，不是好事吗？"

"兄弟，你说得轻巧，有恁容易？'杜茂盛'咋不跟他斗？"

"哥，'杜茂盛'不是不跟他斗，是斗不过，怀庆府也派人来过几趟，请马怀仁吃饭，还找到沂州府的知府大人出面说情，也不中。"

郑英魁自言自语地说："光说情是不中的，对待这些赖皮货，软的不中，得软硬兼施。"

"对，哥，你说得太对了。"

"不过，怀庆府太极拳名扬海内外，武功高强的人多得很，为啥不派人来办这事儿呢？"

"哥，怀庆府来过几个太极拳师、武功高手，不过，强龙难压地头蛇，没有打过人家。这不，跟人家一过招，人家的人多，孬法儿也多，人家占上风了，'杜茂盛'的日子就更难过了，这几天就准备关门不干呢。"

郑英魁站了起来："兄弟，听你这么一说，我倒有劲儿了。我这人就是不信邪，越是难事儿我还越想办，越是不好办的事我还越想试试。"

"对了，哥，不中咱试试呗。光在那里瞎想不去试，永远不知道中不中，只有试试才知道中不中。"

郑英魁坐了下来："不过，这事儿我还要再想想，我再跟王文镜先生商量商量，啥事儿都要三思而后行，多想想没坏处。"

这时，东昌府钟鼓楼上的钟鼓声又响起来了，城门要关闭了，官府要宵禁了。郑英魁和王文镜及保镖张铁锤告别了魁记货栈的郑英奇等人，回山陕会馆休息了。

10

第二天一大早，郑英奇去喊郑英魁吃早饭，一见面，郑英魁就说："英奇，我想好了，'杜茂盛'货栈的事儿咱试一试，你眼下就给'杜茂盛'的掌柜写封信，就说这两天咱去找他，想接手他的生意，别让他给别人。"

"哥，这信不用写。你是不知道，他的生意没人接手，谁敢接手他的生意啊？那不是跟马怀仁过不去吗？那不是等着让马怀仁收拾吗？"

"不不不，英奇，还是先写封信为好，如果没人接手他的生意，他关门走了咋办，咱不是跑空趟了吗？"

"那也行，我抓紧写封信雇人快点儿送去。不过，咱啥时候去沂州府？"

"等他回信后看他咋说再说吧。"

"那中，这样比较稳妥。"

郑英奇顾不得吃早饭，到了旁边一间屋子，铺开纸张，提笔给"杜茂盛"的掌柜杜兴隆写了封信，言明郑家掌柜郑英魁眼下在东昌府，听说"杜茂盛"的货栈有意转让，郑家想接手货栈生意，并且还想请他继续当掌柜，不知是否有意，如果有这个意思，郑家掌柜郑英魁很快就会前去商量接手"杜茂盛"的事宜。

郑英奇写好信后，雇了个信差，骑快马到沂州府送信去了。郑英魁、王文镜、保镖张铁锤等人暂时闲暇无事，就由郑英奇陪同，在东昌府转转走走，喝喝茶，倒也逍遥自在。不过，在散心的同时，郑英魁也不断地与王文镜商量收购沂州府"杜茂盛"货栈的事情，将各种可能出现的情况都想了想，想了多种应对之策。

过了些天，沂州府的杜兴隆回信了，他写信请示了怀庆府"杜茂盛"总号，愿意将沂州府的"杜茂盛"货栈转让给郑家，价钱好商量，他也很愿意留下跟郑家干，当不当掌柜无所谓，挣不挣钱也无所谓，只要能斗败马怀仁，只要能出了这口气就中。

收到沂州府的回信，郑英魁、王文镜、保镖张铁锤在郑英奇的陪同下，立即收拾行装，离开东昌府，乘船沿黄河向沂州府方向进发。

　　山东境内的黄河与河南不一样，这里水面开阔，水势平缓，船走得又快又稳。到了中午时分，郑英魁等人所坐的船只就从黄河拐进了沂河。进了沂河，河床突然变窄了，听船工说这段水路强盗很多，郑英魁等人不敢掉以轻心，都坐在船头紧张地望着前方的河面。

　　一路倒也安静，不过，快到沂州府地面时，船工石头忽然说："掌柜的，看，前面有几条小船很可疑啊！"

　　几人定睛一看，只见三条小船迎面快速驶来，每条船上站着几个大汉。郑英魁示意石头降帆缓行，待三条小船离郑英魁他们只有十几丈远的时候，中间那条小船上一个黑大汉跃身而起，空中一个腾翻，稳稳地落在郑英魁的船头上。这个黑大汉满脸又黑又硬的胡子茬，一双豹子眼瞪得像铜铃，大嘴像蛤蟆，一张开能吃俩包子。但见这黑大汉往郑英魁的船头一站，抱拳说道："各位，多有得罪，俺姓雷名致公，号称雷公，沂州府无人不知，无人不晓，听说你们来自河南河洛县，想在俺沂州府谋生意，俺实话告诉您，您先给我跪在船头磕仨头，再给俺五百两银子的喝酒钱，不然的话，趁早滚回去，甭再往前走了。"

　　听闻这个叫雷公的如此一说，郑英魁等人都大吃一惊，他们想到沂州府做生意，刚刚给沂州府"杜茂盛"的掌柜写了封信，消息怎么这么快就传开了呢？这个叫雷公的人怎么会知晓呢？看来，在沂州府做生意，水深得很哪，深不可测呀。

　　来者不善，善者不来，看来这雷公是当地一霸，今天要是过不了他这一关，沂州府也不用去了，去了也是白搭。

　　郑英魁也是年轻气盛，而且他还是一个天生的不信邪的主儿。人家要是给他说好话、说软话，一把鼻涕一把泪，可怜兮兮的，啥事儿倒还好办，要是上来就给他来硬的，他还非要比试比试不可。

　　郑英魁此时并不答言，只是扭头看了看旁边站着的保镖张铁锤，心里说，养兵千日，用兵一时，是该你大显身手的时候了。

　　张铁锤也是个黑大汉，黑大汉见了黑大汉，自然互不服气。但见张铁锤并不言语，飞起一脚，船头上的一根齐眉棍呼啸着飞向空中，飞了足足有两丈高。张铁锤一跃而起，接过齐眉棍，身子在空中打了个转，稳稳地落在雷公对面，雷公一愣，晃了几晃竟差点儿倒地。

　　张铁锤拱手说："二哥，献丑了。"

　　雷公见状迅疾抽出一把刀来就要打。这时，张铁锤对郑英魁、王文镜说：

"掌柜的，王先生，你们稍让一让。"

郑英魁、王文镜向船尾退去。接着，张铁锤抽出齐眉棍挥舞起来，"嗖！嗖！嗖！嗖！"一根齐眉棍转得像风车一样，随着棍子的转动，张铁锤腾挪跳闪，脚步轻时像羽毛拂地，脚步重时木船左摇右晃。他挥舞了一会儿齐眉棍，在空中一翻，稳稳地落到雷公的小船上，接着，"嗨"的一声，手里齐眉棍像箭一样飞出，"啪"的一声，像钉子一样牢牢扎在岸边一棵大柳树上。

张铁锤表演的这一招，把雷公看得目瞪口呆。天下功夫出少林，毕竟张铁锤从小在少林寺练过真功夫，而雷公等人虽有蛮力，但也只是街头的地痞无赖，哪见过这等本事？因此，雷公不再恋战，飞身跃上自己的小船，对张铁锤抱抱拳，说："英雄幸会，就此告辞，沂州府需要俺帮忙的话，尽管吩咐！"说完，划船而去。

11

郑英魁等人继续向沂州府方向进发。

路上，郑英魁皱着眉头问："恩师，你说雷公演这一出戏是啥意思？"

王文镜说："啥意思？来个下马威呗！"

"这雷公倒不像是个坏人，一看就没脑子，只是个粗人，他背后肯定还有人。"

"那是谁呢？"

"谁？同行是冤家，肯定是生意上的对头。"

"他做他的生意，咱做咱的生意，谁有本事谁挣钱，靠这招儿就能做生意吗？真是不可思议。"

"不清楚啊，到了沂州府再说吧。不过，雷公这一出开场白，倒真的需要咱警觉呢。"

这时，郑英奇也凑上来插话说："哥，沂州府'杜茂盛'货栈之所以开不成，你知道啥原因了吧？这地方做生意不是公平竞争，是恶人当道，想成事不容易啊。"

郑英魁说："是啊，橘生淮南则为橘，生于淮北则为枳，再好的种子埋在沙子里也难成活。不过，富贵险中求嘛，越是不好做的生意越是挣钱的生意，越是没人敢做生意的地方利润越高。咱去试试，不中再拐回来，权当是长长见识吧。"

"中，咱就去试试，不试咋知道。"王文镜说。

郑英魁说："不过，恩师，英奇说得有道理，在沂州府的地面上，咱真的要倍加小心。"

"嗯，兵来将挡，水来土掩，小心没大错，咱倍加小心就是了。"

说着说着，郑英魁他们来到了沂州府。沂州府"杜茂盛"货栈的掌柜杜兴隆早早地站在码头上迎接他们。

把郑英魁他们迎进了"杜茂盛"货栈，郑英魁一看，这个货栈坐落在沂州府的城郊，旁边就是臭水沟和老坟岗，附近晃悠的多是一些流浪汉，别看有些人穿得破破烂烂、衣不蔽体，但看那眼神和身形，便知是偷鸡摸狗之辈、泼皮无赖之徒。

郑英魁一瞅这光景就皱起了眉头。

杜兴隆看出了郑英魁的不满意。待郑英魁一行入座之后，茶水斟上，他诉起苦来："郑掌柜，俺'杜茂盛'货栈原来可不是在这地方啊。常言说得好，店址差一寸，生意差一丈，我能不知道好位置生意好吗？有人的地方才有生意，不怕生意少，就怕客人少，可是，俺生意好惹人眼红了，当地的地头蛇马怀仁盯上俺的生意了。"

"咋盯上了？"

"咋盯上了？他先是找俺要保护费，要是要的少倒还罢了，我们花钱买平安，给他俩钱也不是不行，可是，他狮子大张口，俺承受不了啊。他张口就要一年一万两，俺挣的钱全给他也不够啊，他这分明就是不让俺活了。俺找人跟他说和，找到了沂州府的知府大人，谁知知府大人跟他穿一条裤子，向着他。知府大人讲了情，马怀仁只少要了一点点，那有啥用呢？"

"杜掌柜，你说的这个马怀仁是个什么样的人？"郑英魁听了后，气血直往上涌，他也是一个爱打抱不平的人，自小就爱出头管闲事，看不得人受欺负。听到这里，他打断杜兴隆问道。

杜兴隆正低头诉苦呢，听郑英魁这么一问，他知道，眼前的这个年轻后生被他的话激起火来了。其实，杜兴隆到了如今转让货栈的地步，已经不在乎挣钱不挣钱了，他要的是一口气。

杜兴隆叹了一口气说道："郑掌柜有所不知，这个马怀仁是本地人，从小就是地痞无赖，吃喝嫖赌啥都干，还当过土匪，黑白两道通吃，孬着咧。"

"那他咋又做起生意来了？"

"这其实也是个笑话。马怀仁小时候就孬，有一回，邻居家的大黄狗啃了他家玉米地里几棒玉米，他就撂长矛跑到人家家里兴师问罪，人家赶快赔不是，就那也不中，马怀仁不仅破口大骂，还把人家的大黄狗戳得肠子流了一地。这还不算，这个邻居家的孩子爬到树上玩，他撂把刀站树下不走，吓得孩子哇哇大哭，一不小心掉到地上，摔得鼻青脸肿、头破血流，他不但不上去救，还说，咋不把你摔死？唉，反正他是个头上长疮脚底板流脓——烂到底的货。他嫌种地劳累，农闲时候就截路当土匪。有年冬天的一天夜里，有个女人外出给男人抓药，被马怀仁截住了，马怀仁从那女人身上没有搜出啥东西，就把那女的祸害了，祸害了还不算，把那女的衣服也留下了，只让那女人穿了个褂子和裤头哭着跑了。怺冷的天，那女人带着给男人买的药往前跑，见路边有户人家就敲门，开门的是个老太太，这老太太还算心好，把这女人收留了，还热了点剩饭让女人吃了，老太太又让女人睡在女儿的脚头。不多时，马怀仁回来了，这也算巧，倒霉的女人误打误撞来到了马怀仁家，收留女人的老太太正是马怀仁他娘。马怀仁嘟嘟囔囔着说，今儿个没发市，遇到个女的，就抢了几件破衣服。老太太一听，明白咋回事了，说那女的眼下就睡在你妹妹的脚头。马怀仁一听，撂刀就过来了，说老子本不想杀你，可你硬往刀口上撞，一不做二不休，省得惹麻烦。话音未落，一刀下去，没有砍住那女人，却把他妹妹的头砍下来了，往地上一扔就转身出去了。那女人吓坏了，马怀仁一走，女人就跳下床跑了。原来，马怀仁他妹妹平常都睡东头，这天晚上非要睡西头，这才被马怀仁误杀了。老太太听儿子说他把那女的杀了，说你又多了一条罪恶。老太太回屋点灯一看，马怀仁杀错了，把他妹妹杀掉了，老太太一口气上不来，一头栽到地上死了。马怀仁一看娘也没了，妹子也被他杀了，家也没了，就不当土匪了，跑到沂州府做起生意来了。"

郑英魁叹口气说："唉，善有善报，恶有恶报，人在做天在看，那是一点儿也不会错的啊。"

杜兴隆继续说："郑掌柜，你是不知道，马怀仁靠着打打杀杀在沂州府站稳了脚跟，几乎垄断了沂州府的河运生意。谁家运货，都要租他的船，价格当然不低，当然，如果不用他家的船，他整治你的办法多的是。俺以前也曾不用他家的船运货，可是，第二天早上，俺家货栈门口就会停十几辆大粪车，还有满身污粪者十几人，推着大粪车往店铺里闯，把大粪都倒进店铺里。一连几天，天天如此。报官官不应，俺从怀庆府找了太极高手来给他对打，可是，那些太极高手来了，只能挡一阵子，哪能一直给俺挡着？马怀仁的孬法儿多着呢，他还找一些老妓女坐在俺家店铺门口，个个涂着厚厚的脂粉，头上戴着绒花，手里拿一尺长的竹制折叠扇，在门口大哭大闹，搅得俺生意做不去。就是去年过年，更是气人。"

"咋个气人？说说看。"郑英魁说。

"去年快到年关了，马怀仁又派人找俺要钱，说要一年的保护费，张口还是一万两银子。我说这事儿我做不了主，我要跟怀庆府的总掌柜请示之后再说，我的意思是来个缓兵之计，看能不能再找找沂州府的知府大人想想办法，哪怕给知府大人送一万两的礼，我也不想把这一万两银子给马怀仁。给知府大人送礼，这钱花得不丢人，知府大人收了俺的礼，再怎么着也得关照俺吧，俺也算有后台有靠山的人了，硬气，有面子。可是，还没等我找知府大人，马怀仁就先下手了。"

"咋下手了？"

"唉，一言难尽啊！"杜兴隆回忆起伤心事来，眼圈儿都红了。

12

过年期间，家家户户贴春联。"杜茂盛"货栈大门二门也都贴上了吉庆的春联。可是，除夕夜刚过，大年初一一大早，杜兴隆打开大门，却见货栈门上的喜庆春联被人揭掉了，换上了蓝底白字的对联，这可是办丧事人家才用的春联啊，再看春联的内容：沂州窑子分三等，杜记货栈下九流。两扇门板上写的是：龙头凤尾，男盗女娼。门额上的横批写的是：生材有道。这个"材"不是发财的财，而是棺材的"材"。

杜兴隆气得一下子就把对联揭掉撕撕扔在地上，双脚使劲踩了踩，又吐了几口吐沫："呸呸呸！这是哪个孬孙干的缺德事？"

刚骂完，几个打着山东快板的要饭的来到货栈门前，又是蹦又是唱："王八戏子吹鼓手，剃头修脚下九流，水旱窑子带小偷，算算不够下九流！往前看，有有有，算上杜记下九流，下九流！"

这一出，搞得杜兴隆差点儿没咽气，他急忙招呼货栈里的伙计，掂刀拿棍，要打这些要饭的。伙计们还没动手呢，只见马怀仁的伙计大摇大摆地走来了，递给杜兴隆一张大红请帖，只见上边写着："有种，于今天大年初一晚上到沂河岸边。"旁边画着一把大刀，下边留款："老子马怀仁。"

杜兴隆愣住了，去还是不去？要是去，恐怕凶多吉少，要是不去，不定马怀仁还会使出什么坏招呢。是福不是祸，是祸躲不过，既然摊上这事儿了，恐怕怕是不行，跑也跑不掉。杜兴隆想了半天，怀庆府的太极高手远水不解近渴，一时半会儿来不了，即使来了，好汉也难敌四手，想了半天，才想到找当地的镖局请保镖。可是，镖局的人一听说要跟马怀仁对着干，吓得都不敢接这单生意。无奈之下，杜兴隆带上自己的儿子和货栈里的伙计，带着砍刀和斧头来到了沂河岸边。杜兴隆想会会马怀仁，大不了，就把钱交了呗，他马怀仁不就是想要钱吗？把钱给他，他还能咋着？真的把人逼急了，大不了不干这生意，回河南怀庆府做生意去，他又能咋着？遇到这种孬孙货了，光怕也不中啊。

严冬的北风"呼呼"刮个不停，沂河水早已结了厚厚一层冰，在黑乎乎的夜色中露出几丝光亮。

沂河岸边，一群人燃着篝火围成一圈，中间是几口棺材，马怀仁就坐在其中一口棺材上，左手拎了一坛酒，右手拿只德州扒鸡，喝一口酒，吃一口德州扒鸡。

马怀仁看到杜兴隆来了，就说："杜掌柜，今天你敢来，说明你有种，够义气，来，兄弟们先把这碗酒喝了，去去寒气，咱再说事儿。"

说完，马怀仁命人捧了一坛酒，递给杜兴隆等人，杜兴隆想，既然叫喝酒，那就喝，喝了酒，壮壮胆，再说事儿。杜兴隆一行人捧着坛子轮着喝酒，喝完之后，很快就不省人事。

马怀仁哈哈大笑道："北京到南京，没有怀庆府的商人精。怀庆府的商人精？怀庆精，怀庆精，到了俺沂州一精都不精，哈哈，原来都是土包子。没看过《水浒传》吗？知道啥叫蒙汗药吗？智取生辰纲那一出好戏又在俺山东上演了。"

马怀仁命人把杜兴隆等人装到棺材里，棺材上扎着刀，剩的酒倒到了河里，然后，派人到"杜茂盛"货栈报死讯，还索要棺材钱，接着，又报官验尸。

等杜兴隆家人哭着赶来，官府查验尸首的人也来了，打开棺材一看，杜兴隆等人酒气熏天、鼾声大作。

这下，"杜茂盛"货栈算是出大名了，官吏训之，邻里笑之，杜兴隆气得卧病多日无脸出门。大过年的，被人这样戏弄，杜兴隆再也没脾气了。于是，杜兴隆把一万两银子交了，另外又付了一千两的茶水费，这才把事态平息。杜兴隆也不敢在沂州府里做生意了，把货栈搬到了城外，躲得远远的。

听杜兴隆这么一说，郑英魁气得热血上涌，他"呼"地站起来，气愤地跺跺脚说："人善人欺，马善人骑，这真是不让人活了。"

一旁早已按捺不住的保镖张铁锤挥着拳头说："马怀仁他这是身子痒了，他是欠揍，让我去，看我不把马怀仁那个杂种撕个稀巴烂。"

王文镜老成持重，他摸了摸胡子，不紧不慢地说："兴隆兄弟，俺今天在来沂州府的路上，碰到一伙人，有个叫雷公的，你认识不认识？"

杜兴隆说："雷公他在沂州府很有名，我还经常接济他呢。"

郑英魁问："那他为啥拦我们的路呢？"

杜兴隆吃惊地问："雷公拦你们的路？他跟我关系不赖呀，他这是干啥呢？"

王文镜说："那他跟马怀仁关系咋样？"

杜兴隆说："雷公跟马怀仁没啥关系，他是谁都不尿，他是个认钱不认人的货，谁给他钱谁就是爷，有奶就是娘，本性上也属于下三烂，要是不给他钱，他的孬法儿也很多，跟马怀仁有一比。"

"咋有一比？"郑英魁问。

杜兴隆说："雷公无父无母，无儿无女，光棍一条，好逸恶劳，天天在街上闲逛，最喜欢谁家有个红白事儿，遇到那种场面，他是不请自来，去了后，帮助招呼客人，端菜倒酒，殷勤得很。遇到那丧殡人家，他还烧纸递香，搀扶孝子，有时还披麻戴孝，拿招魂幡，跪到灵前，号啕大哭，就跟他亲生父母去世一样。等人家事儿办完，除了有几天好吃好喝外，主家一般还会给他几两银子，这又够他花销几天了。要是谁家不用他，赶他走，那可不得了，他就找一帮要饭的，光着身子，腰里围着破布，浑身又脏又臭，硬往人家家里挤，主家要是拿棍打，雷公就跟人家对打，这帮要饭的也帮忙，你说，人家办事谁不想图个顺顺利利？谁跟他纠缠这呢？光脚的不怕穿鞋的，所以，雷公倒真的没人惹他。"

"这么说马怀仁也怕雷公？"王文镜问道。

"马怀仁不怕雷公。"杜兴隆说。

"为啥？"郑英魁问道。

"马怀仁猴精猴精，他知道雷公爱财，他拿钱就把雷公给打发了，这不，你们路上遇到雷公找事儿，俺揣摩着是马怀仁听说了你们要来接手俺家货栈了，拿钱买通了雷公，让他给你们难堪，给你们个下马威。"杜兴隆说。

"这事儿他咋会听说呢？"郑英魁不解地问道。

"是啊，他咋会听说呢？"郑英奇也问道。

"要不说说这个马怀仁神通广大呢？孬人就是孬法儿多，想当孬人也不是恁容易，没有孬法儿也当不成孬人。"杜兴隆低下头说。

这时，郑英奇站起来说："杜掌柜，要是照你这样说，这事儿也倒好办。"

"兄弟，说话过过脑子。好办？要是好办人家杜掌柜会不办吗？"郑英魁说。

郑英奇扭头不语了。

王文镜摸摸胡须，说："英魁，再厉害的人也有软肋，越是厉害的人，软肋还越软。他雷公不是爱财吗？他马怀仁不也是爱财吗？咱舍得出钱不就成了吗？"

听到这里，杜兴隆不服气了："王先生，谁都知道出钱能办成的事儿就不叫事儿，要是出钱少还能办成事儿，那才叫本事咧。我要是能拿出那么多钱，我还会作这难吗？关键是我出不起恁多钱呀，我才挣几个钱啊？我都给他了我喝西北风去？"

王文镜先生笑了笑，说："杜掌柜，且莫急，挣钱是个学问，花钱也是个学问，我有的是办法，既出最少的钱，又办最大的事儿。这样吧，这事儿还真不能着急，更不能大意，咱既来了，就得安下心把这事儿办妥。"

郑英魁说："恩师说得对，要不咱先住下再说？"

王文镜说："嗯，咱先住下，摸摸情况再说，知己知彼、百战不殆，要想把马怀仁收拾一番，咱必须稳住神儿，把情况弄清楚。咱一块儿行动目标大，容易引起人家的怀疑，路边人也不敢跟咱说情况，这几天咱分头行事，如何？"

郑英魁说："好，还是恩师考虑周全。"

郑英魁一行在沂州府找了个不起眼的客栈住下了。

王文镜扮成个算卦先生，天天没事儿就去马怀仁家门前转，以给人算卦为名，找路边人打听马怀仁家的情况，这么又是问又是看的，终于摸出了门道。

郑英魁也没闲着，他本想到沂州府洗砚池街王羲之故居去转转呢，还想拜谒算圣刘洪、宗圣曾子、孝圣王祥等的故居，可有此等要紧事，他哪儿也不想转了。他先是到沂州宝泉寺天王殿、三圣殿烧香拜佛，捐献香火钱，然后，在张铁锤的陪护下，以外地游客的名义到处打听马怀仁的情况。

郑英奇则以客商做生意的名义，找当地的客商了解马怀仁的情况。

几天之后，郑英魁、王文镜、郑英奇三人坐到了一起，商量起办法来。

王文镜说："英魁，我听说马怀仁有个独生子叫马二赖，是个半生不熟的二球货。马二赖仗着他爹的势力，吃喝嫖赌啥都干，听说马二赖在沂州府桃花里一家叫满春院的妓院交了个相好翠红，天天往那儿跑，挥金如土，欠了妓院不少钱，妓院放出话来了，要是再不拿钱，就要把马二赖给废了。"

郑英魁听完，沉思良久，说："恩师，我也听说此事了，不过，那马二赖没有找他爹马怀仁去还钱吗？"

郑英奇说："哥，关键在这里，马怀仁是个啥东西？只兴别人欠他的钱，他哪会还别人的账，他是想赖账不还呢。"

郑英魁问道："人家妓院会愿意吗？"

王文镜接着说："所以说，这里就有文章可做了。"

郑英奇问道："只是不知马怀仁对他儿子啥看法。"

郑英魁说："马怀仁对这个不成器的儿子又爱又恨，可一点儿招也没有。"

郑英奇说："咱要是替马怀仁修理修理马二赖，既出了咱的气，又让马怀仁对咱感恩戴德，该多好？"

王文镜又摸摸胡子，半眯着眼望着门外的天空，叹了口气说："是啊，英奇在外做生意时间长了，懂得这个道理。咱是外乡人，不能光治理马怀仁，要不然的话，咱走了咋办？咱的目的是做生意，不是非要跟谁过不去。咱对马怀仁这种人，只有一个办法，那就是恩威并施，让他又怕咱又敬咱，咱开货栈才能站住脚。"

郑英魁说："恩师，说起来轻巧，这种两全其美的办法不好想啊。"

"不好想也得想啊，办法都是逼出来的，不作难哪会想出神策妙计，光等会等来吗？我想了很长时间，终于想出了个主意。"

"恩师，什么主意？"

这时，王文镜凑上郑英魁的耳朵，悄悄耳语了几句，郑英魁拍手叫好。

13

沂州府因沂河得名，沂河水势平缓，直入运河，自古得舟楫之利，每年运送大批粮食和当地土产到南方，回船之时，又把南方的大米、丝绸、布匹、瓷器等运往北方，是商品流通集散地，南来北往商人众多，自然也是热闹繁华之所。桃花里是沂州府的花街柳巷，巷子不宽，全是青砖高墙、纯砖到顶、方砖铺地。这里家家妓院都是两进大院，前后相连，黑漆大门上贴着红色对联，写着"春入翠围花有色，风来绣阁玉生香"，或者是"面目能迎隋苑女，腰肢可胜楚宫娥"，又或者"人比蓝田玉，貌欺金谷花"。妓院里边有唱歌的艺妓，叫大五。大五是赌博牌名，牌面十点，就是说，清唱或者陪宿各需银子五两，身价较高。还有那有色而无艺的，叫长三，牌面是六点，价格稍便宜一些，陪宿需银子六两。还有那最低等的叫板二，牌面四点，陪宿需要银子四两。那些姑娘分扬州帮、淮帮、汉帮。一些人生活艰难，为生活所迫，只有狠心卖掉女儿，以解倒悬。也有些人口贩子，趁火打劫，拿出几文钱或几升米收养难女，再倒卖到烟花柳巷。这些风尘女子，外表浓妆艳抹，生活实则不易。那些孤苦伶仃的幼女，到了青楼，先当奴婢，年龄稍大点，就学习吹拉弹唱，开始笑脸接客。接不到客人，就遭到鸨母或掌柜的毒打；如果怀孕了，就趴在锅底上，由鸨母两只脚反复践踏其腰部，以此除掉胎儿。妓女年纪超过二十岁，就贬值了，超过三十岁，就没人要了，加上这些人都带有花柳病，更是度日如年。

　　当然，也有些运气好的，嫁给了达官阔少做妾，算是有所归依，所有的妓女都怀揣着这个梦想。这不，桃花里满春院的女孩儿翠红，就遇到了一个阔少马二赖，他答应娶她为妻。

　　翠红其实是老鸨的女儿，从小就是美人坯，长大后更出落得亭亭玉立、细白水嫩，走路轻盈如风摆柳，说起话来嘤嘤嗡嗡像小蜜蜂，又会吹拉弹唱，自然是沂州府一道独特的风景。

　　老鸨爱财，自己的女儿也让接客，只是翠红独居一个小楼，一般人概不接待，要接也是达官显贵、阔佬阔少。

　　马怀仁独生子马二赖也算是沂州府有名的公子哥、阔少爷，他也被翠红迷住了。

　　马二赖生性风流，是桃花里的常客，自从第一眼看到翠红的芳容，便再也挪不动脚步了，恨不得把心肝儿剜出来献给翠红。

　　翠红对马二赖说："你要是真喜欢我，就把我娶回家。"

　　马二赖把这话给他爹马怀仁一说，马怀仁虽说比较赖，但也知道些许廉耻，娶个烟花女子回家，他无论如何不能接受，把马二赖骂了一通，并对马二赖说：

"以后不准再去桃花里那地方，要是敢再去，打断你的狗腿。"

马二赖迷上了翠红，把他爹的话当作了耳旁风，既然他爹不同意，马二赖索性住在了满春院翠红那里，家也不回了。

马怀仁则断了马二赖的银两供应，马二赖在翠红那里吃住都打欠条，住了一个月，满春院的老鸨，也就是翠红她娘开始要账了。翠红她娘对马二赖说："要么还账，要么把你捆住送官府，反正满春院是不能再住了。"

马二赖哪里有这笔钱？他愁得上蹿下跳，翠红还算有情有义，把自己的私房钱借给了马二赖，让马二赖给了自己的娘，马二赖还上了钱，可是，暂时的难关渡过去了，下一步咋办呢？

正在马二赖一筹莫展的时候，一天深夜，有个黑大汉潜入了满春院，把马二赖从被窝里劫走了。

这下，沂州府可热闹了，翠红她娘以为是马怀仁搞的鬼，派人找马怀仁追要欠款，而马怀仁以为是满春院把他儿子弄丢了，他只有这么一个儿子，虽说有些不争气，但养老送终还要靠他，如今儿子没了，他如天塌了一般，追着满春院，非要妓院还人不可。

两家谁也说服不了谁，谁也不相信谁，大打出手。

就这样闹了几天，突然，马二赖回来了，回到了他的家。马怀仁一看儿子安然无恙，又惊又喜，急忙问儿子这几天去了哪里。马二赖说："爹呀，俺这条命可是河南河洛县郑家给的呀。"

马怀仁一听，愣了，这事儿跟河南河洛县郑家有啥关系？河南河洛县郑家他倒听说过，是一个大财主，而且，他听他的手下说，河南河洛县郑家的年轻掌柜郑英魁来沂州府了，想接手"杜茂盛"，他一听就不高兴了，一个河南人，凭啥在沂州地盘逞能？他打听到郑英魁来沂州府的时间，出钱让雷公给郑英魁个下马威，让他识相点儿，以后想在沂州府做生意，乖乖地交钱，不要像"杜茂盛"那个掌柜杜兴隆，变着法儿不交钱。不交钱？哼！就干不下去，先把你撵到城边，再把你撵出沂州府，让你做不成生意，看你听话不听话。不过，儿子说他的一条命是郑家给的，他有些糊涂了，这也扯得太远了吧？这是咋回事儿？

原来，那天那个掳走马二赖的黑大汉还是沂州府的雷公。雷公此人给钱就是爷，只认钱不认人，谁给钱就给谁办事儿。雷公收了郑英魁的银两，就把马二赖弄到了沂州府外一个树林里。雷公把马二赖往地上一扔，说："二赖，俺今儿个受满春院翠红她娘的委派，把你弄到这儿，是要你的小命咧！"

马二赖一听，吓得趴在地上直磕头。

马二赖认识雷公，他家没少给雷公银两，他不知道雷公说的是真的还是假的，但是，看着这黑乎乎的荒郊野外，他也怕雷公真的结果了他的小命。

马二赖这会儿害怕了，说："雷大爷，俺家与你无冤无仇，你害俺干啥咧？"

雷公说："借钱还债，天经地义，你为啥欠钱不还？"

马二赖说："俺欠钱欠的是满春院的，俺没有欠你钱啊。"

雷公一脚把马二赖踢翻在地，从腰间抽出一把短刀，抵住马二赖的脖子，说："二赖，你不欠俺的钱，但俺干的就是替人要账的活儿，俺吃的就是这碗饭。翠红多好一个姑娘，是老鸨的亲闺女，被你白白糟蹋了恁长时间，你不给钱不说，还借翠红的钱，你跟你爹一样，精过头了，翠红她娘说了，不让你还钱了，今儿个就要你一条狗命。"

马二赖一听，可着嗓门哭起来："雷大爷饶命，俺马上还钱，俺再也不敢了。"

正在这时，只听有人大吼一声："住手！"

雷公扭头一看，又一个黑大汉提着一根棍来到近前，雷公说："哪位好汉多管闲事，看刀！"

那个黑大汉并不答话，两人打在一处，刀光棍影，战了几个回合，雷公被那黑大汉反身一脚，踩倒在地，他手里拿的刀也不知飞到了哪里。雷公正要站起，却被黑大汉一脚踩在头上，动弹不得。

雷公问："请问好汉，哪里人氏？为啥多管闲事？"

黑大汉说："我乃河南河洛县郑英魁的保镖张铁锤，今天路过此地，见你行凶杀人，所以才要管这个闲事。"

雷公说："却原来是河南河洛县郑家的保镖，咱俩打过照面。"

张铁锤说："对，我家掌柜刚来沂州时就是你截我们的船，当时咱俩没有交手，这回终于分个胜负了。"

马二赖也不是个傻瓜，一看救星来了，急忙爬到黑大汉跟前，像捣蒜一样不住地磕头："好汉救俺，好汉救俺！"

张铁锤说："说，咋回事？"

马二赖说："好汉，俺不该到桃花里找相好的，都是俺贪色惹的祸，俺以后再也不敢了。"

张铁锤对雷公说："兄弟，人家赔了不是，得饶人处且饶人，就此罢休吧。"

雷公说："好汉，这小子欠的钱咋弄？"

张铁锤说："有这回事儿？"

马二赖说："是，是有这回事，俺回去找俺爹要钱，三天之内把钱还上，要是不还上，再要俺命不迟。"

张铁锤对雷公说："兄弟，就这吧，我这几天也在沂州府，我就是郑家的保镖张铁锤，这小子要是说话不算数，你找我要账，这钱记在我头上。"

雷公说："好好好。"

张铁锤对马二赖说："听见了吗？我替你当了保人。"

马二赖这会儿顾命要紧，连声答应，别说还账了，就是把他家给卖了，他也答应。

就这样，马二赖毫发无损地回来了。

14

马二赖回来了，他过去的种种不是，他爹马怀仁也不计较了，而且，马二赖这次捡了一条命回来，马二赖也不再想翠红了，他向他爹做了保证，以后再也不去桃花里了，再也不到满春院找翠红了。

马二赖说得真切，马怀仁信了，想想儿子还年轻，正是胡闹的时候，经此风波，只要真的能改了，也不是坏事，应该给他个改过自新的机会。于是，马怀仁派人给桃花里满春院送去了儿子的欠款，满春院也不再纠缠了，一场风波就此平息。

马二赖感激郑家的恩德，他要亲自登门向郑家表示感谢，并要设宴一聚。

马怀仁老谋深算，他怀疑这是郑家做的局，是郑家使的计，但不管咋说，儿子改邪归正了，总是一件好事。即便是郑家做的局、设的计，但能把儿子教化过来，儿子不再去烟花柳巷了，不再找翠红了，这就是郑家最大的恩情。再孬、再赖，他马怀仁还要靠儿子光宗耀祖咧，谁能把他的儿子调教过来，他就感恩谁。所以，他在沂州府老菜馆摆了宴席，请郑家赴宴一聚。

这天中午，马怀仁点了满满一桌菜，都是沂蒙名菜，像光棍难、蒜泥鱼、烩肉丝鱿鱼、蒙山全蝎、莒南驴肉，还有果味杏仁、灯笼虾片、龙珠鲍翅、清汤乌穗、桃源焖鱼头、甲鱼丸子等，喝的是兰陵老酒。马怀仁带着他的独生子马二赖，河南郑家这边有郑英魁、王文镜、郑英奇、张铁锤、石头、杜兴隆，应郑英魁的邀请，雷公也来了。

不是冤家不聚首。兰陵酒一喝，郑英魁说了他想接手"杜茂盛"货栈的事儿，想请马怀仁多多关照。马怀仁拍着胸脯说："老弟，别管了，以后沂州府地面上有啥事儿，包在俺马某人身上，看谁敢为难咱郑家生意，俺把他扔到沂河里喂鱼去。"

雷公不甘示弱，一只脚踩在凳子上，喝了一碗酒，"啪"的一声，把小黑碗扔到地上摔碎了，说："对，马哥说得对，谁敢跟郑家为难，俺把他的狗头像扔这小黑碗一样，摔成碎末。"

郑英魁见状急忙说："谢谢兄弟抬举。我做生意的原则就是有钱大家挣，有饭大家吃。郑家不会忘记二位的关照，该敬献的一定按时敬献，不会让二位白白辛苦。来来来，咱喝杯酒，加深一下兄弟们的感情！"

大家共同喝了一杯酒。这时，杜兴隆插话道："以后俺要跟着郑家干了，按照老郑家的规矩，以后经营上有什么吩咐的？"

郑英魁说："经营上的详情咱以后慢慢再议，包括还要跟怀庆府你们的总号进行交接，这些都要一五一十地去做。我大的想法是本三人七，三七分成。"

听郑英魁这么一说，杜兴隆顿时一愣，本来准备夹菜的筷子也停在了半空，"郑掌柜，此话怎讲？"

郑英魁哈哈一笑，反问道："杜掌柜，你们怀庆府'杜茂盛'货栈总号和分号是咋分成的？"

"咋分成的？做生意的老规矩是本七人三，我们怀庆府的老规矩却是五五分成，总号的东家分一半，分号的掌柜和店员分一半。"

郑英魁说："你们五五分成，我本三人七，我分三，你分七，大头红利分给大家，你说咋样？"

杜兴隆说："郑掌柜此话当真？"

"我说话啥时候当假过？"

一桌子的人听了此话，也都大惑不解，都瞪着眼睛看着郑英魁，等他往下说。

马怀仁也是生意场老手了，听郑英魁这么说，心里想：这河南姓郑的看来还是年轻啊，嘴上没毛，办事不牢，这种分成办法，生意还有法儿做吗？想到这里，他说："郑掌柜，本三人七，闻所未闻，你说说看，你是啥意思？"

郑英魁见大家都勾着头等他解释，他微微一笑，用胸前的毛巾擦了擦嘴，站了起来，"各位，我是这么想的。沂州府离河南这么远，我管不过来，还全靠杜掌柜和店员们辛苦，所有的事情都靠他们当家了，只有杜掌柜和店员们齐心协力，把郑家的生意当作自家的生意，魁记货栈才能开下去啊。所以，我做生意的原则就是有钱大家挣，不仅要大家挣，还要让你们落大头，不过，虽说我在这个货栈挣得不多，但我的货栈多了，我还是比你们挣得多，这个账我算得清。"

"噢，有道理，有一定道理。"众人齐声称赞。

郑英魁接着说："大明年间，明太祖八世孙朱载堉你们听说过吧？"

"朱载堉？"众人面面相觑，你看我，我看你，大眼瞪小眼，都摇头说不知道。

"杜掌柜，你也不知道？"郑英魁问杜兴隆。

杜兴隆说："我是个生意人，就会打算盘，不识多少字，啥堉不堉的，我还真不知道。"

这时，王文镜老先生发话了，他看着杜兴隆慢悠悠地说："杜掌柜，这个朱载堉就曾长期住在怀庆府，是你们怀庆人的半个老乡啊。"

"半个老乡？惭愧！惭愧！我是孤陋寡闻，真的不知道。"杜兴隆自嘲地笑笑说。

王文镜又说："你刚才说你好打算盘，这个朱载堉可是打算盘的高手啊，他能用横跨八十一档的大算盘进行开平方、开立方计算，还提出异径管说，造出弦准和律管，发现十二平均律。"

"王先生，还是你肚子里墨水多，这个我还真没听说过。"

王文镜又接着说："就是这个朱载堉，写了《醒世词》，其中有一首是写怀庆商人的散曲《劝做买卖》，写得好啊。"

"说说看。"大家都支着耳朵听。

"买卖发财是怎么，见人时一团和气，就是王八也让坐呀。迎面笑呵呵，张口叫哥哥，装烟捧茶要热和。若逢赐顾买货，急忙躬身拿过。贴实讲价莫旷多，见得方可出脱，休要挨到牛角……"

"好，有道理，有道理。"大家击掌称赞。

杜兴隆听罢，由衷地感叹道："哎呀，郑掌柜的生意经跟这首《买卖》的意思可真是不谋而合啊。我们怀庆府'杜茂盛'做生意就是讲究生财有大道，以义为利，不以利为利。我们曾经给北京同仁堂供应四大怀药，同仁堂因为太平天国切断了南方药材北运的通道，原料紧缺，经营受困，虽说同行是冤家，可我们也没有趁火打劫、漫天要价，反而各分号都一齐动起来，给同仁堂低价赊销甚至无偿相赠，帮助同仁堂渡过难关，如今，同仁堂复兴后，与'杜茂盛'成为至交，他们所需的四大怀药全由我们'杜茂盛'供货。"

郑英魁不住地点头称是："做生意，义利是不能分的，不能见义忘利，也不能见利忘义，要把握好这个尺度。要是都不讲义了，就没人跟你干了，都不跟你来往了，你还做啥生意挣啥钱？不过，只讲义不顾利，不挣钱的生意也长不了。怀庆府的'杜茂盛'确实'义'字当头，以诚待客，把义与利的关系闹明白了。说实话，只有这样，才能成大生意、大买卖啊，可惜很多生意人不懂这个道理，达不到这个境界。来，咱哥儿俩喝一杯，向你们'杜茂盛'表示敬意。"

说完，郑英魁端着酒杯站起来，杜兴隆也端着酒杯站了起来。王文镜见状，也端着酒杯站起来，说："诸位莫急，我还要说两句。"

于是，大家都瞅着王文镜，不知他要说什么。只见王文镜一手端酒杯，一手摸着花白胡须，说："钱这东西，的确要拿捏好。朱载堉还写了一首小曲《骂钱》，他是这样说的。"

"咋说的？"马怀仁眼一瞪，问道。

这时，只见王文镜眯缝着眼，摇头晃脑，就像背书一样吟道："孔圣人怒气冲，骂钱财狗畜生。朝廷王法被你弄，纲常伦理被你坏，杀人仗你不偿命。有理事儿你反复，无理词讼赢上风。俱是你钱财当车，令吾门弟子受你压服，忠良贤才没你不用。财帛神当这，任你们胡行，公道事儿你灭净。思想起，把钱财刀剁，斧砍，油煎，笼蒸！"

听罢，众人齐声叫好："好，这位朱载堉写得好，钱财如粪土，义字当为先。"

郑英魁说："这样吧，大家都一起喝杯酒吧，为了咱们的'义'字和'诚'字。"

"好！"大家纷纷端起酒杯站起来，碰杯之后，一饮而尽。

郑英魁喝到尽兴时，酒席上发狂话了："我造大船，造黄河上最大的太平船，一只船能装粮食二三十万斤。咱有钱大家赚，我把河南的粮食、药材运到山东，再把山东的海盐运到河南，还可以往江南拓展业务，买卖丝绸、瓷器，还可以跟洋人做生意，把生意做到海外。马老兄不是也有船吗？到时候咱联手干，我的生意忙不过来就用你的船，你的生意忙了也可以用我的船，咱大碗喝酒，大块吃肉，一起发财，你们说好吗？"

"好！先喝一黑碗再说。"这时，马怀仁不用酒杯了，向店伙计要了一摞小黑碗，端起酒碗，一桌人都站起来端起面前的小黑碗碰在一起，然后，又是一饮而尽。

这时，郑英魁又对杜兴隆说："杜掌柜，我还要敬你一杯。"

杜兴隆一听："郑掌柜，此话怎讲啊？你敬我一杯是啥讲究啊？"

"杜掌柜，你老家怀庆府是商业重镇，郑家在那里还没有商号，你得帮帮忙，我有心在那里也开个商号，你看咋样？"

"好咧，就这样说定了。"

郑英魁和杜兴隆碰了一杯，两人都喝得顺嘴角往下流。

从此，郑家在沂州府开了新的货栈，有了面向大海的出货口，后来，在怀庆府，郑英魁也开设了新的货栈。

第七章
逆流而上

1

道路崎岖多艰险，闯过一关又一关。在沂州府办完事，郑英魁操心着老家造大船的事，他要做大生意。因此，他没有心思在山东逗留，紧赶慢赶，回到老家河南河洛县。

等回了老家一看，周大栋领着人已经造好了二十艘太平船。

郑英魁把王文镜和石头叫到了一起，对石头说："石头，郑家的大船造成了，以后就成船队了，组成船帮了，管理这么多船，不容易啊，我想让你当船行的大掌柜，你说行不？"

石头感动地说："掌柜的，我撑船没问题，要是让我管人我恐怕干不了哇！"

郑英魁说："没啥，石头，你看我也没有当过家，人不被逼到一定程度，啥也弄不成，我不也是赶鸭子上架的吗？没事儿，不懂就问，不会就学，只要脑子聪明，啥事儿很快就明白了。"

石头说："既然掌柜的这么信任我，那我一定干好，你请放心吧。"

郑英魁又对王文镜说："恩师，麻烦你再找一下洛阳的邵潜老先生，让他给咱们挑个太平船下水的日子，咱正儿八经搞个仪式，你和周大栋你们俩一块儿操办操办。别看我成亲时不主张讲排场，这大船下水咱要好好张扬一番，该低调咱要低调，该张扬咱要张扬，吃穿用度咱低调，做生意赚吆喝咱要张扬。"

王文镜说好。

郑英魁又对石头说："咱这二十条船，十条船往山东东昌府、沂州府和河南的开封府向东的方向做生意，另外的十条船待命，以后做往西方向的生意。最近我想到陕西一趟，打听打听那里的行情，想在那里开家货栈，然后派船往那里送货。只要黄河的东西方向一通，再从黄河转运河，直达南北，咱就全都有了。"

石头说："掌柜的放心，我眼下就找周大栋一块儿准备太平船下水的仪式，您只要把好日子定下了，我保管把仪式搞得又节省又隆重。再一个，派十条船去山东，我亲自押船前往，您只管到陕西打听行情，我有个小兄弟叫逮广汉，也是船上的一名好手，您去陕西，我想让我的小兄弟逮广汉随您驾船前往，您看行不行。"

"行，你说的人我放心。"

洛阳的邵先生选了个下船的好日子——九月初九。

九为大，九九归一，这个日子好。郑英魁向赵夫人禀报了这事儿，也跟王妮儿说了。

王妮儿怀孕了，可她说她也想看看大船下河的仪式，郑英魁说："女人家要遵从三从四德，大门不出，二门不迈，不能到外边人多的地方去。"

王妮儿说："你们大户人家规矩就是多，啥存天理、去人欲的，像那小门小户人家，吃喝还顾不住咧，还讲究这些？"

郑英魁说："大户人家有大户人家的规矩，小门小户有小门小户的活法，人不能比，要求不一样，十里不同俗，半里换规矩。"

王妮儿还是想去看，说她要陪着婆婆一块儿去，郑英魁无奈，只好答应了王妮儿。

2

九月初九这天，秋阳高照，天空如碧，邙山叠翠，河洛映金。凉爽的秋风带来丰收的气息，空气中弥漫着瓜果与鲜花的馨香。排成"人"字形的大雁不时从高空飞过，渐渐消失在遥远的天际。郑家太平船下水仪式就要开始了，来自四面八方看热闹的人把仪式现场围了个水泄不通。

太平船下水要祭黄河、洛河俩龙王，郑家准备了三牲，也就是猪、鸡、鱼。猪要用黑毛公猪，越大越好，宰杀之后，留下猪脖子上的一撮黑毛，用红绸布打个结系成红花带，披挂在猪头和猪脖子上，然后把猪绑在红漆小长方桌子上。鸡要用个头大的，鱼也要用大个儿的黄河鲤鱼。

接着是准备白面馍，一个馍三四斤，做成仙桃馍、盘龙馍、圆花馍，这些馍插上胡萝卜头、黑豆之后，栩栩如生。这些馍也放在红漆小长方桌子上。

船上贴着大红对联，"金玉满堂，富贵吉祥""风调雨顺，满载而归""多福多财多光彩，好年好景好收成"，船头贴着"船头无浪行千里"，船尾贴着

"船后生风万里行"，主桅杆上则贴着"大将军八面威风"，二桅杆上贴着"二将军威风凛凛"，后桅杆上贴着"三将军顺风相送"。

还要扎松柏门。在河滩上用木杆支好架子，用新砍来的松柏枝扎起来，松柏门两旁的对联写着"三德三福度化三千门弟子，百年百代传流百班好师徒"，横批是"义气千秋"。松柏门上还装饰着二龙戏珠和鱼跃龙门的图案。

在松柏门不远处相对的地方，则搭建几个木制简易露天戏台，请几班唱戏的唱对台戏，等祭过龙王后再拆除。

一切准备就绪，郑家二十条大船沿洛河岸一字排开，船头向河，船尾向岸，下锚定位，船上彩旗飘扬，渔具、网具整齐地摆在船头，一副整装待发的气势。

太阳刚上树梢，时辰已到，"水老鹳"石头和周大栋穿戴整齐，站在洛河边，面对黑压压的人群喊道："郑家太平船下河仪式开始！"

只听十九门地坠子炮一齐鸣响，三眼铳震耳欲聋。围观的人群有的噢噢叫起来，有的捂着耳朵嫌太响。接着，鼓乐齐鸣，在郑家打杂的人把放有三牲和白面馍的红漆小长方桌子抬过来，放在了松柏门的前边，一旁，有黄铜洗脸盆，盆里放一只小黑碗，盆沿上搭条毛巾。

石头和周大栋招呼船工净过手，船工们跪在小桌子后边。

石头招呼郑英魁站在他的对面，两个人开始唱对词。这对词都是石头和郑英魁预先排练好的。这会儿，由郑英魁先说，石头答对，二人朗声唱起来：

郑英魁：站在船头喜开怀，师父老官两边排，三老四少多慈悲，请与弟子搭跳来。

石头：一见老大赶香堂，三老四少列两旁，我与少爷来搭跳，请上船来朝祖堂。

郑英魁：跳板好比一条龙，一头高来一头平，慈悲弟子把船上，义气千秋永太平。

石头：三祖仁义灌九州，通达四方把人收，江河运粮功劳大，子子孙孙度千秋。

郑英魁：家住河洛本姓郑，时常拜佛洛河旁，北魏石窟释祖知，荐我香堂来问安。

石头：一进香堂抬头观，三老四少站两边，今天主家赶香案，人烟一天旺一天。

郑英魁：二进香堂把头抬，师父老官两边排，兄弟不分远和近，河洛神庙传下来。

石头：三进香堂把头低，休笑弟子穿破衣，紫竹林内有高低，河间莲花间不齐。

郑英魁：小河水浅难行船，恳求大王把水添，慈悲弟子速离岸，承蒙恩德为家园。

石头：弟子好比一只船，无风无浪走河边，水浅河滩难行运，恳求老少拉一肩。

郑英魁：三老四少请听言，河边浅住一只船，大家添水帮拉牵，借助顺风好开船。

石头：翁钱二祖我不管，大王神前我来赶，混乱次序犯帮规，黄金福炉轮及俺。

郑英魁：三老四少立满堂，听我从头说端详，暂助莫把香炉顶，请你回来再商量。

石头：银烛辉煌彩云起，开帮上坐收弟子，东家今日逢大喜，我与东家来道喜。

接着，在石头和周大栋的指挥下，有人抬着小桌子，穿过松柏门，来到洛河边，众人紧随其后，对着洛河磕头作揖。

祭河仪式结束后，也差不多小半晌了，郑英魁大摆宴席，把众族人和街坊邻居都请了来，吃了几轮饭，喝酒喝到了下午大半晌，隆重的太平船下河仪式才算结束。

3

没过几天，石头就带着十只太平船，船上装满了粮食、药材，给山东东昌府和沂州府的魁记货栈送货去了。

石头走后，郑英魁来到赵夫人的房间，郑英魁想和娘商量商量，他想到陕西去一趟，想开辟陕西的生意。

赵夫人说："魁儿，咱家有吃有喝，几辈子也吃不完，心胸那么大干啥呢？世上的钱能挣得完吗？"

郑英魁说:"娘,做生意像逆水行舟,不进则退,我要是不开拓生意,坐在家里坐吃山空,要不了多长时间,咱的家业就不保哇。"

赵夫人说:"魁儿,咱家三辈儿单传了,眼下你媳妇儿有喜了,这是大事儿,啥事儿都没有这大,还是先把媳妇儿招呼好,让我抱上白胖孙子,你再出远门吧。"

郑英魁说:"娘,常言说,父母在,不远游,可是,承继好郑家的家业,才是正事啊。咱家有那么多的仆人丫鬟,不行的话,我再把王文镜先生留下,帮助管管家里大小事儿,您尽可放宽心。咱家在东边有了生意,可是,在西边却没有生意,只有东,没有西,这哪会有东西咧?所以,我想到西边的陕西闯一闯,打下郑家的生意根基。我听说,陕西泾阳棉花产量最大,眼下棉花刚上市,正是收棉花的好时候,我想借助这个机会,到陕西泾阳购置棉花,往河南、山东运送,做一趟大生意。要是错过了这个时候,恐怕要等到明年了。"

"什么?你自个儿去陕西?还不让王文镜先生随你去?那更不成了。"赵夫人扭过去脸,不理郑英魁了。

"娘,刚才我一急说错了,不是我自己,还有保镖张铁锤呢。"郑英魁说。

"那也不成,就你俩会中?王先生不跟你去,你个小毛孩子,嘴上没毛,办事不牢,有啥事儿谁帮你出谋划策呢?你可知道,陕西人做生意能着咧,你看到处都是山陕会馆,你就知道人家多会做生意了,你会能过人家?"

郑英魁想了想,说:"娘,咱做生意是互通买卖、互利共赢,咱又不是不让人家挣钱做生意,咱怕他啥?再说了,眼下石头带着十船粮食去山东了,石头给我推荐了个行船的好把式叫逮广汉,行船的事儿您老不用操心了,生意上的帮手我倒是想到了一个人,您看行不?"

"谁?"赵夫人盯着郑英魁问。

郑英魁说:"娘,我大舅赵家义呀。"

"你大舅?你咋想起他了?他会中?"

"娘,大舅号称'小诸葛'呀,他在咱河洛县城郑家货栈做生意,生意做得可好啦,让他帮帮我吧。"

"那不中吧?"

"娘,中,我表哥赵本善也大了,一直跟着我舅做生意,让我表哥当大掌柜,让我大舅到陕西泾阳替咱郑家开货栈,让他帮着我干,这不行吗?"

郑英魁的一席话提醒了赵夫人。赵夫人是个明事理的人。儿子独自外出,她可怜儿子，她舍不得儿子，别人只关心儿子混得好不好，可她只关心儿子混得累不累、苦不苦。但是，儿大不由娘，郑家的庞大基业是大事，她作为娘，即使再不舍，即使再心疼，也得让儿子出去闯一闯。不经世面，不经风雨，不摔倒几回，不栽跟头，咋长大呀？

想到这里，赵夫人说："魁儿，要是这样，娘也不拦你，你还年轻，有啥事儿多跟你大舅商量商量，娘舅亲，辈辈亲，打断骨头连着筋，你舅不会哄你。不过，办啥事儿都别勉强，钱能挣则挣，不能挣千万不要争，那都是身外之物。做生意，要与人为善，要留有余地，有钱大家挣，千万别吃独食，别把人往墙角里逼，兔子急了还咬人咧，你从别人嘴里掏饭吃，人家是个好人便罢了，你要是遇到孬货，就怕有性命之忧呀，要适可而止啊。"

郑英魁说："娘说得对，我一定把您的话记在心里。"

"魁儿，啥事儿别张扬，出头的椽子先烂，要闷声发大财，记着了吗？"

郑英魁听了此言，眼圈儿红了："娘，您说的话，我记住了，您放心吧。"

"还有，我吃斋念佛，相信上天有灵，人都是有因果报应的，都是会脱胎转世的。善有善报，恶有恶报，不是不报，时候不到，时候一到，一定会报，自身不报，儿孙必报。英魁，你记住这些就行了。"

"娘，我记住了，惩恶扬善，扶贫济困，我会做到。"

"不过，这事儿我可得跟您舅好好说说，我说也不算，还得他答应才中。"

"娘，您只要说句话，舅肯定听您的。"

"那可不一定，我说说试试。"

"试试吧，不试咋知道。"

4

第二天，赵夫人就托人捎信把赵家义喊来了。赵夫人跟赵家义说，想让他帮着郑英魁到陕西泾阳开货栈，赵家义满口应承："姐，这有啥说的？英魁是我亲外甥，是亲不溜溜的亲外甥，我还有啥说的？我不帮他谁帮他？别说了，我眼下就回去，把县城的店铺交给本善，本善这些年一直跟我学做生意，能独当一面了，交给他我放心，我就跟英魁到陕西跑一趟。英魁跟着我，你就放一百个心吧。"赵夫人听了这话，高兴得心花怒放，说："妥了，这舅当得像回事，别走了，在这儿吃饭，我亲自下厨给你做碗你小时候爱吃的荷包蛋。""姐，不吃啦，我得赶紧回去安排你说的事儿，荷包蛋先不吃了，下回来的时候我再吃。"说完，赵家义就匆匆忙忙赶回去跟他的儿子安排生意上的事儿了。

又过了几天，一切准备停当，郑英魁告别了赵夫人和王妮儿，跟他大舅赵家义、保镖张铁锤、船长逮广汉一起，逆流而上，向陕西泾阳出发了。

船向西行，特别是到三门峡这一段河道，十分艰险。传说以前曾经有块硕大无比的巨石挡住了黄河的去路，导致河水泛滥成灾，大禹挥舞神斧将巨石劈开三个口子，中间的叫神门，南边的叫鬼门，北边的叫人门，引黄河水滔滔东流。水从三门一泻千里，狂涛拍岸，声如雷霆，尤其是鬼门险恶无比，凡舟船进入，少有得脱。民间有句俗语："船行三门峡，如过鬼门关。"如今的三门峡，仍是峭壁陡立，水流湍急，明礁暗石，步步艰难，逆水行船，非常不易。

逮广汉雇请了河洛当地的河工，拉着纤绳，艰难地向西、向西……

船工们赤着上身，粗大的纤绳勒在肩头，他们的头几乎拱着地，一步一叩头，使劲拉着纤，边拉纤边吼着黄河号子：

> 一条飞龙出昆仑，
> 摇头摆尾过三门。
> 吼声震裂邙山头，
> 惊涛骇浪把船行。

接着，又一首黄河号子吼起来了：

> 黄河滚滚波浪翻，
> 羊皮筏子当渡船。
> 九曲十八弯又拐，
> 雪峰起身到海边。
> 万里风光哪儿最好？
> 还数河洛大邙山。

吼了黄河号子，他们还会吼一些《三国演义》之类的戏词：

> 三气周瑜在江东，

诸葛亮将台祭东风。

祭起东风连三阵，

火烧曹营百万兵。

　　纤夫们有领唱的，一人唱众人和，真是到了不好走的水路，就不唱歌词了，只是得"嗨、嗨、嗨"地大声呐喊。

　　郑英魁站在船头，任凭黄河风大把大把拥怀而来，他远望三门峡的雄奇景象，听着纤夫们沉重的号子声，对他大舅赵家义感慨地说："舅哇，人活在世，干啥都不易，没有好吃的饭啊，看人家纤夫，挣个钱多难啊。"

　　赵家义人长得白白胖胖，平时嘴就像"莲花落"，"呱嗒"个不停，总拣人爱听的话说，嘴像抹了蜂蜜似的。他还爱开玩笑，一路逗得张铁锤、逯广汉笑个不停。他看郑英魁的保镖张铁锤长得黑，就给张铁锤开玩笑，编了一段顺口溜，说张铁锤是"耳朵木耳两片，眉毛发菜两圈，眼睛一对铁蛋，牙齿瓜子两串，脊背乌木大案，小便墨斗吊线，大便节节木炭，两腿一对旗杆，儿女猪娃一圈"。张铁锤气得非要打赵家义。

　　此时，听了郑英魁这番长叹，赵家义倒一本正经地说："魁呀，人生好比一只船，风雨飘摇浪里转，这都是命啊。人的命，天注定，是当牛做马还是达官贵人，都是前世定好的，人就是戏里的戏子，各个角色都是一定的，该走到哪一步都是错不了的，这也怨不得谁，要怨就怨命吧。"

　　郑英魁说："即使是这样，人生在世，也要慈悲为怀，对这些下苦力的人，咱还是能照顾就照顾，到时候多给些银两，不可太刻薄。"

　　赵家义说："魁呀，对这些下苦力的人是这样，可对于生意场上的对手，可不能这样，同行是冤家，你软他就硬，你退他就进。咱到了泾阳，你可要早做打算。"

　　"大舅说得有道理，你是生意场上的老手，啥事儿都难不倒你，你替我多操操心。"

　　"那当然，咱是至亲，亲不溜溜的至亲，我不管你谁管你？临来时，你娘跟我说几百遍了，说你心太善，怕你在外边吃亏，要我多操心。"

　　"是的，有时候真的吃亏呢。"

　　"不要紧，魁，吃亏就是占便宜。人太精明了，别人都怕你，都不跟你打交道，不跟你来往，那才是傻子呢。大智若愚，说的就是这个理儿。就像我吧，在生意场上混了大半辈子，落了个'小诸葛'的名声，你说是好是坏?"

"那是好吧?"

"错了，魁，落了个'小诸葛'的名声，人家跟我打交道，就防着我，这不是啥好事，这是小聪明，若愚才大智呢。"

"舅，不是若愚才大智，是大智若愚。"

"啊，大智若愚，大智若愚，若愚才大智，意思差不多呀，差不多。"

"舅，你咋不改改'小诸葛'这个名声呢?"

"魁，江山易改，本性难移，是啥人就是啥人，改不了。"

"舅，我懂了。"

赵家义又说："我听说你天天读《二程全书》和《杜工部集》，有这事儿吗?"

"有。郑家代代都读这两本书，我爹还让我手不释卷，随身带着呢，这不，我眼下带的就有，走到哪儿带到哪儿，走到哪儿看到哪儿。"

"魁，除了这两本书外，我想让你读《三国演义》。"

郑英魁问道："为啥?"

"《二程全书》和《杜工部集》只是教你咋做人，而《三国演义》则是教你咋做事。你舅我读书不多，不过我爱看戏，那戏里演的事儿都跟真的一样，可有用啦。俗话说，老不看《三国》，少不看《水浒》。你眼下还年轻，就开始看《三国演义》吧，里边一计套一计，办法多着呢。看《二程全书》和《杜工部集》，是让你咋当君子，看《三国演义》，是让你咋当小人。当个人，既要当君子，又要当小人。对君子，咱当君子;对小人，咱就得当小人。对君子，咱当小人是不仁义;对小人，咱当君子是傻子窝囊废。"

听完赵家义一席话，郑英魁深受启发，说："舅，怪不得人家说你是'小诸葛'呢，你做个小生意，太屈你的大才了。"

赵家义说："我做小本生意，是没钱啊，眼下这世道，有钱才能挣大钱，没钱难啊。再说，有时候，人发达不发达，一半是命运，一半是本事，讲究个天时、地利、人和，三者缺一不可，我命不好啊，给我太多的钱我压不住，净是祸害。"

郑英魁说："舅，你也没有读那么多的书，不是过得也挺好的嘛。倒是有些书呆子，越读书越糊涂，还不如不识字呢。"

赵家义说："英魁呀，天底下书多得很，有的书有用，有的书有害，主要是看你读啥书了。"

"是的，舅。王文镜先生常说，世界上这书那书多得很，有的书有益，有的书有害，读书先选书。在世面上真刀真枪地干过而且纵横政商两道的人，他们写的书是躬行心得，有实用价值；而只在书斋里度过一生的人，他们写的书好看倒也好看，只是纸上谈兵，华而不实，拿到平常生活中，不管用还误导人。所以，不能一概地说读书有用无用，关键要看书是谁写的。"

"对头。可惜的是，有能耐的人不会写书，会写书的人很多又没能耐，这倒是个大问题。像经商做生意，有的人很有本事，生意做得很大，可他们不会写书，他们的经验传不下来。"

"确实是这样，教人做生意的书真的不多。我找了找，只有《史记》里《货殖列传》有些讲经商的事儿，也有一些不成书的篇章，像陶朱公范蠡的《商训》。自大明以来，倒有一些书，像记述各地水陆交通情形的，隆庆年间黄汴的《一统路程图记》、万历年间壮游子的《水陆路程》、咱乾隆爷年间赖盛远的《示我周行》；也有记述商业规矩和经商之道的，像元朝洞察世事的高人许名奎所著的《经商百忍经》，堪称千年商贾智慧、今世商人宝典，还有大明天启年间程春宇的《士商类要》、崇祯年间李晋德的《客商一览醒迷》、万历年间余象斗的《新刻天下四民便览三台万用正宗》、咱乾隆爷年间吴中孚的《商贾便览》、王秉元的《生意世事初阶》，别的还真找不到咧。舅，教人做生意的书不多，看来只有你言传身教多带带我了。"

"魁，咋做生意，也没有啥窍门。经商就得与人打交道，既然与人打交道，那就要先做人，再做事。"

"舅，咱不说那了。咱此去陕西，那可是秦商、晋商的天下啊。秦商、晋商是有名的商帮。秦人好商，有诗称'客行野田间，比屋皆闭户。借问屋中人，尽去作商贾'，以前曾经位居晋商、徽商、秦商三大商帮之首，又被称为'国商'。秦人强悍，尚气概，先勇力，忘死轻生，以硬著称，人硬、货硬、脾气硬，是'三硬'商人，不好惹。而晋商以票号最为出名，有钱就购置土地或进行奢侈消费，以精明著称，不过倒也做不大。关键是陕西和山西山水相连，两地商人抱团打天下，连会馆都建在一起，叫山陕会馆，秦商、晋商一联合，智勇结合，这确实太厉害了。尤其是泾阳、三原等地，更是秦商的大本营，咱是从老虎嘴里掏食吃，我这心里直跳。"

"魁，你也不用害怕，咱河南的豫商也厉害。咱河南就是商人的发源地，中国第一位商人王亥是咱河南商丘人，被称为华商始祖；商圣范蠡是河南南阳人，被人尊为陶朱公；商祖白圭是河南洛阳人。商人的祖师爷都在河南，你说厉害不？"

"你说那是过去，眼下咱豫商还中吗？"

"还中。"

"咋中？"

"咋中？就这个'中'字都会中。我晚上睡觉睡不着的时候就想，咱河南人说啥都是'中'，口头语离不开个'中'字，这'中'字真是好啊，不东不西，不南不北，不左不右，不上不下，不前不后，不偏不倚，方立诚正，稳稳当当，中华，中原，中心，中间，都离不开这个'中'字，这'中'字真好，'中'字就是咱河南人的代表，豫商就是中。"

"舅，你说的就是中。《礼记》第三十一篇就是《中庸》，讲的是'五达道''三达德''慎独慎修''至诚至性'，宋代学者将《中庸》从《礼记》中抽出，与《大学》《论语》《孟子》并称"四书"。《中庸》里说：'中也者，天下之大本也'。一个'中'字，兼收并蓄，融汇天下，咱就靠'中'字走天下。"

"对头，魁，人要能上能下、能大能小、能高能低、能赢能输、能打能挨、能进能退、能享福也能吃苦、能占便宜也能吃亏，这样才更中。"

"不过，舅，咱要是光中还不中，富贵险中求，咱是不是还得敢闯啊？"

"魁，外乡人说咱河南人光会中，啥事儿都是中，不敢闯，不敢冒险，不过，咱河南人可不是不敢闯，不是不敢冒险，而是先守中正，啥事儿看准了，老成持重，再去闯，再去冒险，咱不是胡闯乱闯瞎闯。"

"舅，您说得对。"

"说书唱戏教人方，三条大道走中央，都是教人行好从善的。三百六十行，行行讲的做人。不做人，别做事，天下道理都一样，都是讲的理儿啊。"

郑英魁笑着说："舅，你好看戏，到了陕西，我请你看秦腔，咱不能光看河南梆子，咱也听听秦腔咋样。"

"中，这中。"

"舅，我没爹了，心里没了主心骨，有个啥事儿也没人商量，难得很。以后就全靠你了，权当是帮帮您外甥的忙。"

"你爹在的时候，我不能更多地掺和你家的事。不过，眼下没你爹了，你当家了，我不管你谁管你？我会尽力的。"

"舅，那可中。"

"中，中得很，中不溜溜地中，不光眼下中，还得将来中，永远都中。"

"中！中！中！"

舅甥二人朗声大笑，把一船河工笑得莫名其妙，也跟着"嘿嘿"笑起来。

黄河上的水鸟惊叫起来，拍打着翅膀"嘎嘎嘎"叫着飞向远方，河风吹乱了郑英魁的头发，郑英魁索性敞开大褂，任一阵猛似一阵带着腥味儿的河风拥入怀中，郑英魁眺望远方，挥舞着双手，仰天吼道：

> 四业为商最辛苦，半生饥饱几曾经？
>
> 荒郊石枕常为寝，背负风霜拔雪行。
>
> 望断云端不见家，利笼终日锁天涯。
>
> 梦魂记抱妻儿语，枕上寻思不见些。
>
> 身世飘萍无定踪，利腥牵我走西东。
>
> 风光旦暮频更眼，花木荣枯处处同。
>
> 举目山河异故乡，人情处处有炎凉。
>
> 须知契合非吾里，自古男儿志四方。

赵家义双手伸出大拇指，点点头说："魁，好一个'自古男儿志四方'！要想富，开店铺；要经商，走四方；要想成为高人，就得与高人过招；要想成为生意精，还必须到陕西泾阳这个生意窝儿会一会秦商和晋商。魁，你说中不中？"

郑英魁大声说："舅，中，那可中。"

不知不觉间船行一段路程，眼看快出三门峡了，西北风却刮起来，郑英魁坐的船开始摇晃起来了，逯广汉指挥着船夫拼命划桨。赵家义见此情景，对郑英魁说："魁，你坐船舱里吧，船头风大，船又晃得厉害，一会儿你就该头晕了。"

郑英魁说："舅，你年纪大了，坐船舱里歇息吧，我在这儿守着，有啥事儿再叫你。"

"那哪行，你坐船舱里吧。"

"舅，你坐船舱里吧。"

舅甥二人你劝我我劝你，谁也不肯往船舱里去。正在这时，一个巨浪打来，船猛地一颠，船的右侧已经钻到浪底里了，河水"哗哗"往船舱里灌。赵家义和郑英魁站立不稳，都倒在船板上。二人正欲艰难地爬起来，逯广汉大喊："趴船板上不要动，不要动。"于是，赵家义和郑英魁索性趴在船板上，一动也不敢动。

说也奇怪，眼看就要翻到黄河里的船又猛地往左一拐，像荡秋千一样左右摇晃了一番，竟然平稳往前驶去。逯广汉指挥着船夫们用洗脸盆从船舱里往外舀着水，逯广汉大声说："郑掌柜，您真是大富大贵啊，龙王爷来帮忙啦。我玩船这么多年，遇到这种危险还是头一回，竟然平安无事，真是神啊。"

5

陕西省泾阳县因位于泾水之北而得名。泾阳境内有泾河、清河、冶峪三条河流。泾河是渭河最大的支流，流经泾阳县七十公里，自秦以来就造福于民，从郑国渠到白公渠灌溉着数十万亩良田。自十三世纪后半叶，棉花由西域传入陕西，因这里水利条件好、气候条件适宜，棉花种植面积很大，每年外运棉花在五十万斤上下。

郑英魁他们到了泾阳，让船长逯广汉在船上留守看船，郑英魁、赵家义和张铁锤则先找了家客栈住下。一切收拾停当，郑英魁让张铁锤打听泾阳县城有哪些庙宇寺院，然后，郑英魁、赵家义和张铁锤一起来到二条街上的太壶殿烧香拜佛，捐献了香火钱，接着，一行人到泾阳东街打探市场行情。

泾阳东街是棉花店聚集处，有大小棉花店二十多家。立了秋，秋风凉，人们都穿上了夹衣。但是，这时候正是棉花收购的旺季，泾阳东街，乡下的棉农车拉担挑，到东街棉花店卖棉花。街上卖的多是白花花和黄毛花两个品种，青叶花、伏前花质量最好，但不多见。

各家棉花店都有库房，等到库满，棉花店就雇请乡下人打包外运，打包主要靠人力，在一木架上用杠压脚踩，轧实后用麻绳捆扎成包，外边用包皮布裹严实，一包有二百斤左右，用马车拉到泾阳渡口，过黄河，达运河，运送到东南西北。也有甘肃、宁夏的驮帮客来泾阳收购贩卖棉花。泾阳东街，还有与棉花店配套的客栈、杂货店、饭店几十家，热闹非凡。

郑英魁边转悠边问赵家义："舅，你做生意一辈子了，你看眼下这事儿咋办？"

赵家义说："魁，你别催我了，我看见他们挣钱，急得手痒，要不咱赶快租间房收棉花吧，咱那儿的棉花少不说，质量比这差远了，咱要是收些棉花运回河洛县，那不赚发了？"

郑英魁说："好是好，人家这生意做得好好的，咱插一杠子，怕是插不进去。"

赵家义说："兵来将挡，水来土掩，他做他的生意，咱干咱的营生，咱有本钱，还会怕？"

"舅，干！"郑英魁搓搓手，说，"爷爷在世时候，经常说做生意要有眼力，抓时机、碰运气，眼下，恁好的棉花生意咱不做，那不是傻瓜吗？不过呢，咱要想在这儿站住脚，还得找靠山，咱要是能跟泾阳知县拉上关系，那就好多了。"

"魁，你说得太对了，可是咱不认识泾阳知县啊，那不是白搭吗？"

"对啊，这是愁事儿呀，咱就到县衙门口瞎转吧，听说陕西省河南人多，咱鼻子底下有嘴，多跟人说说话，问路不施礼，多行二十里，只要听说河南腔的，就跟他多扯扯，说不定会拉上关系呢。"

"对，咱去试试。"

6

几个人还没到县衙门口呢，就听见一阵阵悠扬的河南梆子的唱腔传来，几个人一愣，郑英魁说："舅，唱河南梆子咧。"

赵家义说："有门儿，既然唱河南梆子，那唱戏的、看戏的肯定多是河南人，说不定咱能找着个有本事的河南人。"

郑英魁说："舅，你看，这唱梆子的能在县衙门口唱，说不定还有更大的讲究。"

几人旋即加快了脚步。到了县衙门口，只见有个戏台子，戏棚上挂着"河南祥符梆子剧团"的牌号。

祥符梆子剧团？郑英魁突然想到了什么，对，在郑家门前，郑英魁曾接济过祥符县唱戏的一家人，那个男的好像叫唐什么？郑英魁拍拍脑门，想不起来。

这时，戏台上一个扮相俊美的花旦正在唱河南梆子《文武换亲》，"府门外三声炮花轿起动，周凤莲坐轿内喜气盈盈……"

郑英魁等人走近戏台，只见这戏台是用八个大马脚样的木架子撑起来的，木架子上放着粗大的木杠，杠子上放着木板，中间用席隔开，就成了一个戏台。戏台两边，大红对联赫然在目，一边写的是"善恶法戒地"，一边写的是"离合悲欢场"。

前边的戏台，宽不过丈二，长不过两丈，上场门的左边面对听戏的坐着个胡琴手，胡琴手前边坐着个打边鼓的，胡琴手的左边放张小桌子，小桌子上放着两把唢呐。

上场门的右边，有个高大的道具箱，上边坐个打大锣的，道具箱边还放着个低矮箱子，放着刀枪把子，箱子边坐个拍铙钹的，箱子前边，站了个打小锣的。

再看下场门，箱子上坐着个拉二弦的，拉二弦的前面坐个弹月琴的，旁边还站着个敲堂鼓打梆的。

河南梆子的文武场面只需八个人，再加上四生四旦四花脸，就够凑一台戏了。

郑英魁打小就喜欢听河南梆子，没事儿也喜欢哼唱几句。如今，看到河南祥符梆子剧团的招牌，郑英魁的脚就走不动了。

"武状元把我娶呀，文状元把我送啊……"

戏台上扮演周凤莲的旦角字正腔圆、声音清亮、吐字清晰，扮相还特别好，把周凤莲坐花轿的喜悦之情演得活灵活现。

戏唱完了，台下听戏的似乎没有走的意思，非让再加演一段清唱。郑英魁也看得如痴如醉，他身不由己地挤到了戏台最前方，并吩咐张铁锤到台上送二两银子。

这时，戏台上那个演周凤莲的旦角突然急急忙忙走下戏台，径直来到郑英魁跟前，问："掌柜的，请问您是河南来的吗？"

旦角突然下台，众人的目光都跟着旦角走，不知道这个旦角要干什么，当他来到郑英魁跟前时，把郑英魁吓了一跳。听到旦角发问，郑英魁下意识地说："对呀，我是从河南河洛县来的。"

"掌柜的，敢问您姓郑吗？"

"对呀，我姓郑，郑英魁，敢问小姐，噢，不，敢问先生您这是……"

"哎呀，恩公，我是您搭救过的祥符县的唐玉楼唐玉仙啊，号称二百贯。"

"唐玉楼？噢，我想起来了，怎么这么巧，你怎么在这儿呀？"

唐玉楼倒身便拜："恩公在上，我给您磕头了。"

"快起来，这里人多，多有不便，多有不便。"郑英魁转过头一看，周围早已围了里三层外三层的人，保镖张铁锤则紧紧地跟在郑英魁身边，以防不测。

唐玉楼站了起来，弯腰对着前后左右围过来的观众拜了三拜，然后说："各位老少爷儿们，大家散了吧，我碰到河南老乡了，我有急事儿，今儿个的戏唱完了，就先不清唱了，改日我再补上。多有得罪，我们先走了，请散了吧。"

张铁锤这会儿也憨声大气地说："散了吧，都散了吧。"

唐玉楼领郑英魁他们径直来到后台，只见后台放了两个大衣箱，箱盖儿都敞开着，其中一个衣箱里放的是文戏服，像蟒袍、开氅、道袍、帔等，另外一个衣箱里放的是武戏服，有大靠、箭衣等。因为戏台是冲着北边县衙方向搭的棚，正对着北边唱戏，后台南边角落里还放了张方桌，上边供着唱戏的祖神——庄王爷，是个用泥捏的小娃娃。方桌前放了个灰色的小瓦盆和大瓦罐，盆沿上耷拉着一条土黄色的白粗布，估计是洗脸用的，大瓦罐里放了个大木勺，是用来喝水的。

唐玉楼把两个木箱的盖子合上，苦笑着对郑英魁说："恩公，地方窄小，要不您就迁就着坐这上边吧。"

郑英魁说："中。"

郑英魁、赵家义和张铁锤坐在了木箱上，唐玉楼没地方坐了，就席地而坐，激动地喘着气说："恩公，自从在郑家村您接济我们一家之后，我就来到了西安府，开了个戏社，招了些人。陕西这地方河南人多，我的生意还可以，在西安府也打响了。这不，泾阳知县的夫人是咱河南人，她好听河南梆子，要过五十大寿了，就把我们请来唱戏了，今天已经是第三天了，今天唱完就要走了。真是巧啊，不承想在这儿碰上您了，您要是晚来一天，咱恐怕就见不着了。"

郑英魁高兴地说："天下虽大，其实有时候也很小，咱又见面了，说明咱有缘分。"

唐玉楼说："滴水之恩，当涌泉相报，我们一家念念不忘您的大恩大德，总想着有机会报答您，我还想，要是啥时候混出个头了，挣了钱，我还想专门到河洛县找你还钱呢。"

"那倒不用。举手之劳，何足挂齿。小事一桩，不必挂在心上。"

"恩公，不知您到泾阳所为何事？"

这时，赵家义插话说："先生，我们是来泾阳做生意，收棉花的。"

"噢，那是好事啊。"

　　张铁锤这时突然憨憨地冒出一句："啥好事啊？正作难咧。"

　　唐玉楼一惊，急忙说道："恩公，要是有啥难处，不妨说与我听，泾阳知县魏保民的夫人是咱河南人，也是我的戏迷，虽说我们这些唱戏的都是下九流，可我承蒙魏夫人的厚爱，她并不嫌弃我，对我很好，如若恩公有难，不妨说来，我定全力帮助。"

　　郑英魁一听，大喜过望，真是瞌睡了遇到个枕头，正愁跟泾阳知县拉不上关系呢，没想到通过唐玉楼竟然能促成此事。看来，人还是要做善事呀，帮人就是帮自己，多个朋友多条路，以后还得多帮人。

　　郑英魁说："太好了。我们此番来泾阳，是想在泾阳开个货栈，收购棉花。我们初来乍到，还摸不着头绪，正想拜访泾阳知县魏大人，但苦于没有门路，正好，有您引见，那太好了。您说知县夫人正在做五十大寿，这可是天赐良机呀，我们备份厚礼，给知县夫人送去。"

　　唐玉楼说："恩公放心，这事我来办。魏夫人就在县衙内，今儿个待客，没有出来看戏，平时没事儿都要出来的，您稍等片刻，我去看看就来。"

　　说完，唐玉楼进县衙找魏夫人去了。郑英魁对赵家义说："舅，您看这事儿咋办？"

　　"咋办？好事一桩，准备礼金吧。"赵家义说。

　　郑英魁对张铁锤说："去，你抓紧去咱租住的客栈取五百两银票来。"

　　赵家义说："多不多？"

　　"舅，舍不得孩子套不住狼，咱就是重金送礼，既送就要让他印象深刻，你送一点儿，像蜻蜓点水，别人记不住，说不定别人还会认为你看不起人，还会恼呢。"

　　"魁，还是你郑家有钱哪，出手大方得很，看来你舅我只能做个小生意了，我就舍不得花这么多钱。"

　　张铁锤大步流星地取钱去了。

　　戏台前还围着很多人，郑英魁焦急地望着空荡荡的戏台。这时，只见三个中年男子上了戏台。中间那个中年男子大高个、红脸膛，一根又黑又粗的辫子梳在身后，他开口说道："二百贯唐玉楼去县衙门了，县太爷找他有事儿，我老家是河南的，我是唐玉楼的戏迷，我是杀猪卖肉的，叫张顺，我跟唐玉楼很熟。唐玉楼吩咐我临时上台垫垫场，我唱戏不中，净丢人，我想给大家伙讲个故事，大家听不听？"

"听！听！听！"台下一些没走的人重又围拢过来，大声嚷嚷道。

那个自称张顺的继续说道："我旁边这两人都是我的邻居，都是我的好兄弟，左边这个是李木匠李结巴，会唱戏。哎，结巴，跟大家伙儿打打招呼。"

张顺拉着李结巴的右手，举得高高的。李结巴果然是结巴嘴，断断续续地说："老……老……老少爷……爷们，我是结……结巴。"

台下众人哄堂大笑，结巴嘴还想唱戏，真是稀罕，有人喊道："结巴，来一段。"

李结巴瘦高个，生就一张大马脸，显得弱不禁风，他急红了脸，想挣脱张顺的手下台去，可张顺死死地拽着他的右手不放。李结巴说："我……我……我不会唱……唱……唱戏，是张……张……张顺硬……硬……硬拉我上上……上……上……上来的。"

张顺不理他，右手拉着他右边那中年男子的左手，高高地举起来，说："这是王油匠王豁子，也是我兄弟，他会唱戏。"

台下众人又是一阵大笑，豁子嘴跑风，这咋唱戏？当时就有人喊道："豁子来一段。"

王豁子又黑又矮又胖，脸上油津津的，一双小眼睛被满脸的横肉挤得几乎成了一道缝。王豁子也急了，但他不说话，直摇头，把那肥头大耳摇得乱晃。

张顺说："人活在世孝当先。话说早些时候有个张老汉，也叫张顺，跟我重名重姓，他过生日，俩儿子都很孝顺，大儿子买肉打酱，让张老汉吃得怪美，第二天，小儿子把张老汉接到家补过生日，小儿子买了肉，却没有打到酱。小儿子说，爹呀，昨儿个你在俺哥家过生日，有肉有酱，吃得怪美，可是我只买到了肉没有买到酱，真对不住您老人家。张老汉说，没事儿，儿啊，不管你是有酱（油匠），还是没酱（木匠），都是我的儿，只要你们有孝心，我就知足了！"说完，张顺哈哈大笑。

台下的众人都听出了啥意思，笑声、掌声响成一片。

张顺见大家乐和完了，说："好了，好，山中无老虎，猴子称大王。二百贯不在，借此机会我也过过戏瘾，眼下该我献丑了。咱陕西河南人多，我给大家唱一出河南梆子，我唱一段《南阳关》，大家伙儿说咋样啊？"

"好！中！好！中！"大家都拍手叫好。

郑英魁看到此，也会心地笑了，拍手鼓掌。

正在这时，唐玉楼回来了，说："恩公，我已跟魏夫人禀报过了，魏夫人答应见你们一面。"

郑英魁说："那好，我已安排人去准备礼金了，请稍等片刻。"

正说话间，张铁锤一路飞跑回来了，说："掌柜的，给您，五百两的银票。"

郑英魁接过银票，点点头说好。

接着，由唐玉楼带路，一行人离开戏台，来到县衙后堂拜见魏夫人。

7

人逢喜事精神爽，魏夫人过五十大寿，当地的头面人物都来贺喜，迎来送往，好不热闹。在忙碌的间隙，魏夫人抽出时间专门见了郑英魁他们。

魏夫人慈眉善目，一口豫西口音，见郑英魁他们来了，说："我听唐先生说，你们是从河南河洛县来的？"

郑英魁说："夫人，正是。"

"河洛县郑家很有名啊，是河南的大户人家，家里钱多，名声也好。"

"这都是托夫人的福。"

"看你真会说话，哪会托我的福啊？这都是你们郑家人有本事，自己挣的。"

"不过，以后还真要托夫人的福咧。"

"那是。想在泾阳做生意，咱是老乡，可以互相关照一下。"

"敢问夫人是河南哪里人氏？"

"俺家是陕州的，离陕西近，离您老家河洛县也不远，都属于豫西。"

"在这里遇见老乡，真是难得呀。"郑英魁奉承着说。

"没啥，陕西这地方河南人多得很。"

"河南人虽多，但是有名望的可不多呀，夫人您是河南人的骄傲啊。"

魏夫人笑了笑说："那也没啥，都是讨碗饭吃，只是我的命好，嫁个夫婿当了知县，这才不用受罪了。不过，来陕西的河南人大都是讨荒要饭来的，开荒种地，谋个小生意，也不容易，我要听说老家河南人谁有难处了，能帮忙的我都尽量帮。"

郑英魁一听，大为感动，真诚地说："夫人是菩萨在世，积德行善，福佑子孙，您必有好报，一看您就是一脸福相哇！"

魏夫人又笑起来，说："好了，咱都是老乡，不说那外气话了，玉楼跟我说了，你们想来泾阳做生意，想开个店铺收棉花，你们有啥需要帮忙的，只管说。"

一看魏夫人是个爽快人，郑英魁很激动，说："夫人，我们眼下没有啥事儿，我们要是有事儿了再找您，只是今天听说您过五十大寿，专程给您贺寿来了。"

郑英魁说完，双手把银票呈上，说："夫人，这是俺的心意。"

"哎呀，送这么大的礼干啥？不要，不要。"魏夫人急忙摆手。

郑英魁说："魏夫人不要客气，初次相见，一点心意，以后还望夫人多加关照才是。"

魏夫人站起来说："哎呀，你看，还都是河南老乡，恁客气弄啥？"

最终，魏夫人还是伸手接过了银票。

郑英魁见此情景，站起来说："魏夫人您今儿个大喜日子，来往的客人多，我们就不打扰了，就此告别，等您不忙了再专程拜会。"

说完，郑英魁、赵家义、张铁锤抱拳告辞，唐玉楼也向魏夫人告别，一同走了。

8

出了县衙，唐玉楼从口袋里掏出一百两银票，说："恩公，我在郑家村您家门前，您资助了我十几两银子，我才渡过难关，来到了陕西，才有了今天。我带了一百两银票，这是我还您的，我本来想请您吃饭的，但我还在唱戏，日程排得很满，腾不出时间，就请您把这银票收下，等有时间您到西安的时候，找河南祥符剧团，很多人都知道，到时候咱再相聚。"

郑英魁哪能要这银子，想当年他给唐玉楼那十几两银子，就没准备让他还。他家里给穷苦人的银钱多了，包括租种郑家田地的农户，有钱了就交租子，没钱了郑家也不去要。穷人借粮食，大斗借大斗还，小斗借小斗还，从不加利息，日后没有的亦可不还。凡张嘴借者，郑家从不掉地上。所以，眼下他郑英魁哪还会再接这一百两银票呢？

郑英魁说："唐先生，咱一见如故，都是朋友，朋友之间互相帮助，是应该的，这银票我不能要。咱后会有期，我将来还要到西安开货栈，说不定到时候还要你从中帮忙呢。"

"恩公，帮忙归帮忙，可这银票您得收下，您要是不收，我心里难受，我一辈子难受。"

郑英魁想了想说："那样吧，我将来还要到西安开货栈，到时候，你把这钱入股，算作股份，行吧？"

赵家义也在旁边说："唐先生，就这吧，英魁不会要你的钱的，你帮了我们这么大的忙，还没有谢你呢，咱谁跟谁呀，是不是？"

见郑英魁执意不要，唐玉楼收回了银票，放入口袋，说："那行，恩公，您在泾阳有啥事儿，写封信，或者托人带个口信到西安，我很快就到。将来你要是到西安发财，别忘了跟我联系，我别的不会，就会唱戏，我在你货栈开张的时候唱上七天七夜，以表谢意。"

"好，这不就得了嘛。就这样，一言为定。"郑英魁说。

9

郑英魁、赵家义和张铁锤回到了客栈，吃过饭，郑英魁边喝茶边说："舅哇，咱眼下有了靠山，可以在泾阳大展宏图了，只不过，可能要搅动泾阳棉花市场不得安宁了啊。"

赵家义也抿了一口茶，说："魁，别这样想，做生意就是竞争，不竞争也不会有活力呀，都说猫鼠是天敌，可是老鼠离了猫就懒就跑不快了，也活不长。对手是亦敌亦友，不打不成交，又打又交才热闹呢。"

"舅，你说的话有道理，不过，咱找了知县夫人，是不是对不住人家泾阳商户呢？咱这样做是不是不地道啊？"

"魁，你说咱找了知县夫人，泾阳的商户就不找知县夫人了吗？除了找知县夫人，恐怕还会找知县魏保民大人吧？再说了，知县夫人过五十大寿，恁多客人都是干啥的？除了当官的、读书人，还有不少做生意的吧？你还太嫩，咱这算找人？咱这算找靠山？你做生意时间长了就知道了，生意越大，靠山越高，背景越深，后台越硬，官商自古难分家啊。"

"舅，郑家与人为善，即使与人争抢生意，也不能把人往死里整，不能把人整得太惨了，要给人留有后路，要留有余地，能大家一块发财最好，两全其美是上乘境界。小胜靠智、大胜靠德呀。"

　　"魁，别说小孩子话了。别看我没读过恁多书，别看你读了不少书，可是，论在市面上混，你比我还差着啊，我入市早啊，读为人处世这本大书读得多啊。人上一百，形形色色，在外边，啥人都会遇到，有君子也有小人，那些诓骗、拐卖、调包、哄诱、强夺的人多了去了。有的假装是老乡，拉近你与他的感情，假称托你寄送财物，骗出你的银子，却用铅石将银子调换；有的手执水晶、玛瑙、宝石等奇珍异宝，站在大路边，自称是客商的仆从，偷出主人的珍宝，不求高价，只求早些出手，现钱交易，引诱人们来到僻静之处，强迫人购买，如果发现是假货，这些人早已换了衣服，即使对面相见，也不承认；有的人故意将锡锭丢在地上，让人当作银锭捡拾起来，他们又以同时看到为由强迫要求分成，让人拿出真金白银分给他们；有的用狗皮裹泥土假冒麝香贩卖；有的自称能炼造仙丹，让人预付银钱购买，然后逃之夭夭；有的人暗中买通客商的仆从，客商外出即通风报信，然后进屋偷盗；尤其是那些同船出行之人衣冠整齐，却不带行李，更要注意，这些人要么以赌博为名，煽动别人参与，伺机进行诈骗，要么放置毒饼毒果麻醉别人，盗走财物，要么直接抢劫。如此等等，江湖险恶，人心叵测，你只有颗善心是不够的。"

　　听到此处，郑英魁感慨地说："害人之心不可有，防人之心不可无啊。孔子、孟子、董仲舒、朱熹等先贤认为人性本善，荀子、韩非子认为人性本恶，老子、苏轼等人认为人性无所谓善恶。律条的制定就是假定人性恶，而道德教化则是源于人性善，律条和道德，二者缺一不可。不过，舅，儒家讲仁、义、礼、智、信，把仁放在首位，仁者爱人，佛家讲诸恶莫做、众善奉行，要爱众生，视众生为父母，道家的《太上感应篇》《太平经》都是劝善的书，我们郑家也是与人为善、处处行善，存好心、说好话、办好事、当好人，可是，人们又说，好人没好报，好人不长寿，人善被人欺，这咋解释呢？那样的话，谁还敢行善呢？坏人扬眉吐气，好人忍气吞声，真是好人难当、好事难为啊。"

　　"魁，大道理我不懂，我只知道要聪明行善，要智善而不是愚善。"

　　"智善而不愚善？"郑英魁沉思良久，不住地点头，"舅，你这一说我豁然开朗了。要聪明行善，的确是这样啊，仅仅有好心可是不中啊。智勇双全，为啥把智放在勇之前？劳心者治人，劳力者治于人，就是说的智慧的妙用。而佛家讲善，也讲究随类化身、机巧方便，就是对不同的人、不同的事要随机应变，化作不同的器物人身，施以不同的方法度化开悟世人。机巧方便就更妙了，讲时机，时候不到不行；讲究巧，要有巧妙的办法；讲方便，要用让人能接受的合适的方式去劝导人。而道家讲上善若水，处无为之事、行不言之教，都是讲的行善的方法和技巧。存好心、说好话、办好事、做好人是对的，但做好事要讲究方法，不讲方法，不看时机，不顾别人的感受，好心办坏事的多了去了。盲目行善，那就是愚善。不注意保护自己，容易被坏人恶人钻空子加以利用，真的会好人没好报、好人不长寿、人善被人欺。还有的人，在外边很善，对家人很恶，厚朋友而薄骨肉，这叫物华绝根，这种做法其实就是舍本逐末。《孝经》对此就说：'不爱其亲而爱他人者，谓之悖德；不敬其亲而敬他人者，谓之悖礼。'所以，仅仅劝人行善是不够的，更要紧的是要劝人聪明行善，要教人咋行善。既当好人又防坏人，既行善又防范，既惩恶又扬善，惩恶才能扬善，不然的话，要监牢干什么？要刑律干什么？惩治一个坏人就是在救助一个无辜，帮助一个好人能带动更多的人行好。要睁大眼睛当好人、开动脑筋当好人、用些技巧当好人，把好事办巧，把好人当好。总的来说一句话，想当好人，当一两回中，要当一辈儿的好人，要日行一善，也是有学问的，也是有门道的，也不是恁容易的。"

郑英魁说罢，赵家义拍拍大腿直叫好："哎哟，魁呀，你到底是识文断字肚里有墨水的人哪，你看我说一句话，你就说上一箩筐，一套一套的，真是后生可怕啊。"

"舅，不是可怕，是可畏。"

"噢，可畏可畏，跟可怕是一个意思，嘿嘿嘿！还是魁聪明。这些道理都是谁教你的？"

"舅，没人教。多读书，多想事儿，晚上睡不着，躺在床上弄啥？就是想事儿琢磨事儿呗！孔子曰：学而不思则罔，思而不学则殆。咱要边干边想，再加上多问，鼻子底下一张嘴，不用的话，多可惜呀。"

一番话说得赵家义哈哈笑起来。

接着，郑英魁问起正事来："舅，你看咱下步咋办？"

赵家义说："我一直操心瞅着呢，我发现泾阳东街市面儿上收棉花的都有缺斤少两、压级压秤的现象，棉花贩子坑棉农，这种事儿多了。我就想，咱也别租铺面了，咱住的这客栈旁边就有一家棉花店，老板姓张，叫张茂源，人还算忠厚老实，咱让他替咱收棉花，咱先收一船棉花拉到河南卖卖试试，要是中的话，咱就在泾阳东街这地方干大的，买他十几间铺面，正儿八经地扎下根，在泾阳东街打下咱郑家的牌子，还叫魁记，咋样？"

10

　　说干就干，赵家义跟客栈旁边张家棉花店的张茂源掌柜说好了，让他代收一船棉花，不能缺斤少两，不能压级压秤，要是乡下来卖棉花的走得晚了，还要管住店，家里实在太穷没饭吃的，还要管一顿饭。张茂源只负责代收，郑家负责给张茂源佣金。

　　郑家用了这一招儿，在泾阳东街棉市一炮打响，张家棉花店门口卖棉花的排成了长龙，其他棉花店的生意大受影响。

　　这一下，棉市上两家最大的棉花店不乐意了。其中一家棉花店的掌柜叫王发财，是泾阳当地人，他的棉花店最大，有两层楼，一排三十间，很是气派。而另一家棉花店的掌柜叫白青田，是山西太原府人，他的铺面有十几间，做生意很有一套，但是在泾阳地界，强龙不压地头蛇，比起王发财来，还差得远，他也不敢超过王发财，王发财让他收啥价，他就收啥价，让他收多少，他就收多少，就这，还得经常请王发财吃饭，逢年过节还得给王发财送礼。

　　王发财和白青田是泾阳棉市的两个市霸，那些小门小户都得听他俩的。眼下突然出现一个外来的收棉花的，还挺热闹，王发财和白青田俩人凑到一块儿商量起来了。

　　王发财是个瘦老头，半截眉，三角眼，刀条脸上满是皱纹，别看他又瘦又小，可是人称"老狐狸"，点子多得很。王发财其实也是苦出身，他母亲很早就去世了，父亲又娶了一房，生了个儿子，继母特别偏心，只要父亲不在，继母就打他骂他，王发财受不了继母的虐待，打小就出去要饭流浪了。他白天沿街要饭，晚上找寺庙草棚过夜。有一天，他经过一家大户人家的私塾，听到里边琅琅的读书声，他着了迷，就躲在外边偷听私塾老师讲课。王发财天资聪颖，一听就会，久而久之，就能写会算了。

　　一天晚上，他躲到一家包子铺的灶洞里取暖，听得大堂里账房先生正手拨算珠在算账，掌柜的也在桌子旁候着。只听算盘珠子"哗啦哗啦"响，可是账房先生老是算不对，账房先生和掌柜的吵了起来。这时，王发财好奇地探头往里看了一会儿，情不自禁地说："少拨了一个珠子。"屋内二人闻言，急忙出来，见是一个叫花子，大为扫兴。账房先生训道："滚一边儿去，你懂啥呀，瞎吵吵！"掌柜的刚跟账房先生抬过杠，这会儿跟账房先生较上劲了，说："先别慌，让这小孩儿试试。"

只见王发财进得屋来，在算盘上轻轻拨了一个珠子，果然算得严丝合缝。掌柜的大为惊喜，问明了王发财的来历，便留下了王发财，让他和账房先生一块儿管账，自此，王发财才有了地方落脚，因为他脑袋瓜灵活，时间长了，落了个"老狐狸"的称号。

而白青田是个实心人，大头大脸，大鼻子大眼，个子大身板大。这真应了一句话，聪明的人光找实心的人，王发财跟白青田打得火热，眼面儿上二人丝毫不像生意场上的冤家对头。

王发财把白青田请到了他的店铺里，说："白掌柜，河南来个姓郑的收棉花的，这事儿你知道吗？"

白青田说："王掌柜，我听说了。"

王发财说："你知道这个姓郑的啥来历吗？"

白青田说："听说很有来头。"

"啥来头？"

"啥来头？郑家在河南是有名的大户，家有土地上千亩，在河洛县及山东东昌府、沂州府有几处货栈，听说最近还造了不少大船，这次他到泾阳来，可是来者不善、善者不来呀。"

"白掌柜，你说这事咋办？"

"咋办？"白青田挠挠头，说，"没想好咧，我也不知道咋办。"

"别管咋办，咱不能让河南姓郑的在咱泾阳地面耍威风。"

"对，不能让他耍威风。"

"可气的是——"王发财抿了口茶水，站了起来，在屋里踱着方步，说，"可气的是，这姓郑的来咱泾阳做生意，也不拜拜码头，也不跟咱打声招呼，说收棉花就收起棉花来了。更可气的是，他还找了咱泾阳张家棉花店的张茂源帮他收棉花，这张茂源也是不识相，见钱眼开，不把咱哥儿俩看在眼里了。"

"对，真是狗眼看人低。王掌柜，你说这事儿咋弄？"

"咋弄？这事儿不能跟他拉倒，要是这头一开，外来的客商都到咱泾阳收棉花，咱泾阳的棉花市场不就乱套了吗？"

"对，王掌柜，是这个理儿，那你说咋办吧，你说咋办咱就咋办。"

王发财沉吟了半晌，左手托着下巴说："既然那个河南客雇请了张茂源代收棉花，咱就来个釜底抽薪。你先出面去跟张茂源说，不能再替郑家代收棉花了，要懂规矩，不然的话，泾阳东街棉市就不让他待了。"

"王掌柜，他姓张的会听我的吗？我也是个外来客呀。"

王发财小眼睛一转，说："白掌柜，我只是让你给姓张的捎个信，你就说这是我的意思，是我说的话。三军对阵，先锋先上，不能动不动就让老帅出马呀。"

白青田点点头，跺跺脚，说："好，王掌柜，我这就找张茂源说去。"

"且慢。"王发财又说，"你还要跟张茂源说，帮郑家收的棉花不能存在他张家棉花行的店铺里了，要让郑家连夜拉走，要是见他家店铺里有郑家的棉花，明儿个打断他的狗腿。"

"好，我这就去说，先吓唬吓唬他。"

"好，去吧，我等着你，咱哥儿俩好长时间没坐一坐了，等你跟姓张的说完，还回来，咱哥儿俩喝两杯。我这里有上好的西凤酒，是我在地窖里存了多年的酒头，香着呢。"

白青田咂巴咂巴嘴说："好咧，王掌柜，你等着瞧好吧。"

第八章
棉花大战

1

郑英魁有张茂源帮忙收棉花，不缺斤少两，还对卖棉花的农民多方照顾，所以，棉花收购很是顺利，两三天工夫，就收购了将近一船棉花，再收购一两天，就可以装船运走了。郑英魁对此事很是满意，他和他舅赵家义俩人正在客栈里合计着下一步咋办，这时，张茂源掌柜来找他了。

张茂源掀开门帘进了屋，郑英魁和赵家义都站了起来，郑英魁说："张掌柜，快坐，快坐，这两天你忙坏了，我正准备晚上设宴请你喝两杯呢。"

赵家义也说："张掌柜，店里的生意不忙了？你咋有空儿了？"

"唉——"张茂源不接郑英魁和赵家义的话头，直接找了把椅子坐下，低下头说，"郑掌柜，我这段时间老家出了点儿事，你的生意我做不了了，你另外找人吧，我要回乡下老家一趟。"

郑英魁到底是年轻气盛，他一听就急了，俩眼一瞪，说："张掌柜，君子一言，驷马难追，咱说好的你帮我收一船棉花，这眼看就收够一船棉花了，咋突然变卦了呢？咋能言而无信呢？"

张茂源说："掌柜的，对不起了，我真的家里有事儿。泾阳街上收棉花的人多的是，你随便找一家代收就行了，我真的干不了了。"

赵家义想了想说："张掌柜，你家里要是真的有急事，我们也不强人所难。这样吧，你帮忙找人把现有的棉花打包装船，再找些河工帮我们运走就中了。"

张茂源听了这话，如释重负，说："这好说，这好说。真对不住了，二位掌柜。"

说完，张茂源就匆忙告辞安排人打包装船了，所有的棉花装上船，张茂源又找了几个相熟的河工帮助拉纤撑船，然后，他告别郑英魁和赵家义，真的关门回老家了。

这事儿来得太突然了，郑英魁措手不及，他怎么也想不明白，这张茂源怎么会突然间家里就有急事了呢，而且说走就走，这到底是咋回事呢？

　　郑英魁问赵家义，赵家义说："你说的这事儿，我也想了半天，我去问张茂源棉花店里的伙计了，伙计说他家确实有事儿，到底有啥事儿，伙计也说不知道。"

　　"不会是有啥事儿吧？"郑英魁自言自语地说。

　　"魁，你指的是啥事儿？"

　　"舅，不会是咱收棉花有啥事儿吧？"

　　"魁，也可能有啥事儿，不过，咱收棉花这几天也很顺利啊。"

　　"可这才没几天啊。"

　　"嗯，估计是有啥事儿，说不定是泾阳棉花市场上的大掌柜们不乐意了。"

　　"那会是谁呢？"郑英魁转来转去，皱着眉头想。

　　"那还会有谁？一个叫王发财，一个叫白青田。"

　　"王发财，白青田，都什么来头？"

　　"王发财是本地人，地头蛇，白青田是山西人，外来户，俩人都是生意精，都是泾阳棉花市场上的头面人物。"

　　"是棉花商会的会长？"

　　"不是，他们还没有商会，就是做棉花生意最好的俩人。"

　　"舅，你咋知道的？"

　　"魁，谁让我是你舅呢？我没来泾阳之前，就托人打听泾阳棉花市场的情况了，不只是打听棉花的价格行情，关键是打听泾阳棉花市场都有谁在做生意，谁最厉害。"

　　"舅，你咋不跟我说呢？"

　　"我跟你说太早了，怕你害怕不敢来。"

　　"我有啥不敢来？都是个人，他们又没有长三头六臂，我怕他个啥？"

　　"说是这样说，人跟人还是不一样的，虽说人长不了三头六臂，可是，人的脑子里有三头六臂。"

　　"舅，你既然知道泾阳棉花市场不好弄，那你为啥不挡着我来？"

　　"魁，我不是跟你说过吗？只有与高手过招，你才能成为高手。你眼下年轻，趁年轻就要闯一闯，失败了也没啥了不起，年轻就是资本，还可以从头再来，还能够爬起来、站起来，你不失败几次，你不受几次打击，你不经历几次风雨，你咋会长大呢？啥事儿都顺顺当当的，那不中，早晚要吃亏，一吃就是大亏，就像人老是不生病，一生病就是大病一样，知道吗？我跟着你到泾阳来，就是让你跟当今最出名的秦商和晋商打打交道、过过招，让你知道马王爷长了几只眼，让你一下子就知道做生意的最高水平是啥样，等你闯过了大江大河，就不怕小水沟了。就像咱家门口的黄河水，只有历经九曲十八弯，才能汇入大海，万古长流啊。"

听了这话，郑英魁的眼圈儿红了，说："舅，我爷、我爹相继去世，我又年轻，本以为没人管我，本以为郑家要败在我手上，没想到，我郑英魁还有这么大的福分，我还有王文镜先生和舅您照顾着我，这下我全放心了，我啥也不怕了，我就甩开膀子大干一场了。"

"魁，常言说，外甥似舅，打小我就看你跟我的脾气很像，我就喜欢你，不过，你比我强，你读书识字多，再加上你不咋说话，心里有数，点子又多，争胜心还强，所以，我断定你将来更厉害，我要把我做生意这么多年的经验传给你，帮助你成为郑家真正的大东家、大掌柜、大老爷。"

"舅，我给你磕个头吧。"

说完，郑英魁跪下"啪啪啪"给赵家义磕了仨响头。赵家义急忙把郑英魁扶起来，说："魁，咱谁跟谁呀？快起来，咱说说正事是真，说正事是真。"

舅甥二人重新落座，郑英魁问："舅，眼下咱咋弄？"

"咋弄？咱这次来不就是摸摸行情，不就是投石问路的吗？知己知彼，百战不殆，咱已经问了路了，咱该走了。"

"咱眼下就走？有些事儿咱还没弄清咧。"

"走就是弄清，咱走了，看看泾阳棉花市场上啥动静，看看张茂源啥动静，不过，咱走了还会再来，咱走了还会找人继续打听。"

"舅，既然这样，那咱为啥不单刀赴会直接拜会拜会你说的泾阳棉花市场上的俩大弄家王发财和白青田呢？"

赵家义微微一笑，说："魁，你说你经常看《三十六计》，那里有个欲擒故纵之计，你不知道吗？有些事儿，咱不能上来都找人家，这样人家会看不上咱，会对咱捏高拿低。常言说，不打不成交，咱要想在泾阳站住脚，甚至独占鳌头，靠求人是不中的，必须打出来，必须靠脑袋和拳头说事儿，你说咱去拜会他俩有意思吗？与虎谋皮，可能吗？"

郑英魁听了赵家义此番话，不住地点头："舅，人家说你是'小诸葛'，真是名不虚传啊。"

"魁，你先别奉承我，我打听过了，泾阳棉花市场上的王发财号称'老狐狸'，他弟兄五个人，干啥生意的都有，开饭馆的，卖布的，开银货店的，他王发财是收棉花的。王发财他爹叫王成名，泾阳县有个顺口溜，说是'王成名不得了，跟前生了五个宝，大儿赛过恶老雕，二儿赛过金钱豹，三儿好像下山虎，四儿就像浪里蛟，就数五儿年纪小，身上穿着狐狸袄'，这王发财就是五儿，能得不得了，是一只老狐狸。王发财年轻时候家里穷，还当过土匪起过票，手里有几条人命，不好惹啊。"

"舅，那咋弄？"

"咋弄？这回'老狐狸'遇到'小诸葛'，可有好戏看了。"

"是啊，有好戏看喽！"郑英魁皱起了眉头。

第二天早上，天阴沉沉的，像是要下雨的样子。郑英魁、赵家义和张铁锤准备坐船回河南河洛县，来到泾河边一看，逮广汉一脸愁容地坐在船头，郑英魁问道："广汉，咋回事儿？你愁啥咧？"

"掌柜的，愁啥？你说要回河洛县，可找不来人拉纤啊，就我带的这几个人，船开不了哇。"

"我不是让张掌柜帮助找河工了吗？"

"咳，别提了，那一窝兔崽子昨儿个来照了个面，谈好了价钱，说好了啥时辰、来几个人，可左等右等也不见人影，这咋开船呢？"

郑英魁说："广汉，亏你还是黄河边长大的呢，从小就当河工，你就找不来几个河工？大不了多出几个钱不就得了吗？"

"掌柜的，哪有恁简单啊？这不是咱河南，这是陕西泾阳，虽说河边有的是河工，我也问了，可人家不干，只要说是给河南老郑家拉纤的，出多少银子都不干。"

"呃，这就奇了怪了，哪有有钱不挣的道理呢？我就不信，有钱不能使鬼推磨？"

"掌柜的，你还别说，这回还真是花钱也不灵了，还真有给钱不要的。"

"广汉，我去找找看看，我估计是你没当过掌柜，出手小气不够大方，人家看不上眼。"

郑英魁要到旁边去找河工，赵家义拦住了他，说："魁，广汉说得有道理，这里边肯定有啥事儿。你想啊，那些河工平时都是在河边等活儿干，一天还不一定能找到个活儿呢，眼下有送上门来的好差使，他们为啥不干呢？你想想张掌柜不给咱收棉花这事儿，这里边不是有人在捣鬼吗？"

一语惊醒梦中人，郑英魁说："对啊，舅，可是这回又是谁在捣鬼呢？"

赵家义说："谁？估计还是王发财和白青田，不过也不好说，咱也就收一船棉花，也没有动那么大的劲儿，这俩人至于这样吗？"

"嗯，有些事儿真的不好说。"

"咱本来想走，可人家偏不让咱走，不走就不走吧，咱就不走了，这回咱还真得弄清楚是谁在跟咱作对。"

"咋找？找谁？"

"魁，你说呢？"

"舅，你还问我？"

"是啊，你是掌柜，你得拿大主意啊。"

"那中，舅是考验我呢，我想想。"郑英魁抬头望望远处，但见泾河上舟船如林，装卸货物的船工来来往往。一些掌柜的站在河岸边指指点点，卖茶水、卖吃食的小摊贩跟在掌柜们身后，央求着掌柜们买点儿东西。挣钱不易，活着艰难，谁都有过不去的坎啊。看到此时，郑英魁叹了口气说："解铃还须系铃人，既来之，则安之，咱就索性单刀赴会，直接找张掌柜问个究竟，毕竟张掌柜收了咱的钱，他半路上不跟咱合作，他心里肯定有愧。"

"中，魁，咱不走了，咱抓紧找张茂源去。"

郑英魁、赵家义和张铁锤雇了两辆马车，买了些礼物，装在木匣子里，由张铁锤提着。然后从张茂源货栈的伙计那里打听了去张茂源老家的路咋走，然后，郑英魁再三交代逮广汉看好船，以防有人哄抢棉花，并交代说如果天下雨了，把棉花盖好。然后，几个人沿着乡间土路一路颠簸找张茂源打探消息去了。

2

张茂源家离县城不远，就在南边的十里铺村，这个村地处泾阳县的泾惠渠附近，地势低洼潮湿，一路上到处都是白茫茫的盐碱地。

郑英魁一行来到十里铺村，已是中午时分，村头大柳树下有十几个庄稼汉端着大黑碗，蹲在地上吃饭，还有的老者懒洋洋地躺在土墙根儿一言不发地望着远方，几个小孩儿脱下衣服忙着低头捉虱子。见郑英魁他们来了，都好奇地打量着这几个外乡人。

在陌生人跟前打人场还是赵家义在行，赵家义生得一张好嘴，看见村头这帮人，他弯腰打躬走上前，见这帮人中间坐着一个老者，他满脸赔笑地对老者说："爷儿们，正喝汤啊？"

"啊，喝汤？喝啥汤？没有喝汤，正吃馍呢。"

"噢，对不住爷儿们，正吃饭呢？"

"啊，可不是正吃饭吗？听您口音像是河南人。"

"俺是河南来的，敢问张茂源家在哪儿住？"

"找张茂源？他上地里刮盐土去了，还没见他回来呐。"

"刮盐土了？他不是收棉花的吗？"

"他不收棉花啦，回来刮盐土了，这人啊，就是要钱不要命，净知道挣钱，一会儿都歇不住，连吃饭的空儿都没有。"

"爷儿们，他去哪儿了知道不？"

"这事儿不好说，刮盐土没个准地方，哪儿的盐土多到哪儿去，不过，大晌午了，他再舍命干活儿也得吃饭，估摸着快回来了，您就等他一会儿吧，他准从这村头过。"

赵家义看看郑英魁，郑英魁说："咱就等他一会儿吧。"

于是，郑英魁、赵家义和张铁锤就蹲了下来，跟村头的这些泾阳人聊起来。

话头先从刮盐土说起，十里铺村的人说起刮盐土，倒引起了郑英魁的兴趣，他想，做生意就得有个生意脑子，时刻寻找生意门路，还得有个生意眼，能看出什么挣钱什么不挣钱。

郑英魁问道："爷儿们，刮盐土咋整呀？"

十里铺村的人一看郑英魁一脸木讷相，外穿粗布大衫，脚蹬方口黑布鞋，穿戴跟个庄稼人一样，就打消了顾虑，有人就跟郑英魁吹起来，说："刮盐土是个体力活儿，俺这儿的人都不干，说起来还是你们河南逃荒来的要饭的才干那活儿。从地里挖些盐土，拌点儿草木灰，放到瓦瓮里，加水过滤，淋好的硝水倒入大口铁锅里，烧火加热几个时辰，硝水变稠了，锅里就有硝盐出来了，这时候，火要停，把硝盐捞出来放到铺白布的筛子上，用清水冲两三回，除掉盐里的硝水，再把冲洗干净的盐放到铺好的干草木灰上，等半天光景，盐里的水渗光，就成白花花的硝盐了，就能吃了。"

"原来如此。"郑英魁点点头。

"兄弟，硝盐出来后，剩下的黄硝水扔了就可惜了，还能提硝。把硝水加热烧开，再放些草木灰，等火停了，晾个半天，锅边上就有毛硝出来了，用清水把硝加热化开，除掉杂质，就成硝了。"

"您这儿一天能出多少盐、多少硝？"

"俺这一片儿一天出盐三百斤，出硝四千斤。"

"都卖哪儿了？"

"盐，我们这片儿的人都用了；硝，运到河南、山东、山西，运得可广了。"

"爷儿们，我是河南河洛县郑家村的，做生意的，我看这生意不赖，回头你们帮我收盐收硝，咋样？"

"那敢情好，是好事儿，有人买俺的东西是好事，你们还没吃饭吧？"这些人一听有钱赚，格外热情，想起来这几个河南客估计还没吃饭，于是，有人提议给郑英魁他们端点儿饭。

有人回家端饭了，其实，也就是千层大饼加大葱，还有一碗咸菜汤，清汤寡水的，能照见人影。

赵家义悄悄问郑英魁："魁，你还真想买这些东西？这儿的盐哪有山东的海盐好啊？再说了，就他们这点儿盐，值当咱费劲吗？"

郑英魁笑笑说："舅，不说买他们的东西，他们会给咱好脸吗？一说买东西他们才端饭。其实，我也是随便说说，过后买不买再说。"

"好外甥，人小点多，有出息。"

"这不还是跟舅学的吗？"

"中，比你舅我强。"

郑英魁并不打算吃这些人的饭，所以他一再推辞说不吃饭，赵家义也说吃过饭了，几个人正推让间，张茂源从地里刮盐土回来了，他背上背了一袋盐土，灰头土脸的，没个人样。后边还跟着俩后生，郑英魁打眼一看，面熟，在张茂源的店铺里见过，很可能是张茂源的儿子，只是一直没细问叫啥名字。

郑英魁再看看张茂源这个样子，感叹不已，真是个老实人呀，干啥都下劲儿得很，像这种人要是不挣钱，老天爷也不会答应。可眼下，偏偏有这么好的代收棉花的生意，他却不做了，这不是奇了怪了吗？

张茂源看见郑英魁他们在村头坐着，和街坊邻居聊得火热，很是惊奇："咦，郑掌柜你们咋来了？"

"咋着，张掌柜，怪不得你不收棉花了，原来刮盐土比收棉花挣钱多呀，你怪会算计呀。"赵家义打趣地说。

"咳，说来话长，不说了。走，先回家，回家再说，既来了，弄俩菜喝两杯酒。"张茂源说。

3

郑英魁他们告别了村头吃饭的村民，跟张茂源进了家。张茂源家的房舍倒不错，青砖灰瓦、高门楼，与周边邻居低矮的土坯房相比，真有点儿鹤立鸡群的样子。

等郑英魁一行人在堂屋落座后，张茂源吩咐他媳妇赶紧做饭，然后，洗了把脸，换了身干净衣服，这才来到郑英魁他们面前，在门口位置找了把椅子坐下了。

郑英魁指了指张铁锤提的木匣子，说："张掌柜，到你家里来，也没买啥贵东西，有点儿吃食，另给嫂子买了些布料，还给你家带了一百两银子，家里缺啥随便买点儿吧。"

张铁锤把木匣子放在了张茂源面前，张茂源看着木匣子，不住地搓手，说："咦，郑掌柜，你看您几个来就来呗，还恁客气干啥？弄得我都不好意思了，你看这，你看这——"

"没啥，一点儿心意。"

"那好，那好，那我就收下了。"张茂源起身把木匣子提到了里屋。

这时，郑英魁往堂屋外瞅了瞅，见张茂源俩儿子正劈柴火，说："张掌柜，把你俩儿子叫过来一起坐坐说说话呗。"于是，张茂源冲院里喊道："狗娃，猪娃，过来见见你大伯和叔叔。"

被张茂源喊作狗娃和猪娃的两个年轻后生来到堂屋，问："爹，弄啥咧？"

张茂源说："弄啥咧？陪客人说说话。"然后，张茂源朝着郑英魁说："我跟前有俩儿子，大的叫狗娃，小的叫猪娃。狗娃，猪娃，这是您郑叔，是河南老郑家的大掌柜。"

"郑叔好！"俩后生怯怯地说。

郑英魁说："好，坐吧。"

狗娃和猪娃找个凳子坐下了。

张茂源又指着赵家义说："这是您大伯，是跟您郑叔一块儿来的，也是大掌柜。"

赵家义急忙插话说："张掌柜，弄错了，我是英魁他舅。"

"嗨！对了，我想起来了，你是英魁他舅，你看我这人，咦，真是老实头不会说话，乱辈儿了，乱辈儿了。"张茂源拍拍脑袋不好意思地说。

郑英魁说："张掌柜，按胡子长短，我得叫你叔，狗娃和猪娃应当喊我舅个叔，狗娃和猪娃就叫我哥吧，我们是一辈儿。"

"对对对，你看我这人，我这猪脑子就是笨得很，要不我俩儿子，一个叫狗娃，一个叫猪娃，我就是猪狗不如，我就是——"

郑英魁说："没啥，没啥，咱出门在外，各认亲，辈分上论不得真。说实话，张叔，你很有福啊，家景不错，小日子过得很滋润啊。"

"不敢不敢，我哪能跟郑掌柜您比呀，您才是大富大贵之人呢。"

"啥富贵不富贵，家家有本难念的经，没钱人有没钱人的苦处，有钱人有有钱人的难处，挣个钱，天天风餐露宿、跋山涉水，可以说钱财入手非容易，用处当思来处难啊。不过，不管干啥，都得凭自己的双手吃饭，勤俭持家总是正路，钱花着也心安、舒坦，老天爷也会保佑。"

"郑掌柜说得太对了，人活着就得明白这个理儿，靠别人吃饭，那饭不好吃。"

赵家义这时插话了："张掌柜，给我们收棉花，可不是靠我们吃饭啊，你挣的是辛苦钱，你是替我们代收的呀。"

张茂源一愣，接着说："赵掌柜，我不是这个意思，您看我这人就是老实，不会说句话。"

郑英魁接着刚才的话茬问道："张叔，你给我们收棉花，我们亏待你了吗？"

"没有。郑掌柜说哪话来？你们郑家仁义着呢，从不缺斤少两，从不压级压秤，从不赊账不给钱，像你们这做生意的，打着灯笼也难找，跟你们干，心里舒坦着呢。"

赵家义说："张掌柜，老兄，别光说好听的，要论说好听的，我跟你有一比。咱打开天窗说亮话，你倒是说句实话，你替我们收棉花，快收一船了，干得好好的，咋突然就不干了呢？"

"这个……"张茂源说到这里，有些口吃了。

正在这时，张茂源的女人把饭菜端上来了，一盘炒鸡蛋，一盘炒豆腐，一盘炒花生米，还有一盘馒头。

"先喝杯酒吧，大老远的来了。"张茂源起身打开柜门拿出一瓶酒说。

"喝，生意不成情意在。"郑英魁说，"喝，今儿个来到张掌柜家了，得弄两杯喝喝。"

于是，几人也不说闲话了，喝起酒来。不一会儿，就都喝得有些兴奋了。郑英魁一看时机差不多了，这才开始说正经话了："张叔，咱郑家对你咋样？"

"好，得劲得很。"张茂源说。

"那为啥半路上撂挑子呢？"

"这个……"张茂源欲言又止。

赵家义说："张掌柜老兄有啥难言之隐呢？这是在十里铺，是在您家，你还怕啥咧？"

张茂源"咕嘟"喝了一杯酒，拍拍胸脯说："我怕啥？不怕，谁都不怕。我说。"

"喝酒，再喝一杯。"郑英魁、赵家义又陪张茂源喝了一杯酒。郑英魁的保镖张铁锤没有喝酒，他要保护郑英魁呢，他就打下手，倒酒、倒水。张茂源的俩儿子也不敢多喝，也帮着倒酒、倒水，还不时出去一趟端个菜。

张茂源几杯酒下肚，底气足了，说："郑掌柜，这事儿不怪我呀，要怪就怪棉市上的王发财啊，那是棉市当家的，他说句话，整个棉市的商户都得听。"

"是吗？"郑英魁问道。

"你们来做生意，就没有打听打听？"张茂源说。

"我们还真没有打听。"郑英魁故作不知。

"打听他干啥？我们跟县太爷都拉上关系了，县太爷的夫人还是我们河南人呢，我们还会怕他？"赵家义说。

"呃，赵老弟，你别吹了，你可别小看俺泾阳县，那可是藏龙卧虎呀，有本事人多着咧。"

"为啥？"郑英魁问。

"为啥？这泾阳县是好地方呀，有棉花。陕西、山西、甘肃，这几个省哪儿产棉花？只有泾阳这地方有啊，人这一生，吃喝穿戴，保暖挡寒，离了棉花能成？所以，有点儿能耐的商人都往这儿挤。"

"那又咋着？"赵家义说。

"咋着？我给你们说实话吧，不叫我替你们收棉花，这还真不是王发财说的。"

"那是谁？"几个人都停下筷子，听张茂源往下说。

"谁？你们想不到吧，我也没想到，是山西太原府人白青田。"

"一个山西人，凭啥管咱闲事？"赵家义说。

张茂源不紧不慢地说："白青田虽说是山西人，可他在泾阳做棉花生意时间长了，他靠的就是王发财，他跟王发财打得火热。这不，王发财不出面找我说，反而让白青田找我说，不让我再替你们收棉花了。王发财这人精啊。"

郑英魁长出一口气说："张叔，白青田跟你说，其实不还是王发财的幕后主使吗？白青田说跟王发财说不都一样吗？"

"那不一样。"

"咋不一样？"

"王发财从不出面弄事儿，这是他高明的地方。"

"啥样个王发财，非会会他不可。"赵家义说。

张茂源说："王发财这人个子不高，是个笑面虎，是个二锤货。要说起他的来历，泾阳城可是无人不知无人不晓啊。他能成为棉市上的'老大'，没个本事可镇不住的。"

"看来这王发财真的不好惹呀。"郑英魁说，"我们真的大意了，来泾阳这地方没有及时拜码头，事情弄得很被动。"

张茂源说："郑掌柜，你们拜码头也没用。我也看出来了，你们财大气粗，你们来泾阳就是想干大事呢，你们早晚要跟王发财发生冲突，你们合不来，弄不到一块儿。生意场这事儿，不就是这样吗？不是你死就是我活，一山难容二虎啊。"

"那咋办？"郑英魁皱起了眉头，站起来在屋里踱来踱去。

张茂源看着郑英魁说："我也不知道咋办，要知道咋办我就不回老家刮盐土了。我也看了，你们和王发财、白青田这两边的人，我谁也得罪不起，要怪只怪我替你们收棉花，没想到把王发财给得罪了，我见好就收吧，我不干收棉花这行了，等过了这段时间，我准备再瞅个别的生意做。"

郑英魁突然停住了脚步，眼一瞪，伸出拳头在空中，咬着牙对赵家义说："舅，王发财是咱的绊脚石，有他在，咱难在泾阳立住脚。"

赵家义说："魁，先别急，让我想想再说。"

4

告别了张茂源，郑英魁一行人回到了泾阳县城。

这时，天快黑了，阴云密布，没有一丝风。时令虽已入秋，秋后还有一伏，秋老虎很是厉害，天气十分闷热。看这样子，真的要下一场透雨了。

郑英魁不放心一船棉花，与赵家义、张铁锤一起来到了泾河岸边。

船老大逮广汉一直守在船上，吃住不离，还买了些粗布把成捆的棉花盖了个严严实实，见了郑英魁就问："掌柜的，咱啥时候开船呐？"

"这我要问你呀，没有河工，咱这船咋动啊？要知道这样，来时候咱多带几个河工。"郑英魁说。

"是啊，咱来这儿就是探探市场行情，也没想到要收一船棉花，你看眼下这事儿弄的。"逮广汉说。

赵家义说："看样子要下雨了，秋天的雨一下就没头，咱买那布盖得再严实，也经不住雨一直下，棉花非淋透不可，到那时，这一船棉花可就不值钱了。"

郑英魁说："咋办呢？"

"是了，咋办咧？"赵家义这个老江湖也直挠头。

时间在沉默中度过，显得十分沉重。郑英魁从船头走到船尾，再进到船舱，顺手摸摸打包好的新鲜棉花，不住地摇头。

赵家义说："魁，要是咱真的找不来纤夫帮咱拉纤船，要不咱把这船棉花低价卖掉？"

"舅，卖掉？要是早点儿卖还中，可眼下天黑了，好像要下雨，卖给谁？"

"我去试试，咱无非是便宜点儿，自然有人要。"

"中啊，你试试吧。"

赵家义带着俩河工上岸了，不一会儿，垂头丧气地回来了，一见郑英魁就说："魁，真不中，真不中。"

"咋了？"郑英魁问。

"真是邪门儿，大小商户，只要一听咱的河南口音，都不跟咱说话，更别说谈生意了。"

"有恁邪？"郑英魁也吃惊地问。

"是啊，真是邪。泾阳东街棉市上的人好像都认识咱一样，一见咱就躲。"

"舅，强龙难压地头蛇，这回我算是领教了。"

"是啊，魁，我活了大半辈子了，头一回遇到这种事儿，看来泾阳这地方真的是藏龙卧虎，这儿的事不好弄啊。"

"眼下咋弄咧？"郑英魁俩胳膊抱在胸前，望着渐渐被夜色吞没的热闹的泾阳县城和静静流动的泾河水，陷入了沉思——

这时，突然起风了，风骤且猛烈，飞沙走石，惊天动地，一天的乌云霎时烟消云散，夜幕挂上了亮晶晶的星星，刚才还闷热的天气顿时冰凉如水。郑英魁站立船头，任凭夜风吹乱了他的发辫、掀起他的衣角，颇有一种悲壮的感觉。

成群的小鸟仍在河面上翻飞，在风中起舞，远处不知哪个汉子吼起了秦腔——

> 有一个小周郎奇才能干，
> 差鲁肃过江来曾将亮搬。
> 过江去会事厅议论不安，
> 三两句问得他闭口不言。
> …………

悠扬高亢的秦腔在天地间随风回荡，惊扰了河上的小鸟飞向远方，郑英魁突然想到了唐玉楼，是啊，唐玉楼在哪里？是不是托人去找他一趟？告知他自己的难处，说不定他能助自己一臂之力。可是，远水解不了近渴，眼下，天公不作美，自己这一船棉花危在旦夕，谁能解自己的燃眉之急呢？

夜风越来越大了，郑英魁站立的太平船不住地晃动，而唱秦腔的人似乎越唱越有劲儿，只听那秦腔吼得更加高昂激越、畅快淋漓——

> 南屏山借东风草船借箭，
> 烧曹兵八十万一火皆燃，
> 为江山我也曾南征北战，
> 为江山我也曾六出祁山，
> 为江山把黄盖两腿都打烂，
> 为江山气死了周瑜少年，

为江山我也曾西城弄险，

为江山把亮的心血劳干

…………

"这是唱的哪一出呢?"郑英魁自言自语道。

赵家义也是个戏迷，也为秦腔所打动，听到郑英魁这一说，插话道："这是《火烧葫芦峪》一出戏呀，唱的是诸葛亮六出祁山，司马懿屡败，不敢出战，诸葛亮乃于上方谷中设柴草硫黄引线，命魏延诱敌。司马懿父子欲劫粮草，误入谷中，魏延即发动火攻，堵住谷口，将司马父子困于谷中。正当危急之际，忽天降大雨，浇灭柴火，司马父子死里逃生。亮又使人送胭粉钗裙令其穿戴，以激辱之。司马懿将计就计，着女装前来蜀营拜台，以气诸葛亮。"

"火攻。"郑英魁突然说道。

"火攻?火烧新野，火烧赤壁，火烧葫芦峪，火烧——"赵家义不再往下说了。

"对，火攻，演一出苦肉计，就是这样。"郑英魁激动地说。

"魁，你说啥呀?"赵家义佯装不知。

"舅，用火，你看咋样?"

"啥火?"

"舅，你看——"郑英魁趴在赵家义的耳朵上悄悄说了一阵。

赵家义打量了郑英魁一番，好像不认识似的，说："魁，这《孙子兵法》《三国演义》和《三十六计》你是没白看哪。"

5

这天晚上，郑英魁家的太平船竟起火了，郑家的河工跳到岸上大呼小叫喊"救火"，虽然泾河岸边停泊有不少船只，有不少船工在船里休息，但没人出面相救，很多船工都站在船上观望，泾河岸上的商家伙计也披着衣服出了店铺，站在岸边看热闹，就是没人出手相助。

风借火势，越烧越大，越烧越旺，浓烟滚滚，火光冲天，熊熊燃烧的大火映得泾河水面耀眼通红。没多久，一船棉花竟被烧得一干二净，连太平船也烧成灰炭。

河南河洛县郑家的棉花船被人烧了，这事儿在泾阳东街棉市上立即传得老少皆知。这是谁干的呢？杀人放火，那可是大罪一条呀。谁干的？泾阳东街棉市上的人都猜想准是王发财，这事儿除了王发财别人干不出来，也不敢干。而且，这些船长、商铺的掌柜都知道，王发财曾经派人给他们挨个捎过信，不准沾郑家的生意，不准帮郑家的忙。你说，郑家的棉花船被烧，出了这么大的事，这不是王发财干的还能是谁干的？

第二天天刚蒙蒙亮，郑英魁就带着赵家义、张铁锤、逮广汉到泾阳县衙找知县魏保民的夫人了。

魏夫人刚起床，有衙役来禀报，说河南河洛县郑掌柜求见夫人，有要事禀报。魏夫人洗漱完毕，就吩咐郑英魁等人直接来到后院。

知县魏保民对夫人言听计从，如今听说夫人老家姓郑的又来了，急忙安排衙役们端茶倒水，悉心伺候。

郑英魁等人来到后院，魏知县和夫人端坐在八仙桌两边的太师椅上。郑英魁等人来到后，向魏知县和夫人请了安，魏知县说："看座。"

几个人坐下了。

魏夫人问："郑掌柜今天一早就来，所为何事呀？"

郑英魁说："大人，夫人，不是迫不得已，不会来打扰您的。我在泾阳县收了一船棉花，结果昨晚被人给点火烧了，俺是外乡人，初来乍到，人生地不熟，无所依靠，只有找大人和夫人帮忙了，请求把这个案给破了，把凶手抓住。不然的话，俺在泾阳站不住脚啊。"

"有这事？"魏知县大吃一惊，转念一想，说，"不太对呀，在我这泾阳地面上，谁有这么大的胆子呢？一船棉花，可不是小数目呀。你们初来乍到，跟谁结下冤仇了呢，竟然下手这么狠。"

"是咧，俺刚来，也没有得罪什么人，谁下手这么狠呢？"

魏知县"嘿嘿"一笑，说："你们不是船工打火镰不小心失火的吧？"

"大人，俺的船工都是精挑细选选出来的，还经常给他们讲防火的事儿，他们不会做这事，我也都问过了，断无此事。"

"我听说棉花也会自燃啊。"

"大人，棉花自燃的原因不是火，而是水。要是收棉花时收了没有晒干的棉花，或者防范不严进了水，湿气出不去，就会捂热，热到一定时候，就会自燃。俺是干这的，懂这个隐患。我们收棉花时不干不要，棉花打成包放在船里，都盖得严严实实的，进不了水。自燃这事儿不会发生。"

吃人的嘴软，拿人的手短，夫人五十大寿时，郑英魁送了重礼，魏夫人记忆犹新，现如今，人家有难找来了，而且这事儿又是举手之劳，破案本就是知县分内之事，为何不顺水推舟做个人情呢？于是，魏夫人说道："老爷，郑英魁他们是俺的老乡，在咱眼皮儿底下做生意，有人竟敢欺负咱老乡，打狗还要看主人呢，这不是欺人太甚吗？依我说，咱就好好查一查，看谁吃了熊心豹子胆，给他点儿颜色看看。"

"对，夫人所言极是，我这就派人去查，不过，放火这事儿，很不好查，因为所有的印迹都可能被大火一烧了之。不过，你们放心，即使查不出来，也得替你们出出这口恶气，让那些与你们作对的人看看，再出啥孬点子，有他好瞧的。"魏知县理直气壮地说。

"谢谢大人！多谢夫人！"郑英魁说完，示意赵家义呈上一百两银票，然后告辞了。

6

在回客栈的路上，逮广汉问："掌柜的，你施这一计不会露馅吧？"

赵家义也问："魁，你这一计可是有点儿冒险啊，万一魏知县查出是咱放的火，弄咱个诬告罪、放火罪，咱可吃不了兜着走啊，偷鸡不成反蚀把米啊。"

郑英魁哈哈一笑，说："你们都想多了，我观察了，魏知县可不是个糊涂虫，他的脑子聪明着呢，也许他已经知道这火是咱放的了，但是，看透不说透。你以为他会去真查吗？他不是说了吗，放火这事儿是很难查的，他之所以要查一查，是虚张声势，目的就是吓唬吓唬那些人，让他们以后小心点，不要再找咱的事儿了，否则的话，他魏知县是跟咱站在一起的。把这事儿挑明了，咱的目的就达到了，他的银钱也到手了，两全其美，何乐而不为呢？"

赵家义说："魁，看来我这'小诸葛'徒有其名，你才是真正的'小诸葛'呀，厉害！厉害！不过，不知道王发财和白青田这俩小子这会儿咋想的，会不会幸灾乐祸呢？或者正喝酒庆贺呢！"

"舅，让他们先高兴着吧，以后有他们好戏看。"

"嗯，就是这一船棉花烧得有点可惜。"

"有啥可惜的？不扎本难求利，舍不得孩子套不住狼。天要下雨，咱这船棉花眼看就保不住了，反正是个保不住，干脆就破釜沉舟，咱来个苦肉计，自己把自己的棉花给烧掉，一般的人断不会想到是咱自己放火烧的棉花。等魏知县派人大张旗鼓地查验一番，让泾阳全城人都知道，以后谁再跟咱作对，这放火的罪名他们就跑不了，也让大家都知道，魏知县是咱的人，是给咱撑腰的，不要欺人太甚，这不就妥了吗？"

"魁，下一步咱咋办？"

"舅，你是'小诸葛'，你能不知道咋办？"

"真不知道。你是'小诸葛'，你说咋办？"

"装吧，舅，你还给我弄这咧？"

"弄啥咧？"

"咱赶紧找人租房子，租他二十间，要是东街房子紧张，就在南关租房子，大张旗鼓地干一番。"

"中，我也是这样想的。"赵家义说。

"我就说俺舅这个'小诸葛'名不虚传吧，你咋会想不到这一层？"

"中啊，魁比我强，小小年纪就有这么大的胆量、气度，关键是这个狠劲，以后可不得了哇！"

"舅，我听人说，量小非君子，无毒不丈夫，原来还不知道是啥意思，这段时间，我算是想明白了，别管是当官还是经商，没有个狠劲儿是不中的。"

"对，能下得去手才会赢。唉，我这辈子，就是吃这亏，我的脑子也管用，点子也多，要不人家咋喊我'小诸葛'？可是，我能想出来却使不出来，狠不下心，下不去手。为啥有些人一辈子只能当军师、当师爷，却当不了大元帅呢？其实，那些主意都是他们想出来的，但他们就是心软、心小，做不出来。我算是看透了，我是干不了大事情了，只能是'小诸葛'，而不是'大诸葛'。"

"舅，人不能啥好处都占完。像你，脑子管用，你要是再心大、心硬，那你就不得了了，还有别人的活路没有了？"

"对，是这个理儿。"

郑英魁扭头看了看逮广汉，逮广汉说："掌柜的，您有何吩咐？"

"咱的船也烧了，你在这儿暂时没啥事儿，我一会儿写封信，你带着信回河洛县老家一趟，见到我娘和王文镜先生，就说咱在泾阳认识了知县大人魏保民，魏知县很支持咱，咱要在泾阳扎下根，要大批量收购棉花，让他们把银子备足，你带剩下的九条太平船过来，船上装满粮食，船先停到咸阳，然后，再一船一船地往泾阳运，先卖粮食，再买棉花。"

"魁，你这又是唱的哪一出儿哇？"赵家义插话问道。

"舅，你别明知故问了。"

逮广汉说："中，掌柜的，我马上坐船回去。"

"你要带大批货物来泾阳，我怕路上不安全，让铁锤跟你回去。"

张铁锤说："掌柜的，我不在您身边，您自己在这儿中吗？"

"不是我自己，还有俺舅当保镖呢。"

赵家义说："魁，我给你出个主意还中，当保镖那不是开玩笑吗？"

"舅，只要脑子管用，啥事儿都好办。"

赵家义说："还是不一样。"

逮广汉说："掌柜的，让铁锤在这儿陪着您，我到河洛县后，再找镖局给咱护镖，你看中不中？"

郑英魁说："没必要吧，我一个大男人谁还能把我咋着？"

赵家义说："魁，你不是一般人，你是郑家掌柜，你比我们都主贵，你得保护好自己。"

张铁锤说："掌柜的，还是让我留下来陪您吧。"

逮广汉也说："掌柜的，还是让铁锤留下吧。"

赵家义说："魁，那样吧，我和广汉俺俩回河洛县，你和铁锤留下。这样安排中吧？"

三人眼巴巴地看着郑英魁，郑英魁想了想，说："那中，就按你们说的办吧。"

7

赵家义和逮广汉他们回河南河洛县了，郑英魁带着张铁锤东转转西瞅瞅，越转越觉得泾阳市场的重要。秦川大地，物华天宝，人杰地灵，要不，为啥那么多皇帝要在陕西建都呢？而且河南、山东逃荒要饭的都往陕西跑，而泾阳是陕西商人的大本营，要往西做生意，必须落脚泾阳。

这天一大早，天刚亮，郑英魁又带着张铁锤来到了泾阳东街棉市上，刚走到街口，就见一群人在吵吵闹闹。郑英魁和张铁锤不由围了上去。只见一群人中间，一个瞎了一只眼、满脸横肉、肚子鼓圆的壮汉正用皮鞭使劲儿抽打一个身材单薄的姑娘，姑娘看起来有十七八岁，长得是如花似玉，一双大眼水灵灵的，却不住地流泪。

壮汉每抽打姑娘一下，姑娘就哆嗦一阵，身上的衣服已被抽烂了，露出道道伤口，姑娘哭着说："大爷，求求你饶了俺吧。"

壮汉边打边说："我饶了你，我回去就得饿肚子、喝西北风。识相点儿，快跟我走！"

郑英魁见此情景，悄悄问身边的一位老者："大爷，这壮汉是弄啥咧？"

老者一听，左右看了看，见没人注意，悄悄说："年轻人，一听口音你就是外地人，告诉你吧，这壮汉是泾阳城怡春院的打手，叫牛键，打架打瞎了一只眼，人送外号'独眼龙'，凶着咧，心狠着咧，可不敢管他的闲事。"

老者这一说，郑英魁内心一股侠义之气油然而生。虽然爷爷曾多次劝他少管闲事，可是他心善，最看不得世上的不平之事，加之有张铁锤在后边跟着，他底气很足，于是大喊一声："住手！"拨开人群，来到"独眼龙"跟前。

"独眼龙"见有人管闲事，上下左右打量了一下郑英魁，但见郑英魁年轻英俊，一身凛然之气，只是穿戴打扮很一般。这"独眼龙"以貌取人，便有些瞧不起郑英魁。见郑英魁来到面前，举起皮鞭在空中晃了晃，对郑英魁说："从哪狗窝爬出来的浑小子？你是哪根葱？这儿没你的事，趁早爬蛋，小心我的皮鞭不长眼，抽死你喂狗。"

张铁锤听"独眼龙"这样辱骂郑英魁，不愿意了，一跃而起，飞到空中，在落地的当口，伸腿一蹬，踢在"独眼龙"的脑袋上，"独眼龙"猝不及防，应声倒地，半晌没有回过劲儿来。待他看清面前站着一个跟他一样的壮汉时，知道遇到了对手，不过，他并不服气，一个鲤鱼打挺，翻身跃起，伸腿向张铁锤的下身玩命踢去，哪晓得张铁锤很是机灵，闪身躲过，又飞转身伸出右腿向"独眼龙"的头上踢来，这一下又把"独眼龙"踢倒在地，张铁锤不再给"独眼龙"以还手之机，紧接着，左脚踏在"独眼龙"的胸脯上，伸出两只铁拳晃了晃说："小子，我叫张铁锤，我的拳头就是铁锤，你想尝尝啥滋味儿不？告诉你，一拳下去，叫你俩眼都瞎，叫你脑袋开花。"

一旁围观看热闹的都在起哄："打！打！打！"

郑英魁拦住了张铁锤，说："铁锤，得饶人处且饶人，咱与他前世无怨后世无仇，先问问他咋回事。"

张铁锤又晃了晃两只拳头说："小子，俺掌柜的心善，不跟你计较，要不是俺掌柜的说情，我今儿个就要了你的小命，明年的今天就是你的忌日。"

　　说完，张铁锤气呼呼地站一边了，"独眼龙"站起来，揉揉腰，拍拍屁股，问："敢问好汉哪里人氏?"

　　张铁锤说："少废话，哪里人，是你小子问的吗? 还想报仇吗? 告诉你，你敢来，来一个灭一个，来俩灭一双。"

　　郑英魁说："我来问你，你打人家小姑娘干啥?"

　　"独眼龙"说："好汉，我是怡春院看门的，这死妮子是俺怡春院里的姑娘，有客人看上她了，点名要她，俺掌柜的叫我带她去，她走到半路竟然不走了，不打她打谁?"

　　"人家要是不想去，就别勉强嘛。"郑英魁说。

　　"好汉，你说得好听，我也是有家有口的，给人家看门护院混碗饭吃，她不去，我回去咋交差? 俺掌柜会饶了我?"

　　郑英魁低头看看蹲在地上浑身颤抖的姑娘说："姑娘，既然干了这一行，就得按这行的规矩来，为啥不想去呢?"

　　郑英魁这一问，问到了姑娘的伤心处，姑娘嘤嘤哭起来，哭得梨花带雨，却很惹人怜爱。

　　姑娘说："大哥，恩公，说来话长，我本官宦人家小姐，名唤梅儿，只因家父被人陷害，打入大牢，家业被抄，我被卖入青楼，进了怡春院，我誓死不接客，没少挨打，我以死相逼，这才保全身子至今。可是，有个卖棉花的王掌柜指名要我当小，出大价钱赎买我，怡春院的妈妈看我不接客，挣不了啥钱，就做个顺水人情把我卖给了王掌柜，今天一早就要把我送到王掌柜家，我不去，这个人就打我。我的命咋恁苦呀?"说完，又哭了起来。

　　郑英魁又仔细打量了一番这个姑娘，只见她身段高挑，皮肤嫩白，五官精致，气质高雅，郑英魁不由心中一动，他郑英魁虽说家资不菲，可毕竟常年窝在河洛县的小山沟里，哪见过这么水灵、这么清秀的女子? 王妮儿虽也长得不错，可到底是乡下的姑娘，跟眼前的这个姑娘真的没法儿比，郑英魁不由得心神恍惚，平时读的什么理学，平时念念不忘的"存天理，去人欲"这会儿也不灵了。他不由轻声问"独眼龙"："你把这个姑娘送给哪个王掌柜?"

　　"哪个王掌柜? 泾阳城赫赫有名的王发财，家里弟兄五个，五大弟兄，厉害着呢。""独眼龙"得意扬扬地说完，又看看张铁锤，意思是说你们还是趁早放手吧。

张铁锤又把拳头举得高高的："啥五大弟兄？看我不搂翻他？"

郑英魁瞪了一眼张铁锤，说："铁锤，少废话。"紧接着，又对"独眼龙"说："那样吧，你领我去你们怡春院，王掌柜不是有钱吗？不是舍得花大价钱吗？我比他出得更多，我替这姑娘赎身。"

张铁锤一听这话愣住了，他拉一拉郑英魁的衣袖，说："掌柜的，郑家的家训你忘了吗？存天理，去人欲，勿嫖勿赌勿纳妾，你天天跟我讲这个，你今儿个这是咋了？"

"铁锤，你不用管。"

郑英魁说完，示意"独眼龙"在前边带路。"独眼龙"不傻，他知道，把郑英魁领过去见老鸨，他就可以解脱了，再者说，到了怡春院，打手们多得很，对付这俩人还是不在话下，到时候，也顺势出出这口恶气。因此，他一脸得意，高兴地拍打拍打身上的尘土，整整脑后盘着的长辫子，领着郑英魁向怡春院走去。

8

到了怡春院，天已大亮，可怡春院一片死寂，过夜的嫖客搂着姑娘们还在睡觉，怡春院的老鸨倒起得早，她委派"独眼龙"把梅儿送给了王发财，除去了她一块儿心病，这时她正摇头晃脑、瞪眼张嘴、伸胳膊踢腿放松身体呢。

她名唤春芳，经营怡春院也有年头了，想当年，只因父母双亡，她被族人卖到怡春院，那时她才七岁。她卖的价钱是死契，所谓死契，就是终身为怡春院所有，死活与父母家人无干。与死契相对的是活契，就是在卖身字据上写明身价数目及卖身年限，到期可以原价赎回。她无父无母，加之死契比活契卖的价钱高，所以她的族人把她卖成了死契。

她被怡春院收养后，习以诗书，教以弹唱，懂得青楼种种规矩，如未破身的女子叫青倌，已破身的女子叫红倌，头上插一朵红花的女子叫欢喜花，只卖艺不卖身、陪达官显贵出去吃饭叫饭局，出去弹唱叫堂会，出去卖身叫出条子，嫖客到怡春院嫖宿叫住局。天长日久，她对怡春院的行话倒背如流，像八大块：龙不叫龙，叫海条子，虎不叫虎，叫海嘴子，梦不叫梦，叫幌晾子，灯叫亮子，桥叫海空子，塔叫椎子，鬼叫倭罗子，哭叫撇苏。还有七十二小块，头叫顶壳子，头发叫苗子，眼叫槽子，眉叫高吊子，牙叫财，嘴叫合子，脸叫桃，舌叫鱼等。如果忘了行话说了原话，叫作犯块，那就是一天不顺，要么没生意，要么有客也出乱子，必须立即拧自己耳朵，连吐三口唾沫，或撕破衣角、摘掉衣扣，这叫破块。

一天天长大后，她出落得沉鱼落雁，举止大方，言谈文雅，可谓红极一时。可时，青春易老，眼看自己一天天变老，长期处此孽海，她也深深地忧虑：似她们这些误入青楼之女子，好一点儿的结局就是遇到个好人家从良当妾，否则的话，年老色衰，落得一身脏病，即使再涂脂抹粉、倚门卖笑，也没有人搭理，到那时只有苟延残喘，等死后苇席一领，裹其尸骨，葬于乱坟岗，被狗啃鹰叼，了却一生孽债。

她曾经遇到过一位赶考路过的病书生，长得是眉清目秀、玉树临风，她喜欢上了他，倒贴钱把他养在青楼，等穷书生身体养好后，她又送他银两让他到京城赶考。书生与她私下相约，中与不中都要回来找她，结为夫妻。可是，书生一去不复返。她天天想，月月盼，终于在三年后的一天，一位官差来到了怡春院，要见她春芳。这时，她才知道，书生已经中了榜眼，外放到江南为官，书生派官差送给她两万两纹银，让她从良，另谋正经职业聊以为生，同时，书生寄给她一首词《别春芳》：

> 春尽红褪，柳垂黯芳，空忆昔年模样。女子情痴，书生肠热，曾结鸳盟一场。怡春楼说项，爱怜孤苦，慈悲收养。怎料及官袍加身，逐不出闲言辱门孽障。望宦海茫茫，巫山青青，难达平生愿想！不叹人谋怅然，只恨世间九流在，一盏芙蓉，两行热泪，情路断人肠。掬一把酸辛，听荒冢鬼哭，声声怒持，自肮脏。凭诔词招魂，来生不远，遥祝春生缘分浓，千年阴暗终尘壤。

她看罢，撕碎这首词，急欲上吊自尽。官差急忙拦住了她，后经怡春院老鸨好言相劝，这才认了命，断了非分之想。后来，她用这两万两银子买下了怡春院，当起了老鸨，心也变得又硬又冷。她天资聪颖，颇具经营之方，对外八面逢迎，对内管理严苛。对新买来的女孩儿，首先是祭鞭，拿起用皮条纺的鞭子，内插钢针百余根，针芒露出二分长。夜深人静，让女孩子焚香跪于桌前，桌上供奉着刺猬、老鳖、黄鼠狼、老鼠、蛇等窑子所敬的五大仙牌位，跟女孩子讲规矩，叫作亮底。先晓以大义，如笑贫不笑娼，青楼也是生意，再施以怀柔，说买你来不容易，再继以恐吓，要想违抗或者习鹰（逃跑），必动家法。最后，由女孩子起誓表示顺从为止。要是真有逃跑的，追回后就由打手将其关在暗室，脱去上衣，悬于梁上，用鞭抽打，打得遍体鳞伤为止，但打身不打脸、打后不打前，第二天仍须含笑接客。每逢年节，还要领着所有的青楼女子祭拜青楼的开山祖师爷，乞求生意兴隆、财源茂盛。

如今，她的怡春院果真是生意兴隆，日子过得倒也舒心。可自打买了梅儿后，她还真有些发愁作难。她阅人无数，一看梅儿就知是官家女儿，人长得俊，有教养，说话得体，举止有方，她喜欢上了梅儿。她想靠梅儿挣个大钱，可梅儿死活不从，拿鞭抽，不让吃饭，啥法儿都用了，梅儿就是不从，她又舍不得过分折磨梅儿，正当她一筹莫展的时候，王发财声明要高价买梅儿。双方一拍即合，今天一大早，她就让"独眼龙"送梅儿去王发财家了。可是，眼下，她见"独眼龙"回来了，身后还跟着郑英魁、张铁锤，梅儿也在后边。她满脸诧异，不由问道："牛腱，你、你这是咋回事？"

牛腱说："掌柜的，我正带着梅儿走呢，后边这位掌柜的拦住了，说他要赎走梅儿，这不，俺又拐回来了。"

"放屁，看你个熊样，连这事儿都办不成，真是个废物。一边去，我倒是看看哪位掌柜的瞅上俺家梅儿了？"

这时，郑英魁双手抱拳，弯腰施礼，说道："掌柜的，在下姓郑，刚才我在路上见到你家姑娘，一见钟情，想把她买走，替她赎身，你开个价吧。"

开妓院的只恨银钱少，老鸨一听又有人赎梅儿，心想，这个梅儿还真是摇钱树，怪值钱呢，看来，不能轻易放走梅儿。于是，她晃晃头扭扭腰说："不卖，多少钱也不卖。"

郑英魁说："不对吧？你不是把梅儿姑娘卖给王发财了吗？王发财能买，我为啥不能买？我比他出钱多不就成了？"

老鸨轻蔑地冷笑一声说："少爷，看你还是年轻呀，我实话告诉你，梅儿可不是卖给王发财的，是让他用一天的，你知道一天多少钱吗？"

张铁锤在一旁不耐烦了，上去一把揪住老鸨的衣领，说："你这老妖婆，净说瞎话，再不说实话，我把你的头拽下来。"

老鸨被张铁锤的这一举动吓坏了，不由大喊大叫："哎哟，要杀人了，牛腱，喊上看家的，都给我上，看谁敢到我怡春院撒野。"

牛腱领教过张铁锤的厉害，但是，老鸨发话了，他不敢不听，于是到门房招呼怡春院的看家打手们，提刀拿棍冲了过来。

张铁锤一只手勒紧老鸨的脖子，一只手从后背抽出一把刀，说："让他们滚，不然的话，我要你的命。"

张铁锤劲儿太大了，勒得老鸨脸红脖子粗，上气不接下气，指指牛腱，示意这些打手退下去。

打手们向后退了，但远远站着，并没离开，张铁锤推开老鸨，挥刀向那几个打手冲过去。

怡春院的打手急忙迎战，但他们都是街头的小混混，哪里是张铁锤的对手？张铁锤只三两下就把他们打得抱头鼠窜。老鸨一看这阵势，知道遇到了高人，于是再也没了脾气，央告郑英魁说："好汉，求求你别再找事了，俺做这生意也不容易，你要是真看上俺家梅儿了，俺就给你，行吧？"

郑英魁见好就收，说："掌柜的，咱都是做生意的，虽说发财路不一样，但有一点是相通的，就是都要凭良心做事，什么事儿都不能太过，要留有余地，梅儿姑娘不想接客，就不要勉强她了，她不想嫁人做小，也不要强迫了。你出个价，我今儿个把梅儿姑娘带走，好吧？"

"那好，那好，您出多少银子？"

"你要多少？"

老鸨媚眼一抛，伸出一个手指头。

郑英魁问："多少？一千两？"

老鸨摇摇头说："那能成？至少一万两。"

郑英魁说："掌柜的，你够狠的，一万两？"

"不想要就拉倒，你不要有人要，人家王掌柜也是出的一万两，我把梅儿转让给你，王掌柜还不乐意呢。"

郑英魁心想，好你个老鸨，我是个玩鹰的，我还能让鹰啄了眼？想趁火打劫骗我的钱，没门儿。想到这里，他冷笑一声说："掌柜的，我今天只出一千两银子，多一分钱没有，要是惹得我不高兴了，你一分钱也别想拿到手。"

说完，郑英魁给张铁锤使了个眼色，张铁锤上前一步，双手卡住了老鸨的脖子，像一双铁钳箍得老鸨喘不过气来。老鸨见势不妙，连连求饶，说："一千两，就一千两，我同意，我同意还不行吗？"

郑英魁说："早点儿这样说，不就啥都妥了吗？铁锤，放开她。"

张铁锤松开了手，老鸨大口大口地喘气："哎哟，娘咧，力气咋恁大呀？卡死老娘我了。"

郑英魁从内衣口袋里掏出一千两银票，递给老鸨，说："掌柜的，请收下，人我可是领走了。"

老鸨接过银票，正面看看，反面看看，看完后塞进口袋里，这才说："郑掌柜，待会儿王发财王掌柜派人来找我要人，我就说是你买走了梅儿，他要是不乐意，我让他找你去。"

"那是当然，好汉做事好汉当，我不会让你作难，你就说我是河南河洛县郑家村的郑英魁，就在东街棉市张茂源商铺旁的那家客栈借住，你就说是我把梅儿买走了，有事儿让他去找我，此事与你无关。"

"那敢情好。郑掌柜，您就不怕王发财王掌柜？"老鸨怯怯地问道。

"没有金刚钻，不揽那瓷器活儿。我怕不怕王发财，你就不用管了。"

"我不用管了？他要是找我的事儿咋弄？"

"不是跟你说了吗？有啥事儿你推到我头上就行了。"

"要是王大掌柜不相信咋办呢？"

"这事儿不让你为难，我一会儿带着梅儿大摇大摆地在泾阳街上转几圈儿，让大家伙都知道是我郑英魁领走了梅儿，你不就解脱了吗？"

"那敢情好，那敢情好。"老鸨半信半疑地说。

郑英魁不再跟老鸨纠缠，径直带着梅儿回了客栈。

9

在客舍里，郑英魁看着梅儿，心底激起万丈波涛，他正值青春年少，不可能没有非分之想，虽然理学的道理像金箍紧紧地约束着他，多年来，他也认命知命，心静如水。可是，当他遇到梅儿，这些道理都烟消云散了，他再也止不住心头的欲望烈火。

梅儿弯腰下拜，道了个万福，轻轻说："多谢少爷搭救之恩。"

郑英魁叹了口气说："没啥，请问姑娘你家还有什么亲人吗？"

郑英魁这一问，梅儿掩面哭起来："少爷，实话跟你说吧，家父是陕甘总督勒永的师爷，名讳梅仪封，只因勒永大帅清剿白莲教失利，皇上震怒，将其打入大牢，家父也跟着受连累，一块儿入监。家父出事之后，母亲一病不起，不久就离开了人世，我没有兄弟姐妹，以前的亲朋好友也都不来往了，这才被人贩子卖到青楼，俺一个人无依无靠，在人间漂泊，我的命咋这么苦啊？"

郑英魁听了之后，又叹了口气，说："人的命，天注定，姑娘你的命真不好，着实可怜啊。"

梅儿接着说："如若不是郑少爷及时搭救，俺恐怕早就被那王掌柜糟蹋了，更不知命运如何呢。"

郑英魁说："我娘常说，平安是福，人没事便罢，人要是有了事，才知平平安安活着是多么不容易，是多有福。生命无常，活在这世界上，随时有危险，别看眼下风平浪静，转眼间就是惊涛骇浪，别看表面上平安无事，说不定顷刻间就会灾难来临，平安平淡地活着多么不易啊。"

梅儿听到这里，又嘤嘤哭起来。

郑英魁一阵心痛，看到梅儿，他又想到了王妮儿，王妮儿是个好媳妇，可是，她跟梅儿一比，那就像下里巴人与阳春白雪。梅儿是高贵的梅花，而王妮儿只能算是田头小花儿。想到这里，郑英魁心烦意乱，再也坐不住了，他站了起来，想帮梅儿擦拭泪痕，想拥梅儿入怀，温暖她那颗惊恐受伤的心，可是，他又无奈地坐下了。

程朱理学是一把枷锁，还是一个金箍？或是一座五行山？他想起了爷爷曾说过的话："人活在世上，不同于猪和狗，不能想怎么着就怎么着，不能放纵欲望，不能随心所欲，天理就是规矩，没有规矩，那不就乱套了吗？严是爱松是害，松松垮垮必遭灾。郑家之所以走到今天，福禄绵绵，就是因为一些规矩不同寻常啊，勿嫖勿赌勿纳妾，看似不近人情，却是做人必备，是确保郑家长盛不衰的至理名言和金科玉律啊。"

"别的富家子弟，都是三妻四妾，他郑英魁娶个三妻四妾有何不可？"他又试图给自己找个理由，但爷爷的话又在耳边萦绕："咱郑家之所以不让男人嫖和赌，因为那是败家子所为；不让纳妾，是避免子弟多了离心离德，因为分家产闹得骨肉相残。看看历朝历代皇帝，三宫六院七十二妃，儿女成群，可是为了争皇位反目成仇，这不就是教训吗？弟兄争财家不穷不止，妻妾争风夫不死不止。生为大家族的子孙，就不能跟小户人家相比，想保全郑家家业长盛不衰，郑家子弟就得付出比常人更多的辛劳，忍受常人所不能忍受的苦难，修炼常人所不具备的心性。"

是啊，梅儿如花似玉，像其他富人子弟那样娶回家当二房不算什么大事，可郑家子弟不能啊，这是违背祖训的。为了郑家基业长青，必须忍常人所不能忍。

想到这里，郑英魁双目紧闭，上下牙齿咬得"咯嘣嘣"响。

梅儿害羞地问："郑少爷您怎么了？您哪儿不舒服吗？"

郑英魁微睁双眼，轻轻地说："梅儿，你是个好姑娘，你是天上仙女，误落人间尘埃，我遇到你，是缘，可惜咱有缘无分，我已经有家室了，要不然的话，我就带你回去成亲了。"

梅儿低下头，轻轻地说："郑少爷是我的救命恩人，我落到如此地步，全承蒙郑少爷的好心，眼下我无依无靠，如若郑少爷不嫌弃，俺情愿做妾做小做奴，随时伺候郑少爷。"

"梅儿，不成啊，俺郑家祖上有训，我要不得你。"

梅儿低下了头，说："那俺就做一叶浮萍吧，顺水漂流，听天由命。"

听梅儿如此说，郑英魁更加愁肠百结，不住地长吁短叹。自己断然是不能要梅儿的，可他又放心不下梅儿，把梅儿送到哪里呢？托付给谁呢？

这时，只听梅儿轻轻吟道："君家何处住？妾住在横塘。停船暂借问，或恐是同乡。"

郑英魁一听，知道这是唐朝诗人崔颢的《长干曲》。

梅儿接着说："茫茫人海，浩渺烟波，能与少爷相知，已是梅儿的天大荣幸，可是，俺一想到清风明月，从此两别，俺就心里揪得难受。"

郑英魁听罢此言，痛苦地摇摇头。正在这时，张铁锤推门进来了，大着嗓门喊道："掌柜的，该吃午饭了。"

郑英魁看看张铁锤，再看看梅儿，灵机一动，对，张铁锤还没成家，人也老实可靠，还有一身好武艺，能保护好梅儿，要不就把梅儿送给张铁锤吧，这样自己也安心了。另外，他还想起爷爷曾经给他说过的一番话："人生在世，山大沟深，涉水尤险，虎患成灾，行路艰难，对下属不可过行琐责，要御之以礼、抚之以恩。"是啊，帮张铁锤找个媳妇儿，就能牢牢拴住他的心，一举两得的事情，何乐而不为？

于是，郑英魁对张铁锤说："铁锤，我知道了，你先出去吧。"

张铁锤瓮声瓮气地说："中！"

张铁锤出去了，郑英魁问梅儿："梅儿，你觉得刚才那小伙子咋样？"

梅儿多聪明啊，一听就知道郑英魁是啥意思，她眼含热泪说："是不错的，要是认作哥哥就心满意足了。"

郑英魁听出了梅儿的弦外之音，梅儿看不上张铁锤，他叹了一口气，说："梅儿，既然你不愿意，那你就先住在这客栈里吧，哪儿也不要去。等我办完事回河南河洛县的时候，你随我一同回家，先住在我家，等你有了意中人再说。"

"那嫂嫂岂能同意？"

"不碍事，有我解释。"

"谢过郑少爷。"梅儿深深地道了个万福，郑英魁则痛苦地转过身去，大喊一声："铁锤，过来！"

张铁锤应声进来了，着急地问："掌柜的，有事儿吗？"

郑英魁无力地坐在椅子上，说："铁锤，你带梅儿去休息吧，把她另外安排个好一点儿的离咱近一点儿的房间，招呼好她，不能让她有任何闪失，知道吗？"

"好咧！"

"等咱的船回老家的时候，把梅儿送到郑家。"

"送到郑家？"张铁锤问。

"是啊，不要想那么多，我是说把梅儿送到郑家，让她伺候老太太。"

"噢，当丫鬟啊。"

"胡说，什么丫鬟不丫鬟的？今后见了梅儿，不准这样叫，叫妹子，知道吗？"

张铁锤见郑英魁发这么大的火，心里好生奇怪，郑英魁平时是很温和的人，今天是怎么了？莫非跟这梅儿有关？

张铁锤不便多想，领着梅儿出去了，把梅儿安顿好，张铁锤又来到郑英魁的房间，试探着问："掌柜的，梅儿是个好姑娘，其实她跟您非常般配，要不，您就把她收留了吧，我回去给老夫人说。眼下当官的、有钱的，谁不娶个三妻四妾的，说实话，您郑家这规矩定得也太不近人情了，也该改改了。"

张铁锤刚说完，郑英魁就双眼圆睁，训斥道："胡说，郑家的事岂是你能乱讲的？"

张铁锤知道自己说错了，急忙跪倒在地，说："掌柜的我说错了，我说错了。"然后，"啪啪啪"打了自己几个耳光。

郑英魁说："起来吧，你说的话也没错，郑家的规矩是严了些，不过，郑家撑了这么多年，靠的就是理学治家，郑家子弟要想成才，必须谨记这三条：不嫖是对的，多少浪荡少爷因为女人而不思进取、败家毁业；不赌，更没错了，再大的家产，只要沾染上赌博的恶习，一夜之间，就可能家产赌尽，凡赌必败是亘古不错的道理；勿纳妾也有道理，多少人家庭失和都是因为妻妾成群、分家不公、离心离德造成的。要说呢，树大分权，人多分家，这也是没办法的事，可是，正因为分家，各支脉盛衰不一，才造成了富不过三代之说。常言说，父子竭力山成玉，弟兄同心土变金。有妻有妾，异母兄弟，难免各自打算，家业只有分崩离析。知道吗铁锤？"

"掌柜说得是，您考虑长远，看得真看得透，我是个粗人，啥都不懂，真的混账。"张铁锤说。

郑英魁转身来到窗前，看着蓝天下缓缓游动的云朵和高空飞翔的一队队小鸟，若有所思地说："铁锤啊，我们郑家老祖宗定的规矩，其实我原来也不明白，觉得人生在世，不就是图个快活吗？不准这不许那，活着还有啥意思呢？其实，我越活越明白，老祖宗那是用心良苦啊！说实话，我生在福窝里，多少人都羡慕，其实，我的难谁知道？我心里的压力谁知道？那些要饭的，苦是苦了，可是，走到哪吃到哪，大路边随便一躺，就睡着了，没人找他的事，心里多清净。我活着，唉，都说有钱人有福，其实，各有各的难处，爷爷和父亲突然间相继离世，这么大的家业交到我的手上，我身上的担子千斤重啊，我的身子骨猛然承受不了哇。勿嫖勿赌勿纳妾，真真温柔乡是英雄冢，商纣王因为苏妲己，吴王夫差因为美女西施，董卓因为貂蝉，唐玄宗因为杨玉环，都惹得民怨沸腾、国破家亡，吴三桂因为陈圆圆冲天一怒，引清兵入关，这些虽说都不能怨女人，但如果不是这些男人沉迷美色，他们能落得如此下场吗？作为一个男人，必须有大志向，而想成大事，必须控制自己的欲望，严于律己，绝不能耽于儿女情长，必须斩断情丝，否则的话，必为欲望所累，玩物丧志就是这个道理。我只有严格要求自己，以百倍的毅力管住自己，才能挑起重担，延续家业啊。"

张铁锤听了这番话，心想，郑掌柜今儿个是咋了？咋这么反常？他平时不爱说话，今儿个话咋怎多？还胡言乱语、大发感慨。嗯，想必是梅儿动了郑掌柜的心，郑掌柜被这梅儿迷住了，乱了心智，神魂颠倒，一时昏了头。看来英雄难过美人关，虽说郑掌柜平时不近女色，看来也只是没遇到意中人，真的遇到意中人，他也会发迷啊。不过，张铁锤怎么也闹不明白，既然郑掌柜那么喜欢梅儿，为啥不把梅儿给收了呢？到手的美女却不碰不摸，他张铁锤实在想不明白。不过，掌柜就是掌柜，人家自有人家的想法，他张铁锤一个粗人永远也明白不了人家大掌柜的想法。张铁锤想到这里，竟也叹了口气，语无伦次说起来："掌柜是大弄家，我算是服了。跟着郑家干，是我这辈子最大的造化，要我替掌柜死，我半个不字都不会说。"

10

王发财在泾阳县可是个知名人物，年轻时除了个子有点儿低，没有啥毛病。他小时候弟兄们多，家里穷，没上过几天学，就开始在泾阳县担挑卖货，走乡串户，赶集赶会。他爹还脾气暴躁，说打就打，说骂就骂，加上继母的虐待，他对家心生恐惧，一怒之下，不再回家，外出流浪去了，后来跑到陕北落草为寇干起了打家劫舍的勾当。他刚入伙，土匪头子为了考验他，折磨得他死去活来。王发财事后说："我是拿命入的伙，这命来得也太不容易了，以后我就是一泡臭屎也得发发热。"

王发财是个能人，进村绑票撂扇子（黑话，开门）的事儿，他冲在前边，可是，掰花子（黑话，分钱）的事，他却让给别人。他常说的话就是：有千里朋友，才有千里威风，要有作为，就要讲绿林规矩、讲义气。所以，他很快就成了土匪窝的二当家的，后来，土匪头子在一次抢劫中被打死了，王发财就成了老大。

不过，后来官兵围剿，把他的人打得七零八落，这帮土匪从此散伙了。王发财手里攒了不少钱，就偷偷溜回泾阳，在泾阳东街开了个棉花店，很快就成了棉市上一霸。靠金钱开路，他跟泾阳县的知县魏保民的关系也很熟络，他家弟兄又个个如狼似虎，他黑白道通吃，在泾阳县城跺跺脚都会震三震。

本来他的小日子过得很悠闲，棉花生意做得风生水起，但是，自从河南的郑英魁来收棉花，他就再没心静过。

河南河洛县的郑家是大户人家，他王发财听说过，既然郑英魁敢来泾阳收棉花，而且还不找他拜码头，看来，来者不善，是要跟他王发财一决高下了。

王发财先是让白青田给替郑英魁收棉花的张记花行的张茂源捎了话，以后不准再替郑英魁收棉花。这个张茂源倒很识相，果真不再替郑英魁收棉花了，而且还卷铺盖回老家了，至今也没见他的影儿。王发财这还不算，紧接着又找人告诉泾河边的那些河工，不准替河南来的郑家干活儿，使得郑英魁收了将近一船棉花，船却开不了，没人替他拉纤。他正暗自得意，正想看郑家的笑话呢，郑家一船棉花却在一夜之间烧为灰烬。这事儿是谁干的呢？莫非这是天意？是老天爷帮自己的忙？王发财寻思了半天，也只有这样想了，总不会郑英魁自己烧自己的棉花吧，那一船棉花，都是白花花的银子换的呀。又或者是谁跟郑家有仇？但郑英魁这小子初来乍到，应当没有仇家，至于生意上的竞争对手，除了他王发财，不会有第二个人，因为泾阳棉市上的生意人都是小本生意，都是赚个辛苦钱，谁会有怎大的本事与财大气粗的郑家顶牛呢？

王发财心存疑虑，静观其变。不久，就有下人禀报说，郑家报官了，说有人烧了他的棉花，泾阳知县魏大人受理此案了，而且大动干戈，非要查出谁是纵火犯。王发财好生奇怪，到底是谁干的呢？正在他疑惑的时候，知县魏保民大人派捕头来找他了，捕头带着几个差役以拜访的名义找到了王发财，王发财自是摆酒宴伺候。王发财这人就是这样，虽说他有钱有势，可他很会来事儿，很会做人，衙门里的大小差役来找他，他都客客气气，以礼相待，因此大家都说他好。

王发财与捕头等差役喝酒，喝到尽兴处，王发财问捕头有何公干，捕头这才吞吞吐吐地说："王掌柜，河南大财主郑英魁来咱泾阳收棉花，收了一船棉花却被人放火烧掉了，这郑英魁与魏保民大人的夫人是老乡，魏大人严令查出罪犯，可俺们查了几天，把泾阳县做棉花生意的人都查了个遍，也没查出个眉目。魏大人把俺训了一顿，我们万般无奈，来找王掌柜，您是泾阳的头面人物，您能不能帮俺打听打听，是谁干的这事儿？"

王发财是个"老狐狸"，他一听就火了，说："老弟，抓差办案是你的事儿，你找我干啥？你莫非怀疑我放了火？你再说我宰了你！"

捕头嗫嚅着说："王掌柜，您误会了，俺没这个意思，没这个意思。不过，咱东街棉市上的人都说，您不让张茂源替郑家收棉花，您还不让人给郑家的棉花船拉纤，都说您跟郑家不对。"

王发财俩眼一转，明白了，啥事儿都有前因后果，看来郑家棉花船着火，全泾阳的人都怀疑到他王发财的头上了，捕头这次来，是变相查自己了。郑英魁啊郑英魁，算你狠，这棉花船是谁烧的？谁都不是，是你自个儿烧的，苦肉计啊！真干得出来啊！纵火的事儿，大火一烧，啥证据都没有，这咋查？这下，他王发财可是哑巴吃黄连——有口难言了。就像这捕头，不敢惹他王发财，可拐弯抹角地说这意思，不就明摆着怀疑他王发财是纵火犯吗？他以后在泾阳县城落个啥名声？想到这儿，他有点懊恼，他站起来，对捕头说："老弟，我是跟郑家作对过，可这火真不是我放的，这样，你查，你使劲儿查，缺钱了你说一声，我支持，咱泾阳人不能让河南人看咱笑话，说咱泾阳人不地道，说咱干事儿下三烂，你一定要查个水落石出。"

捕头说："王掌柜，你息怒，郑家棉花船着火这事儿，没法儿查，查不清楚，大火一烧，又是在河里，哪有什么物证？河南郑家的人也说了，这船棉花烧就烧了，他们不计较，只要以后在泾阳做生意别有人再找他的麻烦就得了，谁要是再找他的麻烦，那这放火的罪名恐是跑不掉的。"

噢，原来如此，王发财恍然大悟，郑英魁使的是这一招啊。罢罢罢，既然如此，以后就不能再明目张胆地跟郑英魁作对了。想到这里，王发财说："魏大人啥意思？"

捕头说："魏大人也是这个意思，只要以后再没人找郑家的事儿，这事就算完了。"

王发财点点头，但还是很生气，说："这人真杂碎，烧了船，还嫁祸于人，把屎盆子往别人头上扣，歹毒得很啊，看我不宰了他。"

捕头问："王掌柜，此话怎讲？"

"老弟，此话怎讲？你办案多年，能不明白吗？谁是纵火犯，你不清楚吗？"

"哎呀王掌柜，我要是知道是谁，我还会来找你求教吗？"

"算了吧，老弟，这事儿算我倒霉，我是百口难辩，算了，就这吧，这一篇算揭过去了。"

可是，让王发财没有想到的是，烧棉花船那一篇刚刚揭过去，郑英魁又跟他干上了。他王发财看中了怡春院的梅儿，郑英魁却偏偏抢了去，这不是打他王发财的脸吗？如果说烧棉花船那一篇忍就忍了，可这一次说啥也不能忍下去了。

11

王发财在家里上蹿下跳，心烦意乱，看见啥都不顺眼，逮住谁训谁，一家老小都吓得远远地躲着他，因为他脱口而出就是一句："我宰了你。"也不知道他是真宰人家，还是随口说的口头禅，要是随口说的口头禅便罢，要是他玩儿真的，那可不得了。

　　说实在的，王发财其实并不好色，但也不是什么正人君子，他是从不把女人当人看，他总是说女人只是墙上的土，掉了一层再糊一层，只要有钱，女人算什么。他当土匪头子的时候，另一个山头的土匪头子来找他商量绑票的事儿。那人装扮成老农的模样，头戴破草帽，身着旧布衣，脚穿破布鞋，一身尘土一身臭汗，来到王发财的屋内，一屁股坐到他小老婆的床上。王发财的小老婆年轻美丽，又爱干净打扮，床铺一尘不染。那人还把带尘土的布鞋一脱，俩黑脚蹬在床沿上，王发财的小老婆气得瞪了那人一眼，不承想，那人匪性十足，问王发财："兄弟，她是谁？"王发财说："是我的小的。"那人冷冷地说："还不毁她？！"就那人一句话，等那人走的时候，王发财对他小老婆说："你去送送他。"王发财的小老婆这一去便再没回来，被那人勒死在树林里。王发财为了朋友，眼睛连眨都没眨。

　　梅儿刚到怡春院的时候，不接客，打骂都不管用。怡春院的老鸨看梅儿是棵摇钱树，不愿把梅儿往死里整，可又说不通梅儿，就想了个主意，找到王发财，说梅儿是官宦人家的千金小姐，因为父亲被人陷害，全家落难，这才被卖到怡春院，这个梅儿长相秀丽，识文断字，琴棋书画样样俱通，关键还是一个大姑娘，从未有男人染指过。老鸨把梅儿说得天花乱坠，倒让王发财动了心，他活了大半辈子，见识了无数个女人，可都是些上不得台面的女人，他一个生意人，又当过土匪，哪有机会得见官宦人家的千金小姐啊，所以，老鸨这么一说，他来了兴致，他亲自到怡春院转了一圈儿，见到了梅儿，果真是花容月貌、国色天香，王发财惊为天人。他对老鸨说："奶奶的，我这辈子算是白活了，今生有幸，老了老了，才见到啥是真正的女人，这个梅儿我要定了，你给她收拾收拾，明儿个你就给我送到家里去，给我当小老婆。"

　　王发财对梅儿动了真心，真心地喜欢，但是，他不能从怡春院把梅儿娶回家，否则，那不成了大笑话了吗？他要找人把梅儿先弄到家，然后把梅儿送给一户正经人家，再从这家人那里娶回来，就名正言顺了。

　　王发财给了老鸨一千两银子，老鸨自然喜上眉梢，既赚到了钱，又巴结了王发财，这是两全其美的事啊，于是，老鸨这才命"独眼龙"一大早送梅儿去王发财家。谁知，半路上杀出个程咬金，硬是把梅儿给抢走了。梅儿刚走，怡春院的老鸨就哭着去找王发财了，就像爹死娘嫁一样哭得惊天动地，哭着把这事儿告诉了王发财。

　　王发财又气又恨，他潜藏心中多年的匪性又上来了，是可忍孰不可忍，郑英魁这小子真的是不想活了！于是，他找到他爹王成名，王成名把大儿恶老雕、二儿金钱豹、三儿下山虎、四儿浪里蛟都召集了过来，商议对策，五弟兄勃然大怒，都说这郑英魁欺人太甚，要把郑英魁干掉，扔到泾河里喂鱼。

王发财年纪最小，可他最能，他是"老狐狸"，他说："爹，哥，这个郑英魁倒不可怕，可他身边有个保镖叫张铁锤，会几下拳脚，恐怕一般人到不了他跟前。郑英魁还拿钱买通了知县魏保民，魏大人还给他撑腰。"

大哥恶老雕翘着鹰钩鼻说："双拳难敌四手，好汉架不住人多。他有几个人？"

王发财说："人倒不多，郑英魁就带了张铁锤一个人。"

二哥金钱豹瞪着一双红眼说："就一个人，逞啥能？叫我去，我一个人就灭了他。"

三哥下山虎张着大嘴说："二哥，你不用去，这等小事我一个人就办了。"

四哥浪里蛟个子威猛，说："算了，你们都在家歇着吧，我眼下就去，我去把郑英魁捉来，让他跪在咱爷儿们跟前磕头求饶。"

王成名摆摆手，说："你们都不用说了，你们谁都不要出面去办这事儿，把你们手下的打手，一家出一个，也不用人太多，悄无声息地把这河南佬给干掉。"

"为啥？"王发财的四个哥哥齐声问道。

王成名没吭声，王发财说："哥，你们别急，爹说的有道理。这回必须把郑英魁宰了，可郑英魁不是一般人，是河南有名的大财主，而且郑家只有这一个独苗苗，咱招惹了他，郑家必然金钱铺路，必报此仇。眼下泾阳知县魏保民就给他撑着腰咧，咱爷儿几个虽说在泾阳这个小地方跺跺脚震三震，可民不与官斗，咱可惹不得魏大人。再说了，出了泾阳咱啥都不是，到那时，咱爷儿几个恐怕命难保全，还是不可意气用事，听咱爹咋说。"

王成名点点头说："你们四个做哥哥的只有蛮力，还是小五脑子管用。"

王成名夸赞了王发财，王发财得意地看看四个哥哥，四个哥哥一脸蒙。

王成名接着说："老五说得有理，咱必须杀掉郑英魁，可是，郑英魁跟知县魏保民拉上了，咱不能不防，虽说咱也把魏保民这个狗官给喂熟了，但魏保民是个见钱眼开的人，谁给钱多他听谁的，咱再有钱，咱能跟河南老郑家比吗？所以，这事儿咱不能明着干，咱不能出面干，咱不能引火烧身。"

"爹，那咋弄？"大哥恶老雕问道。

"老规矩，找几个杀手，趁黑把郑英魁做了，扔到泾河里，顺水冲走。"

王发财说："爹，得多找几个人，郑英魁有个厉害的保镖。"

王成名说："人不在多在于精，对付郑英魁的保镖，有四五个人就行了，人太多不好。"

二哥金钱豹说："爹，我去找人。"

三哥下山虎说："我的伙计多，我去找。"

四哥浪里蛟说："大哥、二哥、三哥你们都别争了，这事儿我来办。"

王成名听到这里哈哈大笑："孩儿啦，听你们这样说，爹我高兴啊，兄弟同心，其利断金，您弟兄五个这么懂事，咱老王家有啥事儿办不成呢？这样吧，你们谁都别费事了，老五干过大事，在山头混过，他比你们道上的兄弟都多，这事儿还是让老五自个儿办，你们弟兄几个做好接应，需要你们上时你们再上不迟，咱先不用兴师动众。"

"那俺们干啥？"王发财的四个哥问道。

王成名说："你们做好准备，我估计郑英魁也有防备，到时候，万一事儿不成，万一官兵保护，你们几个就带人上，必须把郑英魁干掉。"

王发财说："爹，万一官兵上了，那咱还跟官兵打吗？"

"这个？"王成名犹豫了，"那不成，那事情就闹大了，那样的话，以后咱就在泾阳混不下去了。这样吧，兵贵神速，找几个利索的人，三下五除二把郑英魁和张铁锤俩小子给干掉，如果打不过，或者官兵出面了，就抓紧跑掉，不能留后患，等以后再说。"

王发财说："爹说得对，有些事不能老是商量来商量去没个头儿，更不能怕这怕那，那样的话就把事儿耽搁完了。想好就干，干了再说，逢山开路，遇河架桥，有啥麻烦解决啥麻烦，有啥难题解决啥难题。干！就这了。"

12

郑英魁把梅儿安顿到客栈之后，他也没闲着，他料到王发财不会善罢甘休，他和张铁锤早做了防备，同时，又打点了知县魏保民，请求知县派人暗中保护。

这天夜里，秋风萧瑟，秋雨绵绵。几个黑影蹿上郑英魁所住客栈的房顶，接着跳下房子，悄悄来到郑英魁所住的房门外。听听声音，屋内除了打鼾声之外，没有其他动静，于是，几人抽出明晃晃的砍刀破门而入，直奔床铺，举刀就砍。

这几人是王发财找的杀手，前几天已经装扮成客人踩过点了。郑英魁、张铁锤、梅儿各住了一间房，张铁锤和郑英魁并没有住在一起。王发财听到这个消息，大喜过望，自言自语地说："郑英魁啊郑英魁，你小子到底年轻啊，乳臭未干，还没有学会走路就想跑，光想跟我较量较量，我吃过的馍花比你吃过的馍都多，我走过的桥比你走过的路都多，你小子等着上西天吧。"于是，他亲自安排几个杀手深夜行刺来了。

谁知，几人举刀砍下，床上却空空如也，几人刚一愣，只见屋门大开，一条大汉闯了进来，大喊一声："贼人哪里跑？"话音刚落，大汉就从腰间抽出砍刀，与几人对打起来。这几个人虽是专门的杀手，但与大汉一交手，却发现根本不是对手。

来的大汉不是别人，正是郑英魁的保镖张铁锤。郑英魁和保镖张铁锤虽然没有在一个房间住，可张铁锤那屋的门总是虚掩着，而且张铁锤不敢睡死，只要听到郑英魁和梅儿屋里有动静，他就随时赶来保护。而郑英魁没有睡在床上，他在床下打了地铺，睡在了床下，这几个杀手没有得逞。

当张铁锤听到屋顶有动静，又听到几人从屋顶蹦下来的脚步声时，便知有事儿，张铁锤悄悄打开门张望，看到几条黑影冲向郑英魁的房间，于是快速赶来。

张铁锤挥舞起砍刀，不一会儿就把几人打得人仰马翻，抱头鼠窜。有一人被砍伤了脚，跑得迟了一步，被张铁锤一脚踏翻在地。张铁锤抽出腰间裤带，把这人腿脚给绑了，然后，厉声质问他是谁派来的。这人不说，张铁锤又找了根麻绳，把他捆结实了，扔在墙角。然后，他就和郑英魁一起连夜把此人送到了泾阳县衙门，关在了牢房里。

13

第二天一早，泾阳知县魏保民升堂后，提审此杀手，没咋动刑，此人就招供了，是受王发财的指使，如此这般，怎么杀害郑英魁，下一步如何劫走梅儿，说得一清二楚。

魏保民听完，命衙役把这人关进大牢，然后来回踱步寻思：王发财是泾阳一霸，弟兄五人个个如狼似虎，别说是一般老百姓不敢惹他们了，即使是他这知县大人又岂敢动他？把他们惹毛了，他这个知县的乌纱帽恐也保不住。郑英魁，是河南巨富，又是夫人的老乡，他魏保民又得过郑英魁的重金打点，也不能得罪。要想让两方面都满意，他还必须想个好办法。

想了半天，他有了主意，于是，他派人把王发财请到了后堂，上茶之后，魏保民说："王掌柜，听说你派人暗杀河南来的郑英魁，这可使不得呀。不就是做个生意吗？天底下的钱能挣完吗？何必呢。听说你还因为一个青楼女子跟郑英魁过不去，唉，你也是弄过大事的人呢，咋这么小肚鸡肠呢？"

王发财知道他一个手下被郑英魁送到了县衙，很清楚他已经暴露了，不过，他不怕魏保民，他一个小知县还能咋着？所以，听魏保民这样说了，他摆出一副天不怕地不怕的样子来，说："县太爷，你别听人胡说，口说无凭，我王发财是做那下三烂的事儿的人吗？我在泾阳县城经营棉花这么多年了，风里来雨里去，我怕过谁？我诚信经营，童叟无欺，不是自吹自擂，在泾阳县名声好着呢。这肯定是谁在诬陷我，看我不宰了他！"

魏保民听了这话，直撇嘴，心里说：你动不动就说要宰了人家，这种杀人的事儿可不就是你王发财能干得出来吗？说瞎话就跟喝凉水一样，张口就来，而且说得面不改色心不跳，就跟真的一样，都说人不要脸百法儿难治，看这王发财是不要脸到家了。

心里这样想，嘴上可不能这样说，魏保民说："王掌柜说得对，咱泾阳县谁不知道王掌柜是大善人啊，不过，我也想提醒王掌柜，既然河南来的郑英魁想在咱泾阳做生意，就让他做呗，你没有听说过狼和鹿的故事吗？正因为有狼，鹿才跑得快、才活得好呢，要是没有了狼，小鹿一个比一个懒、一个比一个笨，最终自取灭亡。有时候，你的竞争对手恰恰是你的朋友，害你的人恰恰是帮你的人，没了竞争对手，你做生意还有意思吗？再说了，没有了这个竞争对手，另一个竞争对手就又起来了，人这一生，就是不断地与竞争对手争来斗去，不然的话，你的生意咋越做越大呢？唐宋八大家之一的柳宗元曾作了一篇《敌诫》，其中有'皆知敌之仇，而不知为益之尤；皆知敌之害，而不知为利之大……敌存而惧，敌去而舞。废备自盈，祗益为愈。敌存灭祸，敌去召过。有能知此，道大名播'之说。'养寇自重'这个词听说过吗？为啥一些将领剿匪总是不剿干净？为啥总是在关键时候给匪徒留一线生机？不为别的，就是因为这些将领深知，匪徒剿干剿净了，他们这些当兵的就失去了存在的价值，所谓'狡兔死，良狗烹；高鸟尽，良弓藏；敌国破，谋臣亡'不就是这个意思吗？我也听说了，河南来的郑英魁家底厚实，人很不错，是个可交的朋友，生意上公平竞争，落难了互相帮助，多好啊。你也号称是老狐狸，为啥连这点儿道理也不明白呢？"

魏保民一番话说得头头是道，王发财这个老狐狸不得不佩服：当官的，真会说话，不，确切地说，真会哄人。

王发财也不是吃素的，王发财说："县太爷，你既然把话说到这份儿上了，你放心吧，我以前没有跟郑英魁闹过过节，以后也不会，他走他的阳关道，我走我的独木桥，欢迎他来咱泾阳做生意，这是给咱老百姓造福、送钱呢，我咋不愿意他来呢？"

魏保民说："这就好，郑英魁为人忠厚，家里也有的是钱，做生意就非得你赚我赔、你输我赢吗？有钱大家赚，有饭大家吃，两好搁一好才是好，大家都好才最好。"

泾阳知县魏保民送走了王发财，又请来了郑英魁，他告诉郑英魁，这个杀手是条硬汉，虽然用刑也问不出个所以然来，毕竟他也没有得手，要不这事儿就这样算了吧。

郑英魁面相忠厚，但内心聪明，这时，他也知道了魏保民的心思，肯定是不想把事儿闹大，闹大了不好交代，于是他说："魏大人，这事儿给你添麻烦了，既然问不出个什么结果，就算了，毕竟我也没有受什么伤害，只是虚惊一场，只是以后这样的事别再发生了，不然的话，我不会就这样算了。"

这个事儿就这样不清不楚、不轻不重地过去了。可是，魏保民、郑英魁和王发财都知道，事情并没有完。

14

没过几天，郑家的九条运粮大船开到了离泾阳只有几十里水路的咸阳，停在了咸阳河边码头，只开了一条运粮船到泾阳县。

郑英魁租好了门店，并在门前贴出告示，告诉泾阳的老百姓，河南来的郑英魁在泾阳开货栈，开业大吉，为答谢泾阳父老乡亲的厚爱，运来一船河南小麦，低价卖给当地老百姓，有买的从速。

泾阳是种棉花的好地方，但是种粮食不多，眼看漫长的严冬要来了，当地人都正为粮食发愁呢，一听说河南来的郑家要低价卖粮，蜂拥而至，一船粮食很快抢购一空。

一船粮食卖完了，第二船粮食又运过来了。

王发财这个老狐狸坐不住了，这些天他一直派人在悄悄观察郑英魁的动静，听说郑英魁开始卖粮食了，他心想，这个郑英魁是不是怕他王发财了？要不然的话，为啥掉转头不做棉花生意了呢？为啥开始卖粮食呢？他稳坐钓鱼台，不动声色地静观其变。当郑英魁第一船粮食卖完的时候，他就有些百思不得其解了。等郑英魁第二船粮食又开售的时候，他估计郑英魁的确是要转行做粮食生意了，不过，这郑英魁低价卖粮又是为何？

王发财想不明白，不过，他想，既然郑英魁低价卖粮，那就先买来再说，反正有便宜不占是傻瓜，于是，王发财也加入了买粮食的行列，只一天工夫，郑家的一船小麦又卖了个精光。

接着，又一船粮食运来了，一天光景，又被抢购一空。

如此这般，卖到了第八天头上，王发财有些吃不消了，眼看白花花的银子流进了郑家的货栈，他的底气不足了。

正在这时，郑英魁突然换了告示牌，从卖粮食转而开始收棉花了，而且是高于市场价收购，这一下，打得王发财晕头转向。

他有心跟郑英魁较较劲，也大批量收购棉花，怎奈自己货栈里的银钱都被收购的粮食压住了，没有了流动的银子。这时，王发财才迷瞪过来，郑英魁低价卖粮是为了掏空他王发财的本钱，目的还是为了做棉花生意，郑英魁这本扎得大呀，这是挖坑让他王发财往里跳，而他王发财竟傻乎乎地上了钩。到了此时，王发财后悔已来不及了，他想找山西商人白青田商量商量，可是派人去请了，却发现白青田早已不辞而别，回他老家山西了，他不在泾阳做生意了。

王发财心想，都说我是老狐狸，这山西人白青田才是真正的老狐狸呢，一看势头不对，掉头就跑，他不是本地人，他能跑，可自己是泾阳人，这要是跑了，以后在泾阳人面前咋抬头呢？

思来想去，他又去找他老爹王成名和四个哥哥了，这是他的靠山。

他老爹倒是很心疼小儿子，把儿子们都喊到了一起，合计咋办。王发财说："哥哥们，我遇到难处了，生意做不下去了。"王发财的四个哥哥都愣了，问王发财是咋回事。王发财怒气冲冲地说："咱泾阳来的那个河南人郑英魁，他要来抢地盘，独占泾阳的棉花市场，跟咱老王家的人过不去呢。他小子使了个计策，先往咱泾阳运粮食，低价甩卖，咱泾阳缺粮食，郑英魁又卖得很便宜，街面上的人都争着去买，我也上他郑英魁的当了，我也出血本买起那便宜粮食了，这一买就刹不住车了，谁知那郑英魁财大气粗，他一口气往咱泾阳运来九船粮食，他还不是一齐运来的，他是运来一船又一船，卖完再运，净是迷魂阵，他那九船粮食我买了足足有六七船，把我的家底都掏空了。郑英魁那小子这时候开始装孬了，他又开始买棉花了，一船一船地买，他的钱咋恁多咧，没几天把泾阳的棉花都买光了。我有心跟他抢着买棉花，怎奈我的钱都压在这粮食上了，你们说说，我这生意还咋做？"

王发财说完，他的几个哥哥纷纷出起主意来，有的说你不会赶紧卖粮食，把钱赚回来不就成了吗？王发财说，来不及啊，没时间了。还有的说，干脆今年也别做棉花生意了，干啥不是挣钱哪？你存恁多粮食，到了来年春上春荒的时候卖个高价钱，不是一样赚钱吗？王发财说，我要是一年不做棉花生意，泾阳的棉花市场让郑英魁占了，下一年我想再做棉花生意就难了。还有的说，他一个河南人想在咱泾阳抢地盘，啥也别说了，打呗，费恁多心思干啥？王发财说："我的亲哥哥哟，郑英魁有的是钱，钱能通神，他跟咱泾阳的县太爷挂上了，他不是恁好惹的。"

说来说去，不论说什么，王发财都不同意。最后，几个哥问王发财是啥意思，王发财说："亲哥哥们，你们要是认我这五弟的话，啥也别说了，大家都是做生意的，手里都有俩闲钱，每人帮我凑一份钱，我记着账，将来挣钱了，都不吃亏。"可是，任他说得可怜巴巴的，不提钱的事儿还好办，一提起钱的事儿，几个哥哥都支支吾吾说手头紧，都没钱。

这时，王成名发话了："娃儿们，上回收拾河南姓郑的那事儿你们都没有帮上忙。"

话没说完，大哥恶老雕就说："爹，不是我们不帮忙，小五说了，不用我们帮忙。"

二哥金钱豹、三哥下山虎、四哥浪里蛟都说："是啊，您老非要让找人去收拾姓郑的。"

王发财说："我的亲哥哥，不是我不用您几个，是怕咱都出事儿了，咱家咋弄？咱爹咋弄？"

王成名大手一挥，说："娃儿们，都别说了，过去的事儿就不要再提了，过去就过去了，咱跟那姓郑的，来硬的一手没弄成，眼下该用软的一手了，你们都看着办吧。"

哥几个都憋气不吭。

王发财一看这阵势，站起来就要走，临走撂下一句话："我可是有难了，你们要是不管我，别怪我不认你们几个哥，恼了我宰了他。"

王成名着急了，说："小五，回来，别慌，你想宰谁？"

王发财一愣，说："我谁也不宰，我能宰谁？都是自家亲爷儿们，我能宰谁？"

王成名看了一圈这哥儿几个，说："小五，别说气话了，打仗亲兄弟，上阵父子兵，小五有难，人人帮忙，咱爷儿们都不能装熊。这样，一人一千两，明天一早找人给小五送去，不送的话，他就是个二锤货，您爹我权当没你们这群娃。"

王成名说完，王发财四个哥都无奈地点头说好。

15

第二天一早，王发财的四个哥都送钱来了，王发财有了钱，开始收购棉花，他要与郑英魁一争高下。不过，他没料到的是，郑英魁这次下了太大的赌注，棉花收了一船又一船，船装满就直接开走，河工是自带的，不找当地人。

整整收了九船棉花，王发财真撑不下去了，他没有那么多本钱了，他那几个哥哥凑的钱根本无济于事，而他想把低价收购的郑英魁的粮食卖掉，可是短期内根本卖不掉，远水难解近渴。

郑英魁怎么有那么多船呢？泾阳码头只停留了一条船，一船接一船地运来粮食、运走棉花，这眼花缭乱的到底是咋回事呢？后来，王发财派人打探消息才知道，郑英魁的船队都在离此不远的咸阳停放呢，整装待发，泾阳开来的一条船只是迷惑人呢。

全泾阳的棉花都快被郑英魁收走了，王发财气得直想吐血，他王发财以后在泾阳还咋混呢？

王发财的匪性上来了，上次郑英魁的一船棉花烧了，全泾阳人都怀疑是他王发财指使人点火烧的，给他扣了个屎盆子，他是有口难辩。这次，王发财恼了，他想，既然落得个纵火犯的孬名，那就破罐破摔，真的烧一把火，把郑英魁的棉花烧了。而且，王发财还听说，这些天，郑英魁不住客栈了，吃住都在船上，守护着他的棉花船。这真是天赐良机呀，如果把船烧了，既把郑家的棉花和船烧了，更重要的是，如果把郑英魁也趁机烧死，那就永无后患了。

16

不知不觉间，已是深秋，正午的太阳还热辣辣的，却再也没有了夏天的燥热，清冷的风吹拂着，有一种凉凉爽爽的感觉。远处的山连绵起伏，脚下的泾河水更加清澈透明，不时有水鸟从水面掠过，郑英魁却全然来不及欣赏这秀美的秋景图画，在船上忙着指挥装运棉花。

赵家义和逮广汉不停地护送一船船粮食运到泾阳，再将一船船棉花运回河南。

在开往老家河南的第一条船上，郑英魁就把梅儿送回老家了，他给娘写了一封信，说明了事情的经过，让梅儿揣在怀里，回河洛县后把这信交给娘看。

郑英魁正在船上张罗，赵家义、逮广汉、张铁锤在他身后站着，突然见一个人骑着一匹枣红马飞驰而来，快到船边了，那人翻身下马，把马拴在河岸上的一块石头上，一溜小跑向船上赶来。

张铁锤说："掌柜的，你看有个人来咱船上了，不知是干啥的。"

郑英魁也看到了那个人，只见那人来到近前，抱拳打拱，说："请问在下是河南郑掌柜吗？"

郑英魁说："我是，敢问您贵姓？"

"我是泾阳王发财掌柜的管家，免贵姓毛，叫毛圈儿。"

一听这话，郑英魁和张铁锤提高了警惕。

接着，那位毛管家双手递过来一张请帖，带着一张巴结脸说："我们王掌柜今天晚上想请郑掌柜到五福园一聚，交个朋友，商量一下以后泾阳县成立花行公会的事情。"

"花行公会？"郑英魁心想，这王发财又在耍什么花招？搞什么花行公会，啥意思？

郑英魁心里这样想，嘴上却说："好哇，毛管家，我久闻您王掌柜的大名，早想和王掌柜坐一坐，多好的事情，我答应了。"

赵家义走近郑英魁说："魁，恐怕这里边有诈，这是鸿门宴啊，不能答应他。"

郑英魁像没有听到赵家义说话一样，接过请帖，继续说："请帖我收下了，晚上我准时赴宴。"

"好，我这就给王掌柜回复去。"说完，毛管家走了。

赵家义说："魁，你不能答复他，王发财一肚子坏水，还是土匪出身，啥孬点儿都想得出来，咱跟他交啥朋友？他是黄鼠狼给鸡拜年——没安好心。"

郑英魁说："舅，身正不怕影子歪，在外闯荡，啥人都会遇到，啥事儿都会遇到，老郑家与人为善，但并不是说对任何人都要善，否则的话，人善人欺，马善人骑，啥事儿都干不成。对好人要好，对恶人要孬，以毒攻毒，以牙还牙，才能站住脚啊。这个王发财，虽然是个孬杆货，但是咱也跟他较量几回合了，他也就那两下子。眼下他主动邀请咱喝酒，说明他已经心虚，他已经是黔驴技穷了。当然，我知道，他摆的这场宴席就是鸿门宴，刀光剑影，都未可知，一会儿我让铁锤带好家伙，以防万一，同时，我写封书信，麻烦舅你亲自去交给魏知县，就说我今晚上可能有难，让他派一些捕快换上便衣到五福园去，也在五福园开一桌酒席，费用咱来出，如果有什么不测之事，他能很快接应咱。"

赵家义听郑英魁这么一说，点点头说："这样也好，今晚赴宴要不我陪你一块儿去吧？"

郑英魁说："不必了。你招呼好衙役们，做好接应，以防不测就中。"

赵家义说中。

到了傍晚，郑英魁把生意上的事儿安排妥当，就和张铁锤去了五福园。

17

五福园是泾阳县有名的饭馆，有几样拿手菜名震渭北一带，比如带把肘子、酿合、鸡米海参、酒烧羊肉、蹄花肉，还有几样面食也很有名，如蒸烙千层油饼、三鲜包子、大肉虾米蒸饺、八宝稀饭，外加樱桃莲子翡翠汤。

郑英魁和张铁锤来到五福园，王发财的管家毛圈儿早在此等候多时了，见郑英魁来了，急忙掀开竹帘往里让，跑堂的则送来一把摔子打打土，然后毛圈儿和跑堂的一起领着郑英魁和张铁锤来到二层楼的一个包间。待落座后，跑堂的递来热毛巾，还递来一把扇子。郑英魁则问毛管家："毛管家，怎么，王掌柜还没来吗？"

"来了，郑掌柜，我在此恭候多时了。"话音落处，一个瘦小老头掀开门帘来到包间。

郑英魁从未见过王发财，在他的想象中，王发财应当是一个凶神恶煞一样的人物，没想到，这王发财长得没那么可怕，很普通的一个人，顿时，郑英魁放松了警惕。

王发财乐呵呵地说："郑掌柜年轻有为啊，长得还挺英俊，好哇好哇。"

郑英魁附和着说："哪里哪里！王掌柜久经商场，经验丰富，很多事还需要王掌柜指教才是啊。"

"久仰郑掌柜的英名，怎奈老朽我前些日偶感风寒，一直在家养病，要不然早就请郑掌柜坐一坐了。唉，人啊，上了岁数，身子骨就不结实了，就像老牛拉车，吱咛乱响，不中用喽。"

"英魁也早想拜访王掌柜，怎奈初来乍到，事情繁多，这些天刚好得闲，正想跟王掌柜递帖子呢，不想王掌柜倒抢先安排在五福园相聚，真是心有灵犀一点通啊，我也正有此意，咱想到一块儿了。"

"好好好，英雄所见略同，你我虽然年纪差了一大截，但是说起话来很对脾气，是忘年交啊。"王发财说完，哈哈大笑，接着，他对管家说："快上菜。"

不一会儿工夫，酒菜齐备，王发财端起一杯酒说："郑掌柜，今天王某略备薄酒，一来为郑掌柜接风洗尘，二来与郑掌柜认识认识，以后在泾阳做生意，多个帮手，多个朋友。咱今天聚宴的人不多，我和我的管家，你和你的保镖，咱就四个人，人少说话方便。好，不多说了，来，郑掌柜，咱先干一杯。"

王发财说完，与众人挨个碰杯，接着大家一饮而尽。头三杯过后，王发财开始敬酒，他给每人连碰三杯酒，毛圈儿管家接着也开始敬酒，也是与每人连碰三杯。接着，该郑英魁回敬酒了，郑英魁端起一杯酒说："王掌柜，承蒙您老抬举，使我受宠若惊，您老也不必再叫我郑掌柜，叫我英魁，直呼其名，最亲切，以后在泾阳地界，还需您老多帮忙，咱有钱大家赚，有难大家扛，来，咱共同干一杯。"

"好，喝，喝。"王发财与郑英魁仰起脖子一饮而尽。

这些礼节进行完了，一瓶酒也下了肚。郑英魁的保镖张铁锤不能喝酒，他担负着保卫郑英魁的重任，于是，他胡乱吃了几口菜后，就装作去茅厕提前离席到外边了。

张铁锤到邻近的包房一看，左边的屋子里坐着一群匪里匪气的人。有的蹲在凳子上，有的一只脚踩在凳子上，坐没坐相，站没站相，吃起菜来狼吞虎咽，再看面相，个个如狼似虎，眼中带着一股杀气。张铁锤倒吸一口凉气，他也是习武之人，对行内的规矩很熟悉，一看这阵势，就知道是一帮土匪，张铁锤心想，这帮人没准是王发财派来的，可要加倍小心。

他又转到右边的屋子一看，这屋里也坐了七八个人，但这些人坐得规规矩矩的，虽然一个个膀大腰圆，但很有些正气。最让张铁锤放心的是，这屋为首的位置坐着赵家义，他正陪这些人喝酒吃菜呢。张铁锤心想，这些人准是赵家义请来的衙役，在暗中保护郑英魁呢。

张铁锤看罢，心里想，今天这桌酒席可真热闹，老鼠拉风箱——大头在后头呢。

张铁锤不敢怠慢，他闪身进了包间，悄悄在郑英魁耳边嘀咕了几句，郑英魁立马就明白了，但是，他还是装作若无其事的样子，与王发财觥筹交错，你一杯我一杯，后来，两人喝到高兴处，竟猜起酒令来。

别看王发财又瘦又小，年龄又大，可他是土匪出身，是大碗喝酒大块吃肉混出来的，他的酒量非常了得。而郑英魁，年轻气盛，身体壮实，喝酒也正处于最好的时期。两人喝得不分上下，这可急坏了郑英魁的保镖张铁锤和王发财的管家毛圈儿，还有一左一右两个包间里的那些人。

郑英魁和王发财还在继续喝，越喝两人感情越深，互相称兄道弟起来，还搂着脖子说心里话，亲热得不得了。

张铁锤和毛圈儿迷瞪起来了，心想，这是咋回事？今晚本来要大打一场呢，这怎么又将相和了？怎么又成好兄弟了？唉，当掌柜的，他们的心思真的猜不透哇。

几人喝酒喝到了半夜时分，五福园跑堂的来催几遍了，说伙房里掌勺的要歇工了，于是，两人才恋恋不舍地分了手。

出了五福园，毛圈儿搀着王发财回家，毛圈儿问："掌柜的，您喝多了吧？"

王发财兴奋地说："我这酒量，你啥时候见我喝多过？"

毛圈儿又问："掌柜的，你下午说那事儿还办不办？"

"办，我啥时候说不办了？我找的那些弟兄呢？"

"掌柜的，你往后看，都跟上来了。"

王发财往后一看，果然有一群人在后边跟着。王发财说："毛圈儿，我今儿个跟郑英魁摆的是迷魂阵。我让他喝得晕晕乎乎的，咱眼下就到泾河边郑家船上，趁他今晚呼呼大睡的时候，咱把他的船给点火烧了。上回肯定是郑英魁这小子自己点的自家棉花，让咱哑巴吃黄连——有苦也难言，全泾阳城的人都认为咱不人物。咱既然戴上这顶帽子了，既然当恶人了，咱就把恶人当到底，郑英魁一船棉花，稍微见点儿火星，就成了一片火海，这回要把郑英魁烧焦，不烧焦也要给他补一刀，今晚就让他晕晕乎乎地见阎王。"说完，王发财右手往外使劲儿一抡，做出个砍头的架势。

"好，有掌柜的这句话，我就明白了，你就交给我干，你等着瞧好吧。"管家毛圈儿说。

18

郑英魁今晚也喝高兴了，他很长时间没有这样喝过酒了。他一高兴，竟唱起河南梆子《老征东》来——

辕门外三声炮如同雷震，
天波府里走出来我保国臣。
头戴金冠压双鬓，
当年的铁甲我又披上了身。
…………

正唱得高兴呢，赵家义悄悄跟上来了："魁，官府那些衙役是让他们走还是让跟着？"

"让他们走吧，这么晚了，跟啥跟？"郑英魁说。

"魁，王发财是个老狐狸，害人之心不可有，防人之心不可无哇。刚才，我看到一群人跟着王发财走了，我怕他们杀个回马枪啊。"

赵家义一席话提醒了郑英魁，是啊，害人之心不可有，防人之心不可无，王发财是个老狐狸，不得不防，于是，郑英魁说："你领着这帮衙役跟着吧，给他们再额外加些钱，明天一早咱再去县衙给魏知县送些银钱，向人家表示感谢。"

"中，就这样办。"赵家义说，同时，他机警地扭头向后看了看，空荡荡的街道上并无人影，只有几只野猫和饿狗偶尔在黑暗的角落里穿行，赵家义不由紧张起来，问道："魁，今晚咱的棉花船会不会有啥事儿啊？"

秋天的夜风很凉，一阵风吹来，郑英魁激灵灵打个了寒战，他停住了脚步，抬头看天，满天繁星不停眨着眼睛，好像在对他暗示什么。郑英魁想了想说："舅，今晚我去船上睡觉。"

"去船上睡觉？由我和逮船长在船上守着呢，你就不用去了吧？"

"舅，这得去，我心里这会儿慌得很，有点儿六神无主，可能会有啥事，我得去船上，不回客栈了。"

"那中。"赵家义说。

郑英魁和张铁锤向泾河岸边走去，赵家义领着一帮衙役在后边跟随，不多时，他们就来到船上。逮广汉早已入睡，船工见郑英魁和张铁锤来了，急忙把逮广汉叫醒，逮广汉揉揉眼睛打着哈欠问郑英魁："掌柜的，你咋来了？"

"别说那么多了，今晚我就睡在船上。"

"睡在船上？"

"是啊，就睡这儿。"

"那好，我给您铺床被子。"

逮广汉指挥船工给郑英魁和张铁锤收拾好床铺，郑英魁醉醺醺地和衣而卧，很快就呼呼大睡。

张铁锤却不敢睡，他是保镖，他不敢掉以轻心，更何况，郑英魁说了，今晚可能会有啥事儿，他怎么敢睡觉？

19

无边的黑暗吞没了棉花船，泾河哗哗的流水声永远不知疲倦，远处传来阵阵乌鸦悲切的鸣叫声，一切都让人那么伤感。

这时，船上传来了一阵窸窣的脚步声，张铁锤翻身坐起，披衣下床，来到船舱外，但见一群人向船舱冲来，刀光剑影在漆黑的夜色中闪着惨白的光。

张铁锤大喊一声："有贼，有贼，快起来！"

说完，张铁锤抽出砍刀飞身来到这群贼人前面，拦住了去路。张铁锤舞动砍刀，使出平生功夫，与这帮贼人战在一处。怎奈船上地方小，张铁锤打不开场，浑身功夫用不上，加之这帮贼人个个是亡命之徒，没多长时间，张铁锤就有些招架不住了。眼看张铁锤就要吃亏，正在这时，在泾河边领着衙役们接应的赵家义一声令下，衙役们冲了过来，解了张铁锤的围。张铁锤一看救兵到了，精神振奋，率先杀向那帮贼人，直把那帮贼人打得落花流水，纷纷向岸上退去，张铁锤等人则在后边紧紧追赶。

张铁锤和那些接应的衙役只顾跟这帮贼人鏖战，不承想，有贼人趁机溜到船舱里把棉花点着了。棉花遇到火星，瞬间火光冲天，映红了泾河两岸。

郑英魁还在船上沉沉鼾睡，逮广汉就坐在郑英魁旁边不敢入睡，一看势头不对，背起郑英魁就往岸上跑。等大火燃起来的时候，逮广汉和郑英魁已经平安来到岸上。

大火熊熊燃起来了，半个天空都是光亮，附近船上的船工都感到奇怪，郑家的棉花船怎么老是着火呢？

张铁锤"哇哇"叫着追赶贼人，借着冲天的火光，他突然看到一棵大柳树后有个瘦小的身影露了个头，张铁锤一看身形，便知这很可能是王发财。

张铁锤猜得不错，这人就是王发财，上次暗杀郑英魁不成，这次，王发财下血本了，他亲自督战，并给他这帮昔日的土匪朋友许以重赏，只要杀死郑英魁或者烧死郑英魁，一人奖一百两白银。

王发财没想到的是，郑英魁也有一帮人在帮忙助战，而且这帮人还是官府的衙役们。

王发财见船上的大火烧起来了，正暗自高兴呢，忽然见他的那帮土匪朋友兵败如山倒，四散而逃，他见形势不利，于是和管家躲在了这棵柳树后。

他说："毛圈儿，你躲一边去，柳树后藏不了俩人。"

于是，毛圈儿躲在了旁边的一块儿大石头后边。

张铁锤举刀向柳树这边冲来，王发财料是冲他而来的，吓得拔腿就跑。

管家毛圈儿见王发财跑了，一个黑大个在后边追，躲在大石头后吓得不敢动弹。

王发财也是当过土匪头子的人，都说他脚底下有两撮黑毛，他有飞毛腿的功夫，跑得比兔子还快，而且他地形很熟，不一会儿张铁锤就找不着他的人影了。

但是，人算不如天算。王发财在黑夜里一路狂奔，不承想，几条饿狗追了过来，王发财在前边跑，那几条数天没吃饭的狗在后边追，王发财不怕人，但他怕狗。

王发财慌不择路，毕竟年岁不饶人，体力也不行了，王发财正气喘吁吁地跑呢，一不小心，被一块儿石头绊了一跤，王发财摔倒在地，几条饿狗冲上来，张开大嘴咬住了他的脖子。

王发财就这样被几条饿狗咬死在了泾阳大街上。

天亮了，等人们发现王发财的时候，他已经没了人样，脖子也断了，人被咬得血肉模糊。

王发财死了，他老爹王成名和几个儿子虽然个个如狼似虎，但王发财是被狗咬死的，这事儿能怪谁？

王发财死了，郑英魁虽说又被烧掉了一船棉花，可他心里轻松了，他在泾阳可以大干一场了。他购置了十几间店铺，而且在泾阳购置了大片土地种植棉花，他还对赵家义说："舅，你别回去了，就在这儿扎下根，这儿的重担交给你，我也就放心了。"

赵家义点点头。从此，在关中大地，老郑家有了自己的根基。

第
九
章

洛
水
牡
丹

1

咸丰元年，太平军在广西起义，捻军在河南南阳和安徽凤阳、颍州等地起义，天下大乱，人心惶惶。几年之后，时局更加动荡。这年年关刚过，到了二月二龙抬头的日子，洛河两岸仍然没有丝毫生气。此时，洛河边的郑记客栈也关门闭户，没了生意。

郑英魁穿着黑粗布对襟棉袄和大口掩腰棉裤，头上裹着头巾走出郑记客栈，来到洛河边，他远望洛河上白茫茫一片，鸟尽人绝，两手不由交叉伸进袖筒里，跺跺冻得有些生疼的双脚，心里分外萧疏凄凉。那种凉是透心的冷，是冰冷的凉，更是凄楚的凉。

想想往年过年，腊月底，郑家村家家户户贴大红的春联，整个正月都欢乐吉庆。郑记客栈门口张贴上"生意兴隆通四海，财运旺盛达三江"的红彤彤对联，家里大门旁贴着"出门见喜"，院内贴上"满院春光"，水缸上贴好"川流不息"，连靠床的墙上都贴有"身卧福地"。

五更天还黑咕隆咚的，郑家村的老少爷儿们就开始敬神了，蜡烛点起来，烛火借着夜风左右摇摆、上下跳跃，院内灯火通明。爆竹响起来，打破了静寂的夜空，火盆内的柏子壳也"噼噼啪啪"燃起来了，处处飘香，寒风中夹带着春的气息。

到了元宵节，小孩子们挑着各种各样的花灯，有鱼灯、花篮灯、西瓜灯、小兔灯、小猴偷桃灯，还有的商家让人们猜灯谜，猜中了赠送茶叶一包或者毛笔一支。

那是多么热闹的年景呀！可今年过的是啥年？不说里巷萧条，即使是拜年之人也寥寥无几了。为啥？都是因为穷啊，吃且顾不上，穿更难办到。破衣烂衫尚可遮身，而有的全家只有一条裤子，想出门就须轮着穿。没有衣服，咋出门见人？咋去拜年？

宁做太平狗，不做灾荒人。当个人不容易，生在这样的年景，真是生不如死，活着就是受罪。虽说郑家到了他郑英魁的手上，日子过得更加红火，而且，更可喜的是，王妮儿已经给他老郑家一连生了两个儿子。郑英魁想起爷爷郑振昌曾给他说过的话，说人要"勤、俭、谦、和"，于是，他给两个儿子起名郑守勤、郑守俭，他只盼着王妮儿将来再给他生两个儿子，那么三儿子叫郑守谦，四儿子叫郑守和，"勤、俭、谦、和"这四个字就凑齐了。可是，喜中有忧的是，遇到了兵荒马乱的年景，越是有钱人越害怕。太平军远在天边，倒还不愁，南阳的捻党乔建德在角子山起义，有两千人马，李大、李二在南召起义，也有上千人马。他们居则为民，出则为捻，吃大户，杀富人。而南阳、南召离河洛县也只有五百里地，随时随地都会打上门来，因此，郑英魁心里七上八下的，总是愁得睡不好觉。晚上一听到狗叫，就翻身起床，看看有没有贼寇。

二月二这天，郑英魁一大早就醒了，睡不着了，索性起了床，找了根擀面杖，敲敲门头，敲敲梁头，边敲边说些吉祥话："二月二，敲梁头，蝎子蚰蜒没有头；二月二，敲门框，叫它五毒见阎王；二月二，敲木墩，蝎子长虫断了根。"

郑英魁的夫人王妮儿也来了，两人一起敲，边敲边对话，王妮儿说："二月二，敲门头，金银财宝往家流。"

郑英魁对答："金银财宝往哪儿搁呀？你叫老汉我发了愁，嘿嘿，发了愁。"

王妮儿又说："二月二，敲门框，成堆的银子往家扛。"

郑英魁说："银子再多不值钱哪，没有粮食也枉然哪。"

王妮儿说："二月二，敲门环，收的粮食吃不完。"

郑英魁对答："吃不完哪吃不完，平平安安过一年，过一年……"

敲完梁头和门头，郑英魁用锅灶里的草木灰，从大门到井台撒成了一条线，这叫领龙。然后，他就背着粪筐手拿粪叉出了家门，边走边拾粪。

路上，有人跟他打招呼，还打趣地跟他说："郑掌柜，家里恁有钱，还拾粪啊？臭不臭啊？"

"臭啥臭？庄稼是枝花，全靠粪当家，不拾粪咋长庄稼？"

"唉，真知道仔细啊。人家郑家咋不发家？又勤快又仔细，人家不发家就天理不容了。"

2

郑英魁拾了半筐粪，来到了洛河边。此时，他把粪筐放在地上，一手挂着粪叉，站在洛河边发呆，突然，他看见洛河上漂来一只瓜皮船，船上坐着一个女人，身边还拉扯着一个六七岁小女孩儿。看见郑英魁，女人喊起来："大哥，大哥，救命啊！"

常言说：救人一命，胜造七级浮屠。郑英魁连忙把粪叉扔到地上，向女人招招手，两手围着嘴，弄成个喇叭形状，大喊："靠岸吧！"

可是，这个女人好像不会撑船，她坐的那只船依然在顺水漂流。

郑英魁急了，瞅瞅岸边，没有人影，却有几只破船横在水边，郑英魁会水也会撑船，于是，他解开岸边停着的一只破船的缆绳，跳上船，摇起船橹，不一会儿就来到了那个女人坐的瓜皮船边。

郑英魁把他撑过来的船和瓜皮船靠到一处，用缆绳把两只船绑在一起，然后跳上瓜皮船，他一见瓜皮船上的女子就惊呆了，但见这女子二十出头，长得面如满月，五官端正，皮肤白净，身材窈窕，再看一身打扮，锦衣绣衫、穿金戴银，一看就是大家出身，恰似洛阳城里的牡丹，富贵丰腴，莫非这女子是传说中的洛神？再看她身旁站着的小女孩儿，有六七岁，头上戴了个脑包帽，帽前缀着银饰吉祥物，后缀了几个小金铃。这女孩子长得水灵灵的，跟那女人就像一个模子刻出来的。

洛神是中华先祖伏羲和女娲的女儿，名唤宓妃，居于洛河，貌美异常。执掌黄河的河伯垂涎宓妃的美貌，向宓妃求婚，宓妃不答应，河伯就到洛河兴风作浪，祸害两岸民众，并扬言，只要宓妃答应做他的妻子，他就不再搅扰洛河。宓妃为了洛河两岸的百姓，嫁给了河伯，从此，洛河再无水患，洛河儿女永保平安。因此，宓妃成了洛河的保护神，人人敬仰，世代纪念。曹植曾作《洛神赋》，称慕洛神曰："髣髴兮若轻云之蔽月，飘飖兮若流风之回雪。远而望之，皎若太阳升朝霞；迫而察之，灼若芙蕖出渌波。"

郑英魁想到了洛神的传说，他神魂不定，怯怯地问道："大妹子，这大冷的天，你从哪儿来的呀？你不是传说中的洛神吧？"

女人苦笑着回道："这位大哥，俺哪敢高攀洛神哪？俺本洛阳人氏，俺是经商的大户人家，只因土匪进了洛阳城，人们四散奔逃，俺带着孩子与家人跑散了，这才带着孩子坐船顺洛河逃命，流落到了这里，俺一天没吃饭了，又冷又饿，这不，看到您，俺才喊救命啊！"

"噢，原来如此，可怜啊！"郑英魁这才平下心来。

女人说："大哥，看您面相就是个好人，您就可怜可怜俺娘儿俩，帮俺弄点儿吃的，找个住处先暖和暖和吧。"

郑英魁说："我家开有客栈，要不你娘儿俩就先住到我家客栈里吧，等雪止住了，你们想去哪儿再走。"

"大哥真是好人，谢谢！谢谢！"

"不用谢，出门在外，谁没有个难处呢？咋称呼您呢？"

"俺婆家姓朱，俺姓李，您就叫俺朱李氏好了。"

"这小妮儿是你女儿吧？"

"嗯，这是我女儿牡丹。"朱李氏扯了扯小女孩儿的衣衫角，说，"牡丹，还不快叫大伯。"

"大伯好。"小女孩儿的声音脆生生的，十分好听。

"嗯，好，好，你娘儿俩要是不嫌弃，就跟我走吧。"郑英魁说完，又跳回自个儿的船，摇起船橹，慢慢地把两只船都划到了岸边。

郑英魁扶着朱李氏和她的女儿牡丹下了船。朱李氏说："大哥，俺船上还有箱子呢。"郑英魁回头一望，朱李氏乘坐的瓜皮船上赫然摆放着三只做工精巧的樟木箱，郑英魁上船提了提一只箱子，可是箱子沉得很，一只手还提不动，郑英魁双手用劲提起一只箱子，累得"咕咚"一声又把箱子撂到船上了，郑英魁自言自语地说："箱子里装的啥东西呀，咋恁沉？"

朱李氏听完，脸色大变，急忙说："都是一些居家衣物，笨重得很。"

郑英魁笑笑摇摇头，既然箱子都是贵重的香樟木做的，里边装的东西又这么沉，再看看这母女俩的穿着打扮，分明是大户人家的家眷，这箱子里哪是什么衣物，必是金银财宝无疑。虽说这些箱子沉得搬不动，可万不能丢在这荒凉的河边，可是，凭自己的力气，又怎能搬得了这么重的箱子呢？

天冷，事儿急，郑英魁不便多问，只说："大妹子，你这箱子我一个人也搬不动，不如这样，前边不远那个村子叫郑家村，郑家村有个郑记客栈，无人不知无人不晓，你只需到客栈里找到跑堂的伙计，跟他们说我在河边，我叫郑英魁，你让他们来几个人帮我搬东西就行了。"

"大哥您叫郑英魁？"

"是啊，我叫郑英魁。"

"大哥名字起得好，我记住了，我和女儿就先去客栈了。"

"去吧，去吧，您要是信得过我，我在这儿先帮您看着箱子，等你们找人来。"

"俺一看大哥的面相就是好人，俺信得过你。"说完，朱李氏领着女儿向郑家村走去。郑英魁看着这娘儿俩的背影，大发感慨，这娘儿俩，一个像兰花吐蕊，一个像牡丹怒放，人家是洛阳城里的大家闺秀，要不是土匪作乱，怎会来到这荒郊野岭？真是金凤凰落到了小山村，只是不知这娘儿俩的身世到底如何。

不一会儿，客栈里三四个跑堂伙计一溜小跑儿来了，见了郑英魁就说："掌柜的，刚才有娘儿俩说你在这儿等我们，让我们来搬东西，你果然在这里啊。"

"啊，那还有假？来，你们一人搬一个箱子。"

跑堂伙计们一看那箱子，大吃一惊："掌柜的，这箱子咋恁好咧？还镶着金边，闻起来还有一股香味儿，这里边装的啥好东西呀？"

"少说废话，这是你们操心的事儿吗？"郑英魁训斥道。

跑堂伙计们每人搬一只箱子，刚拎起来，就"哎哟哎哟"直叫唤，"掌柜的，里边肯定是金银财宝，咋恁沉咧？"

"叫你们干个活儿，咋恁多事儿咧？提着劲儿，回去了一人赏你们一壶老酒。"

"好嘞！"跑堂伙计们使出吃奶的力气，"吭哧吭哧"把箱子搬到了郑记客栈。

"去，到洛河边，我的粪筐和粪叉还在那儿扔着呢，拾了半筐粪，给我背回来撒咱家地里。"郑英魁想起他的粪筐和粪叉，对店里的伙计说。

"中，掌柜的，粪筐和粪叉就是您的命根子。"

"那是，别小看这粪筐和粪叉，它时时提醒着我要勤俭持家。只有勤俭持家，郑家才能百年不倒，老祖宗早就说过这个理儿了，啥时候也不能忘了。"

3

朱李氏带着女儿住到了郑记客栈，这个消息很快就传到了郑家上下。

郑英魁的夫人王妮儿听说客栈来了个俊俏女人，好似洛神下凡，还带着个标致的小女孩儿，心生疑虑。前不久，郑英魁从陕西送来个梅儿伺候着娘，如今，咋又来了一对母女？郑英魁虽然不纳妾，可他常年在外经商做生意，在外边留个孽种，也不是不可能啊。所以，她想探个究竟，紧赶慢赶，不一会儿就来到郑记客栈。

郑记客栈的跑堂伙计见王妮儿来了，自是亲热无比，觍着脸问："嫂子，天这么冷，您咋来了？"

"我好长时间没有来客栈了，想来看看。"

"嫂子，现如今客栈是淡季，生意不太好，没啥客人。"

"没啥客人？我咋听说来了个女人，还带着个女儿住在客栈里，是咋回事儿？"

"噢，这个嘛，这是……"

"这是什么？那女人还在吗？"

"在……在……在，在后院二楼一间屋里。"

"俺孩儿他爹在吗？"

"掌柜的出去了，刚出去，这会儿不在。"

"快领我去那女人房里看看。"

"这个，要不等掌柜的回来再说？"

"为啥要等他回来？我一个女人去见另一个女人，有啥见不得的？"

"那好吧。"

跑堂伙计领着王妮儿来到后院，在二楼一个房间门口，跑堂伙计停下了脚步，大喊一声："屋里有人吗？"

客房里传来脆生生、娇滴滴的声音："有——"

这声音就像黄莺鸣啼，在这大冷的天，让人听了顿觉春光四溢。王妮儿不由哆嗦了下身子。

跑堂伙计掀开门帘，王妮儿探头一瞧，只见屋里一大一小两个像姐妹花一样的女子正围着火盆烤火呢。

王妮儿定了定神，进得屋来。那女子站了起来，王妮儿借着火盆通红的火光看了一眼女子，只见那女子皮肤白嫩，五官精致，再看身上的打扮，浑身绫罗绸缎、珠光宝气，显得雍容华贵，真像传说中洛河里的洛神。王妮儿自惭形秽，虽然同为女人，却又喜欢又嫉妒。

只见那女子满脸带笑，轻启樱桃小口，彬彬有礼地说："这位大姐，请问您找哪个？"

"啊，我来看看。"王妮儿有些语无伦次了。

"请问大姐您是？"

跑堂伙计抢着说："这位是咱郑记客栈的女当家，郑掌柜屋里的。"

女子深施万福，说："哎呀，我是有眼不识泰山，却原来是嫂嫂来到，有失远迎，失敬！失敬！"

王妮儿这会儿有点儿小得意，说："没啥，没啥，听说俺家客栈来了一对母女，长得是花容月貌、沉鱼落雁，我倒想来瞧瞧，长长见识，敢问大妹子您姓甚名谁，居家何处呀？您不是洛河里的洛神吧？"

"嫂嫂，您抬举俺了。俺夫家姓朱，娘家姓李，就叫俺朱李氏吧。俺女儿叫朱牡丹，俺本是寻常人家，世代经商，只因土匪抢劫杀人，俺家破人亡，俺和女儿觅得一条船，顺水漂流，仓皇逃命，不想被郑大哥搭救，这才来到此处，如有不敬之处，万望嫂嫂海涵！"

听到此，王妮儿放心了，原来这对母女跟郑英魁没啥关系，是她多虑了。于是，她亲切地说："救人一命，胜造七级浮屠，郑家从来都是积德行善，这也算不得什么，只是你和你女儿本是洛阳城里的大户人家，流落到我们小山村，有些委屈你了。"

"哪里哪里。"女子说，"嫂嫂，看我只顾说话呢，请您坐下烤烤火吧？牡丹，给你大娘搬个凳子，还有这位叔叔，也请坐吧。"

牡丹就要去找凳子，跑堂伙计说："牡丹，你不用给我找凳子了，我还有事儿，你们说话吧。"

跑堂伙计知趣地下楼了。牡丹给王妮儿搬了个凳子，王妮儿坐下后，打量着牡丹，百看不厌，这小女孩儿长得跟她娘一模一样，咋看咋水灵，一副富贵相，喜欢得不得了。

王妮儿不由得一把将牡丹搂在怀里，说："哎哟，这妮子咋长恁好看咧？我要是有这样一个女儿就好了。"

说者无心，听者有意，女子急忙说道："牡丹，快快给你娘跪下，我是你娘，眼前的也是你娘。"

牡丹大瞪着俩眼还没有反应过来，女子上前一把把牡丹按在地上，说："快，快给你娘磕头。"

牡丹给王妮儿磕了几个响头。女子说："嫂嫂，承蒙您不嫌弃，就把牡丹认作您的干女儿吧。"

王妮儿被女子刚才的举动搞蒙了，这会儿才迷瞪过来了，是啊，她虽然生了两个儿子，却没有一个女儿，常言说，女儿是娘的贴心小棉袄，没有个女儿，连说个知心话的人都没有，王妮儿很是遗憾，没承想，眼下却白捡了个好看又聪明的女儿，这是天大的喜事啊。

王妮儿刚想认下这个干女儿，可是她脑子一转，又有些犹豫了：眼前的这对母女看面相倒也和善，穿着打扮也不像寻常人家，只是她们来历不明，就这样轻易认下干亲会不会给郑家带来灾难和不幸呢？

女子见王妮儿并不吭声，知道王妮儿有顾虑，于是她对牡丹说："牡丹，你只磕头，为啥不喊娘啊？"

牡丹也是冰雪聪明的女孩儿，这会儿她反应过来了，脆生生地叫了一声娘，这一声娘，带着幽怨，带着期盼，叫得人心都软了。

王妮儿不忍牡丹就这样跪着，可能她跟牡丹前生有缘，牡丹只这一声，她便顺口答应了："唉——"同时眼泪流了出来。

王妮儿一把把牡丹搂在了怀里，说："闺女啊，快起来，快起来，咱娘儿俩真的有缘分哪，看着你我就心疼，看着你我还面熟，就像前世见过的一样，快起来吧。"

牡丹站了起来，王妮儿说："今儿个我一点儿准备也没有，给俺的妮啥礼物呢？"王妮儿顿了一下，说："那样吧，今儿个中午咱就在客栈里摆上宴席，我让伙计把你干爹喊来，咱举行个仪式，吃顿饭，乐和乐和，我要给我女儿送个稀罕东西。"

女子说："嫂嫂，不必麻烦，牡丹能认给您，是她天大的造化，俺娘儿俩从此也有了照应，俺感谢还来不及呢，就不必麻烦了吧？"

"那不成，不弄个仪式，对不住俺这好看又乖巧的牡丹。"

郑家和自称为朱李氏的娘儿俩结为干亲戚，在郑家的帮助下，朱李氏挨着郑家的宅院挖了一孔窑洞，暂住了下来。

长夜漫漫，朱李氏搂着牡丹睡觉，总是夜半醒来。山村的夜晚死寂一般，朱李氏掰着指头查时间送日月，度日如年，她经常想起洛阳的繁华，想起昔日的富贵生活——

4

大明朝崇祯十四年，河南大旱，赤地千里，连树皮、草根都被人剥光啃净了。很多人站在太阳底下有气无力地喊："我饿呀，我饿呀！"往地上一倒，就断气了。常随旱灾而来的是蝗灾，又大又猛的蝗虫遮天蔽日、漫天飞舞，连太阳都被遮蔽得黯然失色。那些蝗虫落到地面，啥东西都吃，霎时所有草木一干二净。

洛阳城有座玉皇庙，很多人天天到玉皇庙磕头求雨，额头都磕得肿胀起来，也不见下雨，洛阳城的老百姓就把玉皇大帝的神像抬到了庙外边，在太阳底下曝晒，让老天爷也尝尝烈日当空的滋味。

洛阳城还有座城隍庙，庙院内东西两侧各五间长廊，东长廊塑造的是地狱的情景，十帝阎君面前有小鬼推磨、黑狗舔血等，西长廊塑造的是天堂的情景。两长廊后是三间拜堂，拜堂后是三间大殿，供奉着城隍爷。人们又去求拜城隍爷，可仍然无济于事。

与此同时，洛阳福王朱常洵却坐拥金钱百万，天天美女陪伴、喝酒吃肉、听歌观舞，对辖地的灾民不管不问。这真应了城隍庙里的地狱和天堂景象。

朱常洵本是明神宗朱翊钧最宠爱的妃子郑贵妃所生，神宗本意要立朱常洵为太子，但朱常洵不是长子，迫于朝臣压力，只有立孝靖皇后王氏所生皇长子朱常洛为太子，封朱常洵为福王，封藩洛阳二十年，"享有大国，著声藩辅"，地位十分显赫，当然也积存下了大量财富。

南京兵部尚书吕维祺与朱常洵交好，写信给福王朱常洵说："三载奇荒，亘古未闻。村镇之饿死一空，城市皆杀人而食。"并写信嘱他多加注意，不可过分露富，以免引起饥民注目，带来灾害。朱常洵却不以为意，认为自己是福王，谁又能奈他何？

没想到，吕维祺的好言相谏竟一语成谶。崇祯十四年，刚过了年，一天夜晚，李自成的起义军就攻破了洛阳，洛阳福王朱常洵出城逃到迎恩寺，被起义军搜出，起义军不准福王吃喝，等肚子饿空没有了秽物之后，从迎恩寺抬来一口千人锅，巨大的铁锅内热水翻滚，各种调料奇香无比，几只剥皮去角的梅花鹿在锅里煮沸，接着，福王被刮净身上的体毛后扔进了滚烫的大锅，这一锅福鹿宴成为起义军的美味佳肴。福王府里的金银财宝悉数充公，家丁仆人一哄而散，各自逃命，整个富丽堂皇的福王府家破人亡。

朱常洵的一个儿子朱由柏打扮成普通商人，携带了不少金银财宝，在几个护卫保护下，趁着夜色从王府成功脱逃，在洛阳城南隐居了下来，躲过了一劫。刚开始，大清朝对大明皇室后裔还到处追杀，到了道光年间，随着大明皇室后裔气数殆尽，大清朝不再穷尽搜查了。朱由柏的后代依靠朱由柏带走的大量金银财宝，置地经商，到了朱存信那一代，朱家已成为当地有名的富商。

不过，躲过了清廷的追杀，朱家却躲不过土匪的骚扰。朱家不敢跟清朝官员来往，怕露出大明皇室后裔的底细，怕招惹不必要的麻烦，但是，没有清朝官员的庇护，自然成为土匪打劫的目标。朱存信为了自保，在家里修建了坚固的围墙，养了几十号家丁，人人武功高强，护卫着朱存信一家的安全。平时，朱存信就躲在自家深宅大院内，轻易不出门，反正家里囤积的粮食吃个一年两载也吃不完。

这年刚过完年，正是闹春荒的时候，土匪又来抢劫朱家了。

这天晚上，天特别冷，北风打着旋儿掠过邙山头、洛河滩，一阵阵疯狂地撞击着朱家大院。风带着哨音儿，似鬼哭狼嚎。

大街上早已空无一人，只有几条流浪狗在游荡，偶尔狂吠几声，声音却很快被淹没在风中。

刚入夜，人们就早早地进入了被窝，在惊惧不安中进入了梦乡。到了半夜时分，狂风更加肆虐，不时传来树枝"咔嚓"断落的声音，谁家的门窗"呱嗒呱嗒"响个不停。夜色浓重，对面看不见人，只有星辰冷冷地看着人世间的悲欢离合、爱恨情仇。

此时，一群黑衣人悄悄来到了朱家大院外，手里拿着的砍刀在夜色中闪着冷冷的光。

黑衣人似早有准备，直接包围了朱家大院。

"土匪来了，来土匪了，快跑啊!"

"土匪来了，来土匪了，快跑啊!"

刹那间，朱家大乱，人们大呼小叫，鸡飞狗跳，一片乱糟糟。

朱存信依靠坚固的院墙和护卫的家丁，打退了土匪多次进攻。土匪想了很多办法，可就是攻不进朱存信家。后来，有个叫刁十杆的土匪苦思冥想了多日，终于想了个孬法儿，他带领手下百十人来到朱存信家的坟地，既然阳宅攻不进去，那就在朱存信家的阴宅上想办法。朱存信家的坟地在宅院的西南方向，距宅院有七八里地，刁十杆带领手下挖朱存信家的祖坟，挖的时候还大张旗鼓地到处宣扬。消息很快传到了朱存信的耳朵里，朱存信是个孝子，听说有人挖他家的祖坟，虽然他也知这是个阴谋，可是，他也顾不得那么多了，带领家丁舞刀弄枪就直奔祖坟而去。他前脚刚离开家园，后脚就有土匪抄他的老巢。而在他家的祖坟，朱存信带的家丁们与土匪激战了半天，被土匪砍了头，家丁们也是死的死、伤的伤，没有死伤的，看见朱存信死了，也作鸟兽散，再无踪影。而在朱存信家，土匪们杀了进来，见男人就砍，见女人和财物就抢，霎时，血流成河，惨不忍睹。

朱存信的儿子朱思源见势不妙，带着妻子朱李氏和小女儿朱牡丹收拾了金银细软，在几个家丁保护下，从朱家大院的地下暗道逃了出来，暗道直通洛河边。到了洛河边，岸边早有几只小船等候，这都是朱家以防万一留的后手。朱思源和护卫让朱李氏和牡丹上了船，把装金银财宝的箱子也扔到船上，还剩一个箱子没装上船，这时，抢劫朱家的土匪追杀过来了，朱思源来不及上船，和护卫们拿船桨使劲儿一推，船离开了河岸。朱思源和几个护卫与土匪打在一处，怎奈他们不是这些土匪的对手，很快就被土匪杀害了，一箱财宝也被土匪们抢了去。

朱李氏亲眼看到丈夫被土匪残忍杀害，既怒又怕。这时，天寒地冻，北风怒吼，黑云低垂，眼看就要下雪了，朱李氏和牡丹孤零零地站在船上，欲哭无泪，人的命运多像一只小船啊，漫无目的，顺水漂流，凄风苦雨，无可奈何。

朱李氏从高高的云端一下子跌落到谷底，变得孤苦无依，她真想一下子跳到洛河里，从此香消玉殒，可是，看看身边的牡丹，牡丹蹲在小船上，小小的身子蜷缩着，冻得浑身像筛糠，两只小手不停地在嘴边哈着热气，小脸上满是泪痕。

朱李氏不知命运的尽头在哪里，更不知带着小小的牡丹是福是祸，她想拉着牡丹一起跳河，可是，这个念头刚蹦出来，她就很快打消了这个想法儿，因为牡丹好像知道什么一样，看了她一眼，那个眼神是哀怨，是恐惧，是可怜。

船就这样漂流了很长时间，朱李氏和牡丹已经冻得快坚持不住了，朱李氏心想，即使不跳河而死，早晚也得被冻死，因为，这大雪天，河两岸别说人影了，连个小麻雀也没有啊。

正在朱李氏绝望的时候，她远远地看到河边有个黑影，船越行越近，这才看清有个人在河边站着，于是大声地喊起救命——

5

是郑英魁救了朱李氏和她的女儿牡丹，而且郑家还把牡丹认作了干女儿，在郑家村，没人敢欺负这孤儿寡母，只是闲来没事儿的时候，朱李氏想起了她的丈夫朱思源，便泪流满面。

有从洛阳来要饭的人，朱李氏总要给人家端碗热汤，再递给人家几个馍，趁此机会，向人家打听洛阳老朱家的事情。有知情人说，洛阳老朱家的人零散了，府院被土匪一抢而空，人杀光了，府院也被一把火烧掉了。

又是一个大雪纷飞、北风呼啸的日子。朱李氏和牡丹蜷缩在窑洞里，围着一个火盆烤火取暖，朱李氏教牡丹读书识字。

牡丹读书读厌倦了，有些头晕，朱李氏推开窑洞门，带牡丹站在门边看外边的雪景。

只见大雪随风飘飘洒洒地降落地面，覆盖了田野和山脉，几只麻雀飞到朱李氏家的院落里，又忽地飞到院里的一棵核桃树上，牡丹说："娘，帮我捉只小鸟玩玩儿呗！"

"牡丹，鸟儿在天上飞，我咋能捉得住它呀。"

"娘，我知道咋捉。"

"咋捉呀？"

"娘，咱家有筛粮食的筛子吧？"

"有！"

"有绳子吧？"

"有！"

"有谷子吧？"

"有！"

"那好，帮我找个筛子、找根绳子、找把谷子。"牡丹说。

朱李氏到里间找出一个筛子和一根绳子，又抓给牡丹一把谷子，牡丹从火盆旁捡起一根木棍儿，又随手拿起一个扫把，两只手拿着、胳膊夹着，手忙脚乱地跑到院里，朱李氏也跟着走了出去。

牡丹用扫把在雪地上扫出一片空地，用木棍把筛子支起来，在木棍下头拴了绳子，筛子下撒了把谷子，然后，扯着绳子和娘一起回了窑洞，目不转睛地盯着筛子看。

　　几只麻雀飞过来了，围着筛子转，却不肯轻易飞到筛子下边吃谷子。麻雀站在远处好长时间，见没什么动静，以为没有了危险，才一个一个小心翼翼地飞到了筛子下边。

　　这时，牡丹猛地拉了下绳子，木棍倒了下来，筛子正好罩住了正在吃谷子的几只麻雀。

　　牡丹欢笑着跑出窑洞，轻轻地掀开筛子，伸手抓麻雀。不承想，牡丹掀筛子的口太大了，几只麻雀趁势全飞了出去，牡丹见此情景，急得哭了起来。

　　朱李氏帮牡丹擦了擦眼泪，说："牡丹，莫哭，这次不成，咱再来一次。"

　　于是，朱李氏照着牡丹的动作又支起了筛子，一手牵着牡丹，一手牵着绳子，回了窑洞。

　　不过，麻雀吃了一次亏，这次再也不上当了，再也没有小鸟钻到筛子下边吃食了。

　　牡丹哭着说："娘，我真笨。"

　　朱李氏说："俺牡丹一点儿也不笨，这么小就会捉鸟，咋会笨呢？你是心急吃不了热豆腐，掀筛子太用劲了，空儿太大了，下次小心点儿就行了，咱明儿个继续捉小鸟玩儿好吗？"

　　"嗯！"牡丹哭着点点头。

　　朱李氏望着远处白茫茫的原野，轻轻叹了口气，接着，眼泪流了下来。

　　牡丹见娘哭了，低声说："娘，你咋了？"

　　朱李氏说："牡丹，咱没有捉住小鸟其实也好。"

　　牡丹说："娘，为啥呀？"

　　朱李氏说："牡丹，这大雪天的，出去找食的小鸟都是公鸟，都是为母鸟和小鸟找吃的，这些小鸟要是被捉住了，留在窝里的母鸟和小鸟不都得饿死吗？"

　　牡丹听后，懂事地点点头，说："娘，我不捉小鸟了。"

　　朱李氏又叹了口气，自言自语地说："大雪天的，公鸟都知道为母鸟和小鸟找吃的，咱孤儿寡母的，在这荒野山村，谁管咱呢？唉，要不是为了你牡丹，我都跳到山崖里不活了。"

　　牡丹一听这话，哇哇大哭起来，紧紧地抱住朱李氏，就好像松开手朱李氏就会消失一样："娘，我不让你死，娘死了，牡丹咋过呀？"

　　"牡丹，娘不死，有一点儿办法，娘都不会死，只要有一点法子，娘就会活下去。不为别的，只为了可怜的牡丹，我割舍不下呀。"

"娘，我想俺爹了。"牡丹怯怯地说。

"你爹被土匪杀害了，你爹去世了。"朱李氏说到这里泪如雨下。

"娘，咱还回洛阳找俺爹呗，说不定俺爹还在洛阳哩！"

"牡丹，净瞎说，咱娘儿俩亲眼看到你爹被土匪杀害的，咱还去哪儿找你爹呢？"

"杀害是啥意思？"

"杀害就是死了。"

"死了就不能活了吗？"

"死了就再也见不着了。"

"不，我想见俺爹，我要去找俺爹。"

"傻孩子，你再也见不着你爹了，你爹再也不会回来了。"

说完，朱李氏禁不住又伤心地哭起来。

牡丹是个懂事的孩子，她一看娘哭起来，自己倒不哭了，劝起娘来："娘，我错了，我不找俺爹了，我再也不找俺爹了。"

"牡丹，洛阳咱是不能回了，世界虽大，可没有咱立足之地，咱就老老实实待在这小山村吧，过到哪儿就算哪儿。咱娘儿俩其实跟大雪天外出找食的小鸟没啥区别，都是命苦啊。"

6

寒冷的冬天在掐着指头中慢慢熬过，开春了，春暖花开，天上的小鸟飞来飞去。鸟儿尚且有自由，可是，她朱李氏和牡丹只能躲在这深山沟里边，艰难度日。从高山之巅跌落凡尘，再掉进沟底，那种痛彻心扉的滋味谁能承受？

少年不识愁滋味，牡丹依然在院里蹦蹦跳跳，过着无忧无虑的日子，只是，有时候，她还会抬起头问朱李氏："娘，我又想俺爹了。"有时，她还会问："娘，咱啥时候回洛阳啊？"

遇到牡丹问这些问题，朱李氏就会训斥她说："不要瞎说了。牡丹，你不是说你再也不想爹了吗？以后记住，不要在外边多说话，没事儿就在家待着，女孩子要有个女孩子的样子，我教你识文断字，再学些女红，等你长大了，给你寻个好婆家，咱就过那平平安安的日子。"

"娘，我不找婆家。"牡丹噘着小嘴说。

"傻丫头，哪有女孩子长大不嫁人的呀？就是皇姑还要招驸马的。"

"我舍不得娘，我要陪娘一辈子。"

朱李氏一把把牡丹搂在怀里，说："人家说，女儿是娘的贴心小棉袄，我看啊，俺牡丹是娘的心尖尖，只是，娘早晚有一天也会老的，到那时，谁管你呀，你还是要成亲嫁人，找个好人家，生儿育女，有个照应，娘就放心了。"

日子就像门前的洛河水，"哗哗哗"向前流，转眼间几年过去了，牡丹长大了，出落得花容月貌，在这小小的山村，恰像一簇初放的牡丹花，仪态万方，雍容华贵，格外抢眼。

十里八村托人说媒的踏破了门槛，可是朱李氏并不为所动，她早看好了郑家的大儿子郑守勤，牡丹比郑守勤大三岁，常在一起玩儿，虽说陆续懂事之后，男女授受不亲，郑守勤和牡丹见面少多了，可即便那样，毕竟牡丹是郑家的干女儿，两家的孩子还是多有联系的。

朱李氏有意，郑家有心，托媒人一说，一拍即成，郑守勤和牡丹定了亲。可是，正商量着成亲的大事呢，郑家族长找到郑英魁家来了。

族长拄着拐棍，一步一咳嗽地来到郑英魁家，一进门，郑英魁就把他请到了客厅坐下，沏上茶，说了几句闲话，郑英魁问："无事不登三宝殿，族长有何指教啊？"

族长又咳嗽了一声，说："英魁啊，听说你家大小子守勤要和外来的姓朱的闺女结亲？"

"是啊，牡丹是个好妮子啊，长得好看，人又聪明，还很懂事，我是看着她长大的，俺家里头的，俺儿守勤都愿意啊。"

"英魁啊，我可听人说这桩婚事不好啊。"

"咋个不好，请族长说来听听。"

"不光是对你家不好，对咱整个郑家族人都不好啊。"

"那不对啊，族长，牡丹她娘儿俩来咱郑家村多年了，人家恪守妇道，从来没有人说她们的闲话，有啥不好啊？"

"她娘儿俩在咱村住倒也罢了，不就是个外乡人嘛，住个十年八载的没啥，不过，要是守勤跟牡丹成了亲，那可不得了哇！"

族长越说，郑英魁越是迷惑不解："族长，您就直说吧。"

"英魁，朱李氏的婆家姓朱是不是？"

郑英魁说是。

族长又咳嗽了一声说："英魁，姓朱的和姓郑的结亲，我可听人说，对咱郑家不好啊。"

郑英魁想了想说："族长，这都哪儿跟哪儿的事啊？"

族长说："英魁，我跟你说实话吧，你收留的朱李氏和牡丹不可久留啊。"

郑英魁吃惊地问："族长，此话怎讲？"

族长说："此话怎讲？当事者迷，旁观者清，你家和朱李氏认作干亲戚，亲得就跟一家人似的，你可知道别人咋说的？"

"咋说的？"郑英魁拧了拧脖子说。

"人家说这朱李氏来路不明啊。"

"有啥来路不明？我在洛河上遇到人家，把人家接到岸上，人家说了，是洛阳富商的家眷，遇到土匪打劫，人家家没了，就这，还有啥来路不明的？"

"你看这娘儿俩跟村上的人整天不说话，天天关着门儿在家，谁知道是干啥的？"

听了这话，郑英魁不以为然地说："族长，女人家要遵从三从四德，大门不出，二门不迈，这都是做女人的规矩，这说明人家来路正着啊。"

"英魁啊，我是说不醒你这梦中人啊，你记住我说的这话吧，你眼下是有钱人，钱多得花不完，你要是有啥不好的，你别埋怨我没有提前跟你说。"

族长走了，留下一串咳嗽声。

郑英魁呆坐在罗圈椅上，半天没动弹。

郑英魁的夫人王妮儿听客栈里的伙计说族长走了，这才过来问郑英魁族长来有何事。郑英魁长叹一声说："孩儿他娘，族长不同意咱老大孩儿守勤和牡丹成亲。"

王妮儿一听，着了急："他爹，这是咋说咧？咱守勤成亲还得他族长管不成？"

"孩儿他娘，你是不知道，族长说了，咱郑家跟朱家成亲不吉利。"

"不吉利？咋不吉利？人家朱李氏娘儿俩多懂事啊，而且人家有的是钱，咱守勤要是和牡丹成了亲，她家的钱不就都是咱家的？咋就不吉利了呢？"

"族长说了，那是咱跟朱家没成亲家，成了亲家就不中啦。"

"这还没成亲家呢，咋就不中啦？他这族长是不是有啥想法？"

"啥想法？"

"啥想法？都知道朱李氏是大户人家的媳妇，有的是金银财宝，贪图她家钱财的人多得很，牡丹又长得好看，还懂事，他族长怕咱有这好事儿，说不定啊，他有他的小九九，他想把牡丹另配他人呢。唉，话说回来，这些年，要不是咱给朱李氏撑着门面，她孤儿寡母的早就过不下去了，如今有好事了，他族长倒往前跑得欢。"

"孩儿他娘，你这话说得对。"

"嗯，牡丹也长大了，出落得那叫个水灵，人见人爱，看来真是有人图朱李氏家的钱和牡丹的俊俏样，怕咱抢了先，才出了这么个坏点子呢。"

"不好说啊，人心隔肚皮，猜不透啊，不过族长说的好似也有道理。"

"族长咋说的？"

"族长说，对咱郑家不好。"

这时，王妮儿想了想说："他爹，我想想啊，你看牡丹她娘儿俩来咱郑家村也快十年了，咋不听她说找她家里人呢？咱这里离洛阳也不远啊。"

郑英魁拍拍油光光的脑门说："孩儿他娘，你说的也是啊，咱咋没听牡丹她娘说要去洛阳找找家里人呢？她家里还有谁呢？咱平时也没问过她啊。"

王妮儿说："不是没问过，牡丹她娘说她婆家的人都死了，那是人家的伤心事，咱就没再好意思问。"

"嗯，还是问问吧，给咱守勤讨老婆，这是大事。老话说，三贫三富不到老，十年兴败多少人。想想咱郑家庞大家产，靠的啥？有人说，道德传家，十代以上，耕读传家次之，诗书传家又次之，富贵传家不过三代。我觉得，除了咱郑家理学为本、勤俭持家、小心谨慎之外，关键是咱辈辈都看重找媳妇。常言说，龙生龙，凤生凤，生个老鼠会打洞，讨老婆要门当户对，一定要找个知书达理、聪明能干的女人，才能生个好儿子，将来儿子大了才能成家立业，才能保住咱庞大家业。不然的话，找个好吃懒做、脑袋死笨的主儿，生个儿子也好不到哪儿去，朽木不可雕呀，咋管教也成不了才，那不是误咱大事吗？好女人，旺三代，这可真不是瞎说的。"

"他爹，牡丹她娘儿俩咱也结识恁多年了，咱再熟络不过，她娘儿俩可是顶呱呱的人。要是守勤跟牡丹成了亲，准保给咱生个好孙子，长大了准保是个顶天立地的人才。"

"嗯，即使是这样，这事也不能马虎，咱还是要把她家的事儿打听清楚再说。"

"他爹，俺女人之间的事，你就不用掺和了，我想法子问问牡丹她娘。"

"中。"

7

过了没几天，王妮儿请朱李氏到郑家做针线活儿。

朱李氏刚到郑家村的时候，不会做饭、不会洗衣服、不会做针线，多亏了王妮儿悉心帮忙，再加上朱李氏绝顶聪明，一看就会，一学就通，很快就成了操持家务的行家里手。而且，朱李氏办啥事快得很，三下五除二，非常利索地就把事儿办完了，王妮儿和朱李氏脾气相投得很。

朱李氏提着竹篮来到了郑家，王妮儿抱出一团棉花，又抱出一卷大红棉布，说："牡丹她娘，守勤和牡丹定了亲，回头找个算命先生掐算个好日子，就能办事啦，俺想提前做床新被子，等办事的时候用。要说呢，做新被子不能劳烦你帮忙，俺主要是想找你说说话，几天见不着你，怪想得慌。"

朱李氏说："嫂子说哪里话，按规矩，做新被子也是俺的事儿。"

"呃，您是大户人家的千金女，一看就是从小没干过这种粗糙活儿，做被子这种劳累事咋能让你干呢？"

"嫂子，看你说的，你也是大户人家的千金小姐，郑家资财成山、良田无数，仆人成堆、丫鬟成群，这活儿您能干得，俺为啥干不得？"

"唉，牡丹她娘，说起来咱这人就是主贱，要说呢，这种活儿让那些丫鬟老妈子干就得了，不过咱打小就学女红，做针线活儿做惯了，三天不干活就闲得慌，就难受。再说了，看看她们做的活儿不像个样子，心里别扭，就想自己动手做。"

"是咧，嫂子，谁让您这么聪明能干咧？"

"聪明能干也倒不是，就是天生的劳碌命，闲不住。"

朱李氏从针线筐里找出一枚顶针，慢慢戴在右手中指上，然后从线板上拔出一根针，从线团上挑出一根红线，把红线头放在嘴唇上抿湿了，又用手指把线头捻直了，眯缝着眼睛把线头钻进针眼里，边钻边说："嗯，嫂子，别管咋说，这么多年来，多亏了英魁哥你俩对俺和牡丹悉心照顾，俺和牡丹才在郑家村安顿下来。现如今牡丹许配给守勤，这是天作之合。守勤长得俊，脑子灵，心眼儿好，人又稳当，可像个老大的样儿，可像个值事儿的人，我一百个高兴啊，我的心放到肚子里了。"

"牡丹她娘，等守勤和牡丹成亲后，我就该叫你亲家母了，是吧？"王妮儿拍打着棉花絮笑起来。

"是啊，是啊，等守勤和牡丹成亲后，咱两家就亲上加亲了。"

"缘分哪，缘分。"王妮儿说完，把被面铺到炕上，把大团的棉花放在被面上，伸展开，铺整齐，又把四个角拉直了，这才从线团上扯下线，示意朱李氏和她一起上炕盘线。

盘完线，王妮儿和朱李氏都脱掉绣花鞋，坐在被面上，一人把住被子的一头，两头相向开始缝被子，边缝边说话。

王妮儿说："牡丹她娘，你看咱快成一家人了，我一直想问问你，你婆家人还没消息吗？你娘家人咋也不见影子啊？"

王妮儿这一问，朱李氏吃了一惊，"啊"地叫出了声。王妮儿急忙抬起头来，问："咋了？"

朱李氏右手握着左手的中指，说："嫂子，让你见笑了，我做针线活儿，笨手笨脚的，刚才一不小心扎住手了。"

"没事儿吧？"

"没事儿，用手捂一会儿就好了。"

"噢，那你别干了，歇歇吧。"王妮儿说完，低头缝起被子来，不再问朱李氏事儿了。

倒是朱李氏自知失态，叹了口气说："嫂子，你刚问起这个话题了，我本不想说，那是我心里的一块儿病，我要是想起过去的事儿来，我就难受得想背过气去，唉——"

"牡丹她娘，要是太伤心了，不说也罢，不说也罢。"

"还是说给你吧，嫂子。你看你和英魁哥对俺和牡丹这么好，眼下，守勤和牡丹又要成亲了，咱就要成一家人，我不能再瞒你了，再瞒你俺就过意不去了，就觉得对不住你的大恩大德了。不过，嫂子，俺说了之后，你可不要对外说，你要是觉得害怕，不想让守勤和牡丹成亲，俺也不会怪你。"

朱李氏本不想把秘密对外透露一星半点儿，因为她知道，她是大明皇室之人，而眼下是大清天下，虽说大清朝立国这么多年了，对前朝往事已不再过分追究，但是，顶着个大明皇室的帽子，一旦这个秘密泄露出去，她和牡丹恐怕会有更多不必要的麻烦。眼下，很多人都对她和牡丹的身世纷纷猜测，不过，好在小山村里的人比较纯朴，没有很坏的人，没有谁追着去打听，她和牡丹才得以在郑家村生活，而且平安无事。如今，两家马上要成亲家了，再不把身世说清楚，将来万一有啥不测之事，不是连累郑家人吗？那不是恩将仇报吗？

"嫂子，俺要是说出来，你和英魁哥不敢收留俺了，俺收拾收拾今儿个就走，离开郑家村，走得远远的，不给郑家添麻烦。"

王妮儿抬起头，愣愣地看着朱李氏，半天没有说出话来。

"嫂子，你可想知道牡丹她爹是谁？"

"是谁？"

"嫂子，牡丹她爹是大明福王朱常洵的后代。"

"啥？福王？"王妮儿惊得差点儿从炕上掉下来，手里的针也扎着了手，"哎哟哎哟"叫唤起来。

朱李氏急忙下炕凑前问道："嫂子，你没事吧？"

"你是皇家之人？"王妮儿吓得直往后躲。

"是啊。"

"哎呀，我的天哪！"王妮儿也顾不得手疼了，倒头便拜。

朱李氏急忙跳下炕把王妮儿搀起，说："嫂嫂，嫂嫂，可不能这样，眼下是大清天下了，俺是大明皇室之人，俺成罪人了。"

"大清天下了？噢，对了，大清天下了。"王妮儿说，"唉，你看我这乡下粗人，知道个啥呀？唉，是大清天下了，不过，就是大清天下，您也是皇家之人，俺也得给您下跪。"

"嫂子，俺给您说这的意思就是想告诉您，俺和牡丹现如今都是落难之人，您要是觉得俺和牡丹在这儿给您和英魁哥添麻烦的话，俺和牡丹就趁早离开这儿，俺也不让牡丹和守勤成亲了，守勤是个好孩子，俺不能因为牡丹误了守勤的一生，更不能害了您全家，您和英魁哥合计合计吧，不论您咋想，俺和牡丹都会感激您一辈子。"

朱李氏说完，王妮儿也冷静了下来，王妮儿虽是妇道人家，可也生在大户人家，见多识广，脑瓜子也很好使，她的脑子一直在算账，是好还是不好，是合算还是不合算。合计了一会儿，她很快就打定了主意，她看着朱李氏认真地说："牡丹她娘，啥都别说了，既然都到这个份儿上了，是福是祸俺也认了，咱相处时间不短了，知根把底的，俺舍不了您和牡丹。虽说眼下是大清朝天下，可咱这里，山高皇帝远，官府够不着。再说了，咱村里的人还算忠厚仁义，要不，你和牡丹能平平安安地在这里过这么多年吗？放心吧，有事儿咱共同担，只要咱都不说，谁知道啊？不过，您是皇亲，牡丹下嫁给俺守勤，俺郑家消受不起呀。"

"嫂子，说哪里话，落魄的凤凰不如鸡，俺眼下还说什么皇亲呢，俺连普通老百姓都不如，朝不保夕，东躲西藏，能保住命就不错了，还说什么下嫁不下嫁呢？"

"大清朝是满人的天下，不是咱大汉的江山，别看俺是妇道人家，这个理儿俺懂。君君臣臣俺还是懂得一些的。别管别人咋说，俺就敬您是皇亲。"

朱李氏感动得热泪盈眶。她和牡丹过着人不人鬼不鬼的生活，她一个女人家，又带了个俊俏的女儿，还带了几箱金银财宝，躲在这深山沟里，有多少人打她和牡丹的坏主意，有图财的，有贪色的，她天天担惊受怕，度日如年，难挨的日子为什么这么漫长，她多想早点儿一命归西，便再也没有了生不如死的痛苦。可是，看着牡丹天真烂漫的眼睛，她又不忍心丢下牡丹一个人在人世，牡丹的一生才刚刚开始，她怎狠得下心呢？太阳出来了，又落山了，一明一黑，日子就这样在无尽的思念、寂寞、害怕、无奈之中度过。多少年了，谁还记得她曾是前朝大明的皇室呢？昔日巨商大贾荣华富贵的日子早已灰飞烟灭，念及往事她泪如雨下，不能自已，"呜呜"放声痛哭起来。

王妮儿害怕了，不住地磕头："俺说错话了，您打俺吧，您惩罚俺吧。"

朱李氏止住了哭，把王妮儿搀起，说："嫂子，您别这样了，俺早已经不是皇亲了，您以后也别这样了，俺是牡丹她娘，是从洛阳落难到此的富商的家眷。"

王妮儿听了此话，迅速反应过来了，她站了起来，说："牡丹她娘，俺知道了，俺以后不会再这样叫您了，请您见谅。"

朱李氏说："嫂子，啥见谅不见谅的，您太客气了。嫂子，这事儿俺都原原本本跟您说了，要不您和英魁哥再商量商量？"

"商量个啥？俺虽是个妇道人家，俺还懂这个理呢，他个大男人，能不懂这个理？别说了，咱成亲家说定了，是俺高攀了，只要您和牡丹不嫌弃，俺郑家还有啥说的？俺小老百姓能沾上皇家血脉，这是俺郑家祖上八辈儿积的德。"

"嫂子，这是大事，您还是跟英魁哥商量商量再说吧。"

王妮儿沉吟了一下，说："也好，我跟他说说吧，牡丹她娘，你等着，我现在就去客栈找守勤他爹说去。"

王妮儿说完，起身下炕，可能是盘腿坐的时间长了，刚一动身，就趔趄着倒下了。朱李氏急忙上前搀扶，王妮儿揉着发麻的小腿说："唉，你看俺真是老了，腿脚不听话了，要不得早点儿给守勤办办事呢。办完这事儿，我可把心放到肚子里了。"

朱李氏说："嫂子说哪里话了？看您多年轻，一点儿不显老。"

"不显老是瞎话，你是光说那好听的让我高兴咧，岁月不饶人啊，女人哪，不经老。"说着说着，王妮儿又强撑着靠在了炕沿上。

朱李氏说："嫂子不必着急，这又不是一时半会儿的事儿，等闲了再说也中。"

"不中，我是个急性子，这事儿又是个大事，我得找守勤他爹去，你先等着。"说完，王妮儿缓缓穿上绣花鞋，出了门。

8

王妮儿来到郑记客栈，郑英魁领着几个伙计正往客栈里抬一筐筐的白萝卜，一个个累得气喘吁吁的。郑英魁见王妮儿来了，说："孩儿他娘，你不在家看家来这儿干啥？"

王妮儿说："来来来，到屋里我跟你说句话。"

"啥事儿啊？看把你慌的，跟丢了魂儿一样。"

王妮儿也不言语，径直往客栈里走，郑英魁只好放下扁担，跟着王妮儿来到客栈里。

在一个没人的角落，王妮儿拉了个方凳子坐下了，郑英魁坐到她对面，问："啥事儿？"

"啥事儿？大事儿。"

"啥大事？还会有多大的事儿？"

"多大的事儿？天大的事儿。"

"咦，看你说的，天大的事儿咱也照样扛着。"

"那好吧，我就跟你说个天大的事，看你敢不敢扛着。"

"看你说的，我又不是没有经历过事儿，再大的事儿也能过得去，没有过不去的山，没有跳不过去的河，过了这道沟，就是上山坡。你说吧，孩儿他娘，我做好准备了，我听着咧。"

"他爹，这事儿，我说之前，你可先得答应我，不论是啥事儿，你都得同意，按我说的办。"

"孩儿他娘，你还没说啥事儿呢。到底是啥事儿？"

"先说好，你得先答应，我才说。"

"好，我答应，你说吧，你再不说就急死我了。"

"那好，他爹，你知道牡丹她娘是谁吗？"

"你这不是明知故问吗？牡丹她娘，就是牡丹她娘，这不是废话吗？"

"不是，我是说，你知道牡丹她娘是哪里人吗？"

"又是废话，洛阳人。"

"不是，你知道牡丹她爹是谁吗？"

"牡丹她爹？那我还真不知道，不是洛阳城一个富商吗？"

"他爹，你是不知道啊，牡丹她爹是大明朝福王的后代。"

"福王？那是皇亲啊。"

"是啊，那是皇亲啊。"

"哎哟，我的娘啊。"郑英魁听罢，惊得目瞪口呆，头"轰"地一下，半天没有缓过劲儿来。

"孩儿他爹——"王妮儿叫道。

郑英魁拍拍脑瓜子，说："哎哟我的天哪，我不是在做梦吧？"

王妮儿说："看看，看看，我说是天大的事吧，你还不信。"

"孩儿他娘，咱这小门小户的，咋会摊上这事儿呢？这是福是祸啊？"

"他爹，这事儿哪，既是福也是祸，就看你咋看，看你咋弄了。"

"孩儿他娘，说说你是啥意思？"

"啥意思？要说这是福，那牡丹是皇家血脉，咱守勤要是娶了牡丹，生个儿子，就也成皇家血脉了，那是咱郑家祖上烧了高香，祖坟冒青烟了。要说是祸，你看看，现如今是大清天下，咱守勤要是娶个大明王的后代，不是惹了杀身之祸吗？引火烧身啊。"

"哎哟，这要是大明天下多好啊。"郑英魁说完，抱着头蹲在了地上。

"看你说的，哪有恁好的事儿？要是大明天下，牡丹会嫁给你郑家？做梦去吧。"

"嗯。"郑英魁想了一会儿，说，"孩儿他娘，你说的有道理，要是大明天下，咱哪会跟皇上结成亲家？啥事儿都有得有失。"

"他爹，这么说，你是同意守勤娶牡丹了？"

"孩儿他娘，咱郑家虽说时下也是方圆百里有名的富户，可是，要想成就更大的家业，还非得让守勤娶了牡丹不可。"

"为啥？"

"为啥？守勤娶了牡丹，将来生儿育女，那是皇家血脉，肯定聪明能干，绝对是干大事有本事的人。再说，我想起来了，牡丹她娘从洛河下船的时候，带了几箱东西，沉得很，我当时不知道是啥东西，后来我才知道，那都是金银珠宝，守勤娶了牡丹，咱郑家不是如虎添翼吗？"

"他爹，你是钻到钱眼儿里了吧？三句话没说完，就扯到钱财上了。"王妮儿白了郑英魁一眼说。

"孩儿他娘，在商言商，经商言利，天经地义，我是做生意的，可不就是三句话不离本行吗？不过，咱郑家是君子爱财，取之有道，不义之财咱分文不取，这送上门的钱财，咱为啥不要呢？"

"他爹，钱财是老虎，可是会咬人的。"

"孩儿他娘，也没啥，咱这郑家村，山高皇帝远，官府到不了咱这儿，咱背后是邙山岭，沟连沟，洞连洞，翻过邙山，就是黄河，别说咱这里没啥事儿，就是有啥事儿，咱往山沟里一躲，再撑个船往黄河对岸一划拉，谁能追上咱？"

"唉，到那时候，就麻缠了。"

"孩儿他娘，别发愁，没啥事儿，前朝大明皇帝离今天一二百年了，谁还想起这事儿呢？再说了，眼下，大清朝内忧外患、朝不保夕，皇上还会顾啥前明遗少的事儿？"说到这里，郑英魁反过来问王妮儿，"孩儿他娘，你是听谁说的这事儿？净瞎扯的吧？"

王妮儿说："他爹，要不说人家牡丹她娘人可靠，人家是主动跟我说的，人家是怕咱守勤和牡丹成了亲之后，将来有一天咱知道了，说上当受骗了。人家也是一片好意。"

"到底是皇家之人啊，就是跟咱山野之人不一样，人家眼光高着咧，心气儿大着咧。说实话，咱是高攀了。人家是皇家贵胄，气度就不孬，不过眼下是落水的凤凰，人家还是比咱强百倍啊，是骨子里强啊。人家虽说是妇道人家，可有情有义，明大理，会办事，这门亲事啊，就这样定了吧。"

"这么说你是答应了？"王妮儿惊喜地问道。

"我不是早就答应了吗？"郑英魁反问道。

俩人都开心地笑了。

笑完之后，郑英魁问："孩儿他娘，这事儿是不是问问守勤答应不答应？"

"问啥问？守勤这么小，他懂啥？父母之命，媒妁之言，哪有他说话的分儿。"

"嗯，千里姻缘一线牵，咱郑家红运当头，好事，好事啊。"郑英魁得意地说。

王妮儿说："不过，他爹，咱可别太张扬，到底牡丹是前明王爷的女儿啊。"

郑英魁点点头说："嗯，孩儿他娘，还是你办事考虑周全，可惜你是个女儿身，你要是个男的，可比我强多了。"

"看你说的，人家牡丹她娘才是个有本事人呢。人家带来了恁多金银财宝，您老郑家等着沾人家的光发大财吧。"

"不光发大财，关键是咱老郑家有了皇家血脉，以后啊，咱后代肯定聪明能干，咱郑家祖坟冒青烟了。"

"对啊，您老郑家的孩子找对象多挑剔呀，找媳妇就是找下一代，好的媳妇一旺旺三代咧。"

"吉人自有天相，好人自有好报，我要是不行好把牡丹她娘儿俩救上岸，咱会有这好事吗？看来呀，人还得多行好，积德行善，自有福报。"

第十章

策马中原

1

咸丰三年（1853）五月二十，太平天国吉文元部进入河洛县，把地方团练打得四散溃逃，占领了河洛县县城。正当乱世，做武官难，做文官更难。土匪盗贼本就勇力过人，而县令多为文弱书生，未经戎马，临难则每每惊慌失措，不知怎么办。河洛知县毛怀卿也是如此，闻知消息，不战而逃，无影无踪。不过，这支太平天国队伍到河洛县后，纪律严明，并不扰民，从河洛县过了一趟就走了，一部分渡黄河北上，一部分取道向南。

太平军并没有到郑家村来，却把郑英魁吓得不轻。要说郑家的保镖也不少，对付一些小毛贼不在话下，可如果太平军来了，郑英魁可是顶不住。所以，太平军一走，郑英魁就下定决心要依山扎寨、囤积粮草，并招募家丁以自卫。但是，这都需要花大钱，郑英魁的钱都用在生意上，一时也难筹集很多。郑英魁救了朱李氏之后，朱李氏对郑家非常感激，听说了郑家的难处，朱李氏深明大义，二话不说，就把一箱子金银珠宝送给了郑英魁。郑英魁推托不想要，朱李氏说："哥，您救了俺娘儿俩一命，俺没有啥可报答您的，这钱您就拿着吧。要是不够，俺还有。"郑英魁感动得无以复加。

有了朱李氏的鼎力相助，郑英魁在邙山上建庄园筑寨墙有了底气。不过，在选址这件事儿上，他又作了难。他本来早就相中了龙卧沟这块儿地方，但是，叶老二不同意，郑英魁又不想搞牛不喝水强按头那一套，都是街坊邻居、乡里乡亲的，以势压人，落个不好名声咋抬头？别人在背后捣脊梁骨咋见人？因此，这事儿就一直搁置起来了，没法儿往前弄。

郑英魁还在一筹莫展的时候，王文镜来找他了。这些时日，郑英魁在外忙生意上的事儿，家里的一切大小事儿多亏王文镜照应了。

见王文镜掀开门帘进来，郑英魁说："恩师，你来得正是时候，我正为盖庄园筑寨墙的事儿作难呢，你帮我出出主意，这事儿该咋办。"

王文镜没有接郑英魁的话，反而慢吞吞地说："英魁，叶老二来了。"

"什么？叶老二来了？"郑英魁又惊又喜，真是说曹操曹操到，"他来干什么？莫不是想把宅基地卖给咱？"

"英魁，你说的话也对也不对。叶老二的儿子被土匪绑票了，开口就要一千两银子，叶老二没钱，找咱借钱来了。"

"是吗？这这这，这是好事儿啊。"郑英魁说，随即又改了口，"噢，不，恩师，叶老二家也真够倒霉的。"

"英魁，这是个机会，天赐良机。"

"请恩师指教。"

"英魁，你想啊，咱一直想买叶老二的宅基地，他就是不卖，这不，这次他家遇到了难事，找咱借钱了，咱不正好跟他谈条件吗？让他把地卖给咱，咱也抓紧建庄园，把围墙修得高高的，啥匪呀贼的都过不来。再说了，叶家的宅基地风水好，咱要是把叶家的宅基地弄过来，可保佑郑家永世兴旺发达。"

郑英魁听后不吭声了，王文镜问："咋了，英魁，你咋不说话了？"

"恩师，咱这样做是不是不厚道啊？人家会不会说咱趁火打劫？"

"呃，英魁呀，你虽是个生意人，脑子很精明，可心还是太实在，我打心眼儿里喜欢你这个学生，我没有看错人，你是个成大事的人，必将光宗耀祖、千秋留名。不过，这是天意呀，人的命，天注定，这就是命。眼下，郑家村谁家能拿出一千两银子？只有咱郑家吧？咱要是不借给他银子，他的儿子就没命了。你说，咱这是积德行善，还是趁火打劫？这是两好搁一好呀。"

王文镜的一番话说得郑英魁直点头，郑英魁说："不过，恩师，即使是这样，咱也不能勉强，也要跟叶老二说清楚，咱借给他钱是一回事，他卖不卖给咱宅基地又是一回事，这两回事不能搅和到一起。他要是真的不想卖宅基地，咱绝不勉强，等他啥时候手头宽绰了，再还咱钱也不迟。咱家大业大，平时接济这家照顾那家，每年支出的零碎银子也不下千两，不在乎这点儿钱。"

"好吧，英魁，我跟叶老二说，你就不用管了，我来找你就是问问咱借不借给他钱。你是东家，你说了算。"

"借，没啥说的。"说到这里，郑英魁皱起了眉头，"不过，恩师，这也奇怪了，那绑票的也是瞎了眼，要绑票也得选准人哪，选有钱人。咋去找叶老二呢？"

"英魁，叶老二这些年常年在外烧钧瓷，名声在外，绑匪摸不准他家钱多钱少。"

"是啊，人怕出名猪怕壮，别管有钱没钱，千万不敢落个有钱的名声，钱能招祸，不能不防啊！"

2

其实，叶老二这几年运气不好，没有挣住啥钱。他家在邙山上，那几亩薄地，存不住土，干旱贫瘠，难以养家糊口，这才跑到禹县烧钧瓷，可他烧的瓷器成色都不太好，没挣着什么钱。他想起郑英魁找的那个算卦先生给他算命的事儿，说他家犯地命，阳宅不吉利，住在邙山上，山上风大，风吹"叶"落。"叶"要落，他叶家这运气咋会好呢？

当时，他还不信，认为郑英魁买通算卦先生合伙骗他，想要他家宅基地。不过，当他听说他的儿子被土匪绑了肉票，而且索要一千两银子，加上这些年不顺，他真的信了算命先生的话，他的阳宅的确不吉利。他闷着头想了又想，其实，也不能说邙山上的龙卧沟这地方不好，可能是他叶老二福薄命浅，他压不住，他享不了。而郑家就能享得了、压得住龙卧沟这地方吗？那可真说不准，龙卧沟这地方，对他叶家来说不好，对郑家说不定好得很。不过，眼下龙卧沟这地方好与不好就不管他了，先筹钱把儿子赎回来再说。他思来想去，自己的亲戚朋友都是穷得叮当响，把亲戚朋友的钱借过来，也难以凑齐这一千两银子。罢罢罢，人到了难处，不要脸了，能大能小是条龙，能大不能小是条虫，只管找郑家吧，只要郑家肯给钱，郑家想要龙卧沟那块儿地方，就给他，先顾眼前，以后的事以后再说。

叶老二没有直接找郑英魁，他没脸见郑英魁，上次郑英魁找他商议买龙卧沟那块儿地方，他给郑英魁弄得很下不来台，于是，他找到郑英魁的老师王文镜，他知道王文镜在郑英魁面前说一不二，而且，眼下王文镜还兼着郑家的管家。

叶老二找到王文镜，哭丧着脸说了事情的来龙去脉，王文镜问："是谁起的票？"

叶老二说："还能有谁？就是虎牢关的大土匪孙长德，外号小郎猪，张口就要一千两银子，要是不给，就把我儿扔到黄河里喂鱼了。"

王文镜一听，倒抽一口冷气，说："老二啊，你知道小郎猪是啥人吗？"

叶老二阴沉着脸说："王先生，我咋不知道呢？咱这一片儿的人都知道啊，小郎猪孙长德，杀人如杀鸡，他还光吃窝边草，只在河洛地界打家劫舍。他要是绑了票，派人去催要银两，要是到时不送，绑的票必死无疑，他还不让人舒坦死去，要么绑在树上活活打死，要么钝刀剥皮、利刃剖腹，活活折磨死。"

王文镜接着叶老二的话说："是啊，他把人打死了，还派人去告诉人家家里人，说谁谁家死人了，准备埋人吧，在哪儿哪儿沟里呢。他还强占民女，多了去了。听说有家人娶媳妇，大白天他就破门而入，强抢人家。新郎官实在看不下去了，刚说了孙长德两句，孙长德掏出砍刀就把新郎官的头割掉了。咱这附近村里的小孩子谁要是哭了，大人只要说一句'小郎猪来了'，小孩子吓得就不敢吱声了。眼下，你儿子被小郎猪孙长德绑票了，谁敢管？谁敢借你钱？郑英魁敢管吗？郑英魁敢借给你钱吗？郑家家大业大，敢跟这帮土匪结梁子吗？不怕贼偷，就怕贼惦记，要是惹了这帮土匪，郑家以后可就麻烦大了。"

听到这里，叶老二"扑通"跪在了王文镜面前，不住地磕头，磕得额头都流血了。

王文镜顿了一会儿说："老二，你先起来吧，别急，你在这儿等着，我去给英魁说说，好好跟他说说，看他咋说。"

王文镜去找郑英魁了，叶老二在屋里来回踱步，心乱如麻。寒冬腊月，北风呼啸，滴水成冰，人们的脸都冻得红肿，指尖像猫咬一样冷得生疼，脚踩在棉鞋里也冻得发麻，只好两只脚不住地互相磕打，稍稍增加些暖意。这么冷的天，可叶老二急得浑身直冒汗。

没多长时间，王文镜回来了，叶老二赶忙凑上去，勉强挤出一丝笑容问："王先生，咋样？"

王文镜说："老二，兄弟，我见英魁了，英魁答应了。"

"答应了？哎呀，太好了，谢天谢地，郑家真是大善人哪，英魁这人真是不赖。"叶老二激动地说。

王文镜先生说："老二，兄弟，有个事儿我想跟你说一下。"

"啥事儿？王先生，能救我儿子一命，啥事儿我都答应你，你说吧。"

"这不是英魁的意思，这是我的意思。"王文镜说。

"您快说吧，王先生，只要能救我儿子，谁的意思我不管，我啥事儿都愿意。"

"我听说英魁到禹县找过你，想买你家龙卧沟那块儿地，可你不愿意，我是这样想啊——"

还没等王文镜说完，叶老二就说："王先生，别说了，别管是你的意思还是英魁的意思，龙卧沟那块儿地我愿意卖。"

王文镜先生笑了："老二，眼下咋恁爽快就愿意了？"

"王先生，别说了，我愿意就是了。"

王文镜先生说："老二，我可不是乘人之危啊，你要真不愿意也没啥，郑家地多着咧，不差你那块儿地。"

叶老二连忙说："王先生想多了，我没那个意思。"

"好吧，这事儿我跟英魁合计合计，看他要不要，这只是我的想法啊。"

"中。"叶老二嘴上说了一个"中"字，心里却不住地想：这起绑票是不是郑英魁、王文镜串通"小郎猪"干的呢？

叶老二想归想，但眼下还是保住儿子的命要紧。当个穷人，当个小户人家，想跟富人、大户人家过不去，还真不中。人家既然看中了龙卧沟这块儿地方，卖给他得了，不卖的话，说不定还会有什么大灾大难咧。

想到这里，叶老二叹了口气，说："王先生，您和掌柜的大恩大德，我心领了，掌柜的要是真的看中了龙卧沟那块儿地方，我就卖给您吧，权当我报答您的恩情。"

王文镜说："好吧，这个事儿呢回头再说。你先写个借钱的字据，我写个条子，你去账房领钱吧，先救儿子要紧。"

叶老二千恩万谢，写了借钱的字据，拿了王文镜写的条子匆忙出了门，不过，刚出门又回来了，王文镜先生抬起头好奇地问："咋了，老二？你咋又回来了？"

叶老二说："王先生，小郎猪那土匪恶着呢，我拿钱去领人万一小郎猪变卦了咋弄？或者我儿子要是有啥不好的事儿咋办？郑家家丁多，有本事人多，听说还有个叫张铁锤的，厉害得很，能不能陪我一起去？"

王文镜看着叶老二央求的目光，说："这事儿你去找英魁吧。钱都借给你了，找他借个人，我想他会同意的。"

王文镜其实能当这个家，他太了解郑英魁了，叶老二已经答应把宅基地卖给郑家了，郑英魁多年的心事已了，估计正高兴得不得了呢，叶老二提出这个要求，郑英魁断然没有拒绝的道理，既然能在叶老二面前落这个好，为啥不让郑英魁落呢？为啥不让叶老二感谢郑英魁呢？郑家借了钱，帮了叶老二的大忙，别管叶老二是真感谢还是假感谢，必须让叶老二感谢郑英魁才对。因为在郑家，他王文镜只是个管家，他最多还是郑英魁的恩师，而郑英魁才是这个家的主人，是东家，不能摆错了位置，更不能喧宾夺主。

3

郑英魁正在书房看书，叶老二寻来了，只见叶老二面色苍白，塌蒙着一双小眼睛，更显得邋遢颓丧。

郑英魁起身相迎，说："叶二爷，天这么冷，您咋来了？还不快去救你儿子？"

叶老二深深地鞠了个躬，说："英魁，你肯借给我钱，叶老二我终生难忘，不过，你帮人帮到底，那帮土匪心黑，万一他们说话不算数了咋办，或者嫌钱少了，或者我儿子有个三长两短可咋办呢？"

郑英魁心想，这叶老二真是心眼儿多。郑英魁没吭声，叶老二只好说："英魁，我想请你的保镖张铁锤跟我走一趟，我心里才有数。"

听叶老二说了这番话，郑英魁倒犯了犹豫，不是他不想让张铁锤跟叶老二走一趟，只是他不想招惹小郎猪这帮土匪，万一张铁锤跟人家交起手来，肯定有死有伤，那就结下了梁子，就成了仇人，小郎猪那帮土匪可是亡命徒啊，都是把脑袋别在裤腰带上混的人，都是过了今儿个不说明儿个的人，郑家本就事儿多，再没事儿找事儿，惹恼了小郎猪，这可得不偿失。

见郑英魁迟疑不决，叶老二发了慌，他"扑通"一声给郑英魁跪下了，边磕头边说："英魁，只要你帮我过了这一关，我把宅基地送给你，我不要了。"

郑英魁说："二爷，不是我不同意，你也知道，咱这一带的人谁不知道，那小郎猪厉害呀，惹不起呀。"

叶老二说："英魁，我的大掌柜，你就行行好吧，你大慈大悲，救救我儿吧，你放心，我龙卧沟那块儿地卖给你，不，我送给你，不要钱了，只要能救我儿就中。"

郑英魁弯腰将叶老二扶起，说："二爷，你先起来吧，你起来再说，你这么大年纪了，你跪我面前，多不得劲。"

"你不答应，我就不起来。"

求人办事还有这种弄法？不答应他就不起来，这不是逼人吗？说不好听的话，这不是欺负人吗？郑英魁想是这样想，嘴上还是说："二爷，你先起来，咱有话好好说。"

"那不中，掌柜的，你不答应，我就不起来。"

郑英魁也生气了，说："你不起来就不起来吧，你要是愿意跪，我也没办法，我还有别的事儿，我先出去了，你就跪这儿吧。"说完，郑英魁转身就走。

叶老二一看不好，立即起身拉住了郑英魁的衣角，"英魁，我起来不得了，你别走哇，你走了更不成啊。"

郑英魁说："二爷，你既然起来了，我答应你，让铁锤跟你走一趟，这成吧？"

"中，英魁，我遇到了难处，你帮我，我今儿也豁出去了，我的宅基地不要了，白送给你，中吧？"

"二爷，你的龙卧沟那块儿地方，你给我也中，不给我也中，既然你想给我，那我就要了。不过，该多少钱我给你多少钱，不让你吃亏，这你放心。"

"英魁，既然你答应了，就赶快让铁锤跟我走吧，事不宜迟，不敢再等了，再等下去，我儿的命就悬了。"

"二爷，每遇大事必静气，这事儿千万不能急。小郎猪那帮人厉害得很，我让张铁锤一个人跟你去不行，我家里还有些会功夫的家丁，我再派十个八个人，在半路上做个接应，如果有个啥三长两短，就让这些家丁助你和张铁锤一臂之力。"

"哎呀，那敢情好，英魁呀，这可出乎我的意料，就这么说定了，等我这一难过去了，我把龙卧沟那块儿地送给你，说到做到，不放空炮。"

"二爷，你把龙卧沟那块儿地给我，我答应借给你的一千两银子不要了，权当买你的地了。"

"英魁，那怎能行？我那龙卧沟，加上那几间茅草屋，还有十几亩靠天收的薄地，不值恁多钱。我说过白送你的，人说话要讲信义，不能唾沫吐到地上自个儿舔起来。"

"二爷，啥值不值？我觉得值，那就值，你只要愿意把龙卧沟那块儿地给郑家就行了，我除了给你一千两银子，郑家的地随你挑，你再挑一块儿宅基地，我给你盖几间砖瓦房，再给你几亩河边的水浇地，你也不用去禹县烧窑了，光种地都够你吃了。你看中不？"

"那敢情好，不过，英魁，就有一条，我丑话说前头。丑话说前头，丑话就不丑。"

"先讲断，后不乱，免得藕断丝不断。二爷，有啥话你尽管说吧。"

"我那口井不能给你。"

"二爷，为啥？"

"英魁，我家院子里打了一口井，老人们都说，卖家不卖井，这口井我不能卖。"

"卖家不卖井，这叫咋卖咧？"郑英魁想了想说，"中吧，二爷，我答应你，井你不卖，中，把这口井起名叫叶家井，就权当还是你叶家的了，你想吃水了，就来我家，还到叶家井里挑水吃，中吧？"

"那中。"

"二爷，咱就这么说定了，你抓紧去前院拿钱，我这就让张铁锤跟你去，再找几个家丁，让他们跟你一块儿去，时辰不早了，救人要紧。"

4

叶老二千恩万谢出了郑英魁的书房，郑英魁也特别高兴，有些事儿真的是踏破铁鞋无觅处，得来全不费功夫。越是想办啥事儿越是办不成，可是不经意间事儿就办成了，而且这么轻松。所以说，很多事总会有转机的那一天。

在郑英魁的鼎力相助下，叶老二的儿子从土匪手里救了出来，叶老二果不食言，把龙卧沟那块儿地卖给了郑英魁。

没承想，郑英魁帮助营救叶老二儿子的事被土匪小郎猪知晓了，小郎猪一不做二不休，决计与郑家较量较量。郑家是方圆百里的大户人家，小郎猪早就眼红了，只是郑家势力太大，与官府素有结交，而且家里保镖众多，小郎猪轻易不敢招惹郑家。眼下郑家出面帮助叶老二，小郎猪有些不乐意了，必须给郑家一个教训，让郑家知道他小郎猪也不是好惹的。小郎猪与手下商量了好几天，终于想出了一个好主意。

郑英魁每天早上天亮即起，早睡早起是他的习惯。这天早上，他起床洗漱完毕，就出了窑洞。一阵寒意扑面而来，冷风像小刀子一样刮得人脸生疼，刚呼出的气息瞬时就变成了一团雾气，郑英魁禁不住直打哆嗦，随即裹紧了身子，却觉得厚实的棉衣棉裤也被冻透了。太阳还慵懒得没有出来，几只麻雀倒在干枯的树枝上欢快地跳来跳去，好像不知道四季轮回。郑英魁打开院子大门，却见门外边躺着一个人，一动不动的，郑英魁吓了一大跳。

这年头，死个人太正常了，但是，在自家门口死人，也太不吉利了。郑英魁刚想喊人把这人抬走扔掉，只见地上躺着的这个人动弹了一下。郑英魁想，这人肯定还没死，于是，他走上前，一看是个年轻小伙子，看面相也就二十来岁，长相也还端正，郑英魁叹了口气，直说可惜了，他弯下腰，摸摸这个小伙子的身子，还软乎乎的，伸手放在鼻子前，还有气儿。

郑家世代为善、心地善良，眼见这个小伙子躺在家门口奄奄一息，郑英魁不禁动了恻隐之心，于是回家喊上张铁锤把这个小伙子背到自己家里，安排在了下人住的耳房。

郑英魁吩咐张铁锤给这个小伙子盖了厚厚的被子暖身子，又喂了些葱花姜汤喝，不久，这个小伙子就缓过劲儿来了。他睁开眼，见郑英魁和张铁锤站在身边，想从床上坐起来，郑英魁说："小兄弟，躺下别动了，你叫啥名字？哪里人氏？为啥躺在我家门口？"

小伙子一听眼泪就"唰唰"流下来了，说："哥，我叫狗蛋，家是三门峡那边的，俺们那里过土匪，俺全家都被捉住了。俺爹被贼人挖开肚子，俺娘被剥皮喂了狗，俺儿子也被绑在高高的旗杆上当箭靶子被活活射死，我媳妇被贼人百般凌辱。土匪看我年轻力壮，就让我给他们铡草喂马。我找了个机会得以逃脱，一路要饭，这才走到您家门口，看您家门楼高，本想敲门要口饭吃，还怕您家里有狗，就没敢进，我饿晕了，就倒在了您家门口。"

郑英魁听了后不住地唉声叹气，说："唉，这是啥世道啊？可怜呀，乱世人不如太平狗，你们那里就没有官兵追剿贼人吗？"

小伙子摇摇头说："恩公，别提了，官匪一家，一点都不差，兵贼有啥区别？"

"你下一步准备去哪儿？"

"我不知道，我没地方去，走到哪儿算哪儿呗，早晚饿死算了。"

"那样吧，你先在我家住下，我家要盖房子了，需要的人多，你到时候帮助盖房子吧，管你吃住，多少还能挣个工钱。"

这小伙子一听，"哧溜"从床上下来了，跪在地上磕头如捣蒜。

张铁锤把郑英魁拉到屋外边，悄悄对郑英魁说："掌柜的，这小伙子留不得呀。"

郑英魁说："为啥？你看这小伙子恁可怜，咱管管他，也做一件积德行善的事儿啊。"

　　张铁锤说："掌柜的，你心好，你是好人，可是，你不是常说吗？害人之心不可有，防人之心不可无。眼下这世道，啥人都有，不能不防啊。"

　　"铁锤，你多虑了，一个年轻小伙子，啥屁事不懂，他能咋着？"

　　"掌柜的，这个小伙子来历不明。你看他的脸、他的手，都细皮嫩肉，哪像吃过苦的人？要是多天没饭吃，他早就饿得皮包骨头、面色蜡黄的了。"

　　一语惊醒梦中人，郑英魁说："铁锤，你这个保镖还怪称职咧。"

　　"掌柜的，干啥说啥，干一行想一行，我当郑家的保镖，保护郑家是我的职责。"

　　"中，铁锤，你这中。这样吧，这个小伙子你就照顾他吧，既照顾他，又防着他，看他这几天有啥动静没有，也说不定就是个祸害精咧。"郑英魁说。

　　"好嘞，掌柜的放心吧。"张铁锤说。

5

　　郑英魁走后，张铁锤也走了，把这个自称狗蛋的小伙子一个人留在了耳房里。

　　狗蛋吃饱喝足了，开始在郑家院子里转悠。郑家雇的下人多，来办事儿的人也多，这个狗蛋在院子里左瞅瞅右瞅瞅，倒也没有多少人注意他。

　　狗蛋到了牲口棚，还转到了草料屋，还找到了郑家客厅、书房、厨房，一天时间就这么过去了。

　　到了傍晚时分，张铁锤给狗蛋送来了晚饭，一盘白蒸馍，一份炒鸡蛋，一碗小米汤，送过饭之后，张铁锤就走了。

　　狗蛋狼吞虎咽，吃完后，就躺在床上睡觉。睡到鸡鸣三更，他摸黑起了床，悄悄来到牲口棚，找到草料屋，因为晚上要喂牲口，草料屋没锁门，狗蛋就钻进屋里，从裤腰里摸出火镰，打起火来。

　　狗蛋刚打了一下火镰，一个黑大汉闯了进来，一脚就把他跺倒在地，狗蛋把火镰扔在了一边。狗蛋一个鲤鱼打挺飞身跃起，右拳便冲黑大汉面门袭来。只见黑大汉往下一蹲身，闪身来到狗蛋背后，右脚猛踢在狗蛋腿弯处，狗蛋往前一冲，单腿跪在地上，半天站不起来。黑大汉过来，不由分说，把狗蛋五花大绑捆了起来。

　　"你是谁？"狗蛋怯生生地问。

"我是谁？你是谁？小子，我叫张铁锤，我跟你一天了，走，到掌柜的房里去。"

张铁锤拽着绳头，推搡着狗蛋来找郑英魁。

郑英魁还在书房里看书，见张铁锤把狗蛋绑来了，吃了一惊。只见张铁锤一脚把狗蛋踩倒在地，说："小子，跪下！"接着，张铁锤对郑英魁说："掌柜的，刚才这小子跑到咱家草料房，正在打火镰，被我发现了，逮了个正着，这小子可是要在咱家放火的呀。"

狗蛋见了郑英魁，吓得浑身哆嗦，哭着说："掌柜的饶命！掌柜的饶命！"

郑英魁厉声说："你到底弄啥咧？我好心救你，你为啥反过来要害我？"

狗蛋说："掌柜的，我该死，我该死！"说完，自己打起自己嘴巴来。

张铁锤上来又是一脚，说："狗崽子，良心被狗吃了，我家掌柜的好心救你，你却恩将仇报，看我今天不打死你。"说完，张铁锤一只脚踏在狗蛋胸脯上，伸出铁拳又要打。

郑英魁说："铁锤，慢着，看这小子说什么，看他来咱家到底干什么。"

张铁锤挥舞着拳头说："快说，不说打死你。"

狗蛋战战兢兢地说："掌柜的，我从三门峡土匪窝里逃出来后，饿晕了，却被虎牢关的土匪小郎猪孙长德收留了，孙长德看我人还机灵，就收留了我。我当土匪原本就是为了混口饭活个命，可入了这一行就由不得我了，打家劫舍啥都干，我要是不听话，他们就要把我扔到黄河里喂鱼去。可叹啊，我全家被土匪所害，没承想到后来我反倒成了害人的土匪。"

张铁锤听完后骂了句，然后说："装吧，装，使劲儿地装。少在这儿装可怜，说实话，你这次来是干啥的？"

狗蛋说："哥，我说的都是实话。小郎猪早就想抢郑家，只是郑家防守严，还有那么多家丁防护，怕得不了手，就不敢动。这次郑家帮了叶老二的忙，小郎猪不高兴了，就想收拾郑家。于是，让我想法儿混进来，他们在外边守着。等我点燃草料房，等你们郑家人救火的时候，小郎猪他们趁乱打进来，跟郑家大干一场。"

狗蛋刚说完，张铁锤一记铁拳砸在狗蛋的头上，狗蛋头一歪，眼一翻，死了。

郑英魁不高兴了，"铁锤，你咋把人打死了？他也是个穷人，也是苦出身哪，怪可怜的。"

张铁锤说："掌柜的，你心善，可也不能当唐僧啊，遇到白骨精，你还可怜她吗？像这种人，你救他，他还反过来害你，留着他，早晚是个祸害，我不除掉他，他早晚还会害更多的人。"

"唉，你下手太重了。"郑英魁叹了口气说，"就这吧，回头把他埋了吧。不过，眼下咋办呢？"

"掌柜的，你说咋办，我听你的。"

郑英魁眉头一皱，计上心来，示意张铁锤近前来，凑到他的耳边说："铁锤，估计小郎猪那帮土匪就在咱郑家大门外不远处藏着呢，与其他们攻过来，不如咱主动杀过去，既然他们来了，咱就不能让他们走，不如咱来个将计就计，如此这般——"

张铁锤听了，连连叫好，说："掌柜的，你太厉害了，我这就去办。"

"好，小心行事。"郑英魁说。

张铁锤领着郑家的家丁和青壮年男劳力来到了郑家门里，张铁锤背了一口铡刀，其他人有拿刀使棍的，有拿铁锨掂粪叉的。为了能在夜色中辨认出自己人，他们每人头上都包裹了一条白毛巾。

张铁锤亲自点燃了几捆秫秸，火苗腾地蹿起来了，照亮了夜空。

小郎猪那帮土匪就在不远处的树林里藏着呢，他们窝了半夜，早就等得不耐烦了。冬天的夜晚，寒风刺骨，土匪们都冻得龇牙咧嘴，却也不敢动弹。当他们看到郑家火光冲天，以为是狗蛋放的火给的信号呢，于是，兴奋异常，高喊着"有钱不杀人、没钱杀绝门"的口号，一路飞奔直扑郑家而来。

不承想，郑家的大门主动打开了，土匪们刚一愣怔，张铁锤就领着郑家的家丁和其他青壮年劳力高喊着"活捉小郎猪"的口号冲了出来，与土匪战在一起。

小郎猪这帮土匪猝不及防，等迷瞪过来，有的人已经人头落地了。尤其是张铁锤，只要看到头上没有裹白毛巾的，抡起铡刀就砍。土匪见势不妙，拔腿就窜。

这时，郑英魁让王文镜先生敲起一面锣，喊起不少郑家村的人，这些熟睡中的村民听到打土匪的吆喝声，都纷纷抄家伙出了家门，齐聚到郑家门前。

村民们都是群胆，越杀越勇，越折腾越有劲。不一会儿工夫，这帮土匪死的死、伤的伤，逃走的寥寥无几。这一仗，大长郑家人的志气，重创了小郎猪的威风，虽然小郎猪比较狡猾，带了两个亲信跑了，但自此之后，他再也没有在虎牢关起过事。

6

打败土匪小郎猪之后，郑英魁加快了扩建庄园的步伐。他知道，眼下这世道，没了小郎猪，还会有别的土匪找事，关键是怕太平军再来。宁可备而不用，绝不用而无备。啥事儿多往坏处着想，总是没错。而且，靠官府靠不住，靠自己才是正理，要把庄园建好，把寨子建牢固，增加保镖，置买兵器，才能保证郑家人的安全，才能保证郑家村乡亲的安全。

郑英魁立即请来了洛阳的邵潜老先生，请他看风水、指方向，谋划郑家庄园的布局。

郑英魁让王文镜陪着邵潜在龙卧沟里转，转了几天后，邵潜对郑英魁说："少东家，此处背依邙山，面临洛河，北凭黄河天险，南瞻嵩岳屏障，依山就势，环境优美，居高临下，地势险要，虽由人做，宛自天工，天人合一，师法自然，真是一块儿风水宝地啊。你再从对面的远处看，这处宅基地在邙山半腰，像洛河岸边的一朵莲花，从高处看，又像是饮水洛河的万年龟，就是'金龟探水'的地形，大龟又叫鳌，是'独占鳌头'、人财两旺的意思啊。我觉得，咱不能委屈糟蹋了这块儿地方，一定要好好谋划谋划，临街建楼房，靠崖筑窑洞，四周修寨墙，濒河设码头，以龙卧沟为主体，考虑长远，留够余地，逐年扩建。寨上要建住宅区、栈房区、店铺、饲养区、祠堂、木材厂、造船厂、抱犊寨等各种建筑，再盖些碑楼、牌坊、花园，既扩建就要弄大，建成北方最大的庄园，青史留名，荫及子孙。不过，这事儿可急不得，萝卜快了不洗泥，慢工才出细活儿，还是要质量为上。"

郑英魁听了邵潜的一番话，击掌叫好，说："邵先生，你的话正合我意，我也是这样想的，咱谋划好，慢慢建，我这一辈儿建不成，儿子继续建，儿子建不完，孙子建，咱建它一百年，精雕细琢，一定要把这庄园建成传世建筑。"

王文镜听完后，也直叫好，不过，他说："英魁呀，扩建庄园，木头和石材很重要啊，这是庄园质量的保证啊。"

郑英魁说："恩师说的话有道理，我也打听过了，木材，咱一方面用邙山上的树，但更重要的是，通过黄河、运河再从东北买木材，那里的木材经过严寒，生长年数长，比较硬实。石头，咱河洛县虽说山多，但石头不好，还是嵩山石头硬，咱就从那儿拉石头，虽说多破费了，但这是百年大计，是给子孙后代留的家产，不能对付。"

王文镜说："依我说，房子一住多少年，郑家子孙后代都在里边住，小孩子的教育是大事，从小就要教他们走正道、明事理、立大志。"

郑英魁听了有点儿丈二和尚摸不着头脑，问："恩师的意思是？"

王文镜摸了摸他的花白胡须，说："我从四书五经里找些好句子，再从古代名人贤士的文章里挑些句子，或者我编一些对联，将来盖房子的时候，刻在门、堂、厅、屋的两边，这些匾额和楹联处处教化后代，随处可见，一处庄园也是一座学堂啊。"

郑英魁这才如梦方醒，不住点头，说："恩师说得有理，庄园又是学堂，最好，最好。"

邵潜说："我只会看风水算卦，具体盖房子，我也只能说个大概，真是干起来，你们还得找好工匠。"

郑英魁问："邵先生，你走南闯北，见多识广，虽说你只看风水，可看风水跟搞建筑是相关的，你肯定认识不少盖房子名家，帮我推荐几个吧。"

邵潜说："开封府有个周师傅，修过故宫，修过龙亭，让他帮助设计设计你这院子咋盖最合适。另外，偃师有个车师傅，是好石匠，他的石雕跟真的一样。木工也是一大项，这么多木匠活儿，不找个领头的，那不成。登封县（今登封市）有个白师傅，是咱这方圆百里有名的木匠。这些人，名气都大，活儿好，活儿也多，我跟周师傅不熟，不知道你能不能把他请来。车师傅和白师傅我倒认识，我可以写封信介绍介绍。"

郑英魁说："咱大不了多出俩钱呗。"

王文镜说："英魁，可不能这样说，人不能都钻到钱眼儿里。像邵先生说的这几个人，都有好手艺，他们不缺钱，走到哪儿吃到哪儿。你还是要动动脑筋，多尊重人家，钱上再大方些，这还差不多。"

"咋尊重人家？"郑英魁问。

王文镜说："英魁，亲自去请人家，见了人家，还要把你的设想跟人家说说，这些人手艺好，想的不只是钱，想的是名，想青史留名。你跟人家说，郑家庄园占地一二百亩，是项大工程，准备盖它个一百年，你这一说，人家保准来。"

"恩师，那为啥？"

"英魁呀，你想想，郑家庄园建成后，那是大清朝少有的民间建筑啊，那不就天下扬名了吗？你郑家庄园出名了，这些盖房子的人不就有成就感了吗？他们的手艺不就流传千古了吗？"

"嗯，恩师说得有道理，我这就去挨个拜访各位师傅，没有人才盖不成好庄园。"

7

郑英魁按照王文镜的指点，先到开封府去请周师傅。周师傅原在皇宫里修修补补盖房子，后来年纪大了，回到了老家河南，就在开封住，他不再盖房子，只是谁家盖房子把他请去，他帮人家谋划谋划、指点指点。郑英魁带了银两和礼物找上了门，说明了来意，周师傅一听就同意了。一是郑家这工程太大了，周师傅觉得这是"民间小故宫"啊，盖这样的房子露脸。二是郑家的名声在开封很响，祥符县被黄河淹的时候，郑英魁施粥救灾，大人小孩儿都知道，所以，一听说是郑英魁要盖房子，周师傅很爽快地就答应了。

郑英魁领着周师傅在邙山上转了几圈，周师傅直夸这地方风水好，周师傅说："不过呢，风水好还要谋划好，谋划不好也不行，这山腰要挖一半，挖出个平台，在平台上建园子，才能聚风水，要不然，风水就顺山坡跑了。"

郑英魁说："对对，有道理。"

周师傅随手折了一根杨树棍，指着前边说："山腰挖出个平台，靠里的部分挖窑洞，窑洞分两屋，砖砌券，中间搭木棚板，上边放东西当仓库，下边住人。再往前，按照坐北朝南老规矩，分成五个院，叫五子登科。靠山的窑洞叫上房，不靠山的两边盖厢房，每个院都要盖门楼，大门外两边留耳房，住个打杂的，或者留宿客人用。院子再往南，一条东西通道五尺宽，连起各个院。通道往南，盖一排大房子，这是主宅。主宅靠西边挖条大斜坡，挖个门洞通向洛河滩，修个结实的大木门，夜里插上门闩，有紧急情况，可顺这个门跑走。"

郑英魁说："周师傅考虑真周全啊。"

周师傅说："还有，洛河滩上提前盖座大草房，再挖一眼水井，再弄个伙房，将来盖房的时候做工的师傅们要有吃有住的地方。"

"对对对，就按周师傅说的办。"郑英魁说。

"我听说你想用东北的木料，这是好主意，咱这儿天暖和，树都有点儿糠，不太结实，用东北的红松、白松好，我在那儿有熟人，我写信给他们让给咱发货。"

"太好了，周师傅真是帮大忙了。"

"不过呢，小点儿的木料就用咱本地的吧，像桐树、楸树、椿树、柳树、榆树，都耐沤，还都能用，盖房子啥木料都需要，就像人一样，啥人都有用处，光看用在啥地方了。要是做斗拱，这些硬木料还有力气呢。"

周师傅的一席话说得郑英魁频频点头，人一张嘴，就知道有没有本事，水平高下立等可见。郑英魁当下就决定聘请周师傅当总指挥，负责整个庄园的修建。

周师傅到底是行家里手，干啥事儿规规矩矩、有板有眼，他不像乡村盖房的一般弄法，只是嘴说说，迈开腿用脚量量，然后就开始盖房子了。他跟郑英魁说，他要画图纸，必须给他一间屋单独想七天，任何人不能打扰他，还要给他请个神仙的牌位，他要祭拜祭拜神仙，烧香磕头，然后他才开始画图。这些，郑英魁都一一答应了。

8

七天之后，周师傅画出了建筑草图，草图上，但见从郑家老宅的大门往上走，是一条隧道，直通坡顶，四处朝阳的宅院一字排开，四个院落都有高大的门楼，进去之后依次是前院、二门、厢房、上房。除了住宅区，南大院的上房高大宽敞，因为七丈见方，就名曰方七丈，是郑家待客厅。大门外，从南往北，依次是砖瓦窑、木材场、造船场、菜园、花园、戏台、轿车房、马厩、溜马场。草图还详细记载了每一处结构的大小尺寸。草图画好后，经过郑英魁同意，周师傅还把图上的建筑景致用模型做出来，按照一比一百的比例，用草纸板、秫秸秆、木料等材料加工制作，大到台基、柱坊，小到桌椅、屏风，形象逼真、栩栩如生。这些建筑模型做出来之后，周师傅还画出了现场活计图，从打根基到各项活计，画得非常准确、清晰，郑英魁看后非常满意。

这些工作做完后，郑英魁对周师傅说："周师傅，你得跟我一块儿去找人。"

周师傅问找谁。

郑英魁说："洛阳偃师南山里有个车师傅，是个好石匠，登封有个白师傅，是个好木匠，让他俩一个负责石料，一个负责木料，都听你指点，我就放心了，你也省事了。"

周师傅说："这我得去挑挑看看，干啥事儿都是人最重要，人不在多，关键在精，兵熊熊一个，将熊熊一窝。"

郑英魁说："好，事不宜迟，咱眼下就出发。"

说完，郑英魁带着周师傅，喊上保镖张铁锤，每人骑了匹快马，顺洛河边的官道往西走，走了二十多里路，找到了车石匠的家。

车石匠家就在南山深处，门前屋后摞的都是石头，还有已经雕刻成各种形状和图案的石头制品，有石狮子、石桌、石凳、石鼓、石门墩。那些石头制品上，有的刻着字，有的刻着画，像醉八仙、狮子滚绣球、岁寒三友、喜鹊登枝、姜太公钓鱼……

车石匠正在院子里领着几个人做工，他已经头发花白、满脸皱纹了，佝偻着腰，见有人来，停下了手中的锤子和錾子。

郑英魁看见这位老人，猜想应当就是车石匠，急忙上前作揖抱拳，说："敢问老先生可是大名鼎鼎的车师傅吗？"

"啊，我是，您是哪位啊？"

"车师傅，终于找到您了，我是河洛县老郑家的郑英魁。"

"噢，是郑掌柜，久仰大名啊。"

"车师傅，洛阳邵潜先生让我给您带封信。"郑英魁说完，把邵潜先生写的信递给了车石匠。车石匠拆开信，眯着眼，把信放得很远，逐字逐句地读起来。看完信，车石匠笑了，说："郑掌柜，有气度啊，要扩建，规模还这么大，是好事啊。"

郑英魁说："车师傅，想请您到我们家帮忙，工钱好说。"

郑英魁本想车师傅也会像周师傅那样爽快答应，没承想，车师傅却不乐意，车师傅说："郑掌柜，您的盛情我心领了，只是您也看到了，我老了，不中用了，恐怕去不了了。"

郑英魁一听有点儿着急，说："车师傅，您不用动手干，您指挥着石匠们干就中。"

"郑掌柜，我真的走不了了，你看我这身子骨，一天不如一天，不定哪天都找阎王爷去了，你家的工程是大工程，不是一天两天的事儿，也不是一年两年的活儿，我要是接手了，弄到半路不中了，谁也不好接呀。"

郑英魁一听，车石匠说得也在理。这可咋办呢？郑英魁皱起了眉头。

车石匠一看郑英魁发愁的样子，呵呵笑起来："郑掌柜，不用作难。这事儿既然邵先生给我写信说了，我跟邵先生是好朋友，你郑家也是远近闻名的大善人，我肯定帮你的忙。这样吧，我儿子车清源也长大了，手艺不在我之下，可以说是青出于蓝而胜于蓝，你要是愿意，我让他跟你去，你们家只要不停工，我就让他在你们家做一辈子工。我呢，如果身子骨还行的话，隔三岔五我就去瞅瞅，也帮助合计合计，你看咋样？"

郑英魁点点头说好，但明显流露出失望的神色。车石匠见状，急忙说："郑掌柜你等会儿，我儿子清源去给人家送货了，一会儿就回来，等他回来让他当场亮亮手艺，你相中了就带他走，相不中的话，你再想别的门路。"

郑英魁说："既然是车师傅的儿子，虎父无犬子，肯定错不了，肯定错不了。"

车石匠吩咐手下帮工的找柴草烧火，要给郑英魁、周师傅和张铁锤他们做鸡蛋荷包汤。郑英魁忙制止车石匠，怎奈车石匠执意要手下帮工的做吃的。恭敬不如从命，郑英魁也不再勉强了。

鸡蛋荷包汤做好了，里边放了些白糖，一人一大碗，每碗里五六个鸡蛋，郑英魁他们几个说着感谢的话，吃起了鸡蛋荷包汤。正在这时，车石匠的儿子车清源带着几个人回来了。

车石匠介绍说："清源，这是河洛县郑家的郑掌柜，来来来，我给你挨着引见引见。"

郑英魁打眼一看，车清源二十岁左右，浓眉大眼，红脸膛，中等个，身材敦实得很，穿了一身槐籽染的黄色精布裤褂，看起来很精神，郑英魁一眼就喜欢上了这个健壮朴实的小伙子。

郑英魁看车清源和他父亲年龄相差不小，不由问道："车师傅，这是你的儿子？"

车石匠好像看穿了郑英魁的心思，说："我是老来得子，只可惜清源命苦，他生下来没几年，他娘就去世了。"

"噢，原来如此。"郑英魁点点头说，"车师傅，你放心，清源到了我们家，就是我们家的人了，将来清源娶妻生子，孩子读书识字，我都会安排好的。"

"那敢情好，那敢情好。"车石匠说，"谢谢郑掌柜了，我年龄大了，就怕有一天不在了，清源没人照顾，有郑掌柜这句话，我就放心了，郑掌柜既然这样说了，我也表个态，今后清源哪儿都不去了，就把郑家当自己家，好好干，郑家盖房子用石料的事儿，就包在我和清源身上。"

"好好好！"郑英魁也很高兴。

车石匠说："慢着，郑掌柜。"

郑英魁一听吓了一跳，以为车石匠又变卦了呢，只听车石匠说："郑掌柜，你不是想看看清源的手艺吗？来来来，清源，给郑掌柜刻个石料。"

车清源瓮声瓮气地说："中！"

但见车清源在院里随便挑了块儿石头，拿起锤子和錾子，"叮叮当当"敲起来，粗笨的工具在他手里就像一根绣花针一样灵巧。车清源两眼专注地盯着石块儿和工具，不一会儿，石头上就刻出了喜鹊登枝的画面，那一枝梅花伸向远山深处，两只喜鹊欢欢喜喜地站在枝头眺望，一个展翅欲飞，一个紧紧相随，真的是活灵活现、栩栩如生。

"好！"郑英魁拍手叫好，当下就决定，一定要把车清源带回家去。

在一旁一直默不作声的周师傅这时也不住地啧啧称赞："还是深山出俊鸟啊，高手在民间，不简单，这手艺就是拿到北京、开封也不丢人。"

9

请回了车清源，又到嵩山去请木匠白师傅。白师傅又称白疙瘩，他所在的陈家村被称为"匠人窝"，家家户户都有拉大锯、刮刨子的匠人。有顺口溜道："喝了白疙瘩的水，能做凳子腿；吃了白疙瘩的馍，木匠不用学；吃过白疙瘩的饭，掂着家伙都能干。""白疙瘩真可夸，一家木匠都两仨，老婆会拉锯，姑娘会画花，赤肚子孩子有活干，抱柴烧火帮做饭。"白师傅的木雕做工精细，立体感强，南北兼容，古朴典雅，浑厚大气，造型独特，结构合理，线条流畅，内容吉祥，方圆百十里很有名望。

有了车师傅和白师傅，在周师傅的总筹划下，郑家庄园扩建工程要动工了。

王文镜从古书里找了些楹联写下来让郑英魁过目，郑英魁把总谋划周师傅也请来了，几人一块儿商议。只见王文镜写的第一副对联是："志欲光前惟是读书教子，心存裕后莫如勤俭持家。"郑英魁一看就说："中，这跟咱郑家眼下挂的楹联'处世无它莫若为善，传家有道还是读书'有异曲同工之妙，中，看下一联。"王文镜又掀开一联："品味世间情有关生计货殖传常看，挂怀天下事无

益苍黎瓮缶书不读。"周师傅说："嗯，说得好，上联说的是要读书行善，这下
联说的是读什么书做什么事。"王文镜说："英魁，看这副楹联。"郑英魁眉宇
舒展，定睛一看："行道有福克勤有继，居安思危在约思纯。"郑英魁正要说
话，王文镜说："英魁，莫急，看下一联，这俩联意思差不多，也是异曲同工。"
郑英魁仔细看来，只见这副楹联写的是："耜耕三省当思创业维艰，船行六河须
防不世风浪。"郑英魁点点头说："好啊，咱郑家生意做遍河南、山东、陕西三
省，大船行过黄河、洛河、泾河、运河、沂河、渭河，这楹联有气势，写出了
我心中的想法，居安思危，啥时候都不能大意，将来子孙后代看了，时时提醒
他们，有好处。"王文镜先生又掀开一副楹联："商道无形商道即人道，商品有
形商品即人品。""好!"郑英魁不住叫好。王文镜说："别慌，还有跟这异曲同
工之妙的楹联呢。"郑英魁低头去瞅，只见又一副楹联写道："厚农资商农商皆
是本，重信守义信义全在人。""嗯，有道理，有道理，简单几个字就把经商做
人的意思说得透亮，好。""经商还要讲诚信和仁义，"王文镜说着又掀开一副
楹联："审时度势诚信至上商之本，化智为利化利入义贾之根。"

　　接着，王文镜又展开了十几副楹联，郑英魁都赞不绝口，说："恩师真是费
大工夫了，把这些楹联找咱当地有名的书家写上，挂在各院门两旁，这就是咱
郑家的家训，也是咱郑家为人处世的标准，还是教育下一代的良师益友。这些
楹联挂出来，真是蓬荜生辉、画龙点睛啊。不过，恩师，郑家以理学治家，尊
崇程颢、程颐，我这里找了两副对联，你看如何?"

　　"好啊，我看看。"王文镜说。

　　郑英魁回头示意保镖张铁锤，张铁锤急忙上前，从怀里取出两副对联，郑
英魁先接过其中一副，展开后，但见上面写着："教衍唐虞道宗静专扶昌运，源
分洙泗学究诚明立正传。"

　　王文镜一见就说好，"此联乃宋儒朱光庭所写。他是程颢的弟子，他听先生
讲课，如痴如醉，回家后有人问他程先生讲课怎样? 他说就像光庭在春风中坐
了一月，于是就有了成语'如坐春风'。此联宗本求真、道静思主、学究一经、
后世立传，讲出了理学的最高境界。中。"

　　接着，郑英魁又展开一副对联："言动不苟泰山严严之象，论议无懈大臣谔
谔之风。"

　　王文镜说："这副对联是二程门生杨时所作，其实恰恰合了英魁的本性。
中，这副对联也中。"

一直没机会说话的周师傅这时也附和着说："这些楹联，很有水平，别出心裁，可传千古，可教孺子，实是为人处世的金玉良言。"

王文镜说："周师傅见多识广，还请周师傅多指教。"

周师傅摆摆手说："王先生过奖了。我在北京皇宫里待过，也在河南巡抚衙门打过杂，还到过许多大户人家，各处的楹联都不同，体现了主家的志向和追求，王先生和郑掌柜提供的这些楹联不同凡响，足可做为人处世的规矩，受益匪浅。"

建家园，这是大事，说完楹联的事儿，又说开工仪式的事，在这种事儿上，郑英魁并不可惜钱，他总认为，该大方的时候要大方，该排场的时候要排场。王文镜和周师傅都同意郑英魁的意见。

正在这时，一只家猫从众人脚下溜过，把几人吓了一跳，王文镜说："该死的猫，再不懂事赶走你。"

郑英魁却说："恩师，您别生气，这倒给我以启发。"

"英魁，啥启发？"

"恩师，咱盖房子的时候，门槛那地方都留个猫洞。"

"留个猫洞？"

"是啊，猫吃老鼠，家里离不了的，不给猫留个洞，它咋活呀？"

听了郑英魁的话，周师傅不住地跷大拇指，说："看看人家郑掌柜，考虑多细致，多周全，就这份善心，就不得了。妥了，我跟着郑家干，算是跟对人了。"

10

万事俱备，到了扎根脚那天，艳阳高照，春风和暖。田野里的麦苗都返青了，田埂上的野花悄悄地开放，而河边的柳树也变成了一团团黄绿色的轻雾，柳枝在碧绿的水面轻轻地飘浮，微风吹来，充溢着春天清新而馨香的味道。郑英魁请了两个戏班子，祥符县戏子唐玉楼闻讯后，带着他的戏班子专程从陕西赶来，免费唱戏助兴。

郑英魁请的这两个戏班子，一家是号称"压塌洛阳"的豫西调洛阳戏班，班主是号称"活关公"的常义；另一家是号称"对倒南阳"的宛西梆子南阳戏班，班主是誉称"铁嗓子"的钱圪垯。号称"二百贯"的唐玉楼唱的则是豫东祥符调。这三个戏班子三个名角一对棚，热闹极了，百里地外的老少爷儿们听说了，都放下手中的农活儿搬着凳子赶来看戏，那真是人山人海、水泄不通。

在开戏之前，戏班班主要领着戏班子所有的人在后台向庄王爷焚香叩首，祈求神灵保佑。然后，由两位戏子穿上华美的戏服扮演天官，每人手里拿一面小旗子，上写"天官赐福"字样，随着锣鼓声响在戏台上走一圈儿。接着，由五个戏子扮演东西南北中五路财神，财神上得台来，其中一人一手拎着大公鸡，一手掂把刀，把公鸡杀掉，以血祭台，这才正式开锣唱戏。头场戏，有文有武，所有的戏子都上场，展示戏班子的实力。一般唱的是《全家福》《百寿图》《天官赐福》等喜庆剧目。

三个戏班子都使出了看家本领。洛阳戏班这边，常义一亮相，看戏的人群都"轰"地像苍蝇一样跑到洛阳戏班那儿；等钱圪垱一出场，人们又"轰"地像麻雀一样跑到了南阳戏班那儿；等唐玉楼一登台，人们又"轰"地像刮风一样跑到了祥符戏班那儿。洛阳班的班主常义一看这阵势，心里着急，去后台请来了他八十多岁的老爹常忠，常忠号称"关公爷"，演关公是活灵活现。只见常忠披挂上阵，往台上一站，左理髯，右拦刀，大吼一声"俺关公来也"，声如惊雷。人群"轰"地又向洛阳戏班这边拥来。由于人太多，竟挤塌了戏台。常忠正待伸展拳脚，不承想戏台一塌，他竟从戏台上掉了下来。洛阳戏班这边儿戏停了，戏子们七手八脚赶紧把常忠扶到一边，接着收拾戏台，继续唱戏。

这边热热闹闹助兴，那边工程正待开工。郑英魁把郑家村一家请一个主事儿的，大摆宴席，共同庆贺。

在周师傅的安排下，打地基的老硪工有几十位，分成四班，他们把用圆石头做成的硪围在中间，硪上系了很多粗绳，硪上有根木棍，由硪头扶着把握起落和平衡。这硪有百斤重，大家一起拉，硪被高高拉起，然后重重落下，把地基砸实。四班人，一班拉一个硪，硪对硪，不用戳，四硪碰面，看谁甩得硪高，看谁硪号唱得好。时辰已到，郑英魁敬了天地三碗酒，又敬了鲁班三碗酒，又敬了郑家祖先三碗酒，然后，大喊一声："开工——"

话音刚落，张铁锤就领人点火放鞭炮，鞭炮声"噼里啪啦"响起，接着是鼓乐齐鸣，人们拍手叫好。

只听硪头带头喊起来了："喂——"

一人领，众人和，大滑号的调子就唱起来了——

喂——

嘿嘿嘿呀么嘿嘿！

一二三三二一，

一二三四五六七。

吃饭还是家常饭，

穿衣还是粗布衣。

老婆还是结发妻，

恩恩爱爱甜似蜜。

谁要耍滑走歪道，

石硪让他脱层皮。

接下来，硪头变了节奏，由慢到快，唱起了欢快轻松的花号歌，硪工们站在原位上，唱一句，打一下硪，这次唱的是《对花歌》——

甲：俺说一来谁对一？众应：呀呼嗨！谁对一？

乙：恁说一来俺对一！众应：呀呼嗨！俺对一！

甲：什么花儿开水里？众应：呀儿呀儿呀呼嗨！

乙：水仙开花在水里！众应：呀儿呀儿呀呼嗨！

…………

开工仪式结束后，郑英魁对周师傅说："周师傅，郑家庄园前期靠你谋划设计，以后开始做工了，你就当监工，哪一点儿不符合你的意思，你尽管说，你全权负责。"

周师傅说："这么大的事交给我，我怕担当不了哇！"

郑英魁说："周师傅，用人不疑，疑人不用，人是啥样的人，一说话一打交道就清清楚楚，跟你接触这么多天了，你不但是见过大世面的人，还是个实诚人，我就喜欢这样的人，所以，我相信你。"

周师傅说："我就是个靠本事吃饭的人，不会玩心眼儿，跟你一说话，怪对脾气，咱俩都是实诚人。反正建庄园的事儿也不是一天两天的，咱日久见人心。我会尽我所能，把郑家的事儿当成自家的事儿来干。"

郑英魁说："多谢周师傅！"

周师傅说："谢啥谢？咱这是缘分。"

郑英魁说："周师傅，既然你说了，这工程不是一天两天的事，甚至说不是一年两年的事，我就想了，先把外围寨墙弄好，先保住郑家人的安全是正事儿。然后呢，再盖几间正屋，先有住的地方。其他的房子，农活忙了咱就缓缓，等农闲了咱就赶紧一点儿。要是遇到灾荒年景，物料便宜，人工便宜，咱就多干点活儿，咱占便宜了，也给那没吃没喝的街坊邻居找个吃饭的门路，你看我这样谋划中不中？"

"中，你考虑得很周到，就这样办。"

11

郑英魁和周师傅合计完，郑家庄园就进入了漫长的施工期。这期间，郑英魁只要有时间，就到工地上转转看看，有时候，他还亲自上阵，搬砖和泥，与工人们一起干。毕竟是自己家的事啊，不能只当甩手掌柜。亲自干活，给工人们做个样子，大家才会尽心尽力。这期间，郑英魁没有亏待这些掏力干活的人，郑英魁说了，从寨下外滩往房屋墙上担土坯，一个坯老平秤三十多斤，担到架子上三个铜钱，有些力气大的人，一担能担十二个土坯，一次能挣三十六个铜钱，一天能赚六百个铜钱，一个月下来能挣二两多银子，即使一般人，一个月也能挣一两多银子。

除了正常支付工钱之外，工人天天白馍随便吃，顿顿菜里有肉。这些工人哪受过这些待遇呀，都感动得不得了，干起活儿来格外卖力。

一天，郑英魁正在工地上干活儿，王文镜先生匆匆找他来了。

郑英魁见王文镜来了，就知道有什么重要的事，忙问道："恩师，有事吗？"

"有事，英魁，家里来了两个陕甘总督府的差役，河洛县县衙的人陪着来的。"

"陕甘总督府的差役？他们来干啥？莫非是因为咱陕西泾阳生意上的事儿？咱在那儿出啥事了？"

"不知道啥事，你快去看看吧。"

郑英魁洗了手，扑打扑打衣服上的泥土，然后到了卧室，换上一身干净衣服，随王文镜来到前院客厅，与陕甘总督府的两个差役和河洛县两个陪同的差役寒暄过后，郑英魁问道："各位兄弟，敢问来敝府有何贵干？"

陕西来的差役说："俺是陕甘总督勒永的属下，奉命来找一个叫梅儿的姑娘，我们从西安到泾阳一路找来，听说梅儿流落到你家，不知真假。"

梅儿？郑英魁一听，吃了一惊。自从梅儿来到郑家后，日夜侍奉赵夫人，让郑英魁省去了很多杂心，能够专心干家里的大事。每次郑英魁去看娘，每次看到梅儿，郑英魁内心都会掀起万丈波涛，梅儿真是一朵高贵的梅花，清丽高雅，馨香四溢。

郑英魁不敢看梅儿，一看他就心痛，就纠结挣扎。他深深地喜欢上了梅儿。可是，近在咫尺、唾手可得的这么好的一个姑娘，他却不能相爱。王妮儿固然是合格的好媳妇，可是，郑英魁走南闯北，怎甘心只喜欢王妮儿一个人呢？

赵夫人看出了郑英魁的心事，也看到梅儿对郑英魁心有所属。有一次，梅儿正给她读《心经》呢，郑英魁也来堂屋看望赵夫人了。梅儿刚开篇一字一句地读道：

"观自在菩萨，行深般若波罗蜜多时，照见五蕴皆空，度一切苦厄。舍利子，色不异空，空不异色，色即是空，空即是色，受想行识，亦复如是……"

待到梅儿读完，郑英魁才唤了一声："娘！"

赵夫人看了一眼郑英魁，示意梅儿先离开。梅儿幽怨地看了一眼郑英魁，郑英魁眼睛不眨地盯着梅儿，两人四目相对，眼睛里都闪出激情的火花。

梅儿一步三回头地出门了，郑英魁一直盯着梅儿走出屋外，这才回过神来。

赵夫人说："最近老是见你来看我，你是不是有心事啦？"

郑英魁忙说："娘，没有，没有。"

赵夫人说："知子莫若娘，我能看不出来吗？你喜欢梅儿，梅儿也喜欢你，你不用瞒我了，你说是来看我，其实是来看梅儿的，对吧？"

郑英魁满脸通红，低头不语。

赵夫人说："魁儿，生在富贵人家，不易啊。生在咱郑家，更难。咱郑家子子孙孙要有大志向，就不能陷入儿女情长。别人家的男人，能娶小的，咱郑家不能，这是咱郑家老祖宗定的老规矩，也是咱郑家祖先的高明之处啊。我好看戏，你看那戏里唱的，多少皇上，多少有钱人家，都是因为妻妾争宠，都是因为子孙分家不公，闹得父子失和，弟兄反目，甚至血流成河、骨肉相残。当个人不容易，来到这人世间就是来吃苦的，不要光想着享福。人活蹦乱跳地活着，就别想安生。你娘我要不是放心不下你，早就出家为尼了，我就是心有挂碍、六根不净哇！"

郑英魁说："娘，活着是图啥咧？您生我是干啥咧？"

赵夫人长叹一声说："活着图啥咧？石佛寺里的慈云长老经常说，生而为人是福报，是前世积了德，不然的话，六道轮回，有三善道：天神道、人间道、修罗道。还有三恶道：地狱道、饿鬼道、畜生道。要是托生在三恶道，那可就受大罪了。所以啊，活着就是福。你问我生你是为啥咧？我还想问问俺爹娘为啥生我咧。谁生下来都不是自己做主的，来不来这个人世间都是做不了自己的主的。父母生了你，是为了传宗接代、接续香火，将来好有个伺候和照应。说白了，都是父母为了自个儿考虑，才生养了子女。我也想了，我和你爹对你也没有啥生育之恩，你也不用总觉得需要报答俺，俺倒是觉得亏欠你，把你带到这乱七八糟的人世间，在这劫浊、见浊、烦恼浊、众生浊、命浊的娑婆世界，只有修习佛法、断恶修善、心才会清净一些。"

郑英魁听了这话，双膝跪地，说："娘，您说这话太重了，孩儿承受不起。常言说，百善孝为先，我生在郑家，算是掉到福窝里了，衣食无忧，我还想啥呢？比比那些叫花子，那些下力气干活儿的人，我还能有什么可说的呢？就像您说的，生而为人，已经是前世修来的福报了，不然的话，我要是托生在地狱道、饿鬼道、畜生道，不是更惨吗？想想啊，我该知足了，我够有福的了。"

赵夫人把郑英魁搀扶起来，说："魁儿，自打你爷爷、你爹去世后，我就敬香礼佛、积德行善，阿弥陀佛！我总算活明白了，啥都是空的，钱啊情啊，都是一闭眼就没了，一转眼就不见了。刚才梅儿给我读《心经》了，她已经给我读好多回了，我都已经能背出来了，我越琢磨越觉着就是那么个理，真是五蕴皆空、究竟涅槃。佛祖还说，人生本苦。为啥苦？就是因为贪、嗔、痴，怎么能不贪、嗔、痴呢？就要万法皆空、一切随缘。就像咱郑家，眼下有钱，百年之后还会有钱吗？过到啥样，谁知道呢。你要是有时间去宋陵看看，你就会懂很多事。"

"宋陵？娘，我早就想去看看，可您从小为啥一直不带我去呢？"

"魁儿，你还小，我不想让你到坟呀墓啊的地方，那里阴气重，去那儿怕对你不好。不过，眼下你长大了，身强力壮，阳气足，你可以去看看了。你到那儿看看，就会懂很多道理，你就明白咱郑家的老规矩了。"

"嗯，娘，我有时间一定去瞅瞅，反正就在咱附近的邙山陵上，离咱郑家村也就半晌的工夫。"

"魁儿，你看看宋陵就明白了，再大的官，再多的钱，都是一场空，都是瞎折腾。慈云长老经常说，世道轮回，前世有因，后世有果，万法皆空，因果不空，佛祖看着呢，菩萨管着呢。人哪，还是多行善事少作恶，下辈子才会托生个好人家。像慈云长老，心善着咧，常常一想到众生的苦都流泪，有时候正在讲经说法，讲到众生的苦，恁大个人了，竟然放声大哭。唉，当个人真是要存好心、说好话、行好事、当好人。"

郑英魁点点头说："娘，我知道了，您的良苦用心，我明白了，您真是一位贤德的娘啊，有您我太有福了。"

赵夫人说："明白就好，要是梅儿在咱郑家影响了你，我给她找户好人家打发她走算了，天天在你面前晃来晃去的，你咋会心静？眼不见才心静，把她打发走，见不着了，时间一长，你就把她忘了。"

郑英魁说："娘，梅儿不是瓶花，她是一支梅花，她不只外表艳丽，关键是她气质高雅、令人心动，梅儿心高气傲，想把她打发走，恐怕在咱这山沟里找不到她中意的人家吧？"

赵夫人说："魁儿，你说的我不赞成，女人如衣服，兄弟如手足，女人就是贱命，嫁鸡随鸡，嫁狗随狗，男儿有德便是才，女子无才便是德。"

郑英魁说："娘，女人也是人，就像您，您在我心里的地位，比天还高，咋能说女人是贱命呢？梅儿有她的个性，我打心眼儿里喜欢她，她不愿意的事儿，您就别勉强她，我听说她父亲只是坐监了，说不定有一天她父亲出了监，还把她接走呢。"

"魁儿，梅儿是个好姑娘，要不是你已经娶了王妮儿，我就让她嫁给你了，只可惜你有王妮儿了，咱郑家子弟是不能纳妾的，再说了，梅儿是不可能跟你过的，她心气儿高，不是当小的命，你俩没缘分，你就趁早死了这份心吧。眼下有梅儿在，我很有福，你该忙就忙，不用三天两头到我这儿来了，有事儿我会让人喊你的。还有，我自打礼佛之后，啥事儿都能看开了，脾气变好了，性情平和了，再也不急躁了，也不发愁了，也不生气了，也不害怕了，看啥啥好，看啥啥顺眼儿，心里舒坦着呢，你不用操我的心了。"

郑英魁点点头，告别了赵夫人。

12

如今，从陕甘总督府来的差役提到了梅儿，郑英魁问道："敢问差官，您找这位梅儿姑娘是何用意？"

差役微微一笑说："我们找梅儿是喜事啊。"

"喜事？"郑英魁诧异地问道。

"是啊，梅儿的父亲梅仪封是我们陕甘总督勒永大人府的师爷，我们是奉了勒永大人之命，替梅师爷来探访梅儿下落的，我们找了一个多月了，才找到这里，听说梅儿在你郑家，你就让梅儿出来吧。"

郑英魁问道："差官，我不明白了，听说梅儿的父亲下狱了，他咋又当师爷了呢？"

差役说："这你就有所不知了，我们勒永大人在平定白莲教造反的过程中，曾打了败仗，皇上一怒，把大人下狱了，梅仪封师爷也跟着下了大狱。后来，皇上念勒永大人征战讨伐，其心可鉴，让他戴罪立功，勒永大人不负皇恩，平定长毛吉文元部，皇上一高兴，就赦免了勒永大人的罪，任命为陕甘总督，梅儿的父亲梅仪封也一并赦免出狱，继续跟勒永大人当师爷。眼下，梅师爷就在勒永大人帐下效劳呢。"

听了差役的话，郑英魁又喜又忧。喜的是梅儿的父亲终于出狱了，梅儿的命运从此改变了，她又可以成为娇贵的大小姐了；忧的是梅儿可能从此将永远离开郑家，离开河南，自此一别，路途遥遥，此生恐再难见面。

陕西来的两个差役不耐烦了，说："郑掌柜，梅儿眼下在哪里，速请她来，不然的话，我们……"

从河洛县陪同来的差役也附和道："郑掌柜，人家都打听清楚了，梅儿眼下就在郑家，还是请她出来吧，不让她出来，这俩兄弟咋回去向勒永大人交差呢？勒永大人眼下在皇上面前红着呢，勒永大人要是不高兴了，可不是闹着玩儿的。"

郑英魁想了想说："两位差官，实不相瞒，梅儿就在我家，终日侍奉我老娘，只是刚才不知道两位差官的来意，在下不敢贸然说出实情，既然二位是奉了勒永勒大人之命来寻找梅儿，可否有书信为凭？"

"有，这个自然是有。"其中一个差官从怀里掏出一封书信，在郑英魁面前晃了晃说，"郑掌柜，你看。"

郑英魁的确看到了这封书信落款是梅仪封，但具体写了什么这俩差官却不让郑英魁看，差官的意思是见了梅儿，由梅儿亲自看。

郑英魁只好对身边一直坐着不吭的王文镜说："恩师，麻烦你把梅儿喊来吧，顺便也跟我娘说一声，我在这儿陪差官兄弟说说话。"

"好，我这就去。"

王文镜去后不多时，梅儿在赵夫人的陪同下来到了客厅。

郑英魁一见梅儿，眼前顿觉一亮，可是，紧接着，一阵凄楚涌上心头，他强忍悲痛，无力地说："梅儿，这两位差官来寻你了，说你父亲已经出狱了，眼下在陕甘总督府当师爷，你父亲托陕甘总督府勒永大人派人来找你了。"

梅儿听了这话，眼泪流出来了……

从陕西来的两位差官听说眼前的这位国色天香的姑娘就是梅儿，倒身便拜："小姐，我们给您施礼了，找您找得好苦啊。"

梅儿弯腰深施万福，轻启樱唇，嘤嘤地说："官爷请起。"

差官站了起来。

赵夫人说："阿弥陀佛！这是好事儿啊，梅儿终于熬出头了，我早说，梅儿就不是我们郑家能配得上的，她早晚要离开郑家的，果不其然，梅儿就要远走高飞了，又要当大小姐了，只可惜在我们家，让梅儿受委屈了。"

梅儿说："夫人说哪里话，要不是郑掌柜搭救了我，我是死是活还不知道呢，要不是夫人待我如同亲生，我哪能过这么好的日子啊，郑家的恩情我终生难忘，回去之后我一定禀报父亲，好好报答郑家的大恩大德。"

两位差役说："小姐，这是您父亲梅仪封大人写给你的书信，请您过目。"

梅儿接过书信，看到那熟悉的字体，泪如泉涌，不住地哭泣起来，几年来所受的各种苦难和委屈一齐涌上心头，令她百感交集。

两位差役说："小姐，事不宜迟，您回房收拾收拾，今天就跟我们回陕西吧。"

"今天就要走哇？"赵夫人说。

"是啊，夫人，公务在身，不敢怠慢，我们早日护送梅儿小姐回去，梅仪封梅师爷才早一天心安，我们也好向勒永大人交差啊。"

王文镜说："对对对，官差不由人，还是让梅儿回房收拾收拾，吃过中午饭就走吧。"

　　郑英魁一直低头不语，梅儿出门去准备行李的时候，又回头看了他一眼，郑英魁却再也不想看梅儿了，他心如刀割，泪往肚里流。

　　吃过中午饭，郑家雇了顶两人抬的花轿，陕甘总督府的两个差役骑着高头大马，挎着刀，一人在前，一人断后，护送梅儿离开了郑家。

　　赵夫人、郑英魁、王文镜等人一直送到洛河边，到了洛河边，差役和梅儿换了船，逆流而上，回了陕西。

13

　　这是一年桃红柳绿、花开正艳的时节，邙山上树木葱郁，田垄里的耕牛昂头拉犁，农人们辛勤耕耘着一年的希望。

　　山坡上有个放羊娃，头上戴了个柳枝编的草帽，一手挥鞭，一手托着竹笛"吱吱哇哇"地吹，吹罢，大声唱起了山乡歌谣——

> 田家之乐乐如何？听我为君歌农歌。
> 三春不待新节去，家家粪田仗驴骡。
> 农事未兴思一天，春芽可采鱼可钓。
> 大小欢呼东西舍，击鼓坎坷赛春社。
> 清明前后再一犁，种得棉花生柔荑。
> 桃杏花开雨初晴，东家西家蚕事兴。
> 镜奁蚕出黑蚁小，数日即白白更好。
> 舍前舍后百本桑，妇女采桑上女墙。
> 晨兴忽闻布谷声，荷锄平踏麦陇青。
> 蚕食桑叶三眼起，春去秋来四月里。
> 农事将忙稼在目，妇功先催蚕上蔟。
> 遍地高插草一束，草上累累可盈掬。
> 小麦青青大麦黄，大家小家尽登场。

　　郑英魁站在岸边，远望晴朗的天空和哗哗流动的洛河水，几只春燕在河边翻飞，放羊娃的歌声清脆嘹亮，在耳边久久地回响，他怅然若失。当一个无忧无虑的放羊娃多好啊，吃饱了不饥，不用操心那么多沉重的事情。真是：春有百花秋有月，夏有凉风冬有雪。若无闲事挂心头，便是人间好时节。

谁说穷人苦富人乐？穷人有穷人的幸福和快乐，富人有富人的忧愁和烦恼，幸福和快乐从来不嫌贫爱富，幸福和快乐跟穷富、跟官儿大官儿小没有关系。对于富人来说，一顿饱饭不算什么，可是对于一个穷人来说，能吃顿饱饭就是满足，就是快乐。对于穷人来说，天天山珍海味可能是梦寐以求的幸福和快乐，可是，对于富人来说，天天山珍海味早已吃腻了，也并没觉得有什么幸福和快乐。幸福和快乐只在人的可满足的欲望中，不管欲望高低，只要能满足就能享受到幸福和快乐；幸福和快乐只在人的念想中，你认为这个事幸福和快乐，它就是幸福和快乐。就像一个人看到半碗面条，悲观的人总会说，呀，怎么只有半碗半条？而乐观的人就会说，呀，谢天谢地，幸亏还有半碗面条！一亩地，两头牛，老婆孩子热炕头，小门小户人家没有那么多的欲望，没有那么多的念想，日出而作，日落而息，平平安安，健健康康，简简单单，活得不也赛过神仙？三十三天天外天，九霄云外有神仙；神仙本是凡人做，只怕凡人心不坚。想他郑英魁即使富甲一方，即使能买来天下万物，可是，一个心爱的女子他却不能得到，谁又能说他郑英魁有多么幸福和快乐？他从来不知"玩"为何物，只像一头老黄牛耕耘在黄土地上，经商置地，管理着偌大个郑家，千头万绪，须臾不得轻闲，忙啊，累啊！

一日清闲一日仙，身闲不如心闲，他真想抛弃一切，偕梅儿出走，到那无人烟的青山绿水间，筑一间茅屋，开两亩菜园，养几头耕牛，过着男耕女织的悠闲生活，就像这放羊娃一样，就像那小门小户人家一样，再无各种清规戒律的束缚，再无各种重担在身，又像那神仙眷侣，与世无争，清闲自在，多好啊！

如果有一场丝丝缕缕的春雨，和着清清爽爽的春风，山也葱茏，水也朦胧，宛若天降仙气，他和梅儿撑一把雨伞，两手相牵，相依相拥，缓缓走在弯弯曲曲的石径上，说不尽的悄悄话，道不尽的绵绵意，该多美啊。梅儿身上有一股天然的体香，即使说起话来也带着甜甜的气息……如果就这样天长地久，永不分离，那才算不枉活一生一世。

想到这里，郑英魁泪眼婆娑。他仿佛看到了梅儿的身影，梅儿站在船头，正笑盈盈地向他挥手，仿佛在说："英魁，少爷，您的恩情我今生难忘，也许咱此生不能做夫妻，那就做兄妹吧，亲亲的兄妹。"

这嘤嘤的话语，是梅儿在郑家时悄悄对郑英魁说过的，郑英魁永记心头。

14

又是一年秋高气爽、瓜果飘香的时节，这也是农家忙碌而开心的日子。阳光没有了夏日的炎热，柔柔的、暖暖的、痒痒的，照在人脸上，非常惬意。邙山上的树叶都变黄了，野菊花也尽情开放，一片金灿灿的景象。沟壑里的柿树叶子落了，只有树梢上的柿子像一个一个红灯笼挂满枝头。打麦场上，这里晾晒着一片金黄色的玉米棒子，那里摊铺着白白的花生，芝麻秆子竖起来围成了圈圈，晒干了的谷子将要回仓……

这是一个不错的年景，庄稼人满脸皱纹、晒得黑红的脸终于舒展开来，露出了满足的笑容。

郑英魁不停地操持收租子、盖房子、做生意这些大事，不让自己有一刻空闲，忙起来了，就摆脱了情感的缠绕。或者他就睡觉，一睡啥也不想了。可是，一觉醒来，梅儿的身影就又出现在他的眼前，挥之不去。他痛苦不堪。在郑英魁的眼里，梅儿一切都是好的。这样想来想去，无法解脱，郑英魁直想发疯，于是，有一天，他突然想到，为何不把梅儿往不美的地方想呢？想想梅儿流鼻涕是什么样子，想想梅儿挖耳屎、流口水是什么样子……可是，想来想去，不管用，梅儿的美丽样子还是占据了上风，郑英魁还是想梅儿。

他又读书，想从中找到挣脱情网的办法，他读《二程全书》，他还读《士商类要》，当他读到《醒迷论》时，不禁若有所思，是啊，"楚馆秦楼非乐地，陷阱之渊薮矣乎；歌姬舞女非乐人，破家之鬼魅乎；颠鸾倒凤非乐事，妖媚之狐狸乎"，"或以子美之四娘、安石之云月、东坡之琴操、陶谷之弱兰，为四公之乐，而不知此四公之累也；或以为相如之窃玉、韩寿之偷香、张敞之画眉、沈约之瘦腰，为四公之豪，而不知此四公之失也"。他读《孔子世家》，知柳下惠坐怀而不乱，鲁男子闭口而不纳。读《江夏野史》，知冯商娶妾遣归，生子状元及第之报，则知不淫女色，非独爱身也，爱德也。这样自我排遣时间长了，郑英魁的心思渐渐收回来了。理学，真的有用啊，怪不道郑家以理治家啊。

这天上午，郑英魁正在书房读书，突然，河洛县新任知县史书铭派人送信来了，说陕甘总督勒永大人的师爷梅仪封和他女儿梅儿这两天就要来河洛县郑家了，让郑家提前做好接待准备。

郑英魁听了这话，愣了半天，梅儿，梅儿还会回来吗？她此时此刻来郑家干什么？莫非是想他郑英魁了？还是留恋在郑家的日子？还是……

他既想让梅儿回来，又不想让梅儿回来，他既惊又喜，在院里来回踱步。梅儿啊梅儿，你真是我的灾星啊，刚刚要忘怀，你却又要来，心情刚平静，你又搅动我心里的万丈波涛，你这是干啥呢？你还让不让我活呢？

王妮儿是个通情达理的人，她其实知道郑英魁很喜欢梅儿，她也不想看着郑英魁这么痛苦，她也催着郑英魁纳梅儿为妾，毕竟，哪个有钱的男人不是三妻四妾呀？可是，郑英魁没有纳梅儿为妾，还把梅儿送走了，她既感动又难过。眼下，听说梅儿要回来了，郑英魁又这么难受，她急在心里，可一点儿办法也没有，只好来到赵夫人的屋里，陪赵夫人说话消磨时光。

梅儿回来了，这次回来得很气派，梅儿的父亲梅仪封亲自带着她来郑家了，河南府知府、河洛县知县等一应地方官都陪同前来，骑马的、坐轿的、步行的，排出几里地长。

一行人到了郑家，郑英魁早有准备，请了不少厨师，大摆宴席。想着梅仪封大人见过大世面，吃腻了山珍海味，为了招待好梅儿的父亲等一行官员，这回，郑英魁专门置办了一桌特色菜——洛阳水席，好让客人们尝尝鲜。

半年不见，梅儿比以前更好看了，花容月貌、高贵典雅、婀娜多姿、仪态万方，一副官家大小姐的派头。郑英魁不见梅儿则已，见到梅儿他的心彻底凉透了，他知道，梅儿是阳春白雪，而自己是下里巴人，他根本配不上梅儿，别说让梅儿做他的偏房了，即使是明媒正娶，他也不敢奢望。

梅儿低眉含笑，给郑英魁道了个万福，然后去找赵夫人说话了。客厅里，只剩下梅仪封、河南知府、河洛知县、郑英魁、王文镜等一众人。

梅仪封浓眉大眼，体态魁伟，一表人才，说起话来声音洪亮，可能是从军时间长的缘故吧。

只听梅仪封说："郑掌柜，承蒙你这两年关照梅儿，你是梅儿的救命恩人，梅儿把这些跟我说了后，我万分感动，趁最近军务不忙，专程带梅儿到你家来表示谢意。我虽是师爷，干的是文人的差使，但我从军时间长，也有军人的性格，干啥事儿都直来直去，不会拐弯抹角，你说吧，让我咋感谢你？"

郑英魁听了这话，急忙说："大人过奖了，能够结识贵千金，是我郑家的荣耀。只怕没有照顾好贵千金，大人不计较我郑家的过失，我就感激不尽了。"

梅仪封说："郑掌柜客气了。我此番前来，就是专程感谢郑家的，我知道郑家不缺钱，但是，我也带了一些礼物，这是我和梅儿的心意，万望郑掌柜收下。"

郑英魁急忙说："大人，您和梅儿能屈尊到郑家来，还有知府大人、知县大人一同前来，已经是蓬荜生辉了，哪还敢要什么礼物，这可断然使不得。"

王文镜在旁边也说："大人，礼物就不必了，我们郑家不敢收，能与大人结识，就是郑家天大的福气了。"

梅仪封想了想说："感谢是一定要感谢的，不然的话，梅儿也不乐意。不过这礼物倒不是现成的金银财宝，而是一笔生意。"

"一笔生意？"郑英魁有点儿诧异。

梅仪封说："我眼下为勒永大人效劳，勒永大人虽是陕甘总督，却统领陕西、甘肃、四川、湖北军务，剿灭长毛造反任务很重。据我所知，单军需供应一项，就是一笔大买卖，时下军需供应由陕西、山西、河北几家商户包揽，我想，如果郑家有意，我可以在勒永大人那里进言，让郑家独家承包军需供应的生意，不知郑掌柜意下如何？"

这当然是天大的好事啊，做官府生意，稳赚不赔，进剿太平军，又是为国尽忠，一举两得的事，当然不错了。郑英魁听了很高兴，说："这是郑家求之不得的事情，还望梅大人从中周旋，郑家自然不能忘记勒永大人和梅大人的美意。"

郑英魁的言外之意就是这笔生意如果做成了，一定少不了勒永大人和梅大人的好处。郑英魁懂得跟官府做生意是不能吃独食的，有时候，甚至要把大半的利润送与官员，不然的话，这些生意就拿不下来，即使做成了生意，要账也是困难重重。

梅仪封接着又说："郑掌柜，你是梅儿的救命恩人，有些话我还是要丑话说在前头，啥事说在前头，再丑的事也不丑。"

郑英魁听了这话，愣了一下，旋即说："请梅大人明示。"

梅仪封说："做这笔军需生意，利润很大，而且是一个长期生意，怎么着也得好几年。但也有风险，假如勒永大人吃了败仗，皇上怪罪下来，勒永大人有个闪失，你的生意就有可能做不成。而且，眼下皇上银子也不充足，所有的军需都需要提前垫付，稍后才能支付银两。你掂量掂量，这生意能做不能做。不过，我跟随勒永大人多年，深知勒永大人足智多谋、老成持重，将来只会受褒奖，不会有什么闪失，而且勒永大人对我也很器重，你的生意我会多方关照，最起码不会在要账等事情上让你费心。这些，你都考虑到，最后是否做这笔生意，还是你来定，我只是把利害关系都给你讲清楚了，免得日后好事变成坏事，我也没面子。"

郑英魁听后，深为感动，说："梅大人肺腑之言，语重心长，全是为郑家好，英魁心领了。既然梅大人把一切利害关系都讲明了，晚辈没有意见，我完全赞同，这笔生意郑家做定了，还请梅大人从中周旋，至于如何办理，我一切听从梅大人的。"

"好！痛快！郑掌柜年轻有为，是个办大事的人，在下佩服之至。就这样说定了，这事儿包在我身上。"梅仪封大人说完，众人也都很高兴。几番寒暄过后，郑英魁吩咐下人上酒上菜。只见先上了四干四鲜八个果碟，接着是四荤四素八道下酒菜，开席后就是有甜有咸八个小碗八个大碗，不仅汤汤水水让人吃了过瘾舒服，而且十六个碗一道一道地上，就像行云流水。中间又上了四道面点，洋洋洒洒一共三十六道，很是壮观。尤其是菜谱里不忘添上郑家的家传菜——红烧黄河大鲤鱼，梅仪封大人品尝过后，不住称赞。

酒足饭饱，送走了梅仪封大人和梅儿，郑英魁和王文镜来到了书房。王文镜说："英魁，梅大人给咱介绍这桩生意，要说呢，梅大人是一片好心，应当不会有啥问题，只是做军需生意，利润大，风险也不小哇，要是赚了还好说，要是赔了，那可是个无底洞啊。人们常说，不能立于危墙之下，干啥事儿都得三思而后行，尤其是干大事，更不能莽撞啊。"

郑英魁中午喝了不少酒，他平时不怎么喝酒，但今天他喝了很多。一则是梅大人、河南知府、河洛知县都来了，都是大官，不敢不尽力相陪；二则是梅儿回来了，他心头又激起了阵阵涟漪，这时候，郑英魁才知道当个人该有多么难。很多事情，不是自己想怎么着就怎么着的，活着百般不如意，经事越多，作难越多，心事越重，人啊，活着真的不容易。这面是梅大人提出的军需生意，那面是梅儿在心里放不下，尤其是看到梅大人，他千言万语想对梅大人说，但又怎说得出口。如今，梅儿又成了千金小姐，是梅大人的掌上明珠，梅大人岂容梅儿嫁给郑英魁做偏房，何况郑家祖训在上，赵夫人又岂容郑英魁再娶一房？郑英魁无法摆脱心里的苦，就只能借酒浇愁。

听王文镜说完，郑英魁打了个饱嗝，醉醺醺地说："恩……恩师，富贵险中求，该冒险就要冒险，没啥！人生在世，要是处处谨小慎微，那也活得太窝囊了！男子汉大丈夫，就要有点儿气魄，对，有点儿气魄，豁出来，弄！整！怼！干！"

王文镜吃了一惊，郑英魁平时可不是这样的人哪，小心驶得万年船，他是谨慎有余闯劲不足的，今天这是怎么了？咋喝酒喝成这样？

郑英魁重重地出了一口气，酒味儿浓得很，他是破天荒喝多了。在今天中午的酒宴上，郑英魁主动喝酒，没人能拦得住他，一杯两杯三杯，豪爽得很，幸好他酒量还行，没有喝得酩酊大醉，没有喝得当场出酒，没有胡言乱语丢人现眼。王文镜知道今天跟郑英魁没法儿说话了，他喝这么多，需要好好休息，等他酒醒了，再说正事儿不迟。

15

郑英魁睡了一夜，酒醒过来了，脑子冷静了很多。见到王文镜，郑英魁就惭愧地说："恩师，我昨天喝多了，多有失礼，恩师您多包涵！"

王文镜说："没啥，英魁，我知道你心里的苦，你的心里压着一座大山，你活得太憋屈、太不容易了。有时候，偶尔喝多一次酒，放松放松，也未尝不是好事儿，只是注意身体，成酒鬼那就不好了。"

"恩师，请放心，我再也不会这样了。看来，我还是修为不够，理学修养还差得多，定力还不中，以后我会加倍努力的。"

王文镜叹了口气说："唉，成人不自在，自在不成人，当个人啥事儿都不易。英魁，给勒永大人供应军需，这是一笔大买卖，可也是有风险啊，我昨天夜里一夜没睡好，就是想跟你合计合计，咱干还是不干？"

郑英魁想到了梅儿，他毫不犹豫地说："恩师，我都已经答应梅大人了，不干咋行？况且，正像梅大人所说，勒永大人已经胜利在望，咱这笔生意不会做砸的。咱郑家发家就是靠做的官府生意，官商结合，以官养商，所以才有这庞大的家业。但是，军需生意咱还真没做过，不过军需生意说白了也是官家生意，既挣的是官家钱，又能为国尽忠，何乐而不为呢？退一万步讲，即使勒永大人有个闪失，咱郑家为国家提供军需，总是没错吧？皇上断不会怪罪于咱吧？也许还会褒奖咱呢，咱的生意说不定还会更上一层楼呢。"

王文镜先生听后沉吟不语，捋了捋那撮胡子，说："英魁呀，成也萧何，败也萧何。千百年来，咱中国都是家天下，都是皇上一人的天下，普天之下，莫非王土，四海之内，莫非王臣。做生意，不与官府打交道，不做官府的生意，挣的哪门子钱哪？历朝历代，能挣大钱的生意都是官家生意，像盐业，谁能经营谁就挣钱，你不就是因为做了食盐生意才发第一笔财的吗？但是，官家的生意也不好做啊，除了要给官老爷上贡之外，稍不合意，就会让你家破人亡，那是如履薄冰、战战兢兢啊！对官府既要敬，不能走得太远，但也绝不能走得太近，太远则无利，太近则有害。郑家这些年来挣了些钱，但还是买地为好，还是想办法摆脱官府为好。皇上重农轻商，咱就购置土地，有钱就买地。土地是根，土地是本，别的不可靠，只有土地大风刮不跑，大雨冲不走，兵荒马乱也打不坏，能子子孙孙传下去。只要有了地，只要郑家子孙后代不胡来，就可保郑家富过十代二十代，基业长青。"

郑英魁深表赞同。"恩师深谋远虑，英魁心领了。人们都说，做生意的是不务正业，咱也知道经商做生意是贱民，可郑家是山沟沟里的农民，本想靠种地为生，怎奈河洛县土地贫瘠，靠种地吃不饱肚子，这才舍本逐末，经商做生意啊。你说得对，经商挣了钱，还是以买地为本，以末助本，本末兼顾，不仅要在河洛县买地，还要在开封、济南、东昌、沂州、泾阳、西安等地买地。地多了，遇到这旱那淹的，可保咱旱涝皆收、营生稳赚不赔。再说了，正像恩师所说的那样，与官府打交道，一不小心，就会倾家荡产。我就担心百年之后，咱郑家如果衰败，也不是败在郑家子弟，而是败在官府手上。"

王文镜说："英魁，你悟性很高，你看问题看得远、看得深、看得透。常言说，进步必思退步，着手先虑放手。不过，那是多少年之后的事了，时运到了那一地步，咱也左右不了，咱能做的，就是管好眼下，至于将来咋样，过成啥样，子孙自有子孙福，走一步说一步，听天由命吧。"

"嗯，恩师说得对，做这笔军需生意，也可能大赚，也可能大赔，小财靠挣，大财靠命，但不试试咋能知道？富贵险中求，生意在路上，只有不停地走，不停地干，干了再说，才能做成生意。我还年轻，赚得起，也赔得起。不中的话，大不了从头再来，要是畏畏缩缩、迟疑不决，就会错失良机。"

第十一章　大河封船

1

时间一晃到了咸丰十一年（1861），太平天国势力正盛，捻军又杀向中原地区。

生逢乱世，朝不保夕，郑家的当家掌柜郑英魁忧心忡忡。正在这时，河洛县知县史书铭到郑家来了，郑英魁就像在黑漆漆的原野上见到一豆灯火，他急忙把史知县迎到迎客厅。寒暄完毕，上茶伺候，郑英魁问道："知县大人百忙之中来到寒舍，不知有何见教？"

史书铭个子不太高，但皮肤白净、面相和善。他叹了口气说："唉，国家不幸，长毛造反，捻军造反，时局动荡，殃及黎民啊。"

"大人，他们造反，我们这些有钱户可倒霉了，钱财被抢，土地被占，这还不算，人还杀掉，太不公平了。"

"老弟，不公平的事儿多着呢，谁让你有钱呢？自古都是劫富济贫，甚至是杀富济贫，天之道，损有余而补不足，还有啥奇怪吗？不过，老弟，有一句话你可要记住——"

"啥话？请大人明示。"

"啥话？啥时候钱都是祸根，钱该花得花，挣钱不花是个傻瓜，别当守财奴、老鳖一，别要钱不要命。"

"大人，您说咋弄？"

史书铭是来找郑家募捐的，所以他要把钱财说得如同粪土，见郑英魁上套了，他才说："咋弄？长毛要来，捻军要来，咱兵来将挡，水来土掩，有钱出钱，有力出力，各尽其能，忠君报国，誓与反贼拼到底。"

郑英魁至此明白了史书铭的用意，但是，仔细想来，史书铭说得也并非没有道理，于是，他应道："大人说得极是，我一切听从大人吩咐。"

史书铭满意地点点头："郑掌柜，实不相瞒，因为你郑家是远近闻名的大户，我这次来，是奉知府文悌大人的口谕，想让你郑家出钱组织乡勇，操练武艺，保一方平安，你说咋样啊？"

郑英魁拍着胸脯说："大人放心，我一定照办。常言说，好狗护三庄。我郑家也算是有俩钱，比街坊邻居们好过多了，如今，大家有难，我不出钱谁出钱。给乡里乡亲办些好事，落个好名声，大家都说老郑家好，咱走在大街上也趾高气扬，活着心里舒坦。挣钱是为了啥？一是为了吃饱穿暖，二是为了心里舒坦。所以，这件事啊，你史大人不说，我老郑家也义不容辞。"

"嗯，郑掌柜真是聪明人。老郑家历来忠孝传家，国难当头，为国尽忠，是人臣本分。刚才我也说了，钱是灾祸之源。磨刀恨不利，刀利伤人指；求财恨不多，财多终累己。你郑家的钱财多少人眼红盯着呢，郑家是出头的椽子，尤其是那些穷得没饭吃的人，日夜想着郑家的满仓粮食和金银财宝，将来趁乱打劫是必然的事，闹不好就会家破人亡。组织乡勇，保一方平安，也是保家业平安，是最大的忠，是最大的孝，你说对吧？"

郑英魁说："大人所言极是，此事我郑家断无推辞之理，定当配合知县大人，共灭反贼。"

"中！"史书铭跷起了大拇指。

在河洛县史知县的安排下，全县组建了十个乡勇营，郑英魁任郑家村区域的乡勇营统领，当然，所有的经费都由郑家来出。

郑英魁在村外垒了八个铁炉，请来二十多个铁匠打造刀枪剑戟、强弓硬弩，郑家村地区不到六十岁的男丁都发放了武器，在南大场进行训练。郑英魁从少林寺请来了功夫高手教习少林功夫，还请人从开封教堂买了一批洋枪，这种枪只能打散子，如果打得重了，也能置人于死地，当时这枪算是新式武器了。郑英魁还教习戚继光的鸳鸯阵兵法。针对短兵相接的情形，以十二人为一作战阵形，最前为队长；次二人一人执长盾牌，一人执轻盾牌，既掩护后队作战，也可就近主动出击；再二人持长枪，枪头一尺多长，红缨子，蜡木杆，一丈多长，主要是掩护盾牌手前进，便于后边人马进击；再四人是洋枪手，左右各二人；再跟进的是两名短刀手，最后一名是负责伙食的火头军。根据地形和敌情变化，这十二人可从一队人马变成两队，叫两才阵，也可变为左中右三小阵，叫三才阵，各种兵器配合使用，组成可攻可守的一支作战队伍。

2

咸丰十一年八月，时令进入了白露节气。白露秋风夜，一夜凉一夜。夏日残留的暑热渐渐消退，天气转向秋的深处，清晨的草木都挂上了露珠。邙山上、洛河滩里各种秋作物实实在在地成熟了，石榴红，芝麻白，一人多高的玉米棵在秋风中"唰唰"作响，遍地的花生和红薯秧像绿色的地毯，都正等待着庄稼人的收割。

八月初九，捻军攻打虎牢关，结果出师不利，没有攻下，八月十二，捻军又攻打汜水河，沿汜水河南上，攻打仙家店后，进入河洛县，直指黑石渡及郑家村。河南知府文悌带领河洛县知县史书铭、偃师县知县邓尔复、登封县知县张庆保、洛阳县（今洛阳市）知县任桂，调集各县团练，齐集黑石渡，准备与捻军决一死战。郑英魁则率领乡勇布防在郑家村一带，严阵以待。

战旗猎猎，刀光剑影，洛河岸边战鼓催鸣，正当知府和各位知县大人准备在洛河黑石渡一带剿杀捻军的时候，谁知秋雨连绵，洛河水陡涨，河流湍急，而沿岸渡船提前被官府撤走，捻军刘狗、王怀义部用树木扎成筏子强行渡河，结果筏子都被河水冲散，捻军见渡河无望，无奈退却，向东而去。

捻军走了，但捻军还会再来，因为捻军不似太平军，他们没有固定的守地和据点，打一枪换一个地方，飘移不定，经常迂回作战。

为安全计，知府号令各地结寨自保，郑英魁修改并扩大了郑家庄园的规划，把郑家庄园原址附近的金沟与水沟之间的抱犊岭中峰也作为郑家庄园的一部分，大举修寨。

修寨是要出银子的，官府只管下令，却不出钱，由各村自己想办法。抱犊岭中峰有地一百二十亩，还有几十亩早已有人耕种，这就需要出钱买过来。当时岭地价格是一亩十二两，仅征地一项就需要两千两银子，还要打窑、建房、挖井、筑仓，还要买土炮、檑木、礌石等防御武器，各项下来，约有上万两银子。有朱李氏母女的鼎力相助，这些，郑英魁都独自承包了。

抱犊岭中峰，东面是一片平坦的坡地，需要垫高，然后再修寨墙，建寨门和城楼，西面要挖十丈宽、四丈深的护寨河，要把原来的土地挖断挖深挖成大沟，寨门外建造一座活动的吊桥。

寨墙高三丈五尺，墙基厚两丈五尺，上宽丈许，可以并排跑两辆马车。筑墙用的土是磁中土，不怕风吹雨淋，耐热耐冻耐风化还耐冲刷，全是用马驮车从陕州远道运输而来，由于运输费用昂贵，这种土基本上跟小米同价。寨门在南边，用厚榆木打造。寨内依山开挖窑洞，北面自下而上有五排，东西各三排，村里老户人家基本上每家都有一孔窑洞。另外，兵营、仓库、水井等一应俱全。

寨门上建有炮楼，装有铁制土炮，长管的叫"鸡娃炮"，短的叫"九节雷"，用时装上火药、铁渣、铁豆，打远就用"鸡娃炮"，打近就用"九节雷"，杀伤力很大。门楼上还挂有一面大鼓，与郑家村村头一棵高大的柏树上悬挂的铁钟遥相呼应，如果遇到匪情，鸣鼓敲钟，人们便可上寨避难。

由于工程量很大，虽已是凛冽的严冬季节，郑英魁却不敢怠慢，招募了数百村民日夜不停地修筑寨墙。因为郑英魁对参加修寨的人支付现粮，不拖欠，中午管顿饭，晚上领一升麦子，所以，村民踊跃参加修寨。

经过几个月的紧赶慢赶，到了年底，寨子里的房屋、城门楼、城堞等工程也相继完工。到了来年同治元年的三月，举行了落成典礼，并进行了实地演练。郑英魁规定，遇到贼人，郑家村的村民以鸣钟敲鼓为号，听到鸣钟敲鼓声，男女老幼都要抓紧准备好衣服细软，备好十天的粮食，带上自备物品，牵上牲口，进入抱犊寨，按照分好的房子临时住下，各家青壮劳力则上墙防守。经过数天的演练，大家心里都有了数。

3

果然，同治元年，还是八月，捻军张宗禹部率领人马再次攻入河洛县，剑指抱犊寨。

郑英魁早派暗探装作上山打柴的，在郑家村四周来回转悠，提前打探消息。

这天，一个暗探慌慌张张跑到寨子里，对郑英魁说："掌柜的，不好了，捻军又来了。"

"有多少人？"郑英魁冷静地问。

"百十号人。"

"都拿的啥家伙？"

"刀枪剑戟，拿啥的都有。"

"他们有洋枪吗？"

"洋枪？没看见。"

郑英魁笑了，说："中，你下去吧，找管家去领二两赏银。"

"谢过掌柜。"

暗探走后，郑英魁转身进到里屋，从枕头下摸出一把洋枪，这也是郑英魁托人从开封教堂买的，郑英魁买回枪后，曾装上金灿灿的子弹，对着高处树上的小鸟开枪试了试，一枪便把小鸟打落下来。郑英魁心想，洋人的东西就是好，怪不得洋人老打胜仗呢，还是家伙得劲。

郑英魁将这把枪视若珍宝，枪上涂了猪油，外边用油纸包好，平时，他用不上这玩意儿，出门在外，跟的有保镖，说起来，这保镖是张铁锤的儿子，叫张石磙。张铁锤跟郑英魁当保镖当了半辈子，郑英魁对张铁锤也真不赖，在郑家的丫鬟里挑了个最齐整、最勤快、最懂事的给了张铁锤做媳妇，张铁锤有了儿子张石磙之后，郑英魁又把张石磙送到少林寺习武学艺。后来张铁锤年纪大了，干不动保镖了，郑英魁给了张铁锤几十亩好地，还帮他盖了房子，张铁锤安享晚年，直至生病去世，也算有了善终。而张铁锤的儿子张石磙长大成人后，身长七尺，长腿粗臂，黑红脸膛，粗眉大眼，性子火暴，说话跟打炸雷一样嗡嗡响，就像一个活罗汉，跟他爹张铁锤一样武功高强，他的拿手好戏是耍大刀，尤其是头三刀，任你武功再高强，也躲不过、架不开，人送外号"张三刀"。于是，郑英魁又聘用张石磙当保镖，继续为郑家效力。

郑英魁知道，武功再高，也只能近距离作战。如果守寨子，远距离进攻，贴不了身子，关键时候，还是这洋枪管用。

在郑英魁的指挥下，有人鸣钟敲鼓，郑家村的男男女女扶老携幼悉数跑到抱犊寨里。寨墙上，青壮劳力分兵把守，严密监视着敌情。

捻军终于来了，他们都光着脊梁，画着五花脸，个个执刀拿枪，就像天兵天将。郑英魁一见，喊道："给我放'鸡娃炮''九节雷'。"霎时，雷炮轰鸣，捻军死伤无数。可是，他们来势汹汹，非常英勇，那些没有死伤的很快冲到抱犊寨墙下，但抱犊寨寨墙高，垒得结实，他们只有搭人梯，手拉手往寨墙上爬。

郑英魁带着保镖张石磙站在寨墙上，指挥团勇们："给我往下放石头。"于是，寨墙上的石头像雨点一样滚落下来，攻寨墙的捻军成片成片地被砸落下来，你压在他身上，他压在别人身上，哭爹叫娘，在壕沟里半天爬不起来。

郑英魁一看寨墙下那些捻军聚成了团，大声喊道："给我用火烧。"于是，寨墙上的人把秫秸秆点着火，可劲儿地往寨墙下撂。捻军的衣服着了火，有的忙着脱掉着火的衣服，有的忙着扑火，一个个烧得焦头烂额，大叫着到处乱跑。

　　这时，郑英魁看到一个小头目模样的人骑着马对着捻军指手画脚，看样子，是在督促捻军继续攻击。

　　郑英魁说："擒贼先擒王，寨墙下骑马的像个小头头，只要把他干掉，估计捻贼就退了。"

　　张石磙说："掌柜的，让我出去吧，我保管三刀把他脑袋砍下来，挂在寨墙上示众，看他们还敢找咱郑家的事儿不敢？"

　　郑英魁从怀里掏出那把洋枪，揭开油布，"嘿嘿"笑着说："石磙，你的刀再快也不如我的枪快，我这把枪还没有派过用场咧，这回让你开开眼。"

　　说罢，郑英魁举起洋枪，对准下边那个小头目，瞄准后，说："小子，尝我一颗花生米吧！"扣动扳机，只听一声脆响，下边那个小头目就像被马蜂蜇了一样，"哎哟"一声，从马上栽落在地，在地上弹腾了几下，伸伸腿，再也不动了。

　　捻军首领张宗禹一看大事不妙，命人抬起这个小头目的尸体，四散溃逃。

　　张石磙凑到郑英魁跟前说："掌柜的，你这洋枪就是厉害，离恁远，一枪就把人打死了，这宝贝不赖啊。"

　　郑英魁说："捻贼逃走了，咱得乘胜追击，吓唬吓唬他们，不能让他们再拐回来，等咱打胜了，回头我给你配一把洋枪。"

　　"好嘞！掌柜的说话算数啊。"

　　"我啥时候说话不算数啦？快追捻贼吧。"

　　"掌柜的，看我的吧。"说罢，张石磙掂刀随郑英魁下了寨墙，郑家家丁和寨子里的团勇也纷纷抄起家伙，打开寨门，追赶逃跑的捻军。追了半天，一些捻军跑得比兔子都快，早找不着影了。

　　张石磙说："掌柜的，捻军可不敢再来找咱郑家的事儿了吧？"

　　郑英魁说："不一定。那些捻军没有得手，他们不会善罢甘休，咱可不能掉以轻心。"

4

　　正如郑英魁预料的那样，捻军不会放弃郑家这块儿肥肉。郑家太有钱了，要是把郑家拿下，够捻军吃上几年的，这一本万利的事情，捻军岂肯轻易放弃？虽说攻打郑家村吃了亏，但他们并不懂得吃了亏要学乖的道理，他们并没有走远，而是到洛阳、三门峡一带转了一圈，又拐了回来，尤其是眼看快过年了，捻军也要过年，也要准备年货，张宗禹跟手下合计了半天，他们又打起了郑家的主意。

不能强攻，就靠智取。这次张宗禹带领的捻军想了个计策，委派张老牛、张小牛父子俩扮作商人，来到郑家村。

张老牛和张小牛力壮如牛，确实名副其实，且他俩智勇双全。捻军上次打郑家村没得逞，这次，张老牛和张小牛父子俩表了决心，誓将踏平郑家村。

腊月天，天寒地冻，张老牛和张小牛父子俩来到郑家村，他俩打扮得衣着光鲜，肩头背着布袋，一走路"咣当咣当"乱响，像是满满一布袋金银珠宝。

张老牛和张小牛左转右看，找到了门前挂着大红灯笼的郑记客栈。

郑记客栈是郑家起家的地方，郑家先祖做的第一笔生意就是开客栈，管那些在黄河、洛河上行船的人吃喝拉撒睡。上百年过去了，郑家生意越来越红火，但郑记客栈并没有丢，还在继续经营，不靠它挣钱，就是为过往行人提供个方便。同时，由于客栈住的都是南来北往的客，带来了各地奇闻趣谈，也带来了生意上的信息，郑家通过郑记客栈及时了解天南海北的动向，为郑家经商开阔眼界、寻找商机。

买卖公平如积德。郑家不靠郑记客栈挣钱，买卖公道，服务周到，尤其是那道传承百年的名吃——红烧黄河大鲤鱼越做越老到，引来了不少回头客。这些年，郑家在红烧黄河大鲤鱼的基础上，主打豫菜经营，推出了麻油卤鸭子、叫花鸡、扣碗小酥肉、麻辣兔头、五香猪蹄等特色菜，不论是天上飞的、地上跑的、水里游的，应有尽有，郑记客栈总是人满为患，生意兴隆。郑家即使不想挣钱，即使是微利经营，但是薄利多销，算起大账来，郑记客栈还是挣钱。

如今，郑记客栈的大掌柜是老郑家的一个本家兄弟，名叫郑英才，替老郑家打理生意，他和郑英魁是平辈，论起来郑英魁要叫他哥。

郑英才正在招呼客人们吃饭，张老牛和张小牛来到了郑记客栈。店小二迎出来："老乡是想住店呢还是吃饭呢？"

张老牛说："想住店，有单院上房吗？"

"有有有，客官请跟我来。"

店小二领着这对父子来到后院，找了一明两暗三间上房。这父子俩住下后，吩咐店小二弄饭吃："二十个白蒸馍，十碗面条，十斤猪头肉，十斤白酒，至于菜嘛，你看着上，只要把桌子摆满就行了。"

店小二一听，吓住了，乖乖，这是啥人啊，吃恁多？店小二嗫嚅着问："老乡，您几个人吃啊？"

张小牛说："老子就俩人吃，怕我不给你钱啊？"

"不不不，我马上就去准备。"

店小二头一缩跑下楼了，不一会儿，饭菜和酒都端上来了，这俩人狼吞虎咽，连吃带喝，像风卷残云，把饭菜吃完，把酒喝光，还把碗碟舔了个遍。

店小二一看，这俩人真是奇人，下得楼来，把这事儿跟大掌柜郑英才一说，郑英才心存疑惑，真是奇人呐！咋恁能吃咧？不中，这世道乱，啥人都有，得上去瞧瞧。

店小二领着郑英才来到张老牛和张小牛的房间，见了面，郑英才抱拳施礼，笑笑说："我是这里的大掌柜郑英才，幸会幸会，敢问二位老乡，是哪里人氏？"

张小牛说："老子是天上的人。"

郑英才笑了："老弟真会开玩笑，怪不得你们这么能吃，却原来是天上的人。"

张小牛说："能吃能喝是好汉，不能吃喝要完蛋。我们有钱，吃得起，你真他妈的狗拿耗子——多管闲事。"

郑英才一听这话，心里来了气，这年轻人冲得很啊，不像个善良之辈。郑英才强压怒火，愈发赔着小心说："小老弟说话很冲啊。"

"很冲？这还是好听的，骂你的话还没说咧。"

张老牛一看阵势不对，脱掉鞋子，对着张小牛劈头就打："打你个晕孙，咋说话咧？快给人家赔不是。"

张小牛挨了打，挺挺脖子，脖子上青筋直跳，却一句话也不说。

张老牛赔着笑脸说："大掌柜多包涵。我就这一个独苗苗，从小惯坏了，这是他头次跟我出远门，没想到这么不懂事，回头我好好教训他。"

郑英才说："没事儿，年轻人不懂事，我理解，都从年轻时候过来的。老乡在这儿吃住，就是我的财神爷，你们有啥吩咐，尽管说，不打扰你们了。"

郑英才抱抱拳下楼了，店小二也紧跟着"噔噔噔"跑下楼去。

郑英才刚走，张老牛就训起张小牛："你这混蛋小子，咱出来是干啥的？咱是打听消息的，咱是来摸郑家村的底细的，你这牛脾气得改改，不然的话，咱露了马脚，啥事儿也弄不成。"

郑英才下得楼来，店小二急忙凑上来，说："大掌柜，我看这俩人不一般啊。"

"有啥不一般？"

"看这俩人的阵势，我估计不是土匪就是小偷，咱可得防着他们。"

"嗯，该过年了，土匪、小偷也得过年，这正是他们弄事儿的时候，真得注意些呢。这几天你盯着他们，看他们都搞些啥名堂。"

"放心吧，大掌柜。"

5

接下来的几天里，店小二对张老牛和张小牛格外殷勤，端吃端喝，随叫随到。店小二暗中观察发现，张老牛和张小牛吃过饭之后就出去了，一出去一天，不知道干啥。店小二跟郑英才一说，郑英才说，你跟紧点儿，瞅瞅看看。店小二说中。

这天，张老牛和张小牛吃过早饭，又出去了，店小二悄悄跟了上来。

只见张老牛和张小牛一前一后穿过郑家村街，径直来到抱犊寨。因为这段时间没有土匪来，抱犊寨大门洞开，张老牛和张小牛进了抱犊寨，左转转，右转转，还上到寨墙上不住地观望。

店小二突然明白了，这两人必是土匪无疑，肯定是来踩点的。于是，他掉转头跑回郑记客栈，一五一十地告诉了郑英才。郑英才不敢怠慢，一溜小跑找到郑英魁，把这情况跟郑英魁说了。

郑英魁听了之后，点点头说："这俩人形迹确实可疑。"

郑英才说："要不咱抓住他俩送到官府吧？"

郑英魁说："咱没有证据，抓他们咋说咧？"

郑英才说："也是。那咋弄？"

郑英魁说："盯紧他，狐狸尾巴总会露出来的。"

郑英才得了郑英魁的话，回到郑记客栈，交代店小二说，这几天啥事儿也别弄，就跟住这俩人，看他们都弄些啥。店小二一口应承。可是，第二天，这俩人退店闪人了。

郑英魁吩咐下来，郑家村男女老少，这几天提高警惕，严阵以待，可是，几天下来，郑家村太平无事，土匪并没有来，于是，人们又松懈了下来，大家都不住抱犊寨了，都回到了各自的家里。

很快就要过年了，人们开始准备年货了，远处不时传来鞭炮的鸣响，河洛岸边挤满了买卖年货的人们。

令郑英魁没有想到的是，捻军首领张宗禹其实用了个欲擒故纵的计策。他先派张老牛和张小牛暗中打探虚实，故意露出踩点的破绽，然后再让张老牛和张小牛溜掉，他估计郑家人必定有所准备，他便按兵不动，等郑家人松懈了，便再次派人前往郑家村。不过，这次张宗禹派人可不是一两个，他趁着人们忙着过年购置年货的当口，派出几十号人，装作卖年货的货郎，装作道士，装作乞丐，装作路人，混进了郑家村。这些人都暗藏兵器，等到天黑人散之后，他们突然燃起火把向郑家村提前踩好的点扑去。

张宗禹带人在村外候着，一见郑家村燃起了火把，又听到呐喊之声，于是，带人向郑家村冲去……

郑英魁措手不及，他赶快命家丁抄起家伙应战，还命人点起了土炮，提示郑家村的人们赶快向抱犊寨转移。不过，这一切都为时已晚，捻军有备而来，见人就砍，见物就抢，边走还边拿火把点燃房屋。

"土匪来了，快跑啊！"人们也搞不清是捻军还是土匪了，反正捻军和土匪也没有区别。大人拉着小孩儿没命地向抱犊寨的方向跑去，也顾不得家里的东西了，顷刻之间郑家村大乱，鸡飞狗跳，大呼大叫，哭爹叫娘，一片乱糟糟。

腿脚快的、运气好的，跑到抱犊寨里躲了起来，那些老弱病残跑得慢的，还有迎面遇到捻军运气不好的，被杀的杀，被伤的伤，再也进不了抱犊寨了。

郑英魁带着家人在张石磙等家丁的护卫下顺利躲到了抱犊寨里，寨门一关，固若金汤。

可是，没过多久，张宗禹带领捻军又攻到了抱犊寨下。他们从村里找来很多梯子，把布撕成条条，把梯子捆接好往寨子上搭，试图上寨子，看样子是想一鼓作气，非把郑家村灭了不中。

捻军开始了攻寨，郑英魁、张石磙率领家丁和团勇们分兵把守寨墙，城上备有灯笼一二百个，这时候也都点起来了，把寨墙照得通亮，捻军的一举一动看得清清楚楚。见捻军上来，郑家村的人就用石头、圆木轱辘往下扔，还找了些棉被洒上香油专等捻军上梯子上到寨墙一半的时候点着了往下扔，捻军躲避不及，死伤惨重，郑家村的人打退了捻军一次又一次进攻。

半夜起风了，洋洋洒洒飘起了小雪，捻军一看暂时难以攻破抱犊寨，况且在郑家村已经洗劫了不少财物，加之天寒地冻不便久留，于是下令撤退。

郑英魁一看捻军停止了进攻，消失在了茫茫夜色中，他跟村人合计怎么办，村里那些年轻的小伙子说："不能让他们跑了，伤咱恁多人，还抢走了咱的东西，不能饶了他们。要是饶了他们，恐怕他们还会来，这回说啥也得跟他们拼命，不把他们打怕，咱就没有安生日子了。"

郑英魁点点头，他大喊一声："有种的跟我追！杀啊——"

抱犊寨的大门打开了，郑家村能跑得动的男人都追了出来，有些泼辣的女人也掂刀拿棍跟着追了出来。

捻军背着大包小包撤退，跑得并不快，很快便被郑家村的人追了上来，双方战在一处。一直打到天亮，才分出个胜负。那些捻军虽说久经沙场，可是郑家村的人打红了眼，拼着命干，再加上郑家村的人多，所以捻军死的死伤的伤，四散奔逃，没了踪影，包括首领张宗禹也不知跑到了哪里。

那些受伤跑不快的，都被五花大绑捉了回来，粗略一算，有二十几个人。

郑英魁吩咐下来了，对这些捻军要好吃好喝，还找来看病先生给他们看病治伤。

保镖张石磙不解地问："掌柜的，常言说，过了这村没这店，吃了饺子没这馅，好不容易把这些贼人给抓住了，为啥不把他们给剁了？"

郑英魁摇摇头不吭声。

张石磙又说："掌柜的，要不送他们到官府算了，官府爱咋处理就咋处理他们。"

郑英魁发话了："石磙，你是不知道，这些捻军其实也都是穷苦人出身，我了解过他们，他们原本也算仁义之师，我听说他们规矩严、不乱来，有'三清''五律''十不抢'之说。"

"掌柜的，啥是'三清''五律''十不抢'？"

"'三清'就是踩点清、号令清、规矩清；'五律'就是不得私自行动、不得私吞财物、不得奸淫妇女或逛花窑、不得反叛或泄露秘密、不得杀害俘虏，否则要被处死；'十不抢'就是不抢盲人、哑人、疯人、乞丐、僧人、尼姑、道士、郎中、摆渡人、棺材铺。"

"掌柜的，他们这些人还就是比土匪强。"

"是啊，看客下菜，咱也不能都把他们砍了。再说了，你是练武的，你说'武'字是啥意思？"

"掌柜的，我不知道。"

"武，拆开看就是止戈的意思，练武的目的不是为了打仗而是为了不打仗。懂了吧？"

"掌柜的，你说的还真有那么点儿意思。"

"是啊，咱们还是要攻心为上，以战止战，以战求和，恩威并施，啥事儿都不能做得太绝了，为人留一线，日后好相见，这就是郑家祖训'留余'的真谛啊。"

"掌柜的，还是你能。"张石磙佩服地说。

第二天，郑英魁吩咐人把这些捻军俘虏召集到寨门口，对他们说："兄弟们，你们也是穷苦人出身，你们当捻军也是为了混口饭吃，都不容易。我郑家虽是大户人家，有一些积蓄，可我家的钱来路干净，是祖祖辈辈起早贪黑、掏力流汗挣的。而且我家祖上留有祖训'留余'：留有余不尽之巧以还造化，留有余不尽之禄以还朝廷，留有余不尽之财以还百姓，留有余不尽之福以还子孙。钱财乃身外之物，生不带来，死不带走，衣食无忧足矣。路径仄处，留一步与人侧行；滋味浓时，减三分让人品尝。所以说，以后你们有了难处，没了饭吃，需要的话，尽管找我郑英魁，有事儿说到明处，我会帮助你们的，只是不要再干那些打家劫舍的事儿，害了别人，也害了自己。这次，我不杀你们，也不报官，给你们每人发二十两银子，你们回老家好好出力干活吧，凭本事吃饭，靠流汗吃饭，睡觉安心。"

这些捻军听完郑英魁一席话，齐刷刷跪在地上，说："郑掌柜大仁大义，我们没齿难忘，我们再也不敢到郑家村来了。"

郑英魁说："不是不敢到郑家村来，其他的地方你们也不要去骚扰了，都是平头百姓，活得都不容易，何必呢？"

捻军们听后频频点头，接过银两后，千恩万谢地离开了抱犊寨。从此，捻军再也没有袭扰过郑家村。

6

在抵抗捻军的过程中，郑家村的老百姓最终保得了一隅平安，可是，大清国的抗捻形势却不容乐观。从同治元年到同治七年，捻军来去飘忽，越战越勇，甚至科尔沁亲王僧格林沁也被捻军打死了。同治皇帝大怒，改派曾国藩为钦差大臣，所有直隶、河南、山东绿旗各营，都归曾国藩节制。曾国藩老谋深算，改变了僧格林沁跟踪追击、穷追猛打的战法，实行画河圈地的策略，重迎剿不重尾追，以有定之兵制无定之寇，逼迫捻军钻入官兵设的包围圈以便分头剿杀。

曾国藩的第一步棋就是封锁河流，焚烧、凿沉河流上的所有船只，使捻军再无法机动作战。这一招确实管用，因为河运是快速运送兵力的主要方式，封了河，河上没了船，捻军只靠骑兵和步兵行动，大为不便。不过，这一招可使郑家大吃了苦头，可以说，对郑家来说，这是致命一击，因为郑家发财致富靠的就是河运，靠的就是大河行船，封了河，毁了船，这不等于断了郑家的财路吗？以后郑家还咋做生意？

当郑英魁接到官府送来的封河毁船的告示后，他木然地坐在罗圈椅上，半天没有吭声。如今他才深深地知道家国天下的道理，没有国哪有家？皮之不存，毛将焉附？而国之不存，家将焉附？家运与国运联系在一起，国家不幸，家庭也难幸免，国家动荡，家族命运也岌岌可危啊。郑家经过郑英魁的数年经营，虽已有良田千顷，银两千万，可眼下当官的一句话就会让人顷刻之间生意破产。这可不是危言耸听。郑英魁思前想后，纵有千般不舍、万般不愿，也只有听命于皇差，为了大清江山，为了早日剿灭捻军，他也只有忍痛割爱，毁掉千辛万苦打造的太平船了。

封了河，毁了船，等于郑家的手被捆住了、腿被砍断了，郑家从此将由盛转衰，元气大伤。

凿船那天，郑英魁哪儿也没有去，他把这些事情交给了别人去做，他不想、不敢，也不愿看到郑家太平船被凿沉的场面，他想起了爷爷郑振昌常说的一句话：心里难受就睡觉，睡一觉就好了。于是，他一个人躲进卧室，用被子蒙着头，先是号啕大哭，接着是无声地抽泣，等哭完哭够了，就像一个小孩子那样，带着泪痕睡着了。

睡着睡着，他做了一个梦，他梦见自己带着郑家太平船船队出洛河、入黄河，先是一路向东，到山东转了一圈，接着又逆流而上，向陕西方向进发，在船队行驶过程中，突然有人喊："看那山陡咧！"郑英魁举目望去，但见黄河两边都是高入云天的悬崖绝壁，郑英魁刚说了声："小心行船！"话音未落，郑家的太平船队一齐撞向大山，所有的船只都撞沉了，郑英魁也掉入河中。这时，天刮起了大风，黄河旋涡铺天盖地地席卷而来，把郑英魁卷入了河底，郑英魁身不由己地往下坠落……郑英魁不禁大呼："救命！救命！"却见爷爷郑振昌和父亲郑云祥面如死灰轻飘飘地站在他前边。郑英魁说:"爷,爹,快救我!"郑振昌和郑云祥却一声不吭,相继飘然离去。郑英魁绝望地喊:"爷,爹,你们咋走了?你们咋不管我了啊……"

　　郑英魁从梦中惊醒,激灵灵坐了起来,出了一身冷汗。他睁开惺忪的双眼,只见阳光透过窗棂洒了一地,有只老母鸡可能刚下了蛋,正"咯咯咯"骄傲地叫个不停。

第十二章
英魁教子

1

　　郑英魁已经四十九岁了，他支撑家业三十余年，东征西战，在商场上如鱼得水。尤其是郑、朱两家联姻后，牡丹家的金银财宝助了郑英魁一臂之力，这两年，他又在梅儿的父亲梅仪封的关照下，独自承揽了陕甘总督勒永大人的军需生意，从此，郑家日进斗金，扶摇直上，达到了事业的鼎盛时期。有钱后，郑英魁大量购置土地，开设货栈，兴办磨面、染布、酿酒等作坊。为了扩建郑家庄园，还专门兴办了木工、石刻作坊。一时间，郑家置地遍及山东、陕西和河南三省，土地达到十八万亩，船行洛河、黄河、运河、泾河、渭河、沂河六河，当地人说："河里行的是郑家船，岸上种的是郑家田，路上跑的是郑家马，栈房里借的是郑家钱。"

　　郑家成了中原巨富，而且在山东、河北等地也享有盛名。最重要的是，经郑英魁的手，郑家庄园终于落成了，形成了以龙卧沟、南大院、寨上区等住宅区为主体，以饲养、匠作、祭祀、书院、花园、招待等为辅的二十来处建筑院落，有三十三个庭院、六十六座楼房、九十九间平房、一百孔窑洞，取意"三六九，往上走，人生满百心不忧"，号称"民间小故宫"。

　　时来天地皆同力，运去英雄不自由。郑英魁本有心在大河沉船之后，等国家形势好的时候，再造大船，恢复郑家商船林立、驰骋河洛的荣耀，但他看到大势已去，回天无力，有些消沉郁闷，断了念想。不过，尽管如此，瘦死的骆驼比马大，郑家依然富甲一方，根基深厚。

　　山风吹过郑家的厅堂过道，一草一木为之动容。郑家世世代代不缺钱，一直愁的却是人。"国破山河在，城春草木深"，即使家国灭掉，但只要有草木，春来就能发几枝。"离离原上草，一岁一枯荣。野火烧不尽，春风吹又生。"是啊，人就是纤弱的小草，只要有人，就有希望，就有奔头，就有活头，就有依靠。人多士气旺，一个家，啥时候都不能没有人哪。

　　到了郑英魁这一代，生了四个儿子，郑英魁自然欣喜非常，只是他娘赵夫人没有等到后边三个儿子出生就过世了，这让郑英魁心痛不已。父亲去世的时候，家里虽然很难，可郑英魁倒不觉得很难，因为有娘在。娘不在了，他才觉得天真的塌了。虽说郑家庄园楼房林立，仆人丫鬟成群结队，可在他的心里，一切都是空落落的，一切都蒙上了阴影。

没有娘的日子里，他唯一的愿望就是把四个儿子培养成才，光大郑家家业，若是娘亲泉下有知，也能心安。不过，他也担忧，四个儿子打小就这么有福，总害怕他们躺在福窝里贪图享受，不思进取，成为败家子。毕竟，这么大的一份家业，没有过人的能力和坚强的定力是撑不起来的。

因此，他对四个儿子从小就严格教育。按照郑英魁的意思，郑家庄园里建了一面影壁墙，画了二十四孝图，在影壁墙前，立了一块下跪石，只要哪个儿子不听话了，就让他跪在下跪石上，对着二十四孝图，面壁思过。天长日久，下跪石竟然留下了两个深深的膝盖印。

为了鼓励儿子们读书，他还把茅房装饰成书房，便器前有书案，书案上笔墨纸砚一应俱全，要求他的四个儿子利用一切时间苦读圣贤书。

郑家庄园里，有大量的楹联牌匾，孩子们时时处处都能接受理学教育。还有一张石案做的拜月桌，这是郑英魁想了几天几夜才想出的一种教子方法：桌子四面挡板上雕刻着葫芦、蒲扇、宝剑、荷花、渔鼓、箫、花篮和笏板八种宝器，叫作暗八仙，案底则刻有铭文，上书：

> 顽然一块石，谁道有精神。
> 岂知经镂刻，还能见天真。
> 刮其垢兮磨其光，棱角铮铮类珪璋。
> 上下砥柱如山丘，形器转形德之方。
> 留于子孙赏拂拭，因之威仪自抑抑。
> 砺得节操如此贞，瓜瓞绵绵远称式。
> 金石为开历千秋，硁硁坚确撼不得。
> 漫作主人石案铭，敢云星精到处说生色。

郑家子孙即使在月圆之夜赏月之时，也要接受教育，可谓"春风潜入夜，润物细无声"。

不过，虽然郑英魁用心良苦，但他发现，龙生九子，各有不同，他的四个儿子也不尽相同，禀赋差异很大，必须因材施教，不可千篇一律。

2

老大郑守勤性格柔弱，温柔敦厚，很像他爷爷郑云祥。郑守勤三岁的时候，郑英魁就教他读"三百千"，也就是《三字经》《百家姓》《千家诗》。当守勤五岁时，因为郑英魁的恩师王文镜当了管家，没时间再当私塾先生了，郑英魁就聘请了郑家村的岁贡生郑裕远坐馆，教读四书五经、经史子集。

郑裕远当过河洛县知县的师爷，既饱读诗书，又谙熟人情世故，而且他耿直狷介、品德高尚。在他的循循教导下，郑守勤酷爱读书，嗜书如命，天天手不释卷，孜孜以求。郑英魁看在眼里，喜上眉梢。但是，守勤资质平平，后来参加考试几次，却屡屡败北，心情十分苦闷。

郑裕远劝他说："守勤，考试三分幸，举业功名寻常事，你也不必太在意，达则兼济天下，退则著书立说。先朝很多没有功名的人，在家里潜心著书做学问，不也千古留名吗？《中庸》有云：正己而不求于人则无怨，上不怨天，下不尤人，故君子居易以俟命，小人行险以徼幸。"

郑英魁也说："守勤，不要紧，走正途走不通，将来花钱给你捐个功名不妥了吗？"

郑守勤不甘心地说："爹，捐的功名与考的功名能一样吗？捐的功名是虚职，就是个空名，别人嘴上不说，心里看不起，而考的功名才是实打实的，走到哪儿都理直气壮。"

郑英魁说："不能这样说，你看我不也是因为赈灾被皇上封的功名吗？谁看不起？"

郑守勤说："爹，还是不一样。你是七品官了，可是，谁当你是七品官呢？你不是走正途考上的，不是凭才学得的官，是因为出钱才换的官，咱县志上都不会记你那一笔。"

郑英魁说："能考个功名固然好，不过多少人没有功名不也过了吗？"

郑守勤说："人家是没钱读书，我是有钱读书却读不出来，那要被人笑死的。爹，你给我起名字叫守勤，我看我勤奋没啥用啊。"

郑英魁说："人这一生就像流水，有时快有时慢，你眼下说这话为时过早，不定啥时候就会时来运转的。耐着性子，比忍劲比韧劲，苍天不负有心人，早晚会有出头之日的。"

郑守勤听了郑英魁的话，点点头，心情不那么郁闷了。

后来，郑英魁果然拿钱为老大郑守勤捐了个遂平县的教谕，虽然一年俸禄不过四十两银子，手下却有两个随从、四个轿夫，这些人的薪饷县知事不管，都靠郑守勤从自家支取。郑英魁不指望守勤挣钱，主要是给他找个差使，让他有事做而已，而且是个相对轻松的差使，每年春秋两季录取文童，乡试两科，增广生员二十名；同时，教谕还管祭礼，一般在文庙进行，文庙内有大成殿、东庑、西庑、名宦祠、乡贤祠等，大成殿内，有至圣先贤孔子的塑像，两面配颜子、曾子、子思、孟子和十二哲人，从闵损到朱熹等。郑守勤一年就这么些事儿。

郑守勤虽然担任遂平县教谕的职务，可一直没有忘记读书求功名。他埋头攻读圣贤书，还把历届中试文章搜集过来抄录背写，做到了倒背如流。正像他爹所说，人都有几年好运几年背运，好运一来，好事儿挡都挡不住，一个接一个。前些年，他屡试不第，这几年，也不知咋回事儿，他文昌星高照，好事连连。他先是在洛阳河南府科试时，一举入郡庠，成了众人艳羡的秀才。再后来，他又到开封参加乡试。乡试有三场考试：第一场考经义，考试内容是程朱理学、"四书""五经"；第二场考论、判、诏、诰、表，内容是各种文体的运用技巧；第三场考策论，内容是经史时务等。考试时候有很多规范，要按照八股文的格式和次序作答，破题、承题、起讲、入手、起股、中股、后股、束股等八个部分不能逾矩，否则就要将考卷作废。考生既要考虑内容，还要考虑格式，就像戴着镣铐跳舞，想出彩很难。考的是硬功夫，更是熟练和升华程度，非一般学子所能驾驭。

第一场和第二场，郑守勤考得很顺利，到了第三场考策论时，郑守勤接过试卷一看，题目是《在止于至善知止》，郑守勤笑了，郑家祖上就积德行善，太有内容可写了，灵感一来，兴致勃发，洋洋洒洒，下笔如有神。这次又一箭中鹄，成了郑家有史以来第一个靠本事考中的举人。

郑守勤中举后，郑家举行了隆重的庆贺仪式，在南大场大门外，扎了大牌楼，匾额是"冠古通才"，旗杆上彩旗飘舞，吹响器的吹奏着欢快的乐曲，前来祝贺的宾客摩肩接踵，宴席摆了三天，招待宾客三百多桌。

光绪二十一年，中日甲午海战战事正酣，这一年，恰也是会试之年，因为会试是在二月举行，也叫作春闱。郑守勤不想错过此次机会。正月二十二，这是个良辰吉日，一大早，郑守勤全家就起床了，吃过早饭，郑守勤行装备齐，就告别父母，带上书童、仆人，衣着光鲜，悬弓佩剑，乘坐马拉轿车直奔京都。

白天赶路，一路上有不少要饭的终日跪在路边高叫着："老爷，可怜可怜俺，赏些钱吧。"可是，多数行路人吝啬钱并不施舍。郑守勤坐在车里，见此情景，不住地哀叹穷苦人家的不易，不时抛散些铜钱给这些要饭的。捡拾牲口粪的农人也在后边紧紧跟随，有的一跟十几里地。郑守勤看有的跟的时间长了，也会给他们一些银两。到了晚上住店，每每有妓女三两结伴前来弹歌小唱，迷惑行人。可郑守勤不为所动，倒也平安无事。半月之后，方才到达京都。在卢沟桥西，设有税局，无论官商，一律纳税，只对上京赶考的公车不纳税，就有些商人偷偷坐在公车上过桥。

到了京都，一行人住在前门大街的悦来客栈，这时，悦来客栈住满了从全国各地进京赶考的举人，虽然东海战事吃紧，京城里议论纷纷，但是，这些举人们为了考取功名，倒很少过问时事，专心备考。

京都城中，大街小巷，人来人往，非常热闹。酒店饭馆成千上百家，天天满座。演剧院几十家，每家听戏者上千人，多则达两千人，每人戏价一千三百钱。一年之中，唯忌辰日不演，余则无日不演。大街上，车马不断，出门想坐车，随处都有，非常方便。不过，京城太大，从这个地方到那个地方，近则三四里，远则十几里，这倒不方便。特别是初到京城会试，必须拜老师、同乡京官、同乡商人。拜老师是为了得到考场上的关照，而同乡京官也很重要，如果没有同乡京官印结，就不能入场参加考试。要是到第三科还没有参加考试，举人就要斥革。拜了这个拜那个，路途又很远，所以，初到京城的前几天，从早到晚就是忙这件事，如果靠这个时候用功读书就来不及了。

郑守勤先去后宰门附近拜访了郑家村的郑立诚。按郑家族谱排列，郑立诚与郑守勤算是同辈人。郑立诚是武进士出身，时任御前四品蓝翎侍卫。虽说御前侍卫多数是皇亲国戚或者八旗子弟，但也有少数忠勇的汉人担任。郑守勤携重金登门，希冀郑立诚能介绍几个有门路的京官，好在考试时有所照顾。

郑立诚见郑守勤到来，倒也客气，郑守勤提出了要求，郑立诚也热心地介绍了一个人——河南固始县的张仁黼，是翰林院编修、吏部右侍郎，郑立诚给此人写了封信，交给郑守勤，并交代了张的住址，要郑守勤持信直接登门拜访。郑守勤千恩万谢，正待离去，郑立诚又喊住了郑守勤，说："兄弟，且慢走，我还有话交代。"

郑守勤说："仁兄有话且讲。"

郑立诚说："兄弟，我不拿你当外人，我有一事相告。"

郑守勤见郑立诚面色沉重，不知何事，有些不知所措。郑立诚说："兄弟，实不相瞒，眼下京城里风声很紧，有个叫康有为和梁启超的师徒正鼓动举子们向皇上上万言书，要求维新变法，你可不要跟他们瞎搅和。"

闻听此言，从山沟沟里出来的郑守勤一脸茫然，说："立诚兄，我初到京城，两眼一抹黑，啥都不知道，我不会随便跟别人瞎起哄的。"

郑立诚说："兄弟，正因为你从老家来，很多事儿不知道，所以我才怕你走错路，我才跟你说这些掏心窝子话哩。"

郑守勤感动地说："是咧，咱要不是兄弟一场，你咋会跟我说这话咧，本来我不敢问你时事，怕害了你的官差，不过既然你说起这局势来，我倒想了解了解，万一策论考试有这方面的内容，我也好有所准备。"

郑立诚叹了口气说："国运不济，乱象丛生，一言难尽哪。"

"愿立诚兄指教。"郑守勤诚恳地说。

"有些事儿我也是听同差们讲的，不一定对，只是跟你瞎扯扯吧。要说眼下这局势呢，也是必然的，中日之战，早晚必发，有从日本留学回来的人讲，日本学校里的老师讲课是这样讲的。"

"咋讲的？"郑守勤好奇地问。

"日本的老师拿一个苹果上了讲台，问下边的学生，大家想吃苹果不想？学生们都说想吃。老师就说，想吃苹果就去中国，中国苹果多得是。中国的国土原来都是日本的，后来被中国抢占了，你们长大了要到中国去，把被中国占领的土地夺回来，你们就可以想吃多少苹果就吃多少苹果了。"

"净胡说八道！"郑守勤听完，气愤地站了起来，"日本人从哪里来？他们的祖先就是咱中国人，他们是咱中国人的后代。秦始皇的时候，派了三百童男童女到日本岛上寻找长生不老药，这些童男童女留了下来，才有了日本人，他们倒恩将仇报，翻脸不认祖宗了。"

郑守勤也是年轻气盛，郑立诚的一番话把他气得脸红脖子粗，拳头都攥了起来。

郑立诚说："坐坐坐，兄弟，我怕你激动你还是激动，我怕你跟那些维新派搅和到一块儿，看这阵势，你还真有可能跟他们合成伙呢。"

"啥是维新派？"郑守勤问。

郑立诚压低了声音说："兄弟，这事儿说来话长了，你知道咱大清朝有老佛爷和皇上不？"

"我咋能不知道咧？"

"对呀，老佛爷和光绪皇帝两个人合不来。光绪皇帝年轻有为，想救国图强，一直要变法。可是，光绪皇帝毕竟经验不足，谋略不够，手段不老练，再加上他身边的谋士也都是些书生，不谙世事，只会纸上谈兵，他们的弄法儿老佛爷早就不满意了，只是老佛爷按兵不动，任由光绪皇帝瞎胡闹，老佛爷直等光绪皇帝闹不下去了，她就会出手，大权在老佛爷手里，光绪皇帝哪是她的对手？所以，我不让你跟维新派瞎胡闹，是怕你出事，是为你好。"

"立诚兄，不变法国家能行吗？"

"兄弟，官场的事儿说不清楚啊，你说老佛爷就不想变法吗？她老谋深算，何尝不知道变法的道理？不过，老佛爷考虑得多，再怎么变，国体不能变；再怎么变，祖宗的基业不能变；再怎么变，她老人家的地位不能变。"

"那还能咋变？"

"咋变我也不懂。不过，有一点儿，维新派提出的要废除八股文就行不通。"

"不考八股文了？"郑守勤吃惊地说，头一下子就蒙了。

"这次恐怕还要考。"

"吓我一大跳，要是不考八股文，我来京干啥咧？科考一废，我们这些读书人还有生路吗？"郑守勤失望地说。

"是啊，废八股是维新变法的第一项内容。要是废了八股，几百翰林，几千进士，几万举人，几十万秀才，几百万童生，咋办呢？"说到这里，郑立诚摇摇头说，"更可气的是，他们还要改庙宇办学堂，全国几十万座庙宇，那么多的和尚、尼姑、道士咋办？老佛爷常说，心里有佛，离苦得乐，再苦也乐。他们打神拆庙，市面上恐将暴戾丛生，再难有平和气象，百姓心里有苦到何处倾诉？唉，真是书生之见，目光短浅，书生误国甚于小人，此言真的不虚。"

"立诚兄，秀才造反，十年不成。我知道该咋办。"郑守勤说。

郑立诚点点头说："兄弟，这次考上考不上，你都别太在意。生逢乱世，回到咱老家，有吃有喝，保住一条命就不错了。"

"愿闻其详。"郑守勤凑近郑立诚，两眼盯着郑立诚。

"兄弟，我听说老佛爷叶赫那拉氏的先人曾经被皇太极努尔哈赤打败过，努尔哈赤说要灭了叶赫那拉氏这一族人，叶赫那拉氏的先人就说，只要叶赫那拉氏的后代子孙有一人在，就要为叶赫那拉氏复仇，灭了大清王朝。虽说这只是传说，可是，你看，老佛爷就是叶赫那拉氏那一族人的后代，眼下老佛爷是大清王朝说话最管用的人，她呀，我看就是想让大清王朝毁了呀。国家要乱，大清要亡，所以你这个举人哪，考上进士就考上，考不上也别难受，因为考上进士究竟是好事还是坏事真不好说咧。"

郑立诚的一番话，像一记闷棍打在郑守勤的头上，他茫然不知所措。国家的命运尚且如此，个人的前途又该在何方呢？他自言自语地说："不是还有皇上吗？"

"皇上？"郑立诚冷笑了一声说，"说句大不敬的话，皇上打小跟着老佛爷，早被老佛爷治理怕了，老佛爷只要大声咳嗽一声，皇上就吓得浑身打战，心性早没了，能干成啥事？大清国的重臣都是老佛爷提拔培养的，都听老佛爷的，连太监宫女都欺负皇上。唉，皇上被架空了，皇上当得也真窝囊。"

"立诚兄，如此说来，你给我介绍的那位固始县的张仁黼，我也不找他了，我就随便考吧，考啥样算啥样，听天由命。考完我就打马回乡，不在这是非之地久留了。"

郑守勤拜访郑立诚这一趟，唏嘘不已，自己在山沟沟里生活，天天关在屋里读书习字，真的不知道外边的局势发生了这么大的变化，个人的命运与国家的命运紧密相连，在考虑个人前途的时候，真的不能不掂量掂量大的形势啊。

郑守勤没有去拜访张仁黼，只是听天由命参加了考试。这一年，因为日寇犯边，水路不通，东南几省都来不了，南边几个省来考试的，也是去年冬天就来的，这一科考试，全国仅五百多人。

到了三月初九，郑守勤和众举人一道来到贡院参加会试，但见贡院门口，戴红顶的官员不少，而蓝顶、水晶顶、白顶的官员更是不计其数，郑守勤大发感慨：国家选才，真是用心良苦啊！

会试开始，钦命四书诗题：主忠信；优优大哉，礼仪三百；居天下之广，居立天下之大位，行天下之大道，得志与民由之。

此次考试郑守勤没有心理压力，倒也轻松，发挥也很正常。在等待发榜的日子里，中日《马关条约》签订了，中国割让辽东半岛、台湾全岛及所有附属各岛屿、澎湖列岛给日本，赔款白银两亿两……一时间，正在京都的举人们群情鼎沸，发动公车上书，要求皇上拒和、迁都、变法，十八省在京举人集会响应，加上市民参与，共有数千人，齐集都察院门前，递请代奏万言书，誓死抗日。尤其是台湾被割让，台湾籍举人痛哭流涕，最为悲伤。都察院御史裕德亲自接下奏章，不过，奏章上去，皆留中不发，裕德和举人们相对而泣，无可奈何。

郑守勤也在联名书上签了字，参加了公车上书。

好不容易挨到四月十二，放榜出来，应试五百余人，只取前二十名，郑守勤名落孙山。

郑守勤虽心里早抱着考上考不上皆可的态度，但是此时他仍非常失望。于是，他在京都又待了几天时间，等情绪好些，才垂头丧气地回到家乡，再没有以前的兴高采烈、意气风发了。

光绪二十四年三月初八，郑守勤又到京都参加了一次会试。这一年因是大挑之年，像郑守勤这样的老科之人来得很多。到申初封门时，郑守勤问了问号官，这次会试十八省共有八千二百人参加。从三月初八进贡院，连考三场，考生们在贡院待了九天。郑守勤坐在西文场制第六号，到了晚上，号中寒冷，手脚冰凉难以写字，睡又没地方睡，号军借机偷盗考生财物，即便号官责令数次，有的号军还不上交。好不容易到了三月十六交卷，郑守勤出了贡院，心想，中与不中都听天由命吧。接下来的几天，他又到内阁大堂参与大挑，一直到三月二十九才结束。在等待放榜的日子里，郑守勤偕同年到天津转了一圈儿，闰三月十二，结果出来，郑守勤仍名落孙山。

这虽是春暖花开、游春踏青的好时节，返程的路上，到处是桃花红、梨花白、蝴蝶翻飞、蜜蜂嘤嗡，一派大好春光，郑守勤却毫无兴致，他催马加鞭，垂头丧气地回到了家，整天待在书房里，两耳不闻窗外事。

3

老二郑守俭，比老大郑守勤小两岁。郑守俭与老大郑守勤性格大为不同，他很聪明，不像老大郑守勤那样死读书。郑守俭脑袋瓜儿灵，他背完书、写完大字之后，瞅空便读《水浒传》《平妖传》等侠义之书，私塾老师郑裕远发现郑守俭的这种情况，因材施教，要他"义"字当先，"忠"字为上，学会文武艺，将来功成名就、光宗耀祖。郑英魁也发现老二守俭是个全才，可堪大用。可是，郑守俭虽说爱读书，却不愿求功名，他对做生意很感兴趣，只要郑英魁说起生意来往上的事情，他都格外用心听。郑英魁根据这种情况，决意让郑守俭继承郑家家业，对其进行悉心培养，而且早下手进行培养，因为他郑英魁就吃过这种亏。想想他小的时候，爷爷年事已高，已没有精力培养他学做生意，而父亲不喜做生意，也不懂做生意，没有能力培养他学做生意，等爷爷和父亲都相继去世，他临危受命支撑家业，吃了多少苦啊，幸亏有娘、王文镜先生、舅父的指教，更重要的是他命运好，没有大灾大难，这才度过艰难时期，顺利接掌并扩大家业。他要早些培养郑守俭。同时，他深知宰相必起于州部、猛将必发于卒伍的道理，在郑守俭读书的间隙，让他干农活、识稼穑、品物理。到了郑守俭十七八岁的时候，郑英魁对郑守俭说："儿啊，你想经商做生意继承家业这是好事，虽说文可进官封爵，然商亦可光耀门庭。常言说，十年学成个秀才，学不成个生意人，我想让你外出学做生意，做生意的同时你也可以读书，你看如何？"

郑守俭问："爹，您做生意怎在行，为啥还让我外出学做生意？"

郑英魁说："先生能治别人的病，却治不了自己的病，为啥？下不去手，狠不下心。眼下你不能跟着我学做生意，因为你跟着我，人家都知道你是大少爷，各方面都关照你、让着你，你吃香喝辣的，学不出精细来。不经一番寒彻骨，怎得梅花扑鼻香？自古英雄出炼狱，从来富贵入凡尘。不吃苦中苦，难成人上人。你得出去闯，才能学到真本事。到一定时候我会带着你跟我学做生意的。"

"我去哪儿学做生意？"郑守俭问。

"凡是有咱郑家店铺的地方你都不能去，你去了人家掌柜的不好管理，再说了，你在自家店铺学不到真东西。要不你去南阳吧？南阳没有咱家的店铺，南阳离咱河洛县又不太远，在河南、湖北、陕西三省交界处，还是京城通往湖广和云贵川的必经之路，山、陕、江、浙商贾云集，陆路驿道与水路码头紧密相接，号称"南船北马"。南阳还曾是全国的冶铁中心，打铁的作坊很多，是一个做生意的好地方，你到了那里可以边学做生意，边了解当地的风土人情、市场行情，有机会咱在南阳也开个货栈。"

"爹，那中，我去哪家店铺？跟谁学做生意？"

郑英魁说："去哪家店铺你自己找，跟谁学做生意你也自己找，学做啥生意你自己拿主意，我啥都不管。我只给你个盘缠钱，就是让你闯的。想当年，我学做生意的时候，也是你这个年纪，也是自己找的。"

郑守俭说："爹，那中，我听您的，我也闯闯试试。"

郑英魁接着说:"让你出去,就是让你学精细咧,别管是输是赢。我不怕你输不怕你赔,不靠你往家里拿钱,真是赔了欠人家账了,我替你还钱,你只要能顾住肚子不挨饿都中,要饭也中,要饭也能长长见识,你要真能学会要饭的不怕苦能受气的劲头,做别人嫌苦累不想做的,吃别人嫌难吃不愿吃的,受别人嫌委屈不想受的,以此磨你的性子,练你的耐力,以后就没有你干不成的事儿了。"

"中,爹,我啥时候动身?"郑守俭也提劲儿了。

"你收拾收拾,三天后动身,给你二十两盘缠,你看中不?"

"中。"

"不过,"郑英魁接着又说,"俭,你到了南阳,可不能说你是郑家的少爷,不能暴露身份。"

"爹,我傻呀?你放心,我知道咋说。"

"另外,找店铺学做生意,不能找大店,先找个不起眼的小店去学营生。"

"爹,为啥呀?"郑守俭不解地问。

郑英魁语重心长地说:"儿啊,大店生意大,门头儿气派大,来往的人排场大,说话口气大,吃的是美味佳肴,穿的是绫罗绸缎,还难免嫖娼赌博,在那样的店里学做生意,跟着啥人学啥人,跟着巫婆跳大神,即使你学做生意学成顶级高手,可天长日久,沾染上不良风气,总是立于险地,失大于得。如果你到小店学做生意,论吃不过是粗茶淡饭,论穿不过是粗布烂衫,论用不过是日常必需,店虽小却是正正经经居家过日子,精打细算,勤俭度日,这才是人间烟火、百姓生活。等你在小店学做生意学到六七成,再入大店,学问渐高,见识渐远,必成大器。"

"爹,那为啥就必须先入小店再进大店而不能先进大店再入小店咧?毕竟咱家的日子跟外边大店的日子差不多啊,我更能接受、适应啊。"

"儿啊,你问到点子上了。你在咱家生活,锦衣玉食,饭来张口,衣来伸手,让你突然到一个小店里,真的难为你了。可是,你要是还在大店里学做生意,你就更不愿意到小店里去了,那差距大得很,你受不了。长痛不如短痛,趁着你无依无靠、人生地不熟地到外地谋生,你正是作大难的时候,你直接到小店去,会比较适应,比你无依无靠、备受冷落、讨荒要饭强多了,等将来你再到大店里去,就更能适应了。"

郑守俭点点头,说:"爹,我懂了,您的意思是由俭入奢易、由奢入俭难。

您用心良苦，真难为您了。"

郑英魁说："是啊，你打小没吃过苦，你吃吃苦有好处啊。你也没有出过门，做生意更是两眼一抹黑，回头我送你一本书，叫《生意世事初阶》，这是当朝江南商贾做生意的总结体会，非常有用，尤其是那里边有一篇《贸易须知辑要》，对于学小官当学徒要求得非常详细，像晨起干什么，见客该干什么，说话要注意什么，怎么发货，如何给票，咋样寄存银子，都写的有，你好好看看，很实用。"

"真的吗？还有这样的奇书？"

"是啊，我大概给你说几条吧。学小官，第一要守规矩、受拘束。不以规矩，不能成方圆；不受拘束，则不能收敛深藏。譬如美玉，必须琢磨成器，况顽石乎！第二，男子志在四方，凡搭船、歇店，务必少年老成，见得透，守得坚，如此为人，东家方可重托，父母才得放心。第三，学小官清晨起来，即扫地抹桌，添砚水，润笔头，捧水与人洗脸，取盏冲茶，俱系初学之事。扫地倘遇失落银钱，须拾取放在账桌上，不可怀藏。第四，学生意，要照看柜里柜外，看人做生意，听人说什么话。彼此买卖交易，问答对敌，贯串流通，必须听而记之。第五，学生意，先要学官话，纵然一时不像，切不可怕丑。若满口乡谈，彼此不懂，如何能出门学生意，读书居官亦然。第六，进店学小官，全在流通活泼……你记住，做活儿不由东，累死也无功。不论做啥伙计，都要揣摩东家和掌柜的心思，不然的话就是瞎干。第六还有，先学眼前一切杂事，谙练熟滑，伶俐精灵。更要目瞧耳听，手勤脚快。大概已定，然后用心习学戥子银水，算盘笔头。次之听人言语，学人礼貌。第七，小官不可嘴快。多言好辩，最令人嫌。如众人在一处叙谈，你可耳听，勿使眼望；亦不可向前多嘴插话，不轮到你说话之时，且学乖透了，再向前未迟。第八，学小官，切莫嫌人啰唆。他说你，是教你成人。骂也受着，打也受着。你若嫌他琐碎，而再形于辞色，他下次当说你也不说。日后成人，方知说你者是恩人，不说你者是坏人。第九，学小官，不论有人无人在面前，都要兢兢业业，谨守店规，莫说无大人在面前，就可顽皮，此系你不受拘束，则放荡不成文矣。第十，柜内无你坐之理。有生意，固须站起。见店里伙计，亦须站起。盖店内俱系比你长的人，不是东家，就是伙计，都为你师，你焉敢坐也。到你坐的时候，自然让你坐也。第十一，要有耳性，有记才，有血色，有和颜，四件万不可少。有耳性，则听大人教训；有记才，则学过的事，就不肯忘；有血色，则自己就顾廉耻了；有和颜，则有活泼之趣。第十二，学字须在饭后。闲暇无事，即于柜内习学操练，或看书消闲，开卷有益。如有事，切不可看书。圣人云：'行有余力，则以学文。'"

说到这里，郑英魁看看郑守俭，郑守俭俩眼一眨不眨，听得可认真了，郑英魁满意地笑了，说："守俭，今儿个时间有限，我就不给你再往下说了，往下还有几十条规矩和要求呢，回头你找来书慢慢看细细琢磨吧。"

"爹，想不到做生意还有这么多学问呢。"

"是啊，十年学成个秀才，学不成个生意人，做生意可是一门大学问啊。"

"爹，我一定好好学做生意。"

"不过，守俭，你记住，书上写的只是做生意的皮毛，真正做生意的诀窍和奥妙，任何做生意的人都不会写进书里的。"

"爹，为啥？"

"儿啊，教会老鼠气死猫，谁会把做官做生意的经验告诉别人呢？告诉别人不是堵死自己的路了吗？再说，人情薄凉，世事凶险，说不得，讲不得，更写不得，真经不外传，外传非真经。要想学做生意，还得自己多做多想多揣摩，书上写的那些道理和经验可信，但不可全信。"

"中，爹，我记住了，我听您的。"

"出门在外，虽是经商做生意，却要有圣贤之志，就像朱熹老先生所说，'书不记，熟读可记；义不精，细思可精。唯有志不立，直是无着力处'。另外，要注重身姿仪容，就像《礼记·玉藻》所讲，要'足容重，手容恭，目容端，口容止，声容静，头容直，气容肃，立容德，色容庄'，做到这'九容'，就不丢咱郑家的人了，就有大户人家的气派了，就像个圣贤的样子了。"

郑守俭听后，点头称是。

郑守俭去南阳前，郑英魁不放心，一口气写了一篇文章《经商二十忍》，送给郑守俭，嘱咐郑守俭带在身上记在心里。这《经商二十忍》这样写道：

　　一忍言。好话暖人心，恶言伤人心。言语功夫是商人首要能耐。

　　二忍气。受气能赚钱，商人喜而为之。

　　三忍色。好色破财伤身，最后人财两空，岂是商人作为？

　　四忍酒。酒是工具，往往借酒成生意，既是工具，即易善用其长、不受其制。

　　五忍声。靡靡之音，可以亡国；商人好之，破财丧志。

六忍食。小吃当大赌,食不厌精比赌博更易败家。好美食,且应适可而止。

七忍乐。求财路上多艰苦,贪图享乐难有大成就。乐极要生悲,商人当谨记。

八忍权。商人求财非求权,求财不慎至多破财消灾,商人弄权鲜有善终。

九忍势。求财当循序渐进,得势之时好大喜功、盲目做大,常常前功尽弃。

十忍贫。白手起家乃商人本色!面对贫穷,当立志改变,岂能为贫所困!

十一忍富。为富本招人妒,为富不仁、恃富凌人是大忌,富而好礼乃真传。

十二忍贱。生意只有赚钱不赚钱之别,却无贵贱之分,小生意亦有大商机。

十三忍贵。商人求富不求贵,贵不可言是祸端,贵由权生,离祸不远。

十四忍宠。承蒙掌柜宠幸,且不可恃宠自傲,否则惹人嫉恨、少有长进。

十五忍辱。能忍辱者必能成大事,商人忍辱,发财即如探囊取物。

十六忍安。生意场不进则退,试图守成,实为自取衰败之道。

十七忍危。小富易成,大富难得。欲求大富,必担大险。

十八忍忠。商人不只贪财逐利之徒,赈灾济民、精忠报国亦为商人本色。

十九忍孝。做生意赚了钱,光宗耀祖、尽为人子,岂不乐乎!

二十忍仁。己所不欲,勿施于人,仁之本义,商之大道。

郑守俭按照郑英魁的安排,自己雇了头小毛驴骑上,皮鞭一悠,"驾——",只见小毛驴四条腿甩开,"嗒嗒嗒嗒"驮着郑守俭就去南阳学做生意了。

4

初春的早晨,严寒虽已退场,微风却还有一丝清冷,湿润的白雾笼上了南阳街头。南阳有条白河，源出河南嵩县白河镇玫离山，流至湖北，像一条肋骨从南阳穿城而过，前不久还冰封的河面此时已是绿水荡漾，河边的柳树生发出翠绿的嫩芽，细长的枝头低垂到水面。白河码头上，一溜店铺密集地排着，这时候，正是吃早饭的当口，各种卖吃的店面热闹得很，担挑子的、挎篮子的、托盘子的、推车子的、提罐子的，卖茶汤、藕粉、杏仁茶的，还有江米枣糕、花生糕、绿豆糕、豌豆面馍、黏面馍、胡辣汤、浆面条，以及糖粘山里红、糠糕山药铃、糖粘焦枣、生红薯片、白萝卜片的，更有卖咸兔肉、咸驴肉、卤牛肉、卤猪肉的……早起的人们为了赶河工，都到街上吃饭，热热闹闹，一片红火的景象。

　　郑守俭来到南阳后，住在一家客栈里。他一大早就起床，信步来到白河码头，转了一圈儿，自言自语地说："南阳这地方真是好，人气就是旺。"不过，郑守俭转来晃去，从这头走到那头，东瞅瞅，西瞧瞧，三百六十行，啥生意都有人干。郑守俭看花了眼，犯了难，爹让来学做生意，学啥呢？

　　郑守俭被眼前的一个铁匠铺吸引住了，他停下脚步，仔细看去，只见这家铁匠铺的门前挂一块儿木制招牌，上写"好功夫铁铺"。铁铺门前还栽了一高一低两个铁架子，几个小孩儿正吊在铁架子上荡秋千，他们有时还把下巴抵在横杠上，看着远方的白河水，发出脆生生的笑声。两只小燕子蹲在铁匠铺的屋檐上，好奇地看着几个小孩子玩耍。

　　铁匠铺里，一个红脸壮汉脖子里挂条粗布毛巾，胸前系条围裙，左手用火钳从熊熊的炭火中夹出一块儿铁，小心地放在铁砧子上，右手拿起铁锤敲起来。身旁一个年轻后生，可能是铁匠的儿子，刚才在使劲拉风箱，这时候也起身抄起一个大铁锤帮忙。两人一人一下砸起铁来，等到铁块由通红变成暗红再变成铁青时，一把镰刀的头形就出来了。接着，红脸壮汉扯下搭在脖子上的毛巾擦了擦汗，又随手从地上端起一碗凉开水，"咕嘟咕嘟"一口气喝了个精光，喝得嘴角流水，用手背擦了擦，长出一口气。稍微停了停，他又把快成形的镰刀放在火炉里，年轻后生又开始"呼呼"地拉起风箱来，蓝色的火苗欢快地跳跃，火炭"噼里啪啦"燃烧着最后的生命。

　　红脸汉用火钳把成形的镰刀放进地上的一盆清水里，只听"哧"的一声响，清水里冒出一股白烟，红脸汉脸上露出了笑容，一把镰刀打成了。

　　看到这里，郑守俭摇摇头，心想，打铁这活儿真是累人，不过自己没啥技术，要不先学学这个练练力气？

　　郑守俭正在犹豫不决呢，只见一个驼背老头牵着一匹大白马来到铁匠铺前，瞪了一眼那几个玩耍的小孩子，大声说："去一边玩儿！"然后，几个小孩子就嘻嘻哈哈地跑一边儿了。

　　驼背老头把马缰绳系在铁架子上，来到红脸汉跟前咕哝了几句，接着，红脸汉放下手里的家什，来到大白马跟前，两只手顺着马脖子理了几把，这匹马便温顺地低下头，闭上了眼。

　　年轻后生递过来一个小凳子。红脸汉弯腰去扳大白马的左前腿，试了几下，马腿还是直绷绷地挺着，红脸汉在大白马的腿窝处击打了一拳，大白马一惊，左前腿下意识地蜷曲了，红脸汉借着这个劲儿，把大白马的左前腿使劲弯过来，然后摁在了小凳子上。大白马不愿意了，一使劲，昂起头拼命挣脱缰绳，撒开蹄子跑了。驼背老头急得直跺脚，伸出两条胳膊，做出个拦截的姿势，吆喝起来："快截住！快截住！"

　　这时，只见红脸汉大步流星地追了上去，红脸汉跑得也真快，几个箭步蹿到大白马跟前，伸手抱住了大白马的脖子。大白马使劲挣扎，四条腿乱踢腾，怎奈红脸汉的力气真够大，死死地拽住大白马不动。大白马昂首嘶鸣，几欲往前冲，红脸汉一用劲儿，竟把大白马扳倒在地，两只手分开大白马的两个前腿，趴在大白马的身上，大白马挣扎了一会儿，无力地瘫倒在地上。红脸汉这才站起来，拍打拍打身上的灰尘，"呼哧呼哧"直喘气。

　　大白马和红脸汉较量过了，自知不是红脸汉的对手，于是，乖乖地跟着红脸汉重新来到铁架子跟前。红脸汉把缰绳绕成圈，甩过铁杠横杆，拉拉试了试长短，在竖栽着的一根铁棍上拴死，然后拍了拍马脖子，大白马听话地低下了头。接着，红脸汉重又把大白马的左前腿抬起后放在小凳子上，年轻后生给红脸汉递过来一把刷子、一把钳子。但见红脸汉先用钳子把大白马蹄子上的铁钉拔掉，把原来的铁掌拽下来，又用刷子把大白马的蹄子清理了几遍。马腿不停地收缩、弹蹬，红脸汉拳头砸在马背上，大白马老实了许多。年轻后生递给红脸汉几个马掌，红脸汉一个一个地挨着在马蹄上比试，最后选中了一个，一使劲，就把马掌压在了大白马的蹄子上，年轻后生又递过来一根钉、一把斧子，红脸汉用斧子把这根钉钉在了脚掌上，接着，又钉了几颗钉子，脚掌钉牢了，年轻后生又递给红脸汉一把铲刀，红脸汉用它把大白马的脚掌修磨了一番，这才把大白马的左前蹄子放了下来。

　　郑守俭看得目瞪口呆，心里说，怪不得爹说南阳曾是全国的冶铁中心呢，这打铁的水平就是高，不过，打铁是力气活儿，更是手艺活儿，学这生意，一时半会儿恐怕学不成，回家跟爹交不了差，算了吧，走走转转再说吧。

接着，郑守俭在白河边继续转来晃去，不时有人赶着骆驼、马、驴、骡子、牛从他身边走过，荡起阵阵尘土，成群结队的牲口脖子上挂着铃铛，打着响鼻儿，有时还放个臭屁，一股腺臭味儿弥漫了街道。

前边一个小吃铺有不少人吃饭，郑守俭停下了脚步，只见这家铺子的招牌上写着"李记豆腐脑胡辣汤"。店门前，一个细高挑、模样俊秀的年轻小媳妇热情地打招呼说："大兄弟，喝汤没有？咱这儿有包子、油条，豆腐脑、胡辣汤，好吃不贵，看看想吃啥？"

郑守俭盯着案板上摆放的金黄金黄的油条，还有摞起来半人高的热腾腾的包子笼，口水都流出来了，肚子也"咕咕"叫起来。郑守俭灵机一动，要不学做早餐咋样？人谁不吃饭？常言说，生意做遍，不如开个饭店，啥生意都不如做饭，别管吃好吃赖，就是饭前尝一口甜咸，饭后拾个剩菜，自己总是能填饱肚子。自家虽也有客栈，也有饭店，可自个儿从来不会做饭，都是饭来张口、衣来伸手，学学做饭也不错。自己要是会做饭，将来管理客栈就成行家里手了。

想到这里，郑守俭说："我不吃饭。"然后，他闪身向后，站在街对面的一棵大柳树下观望。

这时，李记豆腐脑胡辣汤店里跑出来仨小孩儿，一个七八岁的小男孩儿摇着拨浪鼓在前面跑，一个五六岁的小男孩儿拿把木刀在后面赶，一个三四岁的小女孩儿举着个布条编的小鞭子在后边高一脚低一脚地追，边跑边喊："大哥，二哥，等等我，等等我。"

三个小孩子在街上蹦蹦跳跳闹着玩儿，正玩得起劲儿呢，那个小女孩儿却不小心摔倒在地，哇哇哭起来，那两个小男孩儿也不管她，只顾玩自己的。

郑守俭见此情景，急忙跑过来，一把抱起小女孩儿，做个鬼脸逗她玩起来，小女孩儿"咯咯咯"笑起来，郑守俭也笑了。

年轻小媳妇看在眼里，放下手中的木瓢，两手在围裙上抹了几下，搓着手来到郑守俭跟前，说："大兄弟，麻烦你了，把孩子给我吧。"说完，就要从郑守俭怀里接孩子。

郑守俭说："嫂子，不麻烦，看你忙成啥？叫俺抱这小妮儿一会儿吧，反正俺也没啥事，看这小妮儿长得多俊，还机灵得很啊。"

年轻小媳妇说："那多不得劲啊，大兄弟。你吃饭了没有？要不你喝碗豆腐脑吧?"

郑守俭肚子早饿扁了,可是,他还是说:"没事儿,俺不饿,嫂子,你忙吧。"

"那中,那就麻烦你了。"年轻小媳妇说完,又回店里招呼生意了。

5

太阳已经跃过东山顶了,连绵的群山镶上了一层金边,暖暖的春风吹在人身上痒痒的,从里到外都舒坦。

吃早饭的人群逐渐散去,都到白河上忙碌讨生活了,李记豆腐脑胡辣汤店也清闲下来了。

年轻小媳妇左手端了一碗胡辣汤,碗上搁了一双筷子,右手拿了两根油条,来到郑守俭跟前,说:"大兄弟,你忙半天了,吃点儿饭吧。"

郑守俭说:"大嫂,俺不饿,俺真的不饿。"

"别客气了,俺家是卖饭的,你饿不饿我看得出来。"

郑守俭不再客气了,放下小女孩儿,接过饭,咬了一口油条,一小口一小口地喝起胡辣汤来。

年轻小媳妇接过小女孩儿抱在怀里,好奇地问:"大兄弟,听口音你不是本地人哪。"

郑守俭说:"嫂子,你说对了,俺不是本地人,俺是河洛县人,没爹没娘,跟俺奶奶长大,俺奶奶去世了,俺听说南阳这地方好,就一路讨荒要饭过来了。"

年轻小媳妇叹了口气:"唉,可怜的孩子,不容易呀。"

郑守俭趁机说:"嫂子,看你家的生意好得不得了,人都忙不过来,还有小孩子没人管,俺有句话不知当讲不当讲。"

"说吧,有啥不能说的!俺也是掏力人,你说吧。"

"嫂子,俺想,要不让俺给你家帮忙干活儿咋样?择菜剥蒜、扫地刷碗都行,俺不要钱,不要钱,只管吃饭都中。"郑守俭连珠炮似的一口气说完,长出一口气,终于如释重负。

"这事儿——"听了这话,年轻小媳妇果真犹豫了。

郑守俭急忙说:"嫂子,你放心,俺啥活儿都能干,啥苦都能吃,只要管吃饭都中，就这都比俺要饭强多了。不过，您要是使用俺真的有难处，俺也不勉强，权当是俺说着玩儿的，您也别往心里去。"

年轻小媳妇回头看了看铺子里坐着的一个正在用小手指掏耳朵的矮胖男人，说："我过去跟俺掌柜的说一声。"

郑守俭看着铺子里端坐的胖男人，其貌不扬，心想，人常说，吃得怪粗，不是当官的就是伙夫。不过，这伙夫找的媳妇咋恁俊咧？看来，真应了那句话，好汉娶丑妻，赖汉娶个娇滴滴。

年轻小媳妇抱着小女孩儿回铺子里了，这时，那两个小男孩儿也回到了铺子里。年轻小媳妇哄着三个小孩儿围坐在一个小方桌前，然后，跟那个胖男人嘀咕了一阵，对郑守俭笑笑招招手。郑守俭知道这事儿八九不离十了，心中狂喜，一溜小跑来到铺子里。

男掌柜长得不好看，不过面目倒还和善，只听他问道："小伙子，你叫啥？"

郑守俭说："哥，俺叫郑守俭。"

男掌柜脖子短，伸着头问："俺孩儿他娘说你想跟俺干？"

郑守俭说："哥，俺刚来这儿，一个外乡人，人生地不熟，吃了上顿没下顿，俺不挑不拣，啥苦俺都能吃，啥累俺都能受，只要管俺吃饭就中。"

男掌柜伸开两条大粗腿，抖动了几下，自豪地说："吃饭倒没啥事儿，咱就是干这的，干啥吃啥，就是剩汤剩水也能喂饱肚子。"

"哥，那都中。俺一看你和嫂子都是好人，俺跟您干吧，俺当牛做马都中。"

男掌柜和媳妇对视了一眼，点点头，说："那中啊，河洛县的，看你也怪机灵，你就跟俺干干试试吧。不过，咱丑话说头里，俺这是小本生意，在俺这儿干，工钱没有，管你吃饱饭，这都是你说的，到时候你可别反悔，也别埋怨。"

"哥，嫂，就这俺都感激不尽了，俺哪还敢埋怨呢？您说吧，叫俺干啥俺眼下就干。"

"你先刷碗扫地抹桌子吧，有空儿再帮俺照看照看仨孩子。"

郑守俭高兴得嘴都合不拢了，一激动，趴在地上给这夫妻俩"咚咚咚"磕起头来，慌得年轻小媳妇急忙上前把郑守俭搀扶起来。

6

郑守俭在李记豆腐脑胡辣汤店当上了帮工。郑守俭长得俊秀，嘴又会说，没开口先笑，还很勤快，很快就跟这家人打成了一片。来店里帮工后，郑守俭才知道，这李记豆腐脑胡辣汤店的掌柜叫李三，李三的媳妇儿姓王，李三总叫她"孩儿他娘"，有相熟的顾客则喊她"李三家里的"。郑守俭就喊她嫂子。

时间长了，郑守俭还听说，李三老家是河南西华县逍遥镇的，那里的胡辣汤很有名，家家户户都会这一手，在很多地方都开有胡辣汤店，再配上豆腐脑、小笼包、油条，虽说小本生意，但是好吃不贵，食客盈门，还不欠账，在这多灾多难的年景，靠这生意讨生活还是相当不错的。

做豆腐脑、胡辣汤也是个掏力活儿，挣的是辛苦钱。每天晚上，李三都要套一头驴磨豆子，一磨就是半夜，鸡鸣三更，还要起来熬胡辣汤。天麻麻亮，就开始卖饭了，直到日上三竿，过了吃早饭的点儿，才会稍微消停一些，可还有散客姗姗来迟。来的都是客，都是大爷，都是财神爷，谁也得罪不起，都要伺候得劲，不敢有丝毫怠慢。做生意伺候人就是这样，见谁都得大老远打招呼，满脸赔笑，弯腰鞠躬。

郑守俭是个能大能小、脑子活络、眼疾手快的人，从小他爹郑英魁就教他，能大能小是条龙，能大不能小是条虫，跟人斗，文斗不武斗，暗斗不明斗。为人处世这一套，郑守俭悟得快、学得来、做得出，所以，没多长时间，郑守俭就跟李三这一家人打得火热，可以说亲如一家人。

郑守俭晚上就住在李三家的磨坊里，和驴住在一起。夜色深沉，郑守俭点上豆油灯，抱两斗黄豆，在豆油灯下拣豆里的小石子、土坷垃，把豆子拣干净后，倒到一个大缸里，添水泡上，过半夜豆子就泡软了。第二天天不亮，听到鸡叫头一遍，郑守俭就一骨碌起床了，盛一瓢泡软的黄豆倒到磨盘上，套好黑毛驴，用黑布蒙上驴眼睛，一鞭子抽下来，黑毛驴就拉起磨来。

鸡叫声此起彼伏，黑毛驴脖子上的铜铃发出清脆的"叮当"声，过了一个时辰，天快亮的时候，掌柜李三也起床了，来到磨坊里，在一口大锅上支好四个支架，四个角用麻绳绑好细白布，郑守俭则把磨好的豆浆倒到细白布兜里过滤，嫩白的豆浆渗过细细的白布流到锅里，一阵豆香味儿顿时溢满屋子，锅底下的柴火熊熊燃烧，整个磨坊便亮起了红通通的光芒。

豆渣放到一个缸里，豆浆在锅里煮沸后，则放到另一个缸里，加些卤水凝固，再用勺子来回搅拌，不久，热腾腾的豆浆就变成了白花花的豆腐脑。

这时候，李三媳妇也起床了，在另一间屋里做胡辣汤，以小麦面、牛羊肉、高汤为原料，配上面筋、金针菇、粉条、葱花、花生米、木耳，佐以砂仁、花椒、胡椒、桂皮、白芷、山奈、甘草、木香、豆蔻、草果、肉桂、良姜、茴香、小丁香等香料，慢火熬制。

豆腐脑、胡辣汤做好后，分别盛到门口的两个大缸里，盖上木盖，接着，和面，炸油条，蒸小笼包，净等客人陆续到来。

转眼间，郑守俭在李记豆腐脑胡辣汤店干有两年光景了，郑守俭眼皮儿活、脑子灵，很快就学会了这门手艺。这时候，郑守俭就有了小心眼儿，心里就打起了小算盘，学成手艺该出师了，他寻思着自己也开个豆腐脑胡辣汤店。可是，李三两口对自己太好了，一时半会儿他还真张不开嘴，说不出要单干的话。

郑守俭正为这事犯愁的时候，这天一大早，郑守俭正赶着驴拉磨，李三说："俭，你来有两年了吧？"

郑守俭说："哥，有了。"

李三说："俭，跟你合计个事儿。"

"哥，您说吧。"

"俭，实不相瞒，俺孩儿他爷病了，老家只剩俺孩儿他奶，俺得回去照应孩儿他爷爷奶奶，俺这生意说啥做不成了。你在俺这干有两年了，看你也怪实在，这店就转让给你吧。"

郑守俭跟李三说："哥，你叫俺接这店也中，可俺没钱啊。"

李三说："你在这店里干了两年，也没有给过你工钱，这店给你，权当是给你工钱了。"

郑守俭说："哥，这两年多亏您和嫂子收留了俺，才保住了俺这条小命，您的大恩大德俺永世难忘，逢年过节俺都会去看望您的。"

李三说："俭，别说那话了，你也是个实诚孩子，干活也麻利，给俺出了不少力。十冬腊月，水缸里的水都结了厚冰，得用擀面杖和菜刀把冰砸开才能盛水做饭，磨豆腐时候，还要不停添水，水冰冷刺骨，你的手都冻得像胡萝卜，裂开了大口子，就那你也不叫一声苦。这两年不给你开工钱，你也不怨一声。开饭店小本生意，挣的就是良心钱，咱饭店里的钱就在柜台上放着，你也不拿一分，有一回我专门把钱扔到地上，试试你捡不捡，可你捡起来又放到了柜台上。你是个好后生，这店俺交给你放心。"

郑守俭说："哥，那没啥，年轻时候吃苦不算苦。要说您和俺嫂才不容易咧，俺只管干活儿，您还得招呼客人，应付街面儿上的人，操心大着咧，做生意真不容易啊。"

李三说："俭，好好干，我看好你。"

不久，李三夫妇就收拾东西带着孩子走了。这之后，郑守俭接手了李三的豆腐脑胡辣汤店，从当地招了几个帮工，从此，李记豆腐脑胡辣汤店改成了郑记豆腐脑胡辣汤店。郑守俭为人实在，脑子灵活，还爱干净，郑记豆腐脑胡辣汤店比李三在的时候生意更好了。只是，郑守俭的心思并没在这里，他干这个就是学做生意长本事。郑英魁听说郑守俭在这儿开了个豆腐脑胡辣汤店，还带人不打招呼亲自来考察了一番，见郑守俭果然经营得有声有色，就放心了，就不让郑守俭再经营豆腐脑胡辣汤店了，把豆腐脑胡辣汤店转让给别人，郑英魁把郑守俭召回身边，寸步不离地带着他学做生意，手把手地教，不时加以指点，言传身教，要把郑守俭培养成满意的接班人。

7

光绪元年至四年间，山西、直隶、陕西、河南、山东等省发生了一场罕见的特大旱灾，因为 1877 年为丁丑年，1878 年为戊寅年，因此史称丁戊奇荒，又因为河南、山西旱情最重，又称晋豫奇荒、晋豫大饥。

从光绪元年开始，旱情就已出现。这年的冬天，是个暖冬，一冬无雪。这年年前就立春了，树枝早早泛出了嫩芽，河面的冰层也融化开了，人们都脱掉了厚棉衣，穿上了夹袄夹裤。人们都说，这哪像冬天，冬天咋会不冷呢？感觉有些反常。过了除夕，正月十五晚上，人们都提着花灯过灯节，可是，这天晚上，却突然电闪雷鸣、狂风大作，一直持续了两个时辰方才停歇。常言说：正月打雷坟谷堆。人们都害怕了，望着喜怒不定的天空，内心充满恐惧，不知新的一年会有什么样的灾难发生。果然，这一年从开春到年底，老天爷一直未下透雨，大片大片的农田减产甚至绝收。有的地方因为干旱，禾苗都种不上，即使下了一点小雨，但又接连烈日当空，补种的禾苗也大多枯死。旱灾引发蝗灾，地里的庄稼被吞噬一空。可是，这样的年景一连持续了四年，连年饥荒，农民家里储藏的粮食早已食空。饥饿难当的灾民，或取小石子磨粉，和面为食，或掘观音白泥以充饥，结果不日间，泥性发胀，腹破肠摧，一命呜呼。到了大旱的第三年，可食之物皆空，人吃人的惨剧发生了，买卖人口公然成了集市，一千文钱就可买一美女，幼孩弱女无须价卖，只要管顿饭即可跟随前行。人贩子趁机大量买卖妇女，从晋豫荒区分别经归德府、光州府、周口店通往安徽、湖北的大路上，人贩子驱逐妇女南下者，成群结队，有时竟以千计。登高四望，赤地焦野，比户萧条，炊烟断缕，鸡犬绝声，尸骨遍地，车马阻行，号哭阵阵。

大灾之年，盗贼蜂起，竟以数十万聚。有的公然拦路抢劫，还在官道上竖起大旗："王法难犯，饥饿难当。"更有甚者，几百人一群，拥进富人家里，生火做饭，连吃带住。吃了这一家吃那一家，出了这个村进那个村。

这天晚上，郑守俭来到郑英魁居住的方七丈，忧心忡忡地说："爹，灾民厉害得很啊，咋办呢？"

"啊，听说了。"郑英魁故意轻描淡写地说，其实，他比谁心里都急，从他内心讲，早就想赈灾救济办些善事了，但是，他要试试二儿子郑守俭，看这事儿郑守俭怎么办。如今，郑守俭向他提起这件事，他心里有了谱。

郑守俭说："爹，灾民可怜得很哪。"

"噢！"郑英魁还是不疼不痒地说。

郑守俭见老父亲一点儿不着急，心里凉了半截，但是，他还是硬着头皮说："爹，我有个想法，不知道合适不合适？"

"说说看。"

"我听说太爷爷、爷爷刚去世的时候，您掌管郑家家业，刚值事儿就遇到祥符一带黄河发大水，您带头赈济灾民，留下个好名声，皇上还封了您个职位，这几年虽说咱在走下坡路，河运生意停了，可咱还得赈济灾民、设置粥棚，您看如何？"

郑守俭一口气说完，心里忐忑不已。不承想，郑英魁拍拍他的肩膀说："中！中！中！"

郑英魁连说了三个"中"字，郑守俭悬着的一颗心放到了肚子里。

"守俭啊，天下的钱挣不完，咱家眼下虽说生意不景气，可咱家大业大，吃几辈儿都吃不完。钱哪，要挣一半，留一半，挣的是利，留的是义，不能见利忘义，也不能为义不利，要义利两全，才可保郑家万万年。凡事留情一二分，休乘风顺满蓬行，物须得处还防失，要识回头莫过分啊。"

"爹，我记住了，当个人，就是要留些仁义留些福，莫使机关莫使谋，自古富从宽厚得，哪曾势力到梢头？您既然这样说，咱明天就办这个事儿，设粥棚赈灾。"

"中啊，守俭。不过，这赈灾的银两咱可以出，粮食咱可以供，但要把银子、粮食给官府，让他们出面赈灾，咱可不敢自作主张地出面赈灾，不可与官府争名，不然的话，咱钱花了粮食出了，还会埋下祸根。"

"爹，这个我懂，咱郑家再有钱，也是皇上的钱，普天之下，莫非王土，率土之滨，莫非王臣，咱只是替皇上管钱而已，啥时候官府需要，咱就得识时务地捐出来，一点儿不敢怠慢。眼下大灾年景，皇上又没钱，咱不捐也得捐，捐得早了，落个大善人的好名声，说不定皇上高兴了，还会封咱个一官半职；捐得晚了，找个理由就把咱家给抄了，还得拿钱，反落个为富不仁的恶名，还落得个家破人亡的下场。既然早捐也得捐，晚捐也是捐，为啥不早点儿主动捐呢？"

"儿啊，你说得对。经商做生意挣钱，可这钱并不都是咱家的，这是老天爷给咱的，让咱替老天爷保存着，咱没有权利胡支乱花。取之于民，用之于民，咱起早贪黑挣钱，咱辛辛苦苦挣钱，有咱吃有咱喝有咱用就行了，再多的钱，咱要替老天爷保存好，到了关键的时候，就像这大灾之年，咱就要拿出来，分给大家伙用。能挣钱是本事，会花钱也是本事，哪些钱该花哪些钱不该花，这里头讲究大着呢。要是不会花钱，想挣钱也难啊。"

接着，郑英魁从怀里掏出一张纸，纸上写着工工整整的一段话，他说："儿啊，国有国训，家有家训，咱郑家祖祖辈辈家训也很多，不过都不出理学的教义，我老了，也想给后代留个家训，我读遍了自古以来的家训，才选出这么一段话，你看咋样？"

"爹，中啊，这是好事啊，您说说您立的家训是啥，我听听。"

只听郑英魁一字一句地念道：

> 经商结交务存吃亏心，酬酢务存退让心，日用务存节俭心，操持务存感恩心。愿使人鄙我疾，勿使人防我诈也。前人之愚，断非后人之智所可及，忠厚留有余。

郑守俭听了连连称是："爹，我懂了，虽说在商言商，但君子爱财，取之有道，要跳出经商看经商，不能钻到钱眼里。所谓善商者处财货之场而修高洁之行，是故虽利而不污。咱郑家今后要以义制利，宁叫赔折腰，不让客吃亏，世事亏乃福，人情淡始长，生意不成仁义在，要做到秤平、斗满、尺满，事事留有余。"

这时，郑英魁又说道："儿啊，刚才我说的是家训，你知道不知道咱中国的国训啊？"

"国训？国训还出自咱河洛之地呐，这国训不就是《尚书·五子之歌》吗？想当年大禹在咱河洛一带治水，建立功勋，他的儿子启成为夏朝君主，开始了父传子、家天下的世袭制，华夏之名号就从这里而来。后来继承王位的太康，游乐田猎，荒废政事，不理民情，人民不堪其苦，东夷有穷国的国君后羿借机占领了夏都斟鄩，斟鄩就在咱河洛一带。太康的五个弟弟和母亲被赶到洛河边，追述大禹的告诫而作《五子之歌》，这是最早的帝王悲歌，而太康的五个弟弟所居的地方就在咱河洛花地嘴一带。爹，我还能背出《五子之歌》呢。"

"你背背看。"

于是，郑守俭背着双手，踱着方步，面向洛水，朗声诵道：

其一曰："皇祖有训，民可近，不可下，民惟邦本，本固邦宁。予视天下愚夫愚妇一能胜予，一人三失，怨岂在明，不见是图。予临兆民，懔乎若朽索之驭六马，为人上者，奈何不敬？"

其二曰："训有之，内作色荒，外作禽荒。甘酒嗜音，峻宇雕墙。有一于此，未或不亡。"

其三曰："惟彼陶唐，有此冀方。今失厥道，乱其纪纲，乃厎灭亡。"

其四曰："明明我祖，万邦之君。有典有则，贻厥子孙。关石和钧，王府则有。荒坠厥绪，覆宗绝祀！"

其五曰："呜呼曷归？予怀之悲。万姓仇予，予将畴依？郁陶乎予心，颜厚有忸怩。弗慎厥德，虽悔可追？"

"中！中！看这气势，像个干大事的人的样子。"郑守俭背罢，郑英魁不住地赞许。

"爹，我一定跟您老好好学，报国利民，光宗耀祖，不负您的重托。"

郑家大手笔捐资赈灾。官府在大街上、大路旁设置了很多临时饭场，谁来都有饭吃。对于鳏寡孤独、无依无靠之人，则按照人头分粮。因此，丁戊奇荒那几年，河洛县没有因为天灾而出现饿死人的情况。而对于郑家，正是因为主动出击捐资赈灾，官府也没有再找他家摊派款项，灾民也没有闯进他家吃大户，郑家反落了个乐善好施的好名声，郑英魁成了远近闻名的大善人。

舍得舍得，不舍哪有得？郑英魁活得太通透了。人过留名，雁过留声。人家都说商人是奸商，看不起商人，郑英魁就要以商挣钱，以钱买名，名利双收。

老二郑守俭协助郑英魁捐资赈灾，郑英魁看到了老二的办事能力，对郑家的未来有了信心。

8

家家有本难念的经。老大读书考功名，老二经商做生意，可是，老三就没有那么省心了。老三郑守谦，与两个哥哥的性格迥然不同，如果说老大爱读书是一介书生的话，老二守俭则文武兼备，老三守谦一看书就头疼，一玩起来就有兴趣，对打打杀杀之类的事情情有独钟，是一典型的武夫性格。

在郑守谦到了上学年纪后，郑家的私塾老师郑裕远已经过世，郑英魁又聘请了一位叫吴振铎的饱学之士教郑守谦读书。吴振铎发现，郑守谦坐在书馆里总是无精打采，一放学就跑到家丁住的地方，看那些看家护院的壮汉舞弄刀枪棍棒。只要一摸兵器，郑守谦就像打了鸡血一样，兴奋异常。

郑英魁夫人王妮儿跟郑英魁说："孩儿他爹，常言说：生男莫教弓与弩，生女莫教歌与舞；学成弓弩沙场灾，学成歌舞为姜妇。咱可不能让守谦学练武。"

吴振铎却跟郑英魁建议，说郑守谦不是读书的那块儿料，他喜爱武术，还是让他走从武这条路吧。学了武术，能走科考这条路，要是能弄个武状元之类的也不错，而且，将来他还可以看家护院，保一方平安，不比请人家保镖强多了？

郑英魁想来想去，觉得吴振铎说的话有道理，守谦既然对练武有兴趣，还是要发挥其长处，扬长避短，学武为好。于是，他跟夫人王妮儿说："孩儿他娘，人是一日不可无常业，安闲便易起邪心，无事生非呀。人要有事儿干，虽说学武易伤身，可眼下守谦啥也不会，总不能让他闲着，还是先让他学武术找个事儿干干吧，等他年纪大了，懂事理了，也让他学做生意，操持家业，不也中吗？再说了，学个拳脚功夫，在外边做事也不吃眼前亏，眼下世道这么乱，盗贼横行，守谦会两手，既防身，也正好看家护院。"王妮儿听了此话，不再吭声了。

郑英魁从少林寺请了一位高僧到郑家当教练，郑家供给寺院柴米油盐、香火灯油等一应生活用品。有了少林高僧的悉心指教，郑守谦十八般兵器都驾轻就熟，尤其谙熟哨棒。守谦膀大腰圆，力大无穷，一般的棍棒他用着没劲儿，轻飘飘的，引不起他的兴趣，他专门找人到河洛县南山里找老栗树，制成碗口粗、长八尺的棍棒，两头镶上镔铁，舞起来密不透风。一般人的棍棒只有六尺多，到人的眉毛处，叫作齐眉棍，用起来恰到好处，不然的话，用之不顺，反而对自己不利。郑守谦的棍棒比别人长出一截，可见其能耐之大。他舞动棍时，棍声呼啸，威力无穷。

郑守谦除了棍法了得之外，还练六合枪。六合枪是传统枪术之一，心、气、胆、手、脚、眼为六合，心、气、胆是内三合，手、脚、眼是外三合，眼与心合、气与力合、步与招合。枪法以拦、拿、扎为主，还有搕、挑、崩、滚、砸、抖、缠、架、挫、挡等动作，招式简洁明快，攻守俱在瞬息之间。常言说："年拳月棍日日枪。"棍和枪须臾不分，枪扎一点，棍打一片，打人千下，不如一扎。所以，练好棍法必须学会枪法，练好枪法必须懂得棍法。郑守谦尤其是练了金枪二十四式之后，像梨花奇阵、黑鹞、白鹞、圈枪等枪法，不仅娴熟，而且能随心所欲。

郑守谦对刀术也颇有研究，他用的青龙偃月刀有七十二斤重，练起来就像自己身上的胳膊腿，收放自如。

郑守谦的确是练武的料，他饭量也大，平常一顿饭一根筷子扎四个馒头，连扎四筷子，一口气吃完，单这十六个馒头，就需要几斤面，这饭量，一般的小门小户是供不起他的。有一回，快过年了，忙到后半夜，家里人都熟睡了，他肚子又饿得咕咕叫。他跑到厨房，见锅里煮了一只羊，刚煮好，热气腾腾的，他三下五除二，不一会儿竟把一只羊吃得只剩下骨头架子。

郑英魁的夫人王妮儿半夜起床解手，听到厨房有动静，就喊上丫鬟一起来到厨房，看见郑守谦正在狼吞虎咽地吃东西，吃得满嘴流油，再看看锅里煮的那只羊一点儿肉也不剩了。

郑守谦还爱抬杠，是有名的"杠头"，啥事儿都爱跟人家较真。熟悉他的人都不跟他一般见识，他说啥就是啥，没人跟他去争论，都知道他心眼儿实。不过，在郑家村，郑守谦有一件事儿曾名扬乡里，成为人们茶余饭后津津乐道的谈资，这让郑英魁很引以为豪。

郑家村后山的邙山岭，也是郑家祖坟的所在地，林深草密，人迹罕至。树上鸟儿永远在鸣唱，草丛里野兔不停地在奔跑，不过，当夕阳西下的时候，野狼就开始对着满天的晚霞呜呜长啸，凄凉的声音在山岭间回荡。半夜里，还有野狗为争食物"汪汪"狂吠，幽静的夜晚更加深沉。

晚上，没人去邙山岭，大白天，人们也要结伴从邙山岭穿过。最近，人们传说邙山岭来了只大老虎，邙山岭更是神秘莫测，没人再敢踏进邙山岭一步。

郑英魁为这事儿发了愁，因为邙山岭是郑家祖坟所在地，别人可以不去邙山岭，一辈子不去都行，但郑家不能不去，毕竟老祖宗在那里呢。

郑英魁准备召集看家护院的家丁们，让他们掂刀拿枪一块儿到邙山岭转一遭，看有没有传说中的老虎，如果有的话，人多力量大，就把这老虎干掉。

郑守谦听说这事了，气喘吁吁地找到郑英魁，说："爹，听说你要找人上山打老虎？"

郑英魁说："是啊。邙山岭是咱的祖坟，眼下有了老虎，咱不去打以后咋上坟呢？"

"你咋不让我去咧？"

"咋不让你去？不想让你去呗！"

郑英魁知道郑守谦有两把刷子，练武这么多年了，十几个人也到不了他的跟前，他对郑守谦的武功底子还是比较满意的，但是，毕竟这是自己的儿子啊。真正到了生死攸关的危急关头，他还是心疼自己的儿子的，血浓于水呀。

到邙山岭，面对的不是人，人再坏，还讲究个章法，还懂个先说再打，还知道打人的轻重，可老虎是野兽，老虎不讲这啊，它以攻击为天性，见血更凶猛。邙山岭的老虎，谁也没见过啥样，郑英魁专门找人四处打探谁见过这只老虎，没人能说清楚。有人说，听到老虎"呜呜"叫了，每天都叫，好像饿得受不了了，叫得好可怜、很可怕，随时都要吃人的样子。

闻虎色变。老虎比野狼厉害多了，碰到狼，只要别跑，走几步，扭过头和狼对峙一会儿，狼就停下了，倒着走，狼也不敢轻易蹿上来。可老虎不是这样的，老虎的性子急得很，只要看见猎物了，冲上去就扑倒……

郑英魁不让郑守谦上山打老虎，可郑守谦偏要去，而且他还要一个人偷偷去，他要显显他的本事，他的犟劲儿上来了，九头牛都拉不回来。

郑守谦裤腰带上别了把锃明瓦亮的斧子，悄悄上了邙山岭，连着去了好几次，也没见到老虎影儿，他心想，这是骗人的吧？哪里有老虎啊？他又想，是不是去邙山岭的时间不对呢？这几次他都是一大早去的邙山岭，不行，要换换时间，于是，他傍晚时候上了邙山岭。

郑守谦练武功都是早起晚归，有时半夜还在练，他喜欢夜深人静的时候练功夫，郑家人都习惯了他这种练功方式，也不大关心他一个人在干什么，反正他也有那么两下子，不用害怕他遇到强盗或者贼人，郑守谦来去自由，所以，这几天他连着上邙山岭，郑家倒真的没人在意。

9

太阳已经偏西了，邙山岭已经暗下来了，各种小鸟都归巢了，周围一片静寂，这时，郑守谦又独个儿来到了邙山岭。

郑守谦是个傻大胆，天不怕地不怕，他来到邙山岭，先来到郑家坟地，转了一圈儿，没见到老虎，就对着旁边的草丛尿了泡尿，然后，放声唱起了河南梆子《下燕京》。他学着赵匡胤的神情，唱起了飞板：

你看他们拿的拿来绑的绑，
他都说是拿住我赵玄郎，
打量我进城去无人拦挡
………

接着，又转成了二八板：

我一不慌来，
我二不忙，
我不慌不忙去杀刘王
………

独步邙山岭，占山为王，郑守谦想象着赵匡胤的风光，不过，他叹了一口气，想想赵匡胤再厉害，死了之后不也葬在河洛了吗？

赵匡胤的坟头就在离郑家村不远的地方，一个土谷堆，周边都是庄稼地，都快找不到了，活着再风光又有啥意思？郑守谦想想赵匡胤，再看看自家坟地，那一座一座坟头黑压压地排成一片，气势不凡，若干年之后，自家坟地是否也像赵匡胤家的坟地那样，无人问津，荒草一片呢？

郑守谦刚想到这里，一阵山风吹过，坟地里暗影重重，郑守谦浑身一激灵，他有些害怕了。他逢年过节跟他爹郑英魁来坟地烧香磕头，倒没什么感觉，他一个习武之人，脑子简单，身强力壮，他的阳气足着呢，他有什么可怕？

不过，这时他仿佛看到祖先们正从坟里一个一个站起来，威严地向他训话，祖先们好像在说：守谦啊，你要走正路、寻功名，好光宗耀祖，做郑家的好后生。

这时，郑守谦有些害怕了，他"扑通"跪了下来，面对祖先粗声大气地说："列祖列宗在上，我郑守谦一定勤习武功，考个武状元回来，好让列祖列宗高兴高兴。"

郑守谦刚说完，只听一阵低沉的"呜呜"声传来，接着，一阵旋风"呼呼"刮来，树摇草倒，寒意从天而降，树上沉睡的小鸟惊叫着飞向远方。

郑守谦猛地站了起来，他预感到老虎真的要来了，可能是他大声唱戏引来了传说中的老虎，看来这老虎并不只是个传说，而是确有其事。

还没轮到郑守谦细思量，老虎就从树丛中向他扑来，郑守谦眼见身边有棵大桐树，灵机一动，"哧溜"就蹿到了树上，像猴子一样轻盈，这就是他平时练功的好处，身轻如燕，反应敏捷。郑守谦坐在高高的树杈上，盯着树下的那只大老虎。但见这只老虎张着血盆大口，眼瞪得像铜铃，不住地在树下打转转。

老虎没扑到人，抬头看了看大桐树，就用爪一会儿抓树，一会儿抓地，吼声如雷，声震荒野。

这时，太阳已完全落山了，月亮却从东方出来了，邙山岭罩上一层朦胧的光亮。借着月光，郑守谦环视了周围的环境，心里有些着急，他不能在这树上久留，时间越长，危险越大，万一树折断了呢。他顺手折了一根树枝，用斧头削了个一头尖的木棍，趁老虎抬头的机会，向老虎眼上扎去，一下子就刺中了老虎的眼睛，只听老虎怪叫一声，向树上蹿来，郑守谦借机举起斧头向老虎扔去，斧子正中老虎额头，老虎惨叫一声，仓皇逃跑，连斧子也带跑了。

郑守谦见老虎跑了，可他不能就此罢休，不然的话，老虎还会继续为非作歹。在老祖宗的坟地里藏只老虎，祖先们能安宁吗？于是，他从树上跳下来，折了一棵碗口粗的老槐树，顺老虎逃跑的方向追去。没跑多远，就听见草丛中有个东西"呼呼"直喘气，郑守谦猜那肯定是老虎，于是，他又"哧溜"一声爬上了身边的一棵大杨树。他低头仔细一看，老虎并没有动。郑守谦估计老虎受伤不轻，不然的话，它咋会不动呢？郑守谦心里有了底，他胳膊弯里夹着那棵槐树跳到地面，来到老虎跟前，举起槐树闪电般向老虎头上使劲儿砸去。老虎向郑守谦扑了过来，郑守谦一闪身，老虎扑了空，趁老虎扭身回头的时候，郑守谦又举起槐树向老虎头上狠劲砸去。老虎发出阵阵哀鸣，又向郑守谦扑来。郑守谦索性一不做二不休，举起槐树对准老虎脖子用劲儿捅去，一下子就把槐树捅进了老虎的脖子里，老虎倒在地上，伸伸爪子动弹了几下，然后安静了下来。

郑守谦不敢近前，等了很长时间，不见老虎动，这才用火镰点了根松枝，踮着脚近前一看，乖乖，大老虎果真死了，头上流着血，他的那把斧子还在脑门上钉着，脖子里扎着那棵槐树。郑守谦怕老虎没死透，又从身旁搬了块大石头向老虎头上砸去，老虎头被砸扁了也没吭一声。郑守谦这才放心了，老虎果然死了。

郑守谦长出了一口气，用衣衫擦了擦脸上的汗，坐在邙山岭歇了很长时间。

月亮爬上了树梢，邙山岭一片澄明。郑守谦抖擞起精神，从老虎头上把斧子拔了下来，又从老虎脖子里把槐树拔出来，拽起老虎的两只前腿搭在肩上，背着老虎下了邙山岭。

回到郑家大院，已是子时时分，人们都在睡觉。他敲开了家里的门，家丁们一看他背了只老虎回来，都大吃一惊。郑英魁听说了，也赶忙披衣起床来看个究竟。他问守谦从哪儿弄的老虎，真的假的。

郑守谦把老虎扔到地上，说："爹，我刚到邙山岭打的。"

"好儿子，你胆儿怪大怪肥咧，快说说咋回事？"

郑守谦不善言辞，说了半天，人们才搞清楚是咋回事。

郑英魁又惊又喜，说："好儿子，不赖，我平日里光觉着你没材料，没想到你也办了件大事，做了个响活儿，你干这事儿比武松还风光咧！"

郑守谦问："爹，武松是谁？我不认识，要不我跟他比试比试？"

众人哈哈大笑。郑英魁说："傻儿子，武松是谁你都不知道，你平时光打拳练武，你就不会看点儿书？"

郑守谦说："爹，我一看书就头疼，你也不是不知道。"

郑英魁叹了口气说："看来老天爷就不让你十全十美，不过，人也不可能十全十美。谦，你低头看看手指头。"

郑守谦问:"爹,看手指头干啥?"他两手伸出来,并排放在一起,扭着头左看右看,"爹,手指头上有啥?"

"有啥?谦哪,十个手指头伸出来还不一样齐呢,人哪能都一样?人哪能十全十美呢?咱郑家老祖宗的祖训就是'留余'二字,看看咱家客厅里悬挂的匾额,就是'留余',其意也是说任何事都并非尽善尽美,总要有缺憾。"

"噢,爹,原来你说的是这个意思啊。"

"是啊,谦,像你有力气,又会武功,要是再读书读得好,真的就没有别人的活路了。武松是谁,你也不用问了,书上有,是《水浒传》里的一个打虎英雄,就是因为在景阳冈上打死一只老虎出了名,这不,你在邙山岭上打死一只老虎,你就是咱河洛县的武松啊。"

"噢,爹,原来武松也是打老虎的。要是武松还活着,我非跟他比试比试不可。"

郑英魁拍拍郑守谦的肩膀,说:"武松是宋朝的人,早死了,你找他比试,比不成了。就这吧,守谦打老虎立了大功,明天把老虎剥了,老虎皮给我做个坐垫,虎骨送到咱家药材铺,老虎肉煮煮吃了,把咱郑家酿的白酒弄上两坛,全家庆贺,为守谦高兴高兴。"

郑守谦打死老虎的事儿,迅速传遍了全县。街坊邻居都来庆贺,连河洛县知县也前来道喜,还学着《水浒传》里武松夸街的样子,让郑守谦披红戴花,骑马游街,前边是唢呐队吹吹打打,后边是舞狮子的登高爬低,看热闹的人塞满街道,这下,郑家是蓬荜生辉,郑守谦也极尽荣光。

可是,荣辱相连、祸福无常,郑守谦刚刚办了件大快人心的事,正在春风得意之时,一场场灾难便接踵而至,真是福祸相连。

10

郑英魁让老二郑守俭陪老三郑守谦去洛阳参加武庠考试。鼓打四更,洛阳的天还未亮,郑守俭和郑守谦就翻身起床了。吃过早饭,郑守谦顶盔披甲上了枣红马,在郑守俭的陪伴下进了考场。到了考场,天已蒙蒙亮,郑守谦领了号牌,与其他考生一起静静地等待主考官大人。

"来了!来了!"听见有人悄悄说来了,考生们一阵骚动。郑守谦举头一看,先是一队骑兵进了考场,接着是一队步兵一溜小跑跟在后边,步兵过后,是一顶八抬大轿稳稳进了考场，不用问，这肯定是主考官大人大驾光临。

主考官就座后，比武正式开始。郑守谦摩拳擦掌，早就等得不耐烦了。轮到他比试的时候，只见他使出平时能耐，先练了基本功耍石锁，然后比试拳术和棍术。郑守谦练拳术的时候，两手如绳索，五指似钢钩，来如疾风暴雨，去如奔洪汇江，把考官和考生都看傻了。等到郑守谦练棍的时候，只见他先来个马步立掌，然后是金鸡独立、弓步推掌，接着是上右步撩棍、上左步撩棍，再就是盖棍、仆步劈棍、上步劈棍、虚步架棍、弹腿、转身横扫、转身上步横扫、震脚后踹、上步架棍、回头望月、上步侧空翻、盖棍、立扫千钧、隔挡盖棍、仙人指路、跳步戳棍、虚步收棍、秋风扫落叶、转身扫棍、弹棍上步戳棍、立劈华山、五花坐山，最后，猛然一收。真个是：

> 齐眉棍源永化堂，水公赐技十六棒。
>
> 招招降魔除恶邪，声声劈打尘飞扬。
>
> 授予禅门世子孙，演技更新换别样。
>
> 游卧劈砸刺拨拦，压格架跳踢翻挡。
>
> 苦练齐眉一根棍，亦为少林添荣光。

主考官看完自然欣喜异常，把郑守谦唤到跟前，亲切地问他："这位考生，你家住何地？家亲何名啊？"

郑守谦正沉浸在别人赞扬的气氛之中，的确有些激动，听主考官这么一问，他擦了擦脸上的汗，粗声大气地说："这事儿啊，让我问问我二哥再说。"

主考官一听生了气，这是什么考生啊？连自己家居何处、家父何人都不知道，这不纯粹是一介武夫吗？要这样的人何用？这不就是傻子吗？于是，主考官把朱笔一扔，说："你去问吧。下一位考生上场。"

就这样，郑守谦一番努力全泡了汤。

老三郑守谦下场后，郑守俭问了事情的经过，气得直跺脚，涨红着脸对郑守谦说："老三啊，你连咱家是哪儿的都不知道吗？三岁小孩儿也会说出来呀。你连咱爹叫啥你都不知道吗？你这不是混球吗？"

郑守谦委屈地说："这个主考官才浑球呢，他问我这干啥，要问也应当问我武术方面的事，你看我能不能答上来？我是不想理他。"

"人家是主考官，人家说了算。人在屋檐下，不得不低头，他问啥你答啥就算了，这又不是啥难题，人家这是关心你呢，你这又是何必呢？"郑守俭气哼哼地说，"走，咱回家吧，让爹跟你说。"

老二郑守俭领着老三郑守谦回家后，郑英魁免不了训斥郑守谦一番。从此，郑守谦痛下决心，更加苦练武功，他还专门和媳妇郑冯氏分居，独自住在作坊区一孔空闲窑洞内，冬练三九，夏练三伏，精心准备下一次科考。

虽说郑守谦武庠科考失利了，可郑英魁为了安抚郑守谦，花去大把银两，专程找知县、知府，层层上书，为郑守谦捐了个武庠，也就是武秀才。

11

过了三年，老二郑守俭又陪郑守谦去开封参加武科乡试，也就是武举人的考试。武科乡试一般每三年举行一次，时间都在八月，又称秋闱，必须是庠生也就是秀才才有资格参加，郑英魁已经为郑守谦捐了一个武秀才的名号，所以郑守谦有资格参加。

这次考试的地点在开封城书院大街提督学政衙门武场上，主考官是一位翰林出身的总兵，正三品官员，这位主考官弓马娴熟、文武兼备、治军很严。

考试这天，碧空如洗，秋风飒飒，彩旗猎猎，只见主考官身披豹子形蓝袍，套一身绛色褂子，头顶帽子上的蓝宝石在秋阳下熠熠生辉。

主考官旁边，有两位副考官，还有一些公差。三声炮响过后，主考官宣布科考开始，秀才们依次下场。

轮到郑守谦出场了，只见他骑着一匹蒙古马，这是郑英魁专程为他买的蒙古库伦三贝子驯养的上等马，这匹马颇通人性，郑守谦一个响鞭下来，蒙古马前蹄跃起，向箭靶冲去。

郑守谦搭弓箭，对准箭靶，一马三箭，三马九箭，箭箭射中靶心，众人一片叫好。

接着，又考试长兵器。郑守谦亮出他那用老栗树做的碗口粗、长八尺的棍棒，舞动起来，呼呼生风。练枪的时候，郑守谦使出了看家本领——六合枪，耍得是眼花缭乱。

在加试自选器械的时候，郑守谦选了一把青龙偃月刀，这把刀有七八十斤重。郑守谦听到开始的号令后，扎起架势，按照扎、挑、拨、擢、钩、挂、劈、剁等八字招式，谨记"一寸长、一寸强"的要领，处处进攻，时时防备，攻守兼备，刀声呼呼，刀光闪闪，只见白光团团转，不见人迹在何方。

众人正看得目瞪口呆，突然刀光移到主考官跟前，把主考官吓了一跳，接着，招式戛然而止，只听一声粗鲁的大吼："去球！"话音落处，郑守谦已把这把青龙偃月刀猛然往地上一戳，刀竟入地三尺。

主考官本来边看边点头，正看得入迷，这一句"去球"把主考官吓了一跳，主考官大为震怒，把朱笔往案上一摔，说："去球？去球就去球！下一位考生入场。"

一句"去球"，拿河洛县话来说，就是事儿办完了的意思，但主考官不知道，他以为这是骂人的，当然气愤异常，他命人把郑守谦赶出考场。这次考试，郑守谦自然又是名落孙山。

老三郑守谦不敢回家，一直赖在开封不敢回去见爹娘，到了寒冬腊月，快过年了，实在赖不过去了，老二郑守俭也是一再催促，郑守谦才郁郁地和二哥回到家。

郑英魁听到郑守谦再次落榜的消息后，气得半晌没有说话。老三是他的命根子，他对老三厚爱有加，没想到，爱是害，把个老三教育成了粗鲁之人，成为当地的一大笑料。郑英魁很多天没敢出门，他没脸见人啊。

光绪六年寒冬时节，郑英魁沉思良久，跟族长打了招呼，把郑家祠堂门打开了，他要把三儿子郑守谦拉到祠堂里，在列祖列宗面前教训一番。

12

黑风狂躁地掠过黄河滩，惊起洛河水，越过光秃秃的邙山，尘土也随之在空中弥漫，黄沙遮天，太阳在苍郁的天空病恹恹地露出死灰色的脸，一切仿佛末日降临。

这天，郑氏家族青砖灰瓦的祠堂内，威严阴森，冷寂空寒。

"开祠堂门喽——"

"开祠堂门喽——"

郑家族长一声声喊，就像河南梆子的唱腔抑扬顿挫、悲壮苍凉，在寂静的岭谷间回响。郑家村家家户户的大人小孩都支着耳朵听到了，纷纷站起来，从烤火的火盆旁，从温暖的被窝内，从三三两两对酒痛饮的酒摊边。"开祠堂门？郑家又有啥大事啦？""是啊，恁冷的天，又不逢年过节的，要不是出大事，咋会开祠堂门呢?"然后，郑家村各门各户的值事人都带着惊惧和不安，互想张望着、打听着，陆陆续续来到了祠堂里。

祠堂在郑家大院北边不远处，坐北朝南，是中原地区常见的起脊瓦房。门楼瘦长高大，雕梁画栋，门楼上的牌匾镶刻着"郑家祠堂"四个金色大字。祠堂大门黑漆金钉，两边对联写着：一勤天下无难事，百忍堂中有太和。门两边的砖石上，一排一排雕刻着《二十四孝图》。

祠堂有两进院落，前边院落两厢房屋内挂着些名人字画，放着做社的鼓乐、祭祀的器皿，还有两间西席室，是私塾先生的住室。

穿过仪门，是更精致的建筑，除了雕梁画栋，两边墙壁上还雕刻着郑家先人的历史故事，如月夜苦读、浪里行船、垦荒种地、勇战歹徒等。

进入后院，两边庑房挂着郑氏各门族的轴像，中间是大殿，方砖铺地，一尘不染。大殿两旁，摆放着几张核桃木靠背椅，大殿正中则是张方桌，油漆明光发亮，方桌上摆放着三个宜兴陶香炉，香炉内插着香火烟雾缭绕。方桌靠墙位置的正中摆放着郑家祖宗的牌位。

方桌上，还摆着一根枣树棍，这枣树棍可不一般，郑家祖先就是挂着它一路要饭来到了郑家村。郑家把枣树棍当作吉祥之物，成为郑家的神棍、教棍，是祭拜祖先的信物，后来成为郑家教训不肖子孙的法器。当然，郑家先祖用的那根枣树棍早已作古，摆在条几上方的这根枣树棍是后来刻的，用邙山上百年老枣树做原料，既韧且坚。

祠堂是郑家祭祖和议事的地方，如果家里出了不肖子孙或者有人做了忤逆之事，就在祖宗牌位前焚上三炷香，人们叩头礼毕，分坐两旁，再议论家族是与非，场面神秘、庄重，给人一种敬畏和公正的气氛，这时候敬天法祖，所有的事便水到渠成、顺理成章。因此，开祠堂门，除了逢年过节，一般都是家族有了重大事情，族长才会这样大喊，才会把族人召集到一起。

如今，在族长的喊叫声中，郑家的老少爷儿们齐聚在祠堂后院的大殿内，寒风一路呼啸着狂奔而来，打着旋儿涌进祠堂内，人们打着寒战，两手交叉拢在宽大的棉袄袖管里，身子弯成了虾米，不时地跺跺脚、晃晃头，面面相觑，不知道发生了什么要紧之事。

一群麻雀蹲在祠堂脊檐上，瞪着小眼儿好奇地看着三三两两赶到祠堂的人。

这时，只听有人喊："闪开！闪开！老少爷儿们，承让！承让！"大家纷纷顺着声音瞧去，只见郑英魁推搡着三儿子郑守谦过来了。郑英魁边走边吼，还不时地朝郑守谦身上跺几脚。郑守谦身上棉衣棉裤都没有穿，只穿着白色的粗布单衣单裤，很显然，这是刚从被窝里被提溜出来的。这么冷的天，穿得这么单薄，郑守谦早冻得浑身发抖、嘴唇发紫。这还不算，郑守谦的胳膊还被绑在身后，用细麻绳捆得结结实实，几根长荆条插在麻绳扣里。

族人们定睛一看，顿时惊得目瞪口呆。平常郑英魁对郑守谦视若掌上明珠，这是怎么了？郑英魁怎么舍得如此折磨郑守谦呢？

寒风越过祠堂围墙，钻进祠堂大殿，人们不由得哆嗦了下身子，缩了缩头，两手更紧地揣进袖筒里，腰也弯得更厉害了。

祠堂大殿里，郑英魁对着先祖的牌位重重地磕了仨响头，额头磕出血泡来了。磕完头，郑英魁面对列祖列宗，带着哭腔悲叹道："祖宗啊，常言说，三贫三富不到老，十年兴败多少人。翻翻先前的有名商人，哪个不是一代而终？很少有超过三代的，可是咱郑家，到我这一代，已经富过十代了。不过，郑家财旺人不旺，数代单传，后继少人，到了我这一代，还是单传。幸得祖上积德，让我生下四个儿子，而这个不肖畜生老三郑守谦，却不正经干，调皮贪玩，败家有余，守成不足，莫非我们郑家将要十代而终吗？"

这话说完，郑英魁早已涕泪交加、泣不成声了。

可是，他身后的郑守谦却面无表情，就像木头人一样。

郑英魁扭头发现了这一幕，更恼了，他猛地站起来，伸手从条几上扯过枣树棍，说："这根枣树棍是咱先祖到郑家村来时一路打狗用的，咱老祖先说了，以后下辈人不听话，犯了家法，就用这根枣树棍打他。这根枣树棍平时很少用，咱郑家忠厚传家，以礼待人，下辈儿们都很听话，懂规矩，所以用不上。哪像你，狗屁不通，今天不打你成吗？"

没想到，郑守谦还是木然地跪着，一声不吭。

郑英魁举起枣树棍，犹豫了几下，口中念念有词地说道："看我不打你，看我不打你。"可是，说了几遍，枣树棍却迟迟没有落下来。

郑英魁的意思，只要郑守谦求饶，说个不字，说个保证以后不再犯错的话，他就顺势不打了，可是，郑守谦就是不言语，这让郑英魁很是下不来台，而且怒火中烧，他一咬牙、一狠心，对着郑守谦的屁股就是一阵猛打。

族人们很是奇怪，郑守谦武功高强，可任凭郑英魁打骂也不反抗，有的就赶忙拦阻郑英魁，说："英魁，守谦这孩子不错啊，是个听话的好孩子啊，你看他武功怎高、力气怎大，还听凭你的打骂，一声不吭，这孩子太懂事了，你就算了吧。”

有了族人们的拦阻，郑英魁收起枣树棍，大口喘着气说：“小兔崽子，打你你服不服?”

郑守谦噘着嘴咬着牙还是一声不吭。

“服不服?”郑英魁又问一句。

郑守谦还是不吭声。

“服不服?”郑英魁加重了声音。

郑守谦还是一声不吭。

有的族人看不下去了，就直接上前把郑守谦拉过来，扶着往回走。郑英魁见此情景，也顺水推舟、见好就收，这事儿就算过去了。

不过，令郑英魁没有想到的是，郑守谦挨了打，又气又羞，从此郁郁寡欢、愁眉不展了。郑守谦本是个急性子，过了两三个月，竟然抑郁成疾，疯了，傻了。他看见人非打即骂，因为他会武功，他动动手往往就把人打得半残废，郑英魁只好给人家赔不是，治病养伤。郑守谦有时候还脱光衣服在大街上乱跑，越是看见女的越往前凑，把人家吓得哭爹叫娘，躲得远远的。没办法，郑英魁只好把他用铁链锁在一孔窑洞里，给吃给喝，端屎端尿，就是不准出门儿。有时候，郑英魁也会悄悄来到关郑守谦的窑洞，想跟郑守谦说句话，可是，郑守谦看到郑英魁来，他就骂，骂得很难听，骂郑英魁几辈人，气得郑英魁也不理他了。

13

自从郑守谦成了疯子之后，郑英魁有些沉默寡言了，他也爱睡觉了。当从梦中醒来，他就会长久地发呆，一坐就是半天，他想了很多很多，他觉得对不起郑守谦。他虽然有四个儿子，但他最疼的就是这个老三，可能是最疼最亲的缘故，只知道管他吃管他喝，给他请好老师，教他练武功，可是连待人接物的基本礼数都没有教他，这才使郑守谦粗鲁不懂事，最终两次在考场上失利。失利不是因为功夫不到家，而是这些最起码的做人的礼数没有学到，没有学会周旋应付。习武先修德，德高艺更精；浇花要浇根，学武先做人。是啊，做啥事都要学做人，做事其实就是做人，因为事都是人办的，人缘不好，事儿咋办?寸步难行啊!

郑英魁想起这事就心痛不已、后悔不迭，可是，又有啥办法呢?严是爱，松是害，他郑英魁不是不懂这个道理，但是，严和爱之间，这个尺寸难把握啊。棍棒底下出孝子，郑英魁认为老祖宗的这些教子格言并不妥，要么会让孩子变得懦弱胆小，要么会让孩子变得暴戾胆肥，所以，他的四个儿子打小就没有打过一次，只对老三郑守谦狠下心打了这一次，还把守谦打成了疯子，他后悔得想吐血。

　　小时候舍不得管，长大了不敢管，作难哪，当个父亲也不容易。看来，小孩子小时候，要多教他，教他读书，教他为人处世的道理。子不教，父之过；生子容易育子艰。孩子不成器、不孝顺、不懂事，孩子有啥错？要责怪也要责怪做父亲的，要怨也要怨自己。孩子小的时候，什么都不知道，什么都不懂，成为一个什么样的人，不都全靠父亲引导吗？如何当一个称职的父亲，那可是一门大学问啊！

14

　　老四郑守和，更是郑英魁的心头之痛。郑守和刚出生时就跟别的小孩子不一样，他出生时左手是紧握的，右手却经常翘起兰花指。有人说，这是有佛缘。郑英魁倒是不信，可是，郑守和老是生病，不是头痛就是发热，要么就是肚子疼。郑英魁的其他三个儿子都是活蹦乱跳的，可就是这个老四郑守和，总一副病蔫蔫的样子，虽然请了很多名医来看，但都无济于事。有一天，王妮儿对郑英魁说："常言说，病急乱投医，要不，咱带守和去石佛寺拜拜佛吧。咱娘在世时，每逢初一、十五都去石佛寺烧香，咱娘去世后，咱家也没有再去过那里了，咱就去一次吧，咱求佛祖保佑保佑小守和，你看咋样？"郑英魁见此情景，也只好说，就去试试吧。说来也怪，郑守和一到寺院，病就好了，再也没有病蔫蔫的样子，也像郑英魁的其他三个儿子一样活蹦乱跳，精神得很。可是，一回到家中，就又恢复了以前的样子，又是经常生病。于是，郑英魁和王妮儿就又带着郑守和去石佛寺烧香拜佛，只要一进石佛寺，郑守和的病就好，一回家就又生病。

　　郑英魁和王妮儿如此试了几次，感到小儿子郑守和可能真的与佛有缘，于是拜见石佛寺的住持慈云长老，请慈云长老开示。慈云长老仔细打量了一番郑守和，说："郑掌柜，既然守和在家里常生病，来到寺院病就好了，您如果信得过老僧，就把守和寄养在寺院，我帮您照顾，等他什么时候病完全好了，再送他回家，您看如何？"

　　郑英魁和王妮儿犹豫了半天，想想也只有这样了，于是把郑守和留在了石佛寺，交给慈云长老看护。与此同时，郑英魁出巨资将石佛寺修葺一新，给佛像重塑金身，只希求小儿子郑守和能在石佛寺平安健康。

　　令郑英魁和王妮儿没有想到的是，郑守和在石佛寺待了数年后，萌生了出家当和尚的念头，再想让他回家，他却说什么也不回来了。

　　光绪七年的春暖花开时节，十七岁的郑守和主动回来了。只见他剃了个光头，穿着破旧的僧衣，背着简单的行囊，敲开了郑家的大门。

　　郑英魁正在客厅与客人议事，闻听小儿子郑守和回来了，大喜过望，也不与客人议事了，急忙去接小儿子郑守和。可是，郑守和却不愿意进家门。这时，王妮儿也来到了家门口，郑英魁的三个儿子听说四弟回来了，也都来到了家门口，管家、仆人、丫鬟"呼啦啦"一众人等都拥到了家门口。街坊邻居听说后，也都来围观。

　　郑英魁和王妮儿看到小儿子高兴坏了，王妮儿上前一把抱住郑守和，大哭说："儿啊，你可回来啦，可把为娘想死了，咱快回家，快回家。"

　　郑英魁也在一旁着急地说："是啊，儿啦，咱赶快回家。"

　　郑守和闻听却不动声色，他轻轻地把母亲推开，跪下磕了三个头，然后站起来说："爹，娘，我不回家了，我已出家为僧，法号释易空。此次我回来就是与你们告别的，以后我就再也不回来了。我要效法佛祖，托钵乞食，云游四方，行脚挂单，遍访善知识，求道修行，教化众生，但求十方三世三根普被、利钝全收，家家阿弥陀、户户观世音，法界众生破迷开悟、离苦得乐、涅槃重生，我愿足亦。"

　　众人一听傻眼了，都惊得一时说不出话来。好半天，郑英魁才缓过劲儿来，他老泪纵横，带着哭腔说："儿啦，为啥呀？你是说着玩儿的吧，你没有发迷吧？"

　　王妮儿这时也哭了，她又一把上前抱着郑守和，好像生怕他跑了一样，说："儿啦，你不是饿坏了吧？咋说这傻话呢？"

　　郑英魁不解地问："儿啊，咱家论吃山珍海味吃不尽，论穿绫罗绸缎穿不完，论用金银财宝堆成山，你放着洪福不享，却穿着破衣烂衫四处要饭，儿啊，你咋这么傻呢？你这样做，好像你爹你娘俺们虐待你一样，你这不是让街坊邻居笑话咱吗？"

　　郑守和又轻轻推开王妮儿，说："爹，娘，想当年，佛祖放弃继承王位，抛弃王宫的富贵，甘愿做一托钵乞食的苦行僧，就是为了体悟人间之苦，然后开悟离苦得乐之途，从而教化众生摆脱烦恼、离苦得乐。我出家修行，也是为了替众生吃苦受难、普度众生啊。"

郑英魁闻听，摇摇头说："儿啊，你说这我不懂。你一口一个普度众生，难道咱家不是众生？你从此不回家，你爹我，你娘，还有你的几个哥哥，心里不痛苦吗？我们的苦你咋不帮助解决解决呢？佛祖教人积德行善，啥是善？百善孝为先。孔圣人讲，父母在，不远游。你不管不顾我们，你这不是不孝吗？你这不是不善吗？你信的什么佛啊？"

"爹，娘。"郑守和双手合十，低眉垂目，轻声道："孝有大小之分，善也有大小之分，整天围在您的身边，端茶倒水，嘘寒问暖，这是小善小孝，而我身在佛门，天天为您二老念经祈祷，助您二老百年之后脱离六道轮回，免受恶趣之苦，才是大善大孝啊。儒家《孝经》云，'身体发肤，受之父母，不敢毁伤，孝之始也；立身行道，扬名于后世，以显父母，孝之终也'。《地藏菩萨本愿经》就是佛家的孝经。'地藏菩萨妙难论，化现金容处处分；三途六道闻妙法，四生十类蒙慈恩。'一人学佛，全家喜乐。慈悲一入怀、莲花处处开。我也是为了您二老和咱全家着想的啊。"

"你说的六道轮回，谁见过？这是没有的事，都是骗人的。"郑英魁气恼地说。

郑守和赶忙说："阿弥陀佛，佛祖赎罪。爹，侮辱佛、法、僧三宝，可是要坠恶道有恶报的啊。"

王妮儿说："啥报啊？有的人一世作恶，可活得逍遥快活；有的人一世行善，却好人没好报。好人不长寿，祸害活千年，这哪来的报应啊？"

郑守和说："万法皆虚，因果不虚。善恶因果皆有报，远在儿孙近在身。有的当即报，有的现世报，有的来世报，善恶到头终有报，只争来早与来迟。欲知前世因，今生受者是；欲知后世果，今生作者是。"

郑英魁摇摇头说："要是都出家当和尚，谁来种地？谁来做生意？谁来保家卫国？吃啥喝啥用啥？当和尚的，好多都是好吃懒做的人。"

"阿弥陀佛！佛祖赎罪。爹，且不可如此说，三百六十行，行行不一样，各行各业都要有人干。种田、务工、经商，有吃、有喝、有住，那是解决人身体的问题，而出家当和尚，修习佛法，教化众生，是解决人的心受伤心里苦的问题。当和尚的，可不是好吃懒做的人，当和尚是很苦的，清规戒律很多，衣食无着，要不人们怎么说苦行僧呢？那些好吃懒做的人是吃不了这种苦，当不了和尚的。"

"你说你们能解决人的心里苦，那我问你，要是没吃没喝，要是国破家亡，心里苦不苦？心里苦都是因为生活苦，生活好了还会苦？信佛还不都是因为心里苦，想找个心里的依靠吗？"

"爹，境缘无好坏，好坏起于心。境由心造，境随心转，心外无物，万事皆空。一念转则万法转，一念通则万事通，成败荣辱、喜怒哀乐、爱恨情仇全在一念间，全在自己怎么想怎么看。想当年，佛祖被歌利王割截身体，佛祖无我相、无人相、无众生相、无寿者相，因此无生嗔恨心。生活富足不一定心里不苦，反而心里空虚很烦恼。本朝顺治皇帝荣华富贵谁人能比？他却不恋荣华富贵，皈依佛门，只求心灵的宁静充实。爹，我出家是欢喜的，如果不欢喜我就不会出家了。我不贪恋世俗之乐，我也不是因为心里苦才出家信佛，我只求佛门清静之喜，普度众生之法喜。读书乐，读经书深得义趣更乐，修习佛法其乐无穷。孩儿此生生而为人，得遇佛法，我已感恩不尽，法喜至乐。"

郑英魁闻听，默然无语。其实，他也深信佛法之道，只是他不赞成出家修行，他总觉着能把儒释道结合起来才好，过上半世繁华半世佛、半日功名半日僧的生活为最好，单单问佛修禅这不是他的本意。这时，王妮儿愣了半天开口说话了："儿啊，你信佛娘不怪，娘愿意，不过，你能不能像你奶奶那样，当个居士，在家设个佛堂，天天磕头念经啊？你奶奶常说，维摩诘居士也是在家修行，也一样有大成就，心中只要佛祖在，人间处处可修行啊。"

郑英魁这时也急忙附和着说："儿啦，你娘说得对，佛祖就是慈悲为怀、普度众生脱离苦海的，在家修行当个居士，可能更便于了解人间疾苦，更利于普度芸芸众生。有个禅偈不是说嘛，'佛在灵山莫远求，灵山只在汝心头。人人有个灵山塔，好向灵山塔下修'。"

郑守和说："爹，娘，在家出家修行不一样，在家修行如陆地行舟，出家修行如水上行舟，不一样的。有人出家当和尚专修佛法，有人在家当居士兼持营生，还有人只信佛多做善事，还有更多的人不信佛法，这都是各人的因缘宿命、根器不同。娑婆世界，无量众生，各随其志，只可度化，不可强求。"

王妮儿又说："儿啦，你要真想普度众生、积德行善，娘支持你，咱家给你钱，你去做好事当好人，可中吧？"

"娘，布施有财布施、法布施和无畏布施三种，其中以法布施为最殊胜功德，财布施倒在其次，还是弘法利生、度化众生才是离苦得乐的善巧法门。"话说至此，郑守和又俯身拜倒为爹娘磕了三个头，接着，站起来，给三个哥哥和众家丁、街坊邻居作了个揖，然后说："爹，娘，哥，各位叔伯大爷婶婶大娘，各位高邻，我此一去，世间再无郑守和，世间只有释易空，无边众生誓愿度，从此身心奉尘刹，圆领方袍僧相现，法王座下大丈夫。贫僧已入佛门，不再理会红尘中事，各位施主请回吧，就此拜别了。"说完，他扭头向远处走去。

王妮儿撕心裂肺地号啕大哭，哭得瘫坐在地上，双手拍着地，就如哭丧一般："儿啊，你缺吃少穿，你咋过呀？你让为娘我跟你一块儿去吧，让娘陪着你吧。儿啊，要不你等会儿再走吧，娘给你些银两再上路也中啊。"

郑英魁此时也迷瞪过来了，浑身止不住地颤抖："儿啊，带些银两再走，带些银两再走。"

可是，郑守和再也没有回头，瘦削的身影渐渐消失在远方……

15

郑英魁感觉老了。在乡下，他的小伙伴们五十岁就成老头了。他郑英魁这年也五十了，好吃好喝，身体保养得好，不像个老头，可他的心态老了。

郑英魁独自来到邙山山头，坐在一块石头上，死死地盯着山下年年流淌的黄河水和洛河水，看河洛汇流，看清浊交融，他目光呆滞，他孤独寂寞，他内心寒冷。这些年，亲人们都陆续过世了，娘去世了，王妮儿走了，他的恩师王文镜也到头了，大舅赵家义死在了陕西，只有他郑英魁还在世上活着。活着就是活着，他不想活，他已经活够了，活着真累啊，虽说家有庞大资产，吃喝穿戴都不愁，可他操心大啊，他心里总像是压了块儿大石头。他就像孙悟空被压在五行山下一样，又像被戴上金箍一样，永远没有出头之日，永远没有自由自在的时候。他真想死，死算什么，死就是长眠，睡着之后，啥心都不用操了，啥事儿都不用想了，一了百了。可他又不能死，他还是放心不下郑家的家业，他身上的牵挂太多，他就是那种操心的命，管了他这一代，他还想管下一代、下下一代，他想让郑家一直富下去，虽然他也知道这是不可能的事情，可他真的不想让那一天早日到来。

交班可是个大问题，可以说历朝历代战乱不休、骨肉相残、妻离子散，甚至国破家亡，往往都是因为交班出了大问题。在这一点上，郑英魁可是头脑清醒的，他要在有生之年，要在还能控制局面的时候，把接班人选好，而且把家里的大权交给他，让他独当一面、冲锋在前，他郑英魁在后边磨着盾，有问题帮着他处理，有麻烦事教他怎么办，等他完全长大，他郑英魁便死而无憾。

四个儿子，老三郑守谦成疯子了，老四出家当和尚了，老大郑守勤只是一介儒生，难成大气候。要论文武全才、深谙世事的，还是老二郑守俭。老二郑守俭经过南阳的一番独自闯荡历练，已经成熟了，再加上郑英魁这几年对老二郑守俭的悉心传教，老二已经成为德智兼备的合格接班人。该老二撑起家业了。

郑英魁把全族男女老少都召集到一处，说郑家以后由郑守俭管事，他郑英魁正式交班了，他要修身养性，安度晚年。

他天亮即起，由家仆陪着，到洛河边练太极拳，吃过早饭，就到私塾里转一转，这里有他的三个孙儿、一个孙女儿在读书，这是郑家又一代人。大儿子郑守勤的儿子叫郑留余，二儿子郑守俭的儿子叫郑留白，三儿子郑守谦的儿子叫郑留阙，郑守谦还有个女儿叫郑留芳。

留余、留白、留阙，这三个孙儿的名字都是郑英魁给起的。因为郑家的祖训就是"留余"。郑英魁闲来读书，读到洛阳人吕蒙正所撰的《寒窑赋》："人道我贵，非我之能也，此乃时也、运也、命也。嗟呼！人生在世，富贵不可尽用，贫贱不可自欺，听由天地循环，周而复始焉。"深以为然。还读了唐朝名臣张说仿照《神农本草经》所撰的《钱本草》，说钱这东西，"如积而不散，则有水火盗贼之灾生；如散而不积，则有饥寒困厄之患至。一积一散谓之道，不以为珍谓之德，取与合宜谓之义，无求非分谓之礼，博施济众谓之仁，出不失期谓之信，入不妨己谓之智。以此七术精炼，方可久而服之，令人长寿。若服之非理，则弱志伤神，切须忌之"。南宋时福建长溪县有个清官王伯大，从政三十四载，迁官三十余次，曾两次罢官、三次降职，晚年归故里后，自号"留耕道人"，书写《四留铭》："留有余，不尽之巧以还造化；留有余，不尽之禄以还朝廷；留有余，不尽之财以还百姓；留有余，不尽之福以还子孙。"明朝高攀龙著《高氏家训》云："以孝义为本，以忠义为主，以廉洁为先，以诚实为要。临事让人一步，自有余地，临财放宽一分，自有余味。"郑英魁读着这些连连赞叹，是啊，做生意，就是要有钱大家赚，赚钱大家花，千万不能吃独食，自己吃肉也要让别人啃骨头喝肉汤，而不能让别人站那儿喝西北风，不然就等着人家抢自个儿的饭碗了。文人出仕，修身齐家治国平天下，商人赚钱，就要修身齐家助国助天下，以义取利，捐出的是银两，留下的是美名，得益的是子孙。老郑家把"留余"作为家训，真是参透了天理人情。所以，他把三个孙儿的名字分别叫留余、留白、留阙，就是这个道理。

给孙女起名叫留芳，其意不言自明。

三个孙子、一个孙女都在私塾读书，郑英魁要来督促他们好好学习。特别是大孙子郑留余，这是大儿子郑守勤和朱牡丹生的儿子，天资聪颖，一学就会，一点就通，举止高雅，仪态非凡，果真是贵族风采，郑英魁越瞧越欢喜，他感到郑家后继有人，因此也就放宽了心。

活了半辈子，郑英魁才活明白、活通透，人啊，不光要健身，还要健心。健身是为了抵挡天地的风雨，而健心是为了抵挡人间的风雨。身体强壮才能不生病，心理强大才能不郁积。可咋健心呢？首要的是养心。每天散步练太极是养身，而每天静坐发呆听戏睡觉放松是养心。要像道家养生一样去养心。然后是要调心。人常说，心猿意马，心就像猴子一样上蹿下跳，意就像骏马一样奔突跳跃，人很难调伏管住自己的心。王阳明先生不就说嘛，'破山中贼易，破心中贼难"，所以就要下大力气去调心，要把先天的后天的不适合为人处世的想法看法给调转过来。不过，想调伏管住自己的内心是很难的。人都知道要想打败别人先要打败自己，可很多人打不败自己，主要就是管不住自己的内心。不过，心再难也要调，而且越早越容易调，等习惯养成了，再想调就难了。一念之差，苦乐不同，同一件事，不同的想法看法会产生不同的悲喜，只有不断地调转固有的想法看法，才能更强大地活下来。

半晌的时候，郑英魁坐在躺椅上看书，看着看着就睡着了。小睡一会儿，到了中午，吃过午饭，他再睡一会儿午觉。起床后，喝茶读书。到了晚上，临睡前，他要默念一遍郑守勤送给他的北宋理学家邵雍先生所著的《养心歌》：

得岁月，延岁月；得欢悦，且欢悦。

万事乘除总在天，何必愁肠千万结？

放心宽，莫量窄，古今兴废如眉列。

金谷繁华眼底尘，淮阴事业锋头血。

陶潜篱畔菊花黄，范蠡湖边芦絮白。

临潼会上胆气雄，丹阳县里箫声绝。

时来顽铁有光辉，运退黄金无颜色。

逍遥且学圣贤心，到此方知滋味别。

粗衣淡饭足家常，养得浮生一世拙。

第十三章

焚债买义

1

以前，郑英魁从不大张旗鼓地做寿，他不喜张扬。给灾民赈灾要高调，个人的家事儿要低调，自个儿的事儿更要简单。光绪七年，郑英魁年过半百，五十岁了，他倒想高调做一回寿，不过，他有他高调做寿的小九九。

郑英魁的两个儿子老大守勤和老二守俭也一直想给老父亲过个像样的大寿。以前跟父亲说，父亲都不同意。这次，该庆五十了，即使是普通老百姓人家也庆一庆的，何况自家是远近闻名的大户，不庆生恐说不过去。

郑英魁的生日是九月初一，眼下进八月了，离老父亲的生日不足一个月了，郑守俭急了，再不准备就来不及了。郑守勤也从遂平县回来了。兄弟俩专程找郑英魁请求办生日宴。

郑英魁闭眼不说话，等兄弟俩你一言我一语说完之后，郑英魁睁开了眼，用龙头拐捣了捣地面，说："你俩啥都别说了，走，跟我到宋陵转一圈儿。"

"宋陵？"兄弟俩一听这话傻眼了，虽说宋陵离郑家村不远，骑马坐轿也就两三个时辰就到了，可是，正跟老父亲商量祝寿的事呢，他却说要去宋陵，到坟地里转一圈，这是多不吉利的事儿啊，而且，从小到大，老父亲从未带他们哥儿俩到宋陵去过呀，突然提起去宋陵，这是从何说起呢？

兄弟俩正迷惑不解，郑英魁说："守俭，没听见吗？赶快牵马备轿，眼下就去宋陵。"

郑英魁虽说年纪大了，但脑子还相当清醒，他说的话都是深思熟虑的。他既然发了话，那就是板上钉钉，不容置疑。

郑守俭二话不说就去安排马匹和两人小轿了，不一会儿就安置好了。郑守勤、郑守俭兄弟俩扶着郑英魁坐上轿，兄弟俩一前一后骑上马，领了几个家丁一行人去了宋陵。

2

八月天气，虽已过立秋，天还相当闷热。走了十几里地，郑英魁在轿子里热得不停地扇扇子，他掀开轿帘，看到一前一后两个抬轿的轿夫不停地拿蓝色粗布毛巾擦汗，而几个家丁也累得气喘吁吁，就说："守勤，守俭，停停，歇歇脚。"

一行人都停了下来，轿夫把轿子放平稳，郑守勤和郑守俭搀扶着郑英魁下了轿。郑守勤问："爹，您解手吗？"

郑英魁说："解手倒是不想，就是看轿夫和大家都累得出汗，咱停停。"

郑守俭说："爹，这才走了不到一半路，您要是不想解手，咱还是继续赶路要紧，一会儿天越来越热。"

郑英魁说："不急不急，咱又没啥急事，恁慌干啥？你看人家抬轿的热成啥？"

郑守勤说："爹，您管他们干啥？下人不就是掏力的命吗？别太惯他们了。"

郑英魁眼一瞪，生气地说："住嘴，亏你读了恁多年圣贤书，还在外边值事儿，还是一个县的教谕，咋说恁不懂事的话？一会儿你们就知道了，我带你们到宋陵来，是有用意的，到时你们就理解我的苦心了。"

说完，郑英魁瞅瞅前边有片儿树荫，就招呼大家席地而坐。郑英魁问轿夫："大兄弟，累不累？咱带的有绿豆水，喝不喝？"

两个轿夫急忙站起来说："掌柜的，这才走十几里地，我们不渴，也不累，您不用管俺了。"

"嗯，您看我坐轿还嫌热咧，还晃得腰疼咧，你们抬着我，敢情才难受咧。"

轿夫说："掌柜的，您真是大善人，俺抬您是俺的福气，俺就是累点儿也高兴。"

"累了就说一声，咱就歇会儿再走。要是实在累了，我就步行，你们抬个空轿也中。"

轿夫连连摆手，说："掌柜的，那可使不得。"

"咋使不得？"郑英魁笑着说。

"掌柜的，俺吃的就是这碗饭，不给您抬轿，俺一家老小吃啥喝啥呀？"

"说的也是，你们靠这吃饭咧。"接着，郑英魁对郑守俭说，"给这俩轿夫兄弟，还有跟咱一块儿来的家丁一人发二两银子，权当是茶水钱。"

"好嘞！"郑守俭从马背的褡裢里掏出一把碎银子，数了数，每人发了二两。

这些下人感动得不知如何是好，赶忙站起来，不停地给郑英魁鞠躬道谢。

郑英魁说："不用谢，你们养家糊口都不容易，跟着俺郑家干活儿，有郑家吃的，就不会饿着你们。"

众人流着泪说："掌柜的，跟您干活儿是俺的福哇。有您这善心，俺要记一辈子了。"

3

大宋开国皇帝赵匡胤建都开封之后，一直想迁都洛阳：一则洛阳是他出生的地方，他有些思恋故乡；二则开封地处平原，虽说得黄河和运河交汇之利，相当繁华，但周围无山，无险可守，他总觉得这地方不安全。但是，当他提出这个想法的时候，他弟弟赵光义说："先古圣贤推崇以德服人而非以武服人，王者行仁政，无敌于天下。孔子曰：远人不服，则修文德以来之。《史记》卷六十五《孙子吴起列传》记载，吴起事魏武侯，武侯浮西河而下，中流，顾而谓吴起曰：'美哉乎山河之固，此魏国之宝也！'起对曰：'在德不在险。昔三苗氏左洞庭，右彭蠡，德义不修，禹灭之；夏桀之居，左河济，右泰华，伊阙在其南，羊肠在其北，修政不仁，汤放之；殷纣之国，左孟门，右太行，常山在其北，大河经其南，修政不德，武王杀之。由此观之，在德不在险。若君不修德，舟中之人尽为敌国也。'"

这下子把赵匡胤说住了。其实，雄才大略的赵匡胤心里明白，都城的安全既在德又在险，德和险不是非此即彼的关系，不是二者必取其一，如果既有德又有险不是更安全吗？再说了，君王修德，天下齐心，只是人和，而世上之事须天时、地利、人和三者兼备。若遇毫无人性的蛮夷入侵，而地势不利，再有天时不济，只有一个天下齐心的人和岂不危险？

终宋一朝，最重仁德，以德之名说事儿。宋太祖赵匡胤长叹一声说："不出百年，中原人民叹也。"

赵匡胤打心眼儿里并不认同有德就可守的偏见，他迁都洛阳的想法一直没有停止，他把洛阳作为陪都来经营，因此，在选皇陵位置的时候，他就把开封和洛阳之间的北邙山作为首选之地。因为除了邙山居于开封和洛阳之间、地理优势明显之外，还有一个因素是，宋代流行"五音利姓说"，就是把人的姓氏分成宫、商、角、徵、羽五音，再将五音分别与阴阳五行中的土、金、木、火、水对应，这样即可在地理上找到与其姓氏相应的最佳埋葬方位与时日。因此，丧葬择地选日时，若与之相合则阴阳相生、大吉大利，反之阴阳相克，主凶。赵姓属于角音，对应五行中的木，木生东方，阳气在东，在开封。皇陵系阴宅，那皇陵就必须选择在西方，而且必须是东高西下，因为东高西下为角地，邙山西北低垂，且西边有洛河北流，注入黄河，按照堪舆学的说法，南山北水、山高水长就意味着富贵不断，从各方面说，把邙山选作皇陵都是绝佳之地。

宋陵散布在邙山上，共有三百多座陵墓，北宋九个皇帝，除徽、钦二帝被金所掳囚死北国之外，其他七个皇帝加上赵匡胤之父赵弘殷都葬于此，人称七帝八陵，还有后妃、宗室、亲王、王子、王孙以及高怀德、赵普、曹彬、蔡齐、寇准、包拯、狄青、杨六郎等功臣名勋等也葬于此。

只是人算不如天算，赵匡胤算得再好，他和他的皇子皇孙也没有想到，经历数百年历史风雨之后，战争的破坏和盗墓贼的肆意抢掠，使得宋陵早已破败不堪、荒草丛生，七帝八陵，也只有以仁治天下的宋仁宗的永昭陵还保存尚好。

4

郑英魁领着两个儿子到了宋陵，穿过一人多高的玉米地，先来到了宋仁宗的永昭陵，看着满眼东倒西歪、残缺不全的华表、石人、石狮、台阶，再看看埋葬着彪炳史册、赫赫有名的大宋仁宗皇帝的一堆黄土，郑英魁不由长叹一声说："守勤，守俭，知道我为啥带你们俩来这里吗？"

两人都迷茫地摇摇头。

郑英魁说："我只记得宋仁宗皇帝所写的《警世四阕》里的最后一阕，给你们背背你们听听。"

郑守勤和郑守俭吃惊地看着父亲，只听郑英魁不慌不忙地背诵道：

远非道之财，戒过度之酒。居必择邻，交必择友。嫉妒勿起于心，谗

言勿宣于口。骨肉贫者莫疏，他人富者莫厚。克己以勤俭为先，爱众以谦和为首。当思已往之非，每念未来之咎。若依朕之斯言，治家国而可久。

吟诵已毕，郑英魁说："宋仁宗是历史上的好皇帝，宅心仁厚，体贴百姓，颇有尧舜之风。他会做官，凡事皆庭议，争议很激烈，以大臣们议论的意思办事，从不独断专行，即使有大臣直言上书，他也从不借此整人，仁宗皇帝我最敬仰。虽然宋陵离咱郑家村并不远，虽然我也很想带你们到宋陵来看一看，但我从没有带你们到宋陵来过。我知道，人不能到这里来，这是皇陵，这里阴气太重，来这里不吉利。但是，时下我老了，人早晚都有到头的那一天，我说不定哪一天就走了，走之前，我要领你们哥儿俩到宋陵来一趟。"

郑英魁领着俩儿子绕着永昭陵走了一圈，接着说："历朝历代，宋朝最富，可后来也败了，败在了北方蛮夷之手，东京梦华，烟云消散，可惜可叹哪。"

郑守勤接话说："爹，这都怪宋朝仁行天下，重文轻武，防内胜于防外。"

郑英魁说："你说得对，可不全对。"

郑守勤说："那为啥？"

郑英魁转脸问郑守俭："俭，你管家理财做生意，你说说看，北宋那么富，为啥会败给一个小小的金朝？"

郑守俭想了想说："爹，大道理我不懂，不过，我总觉得，论骂，贵夫人、娇小姐骂不过大街上的泼妇；论打，老爷、少爷打不过街上的二流子。秀才遇见兵，有理说不清。那些粗人没有章法，不按规矩来，下手狠，心又黑，这朗朗乾坤总有一天要毁在野蛮人手里。爹，你说我说得对不对。"

郑英魁点点头，说："嗯，有一定道理，你想得很深很远，这得夸夸你。"

郑守俭受了郑英魁的鼓励，接着说："想我郑家，富甲一方，其实，咱家就像那精美的瓷器，徒有外表，不堪一击。遇到吃大户的，抢钱抢物，杀人放火，咱家说不中就不中了，就跟大宋朝一样样的。"

郑英魁说："继续说，继续说。"

"人其实都很贱，你要是活得穷了，不如他，他笑话你、寒碜你；你要是混得比他好比他富，他忌妒你、眼红你，你得跟他一样样的，那才中。当个人真不容易。"

"嗯，孟子早就说过了，人是不患寡而患不均。"郑英魁赞许地说。

这时，一直插不上嘴的郑守勤有话说了："爹，春秋时期辅佐齐桓公成为第一霸主的管仲说过：'仓廪实则知礼节。'人是穷生奸计富长良心，穷得没命了，饿得发疯了，啥事儿都干得出来，为富并无不仁，穷凶却是极恶。"

郑守俭说："富人里有好人也有坏人，穷人里有好人有坏人，不能一概说富人就是坏人、穷人就是好人，也不能一概说富人就是好人、穷人就是坏人。"

郑英魁长出一口气说："儿啊，听你俩说这话，我心里舒坦得很，我放心得很，你俩都长大成人了，都堪负重任了。常言说，穷人顾眼前，富人思来年。儿啊，为啥咱郑家把'留余'二字作为座右铭呢？还把'留余'二字用黄杨木刻成匾额悬挂在咱家客厅，那匾额的形状就像一本展开的书卷，就是要让咱永记'留余'二字。留余忌尽，这是昌家之道，可保咱郑家基业长青啊。"

郑守俭说："爹，留得余地宽待人，退后一步天地广。忍一时风平浪静，退一步海阔天空。日中则昃，月满则亏。您的仨孙子，您亲自起的名字，一个叫留余，一个叫留白，一个叫留阙，不就是这个意思吗？"

郑英魁听这话，非常开心，说："诗书画都讲究留余、留白、留阙，能简则简，能省则省，能少则少。话不尽言，事不尽满，人不尽全。君子固穷，穷则剥之境而复之几，这是天道人心，违者必伤啊。"

郑守俭说："爹，您放心吧，我们会撑起郑家的祖业的。"

郑英魁说："我老了，跟你们年轻人想的不一样，人是越活越胆小，为啥呢？俗语说，财也大，产也大，后世子孙胆也大，不丧身家不肯罢。你们看那'钱'字啥意思？"

郑守勤和郑守俭问道："爹，啥意思？"

"'钱'字就是二戈争杀气高，人人为它犯唠叨。若会用者超三界，不会用者孽难逃。我经历的风浪太多了，知道人世的凶险，知道命运的不可把握，知道财能招灾惹祸，知道钱财就是罪过，所以才害怕。其实，我天天愁的就是，咱郑家留下这么大的家产，要是咱家子孙后代不争气咋办？要是有了吃大户的盗贼咋办？要是官府欺负咱咋办？留财就是留祸根，有钱就是罪人就是恶人。要是后代子孙有德有才，留财降得住，能挣会花，懂得散财是聚财的道理，懂得花钱买人心买平安的道理，这还罢了。要是生个败家子不成器，吃喝嫖赌，恃财欺人，那留财净是害他。唉，一想起这些来，我就战战兢兢、如履薄冰啊。人人都说有钱好，谁知有钱多烦恼！"

郑守俭问："爹，您说咋弄？"

郑英魁望着远方的蓝天白云，若有所思地说："钱财对咱家已经没意思了，再挣多少也就是个数字，可是，挣钱就是一个事，心里有了它，活着就充实，一天天过去了，就有意思。人活着得找个事儿，找个事儿就能活下去，懂吗？"

两个儿子都点点头。

郑英魁接着说："不过，钱财招贼还招灾，挣钱多了，就成罪了，不定哪一天，钱财会害了咱郑家。"

郑守勤说："爹，人的命，天注定。走到哪一步，都是老天爷安排好的，人都是唱戏的，老天爷才是幕后的编排，谁能大过老天爷？听天由命，也是没办法的事，儿孙自有儿孙福，您不用想太多了。"

郑守俭说："爹，我理解您的意思了，人要永远居安思危，要有忧患之心，不能天天只想好事儿，否则的话，一旦大难临头，就会措手不及。要是天天想着遇到啥灾难咋办，就会及早想出应对之策，就会确保平安无事，这叫防患于未然。不过，爹，守勤哥也说了，儿孙自有儿孙福，莫替儿孙愁断肠。您这一辈子，也够荣光的了，经您的手，咱郑家达到了事业的顶峰，至于以后过成啥，不是您管的事了，您就安心享福吧。"

郑英魁说："常言说，富不过三代，一代创业，二代守业，三代败业。咱郑家已经富了十代了，很多人不相信，说咱不可能富这么多代，可咱就是富这么多代了。不过，咱能不能永远富下去呢？我看不可能，太阳还有升有落呢，再能的人也有不中的一天。看看大宋江山，多辉煌啊，最后不也是灰飞烟灭，只剩得一片荒草吗？所以说，我带你们到这儿来，就是想告诉你们，千万银两、千顷良田就像浮云，早晚会烟消云散。德为本，财为末，要学会挣钱，还要学会扔钱，有得必有舍，有舍必有得，要学会留余。"

郑守勤说："爹，我和守俭会牢记您的教诲的。咱郑家以商为本，以地为基，靠官不做官，求官不近官，只求平平安安、留名千古。我觉得，小富靠勤，中富靠智，大富靠德，官无德不可用，商无德走不远，义利兼顾，德行天下，苦读圣贤书，仁德行天下，名声第一位，钱财和权力都是过眼烟云，我们要像宋朝仁宗皇帝一样，以仁德品行立世，万世流芳，让人们念念不忘，即使将来离开这个世界了，即使啥也没有了，但有个好名声流传千古，后代的人会永远想着记着。"

郑守俭说："爹，您说得对。不过，我也听人这样说，慈不掌兵，善不当官，义不经商，爹，您说这话对不对？"

郑英魁心想，这孩子，脑子太管用了，看问题想事情总是与众不同，别人想的是啥事，他想的是为啥有这种事。郑英魁点点头说："俭，你问得好。我活了五十年了，虽没打过仗，但也算做过官，可跟那些当官的带兵的打交道多了，也知道一些为官之道、带兵之道。经商不用说了，我认识的人，没有谁超过我的。守俭你说这些话，是实话，可是，实话难听，人们都不愿意说实话，可咱爷儿们在一块儿得说实话。我跟你们说，一个人要是太仁慈、太善良，真是当不成官、带不成兵、挣不了钱。杀人下不去手，打人听不得求饶，挣钱总觉着是骗人家了可怜人家，总是仗义疏财，啥事能干成呢？多少大好时机都错过去了。官场、战场、商场都是场，有人的地方就有争斗，你对别人让一分，人家可不一定对你让一分，有人还会觉得你软弱可欺呢。一将功成万骨枯，万里白骨伴蓬蒿。但得一将功勋在，万里边陲无贼扰。哪朝哪代打江山不是死尸成堆、血流成河？唉，想想这世道，人其实就那么回事。不过，守勤说得也对，大富靠德，官无德不可用，一个人如果没有德行，发不义之财，短期可以，一锤子买卖可以，可长期那样干是不中的。人家吃你一回亏，下次就不跟你打交道了。你名声坏了，都不理你了，都不跟你打交道了，你做啥生意啊？你占那一点儿小便宜，能成大气候吗？厚德才能载物，大德才能享得住大富贵啊。咱祖上就懂这个理儿，财散人聚，财聚人散，破财消灾，积德行善，懂得留余。要是当个守财奴、小气鬼，那就是眼光短浅，早晚保不住财也保不住命。再说了，做生意的千家万家，发财的一家半家。天下的钱就这么多，咱不挣人家挣，咱挣得多了人家就挣得少了，咱有钱了很多人就没钱了，咱活得滋润了很多人就活不下去了。这是老天爷把别人的福报都给咱家了，咱家就必须替天行道、代天行善，不然就有违天意。咱吃肉也得让人家喝个肉汤，啥时候都不能独吞独占，不能啥好处都占完，都要记着祸莫大于不知足。如果咱家富就让人家穷，咱家享福就让人家受罪，咱会遭报应的。"

郑守勤说："爹就是心太善了，光考虑人家。"

郑英魁说："要想公道，打个颠倒。人活在世上，不能光想着自己，还得想想别人。晚上睡不着觉的时候，前半夜想想自己，后半夜想想别人，先为己后为人，为自己也要为别人，为别人就是为自己，好多人想不明白这个理儿啊。"

郑守勤和郑守俭都说是。

郑英魁说："我老了，不中用了，想说的话，该说的话，我都给你们说了，再不说机会就不多了，今儿个咱爷儿们把心里话说亮堂了，郑家的家业还靠你们支撑呢。"接着，郑英魁若有所思地说："勤，俭，下个月我该五十大寿了，本来我不想做寿，净浪费东西，再说了，给七邻八舍、亲朋好友发了请帖，人家还得带礼物来，好门好户的还好说，有的人家穷得叮当响，人家哪有钱置办礼物啊，净让人家作难咧，这种事我真是做不出来。可是，乡里的规矩又兴这，不做寿好像不近人情，不请人来吃一顿喝一阵好像看不起人一样，唉，当个人难哪。你们说说看，今年咱该咋办呢？"

郑守勤说："爹，您常说'居贵敬、行贵简'，办啥事都不张扬，招摇就是在招灾，出头最先挨枪打。所以，您每年过生日，都不让大张旗鼓地铺排这事儿，只是放一挂一百响的小鞭炮，全家吃碗长寿面而已，今年咱还是节省着办吧。"

郑守俭脑子一转，反问道："爹的意思呢？"

郑英魁说："我不是问你们的吗？"

郑守俭顿了顿，嗫嚅着说："要说呢，爹节俭惯了，馍花儿掉到桌上都拾起来吃了，从来不让剩菜，连汤水都喝干喝净，过生日也不能铺排。不过，爹劳碌一辈子了，也该铺排一回了，要不，这活得也太憋屈了——"

郑英魁眼里突然放光，捣了捣龙头拐杖说："对，这次我要办个排排场场的寿诞。"

郑守勤和郑守俭面面相觑，不知郑英魁这话是啥意思。只听郑英魁接着说："请几棚戏，大摆宴席，给我准备得劲。"

郑守勤怯怯地问："爹，您真是这样想的吗？"

"爹啥时候骗过你们？古语说，尊亲在，不言老。有爹娘的时候，人不能祝寿，如今我已没了爹娘，我却有了孙子，可以做寿了。不过，我以前都不让排排场场地祝寿，也就是家里的人吃顿饭，这回呀，我倒真想弄大！"

"弄大？哎呀，爹，您说这话我们太高兴了，我们早想给您热热闹闹地庆贺寿辰了，您终于吐口了。"郑守俭激动地说。

郑英魁说："不过，守俭，这次请客我可是有要求的。"

郑守俭说："那是当然，一切按照爹的吩咐办，回头我就列个清单，看爹让请谁我就抓紧去请。"

郑英魁说："这回请客，主要是把以前欠咱家钱的人请来，这些人一个不少都要请到，至于其他的达官贵人、亲朋好友，就不要写请帖了，要是他们听说了，想来就来，不想来拉倒。"

"这，这是啥意思？"郑守勤更加迷惑不解了。

郑英魁没有搭理郑守勤，对郑守俭说："守俭，你回头把这么多年来欠咱钱的人家的借契都统统找齐，装到箱子里，回头送到我屋里。"

"爹的意思是？"郑守俭小心翼翼地问。

"不要问了，到时候你们就知道了。中了，时候不早了，我也累了，咱回去。"

在郑守勤和郑守俭的搀扶下，郑英魁上了轿，一行人离开了宋陵。

5

回到郑家庄园，郑守勤和郑守俭兄弟俩就开始筹划为老父亲郑英魁办五十寿诞的大事。郑守勤负责写请帖，郑守俭总筹划。按照郑英魁的交代，郑守俭特意通知了那些曾经借过郑家钱没还的人以及种地尚未交地租的人，让他们一定参加郑英魁的五十寿诞。

九月初一，这天正好是秋分天气。《春秋繁露·阴阳出入》曰："秋分者，阴阳相半也，故昼夜均而寒暑平。"这一天，碧空万里，秋风和畅，北雁南归，草木染黄，百果收仓，大地安详。郑家村因为郑英魁的生日而热闹起来了。

郑家是大户，来往多，门事大，排场大，官府的人，生意场的人，郑家在山东、陕西等地栈房的大掌柜、二掌柜、三掌柜、伙计店员、学徒们，郑家救济的灾民们，这些人都怀着感恩戴德的心理，兴致勃勃地来给郑英魁祝寿了。

不过，那些欠郑家钱的人，还有没钱交地租的人，当郑家差人请他们参加郑英魁寿诞的时候，他们的心里就七上八下地直打鼓，心想，这肯定是郑家借机向他们催要欠款欠粮了。有些人家七凑八凑，找了些银两，准备到郑英魁生日那天给郑家送去，还上他们所欠的钱和地租。但是，也有些人家，实在是穷得揭不开锅了，放眼望去，周围的亲戚朋友也都是一帮穷鬼，找谁借呢？有些人不想参加郑英魁的寿礼，只是郑家有话在前，务必参加，他们又不敢不去，郑家有钱有势，惹不起啊，万一郑家恼了、不高兴了，一纸诉状把他们告到官府，就只有进大牢吃官司了，所以只能硬着头皮空着手去了。

九月初一一大早，郑守勤、郑守俭哥儿俩便率领全家老少来给郑英魁拜寿，接着，又到神位前上香祈告："各路神灵在上，我父劳苦一生，待人忠厚，见贫穷之人，不吝施舍，与人为善，念念在兹。但余不肖，莫能尽孝于高堂，酬大人之心于万一，余之罪不能逭也。今在神前，诚心祈祷，伏愿将己寿减之，为吾父大人，福禄缕之，万寿无疆，是余之幸也。"祝毕，遂上堂为父亲献食，全家人共进早餐，其乐融融。

不久，街坊邻居、远亲近朋、士农工商各色人等都陆续来到了郑家。郑家新庄园此时也基本落成了，宽敞得很。其中，南大院有个能容纳数百人的广场，一溜并排搭了三个戏台子，西边还是号称"压塌洛阳"的豫西调洛阳戏班，东边是号称"对倒南阳"的宛西梆子南阳戏班，中间是号称"二百贯"的唐玉楼豫东祥符调戏班，他们这三台大戏又对上了棚。

郑家内外，人山人海，比赶集还热闹。郑家大门外，光是停的人力轿、车马轿就排满了一条街，那些骑马、骑骡子、骑驴来的人，只好把牲口拴到村外临时设的牲口场上，马嘶驴叫，腾起阵阵黄土。当然，还有成群结队的乞丐闻讯而至，眼巴巴地瞅着看能不能分得一些残羹剩饭。

郑英魁穿着簇新的寿服，端坐客厅中央，笑容满面地接受贺拜。

贺寿的人进献的有银两、书画、寿酒、寿桃、寿面、寿幛、寿联等。一进门就拱手作揖，口中念念有词，都是诸如敬祝郑英魁寿比南山、寿德同辉、寿如彭祖、南极星辉之类的溢美之词。

快到中午了，客人们来得差不多了，郑英魁在众人的簇拥下，满面红光地欣然登上南大院中间的戏台。他首先感谢了各位来宾在百忙之中参加自己的五十寿诞，接着，大声说道："守勤，守俭，把各位老少爷儿们欠咱郑家的借据条拿上来。"

台下众人一听，目瞪口呆，这是郑英魁的大喜日子啊，把以前的借据条拿上来，这是弄啥咧？搞的啥名堂？

郑家的家丁把一个大红木箱抬上戏台，郑守勤打开箱子盖，箱子里是满当当的借据条。

郑英魁大声说："守俭，念！"

"好咧！"郑守俭来到箱子前，随手拿起最上边的一张借据，朗声念道："郑家村石墩借郑家纹银十两，石墩叔在吗？"

下边虽然人流如织，这时却鸦雀无声，听到郑守俭喊石墩的名字，一个弯腰驼背的瘦小老头先是咳嗽了几声，接着大声应道："在这儿咧。"

"中，您借郑家纹银十两，有这回事吗？"郑守俭问道。

"有，有，我认账，我认账。"石墩大声说道，说完后，又小声说，"掌柜的，我没钱啊，还不了啊。"

郑守俭没有搭理他，扫视了一下台下的众人，又弯腰从箱子里拿出一张借据，念道："王升哥在吗？"

一个满脸络腮胡子的中年男人粗声大气地应道："在咧！"

郑守俭大声念道："王升欠郑家地租二十石，王升哥你认吗？"

"我认，我认，我有钱了一定还。"中年男子话一出，众人大笑，有人议论说："等你有钱了再还，你啥时候会有钱？等到猴年马月吧。"

中年男子听到这些议论，急了，大声说："掌柜的，放心吧，种地纳粮，自古都是这个理，我只要有钱，我一定还，我记着呢。"

中年男子不说这话便罢，一说这话更惹得大家一番哄笑。

郑守俭念了足足一个时辰，累得口干舌燥，这才好不容易念完。欠账户也基本都来了，都应承住了这笔账。这时，只见郑英魁从太师椅上站起来，对着台下黑压压的人群说："各位乡邻，各位亲朋好友、老少爷儿们，承蒙大家捧场，专程来参加我的五十寿诞，我不胜荣幸，分外感激。"郑英魁顿了顿，咳嗽了两声，继续说："郑家有今天，饮水思源，全仗各位的大力支持，都是大家抬举的结果。这两年，河南多灾，不是旱就是涝，老少爷儿们受苦了，郑家也曾拿出一些钱财和粮食救济乡邻，也曾捐资治理黄河为国分忧，不过，郑家做得还很不够。郑家以经商为本，以土地为根，以仁义为纲，以理学为训，趁今天我五十寿诞，我想了，刚才守俭念到的大家欠郑家的地租和银两，我准备——"

郑英魁说到这里，停住不说话了，他看看戏台下边，大家伙儿都伸着脖子瞪着俩眼专注听呢，听到郑英魁说"我准备"，不知道郑英魁接下来要作何打算，尤其是那些欠钱欠租的人，心里早就慌了，真害怕郑英魁说"我准备，今天所有欠钱的人都要把钱还上，不还的人不准走，否则的话报官"。

整个南大院广场戏台前静得连一根针掉下来都能听见，什么"压塌洛阳"的豫西调洛阳戏、"对倒南阳"的宛西梆子南阳戏、号称"二百贯"的唐玉楼豫东祥符戏，这几台大戏都没有眼前这出戏好看。戏台下的人们怀着不同的心情等着郑英魁发话。

只见郑英魁咳嗽了几声，憋足了劲朗声说道："各位老少爷儿们，我准备今天当着大家伙儿的面，把你们所有欠郑家的借据一把火烧光，自此以后，所有的人都不欠郑家的钱。守俭，烧掉，烧！都给我烧掉！"

台下一片寂静，等人们迷瞪过来之后，众人不约而同地齐刷刷跪在了戏台前。有人大声喊道："郑善人哪，您真是大善人哪！"有人则痛哭流涕："掌柜的，祝您福如东海、寿比南山、长命百岁啊！"有人喃喃地说："我的债终于还清了，我的债终于还清了。"

郑守勤和郑守俭两人抬起箱子，把箱子翻过来，所有的借据条"哗啦啦"都掉了出来，堆成一座小山。郑守俭打着火镰，把借据条点着了。刚开始火苗还小，一阵风吹来，瞬间火势就蹿上来了，郑守俭和郑守勤往后闪了一下，郑英魁也不由得后退了几步。

不一会儿工夫，欠郑家的那些陈年旧债都烧光了，都一笔勾销了。郑英魁哈哈大笑说："中了，各位老少爷儿们、街坊邻居，以后咱们两清了。啥也不说了，咱立马开饭，来的都是客，大家热热闹闹、高高兴兴吃一顿。"

正在这时，只听人群中有人喊道："快看！快看！天上，天上……"

人们不知发生了什么事情，纷纷举头向上望，但见碧蓝如洗的天空中突然飞上来无数花花绿绿、造型各异、生动逼真的风筝，有的像仙鹤和小燕子，有的像蜻蜓和蝴蝶，有的像胖娃娃和老寿星，还有的风筝像"福""寿"等字形，不一而足，翩翩起舞，争奇斗艳，交相辉映。人们哪里见过这个阵势啊，都目不转睛地盯着一个个风筝欢快地飞翔，不住地挥手大声叫好，有的还脱掉上衣在空中挥动，有些个子低的嫌看不清楚，踮起脚伸长脖子往天上看，累得腿肚子和脖子都是疼的……这些风筝上都绑有一小袋用红丝绸包着的寓意富贵吉祥且能消灾驱邪的鲜红的朱砂。朱砂袋绑的是活扣，并不紧，天上的风大，风一吹，红丝绸布袋掉落并散开来，刹那间，天空由蓝色变成了红色，又引得人们欢呼雀跃、纷纷叫好。顿时，天上地上，到处充溢着喜气洋洋的欢乐气氛……

6

郑英魁排排场场、风风光光地办完五十寿诞，他焚债、赈灾的举动传遍中原大地，邻村有个进士有感而发，专门写了一篇《义行歌》送给了郑英魁。

世人笃爱孔方兄，有谁落落殊寡情。弃捐不异毛发轻，盛事传说夸友朋。不爱黄金藏满籝，不必红粟仓箱盈。但愿天下皆丰亨，耳不闻有啼饥声。躬勤节俭稍有赢，假贷乞与囊为倾。券约重跌纷缣藤，付与烈炬光荧荧。青蚨化蝶飞纯晴，风中骀荡随鸿冥。睦姻任恤真性成，若云有意当世名。慷慨未必皆丹诚，始终一心无变更。万人仰粟仰宋卿，千里泛舟寻晋盟。留侯伞金为世英，子产焚书案愚氓。此事尝闻古人行，冯谖不死今复生。

河南巡抚鄂顺安感念郑家的大仁大义，把郑英魁的善行向光绪皇帝作了禀报，恳请光绪皇帝对其进行褒奖。

光绪皇帝闻知此事，提笔写道："旨加公直隶州衔。"

当时的州属于府管辖，而直隶州因卫拱京师极其重要，直接受布政司管理，其职权相当于知府，是正五品。郑英魁穿上了八蟒五爪绣刺的长袍，长袍正中是用金丝绣绢绣的白鹇图案，水晶石缀在顶子上，戴一眼花翎。虽说这官职是虚衔，但毕竟是正五品。

日既暮而犹烟霞绚烂，岁将晚而更橙橘芳馨。一天，郑守俭来向父亲问安，并问道："爹，您事先没告诉我，我想问问您，您唱的'焚烧债券'这一出戏是啥意思？"

郑英魁哈哈一笑，说："儿啊，我是看古书《战国策·齐策》受的启发呀。战国时候，齐国孟尝君手下有个门客叫冯谖。有一回，孟尝君派冯谖到他的封地薛邑收债，冯谖问孟尝君说：'收完债，需要给您买点儿啥东西吗？'孟尝君顺口说：'看我家里缺什么就买些什么回来吧！'冯谖听后就到薛邑收债去了。冯谖把欠债之人召集到一起，核对完账目后，假传孟尝君的命令，免去了所有欠债人的欠款，并且当面烧掉了债券，老百姓见状都对孟尝君感激涕零。冯谖回去后，孟尝君问他收债情况，冯谖说债收完了，孟尝君问他钱在哪里，冯谖说，我看到您家里啥都不缺，就缺一个'义'字，所以我拿这钱用来买'义'了。接着，冯谖把事情经过说了一遍，孟尝君听后很不高兴，但也没说什么。一年之后，孟尝君失去了齐王的宠爱而被赶出国都，回到了他的封地薛邑。当孟尝君到薛邑之后，老百姓扶老携幼夹道相迎，孟尝君这时才明白冯谖的深谋远虑，感叹道，先生焚券买的'义'，今天才见到它的作用啊。"

郑守俭听后，连连点头称是："爹，《战国策·赵策》里写到，父母之爱子，则为之计深远。我深深体会到爹的良苦用心了。"

"如何为子孙计深远？还是老话说得好：忠厚传家世，子孙福禄长；承蒙祖恩享富贵，积德行善荫子孙。可当今之世，世风日下，视读书为轻，视经商甚重，都觉得读书之人受饥寒而经商之人得现钱，为商者十之八九而读书者十之一二。即使读书人，也主攻时文制艺，经史子集概不过问，孝悌忠信礼义廉耻视为落后，人心越来越坏了。而经商之人，由于不读书不知礼仪，即使赚了钱，也骄奢淫逸，不顾廉耻，事亲不孝，放纵子弟，没几年就又家道败落。再说，经商就真的容易吗？他们是不知道，经商也难着呢。道光、同治年间，贫穷人家寥寥无几。自光绪初年丁戊奇荒后，咱这里人死了一多半，侥幸存活的也穷困潦倒，墙倒屋塌，气象凋零。虽说眼下已过去十四五年了，可一年不比一年，都说手里没钱。就拿咱家来说，以前欠账欠租子的人很少，可现在，欠账欠租不还的人太多太多了，不仅不还，还没事儿人一样。咱也不怨人家，还是穷啊，要是有钱谁会不还呢？更何况，这些年，乡里深为鸦片烟所害，城乡尽为卖烟馆，到处都是吸烟人。人皆以吸烟为时尚，吸之者十之七八，即使是妇女吸之者也十之五六。初吸之时，精神抖擞、愁闷可解，假以时日，反而精神萎靡、愁闷倍增，且形容枯槁、面黄肌瘦，终日长吁短叹、追悔莫及。受鸦片所害，咱们十里八村，能饱衣足食者不过十之二三，更多的人家度日如年，懦弱之人沿街乞讨，强梁之人为匪为盗。虽通宵巡防、严加护卫，可依然盗匪猖獗。人皆不敢夜行，一至黄昏，便关门闭户。在这种情势下，咱放那么多债券干什么？那是祸根啊！"

郑守俭听了郑英魁此番话，沉重地点点头说："爹，您深谋远虑，真是为郑家子孙计啊。"

"唉，于情于理，咱都得这样办啊。"接着，郑英魁反问道，"俭，咱赈灾焚券受皇帝褒奖此事，乡里乡亲怎么说？"

"爹，乡里乡亲都说好呢。"

"净哄我，给我说实话。"

郑守俭笑了："爹，您真是神人啊，啥事儿都瞒不过您。"

郑英魁微微一笑，说："我活了恁多年，经历了多少事？人情世故啥能瞒得住我？说吧，乡里乡亲都咋评价咱？"

"爹，我可实话实说了，说不得劲的话，您老别生气，气坏了身子就不值了。"

"只有不生气，才会气死人。我懂这个理儿，我不生气，你说吧，咋恁啰唆咧！"

"唉——"郑守俭长叹一声，"爹，咱本来是办好事，可是好事难办、好人难当啊，就这事，乡里乡亲说啥的都有。"

"都说啥？"

"当然，大多数人都说好，说咱老郑家仁义，是大善人，是百年不遇、大清国难找的大好人。"

郑英魁摇摇头说："那倒也不必捧咱恁高。"

"爹，不过，也有人说风凉话。"郑守俭说完，偷偷瞄了一眼郑英魁，郑英魁目视远方，神色沉稳，郑守俭这才继续说道，"爹，有人说，要知道欠郑家的钱可以不还，咱咋恁傻咧？咱咋不多借他些钱呢？还有人说，我才傻咧，我借他的钱都还了，净坑咱这老实人了。还有人说，我更傻了，种他郑家的地，年年交地租，一分钱不曾欠，这回吃大亏了，还不如不给他交地租咧，以后哇，种他郑家的地，我可不会再给他交地租了。还有人说，他郑家是钱多了烧的，沽名钓誉，想出名咧，想买官咧，郑家真是大生意人，老会做生意，焚券封官，这事儿办得有水平，这买卖做得值。还有人说，他郑家老凶，老张狂，看他张狂到几时？人啊，一张狂都完了。"

郑守俭一口气说完，见郑英魁仍不吭声，吓坏了，说："爹，您咋不说话呀？您可别气坏了身子啊。"

郑英魁长出了一口气，说："俭，我不生气，这些都在我的意料之中。我老了，也不再管恁多事了，你的路还长，通过这事儿，你可要记好了，当个人，通难着呢。不是有人说了个笑话吗？一位老者和他的孙子牵了头驴去赶集，路上，老者让孙子骑驴，他牵驴而行，有路人就议论说，看这小孩儿，一点儿也不孝顺，自己骑驴，却让他爷爷牵着驴。于是，老者就让小孙子下了驴，小孙子牵驴而行，他则骑在驴上。结果，有路人又议论说，看这老者，小孩子那么小牵着驴走，他倒骑着驴怪得意咧，真是为老不尊。老者无奈，下了驴，他牵驴而行，小孙子在后边紧跟着。这时，又有路人议论说，看这爷儿俩，放着驴不骑，真是傻子。老者听了后，便与孙子都骑上了驴。结果，又有路人议论说，看这爷儿俩，咋恁狠心，俩人骑驴，还不把驴给压死累死？"

郑守俭听了，哈哈大笑，说："爹，我也给你讲个笑话，说有个掌柜的很不好伺候，一天，他带着小学徒外出办事，刚开始，小学徒跟在这位掌柜的后边走，走了一会儿，掌柜的不满意了，说：'你这小子，让我走前边，是让我给你带路的吗？'小学徒一听，连忙走在掌柜的前边。这下，掌柜的又不高兴了，说：'你这小子，你走前边，我走后边，你想让我跟着你走吗？'小学徒一听，不知怎么办了，于是，与掌柜的并肩而行。这时，掌柜的又发脾气了，说：'好小子，你想跟我平起平坐呐？'小学徒一听，前也不是，后也不是，中间也不中，于是，他一会儿走在掌柜的前边，一会儿跟在掌柜的后边，一会儿又与掌柜的并肩而行。这时，掌柜的大怒，说：'你小子是不想干了吗？你一会儿前边，一会儿后边，一会儿中间，你是跟我捉迷藏的吗？你敢跟我乱着玩儿？'"

郑英魁听了，点点头说："俭，你懂这个理就中，当个人不容易，干啥事都会有人说三道四，还会有人误解你，还会有人故意腌臜你，还会有人找事儿诽谤你。不过，嘴是别人的，咱挡不住别人说，只要问心无愧都中了。有横逆者毫不计较，久自愧服。唐朝高僧寒山就曾问拾得，说'世人谤我、欺我、辱我、笑我、轻我、贱我、恶我、骗我，如何处之乎'，拾得就说'只是忍他、让他、由他、避他、耐他、敬他、不要理他，再待几年你且看他'。寒山又问'还有甚诀可以躲得'，拾得说他曾看过弥勒菩萨偈，我念偈给你听：'老拙穿衲袄，淡饭腹中饱；补破好遮寒，万事随缘了。有人骂老拙，老拙只说好；有人打老拙，老拙自睡倒。涕唾在面上，随它自干了；我也省气力，他也无烦恼。这样波罗蜜，便是妙中宝；若知这消息，何愁道不了？'所以说，人若谤我，有其事不可辩，无其事不必辩，有则改之，无则笑之，万言万当，不如一默，是非议论，久而自明，以不变应万变最是至理。只要走的是正道，行的是善事，只要对大多数人有益，对后代子孙有教，就可大胆地去做，人要是畏首畏尾，那就啥也别干了。即使你啥都不干，还是免不了别人说三道四，比如说你啥事儿不干了，说你啥都不会了，说你这个人懒了，反正都免不了的。既然干也是有人议论，不干也是有人议论，那就干吧，大胆地去干，想好了就干，个别人的议论起不了啥作用，螳臂当车，蚍蜉撼树，不用管他，不用怕他。"

"对，爹说得对，我会按爹说的办，咱谁都不得罪，但谁也不害怕。"

"俭啊，处世为人做一场，要留名节与纲常。古来倾险奸诈辈，人未亡兮身已伤。"

"爹，抱德怀才岂惮贫，广行方便方施仁。光明正大无荣辱，留此心田荫后人。"

"一念嗔心起，百万障门开。嗔是心中火，能烧功德林。"

"世间本来无烦恼，烦恼全是自己找。你若不往心里去，万事成空没烦恼。"

"身是菩提树，心如明镜台。时时勤拂拭，勿使惹尘埃。"

"菩提本无树，明镜亦非台。本来无一物，何处惹尘埃？"

父子二人对答完，相视开心地笑起来，朗朗的笑声传遍邙山的沟沟坎坎，激荡起洛河水的清清涟漪……

第十四章
迎驾慈禧

1

　　光绪二十六年，这是中国历史上灾难沉重的一年。先是义和团起义，攻打使馆，攻打教堂，烧毁正阳门，加之当时的老百姓都恨洋人，心里有一股子气想出，他们把义和团作为救星。慈禧太后却觉得不是那回事，她认为这些异端邪术成不了大事，总感到义和团靠不住，成事不足，败事有余，将来若有不良之徒趁机跟着兴风作浪，必将误国误民。慈禧居住在深宫，不了解义和团情况，但是身边的人都说义和团好，说他们是义民，既忠勇，又有纪律，还懂法术，是天神下降，能吞刀吐火、呼风唤雨，是人心所向，满汉各军都跟他们打成了一片，即使是宫里的太监和护卫，也学了义和团的装束，短前窄袖，腰里裹上红布，学着义和团的动作和言语，装神弄鬼。慈禧太后有心剿办，怎奈众说纷纭，她也没了主意。后来，派大臣刚毅和赵舒翘到涿州等地前去察访，刚毅有心庇护义和团，而赵舒翘是刚毅的门生，久在州县当差，办事干练，经验丰富，虽然深知义和团的实情，但他不便与刚毅作对，只是装聋作哑、言听计从，于是，二人回复太后说，义和团可靠忠勇，应当安抚，于是，慈禧太后断了进剿义和团的念想。后来，慈禧太后听说各国公使策划让她归政，让光绪皇帝亲政，这位老佛爷恼了，发布了《宣战诏书》，宣布与各国开战，派清兵和义和团一起攻打使馆。但此行引来洋人报复，八国联军开始攻打京城，慈禧太后极为后悔，问罪刚毅和赵舒翘，说二人祖匪误国、死有余辜。怎奈那时刚毅已死，只好赐赵舒翘自尽。赵舒翘身强体壮，吃毒药、扼咽喉，就是一时死不了，派去监斩的钦差大臣就在客厅等候，实在等不及了，一直催促其家人帮着赵舒翘快些了断，赵舒翘家人万不得已，只好用棉纸把赵舒翘的七个窍孔都糊满，再用烧酒灌，赵舒翘闷死又活过来，反复了好几次，才终于死去。

　　问罪刚毅和赵舒翘并不能改变大清国的命运。八国联军攻入京城后，宫里还完全不知道，只听着枪弹飞过，就像猫儿在叫。慈禧太后正在梳妆，一颗子弹从窗户格子飞进来，滚跳着落到地上，慈禧太后一看是子弹，惊骇不已。这时，王公大臣载澜早已跪在了帘子外边，语气都变了，颤抖着声音说："洋兵已经进了城，老佛爷快走吧。"慈禧太后问："皇上在哪里？"载澜说皇上在大殿行礼。

原来那一天是祭祀之日，皇上正在拈香敬神。听到太监召唤，他急忙来到慈禧太后跟前，皇上头上还戴着红缨帽子，身上穿着补服。慈禧太后说："洋人已经打进来了，咱们赶快逃避吧。"皇上一听慌了神，手忙脚乱地把朝珠缨帽脱掉，外褂也顺手脱了扔掉，换了件长袍，慈禧太后也换了件下人的装束，娘儿俩仓促离开，啥行李物件都没有带。到了后门，载澜的骡车已经在等候，慈禧和光绪皇帝急急上车，到了德胜门，陆续有王公大臣、太监护卫赶来随驾，众人聚齐后，昼夜不停，离开了京城。

太后和皇上仓皇逃命，太后在轿里不住地催促："加步！加步！伊里加步！（满语，意即走！走！快走！）"士兵们紧赶慢跑，几天走了几百里路，一路上相继晕倒的很多，队形混乱，旗枪仆地。太后带着可怜的口气说："这些孩子啊，舍命保护咱家，等回了京城，每人给你们个官当当。"

说是这样说，慈禧太后也知道，自身前途未卜，过了今天不说明天，至于封官许愿，只不过是给这些士兵灌迷魂汤而已，士兵们其实也不信。

逃命的路上，看不到一个老百姓，也看不到一个官吏相迎，更没有一点东西可吃。口渴了，让太监找水去，看看井里，要么没有打水的桶，要么井里面漂浮着死人头。万不得已，只好拔一些青玉米秆，咬出一点点汁水，权且解渴。肚子饿得厉害，但也无计可施，只好饿着肚子赶路。到了晚上，实在走不动了，太监为太后和皇上找了一个板凳，娘儿俩背贴着背坐在凳子上，看着黑漆漆的夜空直到天亮。

晚上寒气逼人，太后穿着粗布衣衫，皇上穿着半旧的黑色细条纹湖绸绵袍，宽领大袖，外面也没有套一件褂子，也没有束腰带。太后和皇上哆哆嗦嗦地挤在一处，神情落寞，憔悴到了极点，不时对天长叹，眼泪横流。

随行的士兵，眼见得太后和皇上落寞而逃，以为大清江山大势已去，太后和皇上能不能好好活着还是两可，于是趁火打劫。在随太后和皇上逃跑的路上，遇着老百姓的车马经过，有些士兵就把人家摔倒在路边，把车和马牵走。因此，凡是沿着官道的村落，居民十室九空。太后闻听大怒，为严明纪律，杀了一百多太不像话的士兵，但仍然效果不好。后来，这一行逃难队伍到了怀来县，洋人暂时追不上了，地方官员才陆续前来迎驾，太后和皇上才有了充足的衣食供应，随行的士兵也大为收敛，太后和皇上才找回了在宫里君临天下、耀武扬威的感觉。

好了伤疤忘了疼，慈禧太后天生就是个好排场、唯我独尊、不顾百姓死活的主儿。刚刚远离了灾难，有了地方官接应，她就开始讲吃讲喝、收礼索贿，跟着她的那些王公大臣、太监甚至轿夫马夫也都公开向地方官索贿。太后和皇上一路向西，又折向南，再转向东，从河北到山西，再到陕西，这一路上不知浪费了多少民脂民膏，搞得地方鸡犬不宁。

2

光绪二十七年秋，慈禧太后和光绪皇帝要抵达河洛县了。太后和皇上要经过河洛县并在河洛县停留一两天的消息，其实早传到了这任河洛县知县梁化南的耳朵里。听闻这个消息，梁知县又惊又喜，他本是一介小吏，在偏远的河洛县能够得见太后和皇上，那是一生的荣耀，而且，说不定这还是他进阶的好机会，可是，河洛县这几年天灾人祸、民不聊生，要想接待好太后和皇上，缺钱呀。按照上边传来的意思，要准备水陆两条御道，陆路经黑石滩、县城、官店进入河洛县，水路由县城七里铺搭龙舟入河离开河洛县，县境要备行宫三座、登舟码头一处。梁知县粗略一算，就这几项下来，怎么着也得万儿八千两银子，还要给太后和皇上备份厚礼，这钱就更是天文数字了，整个下来，别看就这一两天时间，可要耗费全河洛县一两年的赋税呢。如果事情办得好倒还罢了，如果事情办砸了，太后和皇上不高兴了，轻则丢官罢职，重则小命难保。听说山西省天镇县知县接报说太后和皇上的车队已到河北宣化，就开始准备供应的一切东西，谁知太后和皇上在宣化住了三天，来晚了三天，打乱了行程，等太后和皇上驾临天镇县，天镇县准备的美味佳肴都放臭了，再临时准备又来不及，无奈之下，天镇县知县竟喝药自杀，后来由知县夫人出面迎接，内穿重孝，外穿红衣，手本上写明是知县夫人。太后问清原委，方不再追究天镇县大小官吏的责任。

祸兮，福之所倚；福兮，祸之所伏。世上的任何事情，都在不断地转换之中，好事变坏事，坏事变好事，都在一念之间，也在转瞬之时。

梁知县寝食不安。遇到这种事儿，没有别的办法，他与那些农民起义军想法儿一样，那就是吃大户，当然，郑家是跑不掉的，要办这事儿，必须找郑家大掌柜郑英魁合计合计。

3

这一年，郑英魁已经七十高寿了，他明显地感到身体不行了，虽然他还支撑着偌大个家业，但他早已把生意上的事儿交给二儿子郑守俭打理了。郑英魁的住处叫方七丈，方七丈冬暖夏凉，房顶上边的檩椽子密密实实，檩椽子下边是一层上等木材的楼板，四边墙都是厚厚的大青砖，再热的太阳也晒不透，房前屋后，栽种着参天的杨树，厚厚的浓荫遮蔽得院落十分凉爽。到了冬天，屋里支起两个炭火炉，昼夜不息，有专人照管，可以说四季如春。

但是，他没事儿就走出方七丈，常常坐在处于邙山半腰郑家庄园的高台上，眺望着山脚下白练似的洛河水和洛河上如林的舟楫。他面无表情，长时间发呆。更多的时候，他坐着坐着就歪头睡着了，睡得非常香甜，嘴角还挂着一丝微笑。他这一生，老了老了，最大的爱好却是睡觉。人常说，天下穷人苦难多，可是，他总觉着，生在富贵之家，苦难也不少，只是家家有本难念的经，苦难不同而已。别人看到的只是面上的荣光，里边的苦楚别人咋能知晓？他遇到苦难之事，实在想不开了，真的没办法了，蒙头就睡，睡一觉就不痛苦了，该干吗就干吗。

总体上说，郑英魁是个能人，到了他这一代，郑英魁把郑氏家族的事业推向了顶峰。

洛河自陕西省蓝田县境华山南麓经洛阳于河洛县汇入黄河，千年奔流不息的洛河不仅哺育了河洛县沿岸民众，更成为河洛县通达四面八方的交通要道。

郑家就在黄河和洛河汇流处，喝的是河洛水，吃的是河洛饭，挣的是河洛钱。郑家在洛河行大船，入黄河，达运河，汇沂河，溯泾河，过渭河，头枕泾阳、西安，脚踏沂州、济南，良田千顷，银两千万，富甲豫、鲁、陕三省，马跑千里不吃别家草，人行千里尽是郑家田，郑家成为人们口口相传仰慕的对象。

想当年，每当夕阳西下，黄河、洛河水金光闪闪，"郑家大船回来了——"人们奔走相告，小孩子们也争相跑到河洛汇流处，观看郑家大船归航的壮观景象……

一只小飞虫钻进郑英魁的鼻孔里，正在睡梦中的他鼻子一痒，"阿嚏——"一个响亮的喷嚏把他打醒了，他从梦中醒来，使劲儿揉揉眼睛，阳光却晃得他看不清东西。"船呢？郑家大船呢？"他使劲往远方望，黄河和洛河上什么也没有了，昔日舟楫如林的场面随着大清朝封河凿船政令的实施就再也看不到了，郑家船已经没有喽！没有喽！那时节，郑家的船最大，这他是知道的，但此时连小船也看不到了。"都不是，都不是郑家船，没有了，没有了，过去了，过去了。"他面无表情地摇摇头，觉得鼻子还有些痒，便眯缝着眼睛对着太阳看，看了半天，终于有了感觉，于是，又重重地打了个喷嚏，连鼻涕都喷出来了。他随手扯过胸口上系着的毛巾，擦了擦鼻子，如释重负地说了声："中，得劲，真得劲！"接着，眼一闭，又呼呼睡起来，贪婪地进入了梦乡。

忽然管家来报，说河洛县知县梁化南梁大人驾到，已经到了客厅就座。郑英魁一听，随口就说："又是来要钱的。"他太清楚了，当官的无事不登三宝殿，凡是官员到来，都是派粮索款的。对他家来说，官员还算客气，可对那些小富人家，官员就不去了，直接派衙役前往，一手要钱，一手拿锁链，不给就立刻带走关起来。

郑英魁不敢怠慢，用手简单地梳理梳理长辫子，整理整理衣服，拄着拐杖急匆匆向方七丈客厅走去，他边走还边训斥管家，为啥不早点儿通报。管家在后边跟着，说："掌柜的，梁大人事前一点儿没吭声，说来就来了，不知道消息啊。"

郑英魁来到客厅，梁化南梁大人正在客厅里来回转圈儿呢，几个差役掂刀拿枪，站在梁化南身边护卫着。

郑英魁是当地的名人，与梁知县自然是老相识了，所以，见了梁知县，也并不紧张，还开玩笑地说："哎呀，我说今天早上院里老槐树咋会有一只喜鹊喳喳叫呢？我说今天有啥喜事咧，却原来是梁大人大驾光临，只是有失远迎，见谅见谅。"

梁化南也是官场老油条了，人情世故非常精通，他知道他虽为一县之主，掌管着全县老百姓的生死存亡，不过，人分三六九等，有些人惹得起，有些人还真惹不起。比如这位郑英魁，虽说他只是个大财主，但是有钱能使鬼推磨，钱能通天，他能靠财神爷领路找到知府大人、巡抚大人，甚至找到京城的王公大臣，只要有钱，啥事儿办不成呢？所以，他对于郑英魁也是非常抬举。不过，抬举归抬举，到底有钱人和当官的不能相提并论，再有钱的人，看见当官的，也得极尽巴结之能事，不敢轻易得罪。

梁化南见郑英魁来了，不在屋里转圈儿了，一本正经地坐在罗圈椅上，说："郑掌柜，我今天下乡巡访，路过贵府，想想多日未曾见郑掌柜了，特来拜访，所以未曾提前告知，多有得罪，还望郑掌柜见谅。"

郑英魁说："不敢，不敢，梁知县百忙之中莅临鄙府，是看得起郑家，三生有幸，三生有幸啊。"说完，郑英魁扫了一眼身旁侍立的管家，说："愣着干啥？快给梁知县端茶倒水，上点心水果，另外，领着这几位衙门里的兄弟到厢房休息。快去，快去！"

管家急忙吩咐丫鬟准备茶水、水果点心，接着对几位差役弯腰点头，左手一摆，做出请的姿势，说："差爷，请吧！"然后，领着几位差役出去了。

郑英魁坐在八仙桌的另一边，说："梁知县早就来了吗？"

梁化南哈哈一笑，说："刚来，刚来。"

郑英魁问："梁知县近来公务可曾繁忙？"

梁化南说："忙，忙得很。身为朝廷命官，虽是七品知县，可上要对得起皇上，下要对得起黎民百姓，丝毫不敢懈怠啊。尤其是眼下，国难当头，太后和皇上一路西行，不在京师，我们这些地方官更不敢有一点儿闪失，不能再给太后和皇上忙中添乱了。"

郑英魁感慨地说："是啊，以前是长毛造反、捻军作乱，如今义和团又闹腾得不得安宁，八国联军又攻入京城，地方上还天灾不断，真是多事之秋，你们这些父母官，不容易啊。"

梁化南摇摇头说："是啊，想想当官图个啥呢？净是作难的差使，发不完的愁，操不完的心，哪像你郑掌柜，天天衣食无忧，有些零花钱扔给穷人，还落得个大善人的美名，唉，当官真不如有钱好啊。"

郑英魁说："梁大人有所不知，国难当头，干啥都不容易啊，就像我们郑家，为了平定长毛和捻军，官府一声令下，大河沉船，我们郑家所有的船只全部凿沉，以前赖以发家的河运生意不中了。这两年，没有大的进项，只有坐吃山空的份儿，一天不如一天了。"

这时，丫鬟送来了茶水和水果点心，郑英魁说："梁大人边吃边说，边吃边说。"

梁化南也不客气，拿起一个金黄色的梨子大口咬了一下，香甜的汁液进了肚，梁化南不住地称赞："好梨！好梨！"

郑英魁说："梁知县如果喜欢的话，走的时候，我找人给梁知县送上几筐。"

梁化南说："那就不必了。不过，郑掌柜，我吃了你这好梨，你可得让我好好离开啊。"

郑英魁一愣，旋即明白了过来，笑笑说："梁知县多虑了，这只是一个梨子，不是那个'离'的意思，您放心，一定会让您好来好离。"

"郑掌柜，不是让我好来好离，要让太后和皇上好来好离。"

"太后？皇上？"郑英魁大吃一惊。

"是啊。"梁化南唉声叹气了一番，接着说，"郑掌柜，这本该是保密的事，不过，你我弟兄一场，我也就实话实说了吧。"

郑英魁说："梁大人放心，我的嘴严着呢，啥事儿到了我嘴里，就甭想再掏出半个字。"

"好！好！好！"梁化南说着看了看一旁站着的管家和丫鬟。郑英魁说："还不快下去，站那儿愣着干啥呢？不懂规矩！"

管家和丫鬟知趣地出去了。

梁化南又看看屋门，郑英魁起身把门关上了。

梁化南见左右无人，这才悄声说："郑掌柜，太后和皇上要来咱河洛县了。"

"太后和皇上不是在陕西吗？咋会来咱河洛县呢？"

"李鸿章李中堂大人与八国联军谈好了，人家不找咱大清国的事了，太后和皇上要起驾回京了。不过呢，不从陕西、山西回了，人不能走回头路，这是规矩，太后和皇上要从陕西来咱河南，然后从河南到河北，再从河北回京城，就走这条路了。这事儿你可不能乱说，万一要是那些乱匪听说了，半路上设个埋伏啥的，太后和皇上有个闪失，可是要杀头掉脑袋的。"

"梁大人，我这嘴严得很，你放心，这点儿规矩我还是懂的。不过，梁大人，太后和皇上从河南经过，都走哪条路线呢？"

"唉——"梁化南长长地叹了口气，说，"郑掌柜，我作难死了。"

"梁大人，你是县太爷，啥事儿能难住你？"

"郑掌柜，我这回下乡巡访，就是替太后和皇上经过河洛县探查线路呢。"

太后和皇上要从河洛县经过，不知是福还是祸。郑英魁沉思不语。

"我已接到洛阳府传来的公文，说是太后和皇上要经过河洛县，在这儿住一到两天，御道按水陆两路准备，水路经由县城七里铺搭龙舟入河离开河洛县，陆路经黑石滩、县城、官店，然后离开河洛县进入氾水县。"

"这是好事啊，梁大人。"

"唉，郑掌柜，这是好事？可是咱河洛县没钱哪，咋接待太后和皇上？我正为这事儿发愁呢。"

"梁大人管着一县的钱粮，接待太后和皇上还不容易？"

"郑掌柜，你是一家之主，我是一县之主。你虽是一家之主，可你的日子比我一县之主还滋润。河洛县是个穷县，全县一年税赋也才一万多两银子，这两年不是涝就是旱，赋税收不上来，为这事儿，洛阳知府文悌大人还多次申斥于我，我这县太爷当得窝囊啊，这事儿咋办呢？我听说太后和皇上西行这一路上，因为没钱接待而自杀的县官有好几个呢。唉，要不然，我也自杀算了。"

"梁大人，上边不拨些钱粮吗？"

"郑掌柜，国家哪有钱啊？都乱成这样了。啥也不说了，太后和皇上走到哪儿，哪儿出钱，这事儿，你看，就这，唉——"

要知心腹事，但听口中言。听话听音，郑英魁知道梁知县又要派粮派款了，他这次到郑家来，不为别事，还是吃大户来了，看来，郑家这一刀又是挨定了，只是这一刀挨得多深多浅，目前尚不清楚。这事儿就像做生意讨价还价一样，必须先哭穷，然后可能会少拿一些，如果上去口就很满，说不定知县大人狮子大张口，使劲啃一口，不仅把接待太后和皇上需要的钱粮要足要够，还会借机多要些，发个横财。所以，郑英魁叹了口气说："梁大人，太后和皇上来河洛县，正是我等子民报效国家的好时机，别说出些银子，即使倾家荡产，又何足惜？只是我郑家眼下是江河日下、入不敷出，也很难哪。"

梁化南一听，郑英魁在哭穷，梁化南也是在官场混多年的人了，郑英魁一张嘴，他就知道郑英魁是咋想的了，所以，他并不生气，笑笑说："郑掌柜，郑家再穷也富可敌县，据我所知，每年光地租收入也比我这河洛县收入多，你拔根毫毛，这事儿就办妥帖了。"

"梁大人，郑家虽说还有些家底，可也是省吃俭用、起早贪黑攒下的，一没有偷，二没有抢，来路正大光明，每一两银子都是血汗钱。再说了，这些年，人都穷，地租也收不上来，生意也不景气，我家也是坐吃山空。"

"郑掌柜，不说那些了。郑家积德行善，义行千里，如今太后和皇上蒙难，路过河洛县，不正是咱积德行善的好时机吗？"

一席话说得郑英魁没法儿说了，于是，郑英魁说："梁大人，您别说了，善为至宝一生用，心作良田百世耕，郑家再难，也要为国家出力，为太后和皇上分忧解难，也帮梁大人渡此难关，这事儿郑家应承下来了，如何？"

"哎呀！我的郑掌柜，好！好！郑家真是大善人哪！"梁化南这会儿也不摆县太爷的架子了，起身向郑英魁深深地鞠了一躬，郑英魁也连忙离座起身，向梁化南鞠了一躬，说："梁大人，你折杀我了，不敢当，不敢当啊。"

梁化南拍拍油光发亮的脑门儿，跺跺脚说："好好好！好哇！河洛县有郑掌柜这样深明大义之人，实在是河洛县的福分哪。人们都好奇郑家为啥富过那么多代，是啥原因呢？我起初也迷惑不解，不过，眼下我终于理解了，还是常言说得好：几百年人家，无非积德；第一等好事，还是读书。郑家的子孙代代出英贤，通人情懂世故会来事，这家业咋会不长盛不衰呢？妥了，郑掌柜，你人物，我义气，只要你肯帮我这个忙，我一定想办法让你见见太后和皇上。如果你在太后和皇上面前表现好了，太后和皇上一句话，你还不红运当头吗？"

郑英魁心想，梁大人，你别给我灌迷魂汤了，我是做生意的，我啥事儿算计得比你精，我也不想在太后和皇上面前落好，只要别给我添灾添难就行。我之所以要出钱帮你，不是我想帮你，是我知道不帮你不行，不帮你我过不了这一关，到时候你随便想个什么歪点子，在太后和皇上面前告我一状、垫我一砖，我恐怕就得家破人亡。

想到这里，郑英魁说："我一定按照梁大人的要求，保证让梁大人满意。"

梁化南双手击掌，说："好好好！郑掌柜如此深明大义，实出乎我的意料，不过，这事儿呢，花费巨大，我初步算了算，我也派人到太后和皇上路过的陕西的一些县走访问了问，怎么着也得数万两银子。"

郑英魁说："梁大人，天下兴亡，匹夫有责，如今太后和皇上遇难，当臣民的自当有钱有钱、有力出力，郑家即使倾家荡产也在所不惜。放心吧，这些费用我全包了。"

梁化南感动地说："郑掌柜忠君爱国，深明大义，佩服！佩服！既然这样，三天之后，我请河南知府文悌文大人来，咱们商议商议。"

郑英魁说："中，我提前备好酒席，到时候咱好好合计合计。不过，到时候要让我的二儿子郑守俭一块儿合计合计，毕竟我年纪大了，不管事了，郑家都是守俭在支撑着呢。"

"好，你家守俭我见过，也是个聪明能干的人，是郑家的好接班人，到时候咱们一起商议商议。"

"守俭去开封谈生意了，我这就找人骑快马催他回来。"

4

梁知县前脚刚走，郑英魁就让人去开封喊郑守俭了。同时，他开始铺排酒席了。到了晚年，他变成了个好面子、好排场的人。知府、知县大人要来郑家，要招待好，不能丢郑家的人。他把家里的十几个厨师叫来，与他们一起排了菜单，准备上满汉全席。满菜三十六，属天罡星，汉菜七十二，属地煞星，满汉一体，天地一家。总共有一百〇八样菜，其中又分为天上飞的三十六样，地上跑的三十六样，水里游的三十六样。这一桌满汉全席下来，需要耗费一千两银子，值几十亩好地。

采购食材是不需要费劲的，郑英魁专门在河洛县城开了一家干货店，平时他所用的奇珍异馐都由这家干货店从全国各地采购。这次，他把菜谱排好后，派人送到自家干货店里，由干货店想办法弄货。

郑英魁还请了两班吹唢呐的，等知府大人和知县大人到来时，鼓乐齐鸣，热烈欢迎。

三天之后，梁知县坐着轿子带着县署兵房兵差、漕粮房司账、支应局官差等相关衙役来了，郑英魁、郑守俭和一帮乡党带着鼓乐手接到了村头。一阵寒暄过后，郑英魁说："梁大人，您先到府上稍事休息，我去洛河码头迎接知府文悌大人。"

梁化南说："不能歇息，文大人要来，咱一起去接。"

于是，梁化南、郑英魁、郑守俭等一行来到洛河岸边。

又是春暖花开的日子，洛河两岸桃红柳绿，洛河水碧波荡漾，春燕在河面上低飞。和风吹来，空气中飘着鲜花的馨香，令人心情舒畅。

快到中午了，河南知府文悌文大人才乘船而来。文大人刚下船，吹鼓手就吹奏起欢快的乐曲。梁化南、郑英魁、郑守俭等人急忙上前迎接。郑英魁预备了一顶八抬大轿，伺候着文大人上了轿，梁知县坐上了自备的轿子，郑英魁也乘坐一顶两人抬的小轿，郑守俭等人，有的骑马，有的步行，一行人浩浩荡荡来到郑家大院。

宴席摆上了，第一轮菜上来，就有二十几样，盘子和碗摆成九宫形。在一群丫鬟伺候下，文悌文知府、梁化南梁知县和郑英魁、郑守俭等人纷纷举杯，大快朵颐。

等酒喝得差不多了，菜也吃得差不多了，该说正事了。文知府打了个饱嗝，说："郑掌柜，百闻不如一见，都说你是有福之人，能吃会喝，果不其然。"

郑英魁年纪大了，不敢多喝酒，刚才只是喝了两杯表示表示意思。他说："文大人过奖了，听说文大人从京城来，以前是京官，见过大世面，我这山野之人岂敢在您面前造次？我不敢说有福，只是顾住吃饭而已。"

文知府说："郑掌柜，太后和皇上要过河洛县，梁知县跟我说了，你忠君报国，准备为迎接太后和皇上捐助银两，我很感动，所以今天我和梁知县专程到你郑家大院来，主要是表示感谢。"

郑英魁说："文大人，太后和皇上能到河洛县来，是河洛县百姓之幸，若能到郑家来，更为郑家祖上增光，这是求之不得的大事喜事。我郑家虽有些资产，也是得益于皇上，如今回报皇上，谈何感谢？"

文知府说："郑掌柜能有这般见识，自是大胸怀。郑掌柜，你说说，迎接太后和皇上，你有何见教？"

郑英魁说："我是个生意人，不懂官场规矩，文大人、梁大人需要我做什么，尽管吩咐就是。迎接太后和皇上的一应费用，我全力承担就是，只是不知大概需要多少，我心里好有个数。"

文知府问梁知县："梁大人，估算需要多少？"

梁化南掰着指头说："我算了算，大概要十万两银子。"

"那么多？怎么又加码了呢？"郑守俭眉头一皱，插话说道。

梁化南接着说："营造行宫，配置各种用具，需六万两银子，各种人等有上千人，吃喝招待三天时间至少需要一万两银子，打造一条龙舟需要一万两银子，修码头、铺官道还需要两万两银子，总共需要十万两银子，这只是大数，如果遇到天灾人祸，比如洪灾，设施被冲毁，就要重新修造，这些不时之需，我还没有考虑。"

"咋样啊，郑大掌柜？"文知府拍拍郑英魁的肩膀说。

郑英魁点点头说："二位大人，请放心，我郑家纵使眼下大不如前、入不敷出，这事儿我也一应承担。我出钱，咋支应是你们的事，只是有一点儿建议，不知当讲不当讲？"

文知府说："郑掌柜把所有费用都承担下来了，解决了我和梁知县的一大难题，你还有什么话不能讲？讲讲看，但说无妨。"

郑英魁说："文大人，梁知县，太后和皇上来河洛县，能否住在我郑家大院？我郑家有的是房子，不用再临时修造，只是稍微改造一下即可。另外，等太后和皇上来了，能否请两位大人在太后和皇上面前替我郑家美言两句，我郑英魁曾经承蒙太后和皇上的恩典，因为在开封赈灾已是个五品官了。我老了，不想再争啥名啊官儿啊，能否让太后和皇上赏我二儿子郑守俭个一官半职，也好光宗耀祖、流芳百世。"

郑英魁是个生意人，干什么事都不会做赔本买卖，他肯出大笔银子迎接太后和皇上，这钱是不能白花的，所以，这时候他要提条件讲价钱。

"这个？"文知府看看梁知县，梁知县心领神会，说："郑掌柜，太后和皇上住在你郑家大院，也不是不可以，只是你郑家大院人口众多，太后和皇上的安全问题不好办啊。再说，你家房屋的建造都是中原民居特色，跟皇宫里的营造法式还不同，即使是改建，恐怕跟重新修造差不多费工夫，还有，太后和皇上是龙身凤体，岂能住在你郑家人住过的房子？这恐怕不妥吧？依我看，还是另外找一处僻静之地，仿照皇宫里的样式，造一处新的房子为好，一切都是全新的，太后和皇上看了保准喜欢，周围空旷，护卫们也好保护太后和皇上的安全。"

梁知县说到这里，看看文知府，文知府点点头。梁知县接着说："至于你说的想让我和梁大人保举守俭个一官半职，我们答应你，等太后和皇上来了，只要你表现好，只要太后和皇上满意，不消你说，我们自会相机而办，你看可否？"

郑英魁提的两个条件，第一个条件等于文知府和梁知县没有答应，但是第二个条件爽快同意了，郑英魁想，也就这样借坡下驴吧，反正这次太后和皇上来河洛县，他郑英魁不出钱是不行的，毕竟名声在外啊，如果不出钱，知府和知县大人会同意吗？人家给脸就得要脸，不能牵着不走打着倒退。有些事必须办，早晚得办，与其让人催着办，不如主动办、早点儿办，这样显得自己很有诚意。

郑英魁说："中，一言为定，就这样办。喝酒，上菜！"

没想到文知府又说："且慢！郑掌柜，做好事就做到底，太后和皇上来河洛县的费用，除了吃喝招待之外，还要给太后和皇上敬献礼品，随从的官员和宫女太监、御林军也要分封红包，你也要及早考虑。"

"这个——"郑英魁犹豫了，心想，太后和皇上在河洛县多则三天，少则一天，造房子、吃喝招待就十万两银子，可送礼是没有数的呀，那得多少银子啊？老天爷呀，这个可不得了。所以，他面露难色。

文知府说："郑掌柜，怎么，有难处？"

郑英魁看了一眼郑守俭，郑守俭也看着郑英魁。郑英魁犹豫了半天，只见他拉下脸，牙一咬、心一横：罢罢罢，头都磕了，不差那个揖，就这样吧，郑家的死活就听天由命吧，谁让太后和皇上经过这呢？过皇差可不就是地方和小民遭殃的事儿吗？想到这里，他说："没事儿，我答应，只是不知道送什么礼物合适，所以有些拿不定主意。"

梁知县在一旁劝着说："我在京城待过，听说太后好排场，喜欢奇珍异宝，咱送礼品，既要贵重，还要有祝福的意思，不能太俗。"

"那送啥好呢？"郑守俭不解地问。

文知府想了想说："这样吧，眼下国家危亡，太后和皇上呢，正想天下太平，你就找金店师傅打造个金桶，桶底用金子镶嵌上大清国的地图，寓意'一统河山'，如何？"

文知府刚说完，梁知县就带头叫好，说："哎呀，还是文大人水平高，到底是知府大人，就是不一般，我怎么就想不出这个主意呢？好好好，郑掌柜，就按照文大人的意思办。"

郑英魁一听，也觉得这个主意不错，说："中，一切按照文大人、梁大人的意思办，请两位大人放心，我一定让您满意。"

文知府说："错了，不是我们满意，而是想办法让太后和皇上满意。"

郑英魁说："对对对，看我这脑子，老糊涂了，净瞎说，先让文大人、梁大人满意，最终要让太后和皇上满意。"

文知府和梁知县放声大笑，梁知县说："郑掌柜，既然咱们说定了，事不宜迟，你看银子啥时候能到账呢？"

郑英魁想了想说："这个，让我算算，我郑家眼下也是日薄西山，只有出的份儿，没有进的份儿，我要凑这银子，恐怕只有卖地卖货栈了，这样吧，一个月之内，一个月保准凑齐，到时候，请知府大人和知县大人派人来取就是了。"

文知府说："一个月时间太长，那样的话，黄花菜恐怕都凉了。这样吧，半个月之内，先凑齐一半的银子，我们先干着活儿，到月底再把另一半凑齐，至于'一统河山'礼品的事，就由你负责去联系打造，到时候让我和梁知县过过目，还有给太后和皇上的随从准备红包的事儿，你也要早准备，不要误事。"

郑守俭说："一个月吧，我抓紧找郑家各个货栈周转周转，确实需要一些时间。"

梁知县说："就按文大人说的办吧。过皇差这事儿，非同小可，不敢怠慢啊。"

郑英魁接着说："中，就按二位大人说的办。"

事情议毕，接着，众人喝酒吃菜，热闹了一会儿，酒足饭饱，诸事妥当，文知府和梁知县告辞离开了郑家庄园。

文知府和梁知县走后，郑英魁指挥着郑守俭找各个货栈筹钱，七凑八凑，终于凑够了十万两银子，这下又把郑家的老底端了一回，元气大伤。这还不算，按照文知府和梁知县的吩咐，郑英魁请来了开封一位姓霍的金店师傅，到郑家村打造'一统河山'皇清地舆图，一副金板上用像姜块儿一样的金子装饰成高山、丘陵，用珍珠铺摆成河流、湖泊，全国各地的形状都有了，京城则用一颗硕大的夜明珠镶嵌在燕山脚下。

郑英魁出的银两已陆续到账，有了钱，啥事儿都好办，文知府、梁知县先是选定了行宫的地址，报呈工部确定了规划图纸，行宫面对河洛交汇处，背靠邙山岭，可谓"渡头枕邙岭、山足漱河洛。"

行宫建造工程紧锣密鼓，不敢稍歇。只是到了六月天，暴雨不断，洛河水迅涨，影响了工期，直到八月底才告竣工。行宫两进院落，第一进房子居中是乐寿堂，是为慈禧太后准备的寝宫，东厢房是光绪皇帝的居所，西厢房是李莲英的住室；第二进院落是王公贵族、随行重臣的住所。其他文武官员则安排在附近村子，老百姓提前搬家，腾出了房子。围绕行宫，又搭起黑压压一片帐篷，这是护卫、厨师等随行人员住的地方。

行宫建好后，不只是洛阳知府文悌、河洛县知县梁化南，连河南巡抚松寿、布政使延祉、按察使钟培、学政林开谟都亲自来检查，只见这行宫，大梁用的是一搂多粗的红松木，棚板用的是一拃厚的红松木，屋墙用的是三尺多厚的青砖砌就，连柱础也雕刻得活灵活现。雕梁画栋，油漆一新，各门悬灯结彩，还有各种盆景花草，引得蝴蝶纷飞、蜜蜂嘤嗡。室内，一色的楠木桌椅，名人字画，黄绫床帐，黄缎被褥，连便盆也用红缎装裹。

诸位大人对行宫工程非常满意，对郑英魁、郑守俭称赞有加。

5

盼星星盼月亮，终于盼到慈禧太后和光绪皇帝莅临河洛县的那一天。

慈禧太后和光绪皇帝于九月初六辰时离开陕西地界，申时到达河南境灵宝县（今灵宝市），在灵宝县停留一天，九月初八申时到达陕州县，九月十三到达渑池县，九月十五到达新安县，九月十六到达河南府洛阳，一路走来，连日阴雨，泥巴溅起几尺高，而且到处都是巨石挡道，大车又装载过重，碰碰撞撞，轰轰隆隆，很多骡马不堪重负，倒毙在路上。

九月二十五申时，车队到达河洛县，先到了黑石滩，从这里渡过黄河。河洛县知县梁化南早已安排人提前造了浮桥，用民船连起来，上面铺上木板，木板上又铺黄土，就像一条陆地上的大道。郑英魁、郑守俭出资兴建的行宫就在河对岸。过了河，通往行宫的路面提前半月都整修过了，路面先挖虚，掺上洋灰和沙子，再耙平，洒上水，撒上麦秸，几头骡马拉着大石碌来回碾轧平展。这条御道有三丈六尺宽，道旁每隔十步放一大水缸，缸面粉饰着彩绘龙云图案，内贮清水，不时有人在御道上洒水，因为皇上是龙的化身，龙不行干道，所以要洒水。太后和皇上的车队稳稳当当地进驻了行宫。

沿途戒备森严，梁知县专门从少林寺请来了武林高手，装扮成老百姓，在沿途不停转悠，发现有不肖人等靠近，啥也不说，先拿下带走。

慈禧太后和光绪皇帝乘坐龙舟过了洛河，换乘了八抬黄缎亮轿，舆夫穿着红绸衣服，执事人穿着黄马褂，轿旁有宦官乘马并行，还有副舆跟随，坐的是嫔妃们。

过皇差的队伍前有太监乘马导引，检查路面情况，见有一处地方因洒水较少，路面变干，荡起了黄土，太监把河洛县知县梁化南喊来，问为什么不及时洒水。问罢，不待梁知县解释，举起马鞭劈头就抽。梁知县也不敢躲避，任凭这位太监抽打了十几下，把梁知县的官帽都打掉了，太监终于解了气，还说，要不是怕坏了太后和皇上的心情，不会饶了他。

郑英魁、郑守俭就紧跟在梁知县身后，太监的这一顿抽打让人胆战心惊，都说官大一级压死人，还说宰相门前七品官，皇上身边的一个太监就这么厉害，看来，有权就是横，官场不好混啊。而办皇差，更不是闹着玩儿的。这些太监、王公大臣，还有太后、皇上，见了洋人吓得屁滚尿流，见了中国人咋就这么横呢？

郑英魁、郑守俭只有更加小心了，更不敢可惜钱了，只要太后和皇上满意，只要不找事，花点钱算啥。钱花完了能再挣，可脑袋只有一个，搬了家再也缝不上了。

金黄色的龙旗在午后的秋阳中迎风招展，发出"哗啦啦"的脆响，行进队伍前边的太监们抬着一对檀香炉烟雾缭绕。御前大臣们并辔前行。打黄罗伞的太监紧跟其后，旁边还有一个太监骑在马上专门拉着黄罗伞上的黄丝绳，可能是怕风把伞吹起来。

太后和皇上的轿子后，侍从骑马荷刀持枪，威武雄壮，不可一世，而一溜行李车紧随其后，这列队伍前后足有四五里地长。

河洛县的百姓双膝下跪，迎接太后和皇上，有些年老者头顶万年青花盆表示敬意，太监们便给年老者一块银牌或者荷包进行赏赐。

太后和皇上的轿子前边没有挂轿帘，郑英魁、郑守俭站在迎接的队伍中借机看到了慈禧太后。只见她身穿黄色大袖旗袍，周边大镶大滚，外套大坎肩，梳着高方头，头上插着两朵大红花，头两边坠着两绺丝线穗，虽是年过花甲的人了，远远看起来，还只像个四十多岁的中年妇女，她笑眯眯地左瞅右看，看起来心情很好。

为让太后和皇上吃好喝好，郑英魁、郑守俭专程从洛阳请来了名厨郑文曾，这是一位做满汉全席的好手。其他的厨师则是从郑家的郑记客栈里精挑细选来的。食材自然是郑英魁从河洛县城他开的干货店里拉的，有猴头、燕窝、鹿茸、银耳、虾、蟹等山珍海味，还有美酒茶叶，新购置的景德镇瓷器。

在太后随行的御厨大师傅的指点下，在太监们的监督下，这天下午，郑文曾带着厨师们按照"吃一看二眼观三"的做法，做了一桌一百二十八样菜肴的满汉全席。每道菜做好后，梁知县亲自从厨房端出来送给文知府，再由文知府送到寝宫门口，由贴身太监接住呈送给慈禧太后和光绪皇帝，李莲英在里边伺候着，其他王公大臣、文武官员则由河南巡抚松寿跑前跑后，热情招待。

晚饭后，河南巡抚松寿来到李莲英的居所，恭恭敬敬地说："李公公，太后和皇上大驾光临河洛县这个小县，当地的乡绅给老佛爷、皇上备了份薄礼，由河南的大财主郑英魁作代表，想面见太后老佛爷，同时，也给公公备了份薄礼，不知意下如何？"

李莲英见钱眼开，很懂得这里边的道道，他满口答应了松寿的请求。

郑英魁听梁知县说，别小看这些太监，到了地方，都要索取差使费，有的几两银子，有的十几两银子，多少不能落空。太后每天都要喝一碗燕窝汤，必须给太监三百两银子，太监才会给太后禀报说，这是某某某敬献的。李莲英李公公是大内总管，别的地方都要给几百两，咱也不能少给。

郑英魁对梁知县说："大人，您就放心吧，这个规矩我懂，按您的吩咐，我准备的都有，其他地方给几两，我给十几两，其他地方给十几两，我给几十两，李莲英李公公别的地方给几百两，我给一千两。"

梁知县抱抱拳说："郑掌柜，要说这些钱都应由官府支付。在下承谢了！河洛县有你这样的地主豪绅，我这知县当得轻松多了，你放心，我和文知府一定替你向太后和皇上请功，赏你儿子一个官儿做做。别的不说，我已经向文知府禀报过了，也给李莲英大总管禀报过了，让太后召见你，太后问你话，你也可把你的想法说出来。"

郑英魁表示感谢。

在文知府、梁知县的周旋下，郑英魁先见到了李莲英，郑英魁向李莲英进献了数倍于外地官府的礼金一千两，李莲英虽然暗自高兴，但他老于世故，不动声色地接下了，揣在怀里，然后面无表情地说："想进见老佛爷是吧？先候着吧。"

郑英魁说："李公公，还有给太后和皇上进献的礼物，放在哪里？"

李莲英说："你先送进来，我让小太监给太后和皇上送去，太后和皇上看了之后，如果喜欢的话，会见你一面。"

郑英魁让人把"一统河山"的礼物先转给了李莲英，李莲英问："这是什么礼物？"

郑英魁说："用纯金打造的皇清地舆图，请李公公过目。"

李莲英掀起礼物上盖的黄布，只见一幅纯金打制的金桶地图呈现眼前，高的山、低的谷、流淌的河流、宽阔的大海一览无余，在烛光照耀下黄腾腾起明发亮。李莲英看后咧嘴笑了，说："有意思，难得你费了这么大的心思，太后和皇上看了肯定喜欢，好，你在这儿候着吧，先让小太监教你一些礼节，我亲自把礼物给太后和皇上送去。"

说完，李莲英命人捧着礼物，跟他到慈禧太后房里去了。

一个小太监来到郑英魁面前说："郑掌柜，见了太后和皇上，先说一句河洛县小民郑英魁叩见太后和皇上，恭祝太后和皇上圣安，说完这句话后，就行三叩九拜之礼，记住，自始至终不能抬头。少说话，太后和皇上问啥你说啥，太后和皇上不问的话，千万不可言语。太后和皇上不让你抬头，你也不能抬头。进见完毕，出去的时候，小步退出去，不能转身大步走。"

郑英魁说："谢谢公公指教。"

小太监说："按我说的，你试试。"

郑英魁于是按照小太监说的操演了几遍，直到小太监满意了才算完，郑英魁又给了小太监二十两银子。

郑英魁毕竟岁数大了，折腾这一番，累得气喘吁吁。可是，他还不敢流露出厌烦的神色，还必须装出十分高兴的样子。这时，另一个太监传旨来了："河洛县乡绅郑英魁进见。"郑英魁赶忙塞给这个传旨太监二十两银子。

郑英魁虽说走南闯北，见过一些世面，与当地官员也称兄道弟，非常熟识，可是，真的要见太后和皇上了，他还是紧张得浑身冒汗。

他拄着拐杖弯着腰小心翼翼地跟着两个太监进了太后的居室，皇上也在。郑英魁一进门就喊："河洛县小民郑英魁叩见太后和皇上，恭祝太后和皇上圣安！"

说完这句话，郑英魁就要行三叩九拜之礼，他记着了小太监交代的话，自始至终不敢抬头。

这位太后老佛爷见多识广，她一见郑英魁敬献的礼物"一统河山"皇清地舆图，高兴坏了，心想，送礼的人真是动了一番心思啊，够孝顺的啊，真是大清的好百姓。再看这礼物，真金白银，做工精致，是不可多得的宝物。特别是"一统河山"上的夜明珠，在烛光下熠熠生辉，她更是爱不释手。听大总管李莲英说，这件礼物是河洛县乡绅郑英魁进献的，而且郑英魁家族是中原巨富，她顿时来了兴致。

太后再一看，面前站着一位白发苍苍的老者，看他就要下跪，急忙说："老先生，不用下跪了，你多大岁数了？"

"回太后，七十有整了。"郑英魁回答说。

"高寿啊，真是个有福之人。"

不过，太后怎么也不明白这位老人怎会有这么多钱。接着，她又问道："老先生，你叫郑英魁？"

郑英魁大气不敢出一声，他也不敢抬头向上张望，听到太后问话了，他激动得老泪纵横："草民就是。"

太后又问："'一统河山'皇清地舆图是你进献的？"

郑英魁还是不敢抬头，带着哭腔说："正是。"

太后说："难得你一片孝心。"

郑英魁回答说："谢太后、皇上！"

太后听了郑英魁的回答，很觉无趣，便向李莲英使了个眼色。李莲英是钻到太后肚子里的蛔虫，太后的啥心思，他清楚得很。李莲英看这阵势，已知道太后不耐烦郑英魁了，便替太后说："郑英魁，太后让你下去，下去吧。"

"是！"郑英魁低头轻轻后退，退出了太后的居室，自始至终没有得见太后老佛爷的容颜。

郑英魁走后，慈禧太后信口对身旁的李莲英说："想不到这山窝窝里还有这样的大户人家。"

慈禧太后念及郑英魁献礼"一统河山"皇清地舆图忠心可嘉，交代李莲英说，郑家先在礼部候缺吧，适当的时候给个功名。李莲英把太后的这句话层层传达，最后传到了郑英魁的耳朵里，郑英魁高兴得心花怒放。

梁知县和郑英魁、郑守俭一夜没睡，一直候在太后和皇上的行宫门口，生怕有什么闪失。天刚蒙蒙亮，他们就揉揉眼，打起精神，等着行宫内太监的召唤。

6

深秋的早晨，静寂微凉。雾气笼罩着大地，像白色的幔纱，缥缈神秘。放眼望去，晨霜化成了晶莹的露珠，湿漉漉的，在绿油油的田野里闪光发亮。太阳还没跃出地平线，只是东方有一道鱼肚白，远方的山峦则涂抹上了一层胭脂般的红晕。那些军士住的帐篷周围的菜地里，萝卜、白菜都被拔出来了，萝卜和白菜心吃得干干净净，萝卜缨和白菜叶扔得满地都是。郑守俭站在菜地里，露水打湿了裤脚和鞋面，他却毫不在意，他只是心疼这一片狼藉的菜地，生气地对梁知县说："大人，你看大清朝咋会不败？当兵的就这德行，能成吗？"

梁知县闻听此言，大惊失色："守俭，别胡说，你不当官，不知道当官的凶险，像你刚才说那话，要是叫人听到了，立马儿问你个杀头之罪。"

郑英魁也转头训斥郑守俭："少说话，不说话憋不死你。"

郑守俭知道说错了，他连忙打自己的嘴："梁大人，您大人不计小人过，别跟我一般见识。我是生意人，不懂官场规矩，该打，该打。"

梁知县长叹一口气说："守俭，这里没有外人，咱说句心里话，你们郑家祖训有一条是留余，我看啊，不光办事要留有余地，说话也要留有余地。话到嘴边留半句，话不可说满，更不可乱说，人吃亏都是吃嘴上的亏，都是话太多，说了不该说的话，说了过头的话，才招来大祸。本朝老臣张廷敬总结为官之道就是多磕头、少说话，百战百胜不如无争，万言万中不如一默。我听宫里的内臣说，太后和皇上召见大臣问话的时候，都是太后在说，太后也真能说，好用两字句、四字句，言简意赅、一语中的，古文成语脱口而出，人情世故非常通达，三言两语就能说明白事情的来龙去脉，而且啥事儿也瞒不住她老人家，说得人心服口服，啥事儿也不敢骗她。老佛爷问完话，就让皇上问，皇上说话细得像蚊子叫，不是经常听他说话的人听不出来他说的啥，他只要问话，就两句话：外边是不是安稳？年岁是不是丰收？除了这两句，他啥也不说了，天天就这两句话。"

郑英魁听了梁知县这番话，惊得双眼圆睁，说："梁大人，你咋敢说这话呢？"

梁知县轻蔑地说："郑掌柜，我是给守俭讲道理的，我是要告诉他，皇上并不是不会说，而是他不说，他不该说的时候他不会说，他就是装聋作哑、处世低调、韬光养晦。守俭，你懂吗？"

"不懂，不懂。"郑守俭说。

梁知县说："都说河洛县人能，你郑家是能上加能，今日一见，果然如此，不说了，少说话，多磕头，记着这句话，就可保你生意兴隆，我也能官运亨通。"

郑守俭惭愧地说："听君一席话，胜读十年书。梁大人一番教导，我谨记一生，受益无穷，在下深表感激。不过，梁知县，那小太监欺侮你的事，你也不要太放在心上。"

梁知县说："守俭，这算不了啥，你没有当过官，你是不知道，想当官就别要脸，要是脸皮薄，早就被气死了，我这脸早就跟榆木疙瘩一样厚了。在官场，别说被上差打骂了，就是把你杀了，你又能如何？算了，不说了，在接待太后和皇上这事儿上，你郑家帮了我很大的忙，我内心里感激你们，所以才跟你们说了这么多不该说的话。你们看，这一地的萝卜缨和白菜帮咋办啊？"

"咋办？我抓紧找人收拾干净，万一太后和皇上见了，怪罪起下边的兵士们，兵士们受罚，咱河洛县人脸上也无光啊，啥事儿都是几好搁一好，一荣俱荣，一损俱损。"郑守俭说。

"嗯，是个聪明人，会来事儿，就抓紧安排人清理吧。"梁知县说。

郑英魁附和着说："听听，梁大人对咱多关照，守俭，以后多跟梁大人学着点儿。"

7

巳时，太后和皇上满意地离开黑石滩行宫，出了河洛县，午时抵达汜水县。

太后和皇上在河洛县满共待了一天一夜。太后和皇上终于走了，郑英魁、郑守俭长出一口气，差点儿累瘫了。就这，想想还后怕，生怕出什么差错，弄个家破人亡。伴君如伴虎，看来一点儿不错。

太后和皇上走后，郑英魁、郑守俭摆上家宴，庆贺接待太后和皇上圆满成功，所有参与接待的官兵和族人悉数到场，文知府、梁知县自然应邀在座。

太后和皇上走了两三个月后，郑英魁有些坐不住了，他本指望通过向太后和皇上献忠心换取生意上的良机或者给儿子郑守俭弄个一官半职，可是，他左等右等，迟迟不见有消息。河南知府文惕和河洛县知县梁化南都曾答复过给他郑家申请个一官半职，而且，梁知县还亲口对他说，太后跟李莲英交代过了，在吏部给他郑家挂上了号，有机会就会给他二儿子守俭弄个官儿当当，没想到，他花费了巨资，把这事儿办得顺顺利利的，那些知府、知县却再也不照面了。

郑英魁一直惦记着这事儿，觉得实在窝囊，于是，他直接坐轿到河洛县县城找梁知县了。

梁知县见是郑英魁来了，很是客气，亲热得不得了。当郑英魁问及儿子郑守俭功名之事，梁知县便打起了马虎眼，说："郑掌柜，这事儿我正催着问呢，上次我见了河南知府文惕文大人，还专门提及你的事，文知府说，吏部已把守俭排上了号，只是要等机会，有了机会自然少不了的。太后和皇上是金口玉言，说过的话断不会没音信，你在家静候吧。候补官员这事儿，有等半年的，还有等三五年的，都是正常现象。"

梁知县没说不同意，只是让郑英魁在家等，郑英魁也没法儿说别的了。再说，别说梁知县是在推托，即便梁知县翻脸不认人，绝口不提这事了，他郑英魁又能如何呢？跟梁知县有了过节，各方面总是不好。

郑英魁无奈，回到了郑家庄园，无精打采、唉声叹气。郑守俭见老父亲愁成这样，就劝郑英魁说："爹，我当不当官儿都中，我的心思没在当官儿上，我喜欢做生意，你别再操这个心了。"郑英魁说："守俭，咱家花恁多钱，他们能一点儿也不念咱的好吗？答应咱的事，咋不兑现呢？你还年轻，我想趁着我还活着，给你把路铺好，我就安心走了。"郑守俭说："爹，儿孙自有儿孙福，不劳爹娘跑断肠。您老人家忙碌一辈子，给我留的家业够大的了，几辈子也吃喝不完，就这都对得住我和俺大哥守勤了。你就别想恁多了。"郑英魁听完，摇摇头，不吭声了。

还好，半年之后，梁知县来了。郑英魁一见梁知县，以为又是来要粮派款的，不过，即使这样，还得大摆宴席，迎接梁知县。梁知县酒足饭饱之后却说："郑掌柜，我向河南知府文大人多次建言，无论如何要对得起你郑家，不论想什么办法也得给你儿子守俭弄个一官半职，这不，文知府向上具奏公文，太后和皇上开恩，给你儿子郑守俭名分了。"

郑英魁一听，喜出望外，说："多谢梁大人开恩，多谢梁大人开恩。"

郑英魁激动得把这感谢的话说了两遍，梁知县喝了杯酒，又吃了一口黄河大鲤鱼，这才不慌不忙地说："郑掌柜，太后和皇上赏你儿子守俭当汝南教谕，这可是管全县孩子上学的大差使啊，好事，好事啊。"

郑英魁一听，大失所望，刚才的欣喜一下子全没了，什么管全县孩子上学的大差使？不就是一个教谕、一个孩子王吗？连七品芝麻官都不是。想当年，郑英魁曾为大儿子郑守勤买了个遂平县教谕的差使，不过，那时花钱不多，找的人也不是多大的官儿，如今，郑家花了这么大价钱，还是托皇上亲封，竟然还是个教谕，这不明显是在糊弄人吗？郑英魁有些生气，不，准确地说是心有不甘，他说："梁大人，我郑家花那么多的钱，只值一个汝南教谕吗？"

梁知县一听，把筷子撂下了，沉下脸说："郑掌柜，这是太后和皇上的恩典，你郑家还想讨价还价吗？"

一语惊醒梦中人，是啊，君让臣死臣不得不死，君让臣亡臣不得不亡，全天下都是大清朝的，什么郑家的财富，不都是大清朝的吗？敬献给太后和皇上，是再正常不过的了，他郑英魁还敢说什么？如果他刚才的话让太后和皇上听说了，稍稍一动嘴，郑家所有的家业都将烟消云散。

郑英魁赶紧说："谢太后和皇上恩典，谢文大人和梁大人再造之恩，郑英魁心领了。"

梁知县说："积善之家必有余庆，积不善之家必有余殃。积善有功德和福德之分，积善图回报叫功德，积善不图回报叫福德，功德可没有福德的德行深厚啊，郑掌柜。"

郑英魁一听，心想，知县可真会说，说话不算数还振振有词、理直气壮，真是鼻子底下一张嘴，咋说咋有理。

这时，只听梁知县又说道："不几日公文就会下来，守俭就可以到汝南上任了。"

"好好好，多谢太后和皇上恩典，多谢文大人和梁大人提携。"郑英魁心里再不舒坦，也得装着高兴的样子。

果然，没几天，公文下来了，传郑守俭到汝南县任教谕一职。这个职位就像一根鸡肋，嚼之无味，弃之可惜。可是，事已至此，别无他法，只好赴任。不过，去了一个月，郑守俭就以身体不适为由，辞官回家了。

正当郑英魁和郑守俭对功名失望的时候，没多久，梁化南知县又来了。这次，梁知县一来，没等落座，就兴冲冲地说："郑掌柜，好事啊，好事。"

郑英魁一听就迷糊了："梁知县，有啥好事？"

"啥好事？太后和皇上开始让捐官了。"

"开始让捐官了？不是一直在让捐官吗？"郑英魁不解地问。

梁化南摇摇头说："郑掌柜，以前捐官是暗的，官阶也不高，这次是公开捐官的，而且官阶很高，还是实职，对你郑家来说，这是天大的好事啊。"

待梁化南坐下，丫鬟上了茶，郑英魁问道："梁大人，莫非世道变了，咋又让公开捐官了呢？"

梁化南喝了口茶，说："郑掌柜实有不知，朝廷议和，赔偿洋人白银四亿五千万两。"

郑英魁大吃一惊："哎哟，有这么多？"

梁化南叹了口气，说："可不吗？光绪二十一年，与日讲和，赔款白银两亿两，这是我朝四年的国库收入，相当于日本七年的国库收入。那次赔款，已把我大清朝赔了个底朝天，这次，又要赔偿两倍于上次的银两，朝廷真的没钱了。赔款分派到各省，河南起派一千万两，仅咱河洛县就分派了二十万两啊。"

"二十万两？这钱从哪儿弄咧？"

"从哪儿弄？只有向老百姓摊派加税了，可即使这样，也难凑够啊，百姓穷啊。为赔洋款，朝廷又想法儿了，凡出捐输金者，都给实职官阶，上至道台、知府，下至知县、教官杂职，都可捐输而得，关键是这次便宜得很。二三千两银子即可得道府，一千两即可得州县，四五百两即可得同、通、大使、州判，二三百两即可得府经、县丞，一二百两即可得巡检、典史、主簿、吏目，百八十两即可得教官，郑掌柜，对你郑家来说，是不是好事啊？"

郑英魁听后，长叹一声，默不作声，这是啥好事？说得好听，不还是摊钱派捐的吗？他知道，这些捐班的州县官吏，鱼龙混杂，啥人都有，且多数属于市侩游民，一遇公事，就借机层层加税、敲诈勒索、渔利害民、从中谋利，对国家长治久安实为不利啊。况且，这次说是河洛县分派二十万两，真的上缴朝廷的，恐不会超过十万两，余则都中饱私囊了，而如若不从，立即拘禁关押，板子伺候。不过，又有什么办法呢？前些年，听说孟县（今孟州市）、温县、密县（今新密市）、登封县因为开矿加税，激起了民变，数千人聚集抗议，可是，官兵畏洋人却不畏民众，把带头聚集的人砍首示众，强力镇压，毫不怜惜。如今，为赔洋人款，百姓又要遭殃了，而他郑家，恐又要大出血了，又要元气大伤了。

梁化南见郑英魁不吭声，问道："咦，郑掌柜，你咋不说话了？"

"梁知县，我如今不管事了，都交给二儿子守俭当家，此事重大，我要跟孩子们商量商量。"

"好吧，我等你的好消息。"

梁化南走后，郑英魁把郑守俭喊来，把梁化南说的话说了一遍，郑守俭说："爹，咱家如今也是徒有虚名，再大把地捐钱恐不可能了。再说了，经过上次过皇差，我对功名已经看淡，我不想当什么官儿了，我不想与那帮贪官同流合污，听说有的省捐班出身的道、府、州、县占十分之七，仕途这么复杂，算了吧，我还是喜欢做生意，您老把家业交给我，我把家管好就算了。"

"要不，我问问你哥守勤，看他想捐个官不想？"

"行啊，你问问俺守勤哥吧，他对功名看得比较重。"

郑英魁又派人把郑守勤从遂平县喊了回来，没承想，郑守勤一听捐官这事，也不同意，他说："爹，我这个遂平教谕，就是拿钱买的，人家看不起，我正准备辞职不干呢。我还是想通过自己的努力考个功名，那样心里踏实，别人也敬重。捐官这事儿就算了吧。"

自此，郑英魁断了捐钱买官的念想。可是，不要官不等于不拿钱，没几天，知县梁化南又来了。

"郑掌柜，商议得咋样了？是想捐个道台，还是想捐个知府，要是捐个道台、知府，就比我的官儿还大呢。"

郑英魁说："梁知县，捐官的事儿就算了吧。当官不经商，经商不当官，不能小鸡站墙头——两头叨米。我家也没有本事当官，孩子们对此也不乐意，就算了吧。"

"哎呀，上次你郑家还托我在太后和皇上面前求官咧，这次咋又不想当了？咋，是怕花钱了？"

"不是怕花钱，该花的钱要花，不该花的钱不能花，这跟钱不钱的没关系。"

"嗯，既然这样，我也明人不说暗话了。郑掌柜，你看这次朝廷赔洋款，各地的富户都有钱出钱、有力出力，咱河洛县有你这么个大富翁，你是不是还得为国家分担一些啊？"

郑英魁早知道梁化南会说这样的话，可是，他还是说："梁知县，上次太后和皇上从河洛县经过，一切支应都是郑家承担的，有十几万两银子之多，这还不到半年时间，又要郑家出钱，郑家实在是扛不动了。"

梁化南听后，长叹一声说："唉，要是那样，就苦了咱河洛县的百姓了。我也不会制钱，我也不会变钱，只有给老百姓加税了。人头税一人一两五，田地税每亩二两，房屋税每间三两，一切货物加厘税七倍或八倍，商铺派捐千两或数百两、几十两不等，你看咋样？"

梁化南这是在敲山震虎，他知道郑家心存善念、与人为善，说国家有难，他无动于衷，这回把河洛百姓抬出来，看他郑英魁咋办？

果然，郑英魁颤抖着站起来，用拐棍使劲儿捣了捣地，说："知县大人，别说了，朝廷有难，百姓有灾，郑家责无旁贷，说吧，需要多少钱？"

梁化南很狡猾，说："反正咱河洛县分派了二十万两白银，郑掌柜能出多少呢？"

郑英魁说："只要不让百姓承担，你说让我出多少我就出多少，大不了我再卖地再卖货栈。"

"郑掌柜，要是不让百姓承担，你也知道，咱县里也没有钱，这二十万两就都请郑掌柜担起来吧？"

郑英魁想了想说："中，我郑家全担起。不过，你不要再找河洛县老百姓摊派了，不要再加征税目了，要不然的话，我就不出了。"

"好，就这样。"

8

一年后，郑英魁瞌睡更多了，他经常坐在太师椅上，歪头就睡着了。他总爱回忆过去的事，总是说"早些时候啊，早些时候……"。听他这样说，郑守俭就接着说："是啊，爹，早些时候好啊，您说吧，我听着咧。"郑英魁说："早些时候好。"说完，就又歪头睡着了。

他不睡的时候，就让郑守俭陪着他去郑家祠堂，去了好几次，抚摩着那根祖先留下来的枣树棍，感慨万千。他还不时到私塾里转转看看，看着孙子辈们读书的样子，听着他们清脆的读书声，脸上露出欣慰的笑容。

他去了石佛寺，敬香拜佛，向寺里的老和尚请教经法，十分虔诚。他还去了邙山岭，跪在父母的坟前磕了几个头，老泪纵横。他对郑守俭说："儿啊，我死之后，你可要记着给你爷爷奶奶上坟啊。"

郑守俭听郑英魁这样说，心里有些害怕了，说："爹，您身体好着呢，咋光说晦气话呢？"

"人都有老的那一天啊。可是，阎王爷不让我走，我也没法子啊。"

"爹，有您在，郑家遇到啥事儿，您能出个主意，您是我们的主心骨，我们干着心里就踏实。您保重身体，好好活吧，争取长命百岁。"

"谁能长命百岁？人要都不死，世上早站满人了，早装不下了，那会中？人的命，天注定，阎王叫你三更走，谁敢留你到五更？就这吧，我早些时候啊……"

郑英魁在郑守俭的搀扶下，就这样走着转着，往事在他心头浮现：他出河南、战山东、争陕西，所向披靡，为郑家打下了稳固的基业，使郑家走上了辉煌的财富之路。要说，他该满足了，功成名就，荣耀一生，可是，他清醒地知道，他能有今天的成就，非他之能，也非他一人之功，还要归功于老天保佑、祖宗积德，所以，他不放心啊，他最放心不下的就是后辈人，如果后辈人无德无能，郑家庞大家业顷刻间就会灰飞烟灭、土崩瓦解，每想到这里，他都怅然若失。不过，当他走到黄河、洛水边，听听"哗哗"水流声，他又释然了：好好教子，留下良好的家训家风，尽人事、听天命，他可能只管得了三代了，以后过到啥样，他就无能为力了，那就听天由命吧。

郑英魁很想到山东和陕西走一趟，走访走访他的货栈。经他的手，郑家的生意如日中天，他除了大河行船之外，还组建了高脚队，上百匹骡马脖子里挂着铃铛昼夜奔波在高山低岭之间，为郑家运送货物和白花花的银子。他依托济南府、西安府、开封府等十几处货栈，把生意做到了全国各地甚至海外。在管理上，他实行了掌柜制和入批儿制，掌柜们有闲钱了可以入他货栈生意的批儿，按照批儿的多少定期分红，红利可以继续入批儿，这样，就把掌柜们的利益和他的货栈生意捆在了一起。他还养了几十个身强力壮、健步如飞的送信人，每天骑着快马在各个货栈之间传递书信、互通信息。仅此不行，他还注重对这些掌柜、店员伙计和学徒的教育，要求各个货栈敬奉财神爷赵公明和关公，逢年过节甚至每天晨起都要焚香磕头，他还把陶朱公的《经商十二则》作为商训要求掌柜、店员伙计和学徒们每天背诵：

第一则：能识人。知人善恶，账目不负。

第二则：能接纳。礼文相待，交往者众。

第三则：能安业。厌故喜新，商贾大病。

第四则：能整顿。货物整齐，夺人心目。

第五则：能敏捷。犹豫不决，终归无成。

第六则：能讨账。勤谨不怠，取讨自多。

第七则：能用人。因才器使，任事有赖。

第八则：能辨论。生财有道，阐发愚蒙。

第九则：能办货。置货不苟，蚀本便经。

第十则：能知机。售贮随时，可称明哲。

第十一则：能倡率。躬行以律，亲感自生。

第十二则：能运数。多寡宽紧，酌中而行。

文武并行、双管齐下，他把这些天高路远的货栈管理得服服帖帖。瞅瞅那些为郑家尽心打拼的大掌柜、二掌柜、三掌柜和跑腿的伙计，正是他们在支撑着郑家偌大的家业，如果仅凭他郑英魁一己之力，哪会有郑家的今天？

经商去，远离家，不如在家种庄稼；手艺钱是天天钱，生意钱是年年钱，种地钱则是万万钱；土地才是命根子，地产才是聚宝盆。郑英魁深知无农不稳、无工不富、无商不活的道理，他既经商，又办作坊，有钱就买地，经他的手，老郑家达到了财富的巅峰。

可是，他老了，人不服老是不中的啊。瞅瞅身边的亲朋好友，一个一个都像秋天的树叶纷纷落下，大雁也鸣叫着不舍地离去，鸟雀在枝头唱歌，地上的小动物在草丛间低吟，万物皆露出衰老的痕迹。特别是每年冬天，在寒冷、孤寂难以忍受的日子，总要听到人议论说，谁谁谁又上头了，也就是说又去世了。每当听人这样说，他就感到一阵悲凉，是啊，人生的秋天已经到来了，不，准确地说是人生的冬天到了。可是，这是冬天吗？这分明又不是冬天啊，因为，冬天过后就是春天。但大自然有轮回，人的一生却再也回不去了。郑英魁此时又想到人一旦死去，这个世界上就再也没有他的一切了，所有的一切都再也没有了，一切与自己无关，每念及此，他就感到莫名的恐惧。是啊，很多人怕死，尤其是老年人怕死，可能怕的就是这个世界上再也没有自己了吧。

娘在世时，曾说她不怕死，郑英魁问为什么，娘说："俺信佛啊。"郑英魁问："娘，信佛就不怕死吗？"娘说："是啊，信佛好就好在不怕死，信了佛，就相信人死后虽然此身已坏，灵魂却可以转世超生，有六道轮回。要是一生行善，死了还有阿弥陀佛接引到西方极乐世界，死又有什么可怕的呢？不过是灵魂从这个身子跑到那个身子上罢了。早死早托生，早死早投胎。"

可是，郑英魁一生不信佛，如今他老了，他孤独、恐惧，他才感到，人老了老了，活得竟是如此艰难，心里有个寄托可能会活得更好些，相信轮回可能真的不会那么怕死。想想这一生，不管是穷是富，其实，谁都活得不容易。偈语云：来时欢喜去时悲，空在人间走一回；若无生来亦无去，亦无欢喜亦无悲。与其这样，又何必来这个世界上一遭呢？不过，来来去去，谁又能做得了自己的主呢？

郑英魁走走转转，净是转的老地方。邙山的南坡开满了金黄色的野菊花，牛羊从郑家村的大街上慢悠悠地走过，凉风从远处吹来，带来了黄河水和洛河水的淤腥味道。对了，还有村头的打麦场，小时候，他和小伙伴一起做游戏的场景浮上心头，还有他曾在邙山上被两个小毛贼绑票的经历。过去了，一切都过去了，过去的荣辱都成了回忆，再也回不到过去了，回不去了。这时，他耳边又响起了小时候经常唱的儿歌，他笑了，笑容里带着泪花。

起麒麟，

扛大刀，

　　　　　　　您的队伍叫俺挑。

　　　　　　　　挑谁？

　　　　　　　　挑英魁。

　　　　　　　英魁不在家，

　　　　　　　俺就挑您仨

　　　　　　　…………

　　不久后的一天傍晚，天阴沉沉的，一群乌鸦"嘎嘎"叫着在郑家屋顶盘旋，任凭下人怎么赶也赶不走。郑家上下都有了不祥之感，都觉着郑家将发生什么大事，难道说老爷子郑英魁要寿终正寝了？不过，也不像呀，郑英魁能吃能睡，特别是这一段时间，好像胃口特别好，吃得特别多，而且吃了就睡，睡得很香，有时还伴着如雷的鼾声。

　　只有郑守俭心里清楚，父亲这是回光返照，他老人家可能真的快要离世了。不过，这是晦气事儿，他不敢说，他只有更加尽心地陪伴郑英魁了。

　　第二天天亮时分，郑守俭早早来到郑英魁的窑洞前，听了听，窑洞里没了鼾声，他轻轻敲了敲门，也没人应，郑守俭预感到有些不妙，心有些慌，于是，他重重地敲门，还是没人应，郑守俭不敢等了，用劲儿推开房门，来到父亲的床前，见父亲面目安详，就像睡着一样。郑守俭再次呼唤父亲，却无应声，把手放在郑英魁的鼻子前，却发现没有一丝气息，不知什么时候，郑英魁已寿终正寝、无疾而终了。

　　早晨的阳光透过窗棂映射进来，窑洞里一片澄明。郑英魁脸上带着笑走了，他那张饱经沧桑、沟壑纵横的脸终于舒展开来了。他这一生太累了，操心太多了，身心俱疲，如今终于解脱了。

　　郑守勤闻讯也赶来了，郑守勤、郑守俭号啕大哭，哭声在静寂的早晨格外响亮，郑家男男女女、老老少少都被惊动了，闻声赶来，也止不住大放悲声。整个郑家村的人都听说老爷子郑英魁到头了的消息，感念郑英魁在世时对邻里的照应，都围到郑家大院，个个脸上带着泪痕。

　　郑守勤和郑守俭一合计，郑英魁一生节俭，苦了一辈子，操了一辈子心，打下了偌大的家业，到了那个世界不能再让他受委屈了，必须厚葬，必须排排场场、风风光光地送父亲走完最后一程。

　　郑英魁在世时就备好了棺材，是柏木做的，六七八材，也就是底厚六寸、帮厚七寸、天厚八寸，一般富裕户也只是二三四寸，穷家也就是一二三寸，还有薄皮匣子的，更穷的只有用苇席一卷草草下葬了。棺材的档头是槟榔木做的，闻起来有一股檀香味。棺材外边还有椁，是用楸木板做的，可保千年不朽。

郑英魁身穿五品官服，帽顶子上镶嵌着宝石和金银配饰，嘴里还噙了一个红枣大的椭圆形的夜明珠，棺材里装满了各种各样的珍贵日用器皿。

郑守勤和郑守俭哥儿俩延请了僧十名、道十名，昼夜念经，超度亡灵。并请了百名扎纸的工匠，为父亲郑英魁扎了四大天神，有一丈多高，浑身金盔金甲。同时还扎了两个两丈高的护路神，下边装有木轮，能推着走。纸扎的马队，骑士持枪掮刀，排了足足有二里地长。

办丧事的唢呐队是少不了的，三天前开祭，请来了六班唢呐队，每班八人。到了晚上，六班唢呐队甩开膀子进行比赛，看谁那里围的人多算谁赢。唢呐队都用足了唢呐、笛子、笙、二锣、旋子、手镲、边鼓、梆子等八件乐器，吹奏着河南地方名曲，像《哭五更》《倒春来》《盼三》《溜子》《剪剪花》《接断桥》《云里磨》《百鸟朝凤》等。为了吸引人群，六班唢呐队都使出了浑身解数，边吹边唱，围着桌子跑的，站在桌子上吹的，不仅用嘴吹，还用鼻子吹，还有的玩起了杂耍，一支唢呐吹两声，然后扔到半空中，再拿另一支唢呐吹两声，再抛到半空中，等先前那支唢呐快掉到嘴边时，伸出大嘴噙到嘴里接住，继续吹……

郑英魁的丧事是排七，也就是凭吊七天才埋。为了这场丧事，郑守勤和郑守俭哥儿俩请了总管、执事、礼宾、招待二十人，加上打杂办事的，有四百人帮忙办这事儿。派人买了一百头大犍子牛、一百头猪、一百只羊、上千只鸡鸭鹅、上千条鱼，海参、鱿鱼、猴头、人参、燕窝不计其数。为了供应白蒸馍，把全河洛县的饭铺都包下来了。到了第七天出殡那天，郑家村无论大家小户，一律断炊，给郑家帮忙、值事，合村待客。郑英魁的名声太好了，上至达官贵人，下至平民百姓，都来祭拜郑英魁，像赶会一样，人来人往，川流不息。郑英魁的灵棚下，人头攒动，值事的有八个人，轮流招呼着客人祭拜。郑家的酒席从早上就开始上桌，一直吃到出殡，六个人一桌，二八席，八盘八碗，八荤八素。到殡葬完毕，吃回灵席时，客棚上了一拨又一拨人，这批吃饱走，那批接着坐，这盘没吃完，那盘又端上，一直到天黑为止。院内院外，遍地撒的都是菜，打杂的用扫帚直接扫到粪坑里。

9

郑英魁殡埋到邙山岭的郑家祖坟，这是郑家村通往偃师县界宋故道旁的一片地，有十几亩。

郑英魁的坟墓前建了一座青砖碑楼，碑楼上镶嵌着石雕将军，碑上镌刻着几个大字"郑公讳英魁之墓"。

把郑英魁殡埋之后，到了傍晚时分，等所有客人都走了后，郑家全家老少举行了出魂仪式。

郑家大门外摆放着纸扎的八抬大轿，轿前轿后有丫鬟仆人伺候，郑守勤、郑守俭每人手里举着三根香，先到正屋郑英魁的牌位前跪下磕头，说："爹，您上路吧。"说完后，举香来到门外的纸扎八抬大轿前，跪着把三根香放进轿内的纸板上，可是，这三根香很难直立，要是三根香立不起来，说明郑英魁的魂灵不愿意离开郑家，还要继续到牌位前磕头求愿。

郑守勤来回一趟，三根香立不起来，接着是郑守俭来回一趟，三根香仍然立不起来，这样来来回回快一个时辰了，没有一根香能够在轿内立起来。郑守勤说："守俭，是不是咱爹不放心咱，不想走啊。"

郑守俭想了想说："嗯，我再试试吧。"

郑守俭到正屋郑英魁的牌位前跪下磕了三个头，说："爹，您老放心走吧，我和守勤哥会照顾好家里，咱郑家还会兴旺发达的。"

说完，郑守俭举着三根香来到纸扎的八抬大轿前，小心翼翼地把香放进轿内的纸板上，又说："爹，您老放心走吧，我和守勤哥会照顾好家里，咱郑家还会兴旺发达的。"

刚说完这句话，只见这三根香直挺挺地立起来了，再没有倒下，郑守俭大声说："香立好了，爹走了！"

全家人都围过来，那三根香果然立在了轿子里，大家都说："快烧轿子吧，快烧吧。"

早有人举着火把把轿子燃着了，"轰"的一声，大火熊熊燃烧，纸扎的轿子冒着烟烧成了一片灰烬。

郑守俭放声大哭，说："守勤哥，咱爹操了一辈子心，临走还不放心咱啊，咱可一定要争气，把郑家的家业保管好，对得起咱爹。不然的话，爹在九泉之下也不会瞑目的。"

郑守勤跪下了，哭着说："爹，您放心吧，郑家不会倒的。"

寒风吹过，黄叶落了一地，人走过，落叶打着旋儿紧跟在人的后边不肯分离。深秋已然过去，大雁排着队向南飞，又一年冬天要来了……

第十五章
梦断河洛

1

民国初年，列强环伺，军阀混战，民不聊生。河洛岸边的郑氏家族在经过十一代的繁华和荣光之后，到了第十二代"留"字辈，开始摇摇欲坠、日薄西山了。

夏天的一个夜晚，月亮明晃晃地挂在天上，薄云清晰可见，大地升腾起淡淡的白雾，夜风微凉。郑家村的男人们忙碌了一天，又围聚在街头、打麦场上休息，上衣一脱铺在地上当席子，鞋子一脱垫在头下当枕头，谈天说地，家长里短。郑家村的女人们则坐在屋里借着一豆灯火纳鞋底、缝补衣服。

"败家子！败家子！"

从郑家大院传来的很大的吵闹声惊动了郑家村的人们，大家都支起了耳朵听，有好奇的年轻人则循声找了去。

郑家的门前屋后围了不少人，有的小伙子还爬到院墙上看个究竟。

这是吵谁咧，吵得恁凶？乡亲们借着月光看清楚了，原来是郑家第十二代传人郑留余在吵他兄弟郑留阙。

俩兄弟咋吵起架来了？这是咋回事？

原来，郑家第十一代郑守勤生子郑留余，郑守俭生子郑留白，郑守谦生子郑留阙、女郑留芳。第十二代郑留余是郑家大掌柜，支撑着郑氏家业。郑留白辅助郑留余经商做生意。而郑留阙则先后到开封、西安、保定等地求学，接受新式教育。先是习文，后来看到外族入侵、军阀混战，激起了救国救民的热情，于是转而上了军校，志在报国。小女郑留芳嫁给省城开封一个富家子弟，不常回家。

郑氏家族到了如今虽说家道中落、时运不济，但子嗣昌隆、枝繁叶茂。郑家第十三代共有七男二女九个孩子，是"兴"字辈儿。郑留余娶黄氏先后生子兴冀，女兴青，子兴豫、兴扬，郑留白娶洪氏生子兴徐、兴梁、兴雍，郑留阙娶蓝氏生子兴兖、女兴荆。这九个孩子都在外求学，有的在省城开封，有的在北平、天津、上海等大城市，有的在海外留学，而且学成之后都不愿意回郑家村这个小山村，所以，郑氏家族也只有靠第十二代的留余、留白、留阙在勉力支撑。

郑留阙军校毕业后，到陕西投靠镇嵩军司令刘靖华。刘靖华本是河洛人，保定军校毕业，也曾加入同盟会，是反清志士，后来，投靠了袁世凯，很受袁世凯的重用，一路升迁被委任为镇嵩军司令，竟成了当时横跨豫陕晋三省的著名人物。

郑家原是看不上刘靖华的，但此一时彼一时，眼下郑家江河日下、大厦将倾，而刘家蒸蒸日上、势力正隆，郑家变卖家产，其实都卖给了刘家，对于郑家的土地和栈房，郑家卖多少刘家买多少。

郑留阙靠刘靖华的势力到辎重营当了个排长，干了半年时间，回河洛县赈务处当了个总管，负责筹资军粮和救济灾民。这个差使之所以交给郑留阙干，刘靖华就是看中了郑家家大业大，想抽空郑家的财产。

自从郑留阙负责赈务处之后，他通过上辈人的关系和郑家的信誉，多方筹款供应军需，真筹不来时，就通过中人向当铺借债，那些放债人不怕他赖账，不怕他还不起债，乐意借给他钱，不过，时间长了，郑留阙的做法引起了郑留余的不满，郑留余说："兄弟啊，咱祖上靠做生意发家，因河而兴。咱以前的货栈都在河运码头，如今黄河、运河的河运生意都不中了，像东昌府、沂州府、泾阳县这些昔日的黄金宝地都生意萧条了，咱那里的货栈陆续倒闭，再加上世道大乱，咱在西安、开封、南阳、怀庆这些地方的货栈也是一日不如一日。好在爷爷有眼光，大量购置土地，咱现在还能靠种地收租子勉强维持下来。可是，兴家如同针挑土，败家如同大风刮，多大的家产也经不起你这样折腾啊。你知道你留白哥干啥去了吗？"

郑留阙说："留白哥干啥去了？他咋没在家呀？"

郑留余叹了口气说："你留白哥去西安、开封、南阳、怀庆这些地方看咱的货栈了，他捎信来了，这些地方的生意都快不中了，货栈都快倒闭完了，你留白哥正焦头烂额地在外边处理这些麻缠事呢。我也正愁这事儿呢，可你，这时候你还在釜底抽薪，还像个老鼠一样不停地掏咱家的家底，咱家非败了不中啊。"

"哥，你说的我理解，生意都不中，不只咱家的生意不中，大家的生意都不中。咱家难，国家就不难吗？你是不知道外边的形势，八国联军瓜分中国，尤其是日本对我国虎视眈眈，国内军阀混战，老百姓民不聊生，咱中国快完了，咱快当亡国奴了，天下兴亡，匹夫有责，咱有钱出钱，有力出力，不能袖手旁观啊。"

"你跟着刘靖华就能弄成事儿？跟他有啥混头儿？"

"哥，眼下刘靖华可不得了，管着陕西、河南、山西仨省咧，可是咱河洛县最厉害的人物了，咱河洛县人都投靠刘靖华了。"

"你跟着刘靖华瞎胡混也中，不过，你不能因为他把咱家的家产给倒贴进去啊。"

"刘靖华用我，不就是看中咱家还有俩钱吗？我要是穷光蛋，他会叫我干这营生？"

"对啊，他不就是骗傻子的吗？他不就是骗咱家钱的吗？你这差使要说应当是个好差使，叫你管赈务处，你得想办法筹集人家的钱。筹集得多了，你还能给咱家弄俩钱，这才是能人。你可倒好，你不想办法收别人家的钱，光打咱家的主意，你这差使干得窝囊。啥也别说了，你别干了，咱不给他干，咱离了他能过，他刘靖华净是变着法儿坑咱郑家咧。"

"我也不是全给他干，你看看恁多灾民，多可怜啊。"

"可怜的人多着咧，你能管得过来吗？眼下这世道乱七八糟的，能管住自己就不错了，还管人家干啥？"

"孙文先生说了，天下为公。"

郑留余截住了郑留阙的话头，说："兄弟，别说了，你去外边上学，上啥新学堂，净学点儿败家的玩意儿。啥天下为公？净骗人咧，天下为公，哪还有咱的今天？再说了，你为公了，谁为你呀？看看那些不务正业的二流子，你为他们干啥？我看天底下的人到你这儿就傻到家了。算了，你也别出去混了，就老老实实在家，咱哥俩儿管好咱的家业就中了。"

郑留阙说："那我做不到。"

郑留余叹了口气说："你要是还想出去做事，去外边闯闯，我也不反对，也管不着，人各有志。不过，我不求你往家里送钱，只是家里的东西你一根毫毛也不能再动了。这家业是祖上传下来的，已经没有多少可折腾的了，不能败在你的手上，要不将来咱有何面目去见老祖宗啊？"

郑留余把话撂这儿了，郑留阙只好表面答应说中中中。其实，他根本不听郑留余的，依然我行我素，仍在外边偷偷借债，借的钱多了，到期该还了，放债人就来找郑留余了，把郑留余气得直摇头，想跟郑留阙分家断绝兄弟关系。这不，讨债的人又来了，郑留余找人把郑留阙从河洛县县城喊了回来，见郑留阙回来就是一顿吵。

月光下，郑留余在院子里背着手走来走去，一会儿又挥舞双手，大喊大叫，而郑留阙坐在一张藤椅上，低着头，默不作声。

过了很长时间，郑留余咳了一声，放低了声音说："兄弟，咱老郑家祖上就有规矩，啥时候也不借外债，为啥咧？因为再好的生意能手，也不能料度全中，不可能没有失着。靠自己的力量，即使生意失手，也不至于债台高筑、一蹶不振、倾家荡产，所以，老郑家才不借外债。可是，你借东家借西家，把老郑家的规矩忘完了。还说要为国捐钱，要把家业都给捐出去，这不是读书读傻了吗？出去读书，没学一点儿好，倒学会败家了。"

"哥，国家有难，匹夫有责，为国捐些钱也是分内之事，要是人人都不顾国家，皮之不存，毛将焉附？"郑留阙理直气壮地说。

"兄弟，咱哥儿俩平时怪好，能说一块儿话，不过，对这件事，我是一百个不赞成你。你口口声声说国家国家，国家是谁？国家是皇上的国家，现在是军阀的。你为国家，国家为你了吗？军阀知道你是谁？你把家业都捐了，你把命都搭给国家了，说实话，只是便宜了那些不管不顾国家的人，他们倒好吃好喝好享受，你说说，你说得好听点儿是为国家，可是说不好听点儿就是为那些不管不顾国家的人卖命的，你傻不傻啊？"

郑留阙往前拉了拉藤椅，这会儿，一轮圆月移到了正南方，月光更亮堂了。郑留阙叹了口气说："哥，你不出去不知道，咱中国眼下乱着呢，搞不好就会亡国啊，我也是想靠一己之力，干些名堂，为国家做些贡献。咱郑家底子还算厚实，所以，就只好出些银子，还借了一些外债。"

郑留余说："兄弟，你说这我就不懂了，为国家做贡献，这没错，可是，要量力而行啊。我再说一遍，咱郑家不像以前，靠河运和货栈，有生意进项，不怕花钱，眼下就靠那些土地收地租过活，勉强维持家业，只有出的份儿，没有进的份儿，实在是没有恁多财力了。穷则独善其身，富则兼济天下，咱郑家已经不中了。"

"再咋说咱郑家也是瘦死的骆驼比马大，咱家拔根毫毛，也比一般人家强。"

"话是这样说，家家有本难念的经，咱家是徒有虚名，这家业还能撑多久呢？我实在担心啊。为了家，还为了国，操恁多心干啥？这是咱管的事儿吗？"

听到这里，郑留阙不高兴了，他正色说道："哥，你说家天下那是以前了，现在不是大清国，是民国了。"

"兄弟，咱管不了恁大的事儿，咱就一介草民，操心好咱这一亩三分地就行了。国家国家，国家是谁？国家在哪儿？看不见摸不着。看看那些流氓恶棍，咱值得为他们卖命吗？咱爱国，把命丢了，却让那些流氓恶棍、贪生怕死的人逍遥地活着，你觉得值吗？再说了，天塌了砸大家，天底下又不是咱一个富户，那就听天由命吧，咱就随大溜吧。"

郑留阙一听这话，更是生气，他"呼"地站了起来，说："哥，想不到你咋变成这样？你整天待在家里，你真应该到外边看看，城里的年轻人、爱国青年都热血沸腾，结社、办报、游行、参军，有力出力，有钱出钱，都在救亡图存，充满了新气象。没有国哪有家？当亡国奴滋味不好受，哥，可你……"

郑留余把头埋在胸前，难过地说："我虽说在家待着，可我也看《民报》《新青年》，也了解时事，也关心时事，我只是说办啥事儿都要量力而行，爱国不是不对，自古爱国都忠臣，自古卖国都奸臣，这个道理我懂。不过，爱国也不能把家里掏空了，要不咱吃啥喝啥？自古都讲究忠孝两全，只顾国不顾家，只尽忠不尽孝，恐怕也不中吧？"

只见这会儿郑留阙的头压得低低的，而且双手抱头，看样子也十分痛苦。

郑留余说："兄弟，你说呢？"

"哥，道不同不足为谋，咱俩有些事儿说不到一块儿，你毕竟不出门，待在小山沟里，不知道外边的变化，我也说服不了你，可你也说服不了我，我痛苦的只是报国无门，咱在外边没有人啊。"

"那也不能乱投门庭啊。"

"你说咋办？"郑留阙望着远方，月光下斑驳陆离的树影在夜风中晃动，他的心情就像这阴影一样来回游移。

"要不然就待在家里吧，看看时局再说。"郑留余说。

"那不行，大丈夫志在四方，我不会窝在小小的郑家村终老此生。"郑留阙坚定地说。

"你说咋办？"郑留余反问道。

郑留阙沉思了良久，说："我想到东北去。"

"到东北去，为啥？"

"我在军营里认识一些去过东北的人，说东北那里有抗日义勇军，我上过军校，想去那里投身报国，打小日本。"

"唉，东北那么远，冷得很，你又人生地不熟的，抗日义勇军在哪儿你都不知道，你去那里是死是活都不得知，有点儿冒险了。"

"哥，就像你说的，总比跟着刘靖华强吧？"

"兄弟呀，你是富家子弟，为啥一再要求去参军打仗呢？常言说，好铁不打钉，好汉不当兵，我知道参军打仗的都是穷人家的孩子，都是为了活命混口饭吃，要是不当兵，说不定就饿死了。咱还没到那份儿上，你去东北打日本，为啥呢？"

"为啥？报国为民，当亡国奴那滋味不好受，那日子不好过。"

郑留余摇摇头说："这世道我是真的越来越看不懂了，我也给你出不了好主意，我也说不动你，人各有志，你再想想吧。"

郑留阙说："嗯，我再考虑考虑，反正我是不会在家待着，我早晚还得出去。"

郑留阙说完，两人沉默了一阵，接着，郑留阙又反过来问郑留余："哥，你眼下在家咋想的？"

郑留余叹了口气说："唉，只想保住家业，别的没啥想法。"

"那你咋不出去转转呢？"

"我跟你不一样，我志不在读书，更没有报国为民的胸怀，我喜欢经商做生意，把咱的小家招呼好就中了。可是眼下世道这么乱，生意也不好做，我心里难受得很哪。"

"是啊，哥，没有国哪有家？你可知道，你的生意不好做，国家的生意更不好做呢。"

"是吗？"

"哥，借此机会，我就敞开给你说说吧。"接着，郑留阙站了起来，激动地说道，"无农不稳，无工不兴，无商不活。商业是国家的血脉，士无商则格致之学不宏，农无商则种植之类不广，工无商则制造之物不能销。商贾是生财之大道、握四民之纲领，商是大义，通三宝。忆先贤，上古时代的神农氏就已日中而市，致天下之民，聚天下之货，交易而退，各得其所；尧舜曾贩货于顿丘，运盐于传虚；夏朝时，商族的先人王亥服牛驾车，进行长途贸易；春秋战国时，陶朱公范蠡十九年三致千金，子贡结驷连骑以货殖营生，被奉为商人祖师的白圭奇货可居，百里奚贩卖五羊皮而助秦创立霸业，汉之卜式、桑弘羊都以商业起家而至卿相，郑弦高以商却敌而保国，吕不韦以商归秦质子。连太史公司马迁都认为商人'不害于政，不妨百姓，取以与时，而息财富，智者有采焉'。太史公在《史记》中专门写《货殖列传》，让商人与帝王将相、诸子百家并列一起。可是，自此之后，咱们中国重农抑商、崇本抑末，以农立国，凡大小学堂只知教习举业，不屑讲求商贾、农工之学，凡读书不能出仕者，除当私塾先生外，几无可谋生。而西洋人则不然，他们以商立国、借商强国、布兵卫商，公使为商遣，领事为商立，兵船为商置。像英吉利也曾闭关自守，独处一隅，可后来，讲求商政，开设商务学堂，教习通商规则，以商人为先导，靠商务开疆拓土，凡与商务有关，在所必争；法兰西不独教习商务，凡算学、化学、光学、电学、矿学、医学、律学等都在教习之列；德意志、荷兰、瑞典、挪威等国各处都设商会，保护商人利益，因此商务大振；日本自明治维新后，仿行西方，以制造为急，以机器为先，设商部、商务局，仿制中国土货、西洋各货，贩运外洋，以商富国。反观我国，不重商务，以金银为铜臭，不思兴工商兴国强兵，以为有枪有炮有兵舰足可御敌，殊不知没有工商累积财富，如何装备兵甲？自古以来，凡兴战事，战的都是实力，打的都是经济，图的都是财富，而兵器只是表面矣，兵战的实质是商战矣！想当年，鸦片刚输入中华大地的时候，那些长辫子的臣民还不知道抽大烟者为何方怪物。看到洋人抽着大烟，鼻子和嘴里会冒烟，都吓得跑得远远的，认为那是妖怪，鼻子和嘴里会吐火。可如今呢，鸦片已经无孔不入。官府为了多征税，各县成立了官膏局，大的镇子还设有官膏店，公开出售大烟。至于大烟馆，则各村都有，村里有了庙会，还设临时的大烟棚。为了吸大烟，很多人变卖家产，地变光了，浮财卖净了，有的连老婆的裹脚布也卖了，到了最后，卖儿卖女卖妻子，自己非偷即盗，致贫病交加、面黄肌瘦、冻饿而死，落得个家破人亡。有人还仿照《陋室铭》记述吸食大烟的感受：'灯不在亮，有油则明；斗不在深，过瘾则灵。斯是陋室，唯烟气馨。毒素上脸灰，菜色透皮青；谈笑有浪子，往来无壮丁。可以鬻四书，闭五经，无正言之入耳，无雄健之体形。天上凌云阁，地下招魂亭。烟友云：欲罢不能。'再如此下去，真是国将不国了。据说，仅鸦片一项，我国每年流出白银三千三百万两。再加上棉纱、棉布每年外流白银五千三百万两，而这两项之外的杂货支出，每年外流白银还有三千五百万两。像洋绸、洋缎、洋呢、洋被、洋饼干、洋药水、洋酒、洋纸、洋灯、洋钉、洋火、洋油、洋牙刷、洋牙粉，更有电气灯、自来水、照相玻璃、马口铁、寒暑表，一切好玩之具，种类繁多，数不胜数。而我们出口的货物，只有丝、茶两大宗，丝一项只有三千七八百万两，茶只有一千万两，况且丝还有意大利、法兰西、东洋之抵，茶则有印度、锡兰、日本之争，衰竭立等可见。至于我国的宁绸、杭缎、旧瓷器、麝香、驼毛、药料等，只是零星生意而已。更可气的是，洋人在中国经商，一切税赋皆免，而我国商人在自己国家经商做生意，却要缴纳高额的税赋，洋人的银子还是折色之银，换我十成之货，强买强卖，层层盘剥。你说说，哥，似此情形，咱们国家的生意咋做呢？而咱一个个的商人，而咱郑家的生意又该咋做呢？咋跟人家竞争呢？唉，我国膏血将尽，国将不国，东邻日本，虎视眈眈，已张开了血盆大口，欲将我中华吞没其中，咱能在家里待得住吗？"

听了郑留阙的一番慷慨陈词，郑留余也愁容满面，说："兄弟，听你这一说，我心里豁然开朗，咱兄弟俩虽都是小山村里长大，可如今我跟你的差距已经没法儿比了，你出去闯荡这些年，的确长了不少见识，你的眼界已经不是咱郑家子弟所能比拟的了。我赞成你说的话，我支持你离开郑家村。你出门在外，需要钱的话，我支持你，需要多少给我说。以后，我还要好好做生意，挣了钱，不只是振兴郑家家业，更重要的是支持你干大事情，支持你为国家出力。"

郑留余又叹一口气，接着说："只是咱郑家恐真的不行了。"

郑留阙仰望天上的月亮，这时月已西斜，月光黯淡了许多，他也感伤地说："是啊，人就像这天上的月亮，有圆有缺，有盛有衰，连历朝历代的皇帝都不能永保江山，连国家都在走下坡路，何况咱郑家，盛衰都是必然的，只是衰败得早晚而已。国运连家运，天命如此，人又奈何？"

郑留余接着长叹一声说："唉，老天爷难道这是要灭了郑家吗？难道就没有一点儿活路了吗？难道百年基业就要败在我们这一代吗？怎么这么快说不中就不中了呢？"

"哥，明朝才子唐伯虎写过一首《叹世歌》，说得真对咱国咱家眼前的景象啊。"

"兄弟，你说说看。"

"坐对黄花举一觞，醒时还忆醉时狂。丹砂岂是千年药，白日难消两鬓霜。身后碑铭徒自好，眼前傀儡任他忙。追思浮生真成梦，到底终须有散场。"

"唉——"郑留余跟着叹了一声气，"这真是'国破山河在，城春草木深。

感时花溅泪，恨别鸟惊心'。我难受，我难受，我也受不了了。"

郑留阙沉吟了一会儿，说："哥，咱俩都别唉声叹气。咱这一代虽说不中了，可是，咱有下一代呀，咱下一代有九个孩子啊。以前咱老郑家代代单传，到了咱这一代，才有三男一女，可咱下一代，人丁兴旺，一下子有九个孩子。老天爷还是开眼啊，还是眷顾咱家啊，咱老郑家积德行善还是有好报啊。常言说，留得青山在，不怕没柴烧。只要有人在，咱就有想头、有盼头、有活头、有熬头。咱这九个孩子还都很争气，你说，咱家咋会亡呢？没钱可以挣，那不算亡，没人才算真的亡呢。"

郑留余闻听此言，眼里闪出亮光，他伸出大拇指，说："是啊，兄弟，我咋没想到这一层呢？看来我真没有你眼界开阔。咱郑家虽说暂时有难，可咱有九个孩子，这就是咱郑家最大的希望啊。兄弟，你这一说我又提劲儿了，我也想离开郑家，我也想再试试，看能不能振兴郑家的荣光？我再试试。"

郑留阙此时也很高兴，说："好啊，你是志在兴家，我是志在报国，咱哥儿俩都重任在肩，咱俩都再试试吧。"

"兄弟，你说得对，家和国是一回事儿，咱俩的志向是一样的，你报国也是为了保家，我兴家也是为了报国。不过，咱先别这样说，我也只是想试试而已，尽人事，靠天命，成就成，不成也就此一搏了。"

"哥，听你说话，好像你已经考虑成熟了，说说看，你想咋干？你想怎样光复郑家的家业？我能不能帮上你啥忙？"

"咱祖上靠河运生意发家，眼下河运不行了，火车取代了河运生意，附近的郑县（今郑州市）是咱姓郑的老家，那里南北有卢汉铁路，东西有汴洛铁路，再往西能伸到宝鸡，再往东能伸到徐州。我听说，光咱河南省棉田就有两百万亩，一年产皮棉六十万担，占全国棉花产量的十分之一，而郑县又是个铁路十字口，很多货物都到郑县集散，我听说郑县火车站地区有很多棉商和棉农，出售絮棉和籽棉，还有专门的经纪人，手里拿杆秤撮合生意，收取佣金，时间长了，就出现了很多花行。经营棉花是咱郑家拿手好戏，我想到郑县火车站地区开一家花行，还经营咱祖上经营过的棉花生意。"

"好哇！这个主意好，你放手干吧，我参了军，如果在军队上能找到军需官，看将来棉被棉衣这一块儿军需能不能采购咱自家的？"

"中啊，就这样说吧。"郑留余也很兴奋。

"你准备啥时候干这事儿？"郑留阙问。

"我准备这几天就去郑县一趟，摸摸行情，找找门面，开始行动。"

"中，你走时候跟我说一声，我送你。"

"兄弟，你准备咋办？"郑留余试探着问。

"我在家歇几天，就准备到东北去，我想去打老日。我是想到哪儿就干到哪儿的人，我一个大男人，走四方闯天涯都是没问题的，你就别操我的心了。咱俩就各走各的道吧，反正殊途同归，一个是为国，一个是为家，家国不分，都干正事儿，性质是一样的。"

"嗯，咱就互相帮衬吧。"郑留余使劲儿点点头说。

停了一会儿，郑留阙又说："哥，你的想法儿很好，不过，我想问问你，咱在郑县人生地不熟的，你到了那里咋办呢？"

"我听说郑县有个花行同业公会，会长叫任势古，还是省议员。我想去找找他，让他关照关照。"

"你认识他吗？"

"不认识。不过，咱用钱开路，只要钱到，没有办不成的事。"

"哥，我觉得，光靠钱还是不中，你要是光靠钱，谁会嫌钱咬人呢？你送他一百，他想二百，你送他二百，他想三百，没有个满足的时候，人家会拿你当冤大头，早晚把你吃干剥净才肯罢休呢。"

"兄弟，你说咋办？"

"咋办？首先要找人打招呼，要找个能压住他、他不敢得罪的人，这样他不敢欺负你，不敢小瞧你，然后，再送些钱财，软硬兼施，才保万事无虞。"

"理是这个理，可是，咱在郑县两眼一抹黑，没有熟人啊。"

"要不那样，咱还找刘靖华吧？"

"刘靖华？我不想找他，他是啥东西？听说这人从小就是个孬货，上学不好好上，还光气老师，听说有一回他弄了条狗绑在老师坐的椅子上，给狗穿上长袍、戴上礼帽，狗怀里还抱了根老师经常用的歪把儿拐棍，老师来上课了，一看这，气得差点儿晕过去。还有一回，他弄了几只蝎子拴在老师坐的椅子腿上，老师一坐上椅子，就被蝎子蜇了一下，因为这，老师说啥不教他，他才出去当兵。你说这人咱找他干啥？咱跟他都不是一路货。"

"哥，你说这都是没影儿的话，都是眼红他的人歪曲他的，咱不能全信。能大能小是条龙，能大不能小是只虫，在一人面前低头，是为了在千万人面前抬头。刘靖华为啥恁厉害？他也有靠山，可他生来就有靠山吗？他家穷得叮当响，哪有靠山哪？靠山是找来的，不找哪有靠山？刘靖华就这一点儿厉害，只要他听说谁中用，他就死皮赖脸地去找人家，想啥法儿也要把人家搞定。他为了巴结袁世凯，在镇压白朗起义的时候，本来白朗是病死的，刘靖华却把白朗的头割下来献给袁世凯，说白朗是他打死的。袁世凯是咱河南老乡，竟听信了他的花言巧语，赏了他官儿做，刘靖华就是靠袁世凯起家的。那刘靖华，别管咋着，人家现在也混成人物了，成者为王败者贼，英雄不问出处。"

"说是这样说，可我做不来，丢不下面子。"

"哥，做不来也得做，不能太清高了。"

"关键是刘靖华能办事吗？他是陕西省省长兼督军，能管得了河南的事儿？"

"他跟在郑县的河南省省长兼督军冯玉祥是拜把子兄弟，他弟弟刘兴夏眼下就跟着冯玉祥做事，让他跟冯玉祥打声招呼，再找找郑县县长罗传铭，准能跟郑县花行同业公会会长任势古拉上关系，这样事儿就好办了。"

"胳膊接胳膊，大腿接大腿，有点儿绕吧？"

"不绕。只要刘靖华说句话，没人敢扭他的梗。"

"不过，我还是不太想找刘靖华，这事儿瞒不住大家伙儿啊。咱一找刘靖华，刘靖华肯定到处宣扬，说咱郑家眼下还是靠他刘靖华的势力，咱郑家的面子上咋挂得住啊？"

"哥，何必那么一根筋呢？其实咱郑家的面子早就挂不住了，咱卖地都卖给谁了？都卖给刘靖华了。刘靖华说了，只要郑家卖地，卖多少他要多少，不惜价钱，他明摆着就是要灭咱郑家的威风，长他刘家的志气！再说，我这些年不也是一直跟着刘靖华晃荡吗？我早把头低下了。他刘靖华眼下怪厉害，当兵打仗，那是把脑袋别在裤腰带上混的，说不中就不中了，说没命就没命了，万一有一天刘靖华打仗打死了，河洛地区不还是咱郑家厉害吗？你不要计较一时一事的得失了。"

"唉，人活一张脸，树活一张皮，要是脸都不要了，还活个啥劲？"

"哥，不是我说你，你就是老古董，想法太陈旧了。眼下是中华民国，不是大清朝了，脑子得灵活点儿。"

郑留余咬咬牙说："中，就这吧，我就低一回头。"

2

五天之后，郑留阙陪着郑留余带了一千两银票来到了西安刘靖华的镇嵩军司令部。在卫兵的引导下，郑留余、郑留阙来到刘靖华办公室，刘靖华一见这哥儿俩，非常亲热，急忙让座，吩咐卫兵看茶伺候。

刘靖华膀大腰圆、一身戎装，看起来十分英武。郑留余本是看不起刘靖华的，可是刘靖华既如此亲热，而且气派又这么大，他不得不另眼相看。

郑留阙在刘靖华手下做事，跟刘靖华比较熟，他介绍说："刘司令，这是我哥郑留余。"

刘靖华坐在办公桌前，打量了一下郑留余，说："噢，是留余啊。"

"刘司令，久仰久仰！敝人正是郑留余。"

这时，刘靖华脸一沉，嘴角带着冷笑说："你是郑家大掌柜？"

"是啊，郑家有事都是我在出头。"

"你们郑家也不知怎么的，以前恁厉害，怎么到了你们这一代就不中了呢？"

郑留余和郑留阙哥儿俩听了这话，心里五味杂陈，郑留余有些后悔跟郑留阙来找刘靖华了，看这架势，刘靖华是在借机笑话他郑家的，自取其辱，来这一趟真不值。

郑留阙在一旁也坐不住了，说："刘司令，风水轮流转，这是天命，我是没本事，可留余哥也是有志气的人。"

"既然如此，那郑留余就是郑家的希望喽！"

郑留余这时不得不说话了，他不卑不亢地说："刘司令，常言说，富不过三代，我郑家已经富裕十一代了，这还不够吗？只恐怕很多人一代就不行了，能富过三代就烧高香了。"

刘靖华听了这话，表面上虽不动声色，但内心想，是啊，郑家再不济，也富裕超过三代了，简直是奇迹，就这一点谁提起来不服都不中。反观他刘家，也就他刘靖华这一代才起来，才混出个名堂，至于下一代，能不能继承父业，能不能延续他刘家的辉煌，真的不好说，真的能富过三代就不错了。想到这里，他语气缓和多了，转了个话题说："咱不说这个了，留余，找我有啥事吗？"

郑留余看看郑留阙，示意郑留阙说，于是郑留阙说："刘司令，我在你手下混了几年，非常感谢你的关照，我跟我哥多次说起你，说你刘司令非常人物，很顾人，尤其是对河洛县老乡很亲热，所以我哥想结识你。"

"啊，应当的，老乡见老乡，两眼泪汪汪，我这人就是重情义，对老家河洛县的人能照顾的就照顾。"

郑留阙接着说："刘司令，我哥想在郑县开个花行，在郑县不认识人，怕受人欺负，想请你给郑县的冯玉祥写封信，打个招呼，不知道方便不方便？"

刘靖华眼珠一转，说："在郑县开花行？这可是好生意啊！"

郑留余一听，知道刘靖华的心思了，于是说："刘司令，这是一千两银票，我的一份心意，请您笑纳。"

郑留余把银票放在了刘靖华的办公桌上，刘靖华一见银票，眉开眼笑，说："好说，好说，眼下在河南地界，我刘靖华还能说上话，我这就给冯玉祥写封信，你去找他，有啥事儿让他摆平。"

刘靖华坐直身子，提起毛笔，写了一封信，盖上镇嵩军司令部的大印和他刘靖华个人的印章，交给郑留余，说："留余，咋样，满意不？"

郑留余连说："满意！刘司令真是个人物，是咱河洛县的骄傲，我郑家自愧不如。谢谢！谢谢！"

3

有了刘靖华的介绍信，加之是刘靖华的河洛县老乡，郑留余来郑县做生意底气足了。

三千六百年前，郑县曾为商王朝都城，夏、商、管、郑、韩五次为都，自秦朝以后设为郡县，隋开皇三年改为郑州，之后历代皆为州，属开封府管辖，1913 年，废州置县。铁路开通前，郑县只是个街道狭窄的大集镇，仅有东西和南北十字大街，在十字街口和西大街有几家店铺，生意十分冷清。当时民间的顺口溜："穷东街，富西街，穿靴戴帽是南街，搽脂抹粉到北街。"穷东街，住在东大街的人家以务农为生，穷得很，跟农村没啥区别，只是塔湾、城隍庙药材骡马大会时才热闹几天；富西街，西街有几家较大的商店，像广茂、同庆祥杂货店，广德厚水烟作坊，景元周绸庄，协大、泉兴长布匹店等，这里的人家日子相对富裕；南街史、陈、刘、段几家，出过举人、拔贡，做过官，穿戴好一些，陈家的人就曾说过大话："俺家净出当官儿的，俺家的顶子疙瘩摘下来能装一竹篮。"北街也叫州前街，有卖胭脂官粉的尚金钟粉店等，所以说搽脂抹粉到北街。

光绪二十三年，清廷督办铁路大臣盛怀宣与比利时银行代表团签订修筑卢汉铁路合同，各地筑路大军云集当时的郑州，在钱塘路一带搭棚暂住，郑州顿时热闹起来。卢汉铁路修成后，汴洛铁路也相继修建，在郑州西关外坑坑洼洼的庄稼地，建起了火车站。围绕火车站，不少小商小贩开始聚集做生意。有的临时搭个席棚，沿街支口锅、盘个炉子，卖包子、胡辣汤、大碗面；卖豆腐的挑个豆腐挑子，扯着嗓子喊"打豆腐"；卖馍的推个车，不住地吆喝"卖馍喽"；卖油的拿个木梆，边走边敲揽生意；而有的提个篮挑个筐卖红枣、柿饼、花生、瓜子……

随着铁路运输的发展，货物多了，人流量也大了，来郑县开店经商的不断增多，做生意的地盘也由火车站向东延伸。从火车站到吕祖庙铁路管理机构中间，人来人往形成一条通道，叫马路大街，后取四通八达之意改名大通路，又按孙中山先生世界大同之意改名为大同路。1927年，冯玉祥任河南省主席，拆老城古墙七百万块砖，铺满大同路，又装上路灯，一时商铺云集，而且沿街商铺多为中西合璧建筑，高大气派，精美华丽，有南洋百货店、鸿兴源糕点店、五美长酱菜店、瑞丰祥呢绒绸缎店、长发祥布匹店，还有自行车行、照相馆、西药房，经营豫菜的有豫顺楼，连法国人都在此开办了法国饭店，而华阳春饭店更是豪华，饭店楼高四层，备有电梯，还有汽车接送、美女待客，专售英法大菜、各式洋酒……当时，大同路有旅馆二十多家、银行八家、银号二十多家、商铺百余家。除了大同路，冯玉祥当时还修建了德化街，饭店、服装店、绸布庄、钟表店、照相馆等也一应俱全。为整顿市容，还把游艺杂耍和妓院等集中到老坟岗一带，附近的西街、顺河街、迎河街也都连了起来，挤满了说书唱戏的、抽签算卦的、卖大力丸的、卖老鼠药的、收破烂的，五花八门，无奇不有，热闹非凡。

郑留余在郑县花行同业公会会长任势古的帮助下，在大同路西边开起了大兴公花行。

郑留余的大兴公花行是一座宽敞的小院，临街两层楼，一楼中间是经理室，偏西是账房，东面是客厅，二楼是客房。花行的周围，南起豆腐砦，北到二道街，东到老城，有很多布匹绸布庄，大商号有瑞丰祥、长发祥、恒玉、临记、义昌、协大、泉兴、景文洲汴绸庄等，多经营绸缎、土布和少量洋布。

　　每天天一放亮，大兴公花行附近的商家门前，伙计们便开始起劲吆喝揽客，"阴丹士林蓝布出售，价廉物美，即日起九折优惠喽!""瑞丰祥绸布庄八折酬宾，新到应时各种绸缎哔叽、洋货布匹，特别大减价惠顾诸君，请驾早临!""买尺放寸! 买寸放尺!"南来北往的客人背着大包小包左顾右看，川流不息，熙熙攘攘。

　　在这喧闹的生意场上，郑留余充分发挥了他做生意的天赋。常言说，十年学成个秀才，学不成个买卖。郑留余虽没有读过多少书，但做生意无师自通。他到郑县开办大兴公花行后，首先改掉了郑氏家族数百年经商管理的掌柜制，按照新派潮流，实行经理制。

　　大兴公花行设经理一人，由郑留余自兼，设副经理一人，由郑留白担任，另设司账一人、业务员十几名、司秤二人、学徒工十几名。花行实行股份制，每个职员都可以入股，年终分红时按本七人三的原则，股东得七成，余下的三成中提出部分钱作为酬劳金。

　　花行的业务就是介绍买卖双方洽谈成交，所以，对买卖双方都要尊重。大兴公花行把顾客当财神，只要有顾客进店，不论穷富，都要笑脸相迎。对重要的客商，先陪同吃饭，再根据其喜好，热情招待。特别是对买主，等安顿好后，就陪同其鉴定棉花等级，俗称拔丝，就是把棉花撕成纤维，看其纤维的长短，按照样品确定棉花等级，然后议价成交。在交易时，明牌实价，买卖双方成交后，花行抽取买方百分之三和卖方百分之二的佣金。

　　为了把生意做大，郑留余总结了祖上的一套生意经，传给花行员工，其中包括：人弃我取、人取我与、人无我有、人有我好、人好我多、人多我早，未曾入手、先看出手，知己知彼、百战不殆，论其有余不足则知贵贱，要想多卖钱就得货色全，是货先出丑，薄利多销、多中求利，存着千年货才是有福人，勤进快销，货卖一张皮。

　　郑留余还很讲商业信誉，他给员工规定：货真价实、童叟无欺，和气能招千里客；美言成交易，信誉招千金；不怕卖不掉，就怕话不到；三分生意，七分仁义；一言为定，早晚市价不变；坐商变行商，财源达三江；做生意三件宝——伙计、门面、信誉好。

　　当时，同行欺负棉农不懂生意，在棉农卖棉时压级压秤，比如，收进时明明是一百斤，这些花行的职员却报说七八十斤，卖出时又报成一百一十斤。大兴公花行却从不做这事，郑留余总说做生意就是做良心，就是做慈善，宁可少挣钱，不能瞎胡干。"五月棉花秀，八月棉花干。花开天下暖，花落天下寒。"郑留余经营棉花生意，既要做生意，更要济苍生，常言说，十层单比不了一层棉，在那寒冷的冬日，能穿上棉袄、棉裤、棉鞋，就温暖了生命、普度了众生。

4

"枣发芽，种棉花。"每到仲春季节，郑留余就会带上花行的员工到棉花地里瞅一瞅，与棉农提前签订合约，这叫买青，实行订单生产。他选购优良棉花种子，无偿分送给棉农下种，到秋后再向棉农收购棉花，以保证棉花质量。他还亲自下田，把一粒粒毛茸茸的棉花种子拌上草木灰播撒在田垄里，带头种棉。棉花种子下田后，不几天，棉苗就会破土而出；半个月后，茎叶泛红；初夏时节，等棉花棵长到脚踝高的时候，要修枝打杈，等棉花开花，还要钻到地里捉虫子；八九月间，棉花花谢后，结下青绿色的棉桃；霜降时分，棉桃由青绿变成了紫褐色，棉桃一个个裂开了嘴，慢慢露出雪白轻柔的棉花朵。

这一年，郑留余经常抽空到棉田来，指导棉农生产。摘棉花的季节，他还与棉农们一起，身背条筐，胸前挂着蓝布兜，手指尖伸进棉花朵壳里一抠，棉花就出来了。棉花运到村口的空地上，摊铺在席子上，任凭秋日的阳光尽情暴晒，棉花绒毛便蓬松起来了，散发出清新温暖的气息。

棉花田里，有些男孩子把拽长的棉絮塞进鼻孔里，装扮成走路歪歪斜斜的老爷爷样子，女孩子把拉长的棉絮挂在脖子和手腕上当装饰闹着玩儿。每看到这些，郑留余心情就格外好，农家自有农家的乐趣，幸福不只用金钱才能买到。

棉花丰收了，郑留余就派人收购棉花，以大兴公花行为依托，建了两个打包厂，雇用打包工人三十多个，统一打包棉花，靠火车运到上海、青岛、天津等沿海城市，再运到海外，或者供应全国各地的棉纺厂。郑留余生意做大了，一节车皮载货就达三十吨，每年都会从郑县运回河洛县老家成箱成箱的银圆，拿这些钱赎买郑家卖出去的房产、土地和栈房，照这样下去，郑氏家族再度兴旺发达不是没有可能。

常言说，树大招风。郑留余的生意引起了同行的眼红，不过，这些同行都不敢惹郑留余，都知道他的后台是刘靖华。可是，一个日本商人的出现，彻底改变了郑留余的命运，也改写了郑氏家族的历史。

5

二十世纪初，西方列强忙于第一次世界大战，无暇东顾，日本商人来到了中华各大商埠，特别是对郑县格外看好，认定将来郑县会成为中国的芝加哥，三井、日信、武林、安部、铃木等商行进驻了郑县经营棉花购销，贸木、三宜、高田、黄泰、大仓、汤浅等商行则从事皮毛、杂货生意。在郑县花市，一个叫三井高义的日本商人开了家三井花行。

在三井花行筹备开业的时候，郑留余写信给在东北的郑留阙，请教咋与三井花行相处。郑留阙给他回了信，郑留阙在信中说，他参加了东北马占山的部队，对局势了解得透，眼下中日局势表面看起来平静，实际上暗流涌动，日本举国上下磨刀霍霍，在为全面侵华做准备，日本还派了很多间谍，装扮成记者、生意人到中国关内去，以采访和经商为由，暗中刺探中国情报，了解中国国内经济社会各个方面的情况。两国很快就要开战了，摆在大兴公花行面前的只有两条路：一条路是与三井花行拉关系，帮助三井花行做生意，为三井花行服务，当个汉奸走狗，因为这个三井高义很可能也是日本的一个间谍；另一条路就是趁早关门大吉，改行做其他生意，或者回老家种地，别管是西洋人还是东洋人，凡是洋人都惹不起，只要跟洋人争生意，必败无疑。

三井花行开业的时候，邀请了河南省、开封市、郑县的达官贵人、商界名流，也邀请了在郑县花市首屈一指的大兴公花行经理郑留余。

郑留余接到三井花行的请帖后，浑身直冒冷汗，接着他就开始长吁短叹。

妻子郑黄氏带着儿子跟随郑留余在郑县做生意，她见郑留余愁眉不展，于是问郑留余发生了什么事。

郑留余说："孩儿他娘，日本有个商人叫三井高义的要在郑县开花行，请咱参加他的开业典礼咧。"

郑黄氏说："孩儿他爹，那就去呗！"

"那就去呗？你真是妇道人家。"

"不想去就不去，有啥作难的？"

"我给留阙写信问形势了，留阙说日本人要侵略中国了，派了很多商人到全国各地，名义上是经商，实质是间谍，你说我跟他们能搅到一块儿吗？那将来我不就成大汉奸了吗？再说了，日本人的花行一开，我以后咋弄咧？真发愁。"

"他干他的，咱干咱的，井水不犯河水，郑县地面上做棉花生意的也不止咱一家，愁啥咧？"

"郑县花行做棉花生意的确实不止咱一家，可生意最大的就是咱郑家。枪打出头鸟，上去就打住咱了。"

"咱不惹他不得了？"

"咱不惹他，他惹咱，同行是冤家。以前的那些花行惹不起咱，是因为咱有刘靖华做后台，可眼下日本人来了，日本人可不怕什么刘靖华。"

"那你说咋弄？"

"咋弄？我也不知道咋弄？真不中咱就不干吧，生逢乱世，挣钱难呢，能保条命就不错，还想发啥财呀？还想振兴啥郑家家业，我看都是瞎胡想。就这吧，听天由命，日本人的开业庆典我不参加，大不了回老家不干。"

"那也不能得罪他，你不想去，让留白替你去吧。"

"中，只有这样了。"

于是，郑留余推说偶感风寒，身体不适，没有参加三井花行的开业庆典，他不想与日本人打交道，更不敢与日本人掺和在一起，他让郑留白带了贺礼参加三井高义花行的开业庆典。郑留余本不想与三井高义照面，没承想，过了几天，三井高义派人送信来了，说第二天要亲自登门拜访。

郑留余一听这消息又发愁了，郑黄氏劝他说："孩儿他爹，是福不是祸，是祸躲不过，事已至此，一直当个缩头乌龟也不是办法。小日本要来，咱就会会他，兵来将挡，水来土掩，大不了生意不做了，还能咋着？"

是啊，大不了生意不做了，还能咋着？人办啥事儿要是抱着这种想法，还有啥害怕的？郑留余没想到郑黄氏的气量这么大，上下打量了一下郑黄氏，看得郑黄氏有些不好意思了，郑黄氏羞红了脸，低下头说："看啥看？恁多年了，还没看够？"

郑留余说："孩儿他妈，咱俩在一块儿吃饭睡觉恁多年了，我咋没想到，我身边还有个诸葛亮呢？"

"咋没想到？就是有十个诸葛亮，你不用也是白搭。"

"咱俩真是一家人，谁也离不开谁，找你当媳妇真是三生有幸。"

"你早干啥啦？整天大男人惯了，不把我放在眼里。"

"咱郑家理学治家，规矩严，都是男人说话算数。"

"你还理学治家咧，眼下都啥世道了，大城市里都打倒孔家店，早不兴理学治家啦。女人也能读书识字，也能抛头露面，再不是啥三从四德了。"

"是啊，变天了，啥都变了，清朝没了，眼下是革命了，洋人也来了，咱老郑家也快撑不住了，可这变来变去的，变得我快不知道该咋弄啦。"

"孩儿他爹，咱小老百姓不操恁多心，管好咱的生意就中。"

郑留余摇摇头叹口气说："生逢乱世，弄啥都不中，生意也做不成。"

郑黄氏说："做不成也得做，啥都是命，听天由命妥了。大不了咱不干，咱老家还有恁多地呢，光收地租吃喝几辈子也用不完。"

"中，孩儿他妈，你这一说，我心里亮堂了，咱就会会他三井高义。"

第二天，三井高义没有失约，他拎着一瓶日本清酒来到了大兴公花行。

在大兴公花行的会客室，郑留余、郑留白热情接待了三井高义。三井高义是个中国通，汉语说得很流利，所以，他没有带翻译，只带了一个助手。

三井高义一见郑留余，很客气，弯腰鞠躬说："请问您就是郑留余郑先生吗?"

郑留余见是个又矮又胖白白净净的中年人，头顶已经秃得没剩几根毛了，还戴了副黑框眼镜，文质彬彬，于是没了更多的敌意和恐惧。

郑留余也抱拳打哈哈说："啊，我就是郑留余，请问您就是三井先生吗?"

"正是。郑先生久仰了。"

"三井先生久仰久仰。三井先生光临小店，蓬荜生辉啊，快请坐!快请坐!"

二人入座后，三井高义带来的助手也挨着三井高义坐下了，郑留白端上茶水，也挨着郑留余坐下。

三井高义说："郑先生，初次相见，我带了一瓶日本国的清酒，请郑先生品尝，一点小意思，不成敬意，还请笑纳。"

郑留余心想，这家伙怪会来事呢，既然人家带礼物了，不回人家礼物总是不合适的。好在郑留余平时店里备的有礼物，做生意，请客送礼是家常便饭，所以，郑留余专门到禹县定做了一批钧瓷，用于日常送礼。当然，这些钧瓷有各种档次，根据不同的需要送不同的礼品。

郑留余说："中国有句古话，来而不往非礼也。留白，你到库房拿两件禹县的钧瓷，送与三井先生。"

郑留白看看郑留余，郑留余伸出右手，握成了个拳头，只把中指伸出来，郑留白会意了，郑留余是让他拿中等档次的钧瓷。

郑留余说："三井先生，贵行开业的时候，我适逢生病，没有前往捧场，没想到三井先生亲自前来看我，留余不胜惭愧！"

"哪里，哪里，久闻郑先生大名，今日得见，非常荣幸。"

"三井先生，我备了一桌家宴，你看马上就中午了，咱们边吃边聊，如何？"

"很好，很好！"

这时郑留白从外边拿钧瓷回来了，郑留余把钧瓷递给三井高义，三井高义反复观看，喜不胜收，不住地点头，然后，三井高义把钧瓷交给随行的助手，随郑留余来到餐厅。凉菜已经齐备，酒也斟上了，一屋子的酒菜飘香。

几人落座后，郑留余举起酒杯说："承蒙三井先生大驾光临，按照中国的规矩，入席要共同喝三杯酒。"

三井高义兴致很高，连说好好好。于是，几人举起了杯，一饮而尽。

郑留余邀请了豫顺楼的名师程如胜、马龙义前来做菜，菜品是河南的名吃，传统的十大豫菜：糖醋软熘鱼焙面、煎扒青鱼头尾、炸紫酥肉、扒广肚、牡丹燕菜、清汤鲍鱼、大葱烧海参、葱扒羊肉、汴京烤鸭、炸八块。还有豫菜五大名羹：酸辣乌鱼蛋汤、肚丝汤、烩三袋、生汆丸子、酸辣木须汤。

三井高义吃得嘴角流油，边吃边说："中国饮食文化源远流长，我大饱口福，大饱口福，太丰盛了，太丰盛了！"

郑留余乘兴介绍说："河南是中国的根，中华文明就发源于河南，特别是我们老家河洛地区，那是黄河和洛河交汇处，是中国建都最早的地方，而且有十三个朝代建都于此。古人云：'崤函有帝王之宅，河洛为王者之里。'号称天下之中，华夏、神州、中国等名字都来源于此。河图洛书、汉代经学、魏晋玄学、宋明理学、道家以及与儒道相融合的本土佛教文化，也都出自河洛地区。三井先生，周易八卦你知道吧？"

三井高义说："知道。我对周易八卦很感兴趣，我很荣幸终于来到梦中的河洛地区了。"

郑留余说："周易八卦就是周文王根据河洛地区的水流形势想出来的，还有少林寺、太极拳，都是我们那里的。"

"是吗？有机会我一定去参观参观。"

"欢迎三井先生去参观，届时我领路，全程陪好三井先生。"

"嗯，你是大大的好人，中国好人，看来跟你合作选对人了。"

郑留余一听愣了，问道："三井先生，合作？合什么作？"

三井高义哈哈大笑，举起酒杯说："来，郑先生，喝一杯。"

郑留余与三井高义共同饮了一杯酒，三井这才说："郑先生，实不相瞒，我这次来，是想与你谈生意上合作的事呢。"

"怎么合作？"郑留余放下酒杯。

"我初来郑县，人生地不熟，需要找一个当地同行进行合作，共同经营郑县的花行生意，你是这里的龙头老大，为人讲仁义，信誉很好，我想与你合作。"

"三井先生，我郑家向来不跟人合作经商。"

"噢，那是过去了，现在做生意，都要讲究合作，你跟我大日本商人合作，好处大大的。"

"怎么合作？"

"你的负责收购棉花，与棉农打交道，棉花收购回来之后，交给我，我负责外销。"

"三井先生，这不就变成我给你当雇工了？"

"郑先生，不能这样想。我听说你的靠山是刘靖华，可刘靖华已经失势了，在郑县这地面上，没有我大日本商人给你撑腰，你的生意做不下去。跟我合作，是你最好的选择。如果干好了，将来我保你当郑县的地方官。跟大日本合作，前途大大的。"

郑留余一听就生气了，这不是给日本人当汉奸走狗吗？郑家眼下是江河日下，可也没有沦落到给人当狗的地步，所以，他一口回绝了三井高义的要求。"三井先生，我郑家做生意数百年了，都是自食其力、诚信经营，从不靠谁发财，更不靠谁的势力做官，这是我郑家的立家之本，到了我这一代，也不能改，所以，对不起了，我估计难以与您合作，抱歉，您还是另觅高人吧。"

三井高义听完，刚才还灿烂的笑容转眼消失了，他拉下脸说："郑先生，中国有句古话，不要敬酒不吃吃罚酒。"

郑留余一听更恼了，说："三井先生，中国还有句古话，叫人敬我一尺，我敬人一丈，人欺我一寸，我占人一尺。"

三井高义翻翻白眼，往上推推眼镜，站起来说："好吧，既然这样，那就骑驴看唱本——走着瞧。"

郑留余也站起来，义正词严地说："奉陪到底！"

三井高义气哼哼地走了。

郑留白看见这僵局，急忙追着三井说好话，可是，人家三井根本就不理他郑留白，扭头瞪了郑留白一眼，郑留白吓得不敢跟了。

三井走了，郑留余愣愣地站在原地半天没回过劲儿来，得罪了三井花行，他大兴公花行的生意做不下去了。

6

郑留白回到餐厅，见郑留余失魂落魄的样子，小声叫了声："哥。"

郑留余就像没听到一样，没应声。

郑留白又提高了点声音，叫道："郑经理。"

郑留余这才回过神，放眼四望，客走人散，杯盘狼藉，说道："啊，是留白啊。"

"哥，三井走了，你也累了，回卧室歇会儿吧。"

"啊，我不累，兄弟，坐下，咱说说话。"

二人坐下后，郑留余端起一杯酒，说："兄弟，你跟我来郑县有几年了？"

郑留白也端起酒，说："哥，四年零仨月了。"

"兄弟啊，你说跟你哥我干咋样啊？"

"哥，中哇，中，不过，你咋问这话呢？"

"兄弟啊，做生意就是撞大运，七分本事，三分运气，时来财富找上门，运去喝口凉水都塞牙。这短短的四年零仨月，咱大兴公花行不仅在郑县市面上站稳了脚跟，还力压其他花行，成了郑县花行生意的龙头老大，眼看着咱的生意越做越红火，可是，可是，唉——"说完，郑留余竟趴在桌子上"呜呜"地哭起来。

郑留白还从未见过郑留余落泪，平时，他非常佩服郑留余，别看郑留余说话不紧不慢，走路办事都是慢悠悠的，从来不知道着急，他的口头禅就是"不着急，慢慢来"。可人家慢悠悠地把啥事儿都办得井井有条、有板有眼，从郑留余身上，郑留白学会了一句话，叫"事缓则圆"。什么事，别管再急，性急吃不了热豆腐，有时候，忙中出错，甚至还要推倒重来，所以，放一放，缓一缓，反而会办得更恰当更妥帖，正所谓不怕慢就怕站。

郑留白总觉得郑留余无所不能，就跟个神人一样，可眼下他竟然哭起来了，他也有作难的时候？看来"男儿有泪不轻弹，只是未到伤心处"这句话是有道理的。

郑留余这么一哭，倒哭得郑留白有些害怕了，他说："哥，你不是经常说吗？没有过不去的火焰山，不过这条河，上不了这道坡，有啥事儿会难为住你呢？"

郑留余带着哭腔说："兄弟，咱辛辛苦苦创办的大兴公花行要关门了。"

"什么？"郑留白大吃一惊，"哥，不至于吧？他一个小日本在咱中国的土地上，他逞啥能？强龙还不压地头蛇呢，有恁严重吗？"

"兄弟啊，你是不知道，留阙在东北抗日，跟日本人打交道多，说日本人为办成事，无所不用其极，为人做事冷酷无情，可怕得很哪。"

"哥，要不咱找人说和说和，跟三井那小子拉拉关系，套套近乎，缓和一下关系？"

"兄弟，我刚才说的话你还是没听明白啊。"

郑留白摇摇头说："哥，我脑子笨，反应慢，还没有明白过来。"

"唉，你咋还不懂呢？听话听音，三井说的那些话你还不明白是啥意思？"

"啥意思？不就是想让咱跟他合作吗？咱就跟他合作呗！"

"兄弟，你是小事聪明、大事糊涂啊。咱眼下是无路可走了，一点儿路都没有了，只有关门大吉，别无他途。"

郑留白还是摇摇头。

郑留余拿毛巾擦擦眼泪，悲愤地说："兄弟，你想想看，咱能跟他日本人合作吗？咱要是跟他合作，中国人不把咱骂死才怪呢，咱只有关门大吉。可是，不跟日本人合作，他三井会同意吗？早晚也得想办法把咱整死，咱还是得关门大吉。所以，咱是左右为难，与其咱被人整得关门大吉，还不如咱主动关门大吉，趁眼下生意还好，把大兴公花行卖掉，回老家种地去，啥生意也不干了，老家有恁多地呢，收个地租也不愁吃不愁喝，作这难干啥？"

郑留白也跟着叹了口气。

郑留余接着说："不过，想想真不甘心啊，忙来忙去一场空，这几年的心血算是白费了。咱本想着借此机会振兴家业，重新找回郑氏家族的荣光，可人算不如天算，命里有时终须有，命里无时莫强求。算了吧，大兴公花行的生意真的没法儿做了，郑家真的不中了，再也不中了。唉——"

听了郑留余的这番话，郑留白想了半天说："哥，咱要是眼下就关门，是不是太可惜了？"

"急流勇退总比不得不退强吧？既保全了财产，又保住了面子，一举两得，何乐而不为呢？很多人吃亏就吃在不知进退，该进时不进，该退时不退，犹豫不决，举棋不定，当断不断，反受其乱，所以才错过机会，一败涂地。手把青秧插满田，低头便见水中天。六根清净方为道，退步原来是向前啊。"

"哥，我听你的，不过，你说咱眼下咋退呢？"

"你马上开始盘算咱大兴公花行的财产，明天就挂出牌子，公开售卖，谁出价钱高卖给谁，这生意不干了，卷铺盖回河洛县老家。"

"哥，你想过没有，要是三井花行来买咋办？"

"他来也中啊，只要他出价高，咱就卖给他。"

"可他要是出价不高呢？"

"道理不很简单吗？那就不卖给他。"

"哥，你刚才不还说吗？日本人干啥事儿都是不达目的不罢休，无所不用其极，咱可不能低估了这事儿，没那么简单啊。"

郑留白的一番话倒提醒了郑留余，是啊，眼下想卖大兴公花行恐怕也没那么容易了，不怕贼偷，就怕贼惦记，不卖给三井花行恐还不中咧。树大招风，大兴公花行正因为在郑县花行首屈一指，所以，三井花行要想在郑县花行站住脚，必欲取之而后快，大兴公花行不倒，恐怕三井花行不会善罢甘休。

郑留余想了想说："兄弟，咱那样，咱的店铺先不卖了，咱先关门，溜之大吉。反正眼下还不是收购棉花的季节，咱的钱都存在银行里，你这两天想办法把钱都取走，钱取走了还怕啥？咱还有一部分钱预付给了棉农，一切等收棉花的时候再说。我想，郑县这个地方待不下去了，咱去西安咋样？咱离西安也不远，咱到那里开花行，惹不起日本人咱躲得起。"

"哥，这也中，就像你说的，惹不起躲得起，眼不见心不烦，一走了之，咱不跟日本人较劲了，咱就让给他小日本。只要有本事，到哪里经商都一样。这两天我就抓紧到银行取钱，悄悄把钱取走，咱神不知鬼不觉来个金禅脱壳，叫他找不着咱，就这样办。"

7

郑留余和郑留白做好了悄悄离开郑县的打算，可是，还没等他们付诸实施，第二天一大早，郑县地面上的泼皮无赖马老一就找上门来了。

　　马老一本名马小童，是郑县土生土长的小混混，因为他膀大腰圆、体格健壮，又自小习过武术，他身旁围拢了一群打手，在西街靠打家劫舍、替人要债、收保护费为生，在郑县是一霸，外号"马老一"。

　　平时，郑留余对马老一敬而远之，只要马老一来要保护费，郑留余都如数上交，但从不与马老一过从甚密，这种人，就像虎狼，离他太近了，交情再好，早晚要吃他的亏。

　　马老一戴着礼帽，一身黑衣，骑自行车来了，他身后跟着几个同样打扮的小混混，后边还跟着十几辆拉煤车。郑留白正在店铺里算账，见这帮人来了，赶快让店里的伙计去后院喊郑留余。不多时，郑留余来到了前边店铺，一看这阵势，情知不妙，但郑留余还是不紧不慢地抱拳打拱说："马老弟，哪股风把你吹来了？"

　　马老一没有下自行车，大手一挥说："郑经理，日本人的三井花行刚开业，店铺地方小，买了些烧火的煤没地方放，你的店铺地方大，先拉你这里放几天。"

　　郑留余一听来了气，心想，大兴公花行是卖棉花的，是非常讲究干净的地方，眼看马上就要到收棉花的季节了，你拉来这么多黑乎乎的煤炭放这儿，这不纯粹是装孬吗？

　　郑留余强压心头怒火，说："马老弟，我是卖棉花的，你拉这儿这么多煤，你让我咋做生意呢？再说了，你啥时候手头紧了，来找我，我说过个'不'字没有？你这样做，啥意思呢？"

　　马老一笑嘻嘻地说："就放三天，啊，三天之后来拉走。"

　　郑留余想想说："咱丑话说头里，三天也成，三天就三天，三天后你拉走，你要是不拉走，那我就处理了。"

　　"中，就这样。"马老一又是大手一挥，身后那些拉煤的车夫一个个进了郑留余的大兴公花行，不一会儿，大兴公花行的院里就堆满了小山一样的煤炭。

　　"谢了，走了！"马老一还是大手一挥，一按自行车铃，"丁零零……"领人离开了。

　　马老一走了，郑黄氏和郑留白围了过来。郑黄氏说："孩儿他爹，马老一这是唱的哪一出啊？咋在咱花行卸恁多煤呢？"

　　郑留余说："孩儿他娘，留白，看来咱想偷偷逃走是走不了了。"

　　郑留白问："哥，为啥啊？"

　　郑留余生气地说："为啥？马老一把煤往这儿一卸，咱就走不成了。"

　　郑黄氏也问："咋就走不成了？"

　　"马老一把煤卸这儿了，咱得替他看住，咱咋走？咱要是走了，煤丢了，马老一能答应？三井花行会饶了咱？"

　　郑黄氏自言自语地说："咱中国真是啥人都有，你看那马老一，咱平时对他不赖呀，你看他眼下围着小日本咋跑恁欢？"

　　时间在焦急忧虑中挨过，郑留余从没有觉得度日如年是什么感觉，如今他真的感到时间过得是如此慢，可是，既嫌时间过得慢，还嫌时间过得快，生怕三天过完，不定什么灾难降临。

8

　　三天之后，马老一又领着人来了，郑留余、郑黄氏、郑留白早等着呢，见马老一来了，急忙迎了上去，郑留余说："马老弟，来拉煤了？"

　　"啊，来拉煤了。"马老一进到院子里，眼一瞅，故意吃惊地问，"郑经理，我三天前放这儿的煤咋少了？"

　　马老一这句话把郑留余说愣了："马老弟，你卸这儿的煤原封未动啊，咋会少呢？"

　　"不对，原来跟小山恁高，这咋只剩半人高了？肯定是你们私藏了，不行，你们要包赔损失。"

　　郑黄氏这会儿也恼了，她冲到马老一面前，指着马老一说："老弟，俺大兴公花行平常对你也不赖，逢年过节也没少给你送东西，你往俺家卸煤，分明是窝囊俺咧，这俺都不说了，你如今又说俺私藏了你的煤，你有良心没有？"

　　郑留余一把把郑黄氏拉到身后，瞪了她一眼，然后赔着笑脸对马老一说："马老弟，我在郑县也混三四年了，我是啥人你能不知道？我大兴公花行生意也不算差，我暂时还不缺那俩钱，我会稀罕你那点儿煤吗？你说，你到底是想干啥吧？"

　　"干啥？啥也不说了，赔钱。"

　　"不赔。"郑黄氏又从郑留余身后站了出来，怒气冲冲地说。

　　郑留余又一把把郑黄氏拉到身后，冷静地说："说吧，赔多少？"

　　"多少？银币十万元，一分不能少。"马老一两手背在后边，歪着头看看天，两眼斜着往上翻，撇撇嘴抖抖腿说。

郑留余有点儿生气了，说："马老一，你这点儿煤能值一万元就不少了，你要十万，你咋张开这个口啊？这不是讹人吗？你这跟明抢有啥区别？"

"拿不拿？不拿把你这花行砸个稀巴烂。"

"马老一，你也是中国人，你咋胳膊肘往外拐呢？你咋帮日本人说话呢？你就不怕咱中国人说你吗？"

"哟嗬！我说郑留余，我不收拾你，你就不知道你是谁了？你竟然教训起我来了。你听着，我马老一谁都不认，就认钱，谁给我钱多我听谁的，你没球材料还说我这说我那，日本人咋啦？日本人马上都打过来了，咱这郑县地界说不定就是日本人管呢。"

郑黄氏听不下去了，又冲到郑留余前边说："马老一，咱中国人得有骨气，啥时候都不能当汉奸。"

"你娘儿们家懂个屁呀，啥汉奸不汉奸的，你们山沟里的土包子，还来教训我呢，你们懂个啥！别看你们眼下说，谁跟日本人谁是汉奸，要是日本人占了中国，百年之后，看你们不都争着当汉奸，不叫你们当汉奸你们还死活不愿意呢。人都是贱！贱！贱得很！"马老一说完，又指着郑留余，"不跟你说废话了，拿钱不拿？说个痛快话。"

郑黄氏还想争辩，郑留余截住了她的话茬，说："马老一，别说了，我拿，眼下没有现钱，三天之后，你来找我拿，不过，你是不是先把这煤拉走？"

"中，三天之后我来拿钱，不过，这煤不能拉走，我要是把煤拉走了，问你要钱啥凭据啊？就这吧。"

马老一说完，右手捏着鼻子，使劲儿"吭吭"清了清鼻涕，然后把那只沾有鼻涕的大手在郑留余院里的一棵榆树上抹了抹，接着，两手交替搓了搓，这才骑上自行车，大手一挥，一帮人跟着他大摇大摆地走了。

马老一走后，郑留余气得捂住胸口蹲在地上，郑黄氏和郑留白一见，大惊失色。郑黄氏让郑留白赶紧去请郎中，然后，她帮郑留余揉胸捶背，等郑留余缓过气儿来了，才搀扶着郑留余回屋，抻开床上的被子，让郑留余躺在床上休息。

不多时，郑留白领着郎中来了，郎中诊断了一番，说："没啥大事儿，估计是神情抑郁，一时气没缓过来，吃点儿药顺顺气就好了，不过，以后可得注意，气大伤身，闹不好还会出大事咧。"

郎中开了药方，让郑黄氏到药铺拿药去，然后走了。

郑留余说："孩儿他娘，这咋弄咧？"

郑黄氏说："咋弄？你不是答应给马老一十万块钱了？"

郑留余说："我是先糊弄他咧，我这是缓兵之计，你以为我真想给他呀？"

"躲了初一躲不过十五，往下咋弄？我也没法儿了。老天爷呀，你咋不长眼啊？俺做生意咋恁难咧？"说完，郑黄氏"呜呜"哭起来。

郑留白在一旁劝道："嫂子，别哭了，哭也办不成事，还是想法子吧。"

郑留余有气无力地说："其实，真给他十万块钱也中，只要能够不跟三井高义那小日本合作，咱还能继续做生意，这钱咱还能赚回来，现如今我最担心的是三井高义那个小日本非要跟咱合作，这事儿真没法儿办。唉，兄弟，你有啥主意没有？"

郑留白想了想说："哥，要不咱找找郑县花行同业公会的会长任势古吧，他跟马老一都是本地西街人，听说马老一还比较听任势古的话，这个任势古是地头蛇，估计日本人三井高义也会巴结他，让他说和说和咋样？"

"唉，任势古也不是啥好东西，咱跟他打这几年交道能不清楚吗？那是个大滑头。不过，事到如今，也只好死马当作活马医了，咱找任势古说说试试吧。"

郑黄氏听了也说中。

郑留余坐起来，说："孩儿他娘，给我准备两万元钱，再准备一些上好的烟土，我收拾收拾这就去找他。兄弟，你跟我一块儿去。"

郑黄氏说："孩儿他爹，这就去呀？你歇歇再说吧，急啥急，那马老一要等三天之后才来要钱呢。"

"不中，我坐不住，这事儿不说好，我心里憋着这股气出不来，难受得很。"

"那中，那你先躺一会儿，我去给你找钱去。"郑黄氏转身翻箱倒柜找钱。郑留白在一旁劝道："哥，让我先按郎中开的方子拿点儿药，你倒是吃了药再去也不迟啊。"

"不能等，这是我的一块儿心病，只要这块儿心病去掉了，不吃药我就好了。要是这块儿心病不去，我吃啥药也不管用。"郑留余坚定地说。

这下，郑留白不再说什么了。这时，郑黄氏已把钱和烟土准备好了，郑黄氏扶郑留余下了床，穿好衣服，郑留余和郑留白俩人去找任势古了。

9

郑县花行同业公会的会长任势古是西街人，他最早在火车站对面搭了个席棚开花行，靠给买卖双方牵线撮合生意谋生，后来，开花行的人多了，他就牵头成立了个花行同业公会，自任会长，他也不干花行生意了，专靠开花行的经理们给他上贡交会费过活。他总是留个大光头，脸刮得发青，常年戴一顶礼帽，穿着长衫，拄一根文明棍，后边跟几个打手，东家转转，西家瞧瞧，利用地头蛇的优势，协调各家花行的关系，哪个花行被当地人欺负了，他去发个话说和说和，事儿摆平了，他收个跑腿磨嘴费。他平时闲得很，除了转圈儿，就是喝酒打牌洗澡逛窑子，或者吃茶抽大烟，日子过得赛神仙。

任势古正在大烟馆里抽大烟呢，伙计跟他通报说，大兴公花行的经理郑留余求见，任势古一听就知道是咋回事了。原来，三井花行筹备在郑县开业的时候，三井高义首先登门拜访了任势古，并送上一份厚礼，任势古自然高兴，心想，当个地头蛇就是厉害，还是古语说得好：换汤不换药，换朝不换国。别管谁坐江山，也离不开他这些地方上的头面人物，别管上边打得头破血流、争得你死我活，可他照样吃香喝辣，到头来谁都得巴结他。这不，日本人怪厉害，还不照样得给他任势古送礼？还不照样得请他出面做事？不过，后来，三井高义又来找他，说他想与大兴公花行合作，请他说和说和。这个事儿任势古倒没有答应，他也知道，大兴公花行是郑县花行里生意做得最好的，平时也没少给他送礼，他还不想得罪大兴公花行，于是任势古就敷衍三井高义说，你们要是有过节了，我可以帮助说和说和，至于生意上的事儿，我管不了，你们自己商量着办吧。

可是，这个三井高义办事儿非常执着，隔了几天，又来找任势古了，说他与大兴公花行谈不成，大兴公花行死活不同意，他想给郑留余点颜色看看，请任势古帮帮忙。

任势古哼哼哈哈直点头不说话，三井高义心想，这真是一只狡猾的老狐狸，于是，三井高义又备了份厚礼献给了任势古，任势古见钱眼开，他想，收了三井高义的厚礼帮帮三井高义，再往下郑留余肯定也会找他帮忙，到时候再收一次郑留余的厚礼，而且两家都会感激他，他里外都是好人，还赚个意外之财，何乐而不为呢？至于花行之间斗来斗去，是否两败俱伤，是否元气大伤，是否血本无归，那跟他任势古没有丝毫关系。于是，任势古开了金口，答应了三井高义的请托，并派马老一帮三井高义办这事儿。

果然，郑留余也来找他任势古了，任势古高兴坏了。任势古又高又胖，套个长衫在身上，肚子鼓得像怀胎十月的孕妇，简直要把长衫给撑爆了，他的大猪脑袋一动三晃，脸上的肌肉堆得眼睛都睁不开了。

当郑留余来到烟榻前，任势古使劲抽了口烟，然后慵懒地想坐起来，郑留余见状急忙上前把他扶起来。郑留余一摸任势古的身子，浑身的肥肉，郑留余用了很大劲儿才帮他坐直，心想，眼下老百姓穷成啥，没吃没喝的，都饿得皮包骨头，这老不死的竟然这么肥实，活着真是白糟蹋粮食。

任势古坐定后，问道："郑经理，好长时间没见到你了，忙啥咧？"

"任会长，不好意思，非常抱歉，马上该秋后收棉花了，我这段时间经常下乡联系货源、准备资金，正为收棉花做准备呢，忙得很，没顾得上看望任会长，还望任会长海涵啊。"

"啊，不妨事，你这么忙，今儿咋有空儿来了？"

"任会长，我在郑县开花行也有三四年了，这几年，承蒙您的关照，生意还马马虎虎过得去，可是，最近，遇到个小麻烦事儿，还得麻烦您帮帮忙啊。"郑留余边说边把一袋银圆还有一包上好的烟土放在烟榻上，"任会长，这是两万块，还有一些上好的烟土，请您笑纳。"

任势古一看礼物送上了，喜笑颜开，一直睁不开的眼睛这会儿也睁开了，连声说："好说，好说，啥事儿说吧，在郑县这地面儿上，还没有我任势古摆不平的事儿。"

"任会长，三井花行你知道吧？"

"知道，咋了？"

"三井花行的经理三井高义前几天找我了，想跟我合作，可是，我眼下不需要跟人合作。做生意这事儿，您也知道，生意好做，伙计难搁，我要是跟他合作，早晚得闹个不愉快。那些日本人，咱得罪不起啊，所以我拒绝了他。谁知，第二天他就让马老一拉了几车煤放我花行的院子里，说是他三井花行没地方放，先放我这儿几天，你看这事儿，他是做棉花生意的，我也是做棉花生意的，都需要干净，需要一尘不染，他那里没地方放，我这就有地方放吗？弄些黑乎乎的煤炭放我院子里，这不明摆着是要砸我的牌子吗？眼看就要收购棉花了，他不把煤弄走，我咋办呢？三天之后，马老一又来了，说来拉煤咧，拉就拉呗，可他一口咬定煤少了，非要让我包赔损失。您说我要他的煤弄啥咧？他马老一拉来的煤在那儿原封未动，一点儿都没少，他非要我赔他十万块钱，您说这不是明欺负人吗？任会长，您是咱郑县花行同业公会的会长，这事儿您得评评理，您得替我做主。"

任势古"嘿嘿"笑起来，他这一笑，郑留余心里一阵冰凉，他那笑声明显是幸灾乐祸。

任势古笑足笑够了，这才发话："我说郑经理，常言说，和气生财，你郑家是有名的有钱人，在外边花钱花得多了，这点儿小钱你还会看到眼里吗？"

"任会长，郑家虽有钱，可都是起早贪黑挣的血汗钱，都是靠本事挣的钱啊，不是不义之财啊。"郑留余这时也不忘将了任势古一军。

任势古岂是等闲之辈？郑留余话中有话，他自然能听出来，任势古说："拉你的倒吧，还说起早贪黑挣的钱，眼下是中华民国了，你那套说辞早都不中了。你整天在河洛县山沟沟里，估计你也不会知道，南方早就闹起革命来了，革谁的命？就是革你这号土豪老财的命，闹得凶得很，等革命到咱这儿，你家里啥东西都得给你分了，还饶不了你，看你还能不？要我说，看长远点儿，生逢乱世，钱财净是祸根，你也别起早贪黑挣恁多钱了，也别守住钱不撒手了，该吃吃，该喝喝，吃到肚里喝到肚里，饱了口福，也不枉来这世上一遭，等啥时候来革命了，你成了穷光蛋，看你还神气不？唉，我这人啊，就是实在，光说实话，可是呢，实话难听，有些人还就吃哄，越哄他他越高兴，你越是跟他说实话，他还觉着你是害他的。唉，人就是贱啊！"

郑留余心想，这任势古果然跟马老一是穿一条裤的，连说话的口气都那么像，没法儿说了。郑留余有心离开，可是，任势古又说起来了："郑经理，既然你求到我门上了，我这人就是菩萨心肠。人家说我是大侠，我看也没说错，我就是爱管闲事，虽说管闲事落不是，管得越宽得罪人越多，不过，郑经理你不轻易找我，找我一次我也不能不管你是不是？"

任势古说得冠冕堂皇，又说道："要我说，马老一要那十万元钱，你就给他，还是那句话，和气生财嘛。"

"中，会长，我听您的，给他，不过，您能不能跟三井高义说说不让我跟他合作？"郑留余说。

"你不想跟三井花行合作，是吗？"

"对，会长，生意好做，伙计难搁。"

"那中吧，我去给三井说说，这些日本人，心里孬着呢。"

"任会长，这个我懂，我回头再跟您拿几万块钱，权当是给您的喝茶钱，您帮我个忙。"

"中，我说说试试，成与不成我也不好说。"

"成与不成都不会埋怨任会长，任会长只要肯出面说和，我郑留余就感恩不尽了。"

"好吧，就这样说，我明天就找三井去。"

"多谢会长，我下午就派人给您送钱，事成之后，再给您五万。"

任势古又"嘿嘿"笑起来……

10

过了几天，任势古找人把郑留余叫了过来，说："郑经理，我跟三井高义说好了，三井花行可以不跟你大兴公花行合作，但是，你大兴公花行每年要把利润分一半给三井花行。"

郑留余一听就恼了，说："任会长，我凭啥要给他分一半的利润？"

任势古还是"嘿嘿"地笑着说："郑经理，我是好说歹说才跟三井说好的，人家三井刚开始可不是这个条件，人家非要跟你合作，说你要是不合作，就让你从郑县地面上滚蛋。"

"任会长，这是中国的土地，怎能任他小日本横行霸道？"

"郑经理，虽说这是咱中国的地界，可是从清末以来，咱中国人啥时候当过家？先是西洋人，马上就是东洋人，国已不国了，识时务者为俊杰，咱还说啥？"

"咋国已不国了？如今是堂堂的中华民国。"

"郑经理，中华民国也是个空架子，军阀割据，互不团结，就像一家人一样，能稀里糊涂拢到一块儿就不容易了，各省不闹独立就不错了。"

"唉，任会长，国运如此，小民的命运也好过不了啊。"

"商人荣枯，系于国运，国泰则民安，民安则市胜，市胜则商贾旺。人家三井说了，为啥让你分一半利润给他？因为你在这儿经营，你占了人家的市场。"

"任会长，啥事儿都讲个先来后到。我来郑县花行这儿三四年了，他三井才开业，是他占了咱的市场，是他抢了咱的生意，咋说我抢他的生意了？这不是强盗说法吗?"

"郑经理,小日本就是强盗。郑县这地方,日本军队虽说还没有打过来,你看这形势,要不了多久,日本人就来了,你心眼儿活点儿吧,别跟小日本斗气了,你斗不过人家,人家国家的军队厉害。眼下他只要让你经营,你无非是少挣点儿,这年头能活命就已经烧高香了,还想发啥大财呢?这不是太平盛世。"

任势古一番话说得郑留余无话可说了。郑留余勉强答应了任势古,紧接着,任势古又把三井高义和郑留余叫到一起,签了份合约,声明大兴公花行每年要把利润所得分一半给三井花行,三井花行不再与大兴公花行合作经营。此事算是告一段落。

郑留余虽有不甘,但总算保住了大兴公花行,虽说利润分一半给三井花行,但仍有利润可赚,无非是以后想办法再扩大业务,争取多挣些利润而已。谁知,郑留余的这个想法根本就不行,三井高义的胃口大得很,他不仅要把大兴公花行现有的利润吞下去,而且他还想把大兴公花行以前积累的财富吞下去,这才是他的最终目的,郑留余太低估三井高义和任势古这些人了。

又是一年秋天到,棉花成熟了,炸蕾吐絮的棉田里,棉农们轻轻一抽,整团整团的棉花便出来了,他们把带着阳光味道的松软甜香的棉花装在架子车上,牵驴赶马到郑县卖棉花了。由于郑留余提前给棉农交的有青苗钱,免费提供优良种子,还经常到棉地里指导棉农种棉花,所以他不仅不愁货源,而且收购的棉花质量也好。郑留余交代伙计们,棉农们种一季棉花不容易,全靠这买米买面度春荒呢,所以,不能坑害棉农,不能压级压秤,要保证大兴公花行的信誉。

大兴公花行门前卖棉花的排几里地长的队伍,而三井花行门前却门可罗雀,三井高义看在眼里怒在心头,一条毒计在他心里盘算成熟了。

郑留余收来的棉花主要是发往上海、青岛等地的纱厂,郑留余很快就收够了一列车棉花,先是发往了青岛。郑留余计算着日期,大概半个月能到青岛,可是,青岛那边接货的纱厂却迟迟没有回电报。郑留余着急了,他让郑留白到电报行去拍个电报,问问是啥情况,对方纱厂回话说一直没有见到货,他们还反问大兴公花行为啥不守信誉,说好的要发一列车棉花,他们纱厂还等着这批棉花加工棉纱呢,厂里都已经快无米下锅了。

郑留余急了,他和郑留白两人一起去郑县火车站查询这列棉花的去向,一问才知,他们的这列棉花在青岛被日本人作为军用物资直接扣留没收了。

闭门家中坐,祸从天上来。郑留余再也承受不住打击了,从此卧床不起,大兴公花行只得由郑留白和郑黄氏照料，生意一落千丈。

与此同时，三井花行的生意却蒸蒸日上。

郑留白眼见得花行生意艰难，郑留余也久病不愈，很发愁，他知道郑留余得的是心病，心病要用心来医，而这块心病就是咋能让花行的生意好起来。

这天晚上，他来到郑留余的病床前。郑留余后背垫了个枕头，满目忧郁，面色苍白，郑留白一阵心酸。待郑留余喝过汤药后，陪郑留余聊了一会儿，他说："哥，前几天马老一往咱院里卸煤，倒使我有个想法，不知中不中？"

郑留余有气无力地说道："兄弟，有啥你就说吧。"

"哥，咱老郑家从祖上就靠棉花生意发了大财，老郑家对棉花有感情，这我知道，可是，此一时彼一时，眼下做棉花生意不中了啊。"

"不做这生意做啥呢？"

"眼下有门生意好得很，就看你做不做。要说咱做这生意最有把握，还最赚钱。"

"你卖啥关子呢？你倒是说说看。"

"咱河洛县县南地下有煤，眼下有些人开始干土煤窑了，出的煤用木船送到开封、郑县，开封、郑县的人还不知道咋用煤，不知道咋垒煤炉，连咱自个儿也不知道咋用煤、咋垒煤炉，倒腾煤的都是咱河洛县县南的人，人家只要一提'煤黑儿'，准指的是咱河洛县人。马老一往咱家倒的煤肯定也是河洛县产的，要我说，要不咱也挖煤开煤窑吧，这生意肯定中。"

听了郑留白的这番话，郑留余坐直了身子，眼睛放出亮光，声音也有劲儿了："中啊，以前咱做的是白生意，以后咱做黑生意，也中，也中。"

郑留白却叹了口气，说："哥，中是中，只怕这生意你不做啊。"

"这生意好啊，我做这么多年生意了，啥也没学会，就是练就了一双生意眼，啥生意中不中，我只要一听一看就妥了。你说开土煤窑的事儿，倒真的提醒我了，老郑家一直做棉花生意，不过，世道在变，有时候不转还真的不中呢。这生意能做，这么好的事儿为啥不干？"

"哥，你平时忙着做棉花生意，一心都在花行上，当局者迷，我这旁观者倒还清，我听说开土煤窑的钱挣得不地道啊。"

"咋个不地道？你说说看。"

"咱河洛县四面皆山，交通不便，水运又不中了，新式机器运不过来，眼下开土煤窑那些矿主都是靠人力，坏良心着呢。"

"咋坏良心？"

"唉！"郑留白摇摇头说，"这世道啥人都有啊，有些坏人坏得想都想不到。像咱河洛县有些开土煤窑的，嫌雇人花钱，就想法骗那要饭的或者外乡人去挖煤，他们把骗来的、抢来的人往地下坑道里一赶，鼻子上锥个窟窿，拴上锁链，头上系个油灯，牵着链子挖煤驮煤。吃的是柿子皮、杂粮糠，麦面想都不用想，喝的是木板桶里的脏水，因为水里煤太多，喝水的时候要紧咬牙齿，煤糊才喝不到肚里。刚下窑的新矿工，一般都在入风窑干活，出风窑暖和，入风窑冷，新来的矿工都扔到入风窑。入风窑里到处都是水，到了十冬腊月，窑口以下几丈深冻的都是冰，短的二三尺，长的个把丈，矿工穿的破棉袄全湿透，都是冰凌碴儿，冻在身上那叫个受罪啊。可就这也不中，井下管矿工的把头叫对灯，对灯拿着皮鞭站到坑道的暗处，等矿工拉着煤筐经过时，像打牲口一样从背后猛抽一鞭，让矿工跳着跑。对灯还说啥，鞭子下面有劲，一打就干活快了。有的矿工受不了，想死，可死也死不成，对灯怕矿工上吊，把裤腰带给收了。有的矿工用铁锨把自个儿的手指头砍掉，想着没手指头了不能干活儿了，对灯能放自己走。可一点儿门儿都没有，对灯把人送到地面上，人没手了，就让拉煤筐，反正不会饶了你，早晚把人累死算完。人死了，往空巷道里一放，压在山底下，谁也不知道，要么扔到河沟里，下大雨发洪水把尸体冲走。唉——"

听了郑留白的一番话，郑留余脸都气青了，双目圆睁，说："咱河洛县咋有这种人呢？他们难道就不知道'为人莫做亏心事，举头三尺有神明。善恶到头终有报，只争来早与来迟'的道理吗？"

"哥，这些人都不是人，他们才不怕神明呢。他们要是信神灵，他们也不敢恁赖。"

"是啊，有些人不知敬畏，啥都敢做，坑蒙拐骗，无恶不作，但这些人早晚要遭报应的。好人自有好人助，恶人自有恶人磨，这些人不懂这个理儿啊。唉，不义之财不要取，像开煤窑那营生咱也别干了，再挣钱咱也不干，坏良心啊！可是，咱要是正儿八经地开煤窑，肯定干不过那些黑心烂肺的，他们挣的是死人的钱，是杀穷成富啊，咱咋能干得过他们呢？"

"是啊，哥，我就说这生意你干不了，你不会做吧？"

"眼下还有啥生意可做？"

"生逢乱世，没啥可干了，好生意都让洋人还有官府、地痞恶霸给占了，啥也弄不成。"

"兄弟，咱就还干老本行，经营花行吧。中就中，不中的话，咱就死心了，回老家，靠着祖上留下的土地吃地租。"

郑留白听了郑留余说这话，也叹了口气说："哥，说实话，我跟你干这么长时间了，我挺佩服你的。你确实有心劲儿，脑子也管用，可是做生意这事儿吧，我看也得碰运气，讲究个天时地利人和，眼下真的一头不占。咱在郑县这地面上做生意，就再试一试，中就中，不中就不中，不中的话也别提憋大劲儿了。就像你说的，咱回河洛县老家，靠着祖上留下的土地吃地租，衣食无忧的，就别再瞎折腾了，说不定，越折腾赔得越厉害，家业损耗越大呢。"

"唉——"郑留余长长叹了一口气，痛苦地摇摇头。

郑留白见状又说："哥，别唉声叹气了，我看你活得太苦太难了，你也开开心，找找乐子，别光这样，这样下去，身体可受不了。"

郑留余又仰天长叹，说："兄弟啊，你这话说到我心窝里了，我也活得很压抑，真是不想活了，活着有啥意思呢？真没啥意思，操不完的心，受不完的气，没有一天好日子，真是越活越难。"

"哥，常言说，无病无灾就是福，有钱有闲赛神仙。你光想着振兴郑家家业呢，可你看眼前这形势，不中啊。尽人事、听天命吧。"

"兄弟，我也懂这个理，可我心里就是扭不过这个梗，就是不服输，这是小时候养成的倔脾气，天生就是要强的命，改不了。"

"哥，改不了也得改。你要是不改，天天发愁，你还活不活了？要是命都没有了，啥不都成空了？"

郑留余使劲点点头："嗯，老郑家祖祖辈辈光知道做生意挣钱，光知道存天理、去人欲，就是没学会玩儿，总觉着玩物丧志，其实人还得有劳有逸，不然的话，活得太苦太累太沉闷了，毁身体啊。"

"是啊，哥，人不能入世太深了，既要有入世之志，还要有出世之心，更要有遁世之趣。入世恋红尘，出世修禅境，遁世隐山林，既能钻进去，又能跳出来，一个人才能活得圆融无碍、洒脱通达、逍遥自在。唐朝时候咱老家的诗人杜甫曾说过：'细推物理须行乐，何用浮荣绊此身？'杜甫是个好发愁的人，他还知道及时行乐的好处呢，仔细想想，只要对身体有好处，只要加以节制，会玩也不是啥坏事儿呀，像打个猎、遛个马、玩个鹰、养个鸽、斗个鸡、比个蛐蛐，都中啊，人有个爱好，才活得精神啊。"

"对，我记得李白也写过这样的话：'抽刀断水水更流，举杯消愁愁更愁。

人生在世不称意，明朝散发弄扁舟。'人要学会玩儿，看戏、写字、画画、下棋、周游大千世界，只要对身体好，只要有节制，都中。走，咱明天就弄扁舟去，看看山水，散散心。"

郑留白听到这里，高兴得很："中，哥，只要你心里想开了，只要你学会玩了，你这病就差不多快好了。"

这时，郑留余又皱起了眉头，说："兄弟啊，学会玩倒也容易，只是我郑家以理学治家，信奉的'存天理、去人欲'的老祖训恐要丢喽，我也成不肖子孙了。"

"哥，此一时彼一时，有皇帝的朝代靠理学，如今是中华民国，不兴科举了，再说娃娃们'五四'闹学潮之后，又要打倒孔家店，还说啥理学不理学的？仔细想想，天理和人欲也不是对头啊，不是要这个就不能要那个啊，为啥存天理就非要去人欲呢？天理要存，人欲要留，没有了人欲还咋活？还咋高兴地活？天天绷着个脸，心里憋屈得很，还能活下去吗？只是人欲别影响天理就中，只是人欲别害身子就中，哥，你说我说得对不？"

"兄弟，你说得太对了，就是这个理儿。宋代禅师释心月曾写过一首诗：'我有明珠一颗，久被尘劳关锁。而今尘尽光生，照破青山万朵。'写得真好啊。以后我还真要高兴地活，多找乐子，遇事儿往好处想，多看开点儿，中不中？"

"哥，你只要能做到，那可中。就怕江山易改本性难移，你做不到哇。"

"我试试吧。"

11

金色的秋天过去了，寒冷的冬天来到了，狂风肆无忌惮地横冲直撞，光秃秃的树枝东摇西摆，枯黄的落叶飘来飞去，惊恐不定。这些天来，郑留余一直咳嗽，咳嗽一阵，就会大口大口地吐出血来。他想关掉大兴公花行回河洛县老家，可是，他是个要面子的人，郑氏家族代代外出经商做生意，都是满载而归，他如果落魄回去，怎有脸见乡里乡亲？其实，他还抱有一线希望，只要三井高义不害死他，他还想跟三井花行僵持下去。他给郑留阙写信，询问时局情况，郑留阙回信说，东北已然沦陷，他加入了共产党，在进行英勇的抗日斗争。郑留阙还回信说，日本鬼子虽然强悍，可是他们地狭人少，后勤供应不足，反观我们中国，有四万万人口，地大物博，只要坚持抗战，打持久战，日本鬼子拖不起，坚持不了多长时间，胜利最后一定属于我们。

中药喝了一服又一服，每喝一次药，郑留余都想吐，甚至闻到中药味儿，他的胃就难受得厉害。可是，他能忍，他知道，如果管不住自己，怎能斗得过别人？如果自己倒下了，那不正中三井高义下怀吗？与其病死在床上，不如战死在沙场上，与其自杀，不如在搏斗中被杀。所以，他不能死，他不能退，他不会学项羽，宁肯自刎乌江也不过江东，他是河洛滩里柔韧的芦苇，即使冰雪覆盖，也依然萧瑟地孤独地荒凉地摇曳。

漫长的冬天好不容易过去了，转眼就到了谷雨时节。杨柳枝已从萌芽时的鹅黄嫩绿变成了苍翠的颜色，此时正是一年中农事的开始。农谚道："谷雨时节种谷天，南洼北坡忙种田。棉花种在谷雨前，开得利索苗儿全。谷雨栽上红薯秧，一棵能收一大筐。"谷雨前后，弯弯曲曲的枣树枝吐青发芽，又是一年种棉花的好时候了。郑留余的身体也好多了，心情也好多了，他每天都到院子里走走路，活动活动筋骨。这时，他想出门了，他想到棉农家里去，跟棉农唠唠嗑，商议一下种棉大事。

可是，到了晚上，郑留余突然做了一个奇怪而清晰的梦，他梦见在一望无垠的黄河滩里，他和郑留阙俩人并肩而行。他头戴一顶瓜皮小帽，上身穿一件黑粗布对襟棉袄，下身是大口掩腰棉裤，显得非常土气，而郑留阙头戴灰色礼帽，穿一件平布大衫，挂着一根文明棍，显得非常洋气。天阴沉沉的，刮着西北风，很快天飘起雪花来，而且，雪越下越大，鹅毛大雪纷纷扬扬，分不清东西南北。两人浑身落满了雪花，连眼睫毛都沾上了雪，二人在白茫茫的雪地上深一脚浅一脚地艰难行走，好像走到了黄河与洛河汇流处，突然，自己大喊一声："哎呀，不好，要掉河里了。"话还没说完，自己就真的掉进河里了。这里是河洛汇流处，水流湍急，冰面刺骨，自己很快就没了踪影。郑留阙眼见前边一个深不可测的黑洞，刚往下探头一望，便也掉进了冰窟窿，越陷越深，越陷越深，虽使劲弹腾，却浑身绵软无力……

"啊——"郑留余一下子吓醒了，睁眼一看，却原来做了一个噩梦，月光透过窗棂照到床前，室内一片静寂。

郑留余从床头的桌子上摸到洋火柴，擦着后，点燃了油灯，看看桌子上的洋钟表，是午夜12点钟。郑留余长出一口气，回想起刚才梦里的情景，急忙翻身下床，来到书柜前找到了那本随身带的《周公解梦》，对照一看，却见《周公解梦》写着这么一句话：大雪落身人主亡。不看则已，看了这句话郑留余吓得打了个寒战。人主亡？是谁要死亡呢？是他自己吗？还是留阙？留阙现在在哪里呢？

做了这个噩梦，郑留余再也睡不着了。他躺在床上，翻来覆去地胡思乱想了半夜，直到鸡鸣三更才昏昏沉沉地睡去。

12

半年后，郑留余又组织了一批棉花往青岛运送，可是，让他没有料到的是，他的这批棉花又被日军劫持了。郑留余闻听此讯，再也承受不了打击，一阵剧烈的咳嗽后，口中喷出一股鲜血，身子一歪便倒在了床上。

郑留余直感到自己在天上飞呀飞呀，一直飞到了郑家祠堂。郑留余跪在祖宗的牌位前，郑振昌、郑云祥、郑英魁、郑守勤、郑守俭、郑守谦……郑家先辈轮番出现在他的眼前。郑留余恍惚之中，惊得瘫坐在地上，这时，他似乎看到郑留阙瘦削的身影在祖宗牌位前晃荡，他好像听到了郑留阙在喊他的名字："哥，你跟我走吧，你跟我去东北参加抗日义勇军，参加共产党，打小日本吧！"

于是，他跟着郑留阙离开了祠堂，飘飘悠悠地来到邙山头。

已是霜降时节了，凉风阵阵，寒意渐浓。邙山上枯黄的落叶三三两两地无声飘落，衰败的小草随风战栗，秋虫不知躲在哪里哀哀鸣叫。河洛岸边的秋庄稼也已收割完毕，风干了的秸秆"沙沙"作响。稚嫩的麦苗刚刚探出头来，蒙上了一层白霜，却带着新生命的绿意。这些田地都是郑家的，这是一片辽阔肥美的土地，眼下郑家只剩这些土地了，只有依靠这些土地赖以生存了。他感谢郑家先祖为子孙后代留下了这些土地，如今，他深深地知道了无农不稳、无工不富、无商不活的道理，生意做得再大，只有脚踩大地，才能站得住脚跟。

洛河清，黄河浑，洛河入黄河的汇流处，清浊分明，两条河在反复的扭动中，形成了大大的S形，这不就是传说中的太极图吗？

河出图，洛出书，想当年，郑家先祖从这里起步，大河行船，独占河洛。郑留余的耳边仿佛响起了郑家太平船的摇橹声，好像听到了纤夫拉船的黄河号子声。

遮天蔽日的郑家船从陕西赶来了，从山东赶来了，河洛岸边人声鼎沸，激越的唢呐声响起来了，三眼铳的炮声响起来了，"噼里啪啦"的鞭炮声炸起来了……那是迎接太平船的大合唱啊，唱了百年时光，唱响了河洛两岸，如今，余音袅袅，长天激越。

天空慢条斯理地飘起细碎的小雨，丝丝缕缕，淅淅沥沥，如雾又如烟。郑留余跟着郑留阙飘呀飘，飘到河洛交汇处，河伯和洛神正站在云端向他们微笑。远处的风呼呼吹来，身下的河滩里，芦苇丛丛，白絮点点，黑压压的蚂蚁、蚂蚱和不知名的昆虫成群结队地钻进了泥土，数不尽的蜜蜂、蜻蜓和蝴蝶飞来飞去寻找家园。

这时候，只听远处有人在唱《十可叹》歌谣：

> 一可叹，世人痴，贫不辛勤富不施；
> 哪见穷人穷到老？困龙也有上天时。
> 二可叹，世人痴，不敬父母只敬妻；
> 父母生身恩似海，妻无柴米便分离。
> 三可叹，世人痴，埋怨祖上没家私；
> 世间多少成家子，谁人个个有根基？
> 四可叹，世人痴，亲兄亲弟不和气；
> 不记古人说得好，家不和睦邻里欺。
> 五可叹，世人痴，好打官司不见机；
> 有理没理要钱用，哪个告状得便宜？
> 六可叹，世人痴，好酒贪花没了期；
> 败尽家私气成病，酒色迷人你不知。
> 七可叹，世人痴，吃斋把素念阿弥；
> 为人只要心肠好，红尘无处不恩慈。
> 八可叹，世人痴，不肯勤谨怨天时；
> 记得人勤地不懒，百般宜早不宜迟。
> 九可叹，世人痴，狂为泼做不三思；
> 后悔怎如前悔好，小心谨慎不为迟。
> 十可叹，世人痴，忙忙碌碌浑不知；
> 眼前风景休言好，高楼终有坍塌时。

郑留余和郑留阙循声望去，但见郑留白、郑留芳边唱边向他俩走来。在郑留白、郑留芳的后边，兴冀、兴青、兴豫、兴扬等九个孩子嘻嘻哈哈地跟了过来。

在邙山头，留余、留白、留阙、留芳还有兴冀、兴青、兴豫、兴扬等一大家子人停住了脚步。

郑留余说："留白、留阙、留芳，孩子们，以后郑家就全靠你们了。"说完，他大喊一声："郑家列祖列宗，不肖子孙郑留余来找你们了！"接着，他纵身一跃，跳下河去，留白、留阙、留芳一把没有拉住，急得跺脚大喊："哥，哥，哥……"

九个孩子也哭了起来：

"爹——"

"大伯——"

…………

河里有个黑洞，深不见底，郑留余感到身子一直往下坠，很快没了身影……

河滩里的乌鸦惊叫着"呱呱"飞起来，辽阔的长空更显凄冷，这河洛深处，也许是他最好的归宿，也许是他最美的梦境……

不知什么时候，云散了，雨停了，风住了，太阳出来了，天地一片澄明，远方还挂着一道弯弯的彩虹。留白、留阙、留芳站在邙山上伸开双臂对着缓缓流淌的黄河水大声喊道："哥，你放心走吧，我们会重振郑家家业的。郑家不会倒，邙山春常在，黄河万古流，万古流哇！"

这时，兴冀、兴青、兴豫、兴扬等九个孩子也"呼啦啦"地围拢在一起，齐声喊道："我们会重振郑家家业的，郑家不会倒，邙山春常在，黄河万古流，万——古——流——"